I0585201

Ferdinand Schmidt

Der Franzosenkrieg 1870-1871

Ferdinand Schmidt

Der Franzosenkrieg 1870-1871

ISBN/EAN: 9783741156144

Hergestellt in Europa, USA, Kanada, Australien, Japan

Cover: Foto ©Andreas Hilbeck / pixelio.de

Manufactured and distributed by brebook publishing software
(www.brebook.com)

Ferdinand Schmidt

Der Franzosenkrieg 1870-1871

Der
Franzosenkrieg

1870. 1871.

Wer Kraft im Arm hat, geb', sie zu beweisen,
Ein Eisenschwert zu schwingen ohne Schande,
Es heimzutragen mit zerhaunem Rande,
Und dafür zu empfahn ein Kreuz von Eisen.
Rückert.

Wer Tyrannen bekämpft, ist ein heiliger Mann,
und wer Uebermuth steuert, thut Gottesdienst.
E. M. Arndt.

Von
Ferdinand Schmidt.

Zweite Hälfte.

Berlin, Fr. Lobeck's Verlag (Anders & Zum Felde).

Inhalt.

Die allgemeine Lage in den Tagen von Seban.

> „Du reicher Gott der Gnaden
> Schau her vom Himmelszelt;
> Du selbst hast uns geladen
> Auf dieses Waffenfeld."

Wahrlich, wie dieses Wort gegolten hatte für die Bäter im Befreiungskriege, so galt es auch für die Söhne und Enkel in dem neuen Kriege gegen Frankreich, und mit Recht ist er auf deutscher Seite der heilige Krieg genannt worden. Während die Bäter das schwere Werk zu vollführen hatten, das eiserne Joch, von dem das Vaterland sieben lange Jahre hindurch bedrückt worden war, zu zersprengen, war den Söhnen und Enkeln die nicht minder schwere Aufgabe zugefallen, den zu einem neuen Raubzuge sich anschickenden Feind in dessen eigenem Lande aufzusuchen und seine Macht zu zerschellen, damit sie nicht, einer Sturmflut gleich, über Deutschland verheerend sich ergieße. Eine schwere Gefährdung materieller und sittlicher Güter stand für die Deutschen auf dem Spiele, vielleicht eine schwerere, als es jemals der Fall gewesen war, obgleich doch in der Geschichte der zwei und vierzig Invasionen, durch die Deutschland von Frankreich im Laufe der letzten Jahrhunderte heimgesucht worden ist, grauenhafte Merkzeichen — nach napo- leonischer Ausdrucksweise „Spuren der Bäter" — reichlich ge-

II.   1

nung verzeichnet stehen. Schwerere Gefährdung materieller und
sittlicher Güter denn je war zu befürchten, weil dem französischen Heere in den afrikanischen Horden der Turcos, Zuaven
und Spahis Bestandtheile beigegeben worden waren, die dasselbe in Bezug auf seine Sitten schlimmer machten, als es je
gewesen, und es in seiner Gesammtheit tief unter alle europäischen Heere der Jetztzeit stellten.

Alles daran zu setzen, um das Vaterland vor dem Unheil der Heimsuchung durch solche Horden zu bewahren, das
war das heilige Gelöbniß gewesen, mit dem die deutschen
Krieger die Grenze überschritten, und um deswillen sie sich die
Berechtigung erworben hatten, jenes Weihewort auch auf sich
anzuwenden, sich demnach als Streiter anzusehen, die einem
Gottesrufe gefolgt waren.

Und wie war der Gottesgeist, dem sie vertraut hatten,
so mächtig in ihnen gewesen! Zehn siegreiche Schlachten hatten
sie in einer Zeit von vier Wochen geschlagen, eines der beiden
feindlichen Hauptheere war eingeschlossen, das andere, und mit
ihm der Kaiser, war in Gefangenschaft gerathen!

War damit nun das Ziel erreicht, das die Deutschen sich
gesteckt, als sie gezwungen zur Wehr griffen? Hatten die
deutschen Krieger dem Gottesrufe, der sie auf die Wahlstätten
geführt, hinreichend Genüge gethan, und wäre es nunmehr
ihre Pflicht gewesen, dem französischen Volke zu erklären: Wir
zogen gegen euren Kaiser und seine gegen uns aufgebotenen
Armeen aus; wohlan, da seine Heermacht gebrochen, er selbst
in unsere Gewalt gerathen ist, geben wir euch ohne alles
Weitere Frieden und ziehen heim? —

Diese Frage trat nach dem Tage von Sedan sofort auf
und wurde im Auslande vielfach zu Gunsten Frankreichs beantwortet. Das war das Ergebniß theils des Neides und der
Mißgunst, theils der Furcht und der Unkenntniß. Im Verlaufe der Darstellung werden Stimmen solcher Art, wie auch
gebührende Entgegnungen zur Vorführung gelangen. Hier sei

nur erwähnt, daß von Seiten aller klar denkenden und auf
dem Gebiete der Geschichte mehr oder weniger kundigen deutschen Patrioten vom ersten Augenblicke an jene Frage dahin
beantwortet wurde: Mit dem Tage von Sedan hat der
Krieg seinen Abschluß, wie einen solchen das Wohl und die
Sicherung des Vaterlandes verlangt, noch nicht gefunden! In
diesem Sinne sprach sich (mit verschwindend geringen Ausnahmen) die gesammte deutsche Presse aus. „Darüber hat
sich das deutsche Volk," sagte Alexis Schmidt, „haben sich
seine Armeen von Hause aus keiner Täuschung hingegeben,
daß sie in Frankreich nicht etwa die Napoleoniden, sondern die
Franzosen bekämpfen, nämlich ihren hoffärtigen, rauflustigen,
beutegierigen Sinn, ihre Herrschsucht, ihre Unruhe, mit der
sie unablässig die Nachbarn und ganz Europa stören. Ruhe
und Frieden wollen wir uns, wollen wir dem Erdtheil verschaffen, mag die Regierung dieses Volkes sein und benannt
werden, wie sie wolle. Mögen 1814 und 1815 die Verbündeten
vor Allem den Zweck in das Auge gefaßt haben, Napoleon zu
stürzen; sie hatten Grund dazu, denn ihnen, den Russen,
Engländern und Oesterreichern, war Frankreich durch Napoleon gefährlich geworden, sie hatten vor Napoleon nie das
von den Franzosen zu leiden gehabt, was Deutschland von
ihnen seit Jahrhunderten erfahren hatte. Jene also begnügten
sich mit dem Sturz Napoleon's. Wir aber, die Deutschen, die
heute allein den Kampf gegen Frankreich zu bestehen haben,
wir betrachten die Dynastie, die Regierungsform, unter der
Frankreich steht, ganz als Nebensache. Wir wollen dies Volk
für die Zukunft zwingen, Ruhe zu halten. Wir wissen, daß
Deutschland der Gegenstand seiner Raublust ist und war unter
allen seinen Dynastieen und Verfassungsformen; die alten
Könige, die Republik, die Napoleon's und die Orleans, sie
haben geraubt und wollten rauben deutsches Land. Darum
ist mit Napoleon's Kriegsgefangenschaft auch der Krieg noch
nicht aus. Es hat nicht Einer daran gezweifelt, daß obgleich

1*

sich Napoleon bei Sedan ergeben hat, die deutschen Armeen auf Paris marschiren würden, mochte dort regieren, wer da wolle. Der ungeheure Eindruck, den die Kriegsgefangenschaft Napoleon's gemacht hat, liegt nicht darin, daß man glaubt, damit sei der Krieg zu Ende, unser Ziel erreicht, er liegt in dem großen Gefühl des Waltens göttlicher Gerechtigkeit auf Erden, die sechs Wochen nach der Vermessenheit Frankreichs und seines Kaisers gegen Deutschland und sein friedliebendes Oberhaupt Napoleon in die Hände unsres Königs liefert!"

Mit Napoleon selbst hätte der Friede nicht abgeschlossen werden können, selbst wenn die Bereitwilligkeit dazu auf deutscher Seite vorhanden gewesen wäre. Napoleon hatte sich nicht als Staatsoberhaupt, ja nicht einmal als Oberfeldherr der Armee, die in Sedan eingeschlossen worden war, sondern als Privatperson gefangen gegeben, hinweisend auf die mit der Landesleitung betraute Regentschaft in Paris. Es war also abzuwarten, ob die Kaiserin oder, falls diese nicht am Ruder blieb, die ihr folgende Regierung es geeignet finden würde, dem Sieger mit Friedensanerbietungen entgegen zu kommen. Bis dahin mußte der Krieg fortgesetzt werden.

Sehen wir uns hiernach zunächst die Kriegslage unmittelbar nach dem Ereigniß von Sedan an.

Endlos schienen die Reihen zu sein, in denen die in Sedan in Gefangenschaft gerathenen Franzosen nach Deutschland übergeführt wurden. Und den Gefangenen folgte die Kriegsbeute in eben so langen Zügen. Jetzt schon konnte mit Recht gesagt werden: Frankreichs Hochmuth kommt ihm theuer zu stehen! — Wer Sinn dafür hatte, der konnte im Hinblick auf das Schauspiel, das die Gefangenen-Transporte am Rhein darboten, fruchtbare Betrachtungen über den Weisheitsausspruch Sidney Smith's anstellen: „Gehe der Schande aus dem Wege, aber strebe nicht nach Ruhm; nichts ist kostspieliger als der Ruhm." — Ein Berichterstatter der „Weser-Zeitung" schrieb: „Ich hatte Gelegenheit, viele dieser Gefangenen-Transporte am

Rhein ankommen zu sehen. Welch' ein Schauspiel, der Zug
eines ganzen gefangenen Volkes durch Feindesland! Zumeist
in offenen Wagen stehend, Mann an Mann gedrängt, in zer-
lumpter Kleidung, kothbespritzt, kamen sie Zug auf Zug an, die
Ruhmessäulen Frankreichs, jetzt ein klägliches Bild gefallener
Größe." — Ob Frankreich nach den schweren Niederlagen, die
es erlitten, schon dahin gebracht war, in sich zu gehen, sollten
schon die nächsten Tage erweisen.

Zu Betrachtungen gänzlich andrer Art regte die Haltung
der deutschen Krieger an. Im Hinblick auf die Kämpfe
um Sedan gab ein Dichterwort der Empfindung, die sich
Aller Herzen im Heimathlande bemächtigt hatte, bewegten Ausdruck. Freiligrath sang in seinem Dichtergruß an Germania:

„Nun grüß dich Gott, du wunde, du bleiche Siegerin!
Ich tret' in ernster Stunde, du Herrliche, vor dich hin.
Wohl seh' ich freudig glänzen das Schwert in deiner Hand; —
Wohl gehst einher in Kränzen, — doch schwarz ist dein Gewand."

Zwei Tage und zwei Nächte lang (am 31. August und
1. September) war um Sedan blutig gerungen worden, am
2. September erfolgte die Capitulation. Mußte man nun
nicht annehmen, das Heer, todeswund und kampfesmüde,
würde zum allermindesten eine Reihe von Tagen nöthig
haben, um sich wieder in Kriegsverfassung zu setzen? Legte
ihm doch allein schon die Uebernahme von Sedan eine neue
außerordentliche Thätigkeit auf! Siehe, da geschah das kaum
Glaubliche: Schon am 3. September brachen die Armeen der
beiden Kronprinzen (die III. und die IV. Armee) aus ihren
Lagern bei Sedan auf und traten ihren Marsch auf Paris an!
Nur den Brüdern, die gefallen waren, hatten sie den Zoll wohl-
verdienter Ehre gebracht, und rüstig wieder ging es vorwärts
gegen den Feind! Es ist in der That schwer zu entscheiden,
was mehr zu bewundern ist: die außerordentliche Tüchtigkeit
der deutschen Heere im Kampf, oder ihre unerschütterte
Streitfähigkeit unmittelbar nach dem blutigsten Ringen.

Dem Marschall Mac Mahon war in den Tagen von
Sedan von Paris aus ein Corps von 25,000 Mann unter
Führung des Generals Vinoy nachgesandt worden, das, hätte
es die Armee Mac Mahon's rechtzeitig erreicht, ohne Zweifel
in das Geschick derselben verflochten worden wäre. Es entging dem Verderben, indem es, freilich mit Verlust bedeutenden
Kriegsmaterials, rechtzeitig Kehrt machte, um zuvörderst hinter
den starken Wällen der Hauptstadt Schutz zu suchen.

Im Felde fanden nunmehr die Deutschen feindliche
Truppen nicht mehr vor, nur die Festungen hatten noch starke
Besatzungen, namentlich die beiden mächtigen Festungen Metz
in Lothringen und Straßburg im Elsaß.

Auch bei Metz hatten um dieselbe Zeit, in der bei Sedan
gekämpft ward, nämlich am 31. August und 1. September, heftige Kämpfe stattgefunden. Es unterliegt keinem Zweifel, daß
Mac Mahon und der in Metz eingeschlossene Bazaine Mittel
und Wege gefunden hatten, sich zu verständigen, und Letzterer
schlug am 31. August los, weil er an diesem Tage dem Entsatze durch Mac Mahon's Heer entgegensah. Seit dem
19. August war von Metz aus keine Bewegung gemacht
worden, die den Zweck hatte, die Cernirungsarbeiten zu hemmen oder den mit jedem Tage fester werdenden Gürtel zu
durchbrechen. Am 30. August ließen gewisse Bewegungen es
vermuthen, daß es Bazaine's Absicht sei, in nächster Zeit einen
kräftigen Angriff auf das Cernirungsheer auszuführen. Das
Vermuthete geschah am 31. August, indem Bazaine am Morgen
dieses Tages zum Angriff überging. Im Gegensatze zu den
früheren Zusammenstößen hatten diesmal die deutschen Truppen
die günstigsten Positionen inne; jetzt waren sie es, die sich angreifen ließen. Es wurden die heftigsten Offensivstöße von
Seiten der Franzosen ausgeführt. Vergebene Mühe! Als der
Abend anbrach, befanden sich die Deutschen in derselben Stellung, die sie am Morgen inne gehabt hatten. Die Ehre des
Tages gebührte dem 1. (ostpreußischen) Armeecorps und der

Landwehr-Division Kummer. Nach den Anstrengungen zu schließen, mit denen der Feind seine Absichten durchzusetzen bemüht gewesen war, konnte mit einiger Sicherheit angenommen werden, daß er am nächsten Tage zu neuen und vielleicht um so kräftigeren Versuchen schreiten werde. Die Franzosen warteten aber den nächsten Tag nicht ab; sie hatten sich vielmehr die Nachtzeit zur Fortsetzung des Kampfes ersehen, vor dessen Beginn sie zu einer List ihre Zuflucht nahmen. Sie ließen das deutsche Signal „Stopfen" d. i. „Gewehr in Ruh" blasen, gingen darauf — etwa gegen 12½ Uhr — mit dem Bayonnet gegen die deutschen Vorposten vor, fielen über die Besatzungen und die Schützengräben der Dörfer Retonfay und Flanville her, und es gelang ihnen, sich in diesen Ortschaften, wie auch in den nächstliegenden Dörfern Noisseville und Servigny festzusetzen. Noch war der Cernirungsgürtel nicht durchbrochen; aber es war ein Durchbruch desselben für den Fall zu befürchten, daß der Feind es ermöglichte, sich in den genannten Ortschaften bis zur Ankunft von Verstärkungen aus Metz zu halten. Der Schlüssel seiner Stellung war das Dorf Retonfay, und so mußte es deutscherseits als nächste und vornehmste Aufgabe betrachtet werden, ihm dieses Dorf wieder zu nehmen. Um dies zu bewerkstelligen, ging der General von Manteuffel beim Morgengrauen des 1. September aus der Defensive in die Offensive über, und schon nach wenigen Stunden konnte er dem Prinzen Friedrich Karl melden, daß der Feind mit ostpreußischen Kolben und Bayonneten aus Retonfay hinausgetrieben worden sei. Diesem günstigen Beginne des Tages entsprachen die weiteren Erfolge desselben. Nachmittags 4 Uhr fanden sich die Franzosen, die in den sechsunddreißigstündigen Kämpfen außerordentlich schwere Verluste erlitten hatten, nach Metz zurückgeworfen, während die Deutschen sämmtliche frühere Stellungen wieder eingenommen hatten.

Mit dieser Schlacht — nach einem der Dörfer die Schlacht von Noisseville genannt — war dem Feinde die

Hoffnung, Erlösung aus seiner Lage zu finden, gänzlich abgeschnitten.

Wie vor Metz, so hatten auch vor Straßburg in den Tagen von Sedan blutige Kämpfe stattgefunden.

Auf die Belagerung Straßburgs ist oben nur vorübergehend hingewiesen worden, und auch hier möge nur erwähnt werden, daß aus dem seit drei Wochen von drei deutschen Divisionen eingeschlossenen Platze eine Reihe von heftigen Ausfällen gemacht worden waren, daß jedoch die Belagerungsarbeiten ihren stetigen Fortgang genommen hatten. Es wird der wichtigen Stadt, ihrer Bedeutung, ihrer Geschichte und ihres erfolgenden Ueberganges in deutsche Gewalt weiterhin ein besonderer Abschnitt gewidmet werden: hier galt es eben nur, ihrer so weit zu gedenken, als es für den Zweck der Ueberschau in Betreff der gesammten Kriegslage erforderlich erschien.

Was hatte nun inzwischen die gewaltige Panzerflotte Frankreichs verrichtet, die wir (s. Bd. I, S. 268 u. f.) verderbendrohend ihre Feuerschlünde zeigen sahen? So gut wie nichts, zumal wenn man dasjenige in Betracht zieht, was von derselben einerseits gehofft, andrerseits befürchtet worden war. Müssig lagen Abtheilungen der stolzen Armada vor Helgoland und in den dänischen Gewässern. Es war der Seemacht Frankreichs nicht einmal gelungen, die Blockade der deutschen Häfen aufrecht zu erhalten, vielmehr beschränkte sich ihre ganze Thätigkeit darauf, friedliche Handelsschiffe zu kapern.

Die spätere Zeit, die über die Gesammtlage Frankreichs so vielfache Enthüllungen brachte, hat Aufklärung über die Umstände gegeben, die dahin wirkten, daß die französische Flotte, die gefürchtete Nebenbuhlerin der englischen, eine so klägliche Rolle spielte. Es war das Werk der rächenden Nemesis, daß Frankreich weiterhin Schritt vor Schritt seine eigene Schande eingestehen mußte. Den Anstoß dazu gab der Wechsel der Machthaber, die, um ihre Vorgänger zu treffen, rücksichtslos die Zustände, wie sie unter jenen gewesen, bloß legten. So in dem „Moniteur universel" die Zustände der französischen Flotte und ihr Verhalten in der Zeit von Mitte Juli bis zu der Katastrophe von Sedan:

Der Krieg war schon mehrere Tage erklärt, als man noch nicht wußte, welcher Oberoffizier an die Spitze der wichtigen Expedition gestellt werden sollte, die in die Ostsee bestimmt war. Dann, am 22. Juli, erfuhr der Vice-Admiral Graf Bouet-Villaumetz plötzlich, daß der Kaiser ihn zum Befehlshaber des Ostsee-Geschwaders erwählt habe. Eine zweite Flotte unter Commando des Vice-Admirals La Roncière le Noury sollte in kurzer Zeit folgen mit 30,000 Mann Landungstruppen unter General Bourbaki. Tags nach seiner Ernennung begab sich Bouet-Villaumetz nach Cherbourg. In dem Arsenal daselbst fehlte fast alles. Nicht nur die Gegenstände der Bewaffnung und der Proviant waren nicht in genügendem Vorrath vorhanden, sondern es fand sich auch nicht die nöthige Mannschaft. Admiral Rigault kannte übrigens alle Hindernisse, denn unter den Ministern hatte er allein im vollen Ministerrathe den Muth gehabt, zu sagen, daß er nicht fertig wäre. Indeß beeilte Vice-Admiral Bouet nichtsdestoweniger seine Abreise. Die Instructionen, die er vom Marine-Minister Rigault empfing, sprachen übrigens, obgleich doch Jenem die Mangelhaftigkeit der Ausrüstung nicht unbekannt war, von der „kolossalen Flotte des Nordens" nur, als ob sie complet und in der Verfassung sei, ohne Weiteres die Offensive zu ergreifen. Ein Schiffscapitän war nach Dänemark gesandt, um kundige Lootsen zu werben, was ihm ohne Schwierigkeit gelang. Mehr noch bewies Anderes, daß Dänemarks Sympathien ganz auf Seiten Frankreichs waren. Die Küstenwächter in Jütland empfingen Instructionen, welche ihnen erlaubten, mit den Franzosen mittelst Hülfe geheimer Signale zu correspondiren; die Bucht von Kjöge, südlich von Kopenhagen, war zur Verproviantirung der französischen Flotte eingeräumt. Ueberdies war dem Admiral eine Summe von 200,000 Francs (zu Bestechungen) zur Verfügung gestellt.

Nach der Instruction des Ministers sollte der erste Operationspunkt des Admirals Bouet die Jahde sein. Letzterer hoffte, daß es ihm gelingen werde, den Admiral Prinzen Adalbert auf offener See zu überraschen, und er entwarf vor seinem Absegeln von Cherbourg seinen Angriffsplan. Prinz Adalbert hatte unter seinem unmittelbaren Befehle drei Panzerfregatten und einen Monitor, „König Wilhelm“, ein Kriegsfahrzeug, das in Bezug auf Schnelligkeit und Geschützeskraft allen im Aufbruch befindlichen französischen Schiffen überlegen war. Nur ein Schiff der französischen Flotte, der „Rochambeau“, würde sich haben mit jenem Schiffe messen können. Allein am 23. Juli war der „Rochambeau“, welcher — Alles eingerechnet — Frankreich ein Dutzend Millionen gekostet hatte, nicht seebereit. — Es unterliegt keinem Zweifel, daß der „Rochambeau“ eines der furchtbarsten Zerstörungs- und Vertheidigungswerkzeuge ist, die es giebt. Da aber, wie bemerkt, auf seine unmittelbare Mitwirkung nicht zu zählen war, so hatte der Admiral Bouet sich für einen Kriegsplan entschieden, dessen Ergebniß die Paralysirung der Geschützkraft des „König Wilhelm“ sein sollte. In dem Angriff „auf den Stoß“ hing Alles von der Geschicklichkeit des Manövers und der Schnelligkeit des Anlaufs ab. Am 24. Juni 5 Uhr Abends verließ das Geschwader den Hafen von Cherbourg. Der Aviso „Jerome Napoleon“ begleitete die Flotte, um nach Dünkirchen mit Nachrichten von derselben, sei es nach einem Kampfe bei Begegnung des preußischen Geschwaders, sei es nach seiner Ankunft bei Helgoland, zurückkommen zu können. Man weiß, daß Helgoland eine Insel gegenüber der hannoverschen Küste, bei 20 — 25 Meilen von den Mündungen der Weser und Elbe ist und England gehört. In diesen Gegenden mußte das französische Geschwader zuerst operiren. Vieles, die Ausrüstung der Schiffe betreffend, war mangelhaft, die Artillerie aber war gut, und da der Commandirende im Augenblick keinen anderen Zweck hatte, als die feindliche Flotte zu verfolgen und zu schlagen, so hatte

er nicht wenig Zuversicht und ging, um aus dem Canal zu kommen,
mit vollem Dampf nach Nordost. Weder auf der Fahrt gen
Norden, noch bei der Recognoscirung der Rhede an der Jahde,
der hannöverschen Küste entlang, wurde die preußische Flotte
aufgefunden. Wo war sie? Von einer Seite ward behauptet,
Prinz Adalbert habe die Route in die Ostsee eingeschlagen, um
im Hafen zu Kiel Sicherheit zu suchen. Dem wurde die Meinung entgegen gestellt, es sei nicht anzunehmen, daß die preußische
Regierung ihr Geschwader habe in Kiel einlaufen lassen, da
sie der Stütze Rußlands nicht sicher sei. Das dadurch hervorgerufene Schwanken, das der französischen Flotte eine mehrere
Tage dauernde Unthätigkeit auferlegte, wirkte um so nachthei-
liger, als Admiral Bouet ohne dänische Karten abgesegelt war,
welche ihm vor seinem Auslaufen hatten geliefert werden sollen,
und ohne welche es ihm so zu sagen unmöglich war, in einer
angemessenen Entfernung von diesen Küsten zu fahren, an denen
alle Leuchtthürme ausgelöscht waren. Nachdem der Admiral nun
auch noch durch seine Capitäne erfahren hatte, daß beim größten
Theil der Schiffe der Kohlenvorrath unvollständig, bei einigen
geradezu unzureichend war, entschloß er sich, seine Rückkehr nach
dem Norden anzutreten. Nachdem die Schiffe sich mit neuen
Vorräthen versehen hatten, wurden die Operationen wieder aufgenommen. Am 28. Juli begegnete das Geschwader an der
äußersten Spitze von Dänemark den Herrn von Champeau,
welcher an Bord kam, um den Admiral Bouet im Namen des
französischen Ministers zu ersuchen, in die Ostsee einzulaufen.
Dabei mußte die Haltung Dänemarks in Betracht kommen.
Sie characterisirte sich von vorn herein schon dadurch, daß in
diesem Lande eine Subscription für die verwundeten Franzosen
in wenigen Tagen die Zahl von 80,000 Francs, eine für die
verwundeten Deutschen in gleichem Zeitraume nur 1800 Francs
ergeben hatte. Fast die ganze dänische Presse predigte glühend
Krieg und Haß gegen Preußen. Frankreich hatte da eine
Macht, die ganz bereit war, mit ihm zu gehen, und der man

nur die Hand reichen durfte. Wäre Dänemark ein Verbündeter Frankreichs geworden, so hätte das von bedeutenden
Folgen sein können. Durch seine Marine, welche besser in
diesen gefährlichen Gewässern zu Hause und zur Beschiffung dieser
drohenden Engen geeigneter war, wäre die Landung leicht geworden, und da Dänemark sofort fast 40,000 Mann in's Feld
stellen konnte, wäre Preußen im Norden von einer Armee von
70,000 Mann bedroht worden, welche es gezwungen hätten,
mehr als 200,000 Mann in Hannover und Holstein zu concentriren, ohne die Garnisonen zu rechnen, deren es in seinen
anderen von den französischen Fregatten bedrohten Küsten-
städten bedurfte. Um ein solches Ergebniß aber erzielen zu
können, mußte vor Allem die französische Landungs-Armee
erscheinen. Die Anwesenheit des Geschwaders allein genügte
nicht, um eine Volksbewegung hervorzurufen. Wie sollte überdies der Admiral den sich widersprechenden Befehlen genügen,
die Jahde zu überwachen und in die Ostsee einzulaufen? Er
telegraphirte um neue Instructionen an sein Ministerium. Fast
gleichzeitig war ein Telegramm aus Paris an den Admiral
eingegangen. Es wurde ihm „empfohlen", ansehnliche Kräfte
zur Beobachtung an der Jahde zu lassen, einen Observations-
punkt zu wählen und die dänische Neutralität zu achten. Man
sieht, was für Befehle, was für unnützes Kommen und Gehen
ohne bestimmten Zweck! Wo sollte man diesen Observations-
punkt wählen? In der Nordsee oder in der Ostsee? Man
vergaß in Paris (oder wußte es nicht), daß die Entfernung
von der Jahde nach Kiel fast 300 Seemeilen beträgt, und daß
der Weg zum Theil durch Meerengen führt, welche von Stürmen
sehr oft für große Schiffe unzugänglich gemacht werden. Man
muß wahrlich annehmen, daß es im Marine-Ministerium keine
französischen Karten mehr gab, so wenig wie dänische Karten
an Bord des Geschwaders vorhanden waren. Vergeblich
wartete der Admiral immer noch auf die Instruktionen, welche
er von Paris gefordert hatte, und er wußte sich das Schwei-

gen des Ministers noch nicht zu erkären, als er einen Besuch des Herrn v. Cadore empfing. Dieser kam aus Kopenhagen, wohin er gesandt worden war, um mit den nordischen Mächten über eine Allianz zu verhandeln. Er bat den Admiral Bouet, sich gegen den Sund zu bewegen. Der Admiral wies nach, daß ihm dies unmöglich sei, willigte aber ein, noch 48 Stunden zu warten; gehe bis dahin eine Depesche nicht ein, so müsse er, gemäß seiner ersten Instruction, nach der Jahde zurückkehren. Inzwischen ward dem Admiral mitgetheilt, daß der preußische Monitor „Arminius" mit dem Schiffe „Elisabeth" den großen Belt hinaufzugehen sich anschicke. Er sandte gegen die beiden Schiffe vier Fregatten ab, konnte sich aber gerade dadurch überzeugen, daß seine Flotte nicht geeignet sei, in diesem nur für Schiffe mit geringem Tiefgang offenen Gewässer zu operiren. Der „Arminius" gelangte, ehe man ihn erreichte, in eine jütländische Bucht, somit in ein neutrales Gewässer und setzte folgenden Tags bei Nebel seine Fahrt längs der Küste fort, wo ihn die französischen Fregatten nicht zu verfolgen vermochten. Er gewann so die Nordsee und die Jahde, ohne weiter bemerkt zu werden. Die „Elisabeth" ging nach Kiel zurück.

Am 2. August endlich gelangte eine Depesche aus Paris an den Admiral Bouet, welche ihm das Einlaufen in die Ostsee befahl. Die zweite Phase der französischen Expedition, d. h. die mühseligste und schwierigste, sollte beginnen.

Wenn man in der Richtung von West nach Ost die äußerste Spitze Dänemarks hinter sich hat und danach das Kattegat, das ist das Dänemark von Schweden trennende Binnenmeer, hinausgegangen ist, findet man drei Straßen zum Einlaufen in die Ostsee vor sich: den kleinen Belt, den großen Belt und den Sund. Bei dem Tiefgang der Schiffe mußte die gefährlichste Straße, der von Riffen übersäete große Belt zur Durchfahrt gewählt werden. Mit Noth und Angst brachte man das schwere Werk hinter sich. Am 1. August erreichte das Geschwader die Bucht von Marstal, und der Admiral

recognoscirte, um den zur Landung der verheißenen Truppen
günstigsten Platz ausfindig zu machen, nach und nach Neustadt,
Wismar und Rostock und ging darnach mit der Flotte vor
Colberg. Das günstige Wetter erleichterte die Fahrten; bei
einbrechender Nachtzeit jedoch mußte man, da die Leuchtfeuer
an der Küste fehlten, darauf bedacht sein, die hohe See zu
gewinnen. Nicht im Mindesten in Zweifel darüber, daß Dänemark mit nächstem aus seiner Neutralität heraustreten würde,
erkundete der Admiral in den folgenden Tagen die Stellung
bei Alsö, einem Punkte, dessen er sich zu bemächtigen hoffte,
und wo das Landungscorps vortheilhaft gegen Alsen, demnach
gegen die schleswigsche Küste würde operiren können. Der
Admiral beeilte sich, seinen Plan zur Kenntniß des Marine-
ministers zu bringen; aber kaum war seine Depesche abgegangen,
als er von Jenem eine Mittheilung vom 7. August empfing,
die mit den Worten begann: „Ernste Ereignisse haben an
unseren Grenzen stattgehabt. Die Armee hat Unfälle erlitten,
und es ist Pflicht der Flotte, mit noch größerem Eifer die Gelegenheit wahrzunehmen, dem Feinde zu schaden." Es war in
der Mittheilung weiterhin der Abgang des längst erwarteten
zweiten Geschwaders angekündigt, dagegen fehlte jede Andeutung darüber, ob dieses zweite Geschwader die noch viel bring-
licher erwarteten Landungstruppen bringen werde. Es mußte
angenommen werden, daß dies nicht der Fall sei, ein Umstand,
der nicht geeignet war, den Admiral Bouet zuversichtlicher zu
stimmen. Er nahm seinen Cours auf die preußische Küste
wieder auf und suchte sich zunächst Kunde darüber zu verschaffen,
ob der Hafen von Kiel Kriegsschiffe berge. Bald vernahm er,
daß nur kleine Schiffe, die „Elisabeth" und einige Kanonen-
boote dort seien. Ein Schiff, der „Reinold", ankerte im Vor-
derhafen, bei Friedrichsort, und war dazu hergerichtet, quer in
dem schon durch drei Reihen Holzverpfählungen und mehreren
Reihen Torpedos gut vertheidigten Hafeneingang versenkt zu
werden. Diese Vertheidigungswerke waren so weit vom Kriegs-

hafen Kiel entfernt, daß selbst ein Ueberwinden derselben den
französischen Fregatten noch nicht die Möglichkeit gab, mit ihrer
Artillerie die Stadt Kiel zu erreichen. Der Weg dahin war
nur unter einem vernichtenden Feuer der längs dem Ufer mehr
als 30 Meter hoch gelegenen Forts möglich. Ein Geschwader
kann wohl versuchen, Torpedogürtel zu durchbrechen und die
furchtbaren Batterien anzugreifen — ein Theil der engagirten
Kräfte opfert sich dann, um den andern, welche folgen, das
Fahrwasser zu öffnen. Aber was wäre mit der bloßen Eröffnung des Hafens gewonnen gewesen? Der Plan, dessen Durchführung dem Admiral Bonet empfohlen war, hatte Leuten sein
Dasein zu verdanken, die vom Kamin aus einen Phantasiekrieg
führen. Um gegen Kiel und die andern wichtigen Küstenorte
mit Aussicht auf Erfolg operiren zu können, hätte man Ka-
nonenschaluppen, schwimmende Batterien und Landungstruppen
zur Besetzung der forcirten Punkte gebraucht. Nichts von dem
Allen war vorhanden.

Von Kiel aus ging das Geschwader die Küste entlang,
fuhr um die Insel Fehmarn und ging die Bucht von Neustadt
hinab. Darnach nahm Bonet seinen Cours auf Rügen in der
Absicht, sich dieser Insel zu bemächtigen. Kaum war die Richtung nach dem Osten eingeschlagen, so fand der „Coligny" das
Geschwader, und der Admiral empfing zwei Depeschen aus
Paris; die eine vom 6. August befahl ihm, mit seiner Flotte
unverzüglich nach Frankreich zurückzukehren; die andere (vom
Tage darauf) enthielt den Befehl, zu bleiben.

Sich durch Zögerungen und Widersprüche gelähmt fühlend,
ging Bonet in die Kjögebucht zurück und erwählte eine Commission von Offizieren, denen er den Auftrag ertheilte, sich über
die angreifbaren Küstenpunkte auszusprechen.

Die Commission überreichte dem Admiral ihren Bericht
am 12. August. Ueber Alsen war Folgendes gesagt: „Der
Meeresgrund gestattet nicht, sich dieser Insel auf weniger als
3000 Meter zu nähern, eine Entfernung, auf welcher ein Ge-

fecht nutzlos wegen der vernichtenden Feuer der Forts sein
würde. Hier ist ohne Landungscorps nichts zu erreichen, umso-
mehr, als es sehr wahrscheinlich längs der Küste unterseeische
Vertheidigungsmittel giebt, welche unumgänglich beseitigt werden
müssen, und deren Beseitigung nur wird versucht werden können,
wenn das Geschwader mit dem hierzu nöthigen Material versehen sein wird." Weiterhin ließ sich der Bericht über Düppel,
Kappeln, Eckernförde, Kiel, Neustadt, Colberg und Danzig u. s. w.
aus. Der Schluß lautete: „Colberg und Danzig können demnach allein angegriffen werden, aber die geringe Wirkung, welche
aus diesen beiden Versuchen entspringen würde, wäre der Art,
daß sie den „Glauben an die Stärke" des französischen
Geschwaders benachtheiligen würde. Um dort mit Vortheil zu
operiren, brauchte man besondere Schiffe, und man müßte die
Aussicht haben, daß man den Feind zwingen könnte, Truppen
an diesem Küstentheile festzuhalten. Dieses Werk wäre aber
nur mit Hülfe eines Landungscorps zu erreichen."

Der Admiral Bouet beschloß nun, auf Colberg einen Angriff auszuführen. Als er eben in der Vorbereitung begriffen
war, empfing er, am 13. August Nachts, eine Depesche, welche
ihm anzeigte, daß die preußische Flotte die Jahde verlassen habe
und an der jütischen Küste heraufgehe, um in die Ostsee einzulaufen. Der Admiral zweifelte nicht daran, daß diese Nachricht (es war ihm dieselbe muthmaßlich von dänischer Seite zugegangen) richtig sei. Er sagte sich, Prinz Adalbert habe wahrscheinlich von dem Abgange des zweiten Geschwaders aus Cherbourg Kenntniß erlangt und suche nun in dem von ihm für
unangreifbar gehaltenen Kiel Zuflucht. Bouet beeilte sich, seine
Schiffe zu sammeln und mit ihnen in den großen Belt hinauf
zu gehen, um sich der Durchfahrt der Flotte des Prinzen zu
widersetzen.

Neue verlorene Zeit und Mühe! Es stellte sich nach
einigen Tagen heraus, daß die preußische Flotte die Jahde nicht
verlassen hatte, ja sie wurde bereits daselbst von der zweiten

französischen Flotte unter Führung des Admirals Fourichon blockirt.

Admiral Bouet ging wiederum südlich, zunächst in der Absicht, die Blockade so wirksam als möglich zu machen. Am 16. August berichtete er dem Minister, daß die kleinen preußischen Schiffe bei dem Umstande, daß er nur tiefgehende Fahrzeuge unter seinem Befehle habe, sich stets die Küste entlang flüchten könnten, und daß die Blockade mehr von einer moralischen als reellen Wirkung sei, da das zu überwachende Gestade (von Kiel bis Memel) eine Ausdehnung von mehr als 150 französischen Seemeilen habe.

Vom 23. August an blockirte Bouet die fünf wichtigsten Häfen des Gestades, und es blieben ihm zum Kreuzen auf hoher See nur zwei Fregatten. Dabei fehlte ihm ein Wachtschiff, und er wurde auf der Rhede, wo er seine Kohlen faßte, nicht selten durch schnelle feindliche Aviso's besucht, welche unversehens Nachts die Küste entlang kamen, auf das Admiralsschiff ihr Feuer abgaben, Torpedos unter seinen Kiel zu befördern suchten und darauf flohen, ohne daß ihre Verfolgung möglich war.

Das Alles ward nach Paris berichtet, ohne daß für Abhülfe irgend etwas geschah. Die dänischen Lootsen selbst waren in Sorge, denn die Jahreszeit wurde rasch schlechter, Stürme folgten auf Stürme an Küsten ohne Leuchtfeuer, ohne völlig geschützte Buchten und voller Riffs und Untiefen! Zudem konnte der Fall eintreten, daß Dänemark bei den Mißerfolgen der französischen Waffen durch Preußen genöthigt ward, der französischen Flotte die Mittel der Verproviantirung zu verweigern. Endlich wirkten auch die Nachrichten, die von Frankreich her kamen, fortgesetzt auf die Schiffsbesatzungen höchst niederschlagend.

Fast übler noch gestalteten sich die Verhältnisse für die zweite französische Flotte, die, von Admiral Fourichon geführt, am 9. August in der Nordsee erschienen war, um dort an den

II.   **2**

Küsten von Schleswig und Hannover zu kreuzen. Ein Blick
auf eine noch so unvollständige Karte dieser Gewässer reicht
hin, sich die Hindernisse zu erklären, welche die Blockade durch
ein Panzergeschwader bot. In der Tiefe dieses Trichters, wo
die französischen Fregatten operiren sollten, öffnen sich Elbe, Weser
und Jahde, welche in der Nähe bei Tag und Nacht und jedem
Wetter überwacht werden sollten. Admiral Fourichon konnte an
diesen feindlichen Küsten ohne Zufluchtsort an keine Proviant-
station denken; das englische Eiland Helgoland, welches ihm
übrigens bei Unwetter keinen Zufluchtsort zu bieten vermochte,
war ihm verschlossen, und nur auf hoher See sollte er die Erneuerung von Kohlen und Lebensmitteln vornehmen dürfen.
Die in diesen Gewässern meistens von Südwest wehenden Stürme
hinzugenommen, begreift man leicht, was es für das zweite
französische Geschwader hieß, an diesen Gestaden zu kreuzen.

Der Admiral Fourichon theilte sein Geschwader in drei
Divisionen; eine Division hatte die Elbmündung, die zweite die
Wesermündung zu überwachen, er selbst blieb mit der dritten
Division vor der Jahde. Das Wetter wurde schlecht, Sturm
folgte auf Sturm, und die Verproviantirung der Fregatten,
welche, wie bemerkt, nur auf hoher See und mittelst Barken
vor sich gehen konnte, wurde sehr schwierig. Die großen Schiffe
der Flotte fuhren fort, kräftig gegen die Elemente zu ringen,
aber die Kohlenfahrer und Proviantschiffe kamen nicht nur nicht
mehr mit der gleichen Regelmäßigkeit, sondern sie blieben auch
oft mehrere Tage lang unter Segel, bevor sie sich mit dem Geschwader vereinigen konnten, und der Verlust einer ziemlichen
Zahl von ihnen war für die Flotte äußerst nachtheilig. Je
mehr die Jahreszeit vorrückte, desto drohender wurden die Aequi-
noctialstürme, und die Fregatten fanden sich bald in einer sehr
kritischen Lage und ohne genügende Heizmittel.

Inzwischen hatte sich auch noch die Lage der von Bouet
geführten französischen Ostseeflotte entsprechend verschlimmert,
und als nun gar den äußeren die inneren Bedrängnisse sich

gesellten, die ihren Gipfelpunkt in der Kunde der Tage von
Sedan fanden, waren beide Admirale nur noch von dem Wunsche beseelt, durch Zurückberufung die traurige Rolle beendet zu
sehen, zu deren Trägern sie erwählt worden waren, und es
darf hier hinzugefügt werden, daß ihrem Wunsch bald darauf
Genüge gethan ward. —

Gedenken wir hiernach der deutschen Flotte, deren Verhalten der französischen Flotte gegenüber mehrfach bemängelt
worden ist. Die großen Erfolge, die zu Lande errungen worden waren, hatten das ungeduldige Verlangen erregt, auch vom
Meere her Kunde bewunderungswürdiger Thaten zu vernehmen.
Da nun dabei die factischen Verhältnisse, namentlich der Unterschied der gegenseitigen Streitkräfte, gar nicht oder zu wenig in
Betracht gezogen wurden, mußte es zu schiefen Auffassungen kommen. Weiterhin jedoch gewann, angeregt durch sachgemäße
Erörterungen in den hervorragendsten Zeitungen, die sich namentlich auf die Darlegung eines Fachmannes, des Corvetten-
Capitäns Livonius, stützten, eine ruhigere Betrachtnahme Raum,
und bald herrschte kein Zweifel mehr darüber, daß die junge
deutsche Flotte gethan habe, was nur irgend vernünftiger Weise
von ihr verlangt werden konnte. Es wäre nicht Muth, es
wäre Wahnwitz gewesen, wenn die deutsche Flotte mit ihren
5 Panzerschiffen gegen die französische Seemacht, die 50 Pan-
zerschiffe zählte, in offener See sich hätte messen wollen, zumal
in einer Zeit, in der Dänemark auf dem Sprunge stand, Frankreichs Verbündeter zu werden. Was möglich war, energische
Abwehr gegen den Feind durchzuführen, geschah. Von dem
Augenblicke an, in dem bekannt geworden war, daß die erste
französische Flotte sich zum Auslaufen anschickte, wurde Tag
und Nacht an der Befestigung der Häfen von Kiel und Wil-
helmshaven gearbeitet. Namentlich suchte man die Hafenein-
fahrten durch Balkenverbindungen, Ketten, Versenkung von
Fahrzeugen, Auslegung von Netzen und Torpedos zu sperren
und die zur Verwendung ausersehenen Fahrzeuge auszurüsten.

2*

An Thatendurst fehlte es nicht, wie auch nicht an Vorlage von
Plänen, Wagestücke zu unternehmen. Aber es stand mehr auf
dem Spiele, als die Personen, die Verlangen trugen, den Feind
anzugreifen, und als die Schiffe, mittelst derer dies hätte geschehen
können. Das Unterliegen im Kampfe auf offenem Meere hätte
den Verlust der Häfen zur Folge gehabt. Man male sich die
Folgen aus, die es nach sich gezogen hätte, wenn es z. B. dem
Feinde gelungen wäre, in die Jahde einzudringen! Dort hätte
er Schutz vor den Stürmen der offenen See, die Alliirten
Deutschlands waren, gefunden, dort hätte er sich mit Kohlen,
Proviant und allen Mitteln zu weiteren Operationen zu versehen vermocht. Und welch ein Material wäre dem Vaterlande verloren gegangen! Bedenkt man, welche Thätigkeit es
voraussetzte, alle bedrohten Punkte in der kurzen Frist von dem
Tage der Kriegserklärung an bis zu dem Tage des Erscheinens
der ersten feindlichen Flotte in eine Wehrverfassung zu setzen,
die den Feind in respectvoller Entfernung hielt, bedenkt man
ferner, daß die deutschen Kriegsschiffe sich unausgesetzt schlag-
fertig hielten, dem etwa andringenden Feind gebührend zu begegnen, so muß gesagt werden: auch die deutsche Seewehr hat
treue Wacht gehalten, auch ihr gebührt ein Ruhmesblatt in der
Geschichte dieses entscheidenden Krieges.

Die stolze Armada Frankreichs war also nicht im Stande
gewesen, sich eines Hafens oder auch nur eines einzigen Ortes
während desselben Zeitraums zu bemächtigen, in welchem von
den deutschen Heeren ganze Armeen theils gefangen, theils eingeschlossen worden waren. Konnte es da verwundern, daß
der französischen Seemacht, sechs Wochen früher ein Gegenstand
der größten Besorgniß für die Deutschen, kaum noch gedacht
ward? Daher wurden denn auch Streitkräfte, die aus Fürsorge
zur Küstenwacht aufgestellt worden waren, nach dem Süden
gerufen. So traf u. A. auch die 18. Division unter Führung
des Großherzogs von Mecklenburg-Schwerin auf dem Kriegsschauplatz ein.

Inzwischen war in den Departements Elsaß und Lothringen von deutscher Seite eine Civilverwaltung eingesetzt, der
Graf Bismarck-Bohlen zum General-Gouverneur im Elsaß, der
General von Bonin zum General-Gouverneur in Lothringen
ernannt, Post- und Telegraphenwesen nach deutschem Fuße eingerichtet und Aufhebung der Conscription verkündet worden.
Um so lebhafter regte sich der Wunsch im deutschen Volke, die
alten Reichslande Elsaß und Lothringen wieder an Deutschland
zurückgebracht zu sehen. In Berlin gab Ende Augusts diesem
Wunsche eine Adresse der Bürgerschaft an den König Ausdruck, in der es hieß:

„Um Eure Majestät und deren Verbündeten schaarte sich,
als der Krieg unvermeidlich war, einmüthig die Nation. Sie
gelobte, treu auszuharren in dem Kampfe für die Sicherheit,
Einheit und Größe des deutschen Vaterlandes. Gott hat die
Waffen gesegnet, welche für die gerechte Sache mit unübertrof-
fener Tapferkeit geführt werden. Mit Strömen des edelsten
Blutes sind die Siege errungen worden, doch unerwartet schnell
haben sie dem vorgesteckten Ziele uns nahe gebracht. Gewaltige Anstrengungen stehen noch bevor; das deutsche Volk ist zu
jedem Opfer entschlossen, welches den höchsten nationalen Aufgaben gewidmet ist. Aber in der Mitte der ernsten und gehobenen Stimmung werden wir beunruhigt durch die immer wiederkehrenden Berichte, daß fremde Einmischung, die doch die
Schrecken des Krieges nicht abzuwenden wußte, jetzt bemüht
sei, den Preis unserer Kämpfe zu begrenzen. Das Andenken
an die Vorgänge nach der glorreichen Erhebung unserer Väter
lebt frisch in unserem Gedächtniß und mahnt Deutschland, daß
es die Forderungen seiner Wohlfahrt allein berathe. Darum
nahen Eurer Majestät wir abermals mit dem Gelöbniß, treu
auszuharren, bis es der Weisheit Eurer Majestät gelingt, unter
Ausschluß jeder fremden Einmischung Zustände zu schaffen,
welche das friedliche Verhalten des Nachbarvolkes besser, als
bisher, verbürgen, die Einheit und Freiheit des gesammten

deutschen Volkes begründen und gegen jede Anfechtung sicher stellen."

Daß diese und ähnliche Kundgebungen günstige Aufnahme gefunden hatten, ließ sich bald darauf aus einem Artikel des preußischen „Staats-Anz." entnehmen, in welchem es hieß: „Dem Vorgange der berliner Bürgerschaft, welche in einer Adresse an Seine Majestät den König auf's Neue den Entschluß zu erkennen giebt, selbst unter den schwersten Opfern im Kampfe für Deutschlands Ehre treu an seiner Seite zu verharren, sind bereits viele Städte Nord- und Süddeutschlands mit Adressen und Resolutionen ähnlichen Inhalts gefolgt. Nach den uns darüber zugegangenen Telegrammen sind in Königsberg, Breslau, Stettin, Magdeburg, Schleswig, Kiel, Frankfurt, Marburg, Schwerin, Leipzig, Chemnitz, Meiningen, Darmstadt, Mainz, München, Augsburg, Stuttgart die Adressen ausgelegt und schon mit Tausenden von Unterschriften bedeckt, theils sind dieselben schon an das königliche Hauptquartier oder an die verbündeten deutschen Fürsten abgesandt worden. Das ganze deutsche Volk giebt dadurch den festen Willen kund, vor keinen Opfern zurückzuschrecken, welche zur Erreichung eines seine Dauer verbürgenden Friedens erforderlich sein sollten." Der Kundgebung in dem amtlichen Blatte entsprach der Eifer, mit dem die Aufstellung dreier Reserve-Armeen betrieben ward. Es konnte jetzt schon Keinem zweifelhaft sein, daß der König Wilhelm entschlossen war, das „verlorene Gut", die Reichslande Elsaß und Lothringen, die sich bis auf die Festungen Straßburg, Metz, Belfort und Bitsch bereits in der Gewalt der Deutschen befanden, für Deutschland dauernd in Anspruch zu nehmen und jeglicher fremden Einmischung, falls eine solche versucht werden sollte, gebührend zu begegnen. Diese Annahme fand darin einen neuen Anhalt, daß der Verwaltung des Elsaß noch der deutsche Theil Lothringens unterstellt ward. So nahm man denn allgemein an, daß das neugebildete Gouvernement Elsaß (Elsaß und der deutsche Theil Lothringens) jetzt schon als unerläßlicher Preis

des Sieges, mithin seine Zuerkennung an Deutschland von
Seiten Frankreichs als erste Bedingung eines Friedens angesehen werde.

Sturz des Kaiserreichs.

Welcher Art wird der Widerhall sein, den der Donner
von Sedan in Paris finden wird? Dies war begreiflicher
Weise eine der Fragen, die um jene Zeit auf das Lebhafteste die Deutschen beschäftigte. Die Franzosen hatten längst
mit dem ihre Stadt umgebenden Festungsgürtel geprahlt; aber
was war dieser Gürtel von Stein gegen die in ihnen aus
Lüge und Eitelkeit aufgebauten Befestigungen, die den wahren
Nachrichten vom Kriegsschauplatz her den Zugang gewehrt oder
sie geschwächt und entstellt, ja bis in ihr Gegentheil verkehrt
hatten? Was war von den Parisern aus Weißenburg, Wörth,
aus den Kämpfen um Metz gemacht worden! Und vor die
Mauern von Metz war der Feind von Bazaine „nur gelockt
worden, um ihm blutige Niederlagen zu bereiten und ihn festzuhalten, bis Mac Mahon ihn umgangen und dann dem
auf den Knien Liegenden den Opferstahl in den Nacken ge-
bohrt haben würde"; kurz der Tag war nahe — in den ersten
Tagen des September wurde er bestimmt erwartet —, an dem
der Boden Frankreichs, „der schon die Hälfte des Barbarenheeres
verschlungen hatte", auch die andere Hälfte verschlingen würde! —
Freilich war in die Lügenwerke mehrfach schon Bresche geschossen
und für den Augenblick dadurch angstvolle Aufregung erzeugt
worden. Aber immer wieder hatte man bald darnach Hand-
daran gelegt, und mit einer wahren Virtuosität im Erdichten und
Prahlen waren hinter den zertrümmerten neue Lügenwerke hin-
gezaubert worden. Nun war auch der Tag von Sedan gekommen, dessen Posaunenton die Herzen weithin beben gemacht

hatte, und der am 2. September auch bis Paris, jedoch nur
bis in das Ministerium gedrungen war, das sich um diese Zeit
in dem ausschließlichen Besitz der telegraphischen Verkehrsmittel
befand. Palikao hielt vorerst noch die Unglückskunde vor den
Parisern geheim. Es wäre ja gegen alle bisher geübte Praxis
gewesen, sofort mit der unverhüllten Wahrheit aufzutreten!
Ueberdies hatte Palikao, um für den schlimmsten Fall gesichert
zu sein, noch seine Geldangelegenheiten zu ordnen, und es lag ihm
ob, eine Methode zu ersinnen, die geeignet erschien, ihn auch bei
den veränderten Zuständen am Ruder zu erhalten. Während
nun am 3. September die Morgenblätter in den meisten großen
Städten Europas den Fall Sedans verkündeten, enthielt keine
der pariser Zeitungen desselben Tages auch nur die geringste
Andeutung darüber. Nur das Regierungsblatt „Journal officiel" brachte einen Artikel, der als Vorbote einer ernsten
Nachricht und als eine entsprechende Vorbereitung auf dieselbe
angesehen werden konnte. „Die ruhige und entschlossene
Nation", hieß es in dem Artikel, „ist zu allen Opfern bereit.
Alle Franzosen begreifen, daß Einigkeit die erste der Pflichten
ist. Die Feinde werden vor sich nicht blos furchtbar bewaffnete
Steinwälle, sondern auch Wälle des Patriotismus, der Aufopferung, der Energie und einer unbesieglichen Hartnäckigkeit
finden. Paris weiß noch nicht, ob es eine Belagerung zu erdulden haben wird; aber es erwartet eine solche Eventualität
festen Fußes. Ganz Frankreich erhebt sich. Alle Arme bewaffnen
sich für die Vertheidigung des Vaterlandes. Die Hauptstadt
und die Provinzen wetteifern mit einander an Kampflust. Ihre
vereinigten Anstrengungen müssen uns den Sieg sichern." Daß
diese Auseinandersetzung die Bedeutung eines sogenannten vorbereitenden Artikels hatte, wußten am besten Männer zu würdigen, deren Federn schon zu ähnlichen Dienstverrichtungen von
der Regierung in Anspruch genommen worden waren, die demnach so zu sagen das Geschäft, um das es sich hier handelte,
aus eigener Praxis kannten. Einer dieser Männer, Edmond

About, der mit auf den Kriegsschauplatz gezogen war, um als
französischer Homer die Thaten des Kaisers zu verherrlichen, den
aber der Wettersturm des Krieges sehr bald nach Paris zurück-
geschleudert und ihn damit der Gelegenheit beraubt hatte, sich in
der kaiserlichen Gunst zu befestigen, beschloß jetzt, die augenblickliche gespannte Situation zum Verfassen einer effectvollen
Ansprache an die Nation zu benutzen. Wußte er doch aus den
ersten Tagen des Krieges nur gar zu gut, in welchem Widerspruch die pariser Mittheilungen, officielle sowohl wie private,
mit den wirklichen Thatsachen standen! Wohlan, dachte sich
der dem Ruhm und Gelde ebenfalls in erster Linie nachjagende
Franzose, da ich die Rolle des ersten Siegesherolds, zu der ich
an der kaiserlichen Tafel die Weihe empfing, nicht durchzuführen
vermochte, und da es mit der kaiserlichen Herrlichkeit, was nicht
mehr bezweifelt werden kann, vorbei ist, so will ich unter einer
andern Gruppe von Schriftstellern als Erster auftreten! Ge-
schwind! Morgen möchten betäubende Nachrichten meine Stimme
nicht zur Geltung kommen lassen! Frankreich, jetzt sollst du
mich als deinen Priester und Propheten sehen; der „Gaulois"
von heut Abend soll meine Kanzel sein! Und flugs stürzt der
Romanschriftsteller Edmond About an seinen Schreibtisch und
schreibt unter der Ueberschrift „Der heilige Zorn" folgende
Philippica:

„Bis jetzt sind wir die Besiegten. Frankreich wird erobert, Paris, das wunderschöne von der ganzen Welt so geliebte Paris! Dieser Donnerschlag hat Frankreich und Europa
aufgeklärt, und die Dinge haben ein anderes Ansehen bekommen.
Wir kannten unsere Feinde nicht, wir waren unschuldig genug,
zu glauben, daß sie uns einigermaßen ähnlich wären. In der
Trunkenheit des Erfolges haben sie die Maske abgeworfen,
jetzt können wir in ihrer Seele lesen. Dieser König, der Gott
alle seine Siege darbietet, diese Krautjunker-Generale, die da
prahlen, daß sie uns mit dem Säbel civilisiren werden, diese
Apostel des göttlichen Rechts, die sich die Taschen mit gestoh-

leeren Kronen vollstopfen, diese deutschen Patrioten, die ihre
Arme bis an die Ellenbogen in deutschem Blute gebadet haben,
sind bloße Barbaren in Uniform, als Soldaten verkleidete Räuber,
Tartuffes in Rüstung, Basilios in Reiterstiefeln. Lügen, Bestechen und Denunciren sind ihre Lieblingswaffen. Von der modernen Civilisation haben sie sich nichts angeeignet, als die in
der Zerstörungskunst gemachten Verbesserungen; die niedrigen
Instincte und ungeregelten Begierden des Wilden haben sie
behalten; sie ehren den Spion, erschießen als Aufrührer den
Bürger, der sein Vaterland vertheidigt. Hingebung und Heldenmuth bestrafen sie als Verbrechen und beschimpfen den Muth
im Unglück. Als Söhne der Gothen, die Europa im 4. Jahrhundert geplündert, haben sie alle Sitten der Barbaren bewahrt
mit Ausnahme des Ehrgefühls. Wir wissen jetzt, was sie von
uns wollen: Alles, was wir besitzen. Bis jetzt haben sie erst
zwei Provinzen verwüstet; nun marschiren sie auf Paris, um
einen großen Coup auszuführen. Sie theilen sich schon im
Voraus die 1000 Millionen Francs in der Bank und rechnen
auf die absurde Centralisation des Landes, um noch drei- oder
viermal so viel zu erpressen, wenn sie im Besitz von Paris sind.
Auf dieselbe Weise zwingen griechische und italienische Banditen
reiche Familien, zu „blechen", wenn sie das Haupt derselben
in ihren schmutzigen Pfoten haben. Was ist für ein Unterschied zwischen ihren Führern und einem Parlatore oder Takos
Arvanitaki? kein anderer als zwischen einem großen und einem
kleinen Diebe. Die Mittel zum Ziel sind dieselben: Nacht-
märsche, Manöver im Dunkel der Wälder, immer List, Angriffe
nur von vier gegen einen, Meuchelmord, Brandstiftung, Plünderung. Frankreich weiß das jetzt alles. Wir kennen die Race
von Schuften, mit der wir zu thun haben, und da sie uns
unsern Geldbeutel und unser Leben abfordern, so werden wir
uns jetzt ernstlich angelegen sein lassen, zuerst die preußische
Armee und hinterdrein Preußen zu vernichten. König Wilhelm's
Kumpane, die hier eingedrungen sind, werden nicht wieder hinaus-

kommen. Wenn sie, wie sie prahlen, ihre ganze männliche Bevölkerung über unser Land verbreitet haben, so ist das um so
besser für uns. Dann werden wir nach Berlin gehen, um
dies Barbarenthum in seinem Nest zu zertreten. Alle Wege
werden uns offen stehen, ich hoffe aber, daß wir den wählen,
der durch Baden, Württemberg, Bayern führt. Da haben wir
drei kleine Monarchen, die uns ihr Dasein verdanken, denn
wir haben sie vor etwa hundert Jahren geschaffen. Und dennoch
sind die Bayern Preußens Knechte geworden, und auch die
Württemberger haben sich die Freude gegönnt, bei uns einzu-
fallen. Diese Kneipenwirthe, diese Kuppler, diese Schmuggler
von Baden und Kehl, diese miserablen Schurken, die unsere
Stiefel mit ihren Schnurrbärten putzten, wenn wir unser Geld
bei ihnen verschwendeten, sind gekommen, um die Beute des
edlen französischen Volkes auf ihre Karren zu laden. Sie sind
die Raben des Feindes. Wir werden dem schmutzigen Bettel-
pack aber Alles mit Zinsen vergelten. Wir hatten nichts
Böses gegen die deutsche Race im Sinne. Wer trägt die
Schuld, daß wir ihr feind geworden sind? Wenn Frankreich
die Civilisation nicht anders retten kann, als durch Zertretung
des gesammten teutonischen Ungeziefers, so muß am 1. Januar
1871 Europa von allen diesen Hohenzollern, diesen Kraut-
junkern, diesen behelmten Jesuiten befreit sein. Wir müssen
auf unserer Ostgrenze ein auf hundert Jahr zerrissenes, geknebeltes Deutschland haben."

O, wie gefiel dies Wort den Franzosen; das war aus
ihren Herzen gesprochen! „Ein zerrissenes und geknebeltes
Deutschland!" — Das war ja das alte Programm der französischen Politik gegenüber Deutschland. Und mit einem Volke,
das in solchen Stimmen auch noch nach Sedan seine bösen Absichten gegen Deutschland zu erkennen gab, hätten die Sieger
ohne Weiteres Frieden schließen sollen? — Möge, wer solche
Meinung hegte, einmal Schritt vor Schritt von dem 3. September an die hervorragenden Stimmen aus dem französischen Volke

in Betracht ziehen, um die Frage zu beantworten, ob nicht Kern
und Wurzel der Feindschaft gegen Deutschland im französischen
Volk selbst steckte? —

„Daily News" sagt in einer Kritik dieses „heiligen Zornes"
u. A.: „Hat Herr Edmond About ganz und gar die Laufbahn
des jetzigen Kriegsministers, Grafen Palikao, vergessen, des
großen Meister in der Kunst des Plünderns? Und Bazaine!
Von seinen Thaten in Mexiko spricht man aus Anstand und
Mitleid jetzt nicht, nachdem das Unglück Frankreich gezwungen
hat, ihn als militärischen Führer zu tragen. Hat Herr About
vergessen, was er selbst vor kaum einem Monat bei Gelegenheit von „einem Fuß in Preußen" in vorschneller Freude und
rosenrother Ahnung schrieb, wie die Mitraillensen mit den
deutschen Männern umgehen, und in welchem Jubel die Turcos
unter den blonden Frauen Deutschlands leben würden? Vae
victis war Herrn About's stolzes Wort."

In der Mittagssitzung des gesetzgebenden Körpers am
3. September hatte Palikao noch versichert, er wisse Bestimmtes
nicht vom Kriegsschauplatz, er hatte aber das Versprechen gegeben, die Kammern in dem Falle, daß entscheidende Nachrichten
eingingen, sofort zusammenrufen zu wollen. Aber es war nicht
allein die Haltung der Regierung den Eingeweihten verständlich
genug, es machten sich auch politische Wetterzeichen anderer Art
bemerkbar, aus denen zu ersehen war, daß den Bemühungen
der Regierung zum Trotz die Kunde von Sedan in Form un-
heimlicher Gerüchte ihren Weg nach Paris gefunden hatte.
Schon am 2. September hatten die Eisenbahnen viele Flücht-
linge gebracht. Stärker noch war der Zudrang von Flücht-
lingen aus dem Norden und Osten am 3. September. Nicht
allein waren die Bahnzüge überladen, auch die Straßen waren
bedeckt mit Fuhrwerken. Da meinte denn doch Palikao sich zu
einem halben Geständniß herbeilassen zu müssen. Das „Journal
officiel" brachte in seiner Abendausgabe einen Artikel, der die
Niederlage von Sedan eingestand, dagegen in Bezug auf die

Zahl der deutschen Krieger und die gemachten Gefangenen un-
wahre Angabe machte. Er lautete:

„Ein großes Unglück hat Frankreich betroffen. Nach
dreitägigen heldenmüthigen Kämpfen der Armee Mac Mahon's
gegen 300,000 Feinde wurden 40,000 Mann zu Gefangenen
gemacht. General Wimpffen, welcher den Oberbefehl an Stelle
des schwer verwundeten Mac Mahon übernommen hatte, unterzeichnete die Capitulation. Dieser grausame Unglückstag soll
unsern Muth nicht erschüttern. Paris ist heut im Verthei-
digungszustande. Die militärischen Kräfte des Landes organi-
siren sich, und binnen wenig Tagen wird eine neue Armee
unter den Mauern von Paris stehen. Eine andere Armee formirt sich an den Ufern der Loire. Euer Patriotismus, Eure
Einigkeit, Eure Energie werden Frankreich retten! Der Kaiser
ist in diesem Kampf zum Gefangenen gemacht. Die Regierung
weiß sich Eins mit den großen Staatskörpern; sie wird alle
Maßregeln treffen, welche der Ernst der Ereignisse mit
sich bringt.“

Diese Mittheilung, die mit Blitzesschnelle durch Paris
bekannt ward, rief gesteigerte Aufregung unter der Bevölkerung
hervor. Straßen und Plätze waren gegen Abend mit Gruppen
erfüllt, in denen die neuesten Ereignisse in ihrer entstellten
Form besprochen wurden, und in denen auch der „heilige Zorn“
Edmond About's seinen Ausdruck fand. Es bildeten sich Züge,
aus denen man feindselige Rufe gegen das Ministerium, Hoch-
rufe auf den General Trochu vernahm. Trochu, der beim
Kaiser Napoleon wenig Geltung gehabt hatte, stand gerade um
deswillen zu jener Zeit in großer Gunst bei der pariser Bevölkerung. Ein starker Trupp bewegte sich an der Vendôme-
säule vorüber. Unter dem Gebrüll „Nieder mit der Dynastie!“
erhoben sich Tausende von Fäusten gegen das auf der Säule
stehende Erzbild Napoleon's des Ersten. Unter Kundgebungen
ähnlicher Art wälzte sich der Zug nach dem Staatsministerium,
der dermaligen Wohnung Trochu's, zu, und es erhob sich vor

derselben der Ruf: „Es lebe Trochu!" Vergebens versuchten
höhere Offiziere die Menge zu bewegen, daß sie auf das Erscheinen des Gouverneurs von Paris Verzicht leiste. Die
Ovationen erneuerten sich, bis Trochu auf dem Söller des
Palais erschien. „Er ist bleich, sein Auge schwimmt in Thränen." Als er ein Zeichen giebt, daß er zu sprechen wünscht,
tritt vollständige Ruhe ein. „Sie haben nach mir verlangt,
meine Herren," sagt er. „Ich bin hier; was wünschen Sie?"
— „Neues!" ruft eine Stimme. — „Meine Herren, es sind
immer dieselben traurigen Nachrichten." — Eine andere Stimme
ruft: „Sprechen Sie die Absetzung der Dynastie aus!" worauf
der Gouverneur erwiedert: „Meine Herren, ich bin Soldat,
ich habe einen Eid geleistet. Diesen Eid brechen, heißt meine
Ehre besudeln. Die Kammer ist es, an welche Sie ihr Verlangen zu stellen haben." — Er selbst also wollte sich bei dem
Absetzungsacte nicht betheiligen, „weil dies seine Ehre besudele,"
die ihm mehr galt, als die Pflicht an und für sich, einen Eid
zu halten; aber er fand nichts Unehrenhaftes darin, der wilden
Meute den Weg zu zeigen, auf dem das zu erreichen war, was
sie wünschte. — Man ist zufrieden, und unter dem Rufe „Auf,
zur Kammer!" wälzt sich der wachsende Trupp dem Palais
Bourbon zu, in welchem die Abgeordneten tagen. Wie vorher
nach Trochu, so wird hier nach Gambetta gerufen. Er erscheint
und versichert der Menge, daß die Kammer ihre Schuldigkeit
thun und sich des Vertrauens des Volkes würdig erweisen
werde. Unter Anderem äußert er: „Jetzt kann nur noch vom
Volke die Rede sein; aber die Sache des Volkes ist es, sich
zu erheben, um den von Triumphen trunkenen Feind
vom französischen Boden zu verjagen! Zeigen wir
Europa, zeigen wir der Welt, daß Revolution und Patriotismus immer zwei solidarische Ziele sind! Paris hält in seinen
Händen nicht allein das Wohl des Landes, sondern auch das
Heil der französischen Revolution." Jauchzende Rufe folgen
diesen Worten. Alte Bilder in neuen Umrahmungen! — Gam-

betta's Aeußerungen waren Sirenentöne für französische Ohren.
„Jetzt kann nur noch vom Volke die Rede sein!" So hatten
alle französischen Tyrannen gesprochen — bevor das Volk sie
zur Macht erhoben hatte. — Für's Andre athmete seine Rede
ebenfalls jenen „heiligen Zorn" gegen die Deutschen, dem Edmond
About an demselben Tage so beredten Ausdruck gegeben hatte;
auch er schwor ihnen Tod und Verderben für das Verbrechen,
daß sie sich unterfangen hatten, dem Gegner das auf sie ge-
zückte Schwert aus der Hand zu schlagen, und er kündigte an,
daß die Züchtigung dafür, „im Angesichte Europas, ja im Angesichte der Welt" erfolgen solle! Natürlich, wenn Frankreich
sich regt, so muß „das Auge des Weltalls" sich auf dasselbe richten! — Gambetta schloß seine Rede mit den Worten:
„Meine Herren! Ich gehe jetzt zu meinen Collegen zurück, und
ich schwöre Ihnen zu, daß die Nacht oder höchstens die Hälfte
des morgenden Tages nicht vergehen wird, ohne daß wir Beschlüsse gefaßt haben, welche des Volkes würdig sind. Doch
dürfen wir nicht als von außen beeinflußt erscheinen. Ich bitte
Sie daher, fortzugehen. Lassen Sie die Eingänge zum gesetzgebenden Körper frei." Die Menge war befriedigt, der an-
gehende Dictator hatte es bewirkt, daß sie sich unter Hochrufen
auf ihn, den sie als ihren dienstwilligen Vertreter ansah, allgemach zerstreute.

Gambetta war zu den in dem großen Salon der Präsi-
dialwohnung versammelten Deputirten zurückgekehrt, unter denen
die lebhaftesten Berathungen über die Lage und die Mittel,
ihr zu begegnen, stattfanden. Dringend aufgefordert vom Präsidenten Schneider, erschien der Kriegsminister um Mitternacht
in der Versammlung. Man kam dahin überein, daß noch in
der Nacht eine Sitzung des gesetzgebenden Körpers abzuhalten
sei, doch war man längere Zeit uneinig darüber, ob die Sitzung
eine öffentliche, oder eine geheime sein solle. Endlich ward
gefunden, daß die Geschäftsordnung das Letztere erst gestatte,
nachdem ein darauf zielender Antrag in öffentlicher Sitzung

angenommen worden sei. Man ließ daher um 1 Uhr sämmtliche Tribünen öffnen, die indeß fast leer blieben. Um 1¼ Uhr
trat der Präsident Schneider in den Saal; er hatte nicht, wie
sonst, den Großcordon der Ehrenlegion angelegt. Unter den
Ersten, welche nach dem Präsidenten im Saale erschienen, befand sich Graf Palikao, ihm folgte die gesammte Rechte, welche
so eben eine Besprechung über die zu ergreifenden Maßregeln
gehalten hatte. Die Bänke der Linken füllten sich schnell; Thiers
war auf seinem Platze. Der Präsident Schneider erhob sich
bleich und verstört; er verlas mit Mühe folgende mit Bleistift
auf einem Blatt Papier aufgezeichneten Worte:

„Meine Herren Deputirten, eine ernste, schmerzliche Nachricht ist mir heut Abend mitgetheilt worden. Ich habe sofort
die Kammer zusammenberufen, wie dies meine Pflicht gegen
dieselbe, gegen die Nation war. Ich bin darin einem Gedanken
gefolgt, der mir von einer großen Anzahl unserer Collegen ausgesprochen worden war. Ich habe unter so peinlichen Umständen keine andere Verantwortlichkeit, als die Verpflichtung,
Sie hier zu versammeln. Ich ertheile dem Herrn Kriegsminister
das Wort, um die in der gestrigen Sitzung von ihm abgege-
bene Erklärung zu vervollständigen.“

Eine tiefe Stille folgte diesen Worten. Palikao bestieg
die Tribüne und sprach:

„Meine Herren Deputirten, ich habe die schmerzliche Aufgabe, Ihnen anzukündigen, was meine Worte an diesem Morgen Sie bereits voraus ahnen ließen. Die officiösen Nachrichten sind officiell geworden. Nach drei Tagen heldenmüthiger
Kämpfe ist unsere Armee auf Sedan zurückgedrängt und dort
von so überlegenen Streitkräften eingeschlossen worden, daß sie
capituliren mußte. Der Kaiser ist zum Gefangenen gemacht
worden. Es ist uns, den Ministern, nicht möglich, einen so-
fortigen Entschluß zu fassen, weil wir nicht die Zeit gehabt
haben, uns unter einander zu verständigen. Ich schlage daher
der Kammer vor, die Berathung zu vertagen.“

Präsident: „Ich schlage der Kammer vor, heut Mittag zusammenzutreten." Gambetta: „Erlauben Sie...." Präsident: „In der unglücklichen, ausnahmsweisen Lage, in welcher wir uns befinden, haben wir ernste Pflichten zu erfüllen, und wir müssen sie in ihrem ganzen Umfange erfüllen. Es scheint mir nun, daß einige Augenblicke der Ueberlegung uns nothwendig sein werden. Ich verlange von der Kammer nicht, über den Vorschlag abzustimmen." (Ja! Ja! Nein! Nein!) Jules Favre: „Wenn die Kammer der Ansicht ist, daß in der unglücklichen Lage, in welcher sich das Land befindet, sie die Sitzung auf heut Mittag vertagen soll, so habe ich für meinen Theil nichts dagegen einzuwenden. Aber da es bei dieser Verwaisung der Gewalt unsere Pflicht ist, Berathungen über die zum Heile des Vaterlandes geeigneten Schritte herbeizuführen, so lege ich folgenden Antrag, dem ich kein Wort der Erläuterung beifügen will, auf das Büreau nieder:

„„Antrag auf Absetzung: Artikel 1. Louis Napoleon und seine Dynastie sind der Befugnisse, welche ihnen die Verfassung übertragen hat, für verlustig erklärt. — Artikel 2. Es wird eine Commission von .... Mitgliedern (die Kammer wird die Zahl bestimmen) ernannt, welche die Aufgabe hat, die Vertheidigung bis zum Aeußersten fortzusetzen und den Feind zu vertreiben. — Artikel 3. General Trochu wird in seinen Functionen als General-Gouverneur von Paris bestätigt.""

„Ich füge Nichts hinzu," schloß Jules Favre, „und gebe den Antrag Ihrer weisen Erwägung anheim."

Der Antrag auf Absetzung der Dynastie rief nicht eine einzige Entgegnung hervor, er erregte nicht einmal ein leises Murren. Eben so bemerkenswerth ist es, daß auch Jules Favre in Betreff des Krieges nur von der Vertreibung des Feindes zu reden wußte, und daß nicht ein einziger Mann der Versammlung Willen und Muth hatte, der Wahrheit die Ehre zu geben, Frankreich als den Angreifer zu bezeichnen und irgend ein Mittel zu empfehlen, das geeignet erschienen wäre, einen

II.   3

Frieden anzubahnen. — Nachdem Jules Favre obige Worte
gesprochen hatte, trennte sich die Versammlung unter eisigem
Schweigen.

In den ersten Vormittagsstunden wurde es in der Stadt
bekannt, daß der gesetzgebende Körper auf Mittag zu einer
Sitzung zusammenberufen sei. In den Straßen, die nach dem
Palais Bourbon führen, drängten sich zahlreiche Colonnen
von Nationalgarde theils mit, theils ohne Waffen, mit Volksmassen untermischt. Ueberall erscholl der Ruf: „Absetzung!
Absetzung! Es lebe Frankreich! Es lebe Trochu!" Die Gardes
de Paris, die am Abend zuvor das Palais Bourbon besetzt
hatten, waren zurückgezogen worden. Jetzt hielten an der Seite
nach der Straße Bellechasse zu Dragoner und Gensdarmen zu
Pferde Wache, an der Seite nach der Straße St. Dominique
und der Esplanade der Invaliden die Stadtsergeanten. Die
Volksmenge wuchs unaufhörlich, und den Journalisten, ja selbst
den bekanntesten politischen Persönlichkeiten, gelang es nur mit
großer Anstrengung, das Sitzungsgebäude zu erreichen.

Endlich, um 1 Uhr 20 Minuten nahm der Präsident
Schneider auf seinem Sessel Platz und erklärte die Sitzung
für eröffnet. Sofort verlangten Glais-Bizoin und Raspail in-
mitten furchtbaren Lärms, daß die Kammer die Absetzung der
Dynastie ausspreche, welches die einzige Rettungsplanke sei.
Graf Keratry beklagte sich lebhaft darüber, daß die Kammer
von andern Truppen als von der Nationalgarde bewacht werde.
Der Kriegsminister habe durch diese Anordnung seine Pflichten
gegenüber der Versammlung verletzt: ja noch mehr, es liege
darin ein offener Act der Feindseligkeit gegen den General
Trochu, welcher in seiner Proclamation als Gouverneur von
Paris diesen Posten der Nationalgarde anvertraut habe. Der
Kriegsminister Palikao bemerkte in stockender und unbeholfener
Rede, Trochu und er hätten verschiedenartige Befugnisse; er,
der Kriegsminister, habe die Truppen zu seiner Verfügung und
bediene sich derselben, wie es ihm beliebe, wogegen auch vom

General Trochu niemals Protest eingelegt worden sei. (Widerspruch und Lärm.) „Uebrigens, meine Herren," fuhr Palikao
fort, „beklagen Sie sich in Wahrheit doch nur darüber, daß ich
Ihnen die Braut so schön schmücke. (Heftiger Lärm. Eine Stimme:
„Wir sind also bei der Hochzeit!") Ich sorge für die Sicherheit
Ihrer Berathungen; Sie beklagen sich darüber. Wenn ich für
diese Sicherheit nicht sorgte, würden Sie sich ebenfalls beklagen."
(Erneuter Widerspruch.) Nachdem sich die Aufregung gelegt hatte,
fuhr der Minister fort: „Als ich in die Kammer eintrat, glaubte
ich nicht auf Fragen, wie man sie so eben gestellt hat, antworten zu müssen; ich war hierher gekommen, um der Kammer
einen Gesetzentwurf zu verlesen, der uns den Bedürfnissen der
gegenwärtigen Krisis zu entsprechen scheint. Dieser Entwurf
lautet: „Ein Conseil der Regierung und National-Ver-
theidigung, aus fünf Mitgliedern bestehend, wird vom gesetzgebenden Körper ernannt. Die Minister werden unter Gegenzeichnung dieses Conseils ernannt." (Ruf: „Ernannt durch wen?")
Palikao im Lesen fortfahrend: „Herr von Palikao wird zum
General-Statthalter beim Conseil ernannt." (Zahlreiche Stimmen: „Wie! was bedeutet das? Was will das sagen?") Der Minister
verlangt, daß diesem Gesetzentwurf die Dringlichkeit zugestanden
werde. Jules Favre erinnert die Kammer daran, daß er gestern
einen dieselbe Frage behandelnden Entwurf überreicht habe, und
er verlangt für denselben die Priorität, weil er zuerst deponirt
worden sei und der Kammer ausgedehntere Befugnisse gebe als
der Regierungs-Entwurf. „Die Kammer", bemerkt der Präsident, „wird darüber befinden; vorläufig gebe ich Herrn Thiers
das Wort, der einen Vorschlag ähnlicher Art einzubringen beabsichtigt." Thiers verlangt, daß jede persönliche Meinung in einer
so schmerzlichen Krisis vor dem allgemeinen Interesse zurücktrete;
indem er daher seinen früheren Ansichten Schweigen auferlege
und sich von seinen Freunden zur Linken trenne, bringe er folgenden Entwurf ein: „Die Kammer ernennt eine Commission für die Regierung und die National-Verthei-

3*

bigung. Eine Constituante wird, sobald die Ereignisse es gestatten, einberufen werden." — Der Minister Palikao erklärt,
das Ministerium widersetze sich dem nicht, daß das Land nach
der gegenwärtigen Krisis befragt werde. Auf den Vorschlag
Gambetta's beschließt die Kammer en bloc die Dringlichkeit
für die drei Anträge Favre, Palikao und Thiers und die Ueber-
weisung derselben an eine und dieselbe Commission.

Die erwählten Deputirten ziehen sich in die Abtheilungen
zurück. Kaum sind indessen zehn Minuten vergangen, als man
von dem Saale des pas perdus aus draußen heftiges Ge-
tümmel vernimmt. Alles stürzt nach dem Hofe. Es sind die
Personen, welche sich auf den Zuhörertribünen befanden und
nun auf der großen Treppe auf den Pont de la Concorde zu
herniedersteigen. Von dort aus schreien sie: „Die Absetzung ist
verkündet!" Sie schwenken ihre Hüte und geben den Nationalgarden, die auf dem Pont de la Concorde Wache halten, Zeichen,
zu ihnen zu kommen. Jene zögern einen Augenblick, dann
setzen sie sich in Marsch, die Menge folgt ihnen. Eine kurze
Zeit lang werden sie von den Gardes de Paris zu Pferde
aufgehalten, die ihnen indessen bald den Weg frei geben, ohne
einen Schuß zu thun. Das Sitzungsgebäude wird von der
Volksmenge in Beschlag genommen. Nationalgarde und Volk
stürzt nach den Tribünen und schreit: „Die Absetzung! die Absetzung!" Die Barrieren und Thüren zum Sitzungssaal werden
eingeschlagen; der Volkshaufe stimmt im Saale die Marseillaise
und den Chant du départ an. Präsident Schneider glaubt
die öffentliche Sitzung wieder aufnehmen zu können. Der Saal
ist indessen von einer zahllosen tumultuarischen Menge erfüllt,
welcher der Präsident vergebens Schweigen zu gebieten sucht.
Man hört ihn nicht. Gambetta besteigt die Rednerbühne und
stellt für einen Augenblick die Ruhe her; bald aber verdoppelt
sich der Tumult. Immer neue Massen dringen in den Sitzungssaal. Der Präsident bedeckt sich, Palikao und die Mitglieder
der Mehrheit ziehen sich zurück. Der ganze Halbkreis des Saales

ist jetzt von den Volksmassen angefüllt, welche aus den Korridoren hereinströmen. National- und Mobilgarden zeigen sich in den für die Abgeordneten reservirten Zugängen. Jules Favre besteigt die Tribüne und verschafft sich für einen Augenblick Gehör. „Keine Gewaltthat!" ruft er. „Bewahren wir unsere Waffen gegen die Feinde und lassen wir uns tödten bis zum letzten Mann. In diesem Augenblicke bedürfen wir der Einigkeit. Das ist auch der Grund, weshalb wir nicht die Republik proclamiren." — „Doch! doch! Es lebe die Republik!" ertönte es von verschiedenen Seiten. Die so riefen, stürzten sich auf die Tribüne, wo sie Jules Favre umringen. Einer von ihnen will sprechen, man reißt ihn mit Mühe von der Tribüne herunter. Während dieser Scene ist der Präsident von seinem Sessel herabgestiegen, welcher leer bleibt. Etwa ein Dutzend Nationalgarden stellt sich hinter dem Präsidentenstuhl auf, zeitweise, wenn der Lärm zu betäubend wird, schwingt einer von ihnen die Präsidentenglocke. Das Eindringen in den Saal nimmt zu. Schon sind fast alle Bänke der Abgeordneten von einer buntscheckigen Menge in Blousen, Röcken, Uniformen der Nationalgarde, in Hüten und Mützen von allen Farben und Formen besetzt. Nur einige Mitglieder der Linken sitzen noch auf den Plätzen. Einige Flinten, denen die Bayonnete abgenommen, und die mit grünen Zweigen geschmückt sind, werden über den Köpfen geschwungen. Da läßt sich der Ruf: „Es lebe Rochefort!" hören. Die Menge stimmt ein: „Es lebe Rochefort! Holen wir ihn aus St. Pelagie!" Rochefort befand sich wegen eines Preßvergehens im Gefängniß. „Wo sind die Deputirten?" rufen Andere. „Wir verlangen die Deputirten zu sehen!" — „Nach dem Stadthause! nach dem Stadthause!" wird von anderer Seite gerufen. „Ja wohl, nach dem Stadthause!" — Es leert sich unter Tumult der Saal, ein Theil der Menge schlägt seinen Weg nach dem Stadthause ein, wohin sich bereits eine Zahl der Abgeordneten der Linken in der Absicht begeben hat, weitere Beschlüsse zu fassen, ein

anderer Theil begiebt ſich nach dem Gefängniß Rochefort's. Auf
dem Wege werden Kaufleute gezwungen, die kaiſerlichen Adler
abzureißen. Um drei Uhr wird das Gefängniß von St. Pelagie
erſtürmt, ſämmtliche politiſche Gefangene, an ihrer Spitze Rochefort und Arthur de Fonvielle, werden in Freiheit geſetzt, die
Genannten darauf im Triumphe nach dem Stadthauſe geleitet.
Daſſelbe gewährte etwa um vier Uhr einen eigenthümlichen Anblick. Alle Fenſter, das Dach, die Schornſteine, die Thüren,
ja ſogar die Blitzableiter waren von Perſonen aus allen Ständen beſetzt.   Gegen fünf Uhr erſchien Gambetta an einem
Fenſter mit Jules Ferry, Emanuel Arago und Jules Favre
und kündigte die Mitglieder der proviſoriſchen Regierung an,
die inzwiſchen daſelbſt gebildet worden war, was mit Hochrufen von den Maſſen beantwortet ward. Bald darauf zeigten
ſich Rochefort und Raspail an einem anderen Fenſter und um-
armten ſich unter Beifallsjauchzen der Menge.

Wer war der Schöpfer dieſer neuen Regierung? Eine bunt
zuſammengewürfelte Menge von Pariſern, die ſich in den Sitzungsſaal gedrängt und jetzt vor dem Stadthauſe aufgeſtellt hatten.
Den Mitgliedern der Kammer, die im Stadthauſe zur Berathung
zuſammengetreten waren, war der Willensausdruck dieſer Leute
genügender Anlaß geweſen, nicht nur über die kaiſerliche Regierung und die ſie vertretende Regentſchaft, ſondern auch über die
geſetzgebende Gewalt, die in der Kammer ihren Ausdruck fand,
hinwegzugeben und ſich ſelbſt dem Lande als ſeine neue Regierung anzukündigen. Von der Kaiſerin, die wenige Zeit vorher
verkündet hatte, daß man ſie bei etwa eintretender Gefahr als die
Erſte „an der Spitze des Volkes“ finden werde, vernahm man
nichts; Palikao hatte den Sitzungsſaal in fluchtähnlicher Haſt
verlaſſen; aber zwei Factoren der Staatsgewalt waren intact,
der geſetzgebende Körper und der Senat. Namentlich war für
jetzt der geſetzgebende Körper der einzige wirkliche Vertreter
des franzöſiſchen Volkes. Ihm waren drei Anträge vorgelegt
worden (von Palikao, Thiers und Favre), von denen der erſte

den Wünschen der rechten Seite des Hauses, der zweite denen
des Centrums, der dritte denen der Linken entsprach, und es
lag nun der Kammer ob, bezügliche Beschlüsse zu fassen. Dies
war das Recht der Kammer. Welchen Gebrauch machte sie
nun von diesem ihrem Rechte, dessen Aufrechterhaltung Eins
mit ihrer Pflicht war?

Während Jules Favre und seine Freunde auf dem Stadthause damit beschäftigt waren, die Würden der usurpirten Gewalt unter sich zu vertheilen, trat die Majorität der Deputirten
in einem Saale des Kammerpräsidenten zu einer Sitzung zusammen. Es wird der Versuch gemacht, eine Verständigung
mit den Mitgliedern der Linken, die sich auf dem Stadthause
versammelt haben, zu Stande zu bringen, zu welchem Zweck
ihnen eine Deputation zugesandt wird. Die Commission, der
oben bezeichnete drei Anträge übergeben worden waren, erstattet
Bericht. Es wird von derselben folgender verbesserter Antrag
zur Annahme empfohlen:

„In Anbetracht der Erledigung der Regierungsgewalt ernennt die Kammer eine Commission für die Regierung und die
nationale Vertheidigung. Diese Commission besteht aus fünf
aus der Kammer zu wählenden Mitgliedern und wird die Minister ernennen. So wie die Verhältnisse es gestatten, wird
die Nation durch eine constituirende Versammlung aufgerufen
werden, sich über die Form der Regierung auszusprechen.“

Thiers, der in Abwesenheit des Präsidenten auf Wunsch
der Kammer den Vorsitz übernommen hat, macht die Mittheilung, daß ihm so eben die Anzeige von der Ankunft der Herren
Jules Favre und Jules Simon zugegangen sei. Die Genannten
werden eingeführt. Jules Favre erhält das Wort und sagt
Folgendes: „Wir kommen, Ihnen für die Schritte zu danken,
welche Ihre Delegirten bei uns unternommen haben. Wenn
wir in der Versammlung über die Politik verschiedener Ansicht
sind, so sind wir doch sicher ganz einig, wo es sich um die
Vertheidigung des Landes und der bedrohten Freiheit handelt.

In diesem Augenblicke liegen vollzogene Thatsachen vor: ein Gouvernement, hervorgegangen aus Umständen, denen wir nicht haben vorbeugen können, ein Gouvernement, dessen Diener wir geworden sind. Wir sind gefesselt worden durch eine höhere Bewegung, die, ich gestehe es, ein vertrautes Gefühl in unserer Seele geweckt hat. Ich kann mich heute nicht über die Fehler des Kaiserreichs auslassen. Unsere Pflicht ist es, Paris und Frankreich zu vertheidigen. Wenn es sich um die Erreichung eines so heiligen Zieles handelt, dann ist es sicher nicht gleichgültig, sich in denselben Gefühlen mit der Kammer zu begegnen. Im Uebrigen können wir nichts an dem Geschehenen ändern. Wenn Sie Ihre Ratification dazu geben wollten, würden wir erkenntlich sein. Wenn Sie im Gegentheil die Ratification verweigern, werden wir die Entscheidungen Ihres Gewissens achten, aber uns die ganze Freiheit des unsern bewahren. Das ist es, was ich Ihnen im Namen der provisorischen Regierung zu sagen beauftragt bin, deren Präsidium dem General Trochu angeboten wurde, der es angenommen hat." Der Schlußsatz, aus dem hervorging, daß der Gouverneur mit seiner Militärmacht sich auf die Seite der provisorischen Regierung gestellt hatte, schlug wie ein Blitz in die Versammlung ein. Thiers war sofort klar darüber, daß nunmehr es für die Kammer das Gerathenste sei, gute Miene zum bösen Spiel zu machen. „Sie haben", äußerte er gegen Jules Favre, „eine ungeheure Verantwortung auf sich geladen. Unsere Pflicht ist es, die heißesten Wünsche zu haben, daß Ihre für die Vertheidigung von Paris gemachten Anstrengungen reussiren, und daß wir nicht zu lange das herzzerreißende Schauspiel der Gegenwart des Feindes vor unseren Augen haben." Peyrusse: „Paris macht wieder einmal das Gesetz für ganz Frankreich!" Jules Favre und Jules Simon: „Wir protestiren gegen diese Behauptung!" Auf die Frage nach der Zusammensetzung der provisorischen Regierung antwortet Jules Favre: „Dieselbe ist zusammengesetzt aus den Herren: Arago, Crémieur, Jules Favre, Ferry, Gambetta,

Garnier-Pagès, Glais-Bizoin, Pelletan und Rochefort. Dieser Letztere wird nicht der wenigst Vernünftige sein, auf jeden Fall haben wir es vorgezogen, ihn lieber unter uns zu haben, als außerhalb der Regierung." Nachdem sich Jules Favre und Jules Simon entfernt haben, sagt Thiers auf eine diesen Gegenstand berührende, von einem Abgeordneten gemachte Bemerkung: „Der Grund, an die Herren Jules Favre und Jules Simon die Frage, welche Stellung die provisorische Regierung zur Kammer einzunehmen gedenke, nicht zu richten, lag darin, daß, wenn ich (in meiner Eigenschaft als der von Ihnen erwählte Vorsitzende) es gethan hätte, dies so viel hieß, wie eine Regierung anerkennen, die den uns bekannten Umständen ihr Dasein verdankt. Jedoch sie heute zu bekämpfen, wäre ein unpatriotisches Werk. Diese Leute müssen die Zustimmung aller Bürger gegen den Feind haben. Gott stehe ihnen bei." Auf die Bemerkung eines Abgeordneten, daß es nothwendig sei, gegen die Vorgänge im Stadthause einen Protest zu erlassen, bemerkt Thiers: „Behüte! Betreten wir nicht diesen Weg! Wir sind vor dem Feinde, und deshalb bringen wir alle ein Opfer den Gefahren, denen Frankreich entgegengeht!" Es wird der Vorschlag gemacht, daß wenigstens die Vergewaltigung, deren sich die Männer des Stadthauses schuldig gemacht, constatirt werden müsse, worauf Thiers bemerkt: „Fühlen Sie nicht, daß ein Protest die Erinnerung an die Vergewaltigung einer andern legalen Versammlung wachrufen würde?" Thiers spielt damit auf den Staatsstreich Louis Napoleon's an, der ja ebenfalls mit einem Gewaltact gegen die Kammer verbunden war, durch den viele Abgeordnete (und unter ihnen Thiers selbst) der Gefängnißhaft in Mazas überliefert wurden. Graf Daru drückt seine Empörung darüber aus, daß an die Thüren der Kammer Siegel angelegt worden sind. Thiers: „Es giebt Etwas, was noch gewichtiger ist, das ist, wenn Personen hinter Riegel gelegt werden. War ich nicht in Mazas? und haben Sie mich darüber klagen gehört?" Bouquet erklärt mit Heftigkeit, daß er im Sinne des Herrn

Buffet Protest gegen die Gewalt einlege. Eine Zahl der Abgeordneten stimmt ihm bei. Thiers: „Um des Himmels willen,
beschreiten wir nicht das Gebiet der Vorwürfe; und überdies
vergessen Sie nicht, daß Sie vor einem Gefangenen von Mazas
sprechen! Ich hoffte, wir würden uns tief erschüttert, aber
geeinigt trennen. Ich bitte Sie, lassen wir uns nicht zu gereizten Worten hinreißen, befolgen Sie mein Beispiel. Ich
table den Vorfall des heutigen Tages; ich kann überhaupt keine
Gewaltthat gutheißen, ich halte mir aber auch immer gegenwärtig, daß wir Angesichts des Feindes tagen, der vor den
Thoren steht!" Auf den Vorschlag eines Abgeordneten, durch
Sendung einer Deputation an die Männer des Stadthauses
den Versuch zu einer Einigung zu machen und wenn der Versuch scheitere, einen Protest zu erheben, erwidert Thiers: „Wollen
Sie die Discussionen der früheren Jahre wieder erneuern?
Ich glaube kaum, daß dies zweckdienlich ist. Ich protestire gegen
den Gewaltact, der uns heut widerfahren, und gegen die Gewaltthaten aller Zeiten, mit denen unsere Versammlungen angetastet wurden; aber jetzt ist nicht der Moment, seinem Grolle
den Lauf zu lassen. Ist es überhaupt möglich und gerathen,
sich in diesem entscheidenden Augenblicke gegen die provisorische
Regierung feindlich zu stellen? Angesichts des Feindes, der
bald vor Paris sein wird, giebt es, meine ich, nur Eines zu
thun: uns mit Würde zurückzuziehen." — Und die Herren
gingen darauf stumm von bannen.

Das war das Ende einer Kammer, die sechs Wochen
früher fast einstimmig dem Kriege trunkenen Muthes entgegen-
gejubelt und dem offenkundigen Unrechte der Regierung ohne
Gewissensscrupel zugestimmt hatte. Damit aber der Schluß
nicht des theatralischen Schmuckes entbehre, ward dem Protocolle
über die obige Sitzung die Bemerkung beigefügt: „Die tiefe
Bewegung Thiers' theilte sich der ganzen Versammlung mit."
Thiers bewegt! — Aus all' seinen Aeußerungen ist Klugheit,
Gewandtheit, Verschlagenheit, aber auch nicht die Spur einer

Bewegung des Gemüthes zu erkennen. Doch vielleicht hatte
er den Protocollführer dadurch getäuscht, daß er am Schluß
seiner Rede den Bewegten spielte.

In nicht minder verdienter, aber noch kläglicherer Weise
brach der Senat zusammen. Die Herren Senatoren waren
um die Mittagszeit zu einer Sitzung berufen worden, während
schon auf den Boulevards und der Rue be la Pair die
kaiserlichen Wappen abgerissen wurden, die Liste der provisorischen Regierung circulirte und von allen Seiten das
„Vive la République!" ertönte. Wie es zumeist bei den
Eröffnungen der Senatssitzungen geschah, erklärte auch heut
der Präsident Rouher, daß nichts auf der Tagesordnung stehe;
er fügte aber hinzu, daß in diesem Augenblicke dem gesetzgebenden Körper eine wichtige Vorlage gemacht würde, welche
den Senat alsbald beschäftigen werde. (Er meinte den Regie-
rungsantrag, der darin gipfelte, einstweilen die Gewalt in die
Hand Palikao's zu legen und ihn mit der Würde der Statt-
halterschaft zu bekleiden.) „Es haben", sagte darauf der Se-
nator Chabrier, „einige Mitglieder des gesetzgebenden Körpers, den Eid des Gehorsams gegen die Verfassung und der
Treue gegen den Kaiser, den sie geleistet, vergessend, die Absetzung Seiner Majestät verkündigt. (Lärm. Nein! Nein! Das ist
nicht angenommen worden.) Graf Flamarens: „Das ist verfas-
sungswidrig." Chabrier: „Es hat sich allerdings eine Stimme
im Schoß der Versammlung erhoben, um ihnen zu sagen, daß
sie nicht das Recht dazu hätten; sie haben geantwortet, sie würden beweisen, daß sie es hätten. Es handelt sich in diesem
Augenblick nicht darum, zu wissen, wer Recht und Unrecht hat.
Wir werden unsere Rechnungen regeln, wenn der Feind nicht
mehr den Boden Frankreichs überschwemmt. (Sehr gut!) Was
den Kaiser persönlich betrifft, so würde ich, wenn er als Sieger
zurückgekehrt wäre, ihn mit meinem Zuruf begrüßt haben, und
ich würde nicht der Einzige gewesen sein. Nun da er gefangen
und ritterlich unterlegen ist, kann ich ihm nur noch eine letzte

Huldigung und einen letzten Wunsch widmen. Es lebe der
Kaiser!" Prinz Poniatowski: „Es lebe der Kaiser!" Graf
Segur d'Aguesseau: „Es lebe der Kaiser! Es lebe die Kaiserin!" Graf Flamarens: „Es lebe der kaiserliche Prinz! Es
lebe die Dynastie!" Chabrier: „Das versteht sich von selbst."
Nisard: „Besiegt und gefangen. Er ist geheiligt." (Zeichen der
Zustimmung.) Präsident Rouher: „Es ist nicht nothwendig, daß
diese Versammlung den Ereignissen fremd bleibe. Wir müssen
gleichzeitig mit dem gesetzgebenden Körper versammelt sein, um
im Einvernehmen mit ihm an den Maßregeln, die geeignet
sind, den öffentlichen Frieden zu sichern, mitzuwirken. (Ja! Ja!
Sehr gut!) In der heutigen Nachtsitzung des gesetzgebenden
Körpers ist ein Antrag (der Jules Favre's) gestellt und von
einem unserer Collegen (Graf Palikao) zurückgewiesen worden,
und es würde dieser Antrag, wenn er in diesen Mauern sich zeigte,
ebenfalls nur einer einmüthigen Zurückweisung begegnen." Graf
Flamarens: „Er dürfte die Schwelle dieser Versammlung gar nicht
überschreiten." Präsident: „Es ist von der Regierung dem
gesetzgebenden Körper ein anderer Vorschlag unterbreitet worden,
um denselben in die Lage zu versetzen, seine Absichten und seinen
Willen zum Ausdruck zu bringen. Dieser Vorschlag wird darauf an den Senat gelangen. In Anbetracht des Ernstes der
Umstände werden wir uns ein festes Herz, einen hohen und
entschlossenen Willen zu bewahren wissen." Quentin-Bauchard:
„Und das Gefühl unserer Ehre." Präsident: „Ich schlage
dem Senate vor, sich in Permanenz zu erklären. (Ja! Ja!)
Die Sitzung wird wieder aufgenommen werden, sobald ich Nachrichten aus dem gesetzgebenden Körper erhalte. Ich bitte die
Herren Senatoren, sich nicht aus dem Saale zu entfernen."

Die Sitzung ist suspendirt, die Senatoren unterhalten
sich flüsternd mit einander oder lesen in den Zeitungen. Die
Sitzung wird um 2³/₄ Uhr wieder aufgenommen. Präsident:
„Es sind mir folgende Nachrichten zugegangen: Der gesetzgebende Körper hat sich mit zwei, aus der parlamentarischen

Initiative hervorgegangenen Anträgen, dem des Herrn Jules
Favre und dem des Herrn Thiers, sowie mit der Regierungs-
vorlage, die Sie kennen, beschäftigt; er hat sie sämmtlich an
die Abtheilungen verwiesen. Während diese beriethen, scheint
es, ist die Menge in den Sitzungssaal und die Bureaux gedrungen, so daß die Berathung für den Augenblick wenigstens
unterbrochen ist. Ich frage den Senat, ob er in Permanenz
verbleiben oder die Sitzung suspendiren will." Mentque und
Graf Segur d'Aguesseau sprechen sich für Permanenz aus. Präsident: „Ich glaube aber nicht, daß der erwartete Gesetzentwurf
noch heute zu uns herübergelangen wird, da im gesetzgebenden
Körper augenblicklich jedenfalls eine Berathung unmöglich ist."
Larabit verlangt, daß der Senat gegen die dem gesetzgebenden
Körper angethane Vergewaltigung protestire. Marquis Ernest
de Girardin: „Wir sind hier kraft des Plebiscits; wir dürfen
hier nur der Gewalt weichen."

Die Sitzung wird abermals suspendirt. Nach einer Pause
erklärt der Präsident: „Meine Herren, die neuesten Nachrichten,
die ich empfangen habe, besagen, daß der Tumult im Sitzungs-
saale des gesetzgebenden Körpers noch immer anhält, und daß
letzterer auf jede weitere Berathung verzichtet zu haben scheint.
Wir müssen gegen diese Vergewaltigung protestiren, welche die
Action einer der großen Staatsgewalten lähmt. (Sehr gut!)
Ich fordere jetzt den Senat auf, einen Beschluß zu fassen."
Mentque: „Ich beharre darauf, daß sich der Senat in Permanenz
erklärt." Präsident: „Man muß die Lage genau präcisiren.
Wenn eine tumultuarische Gewalt vor unserer Pforte stände,
so wäre es eine gebieterische Pflicht, dieselbe hier entschlossen
zu erwarten. Aber keine Gewalt bedroht uns; wir können
hier noch lange warten, ohne uns mit einem Gesetzentwurf befassen zu können: wir haben in der That keinen Gegenstand
der Berathung. Uebrigens bin ich bereit, die Beschlüsse des
Senats auszuführen." Der Fingerzeig war deutlich. Der Herr
Präsident hatte den Senatoren mit anderen Worten gesagt:

Es ist Zeit, daß wir gehen! — Es fehlt nur noch der Aufwand einiger Phrasen, die dem Schluffe der Sitzung den Schein
der Würde verleihen. Dafür sorgt der Gaukler Baroche (der
frühere Justizminister), der sich erhebt und also redet: „Ich
glaube, der Senat muß sich vor Allem durch Acclamation den
Worten des Präsidenten anschließen und mit der größten Entschiedenheit gegen die Vergewaltigung protestiren, deren Opfer
die andere Versammlung ist. (Zustimmung.) Was haben wir aber
sonst noch hier zu thun? Wenn wir hoffen könnten, daß sie
sich auch gegen uns wenden möchten, jene revolutionären Volks-
kräfte, welche in den gesetzgebenden Körper eingedrungen sind,
so würde ich denken, daß Jeder von uns auf seinem Sessel
ausharren müßte, um die Eindringlinge zu erwarten. Aber
unglücklicherweise — denn hier ist es, wo ich sterben möchte! —
können wir hier die Hoffnung nicht haben. Die Revolution
wird in Paris ausbrechen und wird nicht in diese Umfriedigung
bringen. Vielleicht könnten wir draußen noch dem Lande und
der Dynastie einen Dienst leisten, denn ich will hier ganz laut
von der Dynastie sprechen. Indem wir uns trennen, weichen
wir übrigens schon der Gewalt und nicht der Einschüchterung,
und unsere Aufgabe sei, ein Jeder durch seine persönlichen
Mittel die Ordnung und die kaiserliche Dynastie zu vertheidigen.“
Die beklommenen Herzen athmen auf. „Ja wohl! ja wohl!“
ertönt es von allen Seiten. „Abstimmen!“ — Die Permanenz-
Erklärung wird mit großer Majorität abgelehnt, die Sitzung
als geschlossen erklärt, der Saal leert sich in ungewohnter Schnelle.
Welch' ein jämmerliches Zusammenbrechen der „Säulen der
kaiserlichen Macht!“ Hier und dort auf den Straßen starrt
die Dahineilenden das bereits angeschlagene Decret der provisorischen Regierung an:

      „Der gesetzgebende Körper ist aufgelöst; der Senat
  ist abgeschafft.“

    Am 5. September brachte das amtliche Blatt „Journal
officiel de la Republique Française“ (Tags zuvor hatte es

noch den Titel „de l'Empire Français" geführt) folgende Proclamationen der neuen Regierung: „Franzosen! Das Volk hat die Kammer überholt, welche zauberte. Um das Vaterland zu retten, das sich in Gefahr befindet, hat es die Republik verlangt. Es hat seine Vertreter nicht in die Regierungsgewalt, sondern in die Gefahr eingesetzt. Die Republik hat die Invasion im Jahre 1792 besiegt; die Republik ist proclamirt. Die Revolution ist im Namen des Rechtes, des öffentlichen Wohles vollzogen. Bürger! Bewacht die Stadt, die Euch anvertraut worden ist; morgen werdet Ihr mit der Armee Rächer des Vaterlandes sein."

Eine Proclamation der provisorischen Regierung an die „Bürger von Paris" lautet:

„Die Republik ist proclamirt. Eine Regierung ist mit Acclamation ernannt worden. Sie besteht aus den Bürgern: Emanuel Arago, Cremieur, Jules Favre, Jules Ferry, Gambetta, Garnier Pagès, Glais-Bizoin, Pelletan, Picard, Rochefort, Jules Simon, Abgeordnete von Paris. General Trochu ist mit den militärischen Vollmachten für die nationale Vertheidigung ausgerüstet. Er ist zur Präsidentschaft der Regierung berufen worden. Die Regierung fordert die Bürger zur Ruhe auf; das Volk wird nicht vergessen, daß es dem Feinde gegenüber steht. Die Regierung ist vor Allem eine Regierung der nationalen Vertheidigung."

Graf Keratry war zum Polizeipräfecten ernannt worden. Er erließ folgende Proclamation:

„An die Einwohner von Paris. Unter den Schlägen grausamer Nothwendigkeit sind, nach achtzehnjährigem Harren, die am 18. Brumaire und am 2. December unterbrochenen Traditionen wieder aufgenommen worden. Die Deputirten der Linken haben, nach dem Verschwinden ihrer Kollegen von der Mehrheit, die Absetzung proclamirt. Einige Augenblicke darauf wurde die Republik im Stadthause verkündet. Diese Revolution ist ganz friedlich verlaufen; sie hat begriffen, daß

französische Blut dürfe nur auf dem Schlachtfelde fließen. Sie
hat, wie 1792, die Austreibung der Fremden zum Ziele. Die
Bevölkerung von Paris fahre darum fort, durch ihre Ruhe, durch
die Männlichkeit ihres Verhaltens, sich der ihr wie Frankreich gestellten Aufgabe würdig zu zeigen. Durch die Regierung mit dem
Amte, das man so oft unter den vorhergehenden Regimes miß-
brauchte, betraut, fordere ich die Pariser Bevölkerung auf, die
politischen Rechte auszuüben, welche sie mit einer Weisheit und
Mäßigung, die Frankreich und der Welt zeigen, daß sie wirklich der Freiheit würdig ist, wieder vollständig errungen hat.
Unser Aller Pflicht ist, unter den obwaltenden Umständen nur
der Gefahr zu gedenken, in der sich das Vaterland befindet. In
dem Augenblicke, in welchem unter dem Schutze republikanischer
Freiheit Frankreich sich bereit macht, zu siegen oder zu sterben,
habe ich die Gewißheit, daß mein Amt nur gegen das Treiben
derjenigen, die das Vaterland verrathen könnten, gerichtet
sein wird."

Damit man wisse, daß auch der socialistische Bund der
„Internationale" „die Austreibung der Fremden nach dem Vorgange von 1792" als Hauptziel der Bewegung ansehe, erließ
derselbe einen „Aufruf an die deutsche Social-Democratie" folgenden Inhalts:

„Deine Regierung hat erklärt, den Kaiser zu bekriegen
und nicht die französische Nation. Der Mann, der diesen Bru-
derkrieg erklärt hat und den du in Händen hast, ist für uns
nicht mehr vorhanden. Das republikanische Frankreich fordert
dich im Namen der Gerechtigkeit auf, deine Heere zurückzuziehen, widrigenfalls wir bis auf den letzten Mann kämpfen
und Ströme deines wie unseres Blutes vergießen müssen.
Wir wiederholen dir, was wir dem 1793 gegen uns verbündeten Europa erklärten: Das französische Volk macht mit
einem sein Gebiet im Besitz habenden Feinde keinen
Frieden (!). Das französische Volk ist der Freund und
Bundesgenosse aller freien Völker (!!), es mischt sich nicht in

die Angelegenheiten der Regierungen anderer Nationen, und buldet nicht die Einmischung anderer Nationen in seine Regierungsleitung (!!). Gehe über den Rhein zurück (!). Reichen wir uns die Hände und vergessen die wechselseitigen Verbrechen, welche Despoten uns haben begehen lassen. Verkünden wir die Freiheit, Gleichheit, Brüderlichkeit der Völker, bilden wir die Vereinigten Staaten Europas. Es lebe die allgemeine Republik!"

„Freiheit, Gleichheit und Brüderlichkeit!" — mit dieser Phrase, von Franzosen marktschreierisch ausgerufen, wird wahrlich Niemand sich mehr täuschen lassen, der ihre Geschichte der neueren Zeit kennt, denn nicht für die französischen Diplomaten insbesondere, vielmehr für das französische Volk in seiner Mehrheit, namentlich für seine „internationalen" Volksbeglücker, gilt der Ausspruch Talleyrand's: „Die Sprache ist erfunden, die Gedanken zu verbergen!" — Was es mit jener Phrase für diesmal zu besagen hatte, sollte bald genug in widerwärtigerer Gestalt denn je aller Welt offenbar werden.

Aber wo war die Kaiserin Eugenie? Was that sie, um ihr gegebenes Wort, daß sie sich bei eintretender Gefahr an die Spitze des Volkes stellen wolle, zu lösen? Welche Stunden des Entsetzens mochte sie schon verlebt haben seit dem Tage, an welchem sie zur Feier des „Sieges von Saarbrücken" hatte eine Messe lesen lassen! Hatte sie doch, wie erst im Verlauf des Krieges bekannt wurde, an dem Ausbruch desselben großen Antheil! Es kann dies von einem weiblichen Wesen nicht in Verwunderung setzen, das einem Manne wie Napoleon, nachdem derselbe sich durch Meineid und Mord den Weg zum Throne gebahnt, die Hand gereicht hatte. Sie gehörten zu einander, die üppige Spanierin und der Mann des zweiten December. Es ist bemerkenswerth, was der greise Washington Irving, kurz vor seinem im Jahre 1859 erfolgten Tode einem Freunde über die Kaiserin schrieb, die er in ihrer jüngeren Zeit in Spanien gesehen hatte: „— In Madrid kam ich oft in das Haus ihrer Mutter, der Gräfin Montijo, eines

der lustigsten Häuser der Hauptstadt. Als ich Eugenie Montijo zuerst dort sah, war sie eine der Ballköniginnen, und
sie mit ihrem lustigen Kreise riß mir eine junge, reizende
Freundin, die schöne und hochgebildete N., in ihre modischen
Zerstreuungen mit hinein. Jetzt sitzt Eugenie auf dem Throne,
und ihre Freundin, die N., hat sich freiwillig in ein Kloster
von der strengsten Regel begeben. Die arme N.! Dennoch ist
vielleicht ihr Loos schließlich das glücklichere von Beiden! Die
Stürme sind für sie vorüber, und sie ist in Ruhe, ihre Freundin
Eugenie aber von einer See, die wegen ihrer Schiffbrüche übel
berüchtet ist, an eine Küste geworfen, von der es keine Heimkehr
giebt. Werde ich noch lange genug leben, um die Katastrophe
ihrer Laufbahn und das Ende dieses plötzlich heraufbeschworenen
Kaiserreichs zu sehen, das auch „aus solchem Stoff zu sein
scheint, aus dem die Träume gemacht werden"? — Ich gestehe,
daß meine persönliche Bekanntschaft mit den Personen (Washington Irving hatte früher auch Gelegenheit gehabt, Napoleon
persönlich kennen zu lernen), die in diesem historischen Roman
figuriren, mein Interesse daran bedeutend erhöht; aber ihr Loos
erscheint mir voll Unbeständigkeit und Gefahr und zu so unvermeidlichen Schicksalswechseln bestimmt zu sein, wie sie bei
Alexander Dumas' Romanen vorkommen." So der prophetisch
schauende Irving. — Ueber Eugenie und ihre Mutter befanden
sich bemerkenswerthe Aufzeichnungen in dem Geheimregister der
Pariser Polizei, die später der Oeffentlichkeit übergeben wurden.
Im Auszuge lauten sie: „Rue St. Antoine Nr. 10., dritte
Etage. Seit 1. April 1848 bewohnt von Frau v. Montijo,
genannt Gräfin Teba, mit ihrer Tochter Eugenie. Frau v. Montijo, Wittwe eines spanischen Refugiés, Herrn v. Montijo,
Grafen Teba. Der Grafentitel nicht anerkannt. Frau v. Montijo, von ihrem Manne getrennt, kam mit ihrer Tochter nach
Frankreich, ging dann nach England — wieder nach Frank-
reich — wieder nach Spanien — dann nach Paris. 1825
Chaussée d'Antin Nr. 8. Hielt kleine Cirkel von galanten

Frauen und älteren Roués, die Polizei wurde benachrichtigt. — 1828 wieder nach England wegen Schulden. Ihre Tochter in der Pension zurückgelassen. — Bis 1836 kein Vermerk. — November 1838 nach Paris zurück; wurden sechs Wochen observirt. Drei Jahre ohne Anzeige. Mai 1842 Selbstmordversuch des Kassirers Henry in ihrer Wohnung. Verdacht verbotenen Spiels. Ihre Tochter Eugenie Veranlassung eines Rencontres zwischen Oberst Sourvilliers und Kapitän Flausout; Polizei-Kommissär Nocé berichtet: Frau v. Montijo hat kein nachweisliches Einkommen; verkehrt mit älteren inaktiven Offizieren von gutem Vermögen und lockeren Sitten; Wohnung comfortabel eingerichtet; 1800 Frcs. Miethe. Tochter Eugenie hochblonde Schönheit mit feiner Tournure, hat viele Anbeter."

Als Kaiserin war Eugenie eine fromme Tochter der Kirche geworden, jedoch dies durchaus nur nach äußerlicher Art, wie der Romanismus das Frommsein aufzufassen pflegt. Sie gab der Weltlust, was diese begehrte, und der „Kirche," was von den Würdenträgern derselben begehrt ward, wofür dann Letztere die Schwachheiten und Fehler der frommen Dame nicht sahen, oder sie ihr kraft ihrer „Schlüsselgewalt" vergaben. O, darum lebt es sich ja eben für Weltkinder so schön und bequem unter dem Krummstabe! Dort gilt nicht das aus evangelischem Geiste geborene Wort: „Zwischen Sinnenlust und Seelenfrieden bleibt dem Menschen nur die bange Wahl." Dort ist von einer „Wahl" solcher Art nicht die Rede! Dort gilt in Bezug auf „Sinnenlust" für Priester wie für Laien das Wort: „Leben und leben lassen." Brich alle Gebote Gottes, aber respectire die Gebräuche der Kirche, ihr „Ansehen," d. i. das Ansehen ihrer Vertreter, und du empfängst Vergebung für diese und jene Welt! Welch Trugspiel, das heut noch in der romanischen Welt im weitesten Gebrauche ist! Kann man sich wundern, daß auf dem Boden dieses Selbsttruges und gegenseitigen Truges allgemach auch der absoluteste Unglaube aufgewuchert ist? Eugenie trieb einen Luxus wie kaum eine andere ihrer Vorgängerinnen

4*

auf dem Throne, sie überbot darin vielleicht die üppigsten
Frauen in der entartetsten Zeit des kaiserlichen Rom; sie nahm
nicht Anstoß an den ärgsten Uebertretungen göttlicher und menschlicher Gesetze, die vor ihren Augen am Hofe stattfanden; aber
sie zeigte dem kirchlichen Wesen eine ausgesuchte Verehrung,
gab mit vollen Händen Geld für kirchliche Zwecke, bezeugte dem
Papste bei jeder sich darbietenden Gelegenheit ihre Verehrung,
war eine fleißige Besucherin der Messen, ja ihr Eifer, sich in
der Uebung der Frömmigkeit nach romanischen Begriffen hervor-
zuthun, brachte sie auf den Plan, in Nacheiferung Helena's,
der Mutter des ersten christlichen Kaisers Constantin, in Jerusalem einen prächtigen Tempel zu erbauen. Während der
Tempel wahrhaft christlicher Zucht und Sitte im eigenen Lande
immer mehr verfiel, und gerade das kaiserliche Haus die heiligen Altäre christlicher Tugenden fortgesetzt mehr besudelte
(die geheimen Papiere, die gefunden und später veröffentlicht
wurden, brachten arge Dinge zu Tage!), wanderten die geistlichen Agenten der Kaiserin an den europäischen Fürstenhäusern
umher, um die christlichen Fürstinnen zu bewegen, dem Tempel-
bau ihre Unterstützung zu Theil werden zu lassen! Wie wurde
sie ob dieses ihres Planes willen in allen Kirchen Frankreichs
gepriesen! Gerieth auch der Plan nach und nach in Vergessen-
heit — sie, das üppige, stolze, herrschsüchtige Weltkind, kam bei
allen bigotten Franzosen in den Geruch der Heiligkeit, was
Keinem mehr behagte, als dem Kaiser, da Jenes günstig auf
die Kammerwahlen wirkte. Wie sehr die Kaiserin der geschilderten bigotten Richtung zugethan war, oder sich den Schein
gab, es zu sein, zeigt u. A. ein in den Tuilerien aufgefundenes
und später ebenfalls veröffentlichtes Schreiben Louvet's, der im
Cabinet Ollivier Minister, zur Zeit der Abfassung des Schreibens aber (1855) Maire von Saumur war. Der Inhalt des
an den Kaiser gerichteten Briefes läßt nicht zweifeln, daß für
die Sache, um die es sich handelte, bei der Kaiserin Empfänglichkeit vorausgesetzt ward. Der Brief lautet:

„Saumur, 17. Dezember 1855. Sire! Die Kirche von Puy Notre Dame bei Saumur besitzt eine der kostbarsten Reliquien der Christenheit. Es ist ein Gürtel der heil. Jungfrau; ein Geschenk von Wilhelm VI., Herzog von Aquitanien, und von diesem aus den Kreuzzügen mitgebracht. Nach der Tradition ist dieser Gürtel von Maria selbst gewebt worden. Die Archive der Kirche von Puy und zahlreiche historische Urkunden bezeugen die Echtheit dieser Reliquie. Die französischen Könige haben zu jeder Zeit ein großes Vertrauen in diesen Gürtel gesetzt. Anna von Oesterreich trug ihn zu St. Germain en Laye im Jahre 1628, als sie eines Prinzen genas, welcher Ludwig XIV. war. Wenn es Ihnen beliebte, Sire, Ihre Majestät die Kaiserin unter den Schutz dieser Reliquie während des großen Ereignisses zu stellen, welches ihr häusliches Glück krönen und die Ruhe Frankreichs befestigen soll, so bezweifle ich nicht, daß der Pfarrer und der Bischof sich beeilen werden, dem Wunsche Eurer Majestät zu willfahren. Ich habe die Ehre zu sein 2c. Der Maire von Saumur, Abgeordneter im gesetzgebenden Körper, Louvet."

Ohne Zweifel ist von diesem „von Maria selbst gewebten Gürtel," dessen Echtheit „durch zahlreiche historische Urkunden bezeugt" war, Gebrauch gemacht worden. Schon der Hinblick darauf, daß Ludwig XIV. durch diesen Gürtel seine erste Weihe empfangen hatte, — daß dies wenigstens hatte gesagt werden können —, mußte zur Annahme des Vorschlages geführt haben.

Eine andere Art „Gürtel", der aus alter Zeit stammende symbolische Ausdruck der Jungfräulichkeit, Keuschheit und Frömmigkeit des Herzens, dieser Gürtel, der die „Beglaubigung" des Gewissens der Menschheit hat, hätte der Kaiserin jedenfalls heilsamere Dienste gethan! — Und es wäre ebenso die gehütete Schuldlosigkeit des Herzens für sie segensreicher gewesen, als die von ihr ebenfalls (zu Ehren des „Saarbrücker Sieges") gestiftete ewige Lampe. Die „ewige Lampe" hatte

die Niederlage der französischen Waffen nicht zu verhindern
vermocht; jetzt flackerte sie nur noch schwach und war nahe am
Verlöschen.   Welch ein Monat für die Kaiserin — der August
des Jahres 1870! — Vielleicht verstand sie zum ersten Male
die Bewegungen des von Höllenflammen gepeinigten Gemüths,
die der große Seelenkundige Shakespeare in der Vorführung
der Lady Macbeth geschildert hat!   Wenn sie schlaflos Nachts
in ihren Prachtgemächern umherirrte, sah sie in ihrer Erregt-
heit vielleicht auch Blut an ihrer weißen Hand, das zu löschen
„alle Wasser der Meere nicht ausreichen", oder sie sah den
rothen Schein des Blutes, das zum Himmel schrie, von den
Schlachtfeldern aufleuchten; vielleicht erkannte sie zum ersten
Male, daß der Abfall von Gott dem Gemüthe Wunden schlägt,
deren Brennen kein Weihwedel zu stillen vermag!   Ueberdies
fühlte Eugenie sich ja verlassen von dem Oberhirten an der
Tiber, dessen Lob bis dahin ihrem Herzen stets Ruhe gegeben
hatte.   Sie wußte, wie der heilige Vater dem Kaiserhause
grollte, seitdem die französische Besatzung aus dem Kirchenstaate
hinweggerufen worden war.   Der alte Pact, wie ihn einst der
Frankenkönig Pipin mit dem päpstlichen Stuhle geschlossen, und
wie er seit der Präsidentschaft Napoleon's erneuert worden
war, hatte sich als hinfällig erwiesen.   Was fragte der päpst-
liche Stuhl darnach, daß die bittre Noth den Kaiser gezwungen
hatte, alle auswärtigen Hülfskräfte, auch die in Rom stehenden,
nach Frankreich zu ziehen?   Unheil und Verderben ward ihm
nun aus dem Vatican verkündet.   So blieb also auch für die
Kaiserin der Segen aus Rom aus, an dessen Wunderkraft sie
glaubte.   In ihrer Herzensbedrängniß wandte sie sich an den
mit dem Kaiserhause verwandten Cardinal Bonaparte in Rom
und beschwor ihn, den heiligen Vater günstig für sie und ihre
Sache zu stimmen.   Bald hatten die Zeitungen aus Rom zu
berichten, der Cardinal Bonaparte sei, „die Augen in Thränen
schwimmend", im Vatican erschienen.   Nun, wenn der Corse
Cardinal Bonaparte also vor dem heiligen Vater erscheint,

dann muß das doch auch entsprechenden Eindruck machen! „Der
Papst gab", berichtete die „Morning Post", „den erbetenen
Segen und suchte einigermaßen bewegt den fassungslosen Cardinal zu trösten, indem er sagte: „Warten Sie auf weitere
Nachrichten und beunruhigen Sie sich nicht über bloße Gerüchte
vom Kriegsschauplatze. Schreiben Sie nach Paris, daß Rom
allein gegenwärtig der großen Dienste eingedenk ist, welche
Frankreich und die kaiserliche Dynastie ihm geleistet. Ich bete
unablässig für sie." An demselben Tage erzählte der Papst
dem Baron Visconti und seinen Hausprälaten den Auftritt
mit dem Cardinal Bonaparte." Das Telegramm, das Eugenie
von ihrem Vetter erhielt, wirkte auf sie wie eine Siegesbot-
schaft; aber ach, weder der Segen noch die Gebete des Papstes
vermochten das immer dichter werdende Unwetter über ihrem
Haupte zu zertheilen, und gleich nach Empfang jener Tröstun-
gen zuckte der zerschmetternde Strahl „Sedan" auf sie hernieder.
Nun tobten die Wetter in der Stadt, das Grollen der aufgeregten Volksleidenschaften drang bis in ihre Gemächer. Flucht!
Flucht! Das war nun noch ihr einziger Gedanke! — Wo
waren nun die mit Geld so reichlich bezahlten, mit Ehren über-
häuften „Säulen des kaiserlichen Thrones?" Wo war der Erzbischof von Paris, dessen oberhirtliche Mühen durch 200,000 Francs
Jahrgehalt belohnt werden? Kaum, daß der Kaiserin ein Wink
zugeht von dem neuernannten Polizeipräfecten Grafen Keratry!
Dieser handelte dabei als ächter Franzose. Was thut's, wenn
es zu Tage kommt, daß er sich der Kaiserin erbarmt hat?
Giebt's nicht den Schein der Ritterlichkeit, eine Frau zu
schützen? Und gleicht nicht überdies Frankreich einem Kalei-
doskop? Wer weiß, was nach einigen Zwischen - Stationen
folgt! — Als nun die Kaiserin vernommen, daß Gefahr im
Verzuge ist, verläßt sie in größter Hast ihre Gemächer und
gewinnt, durch lange Corridore dahin eilend, die nach der
Seine hinausgehende Pforte. „Dort waren", wie die Times
berichtet, „der Fürst Metternich und noch zwei Herren bei ihr,

welche sie indeß im Gedränge verlor." Der edle Metternich,
wie wird er bedauert haben, also von der Kaiserin abhanden
gekommen zu sein! — Vielleicht hatte der Straßenbube daran
Schuld, der sie erkannte, und der Ruf des Pöbels: „à la
guillotine!" — Die Kaiserin entging jedoch der drohenden Gefahr im Gedränge, und es gelang ihr das Haus eines Freun-
des zu erreichen.

„Kaum hatte die Kaiserin", so berichtet die Times weiter,
„die Tuilerien verlassen, so bemächtigte sich die Menge des Gitters,
welches den Tuileriengarten von dem Platz de la Concorde trennt,
dessen Bewachung einem Commando der Garde-Zuaven anvertraut war. Ohne auf Widerstand zu stoßen, wurden dabei die
Adler zerbrochen, welche das Gitter zierten. Die Mobilgarde und
Nationalgarde traten an die Spitze der eindringenden Menge.
Hinter dem großen Bassin zeigten sich die Uniformen der
Garde-Chasseurs, die sich in dem reservirten Theile des Gartens gesammelt hatten, und das Volk machte hier Halt. Ein
Mobilgardist, Namens Ravenez, wurde abgeschickt, um eine
Verständigung mit den Soldaten zu versuchen. Mit einem
weißen Schnupftuche auf der Spitze seines Gewehrs schritt er
auf die Truppe zu. Victorin Sardou und noch eine andere
Person schlossen sich ihm an. Der General Mellinet befand
sich auf der Terrasse bei den Truppen und wurde hier von
Herrn Ravenez etwa mit den Worten angeredet: „Die Republik ist proclamirt. Ich komme im Namen des Volkes
und der Nationalgarde, um von Ihnen den Eintritt in das
Schloß zu fordern, welches unser Eigenthum ist. Wir ver-
pflichten uns jede Beschädigung desselben zu verhindern." Gleichzeitig drängte sich die Menge heran, worauf General Mellinet einen Stuhl bestieg und erklärte: „Meine Herren, ich
hege keinen anderen Wunsch, als meine Truppen zurückzuziehen, unter der Bedingung, daß der Posten sofort von der
dienstthuenden Nationalgarde besetzt wird. Im Uebrigen erkläre ich Ihnen, daß, sobald einer unserer Soldaten belästigt

werden sollte, ich als General meine Pflicht thun werde." Die
Menge antwortete nur mit dem Ruf: „Nieder mit dem Kaiser!
Wir wollen in das Schloß!" Der General Mellinet deutete
mit einer Bewegung der Hand auf den Pavillon de l'horloge,
wo die kaiserliche Fahne so eben abgenommen wurde. Darauf
bildeten die National- und Mobilgarde Chaine unter dem
Péristyle, welcher von den Tuilerien zum Carousselplatze führt,
und ließen die Menge durch, welche mit lautem Hurrah, ohne
jedoch Schaden anzurichten, in das Schloß strömte. Doch hatte
man überall Nationalgarden aufgestellt, um das Volk gegen
seine eigenen Zerstörungsgelüste zu schützen. Das Schloß stand
im eigentlichsten Sinne des Wortes vollständig verlassen:
nur das Küchenpersonal war auf seinem Posten geblieben, und
ein Herr, der sich Sous-Conservateur des Palais Saint-Cloud
und Sekretair des Generals Lepie nannte, fand sich vor. Derselbe übergab Herrn Ravenez einen Schlüssel, welcher diesem
den Eingang in die reservirten Gemächer öffnete, die er allein
betrat. Der Sekretair des Generals war sehr bewegt. „Ach
mein Herr", sagte er zu Herrn Ravenez, „das ist abscheulich.
Die arme Kaiserin, wie hat man sie so feige verlassen. Alle
jene Menschen, welche sie mit Wohlthaten überschüttete, sind
geflohen!" — Der Empfangssaal im ersten Stock hatte sein
gewöhnliches Ansehen; nur nach dem Carousselplatz zu fanden
sich keine Vorhänge an den Fenstern. Im Erdgeschoß dagegen
herrschte unbeschreibliche Unordnung; die Kaiserin hatte dasselbe
erst vor Kurzem verlassen, Alles trug die Spuren der über-
stürzten Abreise. Die kaiserlichen Gemächer waren angefüllt
mit leeren Koffern, mit Necessaires, geöffneten Hutschachteln,
in dem Gemach der Kaiserin fand sich ein Bett, das nicht geordnet war. Die für den Kaiser und seinen Sohn vorbehal-
tenen Appartements boten im Allgemeinen nachstehenden Anblick
dar: Auf einem Canapé fand sich ein Kindersäbel, halb aus
der Scheide gezogen; auf den Dielen, inmitten einer Anzahl
Exemplare des „Gaulois", der „Opinion nationale" und des

„Figaro", das Futteral eines Revolvers, daneben Herrenhüte, in allen Spinden zerbrochene Cigarrenkisten und — etwas überraschend — eine große Anzahl Flacons mit Eisen-Phosphat; auf einem Stuhl lagen Pantoffeln. In dem Studirzimmer des kaiserlichen Prinzen fanden sich kleine Bleisoldaten, die mit einer Handhabe bewegt werden konnten. Welche Ironie des Schicksals! Ein Heft lag auf einem Tisch, — ein Heft für den Geschichtsunterricht. Wir haben, berichtet ein Beschauer, ein Blatt dieses Heftes eingesetzt, bedeckt mit kleinen, gedrängten und correcten Schriftzügen, welches folgendermaßen anfängt: „Louis XV. Bourbon, Fleury (1723—1741). Auf die Regentschaft zurückzukommen: Bourbon 1723 bis 1726. Bourbon Madame de Prié Paris Duvernois. Im Innern Corruption, Agiotage, Frivolität, Intoleranz; im Aeußern Vermählung des Königs mit Maria Leschynska; Bruch mit Spanien, welches sich Oesterreich nähert." — In einem Salon der Kaiserin fand sich das Buch über den Dienst im Palais. Die tägliche Agenda war beim Datum 4. September halb zerrissen. In den gewöhnlich stets erleuchteten Vorzimmern hatten die ausgelöschten Lampen den Geruch von verbranntem Oel verbreitet. In einem andern Zimmer fanden sich die Rückstände eines sehr einfachen Frühstücks, ein Hühnerei, Käse und Brot. In den Zimmern des Kaisers wurden zahlreiche Karten von Preußen gefunden — aber wozu haben sie gedient? Ferner Büsten und Statuetten, den kaiserlichen Prinzen darstellend; der sehr unvollständige Entwurf einer Büste des Kaisers, eine große Zahl von Zeichnungen, Soldaten und Offiziere der preußischen Armee in Uniform darstellend."

Inzwischen hatte die Kaiserin das ihr befreundete Haus verlassen. Ueber ihre weitere Flucht berichtete die Times: „Die Eisenbahn zu wählen, erschien gefährlich, und es war keine andere Fahrgelegenheit zu finden, als ein nach der Normandie zurückkehrender Marktkarren. Auf diesem Karren fuhr die Kaiserin drei Tage und zwei Nächte, ehe sie in der Nähe

von Trouville die See erreichte, und hier von Sir John Bur-
goyne an Bord seiner Jacht aufgenommen wurde. Vor ihr
kam ein Franzose an Bord mit der Bitte, sich einmal eine
englische Jacht ansehen zu dürfen. Sir John, welcher ihn halb-
wegs für einen französischen Spion hielt, gestattete ihm die Besichtigung des Fahrzeuges, und bald, nachdem er sich entfernt
hatte, kamen zwei andere Herren mit der nämlichen Bitte. Nachdem sie die Jacht genau in Augenschein genommen und vielerlei
Fragen über deren Fahrgeschwindigkeit u. s. w. gestellt hatten,
baten sie, den Eigenthümer allein sprechen zu dürfen. Der
Eine, welcher sich als Herr v. Lesseps vorstellte, sagte, sie seien
gekommen, einen Gefallen zu erbitten, und verließen sich auf
seine Ehre als englischer Gentleman, daß er, auch falls er die
Bitte zu erfüllen nicht im Stande sei, von der ihm zu machenden
Mittheilung keinen Gebrauch mache. Dann erzählten sie die
Geschichte von der Flucht der Kaiserin, und baten ihn, dieselbe
nach England zu bringen. Die Kaiserin kam ohne alles Ge-
päck an Bord, sie hatte nicht einmal Kamm und Bürste, noch
das Geringste von frischer Wäsche bei sich. Die Ueberfahrt
nach der Insel Wight war sehr rauh, und äußerst erschöpft
langte die enthronte Fürstin in Rye an." In Hastings traf
sie bald darauf mit ihrem Sohne zusammen, den der Kaiser
über Belgien hatte nach England geleiten lassen.

Mit dem Kaiserthum war es also in Frankreich vorüber;
Frankreich hatte sich für die Republik erkärt.

Die Zeitungen stimmten Lob- und Freudenhymnen über
die „Errungenschaft" an. Und doch war ihnen die „Republik"
gewissermaßen in den Schoß gefallen. Das Kaiserthum hatten
sie als Joch empfunden, aber nicht die Kraft gehabt, dieses
Joch abzuwerfen, bis der Tag von Sedan sie von dem Kaiser
befreit hatte. Nun prahlten sie: Sehet, wie groß wir sind;
wir haben eine Republik hergestellt — ohne Blutvergießen! —
Aber auch nicht aus der leisesten Andeutung war zu erkennen,
daß sie das von der kaiserlichen Regierung gegen Deutschland

beabsichtigt gewesene Verbrechen mißbilligten. Der räuberische
Ueberfall an und für sich ward gut geheißen; der wüthende
Tadel bezog sich nur auf die mangelhafte Ausführung. Aber
jetzt, Welt, jetzt sollst du sehen, was die „Republik" vermag!
Wehe dir, Fremdling, Barbar, der du uns „überraschtest!" Fliehe,
gehe von hinnen, wenn Frankreich nicht dein Grab werden soll! —

In Bezug darauf, daß an Stelle des Namens „Kaiserreich" für Frankreich der Name „Republik" angenommen worden
war, sagte ein Berliner Blatt treffend: „Die Schlange hat sich
gehäutet, aber sie ist Schlange geblieben." — Eine ebenso
treffende Antwort auf die prahlenden und drohenden Phrasen,
die von den Republikanern „von Sedans Gnaden" in die
Welt hineingeschrieen wurden, gab das Hauptblatt der Deutschen
in London, die „deutsche Post":

„Endlich fängt Frankreich an, aus seiner imperialistischen
Schlafsucht zu erwachen. Frankreich studirt Geschichte. Es geht
an den Topf der Vergangenheit und zieht da eine Nummer
heraus, die eben kein Treffer für den Franzmann war. Dann
geht es wieder an die Urne der Gegenwart und beschaut sich
eine andere Nummer, die sehr viel Aehnlichkeit mit einer ent-
setzlichen Niete in der Lotterie der Geschichte hat. Die Nummer
der Vergangenheit heißt: 1814; die der Gegenwart: 1870.
1814 war ein Unglücksjahr, aber warum? so frägt selbstgefällig
der Franke, der ohne Deutschthum nicht einmal einen ehrlichen Namen hätte; — und mit noch größerer Selbstgefällig-
keit antwortet er: „1814 war Frankreich erschlafft, ermüdet".
— Zwanzig Jahre lang durchbrauste es ungestraft Wälder,
Auen, Wiesen, Dörfer und Städte Europa's; plünderte, raubte,
sengte, mordete es, um sich mit „Gloire" zu brüsten. Was
war der geistige Zweck der Napoleonischen Wirthschaft? Keiner.
Frankreich durfte daher müde sein und es gesteht, so weit der
entartete Celtenstamm wahr sein kann, diese volle Wahrheit.
Es hatte nicht nur Preußen, sondern ganz Europa gegen sich
— und das war zu viel. 1870 ist ganz etwas Andres: „Frank-

reich ist nun vergnügt, voll „Kraft und Saft". So prahlt der
„Figaro" in London, so sein Stammvater in Paris. In diesem
Tone spricht der characterlose „Standard", der ganz im Sinne
der Irländer nur deshalb Partei für Frankreich nimmt, weil
die liberale Regierung Englands und die kaltblütigen Sachsen
für Deutschland schwärmen; so faselt der „Daily Telegraph",
der noch nicht recht weiß, von welcher Seite her der Wind bläst,
und der sich fort und fort in dem Faltenwurf des Widerspruchs
verfängt. „Frankreich ist verjüngt." — Verjüngt? Sehen wir
uns die „Verjüngung" näher an. Seit zwanzig Jahren seufzt
Frankreich unter dem Druck talentloser Thyrannei; seit zwanzig
Jahren durfte es keinen freien Gedanken aussprechen, durfte
sich sein Volk nicht ohne Ueberwachung eines Polizeicommissärs
versammeln; durfte es nur solche Vertreter wählen, die sich dem
Willen des allmächtigen Cäsar blindlings unterwarfen; durfte
es nur schmutzige Romane schreiben, drucken und lesen; durfte
es „Cocottes" lieben und der bürgerlichen Ehe den Krieg erklären, durfte es in Unwissenheit, Vorurtheil und Blödsinn
versunken, der „Unfehlbarkeit" des Papstes auf die Beine helfen;
durfte es „Geschäftchen" mit groben Lügen auf der Börse machen;
Anleihen contrahiren, Schulden auf Schulden häufen, Mord-
maschinen erfinden, aber das Studium der Geographie vernach-
läßigen, — und doch prahlt es, es sei verjüngt! Jeder ehrliche
Deutsche muß einsehen, daß dies nicht die Weise sei, durch die
sich ein Volk verjüngen könne. 1814, grübelt der Franke, hatte
Frankreich keine Armee, kein Geld, kein Pulver. 1870 sei dies
ganz anders. „Wie so?" Es hat geschlagene Armeen, Papier-
fetzen statt Geld und genug Pulver, um der Welt blauen Dunst
ohne Ende vorzumachen."

Bangigkeit hätte die Führer der Pariser Bewegung be-
schleichen müssen, wenn sie mit Besonnenheit daran gegangen
wären, den Unterschied in Betracht zu ziehen, der zwischen dem
Eindruck, den die erste französische Republik (1789) hervorgebracht hatte, und demjenigen, den die dritte Republik (1870)

hervorbrachte, auswärts zu Tage trat. Damals begeisterter
Glaube an die Wahrheit der funkelnden und schillernden Phrase,
Beifallsrufe voll heißer Wünsche für das Gelingen der angekündigten Ziele; diesmal das Gegentheil von dem Allen! Nur
unkundige und verwahrloste Geister ließen sich für eine kurze
Zeit täuschen. Durch hundertfache Belege könnte es erhärtet
werden, wie fruchtbar die Studien in Bezug auf die neuere
französische Geschichte sich erwiesen haben. Durch die Phrasen
hindurch ward die Sache erkannt, und in diesem Sinne folgten
die entschiedensten Abweisungen, deren Reigen die „deutsche
Post" eröffnet hatte. Aus der Fülle mögen hier nur noch Aussprüche von drei deutschen Blättern hervorgehoben werden, Aussprüche, die der Erklärung der Republik in Frankreich auf dem
Fuße folgten.

„Jetzt haben die Franzosen", sagte Alexis Schmidt (in
der „Spen. Z."), „als letzte Rettung die Republik proclamirt;
so lange der Kaiser im Lande war, haben sie es nicht gewagt.
Durch einen Sturm des Pariser Volkes stürzt der Thron, stürzt
die Regierung zusammen. An die Spitze treten die Phrasen-
Helden, deren Unfähigkeit seit Jahr und Tag die Kammer-
sitzungen und Volks-Aufstände deutlich genug bewiesen haben.
Diese Leute wollen ein Volk umwandeln, das seit zwanzig
Jahren unter dem kaiserlichen Absolutismus gestanden und nothdürftig wenigstens disciplinirt worden ist, wenn auch diese Dis-
ciplin sehr wenig moralische Factoren in dem Volke erzeugt hat.
Was kann die Folge sein? In der Hauptstadt ruft man die
Republik aus, es folgen mehre große Städte nach. Aber das
Land steht betäubt und weiß nicht, was es dazu sagen, wem
es folgen und was es von sich abwehren soll. Die ganze Ver-
waltung liegt in den Händen Napoleonischer Creaturen, die
Bauern und die Bewohner der kleinen Landstädte sind die Träger
der durch einen Handstreich gestürzten Dynastie. Die Herren
Rochefort, Gambetta u. s. w. sind ihnen bis jetzt als die
schlimmsten Ungeheuer geschildert worden und jetzt sollen sie

ihnen gehorchen. Die Republik hat nicht vierzehn Tage Zeit,
sich zu consolidiren und ihre Verwaltuug durch das ganze Land
durchzuführen. Die Folge des Pariser Handstreichs ist also
nur eine kolossale Vermehrung der Unordnung, der in das Land
hineingeworfene Brand des Bürgerkrieges."

„Wir wußten und mußten wissen", sagte die „Voss. 3.",
„daß, wenn der Krieg die gehoffte Wendung nahm, Napoleon
nicht der Mann sein würde, welcher den Frieden zu unterzeichnen
hätte. Jetzt, nachdem Napoleon sich und seine Dynastie gleich
nach der ersten Proclamation aus Metz vom 7. August mit den
Worten aufgegeben: „Es kann noch Alles wieder in's rechte
Geleise kommen", nachdem er, statt sich auf die Kraft Süb-
und Mittelfrankreichs zu stützen, die Gefangenschaft als Privatmann vorzog und Frankreich der Regentschaft überließ — erst
jetzt, nachdem die deutschen Waffen die zwanzigjährige Thrannei
gestürzt, tritt der längst erwartete Wechsel ein. Weil er später
kommt, kann er uns nicht überraschen. Der verspätete Eintritt
beweist nur, daß der Stamm Frankreichs nicht eigene Kraft hatte,
eine überreife, längst verfaulte Frucht abzustoßen, und darum
müssen wir mit diesem Frankreich, nicht mit dem Frankreich
von 1792 rechnen. Noch wissen wir nicht genügend, wie die
Republik zu Stande gekommen ist. Sie ist in Paris proclamirt,
und einige andere Städte sind der Metropole nachgefolgt. Leider
sind wir unter der Herrschaft des Belagerungszustandes und
nach der Unterdrückung der oppositionellen Zeitungen ohne Kenntniß von dem eigentlichen Volksleben in der französischen Hauptstadt geblieben, aber die Frucht einer Revolution ist die Republik nicht."

Eingehender ließ sich das „Mag. für die Lit. d. Ausl."
in einem Artikel: „Die dritte Republik der Franzosen" über die
Frage aus. „In der schnellen Aufeinanderfolge politischer Ereignisse," heißt es daselbst, „welche jetzt in erster Linie das französische Volk in Scene setzt, vermag auch der Politiker von
Fach nicht diejenige genügende Klarheit zu entdecken, die uns

zu einem bestimmten Urtheile über Frankreich nothwendig erscheint. Wären die republikanischen Träumereien in Frankreich
neu und unmittelbar, hätten die sie begleitenden Hallucinationen
eines verkommenen und versumpften Volkes auch nur den Schein
der Originalität, so würde das Schauspiel der proclamirten
Republik ein, wenn nicht weniger gleichgiltiges, so doch sicher
aufmerksameres Zuschauer-Publikum hervorgerufen haben: da
aber Ben Akiba diese Sonntags-Republik mit „Alles schon dagewesen" lächelnd begrüßt, so verliert sie schon aus diesem
Grunde unser größeres Interesse. Schon zum öfteren haben
völlig unparteiische Männer und selbst Cavaignac nachgewiesen
und öffentlich ausgesprochen, daß gerade das französische Volk
am wenigsten für die Republik geeignet sei, und wir haben
angesichts des Umstands, daß seit 1792 alle und jede Staatsform aus dem gallischen Herenkessel hervorbrodelte, wahrlich
keine andere und am wenigsten eine bessere Meinung. Wo
das lügnerischste Maulheldenthum seine Triumphe feiert und
die verwerflichsten Leidenschaften und Ruchlosigkeiten das Andenken an eine gottähnliche Menschengestalt grausam zu vernichten bemüht sind, da bedeutet Republik Vermehrung und
Verdoppelung des Bösen.

„Der Freiheit bis zum letzten Athemzug ergeben, müssen
wir doch vor aller Welt das Geständniß ablegen, daß wir an
die Dauer einer größeren Republik auf dem europäischen Con-
tinent nimmermehr glauben. Da die staatlichen Bedingungen
dieses Erdtheils zu lange und zu intensiv an die Monarchie gefesselt waren, so müßten wir es als einen Mißgriff betrachten,
wenn die monarchische Basis, gleichviel in welchem Lande Europas,
der republikanischen Platz zu machen hätte. Daß die Schweiz
als Republik ruhig fortbesteht, verdankt sie nur den Garantieen
aller Mächte; sie wäre niemals eine Republik geworden, hätte
sie nicht die Natur dazu geschaffen; und wäre es zu der Zeit,
als über ihre Staatsform endgiltig entschieden wurde, möglich
gewesen, ihre himmelhohen Berge mit dem Dampfroß zu über-

fahren oder einen Schienenstrang durch das Innere ihrer Gebirge zu legen, wie dies heute der Fall ist, dann wäre die Existenz
einer schweizerischen Republik noch ein sehr großer Zweifel.

. „Und nun sehen wir das für die Republik untauglichste Volk,
die Franzosen, zur Republik als dem stets bei ihnen für probat
geltenden Heilmittel die Zuflucht nehmen. Wo ist denn aber
die ungeheure Majorität geblieben, die sich noch vor einigen Monaten im Plebiscit zu Gunsten der Napoleonischen Dynastie
aussprach? hat sie so schnell und so gründlich ihr Votum de-
mentirt, daß sie heute schon mit Rochefort den republikanischen
Cancan tanzt? Und dieses Mameluken-Parlament wagte vor
aller Welt die größte Schamlosigkeit des Jahrhunderts zu begehen, als es mit allen gegen zwölf Stimmen den Propositionen
der sogenannten provisorischen Regierung seine Zustimmung
ertheilte. In überwiegender Mehrheit aus lungernden, von
napoleonischen Staatsmitteln gemietheten Söldlingen bestehend,
haben dieselben den Cäsar, zu dessen Werkzeugen sie so lange
sich gebrauchen ließen, als ihr nimmersatter Geldbeutel gefüllt
wurde, schmählich verrathen, als derselbe gefangen und machtlos war. Von solchen Characteren wendet sich schaudernd und
mit Ekel erfüllt der Deutsche weg, denn ihm ist oberstes Pflicht-
gebot Treue, und zwar Treue bis in den Tod. Alle Fanfa-
ronaden der sogenannten provisorischen Regierung, die sich ihre
Macht und Autorität von der Straße herholte, alle Circuläre
Jules Favre's, der, wie einst sein Vorgänger Lamartine in
der zweiten Republik, sein erstes Debüt mit einer ungeheuren
Lüge beginnt, werden das Unheil nicht mehr abwenden, das
die verbissenste Verblendung des ganzen Volkes an den Haaren
herbeigezogen hat. Und diese sogeartete Nation haltet Ihr
Herren von der provisorischen Regierung reif oder fähig für
eine Republik, eine Staatsform, die in ihrer Theorie wenigstens,
die höchsten Bürgertugenden zu ihrer Voraussetzung hat? O,
Ihr aberwitzigen Narren, wißt Ihr denn nicht, daß, bevor an
diese Staatsform überhaupt gedacht werden konnte, bevor eine

II.   5

Aenderung der bestehenden eintreten durfte, Ihr selbst und
Eure ganze Generation eine gründlich läuternde Aenderung
durchzumachen hattet? Legt den alten Menschen ab, und werft
zuerst die hervorgerufenen, stereotyp gewordenen Untugenden
von Euch, die mit dem heutigen Standpunkt der Civilisation
unverträglich sind. Zerreißt das Lügennetz in tausend Stücke,
das Euch so viel Leid zufügte, anstatt fortgesetzt daran zu
spinnen und nach und nach dem Lande das verderbliche Nessus-
Hemd zu bereiten. Wirket und schaffet dahin, daß in erster
Linie die verwerfliche Genußsucht abgelegt werde, die in der
frivolsten Weise nur dem Sinnenreiz fröhnt. Lernet und lehret
die Achtung vor dem Gesetze, nicht allein vor dem geschriebenen,
das dem Raum und der Zeit unterworfen ist, sondern auch
vor jenem, das allerwärts und ewig giltig in jeder sittlichen
Menschenbrust leben und lebendig sein sollte. Errichtet allent-
halben gute Schulen, Pflanzstätten edler Bildung und Sittlichkeit, unabhängig von französischer Pfaffen-Wirthschaft, damit
Ihr einen festen Damm bereitet gegenüber der zum Himmel
schreienden Unzucht und Sittenlosigkeit, die bisher aus Frankreich eine Freistätte der Lust bereitete. Und wenn Ihr dann
diese und so manche andere innere Wunde geheilt und vieles
faule Fleisch entfernt habt, an dem das Volk — keine Monarchie und kein Souverän — ganz allein die Schuld trägt,
dann möget ihr an die Staatsform denken, und es wird sich
die richtige finden lassen."

So lauteten diesmal deutsche Entgegnungen auf französische Phrasen. Freilich drangen diese und ähnliche Stimmen
für jetzt bei den Franzosen noch nicht durch. Das Phrasen-
Heldenthum sollte erst noch seine üppigsten Blüthen entfalten.
Sie strömten herbei aus allen Himmelsgegenden, die Pfleger
der Phrase, um in der „heiligen Stadt der Civilisation" längst
geträumte Wunderthaten verrichten zu helfen, und unter den
schon am 5. September Ankommenden befand sich auch Victor
Hugo, der einstmals berühmte Dichter. Gesetzt, Jemand fragte

ihn, wie es zugehe, daß er, der früher mit Wahrheitssinn be-
gabte Mann, in eine tolle Einbildungswelt habe versinken
können, und gesetzt ferner, dem Gefragten käme ausnahmsweise
ein erleuchtender Strahl in die Seele, so würde er antworten
können: „Wie, Du meinst, ein Schriftsteller der Franzosen,
dessen vornehmstes Verlangen es war, seinem Publikum zu gefallen und in dem Maße „gekauft" zu werden, daß die Führung eines großen Hauses sich dadurch ermöglichen lasse, —
Du meinst, ein solcher Schriftsteller sollte sich den angeborenen
Adel seiner Seele bewahren! O, Freund, das hieße ebenso
viel, als der Annahme huldigen, ein von Hause aus redlicher
Staatsmann vermöchte es, die Franzosen durch Tugend zu
leiten, etwa wie Orpheus durch Töne Bäume und Felsen
leitete! O, Freund, siehest Du nicht den Weg, auf dem mein
Volk dahingeht? Wer es begleiten will als singender und
weissagender Priester, wer den Segen sprechen will bei den
Opfern und mit zu Tische sitzen bei den Mahlen, der muß
die Töne anschlagen, die dem Volke gefallen. Nur dann
giebt das Beifall jauchzende Volk ihm Feierkleider und Schätze
für seine Truhe. Im anderen Falle trifft ihn die Geißel der
Verachtung. Siehe, so hat mein Volk (und dazu mein eigener
Trieb, Schätze mit der Feder zu gewinnen) gewirkt, daß, wenn
Du mich siehst und hörst, Du zugleich in die Seele meines
Volkes blickst!" — So könnte ein Victor Hugo sagen, über
den das Wunder einer Erleuchtung gekommen wäre. Hören
wir nun den wirklichen Victor Hugo, der, nachdem er den
Parisern sein Kommen signalisirt hatte, bei seinem Empfange,
den ihm Tausende bereiteten, folgende Scene herbeiführte.
„Bürger!" — so begann er — „die Worte fehlen mir, um
Euch auszudrücken, bis zu welchem Grade mich der unaus-
drückbare Empfang ergriff, den mir das hochherzige Volk von
Paris bereitet hat. Bürger! Ich hatte gesagt: An dem
Tage, wo die Republik wiederkehrt, kehre auch ich wieder. Da
bin ich! (Bravo!) Zwei große Dinge rufen mich: die Republik

5*

und die Gefahr. Ich komme, meine Pflicht zu thun. Was
ist meine Pflicht? Es ist die Eurige, die Pflicht Aller! —
Paris vertheidigen, Paris hüten, Paris retten heißt mehr als
Frankreich retten, heißt die Welt retten. Paris ist das Centrum, das eigentliche Centrum der Menschheit. Paris ist die
heilige Stadt. Wer Paris angreift, greift das ganze menschliche Geschlecht en masse an. (Ungeheurer Applaus.) Paris ist
die Hauptstadt der Civilisation, welche nicht ein Königreich
oder Kaiserreich, sondern die gesammte Menschheit in ihrer
Vergangenheit und Zukunft ist. Und wißt Ihr, warum Paris
die Stadt der Civilisation ist? Weil es die Stadt der Revolution ist. (Bravo! Bravo!) Eine solche Stadt, ein solcher
Lichtheerd, ein solches Centrum der Geister, Herzen und Seelen,
ein solches Hirn des universellen Gedankens sollte verletzt, gebrochen, im Sturm genommen werden durch eine Invasion
Wilder? Das kann nicht sein, das wird nicht sein. Nie!
Nie! Nie! (Anhaltendes Geschrei: „Nie! Nie!") Bürger! Paris
wird triumphiren, denn es repräsentirt die menschliche Idee!"

Als die Zeitungen die obige Darstellung brachten, hat
sicherlich mancher Leser, dem Victor Hugo bis dahin eine unbe-
kannte Größe geblieben war, mitleidsvoll bei sich gedacht: Den
armen Menschen haben Schreck und Angst um den Verstand gebracht! — Solcher Annahme mußte aber unmittelbar der Gedanke
folgen: Doch wie, waren denn die Tausende, die ihm zujauchz-
ten, gleichfalls wahnwitzig geworden? — Ihnen, die ihn aus
seinen schriftstellerischen Arbeiten kannten, sagte er im Grunde
nichts Neues, er gab vielmehr Längstgesagtes mit glänzendem
Ueberguß, wie er seinen vor Eitelkeit halb wahnwitzigen Landsleuten behagte. Nur auf eine seiner schriftstellerischen Erzeugnisse sei verwiesen, in denen er sich in ähnlicher Weise ausgelassen hat. Es ist die Einleitung zu einer „Geschichte von
Paris," die im Jahre 1867 (bei Gelegenheit der großen In-
dustrie-Ausstellung) daselbst erschien. Aus dieser Einleitung
sei folgende kleine Blumenlese vorgeführt. Für das zwanzigste

Jahrhundert kündigt Victor Hugo prophetiſch eine „Nation des
Friedens, der Liebe und der Brüderlichkeit" an. — „Dieſe Nation
wird Paris zur Hauptſtadt haben, aber ſie ſelbſt heißt nicht
mehr Frankreich, ſie heißt — Europa!" — „Paris hat einen
Nachtheil im Gefolge; dieſe Stadt giebt Jedem, der ſie beſitzt,
die Herrſchaft der Welt; hat man ſie durch ein Verbrechen errungen, ſo iſt die Welt dem Verbrechen unterthan." — „Ohne
die Democratie und ihr Reſultat, das Jahr 1789, wäre die
Oberherrſchaft von Paris ein Räthſel. Denken wir darüber
nach: Rom hat mehr Majeſtät, Trier ein höheres Alter, Vene-
dig größere Schönheit, Neapel mehr Anmuth, London mehr
Reichthum. Was aber hat Paris? Die Revolution! — Pa-
lermo hat den Aetna, Paris den Gedanken. Conſtantinopel
iſt der Sonne näher, Paris der Civiliſation. Athen hat das
Parthenon erbaut, aber Paris zerſtörte die Baſtille." — „Paris
iſt gleichſam der Mittelpunkt, in dem ſich das Nervenleben der
Erde vereint; wenn es ſchaudert, ſchaudern wir Alle." —
„Viele Dinge würden ſein oder möchten ſein, aber das Lächeln
von Paris iſt ein Hinderniß. Die Thyrannei iſt ein Jericho,
deſſen Thürme bei dieſem Lächeln einſtürzen." — „Paris iſt
keine Stadt, Paris iſt ein Herrſcher. Wer du auch ſeiſt, ſieh
hier deinen Herrn. Paris hat ſeine Launen, ſeine Geſchmacks-
verwirrungen, ſeine optiſchen Täuſchungen. Wenn es ſich irrt,
ſo iſt das ſchlimm für die Urtheilsfähigkeit im Allgemeinen.
Die Magnetnadel iſt dann in Verwirrung und der Fortſchritt
ſchwankt eine Weile unſicher umher." — „Die Ausſchreitungen
des Putzes haben denſelben Urſprung wie die Ausſchreitungen
der Tapferkeit. Nehmt Euch in Acht! Die anſcheinende Er-
mattung iſt vielleicht nur die Erwartung des rechten Augenblicks. Nehmen wir an, daß unſer Vaterland zu vertheidigen
wäre — nur ein Trommelwirbel an der Grenze, und ihr ſoll-
tet ſehen! — In vier Worten iſt Alles zuſammengefaßt:
Paris weicht nie zurück!" — „Wozu," ſo heißt es am
Schluß, „kommen alle die Völker nach Paris, die wir vorhin

aufgezählt haben? Wie die Ueberleitung des Blutes in die
Adern des Menschen, so ist die Ueberleitung des Lichtes in
die Adern der Nationen möglich. Sie kommen, sich der Civilisation anzuschließen; sie kommen, um zu begreifen. Die Wilden
haben denselben Durst, die Barbaren dieselbe Liebe, wie wir.
Der ferne Aufgang der Menschenrechte hat auch ihren Horizont
erhellt. Sie wissen, daß es eine Stadt der Sonne giebt, ein
Volk der Versöhnung, eine offene Nation, die Jeden, der Bruder
ist oder es werden will, herbeiruft, und die zum Schluß aller
Kriege die Entwaffnung bietet. Wunderbares, mächtiges, herz-
erquickendes Phänomen, diese Verflüchtigung eines Volkes, das
sich in Brüderlichkeit auflöst! Lebe wohl, Frankreich, Du bist
zu groß, um nur ein Vaterland zu sein! Du bist dann nicht
mehr Frankreich, sondern Menschheit, nicht mehr Nation, sondern Allgemeinheit! Du bist dazu bestimmt, Dich ganz in die
Strahlen aufzulösen, und nichts ist erhabener, als das sichtliche
Verschwinden Deiner Grenzen! Ergieb Dich in Deine Uner-
meßlichkeit! Lebe wohl, Welt — willkommen, Mensch! Erleide Deine verhängnißvolle und herrliche Vergötterung, o mein
Vaterland, und wie Athen zu Griechenland, Rom zur Christenheit geworden, werde Du, Frankreich, die Welt!" — So hatte
Victor Hugo drei Jahre früher geredet, und Frankreich hatte
sich gern dazu hergegeben, die „verhängnißvolle und herrliche
Vergötterung zu erleiden." Aber nun, Paris, nun sollst du
sehen, was deines Sohnes Wort vermag. Freilich steht auch
ihm bevor, nach kurzer Frist höhere Vergötterung noch „erleiden" zu müssen, als du ihm schon hast zu Theil werden
lassen. Denn sein Wort wird dem Barbarenheere, das sich
der „Sonne der Civilisation" nähert, Halt gebieten, seine Feder
wird größere Wunder verrichten, als der Speer des heiligen
Georg, dem der feuerschnaubende Drache erlag! Edmond About,
was bist Du gegen mich? Dein Wort wird vergessen, denn
ich, Victor Hugo, rede jetzt! — Und er ergriff seine Feder und
schrieb eine „Ansprache an die Deutschen." Aber siehe, des

„grausen Drachen" drohende Nähe mußte doch auch über ihn
schon ein Beben gebracht haben, denn durch seine Ansprache
zieht sich ein elegischer Ton, ein Ton der Klage und Bitte,
der mit Drohungen und Aufschneidereien abwechselt. Hier
einige Proben:

„Paris gehört nicht uns allein; Paris ist euer so viel
wie unser. Berlin, Wien, Dresden, München, Stuttgart sind
eure Hauptstädte; Paris ist euer Mittelpunkt. Es ist in Paris,
wo man den Herzschlag Europa's fühlt. Paris ist die Stadt
der Menschen. Athen war, Rom war, Paris ist! . . . Zwei
Nationen haben Europa gemacht. Diese beiden Nationen sind
Frankreich und Deutschland. Deutschland ist für den Occident,
was Indien für den Orient ist, eine Art von Urgroßmutter.
Wir verehren sie. Aber was geht doch vor und was will das
heißen? Heute will Deutschland dieses Europa, welches Deutschland durch seine Entfaltung und Frankreich durch sein Aus-
strahlen geschaffen haben, vernichten? Ist es möglich? Deutschland würde Europa vernichten, indem es Frankreich verstümmelt.
Deutschland würde Europa vernichten, indem es Paris zerstört.
Denket nach. Warum diese Invasion? Warum diese wilde
Anstrengung gegen ein Brudervolk? Was haben wir euch
gethan? Ist dieser Krieg von uns gekommen? Das Kaiserthum hat ihn gewollt, das Kaiserthum hat ihn gemacht. Es
ist todt. Das ist gut. Wir haben nichts gemein. Wir haben
nichts gemein mit diesem Leichnam. Es ist die Vergangenheit,
wir sind die Zukunft. Es ist der Haß, wir sind die Zuneigung. Es ist der Verrath, wir sind die Ehrlichkeit. Es ist
Capua und Gomorrha, wir sind Frankreich. Ihr kommt, um
Paris mit Gewalt zu nehmen! Aber wir haben es euch ja
immer mit Liebe entgegengebracht. Laßt doch ein Volk, welches
euch zu allen Zeiten seine Arme geöffnet hat, nicht seine Thore
schließen! Paris liebt euch; aber Paris wird euch bekämpfen
mit der ganzen furchtbaren Majestät seines Ruhmes und seiner
Trauer. Paris, bedroht mit dieser brutalen Gewaltthat, kann

schrecklich werden... Ihr werdet die Festungen nehmen, ihr
werdet dann die Ringmauer finden, ihr werdet die Ringmauer
nehmen; ihr werdet die Barricade finden, ihr werdet die Barricade nehmen, und dann vielleicht, wer weiß, was der Patriotismus in der Noth rathen kann? Ihr werdet die Abzugs-
kanäle unterminirt finden, was ganze Straßen in die Luft
sprengt... Deutsche, Paris ist gefährlich! Seid bedächtig
vor Paris! Alle Umwandlungen sind ihm möglich. Seine
Weichlichkeit giebt euch das Maß für seine Energie; man schien
zu schlafen, man erwacht, man zieht die Idee aus der Scheide
wie das Schwert, und diese Stadt, welche gestern Sybaris
war, kann morgen Saragossa sein. Sagen wir euch das, um
euch Furcht zu machen? Man macht euch keine Furcht, Deutsche.
Ihr habt einen Galgacus*) gegen Rom gehabt und einen
Körner gegen Napoleon! Wir sind das Volk der Marseillaise,
aber ihr seid das Volk der geharnischten Sonette und des
Schwertliedes. Ihr seid die Nation von Denkern, die, wenn es
nöthig ist, eine Legion von Helden wird. Eure Soldaten sind
der unsrigen würdig.... Ihr habt schlaue und geschickte
Generale, wir hatten einfältige Anführer; ihr habt viel mehr
einen geschickten Krieg geführt als einen glänzenden Krieg,
eure Generale haben das Nützliche dem Großen vorgezogen...
Bis diesen Tag hat in diesem schrecklichen Kriege Preußen den
Sieg, aber Frankreich den Ruhm. Jetzt glaubt ihr, denket
doch, einen letzten Schlag thun zu müssen..., ihr siebenmal-
hunderttausend Soldaten mit allen euren Kriegsmaschinen,
euren Mitrailleusen (!), euren Stahlkanonen, euren Krupp-
Kugeln, euren Dreyse-Gewehren, eurer unzähligen Cavallerie,
eurer schrecklichen Artillerie, stürzet euch auf dreimalhundert-
tausend Bürger, die auf ihren Wällen stehen, auf Väter, die
ihren Herd vertheidigen, auf eine Stadt voll zitternder Familien, wo es Frauen giebt, Schwestern, Mütter, und wo zu

---

*) Der große Victor Hugo verwandelt hier den Caledonier Galgacus
n einen deutschen Helden.

dieſer Stunde ich, der ich zu euch rede, meine beiden Enkel
habe, deren einer noch an der Bruſt... Wißt ihr, was dieſer
Sieg für euch ſein würde? Er würde die Schande ſein. Ach,
gewiß Niemand darf daran denken, euch zu ſchrecken, deutſche,
großherzige Armee, tapferes Volk! Aber man kann euch belehren. Sicher ſucht ihr nicht die Schande; nun wohl, es iſt
die Schande, welche ihr finden würdet, und ich Europäer, das
heißt Freund von Paris, ich Pariſer, das heißt Freund der
Völker, ich warne euch vor der Gefahr, in der ihr ſeid,
meine deutſchen Brüder, weil ich euch ehre und weil ich
wohl weiß, daß, wenn etwas euch zurückſchrecken kann, es die
Schande iſt!"

Neue Proclamationen voll ſchrecklicher Drohungen ließ Victor
Hugo jenen erſten Anſprachen folgen. Bei den Deutſchen, denen
ſie kund wurden, erregten ſie Lächeln, den Pariſern verwirrten
ſie zu deren Verderben vollends den Verſtand.

Nach dem, was oben aus des Dichters Anſprache gegeben
wurde, hätte man meinen ſollen, ſein Parorismus habe bereits
den höchſten Grad erreicht. Aber in einem folgenden Aufruf
zum Kampfe wurde alles bisher Geleiſtete noch überboten, wie
folgende Stelle aus demſelben erweiſen möge: „Richtet euch
auf und blaſet die Feinde hinweg! Lille, Nantes, Tours, Bour-
ges, Orleans, Colmar, Toulouſe, Bayonne, gürtet eure Lenden!
Vorwärts! Lyon, nimm deine Flinte, Bordeaur, deine Büchſe,
Rouen, zieh' deinen Degen und du, Marſeille, ſinge dein Lied
und komme fürchterlich. Städte, Städte, Städte, bildet Wälder
von Piken, verdichtet eure Bayonnete, beſpannt eure Kanonen,
und du, Dorf, nimm deine Miſtgabel. Man hat kein Pulver,
man hat keine Munition, man hat keine Artillerie? Irrthum!
Man hat ihrer. Uebrigens hatten die ſchweizer Bauern nur
Aerte, die polniſchen Bauern nur Senſen, die bretoniſchen Bauern
nur Knüttel. Und Alles verſchwand vor ihnen! Rollet Felſen
herab, häufet Pflaſterſteine, verwandelt die Pflugſcharen in
Beile, verwandelt die Furchen in Gräben, kämpfet mit Allem,

was euch in die Hand fällt; nehmet die Steine unseres ge-
heiligten Bodens, steinigt die Eindringlinge mit den Gebeinen
unserer Mutter Frankreich! O Bürger, in den Kieseln des
Weges, die ihr ihnen in's Gesicht werfet, ist das Vaterland!
Mögen die Straßen der Städte den Feind verschlingen, das
Fenster öffne sich wüthend, die Wohnung schleudere ihre Möbel,
das Dach werfe seine Ziegel!" — Das in Brüssel erscheinende
und der deutschen Sache mit Begeisterung zugethane Blatt „de
Zwerb" brachte eine beißende Parodie des obigen Aufrufs.
„Was thut ihr, Franzosen," heißt es in derselben, „wenn ihr
mit einem Bein aus dem Bette gestiegen seid? Ihr tödtet einen
Preußen! — Was thut ihr, ehe ihr euer Abend-Butterbrot
verspeist? Ihr tödtet einen Preußen! — Was thut ihr, wenn
ihr auf dem Ohre liegt? Ihr träumt, daß ihr einen Preußen
tödtet! — Pariser, Franzosen, Bürger! Wachend und schlafend
tödtet ihr Preußen! Wachend und schlafend fechtet ihr, siegt
ihr, sterbet ihr! Wißt ihr, was ihr seid, wenn ihr wachend
und schlafend fechtet, siegt, sterbt? Dann seid ihr Vaterland!
Ich bin nicht mehr ich, und ihr seid nicht mehr ihr — wir sind
alle Vaterland! Wir sind Vaterland, weil wir fechten, sterben
und siegen, und wir fechten, sterben und siegen, weil wir Vaterland sind! Weil wir fechten, sterben wir; weil wir sterben,
siegen wir; weil wir siegen, fechten wir. Mitbürger, wie groß
sind wir, ich und ihr! Ich schaudere vor unserer Größe." —
Am Schlusse heißt es: „Deutsche, ihr denkt in Paris die „Groß-
herzogin von Gerolstein" und „Orpheus" und die „schöne Helena" zu finden. Aber ihr werdet zwei Millionen Engel finden,
die Teufel sein sollen. Unsere Herbströcke (demisaisons) sollen
Panzerplatten, unsere Regenschirme Kugelspritzen werden. Gestern
sind wir als Helden aufgestanden, morgen legen wir uns als
Sieger nieder. Europa soll vor uns davonlaufen, so schrecklich
sind wir. Unsere eigenen Kinder sollen uns nicht mehr kennen,
weil wir Frankreich geworden sind, und unsere Frauen sollen
uns nicht mehr küssen dürfen, weil wir glühendes Eisen ge-

worden sind." Unterzeichnet: „Victor Frankreich, vormals Hugo, im Dienste der Republik."

Eine große Zahl von Federn arbeitete in dem Victor Hugo'schen Sinne, wenn auch keine in Bezug auf Ueberschwänglichkeit ihm nahe kam. Louis Blanc, der einige Tage später als Victor Hugo in Paris eingetroffen war, behauptete in dem „Temps", die Stimmung in England habe sich von dem Augenblicke an, in dem in Frankreich die Republik erklärt worden sei, zu Gunsten Frankreichs geändert. Die „rohe Machttheorie, mit welcher die Organe Bismarck's die Zerreißung Frankreichs predigen", verletze dort, und man frage sich, ob ein gewaltiges germanisches Reich mit derartigen Gelüsten nicht eine Gefahr für Europa sei. „Die republikanische Regierung muß jetzt Europa und der ganzen Welt sagen, daß das republikanische Frankreich, und das ist Frankreich — diesen Krieg nicht gewollt hat, daß ein Angriffskrieg für Frankreich, wäre es frei gewesen, eine Unmöglichkeit gewesen wäre. Heute ist Frankreich sich wiedergegeben, heute weisen wir das Eroberungsrecht, das verhaßte Recht, das allen unseren Ideen, allen unseren Empfindungen, allen unseren revolutionären Traditionen widerspricht, rückhaltslos zurück. Das Eroberungsrecht lassen wir den Tyrannen. Das internationale Recht, so wie wir es verstehen, will dem internationalen Haß ein Ende machen, und ist von den französischen Arbeitern in Uebereinstimmung mit den deutschen Arbeitern so trefflich formulirt worden. Der Character des Kampfes ist jetzt ein anderer geworden. Das Kaiserreich ist gefallen, Frankreich hat sich wiedergefunden. Frankreich ist heute in der Defensive. Die Bombardeure des heroischen Straßburg, der König von Preußen, wenn er Elsaß und Lothringen zu fordern wagt, nachdem er so feierlich erklärt hat, mit Napoleon und nicht mit dem französischen Volke Krieg zu führen, das sind die Angreifer; wir greifen zu den Waffen, um zu verhindern, daß Leute, die Fleisch von unserem Fleisch, Bein von unserem Bein sind, in die Gewalt der Feinde gerathen." — Auf diese und ähnliche Darlegungen antwortete die Times: „Es ist gewiß Grund zu der Befürchtung vorhanden, daß die in Paris zur Gewalt gelangten Männer nicht das rechte Verständniß für die Wahrheit haben, daß eine Nation sich zwar ihres Herrschers, aber nicht der Verantwortlichkeit für seine Handlungen, entledigen kann. Mit anderen Worten: die Republik erbt den Krieg und muß sich gefaßt machen, die Kosten zu tragen. Wenn die französische Regierung sich rühmt, durch Absetzung des Kaisers einen Akt der Gerechtigkeit vollzogen zu haben, so betrifft dieser Akt selbstverständlich nur den Kaiser. Indessen damit bleibt noch die Schuld der Gerechtigkeit abzutragen, welche an die Deutschen für die Handlungen des Kaisers fällig ist. Wenn es auch noch zu früh sein dürfte, über den Modus Vermuthungen anzustellen, wie diese Schuld zu berichtigen ist, so wird es doch Sache der dringendsten Nothwendigkeit für Frankreich, daß die Schuld überhaupt anerkannt werde. Allerdings werden die Republikaner nun zwar fragen, wie ist es rechtlich zu begründen, daß wir für die Verbrechen eines Herrschers büßen sollen, dem wir jederzeit Widerstand geleistet haben? Die Antwort ist aber die, daß ungeachtet der Gefühle jener Republikaner die Herrschaft des nun entthronten Kaisers von der Mehrheit des französischen Volkes angenommen, begründet, gutgeheißen und aufrecht erhalten wurde. Das „Siècle" nennt ihn ganz richtig den Mann, welchen das irregeleitete Land zu seinem Haupte genommen hatte. Die Thatsache, daß Napoleon III. seine Herrschaft mit dem Willen des Volkes ausübte, wird wahrscheinlich von den meisten Republikanern heftig in Abrede gestellt werden. Indessen wir halten ihnen die folgenden Thatsachen zur Begründung vor. Bei seinem Erscheinen 1848 wurde er zum Mitglied der besten Versammlung von Paris und drei Departements, im September von fünf Departements, und bei der Präsidentenwahl im Dezember von 5½ Millionen Wählern aus der Gesammtzahl von 7 Millionen zum Haupt der Republik gewählt. Es ist unmöglich, gegen diese Zahlen

etwas einzuwenden und dem Schlusse sich zu entziehen, daß
Frankreich Louis Napoleon freiwillig zum Staatsoberhaupte
erkor. Er hatte nichts Bemerkenswerthes gethan und wurde
hauptsächlich seines Namens wegen genommen, und die Wahl
zeigte die nationale Leidenschaft für Kriegsruhm, welche dem
jetzigen Kriege zu Grunde liegt. Der Staatsstreich war ein
Akt der Gewaltthätigkeit und des Verbrechens, aber er wurde
verziehen und vergeben in der allgemeinen Abstimmung des
Volkes. Die Wähler mochten unwissend, bethört und irrege-
leitet sein, kurz Alles, was man will, allein das Alles kann
die Thatsache nicht erschüttern, daß der Kaiser durch den Willen
des Volkes regierte. Wir fragen jeden ehrlichen Republikaner,
der heute in Paris jubelt, ob er nicht weiß, daß es wahr ist,
daß, falls der Kaiser Glück gehabt und den Feldzug siegreich
beendet hätte, er unter dem allgemeinen Beifall der Nation
heimgekehrt wäre, um für den Rest seiner Tage seinen neu-
befestigten Thron in Ruhe einzunehmen.

„Frankreich hat an Deutschland eine Schuld abzutragen für
einen muthwilligen Angriff, und diese Schuld muß bezahlt werden.
Der Einbruch der Coalition in Frankreich 1793 läßt in keiner
Weise einen Vergleich zu, denn die Coalition drang ohne Grund
in Frankreich ein, um die alte Monarchie wieder in ihre alten
Rechte einzusetzen. Heute dagegen sind die deutschen Heere in
Frankreich eingedrungen, weil man sie zuerst angegriffen,
und die Forderung, daß Deutschlands Heere den Boden Frankreichs räumen sollten, ehe man über den Frieden unterhandle,
ist daher nicht angebracht. Wenn unter den heutigen Verhältnissen ehrenhafte Bedingungen von König Wilhelm zu erlangen
sind, so sollte man sie ruhig annehmen. Es würde in der That
ein Verbrechen Seitens der Regierung sein, sie abzulehnen."

Für Annahme eines so verständigen Rathes fehlte es der-
zeit an jeglicher Empfänglichkeit. In welcher Weise der Wahn-
glaube an die eigene Vortrefflichkeit, an die Sonderstellung unter
den Völkern der Erde sich auch der besten Männer bemächtigt

hatte, zeigt das unter dem 6. September von Jules Favre in
seiner Eigenschaft „als Minister des Auswärtigen und Vice-
präsident des nationalen Vertheidigungsausschusses" an die auswärtigen diplomatischen Agenten Frankreichs erlassene Rundschreiben. Nach Darlegung der Vorgänge, die zur Proclamirung der Republik führten, fährt Jules Favre fort: „Uebrigens
ist die Zeit kostbar; der Feind ist vor unseren Thoren, wir haben
nur einen Gedanken: ihn aus unserem Territorium zu vertreiben. Jedoch ist diese Verpflichtung, die wir entschlossen übernehmen, nicht von uns Frankreich aufgezwungen worden, es
würde sie nicht zu tragen haben, wenn unsere Stimmen gehört
worden wären. Wir haben, selbst mit Verlust unserer Popularität, energisch die Politik des Friedens vertheidigt. Wir beharren in derselben mit immer größerer Ueberzeugung. Unser
Herz bricht beim Anblick dieser Metzeleien der Menschen, in
welchen die Blüthe zweier Völker, die man mit etwas Vernunft
und mehr Freiheit vor diesen schrecklichen Katastrophen bewahren hätte können, dahin sinkt. Wir haben keinen Ausdruck,
der die Bewunderung beschreiben kann, die wir für unsere herrliche, durch die Unfähigkeit des Oberbefehls geopferte Armee
haben, in ihrer Niederlage größer als in ihren brillantesten
Siegen. Denn, trotz der Kenntniß, die sie von den compromit-
tirenden Fehlern hatte, hat sie sich erhaben dem gewissen Tode
ergeben, die Ehre Frankreichs von dem Unflath seiner Regierung erkaufend. Ihr sei die Ehre! Die Nation öffnet ihr
ihre Arme! Die kaiserliche Macht hat sie entzweien wollen,
das Unglück und die Pflicht vereinigen sie zu einer feierlichen
Umarmung. Besiegelt durch den Patriotismus und die Freiheit, macht dieses Bündniß uns unbesiegbar. Zu Allem bereit,
sehen wir mit Ruhe die uns bereitete Lage an. Diese Lage
will ich mit einigen Worten darlegen; ich unterbreite sie dem
Richterspruche meines Landes und Europas. Wir haben laut
den Krieg verworfen und unsern Respekt für die Rechte der
Völker aussprechend, haben wir verlangt, daß man Deutschland

Herr seiner Schicksale sein lasse. Wir wollten, daß die Freiheit zugleich unser gemeinschaftliches Band und unser Schild
sei; wir waren überzeugt, diese moralischen Kräfte würden für
immer das Aufrechthalten des Friedens sichern. Aber als
Heiligung verlangten wir eine Waffe für jeden Bürger, eine
bürgerliche Organisation, erwählte Häupter; dann wären wir
unvertreiblich auf unserem Boden. Die kaiserliche Regierung,
die seit lange schon ihre Interessen von denen des Volkes getrennt hatte, hat unsere Politik zurückgestoßen. Wir nehmen
sie wieder auf, in der Hoffnung, Frankreich, durch die Erfahrung belehrt, wird die Weisheit haben sie auszuüben. Seinerseits hat der König von Preußen erklärt, er mache nicht Frankreich, sondern der kaiserlichen Dynastie den Krieg. Die Dynastie
liegt zu Boden. Das freie Frankreich steht auf. Will der
König von Preußen einen scheußlichen Krieg fortsetzen, der ihm
wenigstens ebenso unheilvoll als uns sein wird? Will er der
Welt des 19. Jahrhunderts das grausame Schauspiel zweier
sich zerreißender Nationen geben, die die Menschlichkeit, die
Wissenschaft, die Vernunft vergessend, Ruinen und Leichname
aufhäufen? .... Es stehe ihm frei, er übernehme dann auch
die Verantwortlichkeit vor der Welt und der Geschichte! Wenn
es eine Herausforderung ist, wir nehmen sie an. Wir überlassen keinen Fingerbreit Erde, keinen Stein unserer Festungen.
Ein ehrloser Friede wäre ein Vernichtungskrieg in kurzer Frist.
Wir werden nur wegen eines dauerhaften Friedens unterhandeln. Dabei ist unser Interesse das von ganz Europa, und
wir haben Ursache zu hoffen, die Frage werde sich, fern von
dynastischem Vorurtheile, so in den Kanzleien aufwerfen. Doch
sollten wir auch allein bleiben, wir werden nicht wanken. Wir
besitzen eine entschlossene Armee, gut versorgte Festungen, einen
gut angelegten Festungsgürtel und vor allem die Brust von
300,000 Streitern, entschlossen bis auf den letzten Mann sich
zu halten. Wenn sie ehrerbietig Kränze niederlegen zu Füßen
der Statue Straßburgs, so gehorchen sie nicht allein einem

Gefühle begeisterter Bewunderung, sie wählen auch ihr helden-
müthiges Losungswort, sie schwören, ihrer Brüder im Elsaß
würdig zu sein und wie sie zu sterben. Nach den Forts die
Brustwehren; nach den Brustwehren die Barrikaden. Paris
kann sich drei Monate halten und siegen; wenn es unterläge,
so würde Frankreich bei seinem Aufruf aufstehen und es rächen;
es würde den Kampf fortsetzen, und der Angreifer würde dabei
zu Grunde gehen. Das ist's, mein Herr, was Europa wissen
muß. Wir haben die Regierungsgewalt zu keinem andern Zweck
übernommen. Wir würden sie nicht eine Minute behalten,
wenn wir nicht die Bevölkerung von Paris und ganz Frankreich entschlossen fänden, unsere Beschlüsse zu theilen. Ich fasse
es in Ein Wort zusammen vor Gott, der uns hört, vor der
Nachwelt, die uns richten wird. Wir wollen nur den Frieden.
Aber wenn man einen verderblichen Krieg, den wir verdammt
haben, gegen uns fortsetzt, so werden wir unsere Pflicht bis
zu Ende thun, und ich habe die feste Ueberzeugung, daß unsere
Sache, welche die des Rechtes und der Gerechtigkeit ist, schließlich den Sieg davon tragen wird."

   Solche Worte machten einen tiefen Eindruck auf den im
Grunde des Herzens edeldenkenden alten Freiheitshelden auf
Caprera, Garibaldi. Aber dies nicht allein! Die Victor
Hugo's, die Louis Blanc's und ihre Genossen hatten ihm schon
Agenten zugesandt, die ihn beschworen, der Republik Frankreich
seinen tapferen Arm zu leihen. Der alte Freiheitskämpfer ahnte
es nicht, daß er das Opfer einer Infamie werden sollte. Es
war den pariser Agitatoren, die es übernommen hatten, Garibaldi für die Sache der Republik zu gewinnen, weniger darum
zu thun, den alten gebrechlichen Mann mit einer Hand voll
Abenteurer nach Frankreich ziehen zu sehen, als vielmehr darum,
zu verhindern, daß er im Namen des Rechts seine Stimme er-
höbe und Nizza für Italien zurückverlangte. Wäre das geschehen,
so hätte die Bevölkerung des geraubten italienischen Landes
sich erhoben, und wenn Garibaldi inmitten derselben erschienen

wäre, so möchte dadurch für die Franzosen eine schwere Ver-
legenheit entstanden sein. Im Namen der „internationalen Republik", im Namen allgemeinster Menschenverbrüderung beschworen die Sendlinge Garibaldi, sich vorerst für Paris zu
erklären, von dem aus der Anstoß gegeben werden solle, Europa in so und so viel einzelne Bruder-Republiken zu verwandeln. Daß sich dies Ziel durch einen Kampf erreichen
lasse, an dem er noch theilnehmen werde, gehörte zu dem politischen Dogma des alten Freiheitsschwärmers. Er glaubte
daran, daß das tausendjährige politische Bruderreich nahe sei.
Die List gelang, und Garibaldi, der kurz vorher sich noch für
das Recht Deutschlands erklärt hatte, sprach sich nunmehr im
Sinne Favre's öffentlich aus. Von Paris ward triumphirend verkündet: „Garibaldi ist mit einer Schaar italienischer
Patrioten an der Küste Frankreichs gelandet, um die frechen
Barbaren, die uns in's Land gedrungen sind, zu bekämpfen!"

Auch Mazzini, der sich zur Zeit in London befand, war
aufgesucht worden. Man weiß, welches Gewicht das Urtheil
dieses im Dienste der Politik ergrauten Kämpfers in weiten
Kreisen hat. Mazzini ließ sich jedoch durch den Klang des
Wortes „Republik" nicht täuschen. Bei Gelegenheit einer
öffentlichen Versammlung zu Leicester, bei der einer der englischen Freunde Mazzinis, das Mitglied des Unterhauses P. A.
Taylor, mit großer Entschiedenheit zu Gunsten der deutschen
Sache sich aussprach, ward ihm entgegen gerufen: „Wie steht
es aber mit Garibaldi's Theilnahme auf französischer Seite?"
Taylor antwortete darauf: Garibaldi habe in seinem Leben
viele weise Dinge gethan; dagegen könne er sein diesmaliges
Verfahren nicht als richtig anerkennen. „Soll ich Ihnen
sagen," fuhr Taylor darauf fort, „wie Mazzini denkt? Er war
vor ein paar Tagen in meinem Hause und sprach sich so aus:
„Nach meiner Ueberzeugung hätten die Franzosen nach Sedan
Deutschland erklären müssen: Wir thaten Unrecht, euch anzugreifen; wir sind im Unrecht auch, was den Eroberungsgeist

II. 6

betrifft, der zu jenem Angriff geführt hat; wir schwören diesem Geist für immer ab! Nizza sei daher an Italien zurückgegeben; Savoyen werde mit der Schweiz vereinigt; Gerechtigkeit sei unsere Losung gegenüber Allen; Friede und Freundschaft herrsche fortan unter uns!" — „Aber," fuhr Taylor fort, „was that Frankreich in Wirklichkeit? Kaum war die Republik ausgerufen, so ging ein Regierungs-Bevollmächtigter nach Nizza ab und schickte einen Mann in die Verbannung, der es wagte, sich der Hoffnung einer Wiedervereinigung Nizza's mit Italien hinzugeben. Auch diese letztere Nachricht stammt von Mazzini her. Er weiß auch nur zu gut und hat sich oft mit Schmerz darüber ausgesprochen, daß nicht wenige Republikaner, abgesehen davon, daß sie in Bezug auf Nizza einer ungerechten Ansicht huldigen, selbst Italien nicht die Einheit und die volle Abhängigkeit gönnen!" — Garibaldi wohl, nicht aber Mazzini hatte es vergessen, daß selbst ein Jules Favre 1849 für die Expedition gegen die römische Republik gestimmt hatte; er wußte es, daß die Franzosen in Bezug auf die auswärtige Politik ein zweifältiges Maß führen, und er sah es voraus, daß Garibaldi einer verlorenen Sache sein Schwert lieh, was er um so mehr bedauerte, als er in der gegenwärtigen Kriegsfrage zur Sache der Deutschen hielt.

Ueber dieselbe Frage: „Was hätte Frankreich nach der Niederlage von Sedan thun sollen?" ließ die Vossische Zeitung sich folgendermaßen aus:

„Ohne Offiziere und Waffen mußte der Republik, nach der totalen Niederlage der Linienarmee und der Desertion des Kaisers, die Neubeschaffung der Landes-Vertheidigung schwerer fallen als der schlechtesten Regierung, welche bis dahin die Verwaltung geführt hatte. Wenn der provisorischen Regierung ein Vorwurf zu machen ist, so läßt er sich darauf begründen, daß sie kopflos die Fortsetzung des Krieges unternahm. Die richtige Aufgabe für die provisorische Regierung war, einen Waffenstillstand zu ermöglichen, bevor die Einschließung von Paris begann, eine allgemeine Landesversammlung zu berufen, ihr vollständig wahrheitsgetreu über die Lage des Krieges und der sämmtlichen Staatsangelegenheiten zu berichten und dann der Versammlung zu überlassen, was weiter zu thun und wem Vollmacht und Dictatur zum Handeln zu übertragen sei. Statt dessen hat die provisorische Regierung übereilt nach den Zügeln des Regiments gegriffen, sie war zu begierig, die republikanische Firma aufzustecken, konnte das aber auch nicht durchführen und übernahm unter dem Namen der „Regierung der Nationalvertheidigung" eine Dictatur, die sie der Berufung einer Nationalversammlung allerdings überhebt, ihr aber eine Verantwortung auferlegt, für die sie zu schwach ist. Die übrige Welt war daher ganz im Recht, wenn sie sich durch das bloße Wort „Republik" nicht verblüffen ließ. Und wenn es einige Schwärmer dennoch thaten, wenn zu diesen selbst Garibaldi und Jacoby gehörten, so haben sie ihre Sympathien einem hohlen Schalle gewidmet und einer Sache geschadet, die sonst den edelsten Geistern und Herzen eine heilige war. Die provisorische Regierung hat bis jetzt nur fortgesetzt, was die Ministerien Ollivier und Palikao vor ihr gethan haben, und wenn von ihren hervorragenden Personen auch nicht zu erwarten ist, daß sie nach gegebenem Stichwort hinter den Coulissen verschwinden, so können sie doch nicht anders enden, als daß sie die Arbeit anderen Händen überlassen. Hätte die provisorische Regierung auch das beste Recht auf ihrer Seite, so würde das gegen den mächtigen Sieger doch nichts helfen. Deutschland bestreitet ihm aber das Recht, und so muß es seine Mittel anwenden, um zum Frieden zu kommen, den Frankreich mit schönen Reden umgehen möchte."

In Favre regte sich der Gedanke, ein Bündniß der romanischen Völker zu Stande zu bringen. Es war dies aus der Antwort zu ersehen, die er dem spanischen Gesandten Olozaga ertheilte, als dieser ihm angezeigt hatte, daß er von seiner Regierung beauftragt sei, sich sofort in officielle Beziehungen mit

6*

ihm zu setzen. In der Antwort Jules Favre's findet sich folgende merkwürdige Phrase: „Es ist mir höchst schätzbar, dieses Zeugniß von Freundschaft und Zutrauen seitens der Vertreter eines Landes zu erhalten, welches uns vor Kurzem den Weg zur Freiheit gezeigt hat. Ich hoffe, daß wir zusammen darauf vorschreiten, eng verbunden durch die Gemeinschaftlichkeit der Interessen und Hoffnungen. Gerade in dieser für Frankreich so grausamen Stunde tritt augenscheinlich die Weisheit einer Politik zu Tage, welche drei Völker in einen einzigen Bund verschmelzen würde, die wahrhafte Brüder sind und die, um ihren Verwandtschaftstitel wieder zu finden, nur auf das Signal der Freiheit warten." — Schwache Hoffnung! Spanien und Italien hatten die Anmaßlichkeit Frankreichs, das nun plötzlich die Sprache des liebenden Bruders annahm, hinlänglich zu empfinden gehabt! In der englischen Presse stieß der Plan Favre's, zwischen den drei Nationen lateinischer Race ein Schutz- und Trutzbündniß zu Stande zu bringen, auf die ernsteste Mißbilligung. Unklug im höchsten Grade sei es, sagte die Times, jetzt eine Linie zwischen lateinischen und teutonischen Völkern zu ziehen und gegen Alle von deutscher Abkunft Front zu machen. Unklug sei die Aeußerung, daß das Signal zur Freiheit in Spanien und Italien erwartet werde, da in Spanien die Cortes die Controle führten und Italien sich im Besitz eines völligen selfgovernment befinde. Die Propagandaversuche der ersten Republik hätten derselben nur Feinde geschaffen, und ließe sich die dritte beikommen, ausländischen Staatsverbänden ihre Principien aufdrängen zu wollen, werde England sich sicherlich dazu nicht bewegen lassen. Die Times schließt: „Es ist jedoch gefährlich, Nationen, die eine weniger feste Hausordnung besitzen, aufzuregen, und unklug, Anderen Veränderung zu empfehlen, ehe irgend etwas im eigenen Hause fix und fertig geworden." —

Auch noch ein anderer Plan war bereits von Paris aus in Scene gesetzt, von außen Schutz zu erlangen. Thiers hatte sich bereit erklärt, eine Rundreise an die Höfe von London, Florenz, Wien und Petersburg zu dem Zweck zu unternehmen, die Regierungen der betreffenden Staaten zu einer bewaffneten Intervention zu Gunsten Frankreichs zu bestimmen.

Zunächst begab sich Thiers nach London. Anfänglich war man daselbst der Meinung, seine Mission bestehe darin, die Anerkennung der Republik von Seiten Englands zu erwirken. Kaum war aber der wirkliche Zweck seiner Sendung in England bekannt geworden, als auch die Haupt-Organe der Presse sich mit größter Entschiedenheit gegen das Ansinnen Frankreichs aussprachen. — So schrieb die Times:

„Die Natur der Botschaft, welche Herr Thiers bringt, giebt keine Hoffnung, daß seine Sendung zur schnellen Herbeiführung des Friedens etwas beitragen werde. Herr Thiers hat ein langes Leben in öffentlichen Geschäften zugebracht, er ist und war Historiker, von ihm hätte man erwarten sollen, daß er frei von den Illusionen des Pöbels, daß er über den Schmeicheleien stehe, womit die Völker sich selbst täuschen. Und jetzt kommt er zu uns, ganz im Geiste der unseligen Bourbonen, um vorzuschlagen, daß die neutralen Nationen interveniren und Deutschland bis über die Grenzen Frankreichs zurücktreiben sollen, wenn es nicht auf ihre Vorstellungen unmittelbar sich selbst zurückzieht! Was die französischen Blätter über die Sendung des Herrn Thiers berichtet hatten, er sei nicht um des Friedens willen gekommen, sondern um zu erfahren, wie England sich zu dem fest beschlossenen Abwehrplane Frankreichs stellen würde, das ließ dieselbe schon hinreichend hoffnungslos erscheinen: aber die Wahrheit ist, daß die französischen Berichte noch zu gemäßigt waren. Herr Thiers verlangt nicht mehr und nicht weniger, als daß das neutrale Europa eine Liga bildet, welche die Deutschen zum Rückzuge aus Frankreich zwingt. Es kann nicht sein, wird man sagen; ein Mann, der selbst die höchsten Staatsämter bekleidet hat, kann sich nicht

einem so phantastischen Auftrage unterziehen; und doch, es ist
so. Man kann die Thatsache nur erklären durch die Annahme,
daß Thiers wie seine Regierung an firen Ideen leidet. Aber
sie beide müssen ein für alle Mal begreifen lernen, daß Frankreich keine Ermuthigung für seine Hoffnung finden kann, es
werde aus einem Kriege, den es leichtsinnig unternahm, unbe-
schädigt hervorgehen; die Entthronung des Kaisers kann die
Nation nicht von der Buße befreien, welche sie sich durch Sanc-
tionirung der kaiserlichen Politik zugezogen hat. Sie müssen
ferner begreifen lernen, daß die Vergrößerung Deutschlands in
England keine eifersüchtigen Regungen hervorruft. Wir sind
nicht für Zertheilung Frankreichs, aber wir weisen durchaus die
Ansicht zurück, welche die Nothwendigkeit des europäischen Gleich-
gewichtes als Motiv für unsere Intervention oder auch nur für
unsere Vermittelung hinstellt; wir sehen in der Thatsache selbst,
daß dieses Motiv beigebracht wird, nur ein neues Zeugniß dafür, daß die schlimme Ursache des Krieges, die Quelle all' seines
Unglücks, tief in den Gefühlen des französischen Volks selbst
liegt. Wir geben der Ueberzeugung Raum, daß der Krieg
weitergehen muß. Das Unglück hat die französische Regierung
noch nicht zur Erkenntniß der Wahrheit gebracht. Schlag auf
Schlag hat Frankreich getroffen — und es scheint, daß noch kein
einziger Franzose auf den Gedanken gekommen ist, daß ein Etwas
im Character seiner Nation dieser schrecklichen Heimsuchung als
Erklärung dienen muß. Sie hegen noch immer, uneingedenk
dessen, was sie selbst gegen Deutschland beabsichtigten, als ersten
Glaubensartikel den Gedanken, daß Frankreich im Interesse der
Welt vor jedem Verluste 'geschützt werden muß. Das allein
kann die Thiers'sche Mission erklären, und das auch macht die
Hoffnungslosigkeit der Bemühungen um Frieden klar. Wir als
Neutrale können keinen Friedensvorschlag unterstützen, den wir
selbst nicht annehmen möchten, wenn wir an Deutschlands Stelle
wären; und bis das französische Volk sich bereit erklärt, sein
Unrecht gegen seine Nachbarn einzugestehen und Sicherheiten

gegen eine Wiederholung desselben zu bieten, können die berechtigten Forderungen Deutschlands nicht befriedigt sein. Es ist offenbar, daß Frankreich diese Stufe der Selbsterkenntniß noch nicht erreicht hat, und so muß denn die Belagerung von Paris ihre überzeugende Kraft versuchen."

Ganz in diesem Sinne sprach sich denn auch das englische Cabinet aus, und Thiers setzte nach solcher Abfertigung seine Rundreise gewiß mit sehr gesunkenen Hoffnungen fort. Die „Times" rief ihm folgendes wohlverdiente Abschiedswort nach: „Thiers kann sich in keinem Fall über englische Unfreundlichkeit beklagen. Er ist vielleicht für diesen Krieg mehr verantwortlich als irgend ein anderer französischer Staatsmann. Er hat den aggressiven Sinn mit seiner Feder genährt, mit seiner Politik Zunder hinzugetragen und sich zum Instrument und Advocaten derselben hergegeben. Mehr sogar als die Politiker des Kaiserreichs hat Thiers die Franzosen mit dem Gedanken vertraut gemacht, daß der Ruhm, die Ehre und die Sicherheit Frankreichs von der Schwäche und Getheiltheit seiner Nachbarn abhängen. Seine Einwände gegen den gegenwärtigen Krieg beruhten nicht auf moralischer Opposition in dem Sinne, daß ein Krieg um Länderbesitz ein Angriffskrieg, ein Unrecht sei, sondern einfach aus dem strategischen Grunde, daß Frankreich für solchen Krieg nicht gerüstet war." Denjenigen pariser Journalen, die sich im Sinne der Thiers'schen Sendung auf das Lebhafteste ausgesprochen und es als Englands Pflicht bezeichnet hatten, alle seine Macht aufzuwenden, um „die Deutschen zur Vernunft zu bringen", hielt die „Morning Post" den Satz entgegen, daß England als neutrale Macht kein Recht habe, dem Könige von Preußen vorzuschreiben, daß er im Namen der Menschlichkeit und Gerechtigkeit solche Bedingungen acceptire, die es der Republik beliebe vorzuschreiben, und einer Weigerung gegenüber, auch nur einen Zoll Territorium herzugeben, falle alle Vermittelung zu Boden. Die „Daily News" sprach sich noch bestimmter aus, indem sie erklärte: „Dies ist keine Sache, in die

wir uns zu miſchen haben.   Frankreich kann Frieden haben,
ſobald es will.“

Gleichzeitig mit Thiers hatte ein anderer Mann Paris
verlaſſen, der, wie es von Jenem geſchehen, ſeit Jahren mit
hervorragendem Eifer den Brennſtoff hatte ſammeln helfen, der
endlich im Auguſt 1870 ſich zu lohen Kriegsflammen entzündet
hatte — Girardin, von dem oben ſchon berichtet wurde, daß
er, nicht entfernt an dem Triumphe der franzöſiſchen Waffen
zweifelnd, ein neues Blatt, „La Victoire“, vorbereitet hatte.
Als nun das Kaiſerthum gefallen war, von dem er noch kurze
Zeit vorher einen Senatorenſeſſel mit 30,000 Francs Gehalt
angenommen hatte, war er zu dem Entſchluß gekommen, Paris,
für das er nun üble Tage vorausſah, zu verlaſſen.   Aber was
werden die Pariſer zu der Flucht ſagen!   Er, einer der Haupt-
ſchürer des Krieges, hätte es gewiß als unerläßliche Pflicht
anſehen müſſen, nun auch bei denen auszuharren, denen er die
drohende Lage hatte bereiten helfen.   Wie alſo nun die Flucht
rechtfertigen?   O, wie hätte es der Feder eines Girardin nicht
gelingen ſollen, auch das Schmachvollſte in ein glänzendes Licht
zu ſetzen!   Literariſche Taſchenſpielerkünſte zu treiben, war ja
ſeit dreißig Jahren ſein Geſchäft geweſen, das von ihm in
einer ſeinen Taſchen höchſt förderlichen Weiſe geübt worden
war, und das ihm zuletzt noch jene Senatoren-Rente eingebracht
hatte.   Er kündigte ſeinen Entſchluß den Pariſern durch folgendes Schreiben an Herrn Detroyat, Chefredacteur der „Li-
berté“, an:

„Mein lieber Nachfolger und Freund!   In meinem Alter
und bei meiner Kurzſichtigkeit würde ich in dem belagerten
Paris, ich muß es bekennen, ein nutzloſer Mund, eine nutzloſe
Flinte ſein.   Außerhalb Paris, aber in Frankreich, wo ich ver-
ſuchen will, ein Journal zu gründen, betitelt „La Défense
Nationale“, das zu erſcheinen aufhören wird an dem Tage,
wo Paris aufhört von der preußiſchen Invaſion cernirt zu
werden, werden vielleicht meine Erfahrungen und meine Feder

dazu beitragen können, die Departements aufzustacheln, sie zu
coalisiren und ihnen zu zeigen, was sie am Wirksamsten unter=
nehmen können, um die Hauptstadt zu entsetzen.   Dieser Hoff=
nung gebe ich nach, indem ich mich entferne; ich will die
Stadt suchen, die am meisten im Mittelpunkt des nicht feind=
lich überzogenen Umfanges liegen wird, und wo ich zu=
gleich am leichtesten das zum Drucke nöthige Material finden
werde."

Nun, Paris, sei entzückt über den Entschluß eines deiner
eifrigsten Kriegsschürer!   Girardin nahm die Miene an, als
wolle er eine Art Filiale der provisorischen Regierung außer=
halb von Paris begründen.   Dazu aber war ihm keinerlei Auf=
trag zu Theil geworden.   Die Regierung hatte vielmehr, die
Möglichkeit in's Auge fassend, daß die völlige Einschließung
der Riesenstadt trotz aller gegentheiligen Behauptungen dem
Feinde gelingen möchte, beschlossen, einige Minister nach dem
27 Meilen in südwestlicher Richtung von Paris gelegenen
Tours zu senden, um dadurch den Departements einen Re=
gierungs-Mittelpunkt zu geben, der ungehindert mit ihnen
verkehren und ihre Kampfesmittel flüssig machen könne.   Zu=
nächst begab sich der Justizminister Cremieur nach Tours,
woselbst er in einer an die Franzosen gerichteten Proclama=
tion sich als Delegirten der pariser Regierung ankündigte;
ihm folgten später noch zwei Delegirte der provisorischen Re=
gierung.

Da die Zeitungen täglich von dem Näherrücken des Feindes
zu berichten hatten, so steigerte sich die fieberhafte Hast, mit
der man in und um Paris die Vertheidigungs-Anstalten betrieb.
Um den Muth und das Selbstvertrauen der Pariser zu heben,
hielt der Gouverneur von Paris, General Trochu, am 13. Sep=
tember eine große Revue über die Vertheidiger von Paris ab.
Die Nationalgarde war von der Bastille an bis an die Place
de la Concorbe, und die Mobilgarde nebst den wenigen regulären
Truppen in den Champs Elysées aufgestellt.   Die Zahl der

Vertheidiger von Paris, über welche Trochu die Revue abnahm, wurde auf 180,000 Mann geschätzt. Dabei zählten die Besatzungen der Forts und der Wälle nicht mit. Der Erzbischof von Paris hatte einen Hirtenbrief erlassen, dessen Schlußsatz lautete: „Eins soll uns Alle beschäftigen und uns brüderlich zu gemeinsamen Gebeten und gemeinsamem Streben vereinen, das ist: Frankreich zu retten, indem Paris gerettet wird." — „Den ersten Kanonenschuß", schrieb der „Gaulois", „erwarten wir mit einer gewissen Angst und nervösem Zittern, wie man den ersten Donnerschlag erwartet. Wird er morgen, übermorgen fallen? Man zählt die Stunden und horcht mit Herzklopfen. Paris hat bis jetzt an die Belagerung nicht geglaubt, es hatte sein lebhaftes Aussehen bewahrt. Die Menge wogte in den Straßen hin und her, und Einer fragte den Andern: „Was giebt es Neues?" Man ging, die Fortificationen und die Niederreißung der Häuser mit anzusehen, man ging nach Montmartre, um die Kanonen zu betrachten, welche ihre ehernen Schlünde erheben und weithin auszuspähen scheinen. Es war ein Fest; der Anblick der Zerstörung brachte unsere unverbesserliche Bevölkerung nicht auf ernste Gedanken. — Seit 28 Stunden hat sich dies geändert: Paris ist nur noch ein großes Lager. Man sieht nur Soldaten auf der Straße, hört nur Trommelgewirbel und Trompeten und den Schritt marschirender Truppen. Stafetten sprengen durch die Stadt, Munitionswagen rollen über das Pflaster; an den Häusern, in den Straßen, auf den Gesichtern, überall das Bild des Krieges. Paris ist wahrhaft schön, traurig, aber entschlossen. Bei dem ersten Kanonenschuß wird Jeder unwillkürlich sein Gewehr spannen. Vorwärts denn!"

Vormarsch auf Paris.

„Nach Paris, nach Paris! — Das stolze Wort
Klingt mir in dem Herzen immerfort.
Dumpf rauschet der Rhein, mit Macht, mit Macht,
Wie er rauschte in jener Decembernacht;
Und die deutschen Heere stehn kampfbereit,
Umbraust von den Klängen aus alter Zeit;
Und die alten Namen beleben sich neu,
Und die alten Schwüre von Lieb' und Treu —
Und das Losungswort heißt, wie es damals hieß:
Wohlauf, für den Rhein! Nach Paris, nach Paris!"

Julius Rodenberg.

Die Truppen, die von Sedan aus ihren Vormarsch auf
Paris angetreten hatten, waren auf drei Straßen vorgerückt;
die nördlichste führte über Laon und Soissons, die mittlere
über Rheims und Meaux, die südlichste über Epernay, Montmirail und Coulommiers. In Rheims, der alten Krönungsstadt,
standen 12,000 Franzosen unter dem General Erea, und es
waren Vorkehrungen zur Vertheidigung der Stadt getroffen
worden. Die Bevölkerung befand sich noch am 3. September
bis zur anbrechenden Abendzeit unter dem Eindruck der pariser
offiziellen Lügenberichte. Da traf mit der Nachricht von der
Niederlage Mac Mahon's der Befehl an den General Erea
ein, sich mit der französischen Besatzung auf Paris zurückzuziehen. Ein wahres Entsetzen kam über die Bevölkerung, nur
eine kleine Zahl der Einwohner war dafür, Widerstand zu
leisten. In der Nacht fand der Abzug der Truppen statt.
Nicht lange nachdem das letzte Regiment die Stadt verlassen
hatte, trafen — der Morgen grauete eben — die ersten deutschen Reiter, zwei preußische Husaren, ein und sprengten durch
einen Theil der Stadt hindurch. Einige Wagen mit Pulver,
die von den Franzosen bei ihrem eiligen Abzuge vergessen

worden waren, ließ der Maire in den Canal versenken. Die
Polizei-Agenten und Pompiers legten Civilkleider an. Gegen
7 Uhr Morgens erschienen fünf preußische Husaren vor Rheims;
da sie das Gitterthor gesperrt fanden, ritten sie zurück. Wenige
Stunden später wurde dem Maire gemeldet, daß auf der östlichen Straße ein Reitertrupp im Anzuge sei. Es war eine
Schwadron Husaren. Der Maire begab sich vor das Thor
Berthemy, erwartete den Zug, begehrte den commandirenden
Offizier zu sprechen und bat diesen, die Stadt zu schonen, namentlich aber derselben nicht die Schande anzuthun, sie nur
mit einer so kleinen Truppenzahl zu besetzen. Ueberdies, fügte
er hinzu, erkläre er sich für den Fall, daß Letzteres dennoch
geschähe, als unvermögend, feindliche Kundgebungen von Seiten
der Arbeiterbevölkerung niederzuhalten, während ein starkes
Truppencorps auf Widerstand nicht stoßen würde. Rheims
hat über fünfzigtausend Einwohner. Der preußische Offizier
gab seine Zustimmung, jedoch unter der Bedingung, daß der
Maire sich verpflichte, bis zu der Zeit, in der ein größeres
Truppencorps herankomme, in geeigneter Weise beruhigend auf
die Bevölkerung einzuwirken. Als darauf die Preußen sich
zurückgezogen hatten, ließ der Maire eine Proclamation anschlagen, in der es hieß: „Ein schreckliches Unglück hat uns
betroffen; wir sind gegenwärtig nicht im Stande, uns zu vertheidigen, und es wäre wahnsinnig, einen Widerstand zu versuchen, der ganz zwecklos ist, und der die Bevölkerung den
größten Gefahren aussetzen würde. Den Tod im Herzen,
wenden wir uns an Euch. Wir bitten Euch, ruhig zu bleiben,
die Gefühle, die uns beherrschen, zu unterdrücken und dem Un-
abänderlichen mit schmerzlicher Entsagung Euch zu unterwerfen."
Um die Mittagszeit ritten vier Husaren in Rheims ein, hielten vor einem Laden und ließen sich Gebäck herausgeben, das
sie bezahlten. Ein Mann fiel unter drohendem Ausrufe dem
Pferde eines der Reiter in die Zügel. Der Husar schlug mit
dem Kolben seines Pistols auf den Mann ein; da derselbe

aber nicht losließ, schoß er auf ihn und verwundete ihn im
Nacken. Die Reiter sprengten hierauf wieder zurück, wobei
aus einem Hause auf sie geschossen wurde. Um drei Uhr erschien die Schwadron Husaren, die schon einmal am Thore
gewesen war, der Maire übergab ihr officiell die Stadt und
nicht lange darnach rückte das Hauptcorps, 25,000 Mann unter
General von Tümpling, in die Stadt ein. Ihm folgte der
König mit dem großen Hauptquartier, dessen Ankunft in Rheims
die 42. Depesche verkündete:

„Rheims, den 5. September, 9 Uhr 20 M. Nachmittags.
Seine Majestät der König haben heute, am 5. September, Ihren Einzug in Rheims gehabt."

Noch an demselben Tage erließ der General von Tümpling den Befehl an die Einwohner, innerhalb vierundzwanzig
Stunden ihre Waffen auf dem Stadthause abzuliefern. Es
geschah dieser Befehl, weil auch beim Einrücken der Truppen
einige Schüsse aus Häusern gefallen waren. Der König, der
im offenen Wagen in Rheims eingefahren war, hatte sein
Quartier im erzbischöflichen Palast genommen. Am 6. September zogen stundenlang Colonnen durch die Stadt, und es
traf an demselben Tage der Kronprinz Friedrich Wilhelm mit
seinem Hauptquartier in Rheims ein. Der Kronprinz nahm
sein Quartier bei dem größten Weinhändler der Champagne,
Werle. „Es ist interessant," schrieb ein Berichterstatter der
„Post," am 7. September aus Rheims, „die Stimmung der
rheimser Bevölkerung über die jetzt hier bekannt gewordene
Regierungsveränderung in Paris kennen zu lernen. Die Ge-
fangennahme des Kaisers wird mit kühler Resignation, wenn
nicht sogar mit gering verhaltener Schadenfreude aufgenommen;
man erwartet von diesem Ereigniß einen baldigen Friedensschluß,
ist aber in dieser Hoffnung wieder durch die Art der Zusammensetzung der provisorischen Regierung gestört, weil die Befürchtung nahe liegt, Rochefort werde die Leidenschaften der
Hefe der Bevölkerung in gefährlicher Weise aufreizen. Nicht

weit von dem Quartier des Königs ist das des Grafen Bismarck, das fortwährend von den Einwohnern belagert wird,
die den „grand Comte" kennen lernen wollen. Die anstrengenden Arbeiten, welche jetzt den Grafen unausgesetzt beschäftigen, lassen ihn sich nur selten auf der Straße zeigen. Hat
er dann eine kurze Spanne Zeit zu seiner Erholung, so geht
er ganz allein durch die Stadt ohne jede Begleitung und verursacht dadurch seinen Freunden nicht wenig Besorgniß. Ein
solcher Fall trat z. B. gestern Abend ein, wo er ebenfalls ohne
Begleitung ausgegangen und um 11 Uhr noch nicht wieder
zurückgekehrt war. Natürlich war man allgemein in Besorgniß
und befürchtete, dem Grafen sei ein Unglück zugestoßen, bis er
dann endlich erschien und zwar in Begleitung eines Einwoh-
ners, den sich der furchtlose Diplomat zur Führung angenommen
hatte, weil er sich in der weitläufigen Stadt verirrt hatte. —
Die Feldpolizei hat sich in der berühmten Verlain'schen Cham-
pagnerfabrik einquartiert. Eine der größten Sehenswürdigkeiten ist die Kathedrale, welche in der Geschichte der französischen Könige als Krönungskirche eine große Rolle spielt. Der
König und der Kronprinz nahmen sie gestern in Augenschein
und verweilten längere Zeit bei den historischen Denkwürdig-
keiten, welche die ehrwürdigen Mauern einschließen. Der Kronprinz, welcher bekanntlich ein großer Freund von Alterthümern
ist, zeigte ein sichtliches Interesse für den alten Krönungsstuhl
der Könige Frankreichs, der vielleicht bald wieder in Gebrauch
genommen werden wird. Wahrhaft ekelerregend ist hier die
Bettelei, welche die Besucher der Kirche in hohem Maße in-
commodirt. Schaaren schmutziger und verkommener, mit ekel-
haften Krankheiten behafteter Bettler lungern hier umher und
nur eine starke Escorte unserer Stabswache konnte den König
vor dieser Belästigung schützen. Allerdings ist die Noth sehr
groß, denn circa 30,000 Arbeiter, welche die Stadt sonst in ihren
Champagnerfabriken, Wollengarn- und Tuchspinnereien beschäftigt, sind ohne jede Beschäftigung. Um die Noth einigermaßen

zu lindern, ließ der König heut Vormittag durch den Maire
eine große Anzahl von Mundportionen unter sie vertheilen.
Uebrigens zeigt die Stadt jetzt schon wieder ein recht lebhaftes
Bild. Im Anfang, wie wir hier einzogen, war alles todt, die
Gewölbe geschlossen, ebenso auch die Cafés und andere Erfri-
schungslokale. Die Stadt schien wie ausgestorben. Da gab
General v. Tümpling Befehl, sämmtliche Läden bei Strafe
sofortiger Arretirung der Besitzer zu öffnen und die Waaren
auszulegen. Jetzt zeigt die Stadt ein ganz freundliches Aussehen. Eine Execution mußte vollstreckt werden. Als die Husaren vorrückten, schoß aus dem Café Jacquier ein Mann und
traf einen Husaren tödlich. Sofort saß ein Zug ab, stürmte
das Haus, ergriff den Meuchelmörder und erschoß ihn. General
von Tümpling befahl nun, das Haus dem Erdboden gleich zu
machen, allein der Besitzer desselben, ein Champagnerfabrikant,
petitionirte beim König und dieser hob den strengen Befehl
nochmals auf, unter der Bedingung, daß der Eigenthümer
des Hauses eine Strafe in Form von 200 Flaschen Champagner an die Escadron, auf welche geschossen worden, entrichte.
Dieser Vorfall hat die städtische Polizei veranlaßt, mit größerer
Energie als zuvor nach verborgenen Waffen zu spähen. Eine
große Anzahl derselben kamen nun zum Vorschein, die jetzt
sorgfältig durch die Stadtverwaltung vernichtet werden, denn
man thut dies noch um deswillen, weil man befürchtete, daß,
wenn die Preußen erst weiter westlich gerückt sind, die Arbeiter-
Bevölkerung, die aus Rand und Band ist, sich dann zu revolutionären Ausschreitungen gegen die besitzende Klasse verleiten
lassen würde."

Ueber die Umschau in der Stadt, die der Kronprinz aus-
führte, berichtete der „Staats-Anz.:" Von der Kathedrale, die
zuerst in Augenschein genommen wurde, begab sich Se. Königl.
Hoheit in die Kirche St. Remy, die älteste der Stadt und die
Salbungsstätte der Könige Frankreichs. Während Höchstder-
selbe nur von wenigen Officieren begleitet war, folgte auf der

Straße eine unabsehbare Menschenmenge seinem Weg. Der Kronprinz hatte St. Remy kaum betreten, so war das Publikum in die Kirche nachgeströmt und hatte, Kopf an Kopf stehend, rascher als diese Worte geschrieben werden können, alle Gänge vom Portal bis zum Hochaltar eingenommen. Von besonderem Interesse war es dabei, auf die Bemerkungen aus den Reihen der Zuschauenden zu hören. Den meisten Eindruck machte es auf sie, daß der Kronprinz, trotz der Scene am Tage des Einzugs, sich ohne jede Bedeckung inmitten einer so zahlreichen Volksmenge zeigte."

Von Rheims aus erließ der Kronprinz Friedrich Wilhelm einen Aufruf an die deutsche Nation, in dem er mit eindringlichen und warmen Worten mahnte, jetzt schon Hand anzulegen, um den Invaliden und den Hinterbliebenen der deutschen Krieger eine möglichst sorgenlose Lage zu bereiten. In dem Aufruf heißt es:

„Ueber den Schlachtfeldern Frankreichs wurde die Nation sich mit Stolz ihrer Größe und Einheit bewußt, und dieser Erwerb, geweiht durch das Blut von vielen Tausenden unserer Krieger, wird — so vertrauen wir — seine bindende Gewalt für alle Zukunft bewahren. Aber zu der begeisterten Erhebung dieser Wochen kam auch ein Gefühl tiefer Trauer. Viele von der Blüthe unserer Jugend, viele von den Führern unseres Heeres sind als Opfer des Krieges gefallen; noch größer ist die Zahl derer, welche durch Wunden und fast übermenschliche Anstrengungen gehindert sein werden, ihr ferneres Leben mit eigener Kraft zu erhalten. Sie vor Allen, die Hinterbliebenen der Todten und die lebendigen Opfer des Krieges, haben ein Anrecht auf den Dank unserer Nation. Wer die Begeisterung dieses Kampfes getheilt hat, wer von der Erhebung unserer gesammten Volkskraft den Beginn einer neuen glücklichen Friedenszeit hofft, wer demüthig in unserem Sieg und in der Niederlage unserer Feinde ein hehres Gottesurtheil verehrt, der möge jetzt seine Treue an den Kriegern unseres Volksheeres

und ihrer Angehörigen erweisen! Die Staatshülfe allein, selbst
wenn sie verhältnißmäßig reichlich bemessen werden kann, ist
außer Stande, die große Zahl der Invaliden und Hinterbliebenen zu unterhalten. Diese Hülfe gewährt nur das Noth-
wendigste, ist unvermeidlich an allgemeine Normen gebunden
und vermag nicht auf die Hülfe des Einzelnen einzugehen."
Dieser mitten aus den Sorgen und Mühen des Feldzuges an
das Herz des deutschen Volkes gerichtete Mahnruf zu Gunsten
der invaliden Krieger und der Hinterbliebenen deutscher Kämpfer
hat reiche Früchte getragen und wird auch weiterhin dahin wirken helfen, das Loos Jener zu mildern.

Die Ruhetage in Rheims wurden von deutschen Kriegern
mehrfach zum Besuche des verlassenen und von den Franzosen selbst zerstörten Lagers von Chalons benutzt. Auch der
König besuchte das Lager. Hier hatte der Hochmuth vor wenigen Wochen noch von den glänzendsten Erfolgen über die
Deutschen geträumt; hier war mit der Miene der Siegesge-
wißheit die Niederschmetterung deutscher Heere, das Einrücken
in deutsche Hauptstädte verkündet worden. Wie waren alle
diese Hochmuthsgebilde durch den Schwertesblitz deutscher Tüchtigkeit verscheucht worden! Das Lager von Chalons stellte sich
als ein Abbild des jähen Falles des französischen Kriegswesens
dar. Die Zerstörung desselben, über die bereits (Bd. I, S. 473,
474) berichtet wurde, war weiter vorgeschritten. „Todtenstille schwebt über dem Ganzen," schrieb Dr. Kayßler, „die
noch größer wird, wenn man sich dem eigentlichen Baracken-
lager nähert. Stumm liegen die Straßen Solferino, Magenta
und wie sie sonst heißen mögen, da. Der breite Fahrweg ist
zu beiden Seiten mit ziemlich verkümmerten Bäumen bepflanzt,
die gelb angestrichenen Häuser, an deren Giebelwänden die Na-
menszüge des Kaisers und der Kaiserin angebracht sind, während an den Seitenwänden allerlei loyale Exclamationen neben
der Angabe der Truppentheile angemalt sind, stehen unendlich
melancholisch da, wie wenn sie die schönen Tage bedauerten,

II.   7

Bayerische
Staatsbibliothek

die sie nie wiedersehen werden. Und wie sieht erst der dicht
daran stoßende Ort Mourmelon aus! Das erste Gebäude zur
Linken ist das Dreher'sche Etablissement, der Hauswart und
das weibliche Wesen (Frau oder Wirthschafterin) sind Deutsche.
Sie werden die Veränderung ruhig mit ansehen können, denn
Dreher kann nicht so leicht ruinirt werden, wie ein armer Teufel von französischem Kaiser, und er wird sie anderswohin pla-
ciren, wenn die Franzosen nicht wieder kommen sollten, um
dort ihren „Bock“ zu trinken. Aber was sollen die anderen
armen Leute machen, welche diesen Ort gebaut haben, der schon
gegen 7000 Einwohner zählt, und der zu seinem Leben auf das
Lager angewiesen ist. Da drängt sich Café an Café. Eines
kündigt Concert bei freiem Entrée an, eines prahlt mit 6 Bil-
lards. Das Café du Rhin lockt seine Besucher mit der Ein-
ladung: „hir Spricht man Teutsh“; neben den Cafés sind die
Balllokale, und noch irren einige vermuthliche Stammgäste dieser gespenstergleich und aufbringlich umher. Auch ein kaiser-
liches Theater giebt es, einen elenden Schuppen in einem hübschen
Garten. Das Theater ist mit Fahnen geschmückt, die im Luft-
zuge einer abendlichen Illumination sich recht lustig bewegt haben mögen, aber jetzt still dahängen und mit dem auf dem
Proscenium und bis zur Loge des Lagercommandanten aufge-
stapelten Heu ein langweiliges Stillleben führen.“ — „Umge-
stürzt, zerrissen liegen die Zelte am Boden“, schreibt ein anderer Berichterstatter, „die Leinwand von den Einwohnern der Ort-
schaft Mourmelon theils schon weggeschleppt, theils im Koth um-
hergeschleift; nur an den zerrissenen Stücken, den im Boden ausgegrabenen Rundungen kann man noch erkennen, daß hier Zelt-
reihen gestanden. Jetzt stehen nur noch Giebel niedergebrannter
Magazine; dort liegen umgestürzte Bretterschuppen, Schilderhäu-
ser, Gewehrständer. Am übelsten sieht es in der kleinen Colonie
des Pavillon impérial aus. Als unsere Truppen in dem Lager eintrafen, fanden sie eine Bande französischer Marodeurs
beschäftigt, Alles im Innern der verschiedenen Pavillons zu

demoliren, die Spiegel zu zerschlagen, die Möbel zu zertrümmern, die Vorhänge abzureißen und wegzuschleppen, kurz eine allgemeine Devastation der schlimmsten Art. Nichts, absolut Nichts ist in den sämmtlichen Gebäuden verschont geblieben."

Am 6. September erschienen Vortruppen der Deutschen schon vor Laon, am 7. erfolgte die Besetzung von La Ferté sous Jouarre (acht Meilen östlich von Paris). Am 8. September fand die Cernirung von Laon statt, und es ward der Commandant zur Uebergabe der Citadelle aufgefordert. Zwei Telegramme gaben einige Tage später Nachricht von einem schweren Unfall, der in Laon stattgefunden hatte. Das erste Telegramm, von dem König an die Königin gerichtet, lautete: „Traurige Nachricht aus Laon, wo Citadelle gestern nach Capitulation und Einmarsch unserer Besatzung in die Luft gesprengt ward. 50 Mann todt und 300 Mobilgarden, viele Verstümmelte, Wilhelm von Mecklenburg verwundet. Unbedingt liegt Verrath vor." Etwas eingehender berichtete die folgende Kriegsdepesche: „Nach abgeschlossener Capitulation besetzte die vierte Compagnie des Jäger-Bataillons Nr. 4 die Citadelle. Als der letzte Mann der Mobilgarde diese verlassen, sprengte der Feind vertragsbrüchig das Pulvermagazin in die Luft. Furchtbare Zerstörung in Citadelle und Stadt." —

Laon, einer der Hauptorte des Departements Aisne mit 10,500 Einwohnern, auf einem etwa 180 Metres hohen Hügel gelegen, ist der Kreuzungspunkt von vier Eisenbahnen und einer Zahl von Straßen. Schon daraus erhellt, wie wichtig es für die Deutschen sein mußte, bei ihrem Vormarsch auf Paris sich dieses Platzes, namentlich der Citadelle, die ihn beherrscht, zu bemächtigen. Auf die Aufforderung an den Commandanten von Laon, den General Theremin d'Hame, den Platz zu übergeben, war Bedenkzeit bis Nachmittags vier Uhr erbeten worden, was die Genehmigung des Befehlshabers der Cernirungstruppen, Herzogs Wilhelm von Mecklenburg, gefunden hatte. Verhandlungen, die am Nachmittage stattfanden, führten dahin, daß dem

7*

Commandanten eine letzte Frist bis zum Vormittage des nächsten
Tages (9. September) zugestanden ward. Auf telegraphischem
Wege ging ihm in der Nacht vom Kriegsministerium in Paris,
dem er auf gleichem Wege die Sache zur Entscheidung vorgelegt hatte, die Weisung zu, die Citadelle, da sie sich nicht in
vertheidigungsfähigem Zustande befinde, zu übergeben. Am
Morgen des 9. September sandte er zwei Offiziere in's preußische
Lager, und es wurde festgesetzt, daß die Uebergabe der Stadt
und der Citadelle mit der Besatzung und dem Kriegsmaterial
um 11½ Uhr stattfinden solle. Zur bestimmten Stunde rückten
Truppen zu Fuß mit klingendem Spiele in die Stadt ein,
Batterien fuhren vor der Stadt auf, Cavalerie besetzte die von
der Stadt ausgehenden Straßen. Darauf marschirte die vierte
Compagnie des Jägerbataillons Nr. 4, von welcher der Markt-
platz nebst einigen in ihn einmündenden Straßen besetzt worden
war, mit dem Herzoge Wilhelm von Mecklenburg und seinem
Stabe nach der Citadelle. Auf dem Hofe derselben stand die
Garnison, 2000 Mann Mobilgarde und ein Zug Linientruppen.
Nachdem die französische Wache durch eine Section Jäger abgelöst worden war, rückte der Herzog Wilhelm mit der Compagnie in die Citadelle ein. Die französischen Truppen legten
ihre Waffen nieder, der Commandant Theremin d'Hame überlieferte dem Herzoge die Schlüssel, die Offiziere, welche ihr
Ehrenwort abgaben, in dem gegenwärtigen Kriege weiterhin
nicht gegen Deutschland kämpfen zu wollen, ebenso die Mobilgardisten, wurden entlassen, die Linientruppen unter Bedeckung
hinweggeführt. Als die letzten Mobilgardisten eben die Citadelle verlassen hatten, während sich noch mehrere französische
Offiziere, unter ihnen der Commandant, auf dem Hofe befanden,
erschütterte ein furchtbarer Knall die Luft: der Pulverthurm flog
auf. Die Luft verdunkelte sich von dem Rauch, der dem Auf-
blitzen der rothen Feuerlohe folgte. Tausende von großen und
kleinen Mauerstücken, Bomben und Granaten wurden empor-
geschleudert und begruben darauf fast sämmtliche Personen, die

sich auf dem Hofe befanden. Viele der emporgeschleuderten Stücke erreichten die Vorstädte, auch dahin Tod und Verwüstung tragend. Gräßlicher Anblick! Wenige Secunden hatten genügt, der Citadelle und der Stadt das Ansehen zu geben, als habe Laon eine langdauernde heftige Beschießung auszuhalten gehabt. Sofort eilten die Truppen, die außerhalb der Stadt Stellung genommen hatten, herbei, um, soviel es noch möglich sei, ihren Kameraden Beistand zu leisten, oder sie blutig zu rächen. Welch' ein Bild bot sich ihnen dar, als sie die Citadelle erreicht hatten! Mauer- und Felstrümmer, zerbrochene Balken, Kugeln, dazwischen blutige Leichname, einzelne Gliedmaßen, ganze und zerbrochene Waffen — Alles wirr durcheinander! — Unter den Leichtverwundeten befand sich der Herzog von Mecklenburg, während der Commandant Theremin eine schwere Verwundung empfangen hatte. Der Umstand, daß die Zahl der in der Citadelle und in der Stadt umgekommenen Franzosen bedeutend größer war, als die der getödteten und verwundeten Preußen, wie auch der Anblick der verwüsteten Stadt, deren Bewohner in herzzerreißende Wehklagen ausbrachen, bewirkten es, daß die Deutschen es über sich gewannen, von einem Racheact Abstand zu nehmen.

Es wurde von deutscher Seite sogleich eine strenge Untersuchung eingeleitet und über den General Theremin, der in ein Lazareth getragen worden war, strenge Haft verhängt. Sehr bald stellte es sich heraus, daß der Commandant (er erlag später den bei der Explosion erhaltenen Verwundungen) unschuldig an dem geübten Verrath sei. Muthmaßlich war die Pulverkammer von einem Artillerieaufseher angezündet worden, der bei der Katastrophe seinen Tod gefunden hatte. — Wie hätte man in Frankreich eine solche That nicht loben sollen! Der „Public" berichtete französischerseits zuerst über den Vorgang. Nachdem er der stattgefundenen Verhandlungen Erwähnung gethan, fährt er fort: „Der General (Theremin) willigte ein, aber sobald der Feind in das Fort eingerückt war, ließ der brave General, dessen Name auf die Nachwelt übergehen wird, die Citadelle in die Luft sprengen, indem er an eine von ihm vorbereitete Mine Feuer legte. Er und viele Preußen fanden den Tod bei dieser heroischen That." Der „Moniteur" verkündete: „Nach heut eingetroffenen Nachrichten wäre der preußische Generalstab fast völlig vernichtet." — „Ein Land," rühmte die „France," „in welchem solche Thaten geschehen, ist ein Land, das sich nie der fremden Invasion beugen wird! Das Alterthum bietet nichts Größeres, und die Geschichte des Commandanten von Laon wird zur Legende werden. Dieses Beispiel wird alle französischen Herzen electrisiren; es sühnt viele Schwächen, und es ist derart, daß es dem Feinde ernstes Nachdenken einflößen wird." — Gewiß, aber das ernste Nachdenken über die That, namentlich aber über das Echo, das sie in der französischen Presse fand, führte zu andern Ergebnissen, als die „France" wähnte. Durch Lob und Tadel, das der Einzelne oder ein Volk spendet, characterisirt sich der Einzelne und das Volk! — In der englischen Presse rief die verrätherische That den größten Unwillen hervor. Die „Daily News" machte auf den jubilirenden Ton aufmerksam, mit welchem sogar das „Journal des Debats" jenen Act, wenn auch nicht als mit dem Kriegsrecht im Einklange stehend, so doch als eine heroische That feierte. Selbst die „Morning Post", die sonst sich stets bereit erwies, Unthaten der Franzosen zu beschönigen, schrieb: „Wenn es sich bewahrheitet, daß die Citadelle von Laon den Preußen übergeben war, und nach der Uebergabe die Franzosen absichtlich das Haupt-Pulvermagazin in die Luft sprengten, um die Sieger zu vernichten, so würde solche That das schandbarste und ehrloseste Stück Verrätherei sein, das die Blätter der Kriegsgeschichte befleckt. Prima facie freilich könnte Alles von einem Offizier erwartet werden, welcher seine Festung ohne Schwertstreich übergäbe, wenn die Garnison obendrein von keiner offenbaren Gefahr bedroht gewesen. Die Haltung der übrigen belagerten Festungen Frankreichs hätte den Commandanten von Laon zum Ausharren bestimmen sollen. Man nennt ihn nicht als Mitschuldigen — sollte jedoch dieser Act der Verrätherei ihm zur Last fallen, so wird sein Name dem Hohn und der Verachtung der Zukunft verbleiben, ein Schimpfwort der Soldaten und civilisirten Leute."

Die III. und die IV. Armee setzten inzwischen ihren Marsch auf Paris fort. Da es auf ein gleichzeitiges Eintreffen aller Corps vor der Hauptstadt Frankreichs abgesehen war, hatten die Flügel der Armeen bedeutende Märsche zu machen, während die Centren verhältnißmäßig langsam vorrückten. Das Hauptquartier des Kronprinzen Friedrich Wilhelm befand sich am 14. September in Montmirail, am 16. in Coulommiers, am 17. in Chaumes, am 18. in Saint-Germain les Corbeils. Auf vielen Stellen fanden die Truppen die Straßen aufgerissen oder durch Verhaue unwegsam gemacht; man hatte Brücken gesprengt und Eisenbahntunnels zerstört. Diese und ähnliche Hindernisse wurden überall bald beseitigt. Der König folgte den beiden Armeen von Rheims aus am 14. September.

Die Friedensmelodie, die Favre im Eingange seines am 6. Septbr. an die Vertreter Frankreichs im Auslande erlassenen Rundschreibens angestimmt, und die sanft und süß klang, wäre geeignet gewesen, zu bestechen, wenn der Hinblick auf seine eigene Vergangenheit nur den Schluß zugelassen hätte, daß er wirklich stets im tiefsten Herzensgrunde der Eroberungs-Politik seines Volkes entgegen gewesen sei. Hatte er denn aber nicht noch wenige Wochen vor Ausbruch des Krieges in Gemeinschaft seiner Freunde ein Manifest unterzeichnet, in welchem die Schlacht von Sadowa, resp. ihr Geschehenlassen und ihre Folgen, als ein Verbrechen der kaiserlichen Regierung gegen Frankreich behandelt, ja mit der verruchten „merikanischen Expedition" auf eine Stufe gestellt wurde? Eine scharfe Abweisung empfing das Rundschreiben sofort von der englischen Presse. Die „Times" sagte, sie sehe ihre gleich Anfangs ausgesprochenen Befürchtungen gerechtfertigt, nämlich, daß die zur Herrschaft gelangte republikanische Partei versuchen werde, sich

und Frankreich gegen die Consequenzen der Acte des Kaisers zu
sichern, indem sie jede Gutheißung der kaiserlichen Politik von
sich ablehne. Frankreich habe die gegenwärtige Regierung acceptirt, aber es habe dasselbe vor einem Monat mit Napoleon
gethan und dem Kriege zugestimmt. Zum großen Theile ließen
die Franzosen sich jetzt die Republik gefallen, weil sie ihnen
ein Schlupfloch aus einer gefährlichen Situation zu bieten
scheine, und das Geschick Frankreichs hänge davon ab, diese
schlichte, wenngleich unangenehme Wahrheit anzuerkennen, sonst
seien nur Fehlgriffe und ein Zusammenbruch vorauszusehen.
Die Republik müsse sich zu der Höhe erheben, um folgende
Einräumung den Deutschen gegenüber zu machen: „Wir haben
Euch ohne Ursache angegriffen. Ob wir durch unsern Herrscher
oder durch unsere Leidenschaften dazu angestachelt worden, mag
Euch wenig angehen, und wahrscheinlicher Weise wäre unser
Herrscher machtlos gewesen, wenn unsere Leidenschaften ihm
nicht die Gelegenheit zum Herrschen geboten hätten. Es genügt, daß wir Euch ohne Ursache angegriffen haben. Wir
haben gelitten, aber wir schulden Euch doch Schadenersatz, und
wir sind bereit, uns jeder in der Gerechtigkeit begründeten
Friedensbedingung zu fügen."

Favre's Berufung auf eine mißgedeutete Aeußerung des
Königs Wilhelm, sagte die „Morning Post," sei zum min-
desten ganz ungehörig in einem Staats-Document, und Favre's
Rundschreiben sehe zum Theil einem Kniff ähnlich, darauf be-
rechnet, die Verantwortlichkeit für geschehene Dinge abzuwälzen.
Gerade jetzt sei ein Anlaß gegeben, wo eine kriegführende
Partei einen Frieden mit einigen Opfern acceptiren könne, da
Frankreich nur geschlagen, nicht entehrt worden sei. Das Beste,
was man von dem jetzigen Hasten und Zusammenraffen der
Pariser zur Vertheidigung auf Leben und Tod sagen könne,
sei, daß es chevaleresk sei, es bleibe aber ein verzweifeltes,
hoffnungsloses Spiel." — Stimmen, die in der englischen
Presse auftauchten und Deutschland riethen, Großmuth zu üben,

sich an seinen Siegen genügen zu lassen und mit leeren Händen heimzuziehen, wurden von der „Daily News" mit folgender Bemerkung abgewiesen: „Es kommt neutralen Nationen
sehr leicht an, von Frieden zu reden. Großmüthig auf anderer
Leute Kosten zu sein, ist eine der gewöhnlichsten Formen wohl-
feiler Tugend. Wir sind so weit wie möglich davon entfernt,
die Demüthigung Frankreichs zu wünschen, und nach unserer
eigenen Ansicht scheint die seinem aggressiven Uebermuth widerfahrene Züchtigung hinreichend gewesen zu sein. Aber da wir
nicht gelitten haben, wird es uns leicht, zu vergeben, und wir
vergessen, daß es dem leidenden Theile nicht eben so leicht
werden könnte. Nicht Deutschland suchte diesen Streit, er
wurde Deutschland aufgezwungen, und es griff zu den Waffen,
um sich zu vertheidigen; es hat den ganzen Krieg auf eigene
Kosten geführt und muß sich die Erlaubniß nehmen, ihn in
seiner Manier zu Ende zu führen. Das deutsche Volk hat
ein Recht, seine eigenen Bedingungen dem Feinde zu stellen.
Die Deutschen verlangen in Frieden zu leben, ihren heimischen
Beruf ohne Hinderung, ohne Einmischung des Auslandes zu
erfüllen, so groß zu werden, wie Einigkeit und Freiheit sie zu
machen im Stande sind, und keinen eifersüchtigen Nachbar zu
besitzen, der sich in ihre Verhandlungen mengen und sie zur Uneinigkeit lenken will. Frankreich hat sich immer in Deutschland
eingemengt. Es war nicht speciell diese oder jene Regierung,
die das gethan, es war das ganze französische Volk. Alle
französischen Staatsmänner, Legitimisten und Orleanisten, Im-
perialisten und Republikaner, haben dieselbe Eifersucht gegen
deutsche Einheit und Habgier nach deutschem Boden an den
Tag gelegt. Ein Krieg um den Rhein war immer populär,
war populär vor sechs Monaten und würde nach sechs Monaten wieder populär sein, wenn ein Friede zur Zeit abgeschlossen würde. Frankreich hat seine Regierung nicht um der
Anzettelung des Krieges willen, sondern wegen ihres Fiascos

gestürzt, und deshalb, weil sie die Deutschen nach Frankreich und nicht die Franzosen nach Deutschland geführt hat."

In der Pariser Presse war plötzlich von Vermittelungs-Versuchen die Rede, die von auswärtigen Mächten zu Gunsten Frankreichs angestrengt würden. Diesen Gerüchten trat der „Staats-Anzeiger" in einer Zusendung aus dem Hauptquartier des Königs entgegen, in der es hieß: „Keine Macht hat bis jetzt zu interveniren gesucht, und es ist wenig wahrscheinlich, daß eine Vermittelung versucht wird, denn sie würde keine Chance des Erfolges haben, so lange die Grundlagen eines Arrangements nicht mit Deutschland vereinbart sind, und so lange es in Frankreich keine von dem Lande anerkannte Regierung giebt, die man als seinen Vertreter betrachten kann. Die deutschen Regierungen, deren Zweck nicht der Krieg ist, würden ein ernstliches Verlangen des Landes, Frieden zu schließen, nicht abweisen. In diesem Fall handelt es sich nur darum, zu wissen, mit wem er geschlossen werden könnte. Die deutschen Regierungen könnten mit dem Kaiser Napoleon, dessen Regierung bis jetzt die einzig anerkannte ist, oder mit der von ihm eingesetzten Regentschaft in Verbindung treten; sie würden auch mit dem Marschall Bazaine verhandeln können, der sein Kommando vom Kaiser hat. Aber es ist unmöglich zu sagen, mit welchem Rechte die deutschen Regierungen mit einer Macht verhandeln könnten, die bis jetzt nur einen Theil der Linken des ehemaligen gesetzgebenden Körpers in Paris repräsentirt."

Als der conservative „Standard" dennoch von der englischen Regierung verlangte, in dem Sinne vermittelnd aufzutreten, daß sie in Verbindung mit anderen Regierungen dem weiteren Vorgehen der Deutschen mit allen erforderlichen Mitteln entgegentrete, wurde diese Forderung von den übrigen Hauptorganen der englischen Presse mit Entschiedenheit abgewiesen. Die „Daily News" warf die Frage auf, was England wohl in gleicher Lage thun würde, und sie beantwortete diese Frage dahin: „Würden wir nicht auch in Frankreich eingerückt sein und nach besten Kräften die französischen Festungen und Schiffe zerstört haben? Würden wir das Schwert in die Scheide gesteckt haben, weil unsere tapferen Gegner wacker gekämpft und sich beträchtliche Niederlagen geholt hätten, oder aber weil es den Herren plötzlich eingefallen wäre, mittlerweile ihre Regierung zu wechseln, oder gar um Victor Hugo's Anschauungsweise gelten zu lassen, daß nämlich die französische Hauptstadt der Mittelpunkt der Civilisation, wir aber die Eindringlinge und nur wilde Barbaren wären? Hätten wir nicht gefühlt, daß unsere Pflicht gegen Volk und Vaterland und unsere Kinder, oder sagen wir nur immerhin „die jungen Barbaren", es erheische, auf eine Garantie für die Zukunft zu bestehen? Was die Garantie der Republik anbelangt, so ist dieselbe nur so lange etwas werth, wie die Republik dauert, und Frankreich hat zu Lebzeiten des jetzigen Königs mindestens achtmal gewechselt. Kurz, Deutschland hat ein Recht auf bessere Garantieen, und was Sympathieen anbelangt, so hat es auf dieselben noch eben so sehr Anspruch, als wenn jetzt die französischen Heere als Sieger im Anmarsch auf Berlin wären, statt daß jetzt das Gegentheil stattfindet."

Unter dem 13. und 16. September erfolgten darauf zwei an die auswärtigen Vertreter Nord-Deutschlands gerichtete Erlasse des Grafen Bismarck, die fast von der gesammten Presse als die wichtigsten und entscheidendsten der sämmtlichen bisher in Betreff des Krieges erschienenen officiellen Kundgebungen bezeichnet wurden. In dem ersten Erlaß heißt es:

„Durch die irrthümlichen Auffassungen über unser Verhältniß zu Frankreich, welche uns auch von befreundeten Seiten zukommen, bin ich veranlaßt, mich in Folgendem über die von den verbündeten deutschen Regierungen getheilten Ansichten Seiner Majestät des Königs auszusprechen.

„Wir hatten in dem Plebiscit und den darauf folgenden scheinbar befriedigenden Zuständen in Frankreich die Bürgschaft des Friedens und den Ausdruck einer friedlichen Stimmung

der französischen Nation zu sehen geglaubt. Die Ereignisse
haben uns eines Anderen belehrt, wenigstens haben sie gezeigt,
wie leicht diese Stimmung bei der französischen Nation in ihr
Gegentheil umschlägt. Die der Einstimmigkeit nahe Mehrheit
der Volksvertreter, des Senates und der Organe der öffentlichen Meinung in der Presse haben den Eroberungskrieg gegen
uns so laut und nachdrücklich gefordert, daß der Muth zum
Widerspruch den isolirten Freunden des Friedens fehlte, und
daß der Kaiser Napoleon Seiner Majestät keine Unwahrheit
gesagt haben dürfte, wenn er noch heute behauptet, daß
der Stand der öffentlichen Meinung ihn zum Kriege gezwungen habe.

„Angesichts dieser Thatsachen dürfen wir unsere Garantieen
nicht in französischen Stimmungen suchen. Wir dürfen uns
nicht darüber täuschen, daß wir uns in Folge dieses Krieges
auf einen baldigen neuen Angriff von Frankreich und nicht auf
einen dauerhaften Frieden gefaßt machen müssen, und das ganz
unabhängig von den Bedingungen, welche wir etwa an Frankreich stellen möchten. Es ist die Niederlage an sich, es ist unsere siegreiche Abwehr ihres frevelhaften Angriffs, welche die
französische Nation uns nie verzeihen wird. Wenn wir jetzt,
ohne alle Gebietsabtretung, ohne jede Contribution, ohne irgend
welche Vortheile als den Ruhm unserer Waffen aus Frankreich abzögen: so würde doch derselbe Haß, dieselbe Rachsucht
wegen der verletzten Eitelkeit und Herrschsucht in der französischen Nation zurückbleiben, und sie würde nur auf den Tag
warten, wo sie hoffen dürfte, diese Gefühle mit Erfolg zur
That zu machen. Es war nicht der Zweifel an der Gerechtigkeit unserer Sache, und nicht Besorgniß, daß wir nicht stark
genug sein möchten, welche uns im Jahre 1867 von dem uns
schon damals nahegelegten Kriege abhielt, sondern die Scheu,
gerade durch unsere Siege jene Leidenschaften aufzuregen und
eine Aera gegenseitiger Erbitterung und immer erneuter Kriege
heraufzubeschwören, während wir hofften, durch längere Dauer

und aufmerksame Pflege der friedlichen Beziehungen beider Nationen eine feste Grundlage für eine Aera des Friedens und
der Wohlfahrt beider zu gewinnen. Jetzt, nachdem man uns
zu dem Kriege, dem wir widerstrebten, gezwungen hat, müssen
wir dahin streben, für unsere Vertheidigung gegen den nächsten
Angriff der Franzosen bessere Bürgschaften als die ihres Wohl-
wollens zu gewinnen."

Die Hauptstellen des zweiten Erlasses lauten:

„An die ernstliche Absicht der jetzigen Pariser Regierung,
dem Kriege ein Ende zu machen, können wir nicht glauben, so
lange dieselbe im Innern fortfährt, durch ihre Sprache und
ihre Acte die Volksleidenschaft aufzustacheln, den Haß und die
Erbitterung der durch die Leiden des Krieges an sich gereizten
Bevölkerung zu steigern, und jede für Deutschland annehmbare
Basis als für Frankreich unannehmbar im Voraus zu verdammen.
Sie macht sich dadurch selbst den Frieden unmöglich, auf den
sie durch eine ruhige und dem Ernst der Situation Rechnung
tragende Sprache das Volk vorbereiten müßte, wenn wir annehmen sollten, daß sie ehrliche Friedensverhandlungen mit uns
beabsichtige. Die Zumuthung, daß wir jetzt einen Waffenstillstand ohne jede Sicherheit für unsere Friedensbedingungen abschließen sollten, könnte nur dann ernsthaft gemeint sein, wenn
man bei uns Mangel an militärischem und politischem Urtheil
oder Gleichgültigkeit gegen die Interessen Deutschlands vor-
aussetzt. — —

„Die einmüthige Stimme der deutschen Regierungen und
des deutschen Volkes verlangt, daß Deutschland gegen die Bedrohungen und Vergewaltigungen, welche von allen französischen
Regierungen seit Jahrhunderten gegen uns geübt wurden, durch
bessere Grenzen als bisher geschützt werde. So lange Frankreich im Besitz von Straßburg und Metz bleibt, ist seine Offensive strategisch stärker als unsere Defensive bezüglich des ganzen
Südens und des linksrheinischen Nordens von Deutschland.
Straßburg ist im Besitze Frankreichs eine stets offene Ausfall-

pforte gegen Süddeutschland. In deutschem Besitze gewinnen
Straßburg und Metz dagegen einen defensiven Character."

Damit waren — wenige Tage vor der Einschließung von
Paris — im Wesentlichen die Forderungen Deutschlands ausgesprochen. Nicht von Eroberungen, nicht von Annexionen als solchen
ist die Rede, vielmehr nur von Sicherung der Grenzen, Erschwe-
rung der Offensive. Die Erlasse nehmen nicht den Standpunkt
ein, daß Deutschland zurückverlange, was ihm von Frankreich
entrissen worden; es ist allein die militärische Nothwendigkeit,
Deutschland Schutz zu gewähren gegen den händelsüchtigen Nachbar, die betont wird. Die Forderungen entsprachen der Lage,
von ihrer Durchsetzung hing es ab, ob Deutschland, jetzt in
Waffen geeint, sich die Möglichkeit erringen würde, auch nach
dem Kriege eine einheitliche Macht zu bleiben. Deutlicher als
je trat — an der Hand jener klaren Darlegungen — jetzt
jedem Patrioten die Erkenntniß vor die Seele, daß alle patriotische Innigkeit, mit der Süddeutschland dem Gesammtvaterlande
sich zugewandt, Deutschland nicht sichern, seine spätere Zerreißung
nicht verhüten würde, wenn man Frankreich in der Lage be-
lasse, von Elsaß und Lothringen, von Straßburg und Metz aus
mit einer stets in Chalons bereit gehaltenen Armee über die
Saar und über den Rhein vorzudringen und Nord- und Süd-
Deutschland zu trennen. Nach einer einzigen erfolgreichen Schlacht
wäre dann der deutsche Gesammtbund trotz aller seiner Para-
graphen gesprengt, und Süddeutschland in die Lage versetzt,
sich zur Neutralität oder gar zur Heeresfolge für Frankreich
zu bequemen. Jene Erlasse des Bundeskanzlers nahmen die
letzten Besorgnisse, von denen so manches deutsche Herz noch
bis dahin belastet gewesen, hinweg; wer noch gefürchtet hatte,
es könne trotz dem und alledem zu einem Frieden kommen, der
Deutschland für die Zukunft nicht nur nicht sichere, sondern
der namentlich Süddeutschland schweren Racheanfällen Frankreichs aussetze, der athmete nun auf. Der Siegespreis war
gestellt, der eherne Wille der oberen diplomatischen Leitung aus-

gesprochen, nur nach Erreichung dieses Preises das Schwert in die Scheide zu stecken.

Diese Erlasse mehrten die Zahl der Verehrer des Bundeskanzlers ungemein. Es wurde auch Manches aus dem Felde von ihm bekannt, das geeignet war, die Verehrung für ihn zu steigern. Er arbeitete mit einer unerhörten Rastlosigkeit für die Zwecke und Ziele des Krieges, obendrein häufig unter sehr erschwerenden Umständen. Ein Bild der Thätigkeit im Bundeskanzleramt auf dem Marsche brachte die „Ill. Welt" aus einem ungenannten französischen Städtchen, in welchem Halt gemacht und das Bundeskanzleramt in dem Gebäude einer Knaben-Erziehungsanstalt einquartiert worden war. „Wir" — der Bericht stammt aus der Feder eines der Beamten — „haben unser Wohnungs-, Büreau- und Nachtquartier im Schlafsaale der Knaben im zweiten Stock. Hier speist der Minister mit uns und den Geheimräthen. Das fehlende, aber nothwendige Mobiliar ist schnell hergestellt. In geschickter Weise hat der Kanzleidiener Th. einen Feldtisch aus einer Tonne, einem Sägebock, einem Backtroge und einer ausgehobenen Thür construirt. Hier wird auch der Kaffee und das zweite Frühstück eingenommen. Als Leuchter benutzen wir leere Weinflaschen. Stühle sind nicht vorhanden, Kisten und Koffer liefern Sitzplätze. Betten sind ein überflüssiger Luxus. Die Unordnung ringsum ist malerisch. Offene Koffer und Reisesäcke, Kanzleimappen, am Boden liegende Briefcouverts, Papier, Papierstücke, Strohhalme geben ein buntes Bild. Ein Waschbecken genügt für Alle. Leider hat es einen großen Leck, der um so schlimmer ist, als das Wasser bei der Erschöpfung der Brunnen durch starke Einquartierung ziemlich rar zu werden anfängt. Unser Chef, Graf Bismarck, hat es übrigens nicht besser. Gearbeitet wird sehr tapfer und angestrengt. Auch unter diesen Umständen muß die Sammlung des Geistes erzwungen, der Stoicismus zur Geltung gebracht werden. Wir schreiben Depeschen, Instructionen, Telegramme, Zeitungsberichte, wir copiren,

chiffriren, dechiffriren und collationiren, während neben uns lebhafte Unterhaltung geführt wird. Feldjäger, Cabinets-Couriere,
Briefträger, Offiziere, Ordonnanzen, Stabswachen gehen aus
und ein. Auch ohne Studirstube geht es, geistig thätig zu
sein, wenn man nur will, und es sein muß. Dabei haben wir
den Trost, daß unsere Excellenz, die doch noch ganz andere
Dinge im Kopfe und in die Welt zu senden hat, genau unter
denselben Umständen zu arbeiten genöthigt ist. Uebrigens ist
dies nicht das erste unbequeme Quartier. Wir haben ihrer,
seitdem das Bundeskanzleramt das Palais in der Wilhelmstraße in Berlin verließ, noch ärgere gehabt. So arbeiten wir
an unserm Theil und in unserer Weise ganz wacker an der
großen Sache des Vaterlandes mit. Unser Bundeskanzler
leuchtet uns dabei als Muster der Thätigkeit, der Arbeitskraft
und der Einfachheit voran, trotz seiner ungeheuren Anstrengung
behält er noch Muße, sich auch des scheinbar Kleinen anzunehmen und dafür zu sorgen, daß die Diener und Ordonnanzen an
dem, was Leib und Seele zusammenhält, nicht Mangel leiden."

Betrachtungen über jene Rundschreiben Bismarck's und
Betrachtungen über den Staatsmann selbst nahmen die ersten
Plätze in allen großen Organen der öffentlichen Meinung ein.
Unter den vielen Stimmen jener Tage möge hier ein Wort der
„Daily News" angeführt werden. „Der Name Bismarck schlägt
in die Ohren der Franzosen, wie einst der Name Pitt's in die Ohren
des Geschlechts der Revolution von 1792 und der Name Marl-
borough's in die ihrer Vorväter schlug. Er klingt wie der
Name eines Cato den Carthagern, wie der Hannibals den
Römern. Er schließt Alles in sich, was die lebhafteste Phantasie an Wildheit, Gewissenlosigkeit und Zerstörungswuth ersinnen kann. Und doch berichtet das französische „Dictionnaire
des Contemporains", daß als Graf Bismarck im Mai 1862
von Berlin als Gesandter nach Paris kam, seine loyale, auf-
richtige und versöhnliche Gesinnung, sein biederer und zuverlässiger Character in Frankreich hochgeschätzt wurden. Was

hatte er vor dieser Zeit gethan, um solchen Ruf zu verdienen, und was hat er seither gethan, um ihn einzubüßen? Die einfachste Antwort auf diese Frage ist, daß er seinem Lande und Könige, ohne viel Rücksicht auf seinen Ruf bei Fremden, ja selbst bei seinen eigenen Landsleuten zu nehmen, mit ganzem Herzen, ganzer Seele, ganzem Geiste und allen Kräften gedient hat. Von seinem ersten Eintritt in die Oeffentlichkeit, als Mitglied eines Provinzial-Landtages 1846, bis zu seiner Ernennung zum Gesandten am deutschen Bundestage in Frankfurt 1851, während seiner diplomatischen Residenz daselbst und in Wien, von seiner Minister-Präsidentschaft 1862 bis zum österreichischen Kriege 1866 und vom Frieden zu Nikolsburg bis zum französischen Kriege von 1870 sind sein Streben und seine Politik fortwährend von drei oder vier großen Principien geleitet worden. Unter diesen sind der Ausschluß Oesterreichs vom deutschen Bund, die Neubildung dieses Bundes auf föderaler Basis, die allmähliche Bildung und Consolidation der gesammten nationalen Einheit unter Führung einer überwiegenden preußischen Monarchie. Diesen Zwecken widmete er die ganze Energie eines unverrückbaren Willens, alle Hülfsquellen eines reichen und durchbringenden Verstandes, die ganze die Verhältnisse überschauende Fähigkeit und Combinationsgabe eines die Gelegenheit schnell erfassenden Kopfes und eines nie erschlaffenden Armes. Ein Minister, der eine großartige nationale Politik durchführt, ist in einem Zeitalter der Büreau- und Rednerbühnen-Staatsmannschaft ein Phänomen. Den Bismarck's einer früheren Zeit verdanken wir Engländer Alles, was wir über die neutrale Glückseligkeit einer Nation ohne Geschichte hinaus haben und sind. — Der Zweck, für den Graf Bismarck mit unermüdlicher Hingabe arbeitet, dem er Gesundheit, Bequemlichkeit und selbst seinen Ruf geopfert hat — die Einheit und Unabhängigkeit Deutschlands unter der Führung Preußens — ist einer, zu dem sich der ehrenhafteste Staatsmann bekennen kann, und dessen sich die höchste Moralität

nicht zu schämen braucht. Seine unwandelbare Energie in Verfolgung und Erreichung desselben wird nicht nur von Preußen,
sondern von Deutschland mit Dankbarkeit anerkannt werden.
Die Mittel, durch welche dieser Zweck erreicht wurde: — ach,
es gehört der ganze Gleichmuth des geschichtlichen Gewissens
dazu, um mit Behagen auf eine in Blut und Thränen geschrie-
bene und mit dem Elend und der Trauer von Tausenden von
Menschen beladene Politik zurückzublicken!"

Thiers hatte sich, wie oben berichtet wurde, nachdem seine
Mission in England gescheitert war, zunächst nach Italien begeben, um seine Werbungen zu Gunsten Frankreichs fortzusetzen.
Wird er in Florenz und danach in Wien und in Petersburg
Geneigtheit finden, vermittelnd einzutreten? Diese Frage wurde
in der europäischen Presse lebhaft erörtert, doch fielen die Ant-
worten zumeist zu Ungunsten Frankreichs aus. Des Grafen
Bismarck Worte glichen einer auf eherner Tafel eingegrabenen
Schrift; die Stimmen mehrten sich, die Frankreich ernstlich
riethen, bei Zeiten nachzugeben, um den Preis des Siegers
nicht zu eigenem Schaden noch zu steigern. In Etwas fühlte
sich auch Jules Favre erschüttert. Es war dies seinem zweiten
Rundschreiben anzumerken, das er an die auswärtigen Vertreter
Frankreichs erließ. Es liegt im französischen Wesen, allem
Thun und Treiben ein theatralisches Gepränge zu geben. Das
bekundete auch dieses Rundschreiben, aus dem trotz der pomp-
haften Worte zu erkennen war, daß der Wunsch, Frieden zu
erlangen, und die Geneigtheit, Opfer zu bringen, bei Jules
Favre inzwischen um Vieles zugenommen hatte. Mit pathetischer
Declamation rief er aus: „Nicht unsere Eintagsgewalt, sondern
das unsterbliche Frankreich ist es, das sich gegen Preußen erhebt, um das Leichentuch des Kaiserreichs abzuschütteln, jenes
Frankreich, welches frei, edelmüthig, bereit, sich für sein
Recht und seine Freiheit zu opfern, jede Politik der Eroberung, jede gewaltthätige Propaganda von sich abweist, das
keinen andern Ehrgeiz kennt, als Herr seiner selbst zu

bleiben, um seine geistigen und materiellen Kräfte zu entwickeln, mit seinem Nachbar gemeinschaftlich an dem Fortschritte der Civilisation zu arbeiten, jenes Frankreich, welches, sobald ihm die Freiheit der Action zurückgegeben war, sofort das Aufhören des Krieges verlangt hat, welches aber den Untergang tausendmal der Schande vorzieht."

Die Schuld zu sühnen, wie es in gleichem Falle von einem jeden andern Volke verlangt und gewiß am eindringlichsten seitens Frankreichs verlangt worden wäre, das nannte selbst ein Jules Favre, der offenbar einer der besseren Männer des heutigen Frankreich ist, eine „Schande"! — Dies zeigt deutlicher als alles Andere, welche Macht der im äußersten Sinne unlauter gewordene Nationalwille Frankreichs gewonnen, welche Verwüstungen er angerichtet hat, ja es erweckt gerechten Zweifel, ob dieser entartete Nationalwille jemals wieder zur Läuterung gelangen und die Bahn finden werde, die Frankreich dem drohenden Verderben, dem es zutreibt, zu entreißen vermag. Das unermeßliche Feld der Geschichte zeigt Grabsteine, unter denen Völker ruhen, bei denen der Anfang ihres Endes von Erscheinungen begleitet war, wie sie in überraschender Aehnlichkeit ,in Frankreich bereits zu Tage getreten sind. — Muß doch Jules Favre in diesem zweiten Rundschreiben selbst bekennen: „Wir haben das Unrecht begangen, und wir büßen jetzt grausam dafür, eine solche Regierung geduldet zu haben, welche uns ins Verderben riß. Wir erkennen nunmehr die Verpflichtung an, daß wir das Unrecht, welches jene Regierung verübt hat, gut machen müssen; aber —" — dieses „Aber" leitet einen neuen Ausbruch französischen Dünkels ein — „aber wenn der Feind unser Unglück zu unserer Vernichtung benutzen will, dann werden wir verzweifelten Widerstand leisten, und — es ist dies wohl zu beachten! — diesen Widerstand wird die durch eine frei gewählte Versammlung rechtmäßig vertretene Nation leisten, welche durch jene feindliche Macht vernichtet werden soll. Das Glück das uns bisher ungünstig war, kann sich un-

8*

versehens wenden. Europa fängt an sich zu regen, seine Sympathien für uns erwachen wieder. Die Sympathien der Cabinette
ehren und trösten uns. Sie werden lebhaft gerührt sein über
die edle Haltung von Paris, welches inmitten so furchtbarer Ereignisse und gewaltigster Erregung voller Vertrauen und bereit
ist, auch das Letzte zu opfern. Die bewaffnete Nation betritt
nunmehr den Schauplatz, ohne rückwärts zu schauen, und nur
die einfache große Pflicht vor Augen, ihren heimathlichen Heerd
und ihre Unabhängigkeit zu vertheidigen." Welch theatralisches
Wesen in dieser — „Staatsschrift!" — Wer genau die Lage
ins Auge faßt, in der Frankreich sich zur Zeit befand, und
dabei erwägt, daß ein Favre obige Sprache führen konnte, und
daß auch er der Phrase huldigte „Frankreich ist geschlagen,
aber nicht besiegt!" der wird gewiß, sollte es bis dahin noch
nicht geschehen sein, den Ausspruch: „Die Franzosen sind ge-
borne Schauspieler!" als wohlberechtigt erkennen. Noch nie ist's
geschehen, daß ein Volk, nachdem es zehn Schlachten und — mit
Ausnahme eines kleinen Bruchtheils — seine ganze Armee verloren, sich selbst so arg belog, wie es zur Zeit von den Franzosen
geschah, deren Empfinden und Denken Favre Ausdruck verlieh.
Es blieb ihnen ja aber noch Paris, und — Trochu hatte es
gesagt — Paris ist „unnahbar!" — Ein Wahn war demnach
noch nicht zerstört, als schon ein neuer Wahn, „die Unbesieglichkeit der mächtigsten Festung der Welt", sich geltend machte.

Wie kühl, ruhig und selbstbewußt, gegenüber den melo-
dramatischen Ergehungen der Franzosen klang ein Bericht des
„Staats-Anz." aus Meaur vom 18. September. „Die sämmtlichen, um Paris zusammengezogenen Corps werden mit dem
morgenden Tage ihren Vormarsch beendet und die ihnen ange-
wiesenen Stellungen eingenommen haben, und es ist die Rede
davon, daß dann auch das große königliche Hauptquartier von
hier noch weiter gegen Paris verlegt werden wird. Es wird
dann die Einschließung und Isolirung der französischen Hauptstadt
vollendet sein." Unaufhaltsam breitete das 230,000 Mann starke

deutsche Heer seine mächtigen Flügel nach Nordwest und Südwest aus, näher und näher der feindlichen Hauptstadt entgegen
rückend. So schwebt im Aether in majestätischer Ruhe der Adler
dahin, das Wild fest im Auge behaltend, das er hellen Blickes
erspäht hat, und das er umkreist, um sich im rechten Augenblicke auf dasselbe niederzustürzen und ihm die Fänge in die
Weichen zu schlagen. „Bald werden", sagte die „Voss. Z.",
„unseren Märkern, Pommern, Ostpreußen und anderen Landsleuten Notre-Dame, das Pantheon, der Triumphbogen und
die übrigen Spitzen der glänzenden Stadt entgegenleuchten,
aber unter den Forts wird auch der starke Mont Valerien hervorragen und der Montmartre als Denksäule an die blutige
Schlacht vor der Einnahme von Paris im Jahre 1814 erinnern. Nach dieser Schlacht lag die Stadt dem Sieger offen,
heute ist sie die größte Festung der Erde und will den Kampf
nicht blos um ihre Existenz, sondern für das Land aufnehmen.
Wirklich, und in einer ernstern Probe als je, hat diesesmal
Paris Frankreich zu vertreten, denn was seit Troja und Han-
nibal vor Rom nicht wieder erlebt ist, ereignet sich: eine Stadt
ist der letzte Schutz und die letzte Kraft eines Landes. Wenn
sonst Heere besiegt werden, retten sich die geschlagenen Theile
wie sie können, ordnen sich, ziehen neue Streiter an sich und
erscheinen wieder auf dem Kriegsschauplatze, oder bleiben drohend
im Felde. Die französischen Heere sind aber vom Boden Frankreichs verschwunden. Nach ununterbrochenen Niederlagen in
Schlachten hat eines capitulirt, und die Nachricht von der Capitulation des andern kann eintreffen, ehe diese Spalte zu Ende
geschrieben oder gelesen ist. Für den Krieg hat eine reguläre
Macht von 400,000 Mann zu sein aufgehört, Generale und
Offiziere giebt es kaum noch, Waffen und Heergeräth sind mit
den Feldzeichen massenhaft in der Hand des Feindes, das
Uebergewicht der Chassepots und Mitrailleusen ist dahin. Das
Alles soll nun durch Paris ersetzt werden, und wenn man die
Vertheidigung von Straßburg und Toul und die Ausdauer von

Metz ansieht, so könnte uns bange werden, und Frankreich könnte auf seine Metropole Hoffnungen setzen. Aber die Deutschen werden andere Feinde sein als die Griechen vor Troja und nicht wie diese zehn Jahre zur Belagerung brauchen."

Am 17. September kam es zum ersten Gefecht vor Paris. Zum Schutz einer Pontonbrücke, die oberhalb Villeneuve über die Seine geschlagen worden war, waren von einer Infanteriebrigade, zwei Escadrons und zwei Batterien die Höhen in der Nähe der Brücke besetzt worden. An dem Saume eines Waldes hatten fünf Compagnien Aufstellung genommen. Sie wurden von sechs Bataillonen Franzosen heftig angegriffen, doch schlugen sie im Verein mit der Artillerie den Feind zurück, wobei derselbe, wie Trochu in einem Tagesbefehl eingestand, „empfindliche Verluste" erlitt. Die über die Pontonbrücke in der Richtung auf Versailles vorrückenden Truppen kamen an herrlichen Schlössern und Villen vorüber. Die Einwohner waren geflohen, überall herrschte lautlose Stille. Die Lüge über die angebliche Mord- und Raubsucht der „Barbaren" hatte die Einwohner zu ihrem Schaden hinweggescheucht, denn vielfach trat die Folge ein, daß räuberisches Gesindel aus der Umgegend in verlassene Häuser eindrang und sie ausplünderte.

Am 19. September Morgens trafen die deutschen Vortruppen am Gehölz von Ferrières auf den Feind. Dort entspann sich der erste größere Kampf vor Paris. Aber es war von vorn herein ein böses Omen für die Franzosen, daß der Kampf französischerseits unter der Führung des Generals Ducrot stattfand, eines Mannes, der, einer der Gefangenen von Sedan, sein Ehrenwort gebrochen und unmittelbar nach erfolgter Capitulation sich auf die Flucht begeben hatte. Der Feind hatte auf der Höhe von Chatillon und Plessis eine außerordentlich starke Schanze angelegt, die überdies von einigen der pariser Forts gedeckt war. Die mit 72 Kanonen besetzte Schanze bildete den Mittelpunkt der feindlichen Stellung. In das Feuer dieser Batterien kamen zwei preußische Regimenter, das Königsgrenadier-Regiment Nr. 7 und das 47. Infanterie-Regiment. Nachdem sie zwei Stunden lang der sechsfach überlegenen feindlichen Macht widerstanden hatten, erschien das 2. bayerische Corps auf dem Kampfplatz, und nun wurde deutscherseits zum Angriff übergegangen und derselbe mit solchem Nachdruck ausgeführt, daß der Feind in fluchtartiger Eile in den Forts Schutz suchte. Die Deutschen nahmen demselben acht Kanonen und machten über tausend Gefangene.

Zu den französischen Truppen, die hier den Deutschen entgegentraten, gehörte auch das 1. Zuavenregiment, das den Schrecken von Weißenburg noch nicht verwunden hatte. Denn als die erste Granate in dieses Regiment einschlug, machte es Kehrt und floh der Hauptstadt zu. Der großen Erbitterung, die diese Flucht in Paris hervorrief, gab ein Tagesbefehl des Gouverneurs Trochu Ausdruck, in dem es hieß: „Eine nicht zu rechtfertigende Panik, welcher ein trefflicher Kriegsführer und seine Offiziere nicht Einhalt zu thun vermochten, bemächtigte sich des provisorischen Zuavenregiments. Gleich bei Beginn der Action zog sich der größte Theil dieser Soldaten in Unordnung in die Stadt zurück, verbreitete sich in derselben und versetzte sie in Schrecken. Um ihr Betragen zu entschuldigen, erklärten die Ausreißer, daß man sie dem sicheren Tode entgegengeführt habe (obgleich ihr Effectivbestand vollzählig und keiner von ihnen verwundet war), daß sie keine Patronen gehabt (obgleich sie, ich constatire dies selbst, von den ihrigen keinen Gebrauch gemacht); daß sie von ihren Führern verrathen worden seien. Die Wahrheit ist, daß diese Unwürdigen von Anfang an das Gefecht gefährdeten, dessen Ergebnisse trotz ihrer beträchtlich sind. Andere Soldaten verschiedener Infanterie-Regimenter haben sich angeschlossen. Die Unglücksfälle, welche wir bei Beginn dieses Krieges erlitten, waren die Ursache, daß undisciplinirte und demoralisirte Soldaten nach Paris zurückkamen, welche Unruhe und Verwirrung dorthin brachten und durch die Umstände die Scheu vor ihren Führern verloren und einer jeden Be-

strafung entgingen. Ich bin fest entschlossen, so ernsten Un-
ordnungen ein Ziel zu setzen. Ich befehle allen Vertheidigern
von Paris, die isolirten Leute, die Soldaten aller Waffengattungen oder die Mobilgarden, welche in der Stadt in betrun-
kenem Zustande umherirren, scandalöse Redensarten führen und
durch ihre Haltung die Uniform entehren, welche sie tragen,
aufzugreifen." Das war eine Characteristik französischer Militärs, wie dieselbe, hätte sie einen Ausländer zum Verfasser gehabt, französischerseits sicherlich bestritten worden wäre. Scham
und Noth zwangen dem Gouverneur von Paris jenes Geständniß ab. Weitere Schlüsse lagen nahe. War das französische
Militär also demoralisirt, wie es Trochu hier eingesteht, so mußte
das einen Rückschluß auf den Zustand des französischen Volkes
selbst thun lassen, weil ja aus ihm, zu seinem allergrößten Theile
wenigstens, das Heer hervorgeht. —

Wenige Tage zuvor brachte die „Köln. Z." einen Artikel
aus der Feder Hans Wachenhusen's, der mit dem obigen Urtheile Trochu's übereinstimmt. Wachenhusen wies darauf hin,
daß die Verwilderung der Soldaten ihre Wurzel in der moralischen Verwilderung der Nation habe. Es sei dahin gekommen,
fährt er fort, daß der französische Soldat alle soldatischen Tugenden verloren habe, daß seine Disciplin gelockert, sein Ehrgeiz abgestumpft sei. Es sei ihm versichert worden, daß, als
Mac Mahon durch Meaur marschirt sei, die französischen Soldaten, müde des Gewehrtragens, ihre Waffe weggeworfen und
ihren Offizieren hönisch in's Gesicht gelacht hätten. Wachenhusen berichtet weiter:

„Proben des Vandalismus, mit welchem die französischen
Soldaten in allen Städten und Dörfern ihres eigenen Vaterlandes gehaust, habe ich überall gefunden. Es sind mir Bürger
begegnet, die offen gestanden: „lieber zwanzig Preußen als Feinde
denn fünf Franzosen als Vertheidiger!" Was die französische
Armee an Sorglosigkeit dem Feinde gegenüber leistet, das sahen
wir bei Beaumont, wo die Unseren am hellen Mittag ein großes

französisches Lager beim Abkochen überraschten, das nicht einmal
Posten ausgestellt hatte. Ein Weg über das Schlachtfeld zeigte
mir am Abend das Fleisch, die Kartoffeln und den Reis in
ihren Kochgeschirren, unter denen noch die Kohlen glommen.
In wildester Flucht ließen sie Alles stehen und liegen, und so
fingen wir zwei große Lager hinter einander ab. Der Araber
selbst beschämt den Franzosen hierin, denn er stellt selbst auf
seinen Karavanenwegen Nachts seine Wachen aus. Wir
sehen aber, daß die grande nation selbst von ihren Besiegten
nichts gelernt hat. Wie der französische Soldat im Lager, so
ist er auch auf dem Marsch. Er kann nicht marschiren; er legt
deshalb täglich nur kleine Strecken zurück. Märsche von fünf
Meilen, drei, vier Tage hintereinander, wie sie die Unsrigen
in diesem Feldzuge wie im vorigen so oft machen mußten,
würden die Chausseen mit der ganzen französischen Armee gar-
niren. Dafür ist der französische Soldat desto anspruchsvoller.
Alle Quartiere, welche die feindliche Armee innegehabt, zeugen
davon. Er erträgt ungern Entbehrungen, murrt, wenn sie ihm
auferlegt werden, und greift zur Gewalt gegen seine eigenen
Landsleute, um sich zu verschaffen, was er braucht. Die Geduld, die Ausdauer, welche unsere Soldaten in diesem Kriege
zeigten, wenn es galt, Brot, selbst Wasser zu entbehren, wird
dem französischen Soldaten nie begreiflich sein. Wahr ist es,
und ich kann dies nicht genug betonen, die Franzosen haben
sich tapfer geschlagen, und wer ginge denn mit dem Chassepot-
Gewehr nicht voll Zuversicht in den Kampf? Aber „sie wollen
nie beißen", nur wenn sie in Massen sind, geben sie massenhaftes
Feuer; sie halten auch aus in festen Positionen, aber sind das Verdienste, soldatische Tugenden? Wo unsere Artillerie tüchtig einschlug, stoben sie immer auseinander; ihre Offiziere hatten nie
Gewalt über sie. Was wir von ihnen gelitten — und Gott
weiß, es ist viel —, das fügte uns ihre furchtbare Waffe zu,
die für die Unseren der blasse Tod selbst war, die so hageldicht
einschlug, daß nur ein glücklicher Zufall vor Tod oder Wunden

bewahrte. Mit einer solchen Waffe in der Hand hätten sich
unsere Preußen keine der glänzenden Positionen nehmen lassen,
welche die Franzosen jedesmal aufgeben mußten."

Am 19. September wurde das königliche Hauptquartier
nach dem Rothschild'schen Schloß Ferrières (bei Lagny) verlegt. Kaytzler berichtet darüber in der „Spen. Z.":

„Gestern erging in Meaur plötzlich der Befehl zum Aufbruch des Hauptquartiers. Der König selbst fuhr nach Claye,
um dort zu Pferde zu steigen und Truppen zu besichtigen, das
Hauptquartier begab sich in zwei Staffeln nach dem Rothschild'schen Schloß Ferrières und nach Lagny, bei Weitem der
größte Theil jedoch nach dem ersteren Orte. Von hier führt
dahin ein in seinem größeren Theil fast schnurgerader schöner
Weg, immer dicht an Parks hin, die prachtvolle, von Lichtungen
durchschnittene Waldpartieen haben. Der Augenblick, ehe der
König eingetroffen ist, ladet ein, das Schloß zu besichtigen.
Eine lange Strecke sind wir an der Gartenmauer hingefahren,
als der Wagen an der nördlichen Einfahrt hält, welche freilich
nur zu der Hinterfront des Schlosses führt. Zwei thurmartige
kleine Gebäude, in deren einem sich der Feldtelegraph etablirt
hatte, bilden den Eingang. Man tritt in einen Garten, den ein
breiter Weg nach dem Schlosse zu durchschneidet. An den Seiten
sind Fischbassins, die von Beeten eingefaßt sind. In ungeheuren
Kübeln stehen in weiterer Entfernung um das Schloß herum
prachtvolle Orangeriebäume, dicht an der Front, aber gleichmäßig
zu beiden Seiten geordnet, obeliskartig zugeschnitten, kolossale
Buchsbäume, breitblätterige Myrthen und Araucarien. Umschlossen ist das Schloß endlich von einem dichten, heckenartigen
Gebüsch, aus Lorber, Rhododendron und Myrthe bestehend.
Wundervolle Araucarien und Cadenen (cadens rubra), Thusen
und Magnolien bilden die köstlichste Zierde der wundervollen
Pflanzenwelt, welche sich um das Schloß ausbreitet und der gegenüber das Schloß selbst, trotz alles seines Reichthums, zurücktritt,
denn es ist ein Gemisch aller möglichen Stilarten. Den schönsten

Anblick gewährt die nach Süden gelegene Hauptfront. Aus dem Park, der hier durch einen See belebt ist, in dem eine wundervoll bebaumte Insel liegt, erhebt sich eine Terrasse in zwei Stufen. Auf der ersten stehen zur Seite der Treppe colossale Löwen und Vasen nach antikem Muster. Auf der oberen Stufe führt eine breite Freitreppe, deren beide halbrunde Arme sich in der Mitte vereinigen, zum Schlosse, das nach dieser Seite hin im ersten Geschoß einen schönen Säulengang zeigt. Wenn sich das Schloß nach dieser Seite von Außen am prachtvollsten präsentirt, so ist der Eintritt von der Nordseite wohl schöner. Hier kommt man zuerst in ein Vestibul mit Marmorbüsten römischer Kaiser, und auf einer schönen Treppe gelangt man in den größten Raum des Schlosses, einen Salon mit umlaufender Galerie, die von ionischen vergoldeten Säulen getragen wird. In diesem Saale ist eine Fülle von Kostbarkeiten verschwendet, zu deren Beschreibung ein eingehendes Studium gehören würde. Für Gemälde ist in diesem Reichthum von Gold und Zierrath wenig Raum, nur ein Reiterporträt von Velasquez und eine Landschaft haben Platz gefunden, oberhalb der Galerie ist die Wand mit Gobelins bekleidet. In der Mitte des großen Saales steht ein brûle-parfume, eine unregelmäßige Marmorsäule mit einem kolossalen Becken in chinesischem Geschmack darauf; Schränke und Tische, mit Schildpatt und Silber ausgelegt, stehen überall umher; die Hinterwand wird ganz von der Bibliothek, deren Bücher sämmtlich in rothem Maroquin gebunden sind, eingenommen. Um diesen großen Salon herum liegen der kleine und große Speisesaal, ein Musiksaal u. s. w., jeder in anderer Weise decorirt. Der Speisesaal besitzt einen ganz wundervollen Schmuck in den in das Getäfel eingelassenen Reliefs, die mit unvergleichlicher Kunst in Bronze gegossen sind. Sie stellen den Sturz des Phaëton, das Verderben der Niobiden, den Kampf der Centauren mit den Lapithen und den Himmelssturm der Giganten dar. An dem

einen Ende der Räume liegt die Hauskirche. Der obere Stock,
zu welchem man durch ein mit schönen Jagdbildern geschmücktes
Treppenhaus gelangt, besteht ganz aus Wohn- und Schlaf-
zimmern, alle — besonders die für die Damen bestimmten —
mit dem außerordentlichsten Luxus eingerichtet, zum Theil mit
sehr schönen Gemälden geschmückt. Sachverständig wandelten
die Herren Quartiermacher auf und ab und schrieben an jede
Thür mit der unvermeidlichen Kreide den Namen der provisorischen Bewohner an, die nicht nur nicht über die Wohnung,
sondern eben so wenig über das Essen zu klagen haben
werden, denn Rothschild, der zwar selbst in Paris geblieben
ist, hat einen Regisseur zurückgelassen, der in Bezug auf Tafel
und Keller die Würde des Hauses zu wahren hat. Auch die
zu den Besitzungen gehörigen Leute hatten dieselben nicht verlassen, sie waren zum Theil auf den Aeckern mit ländlichen
Arbeiten beschäftigt und benahmen sich gegen die Vorüberfah-
renden ungemein entgegenkommend, was übrigens von allen
Denjenigen, welche in den Ortschaften, die wir passirt haben,
zurückgeblieben waren, geschah.

„Der Park des Schlosses ist prachtvoll. In abgeschlossenen Räumen weidet Hochwild, in den Wiesen springt munter
der Hase umher und zuweilen schwirrt, schweren und un-
sicheren Fluges, ein Fasan vorüber. Hier ist die Flora der
ganzen Welt vertreten. Neben der malerischen Kiefer zittert
das Laub der Silberpappel, am Bache, der sich durch die
Wiese schlängelt, wachsen Tamarinden- und Tulpenbäume, die
Weimuthskiefer bildet prachtvolle Gehölze und auf jedem freien
Platze breitet wieder eine Ceder, deren Zweige gewöhnlich in
zwei Zinken auslaufen, ihr Haupt aus, wie wenn sie schwämme
und gleicht mit der Last ihrer Früchte im Sonnenlichte einem
glitzernden Weihnachtsbaum. Weite Wege führen in immer
stillere Waldeinsamkeit und aus dieser wieder zurück zu der
Umgebung des Schlosses, wo neben der Ceder die Cactus-

Araucaria durch ihre bizarren und muskulösen Formen immer auf's Neue fesselt.

„Das Schloß und seine nächste Umgebung mußte sich als geräumiger dargestellt haben, als anfangs erwartet worden war, denn allmälig strömte auch Alles, was ursprünglich in Lagny hatte bleiben sollen, nach Ferrières."

Schon am 18. September waren drei preußische Husaren vor Versailles erschienen und hatten die Uebergabe der Stadt verlangt. Ihnen folgten 400 Ulanen, von denen 2000 Mobilgarden gefangen genommen wurden. Am folgenden Tage kam es, während der Donner der Kämpfe um die Schanze zwischen Chatillon und Plessis die Fensterscheiben in Versailles erzittern machte, zur Capitulation, und 30 bis 40,000 deutscher Truppen besetzten die Stadt, in deren berühmten Schlosse so viel Unheil gegen Deutschland ausgebrütet worden war.

Damit war erreicht, was Viele noch kurz vorher als etwas Unausführbares dargestellt hatten. Die vollständige Cernirung von Paris war vollzogen, und es ward der Heimath dies hochwichtige Ergebniß durch folgende Depesche (die 48.) verkündet:

Von der Armee vor Paris.

Aus dem großen Hauptquartier vom 20. September.

Nach den vorbereitenden Bewegungen der letzten Tage ist am 19. durch einen Vormarsch sämmtlicher Corps die vollständige Cernirung von Paris ausgeführt worden. Se. Majestät der König recognoscirten im Laufe des Tages die Nordost-Front der Befestigungen.

von Podbielski.

Daß die zeitigen Machthaber in Paris darauf Bedacht nahmen, das Geschehene den Franzosen mundgerecht zu machen, kann nicht Verwunderung erregen. Von Tours aus wurde unter dem 25. September folgender Bericht veröffentlicht: „Die hiesige Abtheilung der Pariser Regierung theilt mit, daß sie mittelst Luftballons aus Paris Nachrichten empfangen hat. General Ducrot, welcher mit 4 Divisionen die Ausläufer der Höhen zwischen Villejuif und Meudon besetzt hatte, machte am 19. eine Recognoscirung in das Vorterrain und stieß auf bedeutende feindliche Streitkräfte, darunter viel Artillerie, die in einem Gehölz eine verdeckte Aufstellung genommen hatte. Nach einem lebhaften Gefecht mußte der Rückzug angetreten werden, welche Bewegung von dem rechten Flügel mit bedauernswerther Ueberstürzung (!) ausgeführt wurde, während die anderen Truppen sich in guter Ordnung auf die von einer Redoute besetzte Anhöhe und das Plateau von Chatillon rückwärts concentrirten. Gegen vier Uhr Nachmittags entwickelte sich die preußische Artillerie mehr und mehr, so daß General Ducrot die Truppen unter den Schutz der Forts zurücknehmen mußte und sich nach Vernagelung der 8 in der Redoute von Chatillon befindlichen Geschütze nach dem Fort von Vanves zurückzog. Die Truppen müssen sich nun definitiv in Paris concentriren. Unsere Verluste waren leicht. Der Feind hat noch keine Demonstrationen gegen die Forts unternommen."

Der „Electeur Libre", ein von Picard, dem zeitigen Finanzminister, gegründetes Blatt, tischte den Parisern folgende Nachrichten auf: „Die Flotte bombardirt Hamburg und legt ihm Requisitionen auf. Drei Nationalwerkstätten werden eröffnet zu Tulle, St. Etienne und Paris, hunderttausend Arbeiter, Waffenschmiede und Schlosser werden einberufen zur Verfertigung von Waffen für die Nationalvertheidigung. Die Preußen werden außerhalb des Völkerrechts gestellt."

Ein tiefernstes Wort über die Lage brachte die preußische „Provinzial-Correspondenz."

„Wir stehen", heißt es in demselben, „vor dem letzten militärischen Abschnitt der gewaltigen weltgeschichtlichen Entwicklung dieser Tage. Nach der Belagerung und dem zu hoffenden Falle von Paris kann es in militärischer Beziehung nur noch ein Nachspiel des Krieges geben; die Entscheidung selbst wird dann in der Hauptsache erfolgt sein.

„Nach der gründlichen Niederlage der französischen Armee bei Sedan hatte man noch ein schnelleres Ende des Krieges in Aussicht genommen und namentlich eine ernste und langwierige Belagerung von Paris nicht mit in Berechnung gezogen. Die Aussichten für eine weitere erfolgreiche Vertheidigung Frankreichs waren ja in der That geschwunden, und für die Vertheidigung von Paris zumal fehlte die unerläßliche Voraussetzung: das Vorhandensein einer bedeutenden Feld-Armee, deren Wiedergewinnung in naher Zeit nicht zu hoffen war.

„Den Selbsttäuschungen der republikanischen Regierung in Frankreich und den Täuschungen, welche dieselbe im Lande von Neuem erzeugte, ist es zuzuschreiben, daß unseren Armeen neue größere Aufgaben erwuchsen, daß es nöthig wurde, nach dem kaiserlichen Frankreich auch das republikanische Frankreich zum Bewußtsein seiner völligen Erschöpfung und Ohnmacht zu bringen. Die französische Nation, der es in ihrem Stolze unmöglich war, an die Größen ihrer Niederlagen zu glauben, ließ sich von den neuen republikanischen Führern willig in den Trost einwiegen, daß nur der Kaiser und seine Regierung an dem außerordentlichen Mißgeschicke Schuld seien, — die Nation selbst aber, welche nach dem Sturze des Kaiserthums sich zurückgegeben sei und ihre eigene Vertheidigung in die Hand genommen habe, werde Alles wieder gut machen, eine Massenerhebung des Volks werde in Kurzem neue unbesiegliche Heere schaffen, deren Begeisterung ersetzen werde, was ihnen an militärischer Ausbildung fehle, und deren ungestümer Andrang die Horden der deutschen Barbaren vom Boden Frankreichs wegfegen werde. In diesem Wahne und unter der Herrschaft der unverständigen Leidenschaften der Pariser Volksmassen wurde die Fortsetzung des Kampfes und der Vertheidigung von Paris beschlossen.

„Durch den neugestärkten Wahn von Frankreichs Unbesieglichkeit ist in der That die Fortsetzung des Krieges bis zur allseitigen handgreiflichen Darstellung der Ohnmacht Frankreichs eine unerläßliche Nothwendigkeit geworden.

„So berechtigt der Wunsch nach baldiger Beendigung des Krieges ist, und so sehr man überzeugt sein darf, daß unser königlicher Kriegsherr den Kampf nicht um eine Stunde über die wirkliche Nothwendigkeit hinaus verlängern wird, so muß man doch die Anzeichen eines höheren Waltens in dem Lauf der jetzigen Ereignisse auch darin erkennen, daß das Strafgericht über Frankreich sich, wie es scheint, in vollem Maße erfüllen soll, auf daß der Uebermuth der französischen Nation vollständig gebeugt und hierdurch der Friede für die Zukunft um so sicherer verbürgt werde.

„Wäre es nach der Schlacht von Sedan zum Frieden gekommen, so würden alle die Täuschungen, in welchen Paris und Frankreich noch in diesem Augenblick befangen sind, nach dem Friedensschluß bald wieder mit unwiderstehlicher Macht zur Herrschaft gelangt sein. Noch heut weiß die Mehrzahl der Franzosen kaum, daß ihre Heere überall in diesem Feldzuge geschlagen worden sind, da ihnen fast immer von Siegen berichtet worden war; — noch heut glaubt ein großer Theil des französischen Volkes, daß Bazaine die eisernen Fesseln, die ihn in Metz festhalten, mit leichter Mühe sprengen könnte, und daß er nur aus eigenem Entschlusse und auf Grund einer Kriegslist noch dort verweile; — noch heut hält man Paris für unüberwindlich und die Hunderttausende von Mobilgarden und Nationalgarden für eben so tüchtig wie unser Belagerungsheer; — noch heut hält man es für unmöglich, daß Europa einer Belagerung von Paris, der „heiligen Völkerstadt", ruhig mit zusehen könne. Würde der Frieden geschlossen, ohne daß zuvor alle diese Täuschungen vollständig vernichtet worden, so würde in dem eiteln Volke sehr bald wieder der Wahn zur Geltung gelangen, daß Frankreich überhaupt nicht besiegt worden, und daß der unglückliche Friede nicht nöthig gewesen und nur durch Kleinmuth und Verrath Seitens der Regierung verschuldet sei.

In solchem Wahn und Uebermuth aber würde das unruhige
Volk um so früher den Versuch wagen, das Verlorene zurück
zu erobern.

„Nur wenn die Pariser Bevölkerung und ganz Frankreich
den bittern Kelch der Niederlagen bis zur Hefe geleert haben,
wenn die militärische Kraft des Landes vollends gebrochen und
die Hoffnung auf das Erstehen neuer Armeen vernichtet ist, —
nur wenn das Bewußtsein der Niederlage zu voller Kraft gelangt: erst dann wird die Hoffnung begründet sein, daß die
Erfahrungen dieses Jahres nicht ohne nachhaltige Wirkung in
Frankreich, nicht ohne Frucht für den Völkerfrieden bleiben.

„Auch noch in anderer Beziehung wird der von Frankreich
selbst gewollte Fortgang des Krieges dazu dienen, dem künftigen Frieden eine längere Dauer zu verbürgen. Mit jedem
Tage schreitet die innere Zerrüttung und die Selbstzerstörung
in Frankreich weiter vor, und je länger sich dieser Zustand hinzieht, desto längere Zeit wird das französische Volk brauchen,
um die tiefen Wunden, die es sich selber schlägt, zu heilen.
Nicht blos, daß immer neue Bezirke des Landes in den Bereich
der Kriegsführung hineingezogen werden, — die jetzige revolutionäre Art der Landesvertheidigung fügt der Bevölkerung selbst
unheilbaren Schaden zu und nöthigt unsere Kriegsführung
theilweise zu Härten, welche das Land nicht minder empfindlich
treffen. Verwüstungen, wie sie in einem weiten Gürtel um
Paris von der revolutionären Regierung thörichter und rück-
sichtsloser Weise angerichtet worden sind, wie sie ferner mit
einer langwierigen feindlichen Besetzung und vollends mit einem
Belagerungskampfe nothwendig verknüpft sind, müssen auf lange
Zeit hinaus die Kraft der Bevölkerung aufs Aeußerste erschöpfen.

„Die Wirkung der äußeren Zerrüttung wird noch erhöht
durch die politische Auflösung, in welche Frankreich von Tag
zu Tag entschiedener geräth. Es ist kaum abzusehen, welche
politische Gestaltung mit Hoffnung auf Dauer in Frankreich
Boden gewinnen kann; die politischen Schwierigkeiten und

II.   9

Schwankungen aber werden die Wiederbelebung des öffentlichen Wohlstandes vollends erschweren.

„Alle diese Betrachtungen würden freilich unsere Regierung nicht bestimmen, ihrerseits eine längere Dauer des Krieges zu wünschen oder zu veranlassen, sobald Frankreich geneigt wäre, einen Frieden zu schließen, wie er durch die Lage der Dinge und durch Deutschlands unabweisliches Interesse geboten ist. Wohl aber sind jene Erwägungen geeignet, uns über die Fortdauer des Krieges, so lange dieselbe durch Frankreichs Verhalten unerläßlich ist, zu beruhigen. Unsere Krieger werden die weiteren Beschwerden und Gefahren des Feldzuges willig und freudig tragen in der gewissen Zuversicht, daß jede Verlängerung des jetzigen Krieges, insofern sie eine Vervollständigung der Niederlage Frankreichs bringt, dadurch zugleich eine höhere Bürgschaft für die Dauer des künftigen Friedens ist, daß jede Woche, um welche der Krieg verlängert werden muß, uns vielleicht ein Jahr mehr für den Frieden verbürgt."

Ein gescheiterter Waffenstillstands-Versuch.

Gerade um die Zeit, als die Einschließung der Hauptstadt Frankreichs vollzogen worden war, vernahm man von einem Versuch Jules Favre's, einen Waffenstillstand herbeizuführen. Es bestätige sich, sagte die „Spen. 3.", daß Graf Bismarck dem Herrn Jules Favre die Erlaubniß ertheilt habe, sich im deutschen Hauptquartier zu einer Besprechung einzufinden. „Unser Bundeskanzler", fügte die genannte Zeitung hinzu, „wird mit Jules Favre natürlich nur als Privatmann verhandeln, denn Herr Jules Favre hat in seinem letzten Circular selbst eingestanden, daß die provisorische Regierung ohne jedes gesetzliche Mandat ist. Es wird ganz gut sein, daß einmal ein Mitglied der provisorischen Regierung, für welche Deutsch-

lands Fürsten, Heer und Staatsmänner nur erst in mythischen
Umrissen schweben, den Grafen Bismarck von Angesicht zu Angesicht kennen lernt und sich überzeugt, daß es keine „Barbaren"
sind, die auf Paris losgehen, und die man mit Petroleum-
spritzen bekämpfen muß. Des Grafen Bismarck Forderungen
an Frankreich sind bekanntlich nicht übertrieben und umfassen
nur das Nothdürftigste für unsere Sicherheit. Sollte aber
Jules Favre mit solchen Phrasen angezogen kommen, wie sie
sein neuestes Circular noch enthält, so wird der Bundeskanzler
sie zu nehmen wissen. Wir knüpfen an diese Besprechung natürlich keine Friedenshoffnungen: Paris wird es sich wohl nicht
nehmen lassen, weiter zu renommiren und eine recht ernste Lehre
zu empfangen."

Ueber den Verlauf der Unterredung und das Ergebniß
derselben erstattete Jules Favre der „Regierung der nationalen
Vertheidigung" hinterher einen umfangreichen Bericht, der zugleich für die Oeffentlichkeit bestimmt war. Die Hauptstellen
des Berichts, der characteristisch ist in Bezug auf die Auffassung
der Lage, der man sich französischerseits zur Zeit noch hingab, lauten:

„Ich habe geglaubt, daß es meine Pflicht war, mich in
das Hauptquartier der feindlichen Armee zu begeben. Ich bin
gegangen. Ich komme, meinem Lande die Gründe, welche mich
dazu bestimmt, den Zweck, den ich verfolgt, den, welchen ich
glaube erreicht zu haben, mitzutheilen. Ich habe nicht nothwendig, an die von uns eingeschlagene Politik zu erinnern,
welche der Minister der Aeußeren besonders beauftragt war
zu formuliren. Wir sind vor Allem Männer des Friedens
und der Freiheit. Bis zum letzten Augenblicke haben wir
uns dem Kriege widersetzt, welchen die kaiserliche Regierung in
einem ausschließlich dynastischen Interesse unternahm, und nachdem diese Regierung gefallen war, haben wir erklärt, energischer denn jemals auf der Friedenspolitik zu beharren.
Diese Erklärung gaben wir ab, als die verbrecherische Thorheit

9*

eines Mannes und seiner Rathgeber unsere Armee vernichtet
hatte, unser glorreicher Bazaine und seine tapferen Soldaten
vor Metz blokirt waren, Straßburg, Toul und Pfalzburg von
den Bomben niedergeschmettert wurden, der siegreiche Feind auf
unsere Hauptstadt marschirte. Niemals war eine Lage schrecklicher; sie flößte aber dem Lande keinen Gedanken an Schwäche
ein, und wir glaubten seine getreuen Dolmetscher zu sein, indem
wir klar und deutlich die Bedingung aufstellten: kein Zoll
unseres Territoriums, kein Stein von unsern Festungen! — Wenn also in jenem Augenblicke, wo sich eine so
außerordentliche Thatsache zutrug, wie der Sturz des Urhebers
des Krieges, Preußen auf der Basis einer Geldentschädigung
hätte unterhandeln wollen, so würde der Friede geschlossen worden sein; er würde wie eine unermeßliche Wohlthat aufgenommen
worden sein, er würde ein sicheres Band der Versöhnung zwischen den beiden Völkern geworden sein, die eine gehässige Politik allein entzweit hat. Wir hofften, daß die Menschlichkeit
und das wohlverstandene Interesse den Sieg davon tragen
würden, denn er hätte eine neue Aera eröffnet, und die Staatsmänner, welche ihre Namen daran geknüpft, hätten als Führer
die Philosophie, die Gerechtigkeit, als Belohnung die Segnungen
und das Wohlergehen der Völker gehabt." — „Indeß ging
die Zeit vorbei, jede Stunde brachte den Feind uns näher.
Von den schmerzlichsten Gefühlen heimgesucht, hatte ich mir vor-
genommen, die Belagerung von Paris nicht beginnen zu lassen,
ohne einen letzten Schritt zu thun, und wäre ich es allein, um
ihn zu thun. Preußen beobachtete Schweigen, und Niemand
war geneigt, es zu befragen. Die Lage war nicht haltbar, sie
gestattete unserem Feinde, die Verantwortlichkeit der Fortsetzung
des Kampfes uns zur Last zu legen; sie verurtheilte uns dazu,
unsere Absichten zu verschweigen. Dem mußte ein Ende gemacht werden." Nachdem hierauf Jules Favre von den Schritten
Mittheilung gemacht, die er unternommen, um die Bereitwilligkeit des Grafen Bismarck zu gewinnen, mit ihm in eine „Unter-

redung über die Bedingungen einer 'Ausgleichung" zu treten,
fährt er fort: „Die erste Antwort war eine verneinende, auf
die Unregelmäßigkeit unserer Regierung basirt.   Der Kanzler
des norddeutschen Bundes bestand jedoch nicht darauf, und ließ
mich fragen, welche Garantien wir für die Ausführung eines
Vertrages darböten.   Da diese zweite Schwierigkeit von mir
beseitigt worden war, so mußte man weiter gehen.   Man schlug
mir vor, einen Courier abzusenden.   Zwei Tage darauf kam
der Courier zurück.   Nach tausend Hindernissen hatte er den
Kanzler gesehen, der ihm gesagt, daß er gern bereit sei, mit
mir zu sprechen.   Indeß wurde die Einschließung von Paris
beendet.   Man durfte nicht mehr zaudern, und ich entschloß mich
(am 19. September) zur Abreise.   Ich hatte die Discretion
so weit getrieben, daß ich sie selbst Ihnen, meinen Collegen,
gegenüber beobachtet hatte.   Ich glaubte einer dringlichen Nothwendigkeit gehorchen zu müssen; ich wollte übrigens, indem ich
mit Herrn von Bismarck anknüpfte, von jeder Verpflichtung
frei sein, um das Recht zu haben, keine Verpflichtungen
zu übernehmen.   Wenn mein Schritt ein Fehler war, so
muß ich allein dessen Folgen tragen." — „Ich hatte indeß den
Kriegsminister benachrichtigt, der mir einen Offizier mitgeben
mußte, um mich zu den Vorposten zu geleiten.   Der Ort des
Hauptquartiers war uns unbekannt.   Wir gingen dem Feinde
durch das Thor von Charenton entgegen.   Ich unterdrücke alle
Einzelheiten dieser peinlichen, aber doch höchst interessanten Reise.
Nach Villeneuve St. Georges geführt, wo sich der General-
Commandant des 6. Armee-Corps befand, erfuhr ich ziemlich
spät am Nachmittage, daß das Hauptquartier in Meaux sei.
Der General, über dessen Auftreten ich mich nur lobend aus-
sprechen kann, schlug mir vor, einen Offizier mit dem Briefe,
welchen ich für Herrn von Bismarck vorbereitet hatte, abzusenden."
Jules Favre theilt den Brief mit.   Er lautete:

    „Herr Graf! Ich habe immer geglaubt, daß, ehe die
Feindseligkeiten unter den Mauern von Paris ihren ernsten

Anfang nehmen, es unmöglich sei, daß nicht vorher eine ehren-
volle Transaction versucht werde. Die Person, welche die Ehre
hatte, Eure Excellenz vor zwei Tagen zu sprechen, hat mir gesagt, daß sie aus Deren Munde den nämlichen Wunsch gehört
hätte. Ich bin zu den Vorposten gekommen, um mich Eurer
Excellenz zur Verfügung zu stellen. Ich erwarte, daß Dieselben
mich wissen lassen wollen, wo ich die Ehre haben kann, auf
einige Augenblicke mit Eurer Excellenz zu conferiren. Ich habe
die Ehre mit aller Hochachtung zu sein Eurer Excellenz sehr
ergebener und sehr gehorsamer Diener Jules Favre."

Die Antwort des Grafen Bismarck, die am nächsten
Morgen sechs Uhr einging, lautete:

„Ich habe das Schreiben erhalten, welches Eure Excellenz
die Gefälligkeit gehabt hat an mich zu richten, und es wird mir
außerordentlich angenehm sein, wenn Sie mir die Ehre erzeigen
wollten, mich morgen hier in Meaux zu besuchen. Der Ueberbringer dieses Schreibens, Fürst Biron, wird darüber wachen,
daß Eure Excellenz durch unsere Linien hindurchgeführt werden.
Ich habe die Ehre zu sein mit aller Hochachtung Eurer Excellenz sehr gehorsamer Diener v. Bismarck."

„Um neun Uhr", fährt Jules Favre in seinem Berichte
fort, „war die Escorte bereit, und ich ging mit ihr ab. In
der Nähe von Meaux gegen drei Uhr Nachmittags angekommen,
wurde ich von einem Adjutanten angehalten, welcher kam, um
mir anzukündigen, daß der Graf mit dem Könige Meaux verlassen habe, um die Nacht in Ferrières zuzubringen. Wir
hatten uns also gekreuzt; indem wir beide zurückkehrten, konnten wir uns treffen. Ich kehrte also um und stieg in einem
Pächterhofe ab, der, wie fast alle Häuser, vollständig verwüstet
war. Nach einer Stunde kam Herr v. Bismarck an. Es war
für uns schwierig, in einem solchen Orte mit einander zu sprechen.
Das Schloß Haute Maison war in unserer Nähe; dorthin begaben wir uns, und die Unterredung begann in einem Salon,
wo Trümmer jeder Art in Unordnung herumlagen. Ich stellte

zuerst genau den Zweck meines Schrittes fest. Da ich durch
mein Circular die Absichten der französischen Regierung bekannt
gemacht, so begehrte ich die des ersten Ministers von Preußen
zu erfahren. Es schien mir unzulässig, daß zwei Nationen,
ohne sich vorher zu erklären, einen schrecklichen Krieg fortsetzen,
der ungeachtet der errungenen Vortheile dem Sieger harte Leiden auferlegt. Durch die Macht eines Einzigen hervorgerufen,
hatte dieser Krieg keinen Grund mehr fortzudauern, sobald
Frankreich wieder Herr seiner selbst geworden war. Ich stand
für dessen Liebe zum Frieden ein und zugleich für
dessen unerschütterlichen Entschluß, keine Bedingung
anzunehmen, welche aus diesem Frieden einen kurzen
drohenden Waffenstillstand machen werde. — Herr
v. Bismarck antwortete mir, daß, wenn er die Ueberzeugung
hätte, daß ein solcher Friede möglich wäre, er ihn sofort unterzeichnen werde. Er erkannte an, daß die Opposition den Krieg
immer verdammt habe. Aber die Regierung, welche heut diese
Opposition repräsentire, sei mehr als prekär. Wenn in einigen
Tagen Paris nicht genommen werde, so werde sie der Pöbel
stürzen... Ich unterbrach ihn lebhaft, um ihm zu sagen, daß
es in Paris keinen Pöbel gebe, sondern eine intelligente, ergebene Bevölkerung, welche unsere Absichten kenne,
und die sich nicht zum Helfershelfer des Feindes machen werde,
indem sie unserer Aufgabe der Vertheidigung Hindernisse in den
Weg lege. Was unsere Gewalt anbelange, so seien wir bereit,
sie in die Hände der bereits von uns zusammenberufenen Versammlung niederzulegen. „Diese Versammlung“, entgegnete
der Graf, „wird Absichten haben, die Nichts voraussehen läßt.
Aber wenn sie dem französischen Gefühl Gehör schenkt, so wird
sie den Krieg wollen. Sie werden ebensowenig die Capitulation von Sedan vergessen, wie Waterloo und Sadowa, welches
Letztere Sie Nichts anging.“ Er ließ sich dann über den festen
Willen der französischen Nation aus, Deutschland anzugreifen
und ihm einen Theil seines Gebiets zu entreißen. Von Lud-

wig XIV. an bis auf Napoleon III. hätten sich diese Tendenzen nicht geändert, und als der Krieg angekündigt worden,
hätte der gesetzgebende Körper die Worte des Ministers mit
Beifall überschüttet. Ich bemerkte ihm, daß die Majorität des
gesetzgebenden Körpers einige Wochen vorher den Frieden accla-
mirt hätte, daß diese von dem Kaiser gewählte Majorität unglücklicherweise es für nöthig erachtet hätte, ihm blindlings
nachzugeben, daß die Nation jedoch, zweimal consultirt, bei den
Wahlen von 1869 und bei der Abstimmung des Plebiscits,
der Friedens- und Freiheitspolitik energisch zugestimmt habe. —
Die Unterredung über diesen Gegenstand verlängerte sich; der
Graf hielt seine Meinung aufrecht, und ich vertheidigte die
meinige. Da ich in Betreff der Bedingungen in ihn drang,
so antwortete er mir klar und deutlich, daß die Mehrheit seines Landes ihm auferlege, das Gebiet zu behalten, welches
dasselbe sicherstellt. Er wiederholte mir mehrere Male: „Straßburg ist der Schlüssel zum Hause, ich muß ihn haben." Ich
forderte ihn mehrere Male auf, deutlich zu sein. „Es ist unnütz," entgegnete er; „da wir uns nicht verständigen können,
so ist es eine Sache, welche später geordnet werden muß."
Ich bat ihn, es sofort zu thun, und er sagte mir alsdann, daß
die beiden Departements des Ober- und Niederrheins,
ein Theil des Mosel-Departements mit Metz, Château-Salins und Soissons ihm unumgänglich nothwendig
seien, und daß er nicht darauf verzichten könne. — Ich machte
ihm bemerklich, daß die Zustimmung der Völker, über die er
auf diese Weise verfüge, mehr als zweifelhaft sei und das
europäische Staatsrecht ihm nicht gestatte, diese zu umgehen.
„Doch," antwortete er mir, „ich weiß sehr wohl, daß sie von
uns nichts wissen wollen. Es wird eine große Last für uns
sein, aber wir können nicht umhin, sie zu nehmen. Ich bin
sicher, daß wir in einer nahen Zeit einen neuen Krieg mit
Ihnen haben werden. Wir wollen ihn mit allem Vortheil für
uns führen." Ich lehnte mich, wie ich es mußte, gegen solche

Lösungen auf. Ich sagte ihm, daß mir es schiene, daß er zwei wichtige Elemente der Discussion vergesse. Zuerst Europa, welches diese Forderungen übertrieben finden und sich in's Mittel legen könnte; dann das neue Recht, den Fortschritt der Sitten, welche solchen Forderungen ganz antipathisch seien. Ich fügte hinzu, daß, was uns betreffe, wir sie niemals an- nehmen würden. Wir könnten als Nation untergehen, aber uns nicht entehren; übrigens sei das Land allein competent, um sich über die Abtretung von Gebiet auszusprechen. Wir zweifelten nicht an seiner Ansicht, aber wir wollten sie consul- tiren. Ihm gegenüber also befinde sich Preußen. Und um klar und deutlich zu sein, müsse man sagen, daß es, vom Siege berauscht, die Vernichtung Frankreichs wolle. — Der Graf protestirte, indem er immer die Vertheidigung der nationalen Sicherheit vorschützte. Ich fuhr fort: „Wenn es Ihrerseits kein Mißbrauch der Gewalt ist, der geheime Absichten verbirgt, so gestatten Sie mir, die Versammlung zusammentreten zu lassen; sie wird eine definitive Regierung ernennen, welche Ihre Bedingungen beurtheilen wird." — „Um dieses Project auszuführen," antwortete mir der Graf, „bedarf es eines Waffenstillstandes, und ich will denselben um keinen Preis." — Die Unterredung nahm einen immer peinlicheren Verlauf. Der Abend kam heran. Ich verlangte von Herrn v. Bismarck eine zweite Unterredung zu Ferrières, wo er die Nacht zu- bringen sollte, und Jeder ging seinen Weg. — Da ich meine Mission bis zum Schluß erfüllen wollte, so mußte ich auf mehrere der Fragen, welche wir behandelt hatten, zurück- und zu Ende kommen. Deßhalb bemerkte ich dem Grafen, als ich gegen 9½ Uhr Abends mit ihm wieder zusammentraf, daß, da die Auskunft, welche ich von ihm haben wollte, für meine Regierung und das Publikum bestimmt sei, ich zum Schluß unsere Unterredung resümiren werde, um nur das zu veröffent- lichen, worüber wir übereingekommen seien. „Geben Sie sich diese Mühe nicht," antwortete er mir, „ich gebe sie Ihnen

ganz preis; ihrer Veröffentlichung steht Nichts entgegen."
Wir nahmen die Diskussion wieder auf, die bis Mitternacht
dauerte. Ich hob besonders die Nothwendigkeit hervor, eine
Versammlung zu berufen. Der Graf ließ sich nach und nach
überzeugen und kam auf den Waffenstillstand zurück. Ich verlangte 14 Tage. Wir discutirten die Bedingungen. Er erklärte sich auf sehr unvollständige Weise und behielt sich vor,
den König zu consultiren. Deßhalb verabschiedete er mich bis
auf den folgenden Tag um 11 Uhr. — Ich habe nur noch
ein Wort zu sagen; denn, indem ich diese peinliche Erzählung
mittheile, wird mein Herz von allen Aufregungen zerrissen,
welche es während der drei schrecklichen Tage gequält haben,
und es drängt mich, zu Ende zu kommen. Ich war im
Schlosse zu Ferrières um 11 Uhr Morgens. Der Graf trat
um 11¼ Uhr aus den Gemächern des Königs, und ich vernahm von ihm die Bedingungen, welche er an den Waffenstillstand knüpfte. Sie waren in einem in deutscher Sprache geschriebenen Texte niedergelegt, von welchem er mir mündlich Mittheilung machte. Er verlangte als Pfand die Besetzung von
Straßburg, Toul und Pfalzburg, und da ich am Tage
vorher gesagt, daß die Versammlung in Paris zusammentreten
sollte, so wollte er in diesem Falle ein Fort, welches die Stadt
beherrsche, z. B. das des Mont Valérien. — Ich unterbrach
ihn, um ihm zu sagen: „Es wäre viel einfacher, Paris von uns
zu verlangen. Wie, wollen Sie, daß eine französische Versammlung unter Ihren Kanonen berathe? Ich hatte die Ehre,
Ihnen zu sagen, daß ich meiner Regierung unsere Unterhaltung
mittheilen werde; ich weiß wahrlich nicht, ob ich es wagen
werde, zu sagen, daß Sie mir eine solche Proposition gemacht
haben." — „Suchen wir eine andere Combination," erwiederte
er. Ich sprach ihm von dem Zusammentritt der Versammlung
zu Tours, ohne daß man nach der Seite von Paris ein Pfand
nehme. Er schlug mir vor, mit dem König darüber zu sprechen, und auf die Besetzung von Straßburg zurückkommend,

fügte er hinzu: „Die Stadt wird in unsere Hände fallen; das ist nur noch Sache der Berechnung eines Ingenieurs. Deshalb verlange ich auch von Ihnen, daß die Garnison sich als kriegsgefangen übergebe." Bei diesen Worten sprang ich vor Schmerzen in die Höhe und rief aus: „Sie vergessen, daß Sie zu einem Franzosen sprechen, Herr Graf! Eine heldenmüthige Besatzung opfern, welche der Gegenstand von unserer und aller Welt Bewunderung ist, wäre eine Feigheit, und ich verspreche Ihnen nicht, zu sagen, daß Sie mir eine solche Bedingung gestellt haben." Der Graf antwortete mir, daß er nicht die Absicht habe, mich zu verletzen, daß er sich nach den Gesetzen des Krieges richte, daß übrigens, wenn der König einwillige, dieser Artikel modifizirt werden könne. Er begab sich zum König. Nach einer Viertelstunde kehrte er zurück. Der König acceptirte die Combination von Tours, aber er bestand darauf, daß sich die Besatzung von Straßburg als kriegsgefangen ergebe. — Meine Kräfte waren erschöpft, und ich fürchtete einen Augenblick lang zusammenzusinken. Ich wandte mich ab, um die Thränen zu verschlucken, die mich erstickten, und indem ich mich wegen dieser unfreiwilligen Schwäche entschuldigte, verabschiedete ich mich mit den einfachen Worten: „Ich habe mich getäuscht, Herr Graf, indem ich hierher kam; ich bereue es nicht, ich habe genug gelitten, um mich vor mir selbst zu entschuldigen; übrigens habe ich nur dem Gefühl meiner Pflicht gehorcht. Ich werde Alles, was Sie mir gesagt, meiner Regierung, berichten und wenn dieselbe es für passend hält, mich abermals zu Ihnen zu schicken, so werde ich, wie schmerzlich mir auch dieser Schritt sein möge, die Ehre haben, Sie wieder zu sehen. Ich weiß Ihnen Dank für Ihr Wohlwollen gegen mich; aber ich fürchte, daß wir den Ereignissen ihren Lauf lassen müssen. Die Bevölkerung von Paris ist muthig und zu allen Opfern bereit; ihr Heldenmuth kann den Gang der Ereignisse ändern. Wenn Sie die Ehre haben, sie zu besiegen — unterwerfen werden sie dieselbe nicht. Die

ganze Nation ist von derselben Gesinnnng. So lange wir in
ihr ein Element des Widerstandes finden, werden wir Sie
bekämpfen. Es ist dies ein endloser Kampf zwischen zwei
Völkern, welche sich die Hände reichen sollten. Ich hatte eine
andere Lösung gehofft. Ich entferne mich sehr unglücklich und
dennoch voll Hoffnung." — Ich füge dieser durch sich selbst
beredtsamen Darstellung Nichts hinzu. Sie erlaubt mir die
Schlußfolgerung zu ziehen und Ihnen zu sagen, welche in
meinen Augen die Tragweite jener Besprechungen ist. Ich
habe lebhaft den Frieden gewünscht, ich verhehle es nicht, und
indem ich drei Tage lang den Jammer unserer unglücklichen
Länder sah, fühlte ich in mir diese Liebe zum Frieden zunehmen in einer Stärke, daß ich meinem Muthe Gewalt anthun mußte, um auf der Höhe meiner Mission zu bleiben. Ich
verlangte die Möglichkeit, das durch eine freigewählte Versammlung vertretene Frankreich zu fragen; man hat mir geantwortet, indem man mir das caudinische Joch zeigte, unter
welches es sich zuvor beugen müsse. Ich klage Niemand an.
Ich beschränke mich darauf, die Thatsache zu erhärten, um sie
meinem Lande und Europa zu signalisiren."

Unter dem 21. September erließ darauf Jules Favre an
den Grafen Bismarck folgende Depesche: „Herr Graf! Ich
habe meinen Collegen der Regierung der nationalen Vertheidigung die Erklärung, welche Eure Excellenz mir hat geben
wollen, getreu dargelegt. Ich bedaure, Eurer Excellenz mittheilen zu müssen, daß die Regierung Ihre Vorschläge nicht
annehmen kann. Sie würde einen Waffenstillstand annehmen
zu dem Zweck der Wahl und des Zusammentritts einer National-
versammlung. Allein sie kann die Bedingungen nicht unter-
schreiben, welchen Eure Excellenz dieselbe unterwirft. Was mich
betrifft, so bin ich mir bewußt, Alles gethan zu haben, damit
das Blutvergießen aufhöre und den beiden Nationen der Friede
wiedergegeben werde, für die er eine große Wohlthat sein
würde. Ich weiche nur zurück vor einer gebieterischen Pflicht,

die mir vorschreibt, nicht die Ehre meines zum energischen
Widerstande entschlossenen Landes zu opfern. Ich schließe mich
ohne Rückhalt diesem Willen sowie dem meiner Collegen an.
Gott, welcher uns richtet, wird über unsere Geschicke entschei-
den. Ich vertraue auf seine Gerechtigkeit. Ich habe die Ehre,
Herr Graf, zu sein Ihr ganz ergebener und gehorsamster
Diener Jules Favre."

Daß ein Jules Favre, der zu den besseren öffentlichen
Characteren Frankreichs gezählt wurde, eine Rolle spielen
konnte, wie sie aus dem Obigen sich ergiebt, ist wahrlich eines
der trostlosesten der Zeichen, die für den Verfall Frankreichs
sprechen. Zu welchem Zweck erbat er sich denn die Erlaubniß,
im preußischen Hauptquartier erscheinen zu dürfen? Er begehrte die Abschließung eines Waffenstillstandes. Zu diesem
Zweck also beabsichtigte er als Vertreter des Besiegten (Frankreich) mit dem Grafen Bismarck, dem Vertreter des Siegers
(Deutschland) zu unterhandeln. Nun ist es aller Welt ge-
läufig, daß ein Waffenstillstand für den Sieger stets Nachtheile,
für den Besiegten stets Vortheile im Gefolge hat, daher es
denn in der ganzen übrigen Welt von der ältesten bis in die
neueste Zeit hinein als ordnungsmäßig befunden wurde, daß
Besiegte bei solchem Begehren dem Sieger irgend einen Ersatz
boten. Geschah irgend etwas der Art von Herrn Jules Favre?
Behüte! Es war ihm, als er ins Hauptquartier zu gehen
beschloß, auch nicht im Traum eingefallen, daß er für den
Vortheil, den er zu erlangen wünschte, doch wohl irgend ein
Angebot machen müsse. Wir sahen ihn kommen in dem Bewußtsein, der großen Nation anzugehören, für die Recht und
Gebrauch anderer Völker nur gilt, wenn Eines und das Andere
sich als Mittel benutzen läßt, jene auszubeuten. Anwendung
desselben Rechts und Gebrauchs auf sich — ei, wer dürfte
dies den Franzosen anmuthen! Jules Favre redet pathetisch
von dem „Opfer," das er gebracht habe. Der Besiegte geht
in das Lager des Siegers, um — ohne Weiteres — einen

äußerst wichtigen Vortheil zu erlangen —: das ist in den
Augen des Franzosen ein „Opfer" ohne Gleichen, und wenn
ihm nicht gewährt wird, was er begehrt, dann ruft er im Tone
eines Theaterhelden, „er habe seinem Muthe Gewalt anthun
müssen, um auf der Höhe seiner Mission zu bleiben," ja dann
hält er es für angezeigt, das ihm widerfahrene „Unrecht" „seinem Lande und Europa zu signalisiren!" — Gerade
durch diese letzte Phrase wird man in Bezug auf die Beurtheilung der Beweggründe, die dem Verhalten Favre's zu
Grunde lagen, zu der Annahme gedrängt, es sei neben der
seinem Vaterlande zugewandten „Lieb' und Treu" doch auch
„ein wenig Falschheit dabei" im Spiele gewesen.   Ei, man
geht — nicht als Mitglied der nationalen Regierung, vielmehr
als Privatmann — ins Hauptquartier, um durch oratorische
Phrasen, wie das Advocatengeschäft je nach Gebrauch sie fabri-
ciren lehrt, Rührung und mittelst Hülfe derselben günstige
Erfolge zu erzielen.   Glückt das Werk, so wandelt sich der
Privatmann flugs in den Mann des Amts und nimmt Namens
der nationalen Regierung an; — bleibt die erwünschte Erwir-
kung aus, so hat man Stoff gewonnen, ein politisches Melo-
drama zu dem Zweck zu entwerfen, in „Europa" für das seit
wenigen Tagen (aber, wie sich von selbst versteht, zugleich
auch „für alle Zukunft!") mit dem schneeweißen Kleide der
Versöhnlichkeit und der wie Morgenroth leuchtenden Mütze der
Freiheit geschmückte „erhabene" Frankreich Sympathien zu
wecken, die in ihrer Steigerung dann selbst schon zu Thaten
der europäischen Politik, wie Frankreich deren bedarf, treiben
werden! —

Nicht durch das bezeichnete Verhalten allein bekundete
Jules Favre einen Mangel an Wahrhaftigkeit.   Indem er die
Behauptung aussprach, er wie seine Collegen seien stets für
den Frieden mit Deutschland gewesen, schlug er den offenkun-
digsten Thatsachen ins Angesicht.   Hatte doch die Hälfte der
Männer der nationalen Vertheidigung in der entscheidenden

Sitzung für den Krieg gestimmt! Und hatte denn Herr Jules
Favre es wirklich vergessen, daß in Zeiten, in denen die kaiserliche Regierung — gleichviel, aus welchen Gründen —
eine friedliche Miene gegen Deutschland annahm, er zu
den Männern gehörte, die einer feindlichen Haltung gegen
Deutschland das Wort redeten, die den Wind säeten, aus
denen endlich der Sturm hervorging? Gelegentlich freilich
hatte er auch für den Frieden gesprochen. So lag in der Vergangenheit für den Advocaten Jules Favre der Stoff bereit,
jenachdem es ihm paßte, die friedliche oder die kriegerische
Seite seines früheren Wirkens hervorzukehren. Wären die
französischen Waffen siegreich gewesen, wahrlich, er würde nicht
angestanden haben, von der Tribüne herab sein Land daran zu
erinnern, daß er stets und mit allem Eifer zum Kampfe gedrängt habe. In einer ihm und Thiers gewidmeten Betrachtung sagte die „Allg. Z.": „An jedem einzelnen in diesem
Kriege auftauchenden französischen Politiker läßt sich nachweisen,
daß er stets gegen denselben protestirt und ihn dennoch herauf-
beschworen hat; daß er ihn unbewußt schürte und bewußt ver-
abscheute, von sich selbst ihn zugleich wollte und nicht wollte.
Jeder Einzelne war der Gegenstand zweier verschiedener Strö-
mungen seines eigenen Empfindens und Denkens. Der natürliche Impuls war der Krieg gegen Deutschland, die Ueberlegung
dictirte den Frieden, der zuletzt unterlag." Die „Allg. Z."
bezeichnet Jules Favre und Thiers gerade als diejenigen
Männer, von denen der kaiserlichen Regierung am unablässigsten
und unversöhnlichsten die Nichtintervention nach Sadowa vorge-
halten worden ist, und sie fährt dann fort: „Man schlage die
Kammerverhandlungen des gesetzgebenden Körpers von 1866 bis
1870 auf. Jedesmal wenn die auswärtige Politik zur Sprache
kommt, springen uns die Namen Thiers und Favre in die
Augen. Beide, wenn auch im Innern verschiedenen Lagern an-
gehörig, predigten Deutschland gegenüber dieselbe Lehre: die
Einigung dieser Nation sei ein Unglück für Frankreich und

deshalb für die Welt. Kaum daß sie es für nöthig hielten,
die Einigung unter Preußens Auspicien für einen erschwerenden
Umstand zu erklären. Schon die Sache an sich, unabhängig
von den Gefahren, welche aus der Natur des kriegerischen
Staates, wie sie ihn sich vorstellen, entspringen, ist eine Cala-
mität. Sie schwärmen, in unsere Seele hinein, wohlverstanden
nicht für ihr Land, für „Föderalismus." Die kleinen Staaten
sind so glücklich und solch ein Glück für Europa! Wie gönnen
sie uns und andern diese Idylle rund um das eine und untheilbare Frankreich her. Mit Recht beruft sich Jules Favre
irgendwo darauf, daß schon Cavaignac's Republik im Jahre
1848 nichts von der Unification Deutschlands habe wissen, nie
sich zur Anerkennung der Frankfurter Regierung habe herbeilassen wollen. Mit Italien machten sie es bekanntlich gerade
so. Wie es Pflicht der Römer war, päpstlich, so Pflicht der
Deutschen, nassauisch zu bleiben!" Und doch wagte es Herr
Jules Favre in seiner „Staatsschrift" sich einen Mann des
Friedens zu nennen!" —

Dem Berichte des Herrn Jules Favre folgte wenige
Tage später eine Berichtigung des Grafen v. Bismarck in
seiner unter dem 27. September aus Ferrières erlassenen „Circular-Depesche an die Vertreter des norddeutschen Bundes ".
Sie lautet:

„Der Bericht, welchen Herr Jules Favre über seine Unterredung mit mir am 21. d. M. an seine Collegen gerichtet
hat, veranlaßt mich, Eurer . . . über die zwischen uns stattgefundenen Verhandlungen eine Mittheilung zugehen zu lassen,
welche Sie in den Stand setzen wird, sich von dem Verlaufe
derselben ein richtiges Bild zu machen.

„Im Allgemeinen läßt sich der Darstellung des Herrn
Jules Favre die Anerkennung nicht versagen, daß er bemüht
gewesen ist, den Hergang der Sache im Ganzen richtig wieder-
zugeben. Wenn ihm dies nicht überall gelungen ist, so ist dies
bei der Dauer unserer Unterredungen und den Umständen, unter

welchen sie stattfanden, erklärlich. Gegen die Gesammttendenz seiner Darstellung kann ich aber nicht unterlassen zu erinnern, daß nicht die Frage des Friedensschlusses bei unserer Besprechung im Vordergrunde stand, sondern die des Waffenstillstandes, welcher jenem vorausgehen sollte. In Bezug auf unsere Forderungen für den späteren Abschluß des Friedens habe ich Herrn Jules Favre gegenüber ausdrücklich constatirt, daß ich mich über die von uns beanspruchte Grenze erst dann erklären würde, wenn das Prinzip der Landabtretung von Frankreich überhaupt öffentlich anerkannt sein würde. Hieran anknüpfend, ist die Bildung eines neuen Mosel-Departements mit den Arrondissements Saarburg, Château-Salins, Saargemünd, Metz und Thionville als eine Organisation von mir bezeichnet worden, welche mit unsern Absichten zusammenhänge. Keinesweges aber habe ich darauf verzichtet, je nach den Opfern, welche die Fortsetzung des Krieges uns in der Folge auferlegen wird, anderweitige Bedingungen für den Abschluß des Friedens zu stellen.

„Straßburg, welches Herr Favre mich als den Schlüssel des Hauses bezeichnen läßt, wobei es ungewiß bleibt, ob unter letzterem Frankreich gemeint ist, wurde von mir ausdrücklich als der Schlüssel unseres Hauses bezeichnet, dessen Besitz wir deshalb nicht in fremden Händen zu lassen wünschten.

„Unsere erste Unterredung im Schlosse Haute Maison bei Montry hielt sich überhaupt in den Grenzen einer akademischen Beleuchtung von Gegenwart und Vergangenheit, deren sachlicher Kern sich auf die Erklärung des Herrn Jules Favre beschränkte, jede mögliche Geldsumme (tout l'argent que nous avons) in Aussicht zu stellen, Landabtretungen dagegen ablehnen zu müssen. Nachdem ich Letzteres als unentbehrlich bezeichnet hatte, erklärte er die Friedensunterhandlungen als aussichtslos, wobei er von der Ansicht ausging, daß Landabtretungen für Frankreich erniedrigend, ja sogar entehrend sein würden.

II.   10

„Es gelang mir nicht, ihn zu überzeugen, daß Bedingungen, deren Erfüllung Frankreich von Italien erlangt, von
Deutschland gefordert habe, ohne mit einem der beiden Länder im Krieg gewesen zu sein, Bedingungen, welche Frankreich
ganz zweifellos uns aufgelegt haben würde, wenn wir besiegt
worden wären, und welche das Ergebniß fast jeden Krieges
auch der neuesten Zeit gewesen wären, für ein nach tapferer
Gegenwehr besiegtes Land an sich nichts Entehrendes haben
könnten, und daß die Ehre Frankreichs nicht von anderer Beschaffenheit sei als diejenige aller andern Länder. Eben so
wenig fand ich bei Herrn Jules Favre dafür ein Verständniß,
daß die Rückgabe von Straßburg bezüglich des Ehrenpunktes
keine andre Bedeutung als die von Landau und Saarlouis
haben würde, und daß die gewaltthätigen Eroberungen Ludwig's XIV. mit der Ehre Frankreichs nicht fester verwachsen
wären, als diejenigen der ersten Republik und des Kaiserreichs.

„Eine practische Wendung nahmen unsere Besprechungen
erst in Ferrières, wo sie sich mit der Frage des Waffenstillstandes beschäftigten und durch diesen ausschließlichen Inhalt
schon die Behauptung widerlegen, daß ich erklärt hätte, einen
Waffenstillstand unter keinen Umständen zu wollen. Die Art,
in welcher Herr Favre mir die Ehre erzeigt, mich mit Bezug
auf diese und andere Fragen als selbstredend einzuführen („dazu bedarf es eines Waffenstillstands, und ich will denselben
um keinen Preis" und Aehnliches), nöthigt mich zu der Berichtigung, daß ich in dergleichen Unterredungen mich niemals
der Wendung bedient habe oder bediene, daß ich persönlich Etwas wollte oder versagte oder billigte, sondern daß ich stets
nur von den Absichten und Forderungen der Regierung spreche,
deren Geschäfte ich zu besorgen habe.

„Als Motiv zum Abschluß eines Waffenstillstands wurde
in dieser Unterredung das Bedürfniß anerkannt, der französischen Nation Gelegenheit zur Wahl einer Vertretung zu geben,
welche allein im Stande sein würde, die Legitimation der ge-

genwärtigen Regierung so weit zu ergänzen, daß ein völkerrecht-
licher Abschluß des Friedens mit ihr möglich würde. Ich machte
darauf aufmerksam, daß ein Waffenstillstand für eine im siegreichen Fortschreiten begriffene Armee jederzeit militärische Nachtheile
mit sich bringe, in diesem Falle aber für die Vertheidigung Frankreichs und für die Reorganisation seiner Armee einen sehr
wichtigen Zeitgewinn darstelle, und daß wir daher einen Waffenstillstand nicht ohne militärisches Aequivalent gewähren könnten. Als ein solches bezeichnete ich die Uebergabe der Festungen, welche unsere Verbindungen mit Deutschland erschwerten,
weil wir bei der Verlängerung unserer Verpflegungsperiode
durch einen dazwischen treffenden Waffenstillstand eine Erleich-
terung dieser Verpflegung als Vorbedingung desselben erlangen
müßten. Es handelte sich dabei um Straßburg, Toul und einige kleinere Plätze. In Betreff Straßburgs machte ich geltend,
daß die Einnahme, nachdem die Krönung des Glacis vollendet
sei, in kurzer Zeit ohnehin bevorstehe, und wir deshalb der militärischen Situation entsprechend hielten, daß die Besatzung
sich ergebe, während die der übrigen Festungen freien Abzug
erhalten würden. — Eine weitere schwierige Frage betraf
Paris. Nachdem wir diese Stadt vollständig eingeschlossen,
konnten wir in die Oeffnung der Zufuhr nur dann willigen,
wenn die dadurch ermöglichte neue Verproviantirung des Platzes
nicht unsere eigene militärische Position schwächte und die dem-
nächstige Frist für das Aushungern des Platzes hinausrückte.
Nach Berathung mit den militärischen Autoritäten stellte ich daher auf allerhöchsten Befehl Seiner Majestät des Königs in Bezug auf die Stadt Paris schließlich folgende Alternative auf:

„Entweder die Position von Paris wird uns durch Uebergabe eines dominirenden Theils der Festungswerke eingeräumt;
um diesen Preis sind wir bereit, den Verkehr mit Paris vollständig freizugeben und jede Verproviantirung der Stadt zuzu-
lassen. Oder die Position von Paris wird uns nicht eingeräumt;
alsdann können wir auch in die Aufhebung der Absperrung

10*

nicht willigen, sondern müssen die Beibehaltung des militärischen status quo vor Paris dem Waffenstillstand zu Grunde
legen, weil sonst letzterer für uns lediglich die Folge hätte, daß
Paris uns nach Ablauf des Waffenstillstandes neu verpro-
viantirt und gerüstet gegenüber stehen würde.

„Herr Favre lehnte die erste Alternative, die Einräumung
eines Theils der Befestigungen enthaltend, eben so bestimmt
ab, wie die Bedingung, daß die Besatzung von Straßburg
kriegsgefangen sein sollte. Dagegen versprach er, über die
zweite Alternative, welche den militärischen status quo vor
Paris aufrechthalten sollte, die Meinung seiner Collegen in
Paris einzuholen.

„Das Programm, welches Herr Favre als Ergebniß unserer Unterredungen nach Paris brachte, und welches dort verworfen worden ist, enthielt demnach über künftige Friedensbedingungen gar nichts, wohl aber die Bewilligung eines Waffenstillstands von 14 Tagen bis 3 Wochen zum Behuf der Wahl
einer National-Versammlung unter folgenden Bedingungen:

1) In und vor Paris Aufrechterhaltung des militärischen
   status quo.
2) In und vor Metz Fortdauer der Feindseligkeiten innerhalb eines näher zu bestimmenden, um Metz gelegenen
   Umkreises.
3) Uebergabe von Straßburg mit Kriegsgefangenschaft der
   Besatzung; von Toul und Bitsch mit freiem Abzug
   derselben.

„Ich glaube, unsere Ueberzeugung, daß wir damit ein
sehr entgegenkommendes Anerbieten gemacht haben, wird von
allen neutralen Cabineten getheilt werden. — Wenn die französische Regierung die ihr gebotene Gelegenheit zur Wahl einer
National-Versammlung auch innerhalb der von uns occupirten
Theile Frankreichs nicht hat benutzen wollen, so bekundet sie
damit ihren Entschluß, die Schwierkeiten, in welchen sie sich
einem völkerrechtlichen Abschluß des Friedens gegenüber befin-

det, aufrecht zu erhalten und die öffentliche Meinung des franzöſiſchen Volkes nicht hören zu wollen. Daß allgemeine und
freie Wahlen im Sinne des Friedens ausgefallen ſein würden,
iſt ein Eindruck, der ſich uns hier aufdrängt und auch den
Machthabern in Paris nicht entgangen ſein wird.

„Euer . . . . . erſuche ich ergebenſt, den gegenwärtigen
Erlaß gefälligſt zur Kenntniß der dortigen Regierung zu bringen.

von Bismarck."

Inzwiſchen waren in Frankreich — unter dem 20. und
24. September — folgende beiden Proclamationen erſchienen:

Proclamation der Pariſer Regierung
vom 20. September 1870.

„Franzöſiſche Republik. Regierung der nationalen Vertheidigung. Man hat das Gerücht verbreitet, daß die Regierung der nationalen Vertheidigung daran denke, die Politik
aufzugeben, in Folge deren ſie auf den Poſten der Ehre und
der Gefahr geſtellt wurde.

„Dieſe Politik iſt die, welche ſich in folgenden Ausdrücken
formulirt:

„Weder einen Zoll unſeres Territoriums, noch
einen Stein unſerer Feſtungen.

„Die Regierung wird ſie bis zum Ende aufrecht erhalten.

„Gegeben im Hotel de Ville.

„General Trochu. Emanuel Arago. Jules Favre.
Gambetta. E. Picard. Rochefort. Jules Simon.
General Le Flô. Magnin. Dorian."

Proclamation der Regierung in Tours
vom 24. September 1870.

„An Frankreich. Vor der Cernirung von Paris hat Herr
Jules Favre den Grafen Bismarck beſuchen wollen, um die
Abſichten des Feindes kennen zu lernen. Folgendes iſt die Er-
klärung des Feindes:

„Preußen will den Krieg fortsetzen und Frankreich auf den Stand einer Macht zweiten Ranges herabsetzen.

„Preußen will das Elsaß und Lothringen kraft Eroberungsrechts.

„Für die Gewährung eines Waffenstillstandes wagt Preußen die Uebergabe von Straßburg, von Toul und vom Mont Valérien zu fordern. Das erbitterte Paris würde sich eher unter seinen Trümmern begraben.

„Auf so unverschämte Ansprüche antwortet man nur durch den Kampf bis auf's Aeußerste.

„Frankreich nimmt diesen Kampf auf und rechnet auf alle seine Kinder.

„Die delegirten Mitglieder der Regierung:
„Crémieur. Glais-Bizoin. Admiral Fourichon."

An demselben Tage, an welchem diese letztere Proclamation ausgegeben wurde, brachte der Telegraph den Unterzeichnern obiger Proclamationen die unerfreuliche Kunde:

„Toul hat sich (am 23. September) nach achtstündiger Beschießung mit den Bedingungen der Capitulation von Sedan ergeben."

Einer der Plätze, deren friedliche Uebergabe der Graf Bismarck als Bedingung des von Frankreich begehrten Waffenstillstandes verlangt hatte, war somit durch Waffengewalt genommen worden. In die Hand des Siegers waren gefallen: 109 Offiziere, 2240 Mann, 120 Pferde, 1 Adler, 197 Broncegeschütze, darunter 48 gezogene, 3000 Gewehre, 3000 Säbel und außerordentliche Massen von Proviant, wie auch Munitions- und Ausrüstungsvorräthe von bedeutendem Umfange.

Ueber Straßburg hatte Graf Bismarck zu Jules Favre gesagt, es hänge der Fall desselben nur noch von der Berechnung eines Ingenieurs ab. Die gegenwärtigen Machthaber Frankreichs mochten dafür halten, daß dies ein Schreckschuß

sein sollte. Jedoch schon vier Tage nach dem Fall von Toul
(am 27. September) wurden sie eines Besseren belehrt, denn es
brachten an diesem Tage die Zeitungen die Nachricht:

„Straßburg hat die weiße Fahne aufgesteckt!"

Und eine zweite Depesche von demselben Tage, von dem
König an die Königin gerichtet, die aber erst am 28. September
verbreitet wurde, lautete:

„Straßburg capitulirte heut Abend 9 Uhr."

In den beiden folgenden Depeschen vom 28. und 30. September, die näheren Nachweis über die Bedeutung der Capitulation gaben, hieß es: „451 Offiziere, 17,000 Mann
incl. Nationalgarden streckten die Waffen" und „1070
Kanonen bis jetzt gezählt, zwei Millionen Francs
Staatseigenthum in der Bank ermittelt."

In Bezug auf die oben vorgeführte Proclamation aus
Tours erließ Graf Bismarck unter dem 1. Oktober folgende
berichtigende Circular-Depesche:

„Den Zeitungen zufolge ist von der sich in Tours auf-
haltenden Abtheilung der französischen Regierung eine amtliche
Bekanntmachung erlassen, laut deren der Unterzeichnete dem
Herrn Jules Favre erklärt haben soll, „Preußen wolle den
Krieg fortsetzen und Frankreich auf den Stand einer
Macht zweiten Ranges zurückführen." Wenn auch eine
solche Aeußerung nur in den Kreisen auf eine Wirkung berechnet sein kann, welche weder mit der üblichen Sprache inter-
nationaler Verhandlungen, noch mit der Geographie Frankreichs
näher bekannt sind, so veranlaßt mich doch der Umstand, daß
jene amtliche Bekanntmachung die Unterschrift der Herren Crémieur, Glais-Bizoin und Fourichon trägt, und daß diese Herren
der jetzigen Regierung eines großen europäischen Reiches angehören, zu dem Ersuchen, daß Eure . . . dieselbe einer Beleuchtung in Ihren geschäftlichen Besprechungen unterziehen wollen.

„In meinen Unterredungen mit Herrn Favre ist die Frage
der Friedensbedingungen überhaupt nicht bis zur geschäftlichen

Behandlung gediehen, und nur auf seinen wiederholten Wunsch
habe ich dem französischen Minister dieselben Gedanken, welche
den Hauptinhalt meines Rundschreibens d. d. Meaux, den
16. September, bilden, in allgemeinen Umrissen mitgetheilt,
darüber hinausgehende Forderungen aber bisher nach keiner
Richtung hin gestellt. Die danach von uns erstrebte Abtretung
von Straßburg und Metz bedingt in ihrem territorialen Zu-
sammenhange eine Verminderung des französischen Gebietes
um einen Flächeninhalt, welcher der Vermehrung desselben durch
Savoyen und Nizza so ziemlich gleich kommt, die Bevölkerung
dieser von Italien erworbenen Landestheile aber um etwa ¾ Million übertrifft. Wenn man sich nun vergegenwärtigt, daß Frankreich nach dem Census von 1866 ohne Algerien über 38 Millionen und mit Algerien, welches gegenwärtig ja einen wesentlichen Theil der französischen Streitkräfte liefert, 42 Millionen
Einwohner zählt, so liegt auf der Hand, daß eine Verminderung von ¾ Million der letzteren an der Bedeutung Frankreichs dem Auslande gegenüber nichts ändert, diesem großen
Reiche vielmehr dieselben Elemente der Machtfülle läßt, durch
deren Besitz es im orientalischen, wie im italienischen Kriege
einen so entscheidenden Einfluß auf die Geschicke Europas auszuüben im Stande war.

„Diese wenigen Andeutungen werden genügen, um den
Uebertreibungen der Proclamation vom 24. d. M. die Logik
der Thatsachen siegreich entgegenzustellen. Ich füge nur noch
hinzu, daß ich auch Herrn Favre in unseren Besprechungen auf
diese Gesichtspunkte ausdrücklich aufmerksam gemacht habe und
daher, wie Eure . . . auch ohne meine Versicherung überzeugt
sein werden, weit entfernt gewesen bin von jeder verletzenden
Hindeutung auf die Folgen des gegenwärtigen Krieges für
Frankreichs künftige Weltstellung."

An demselben Tage, an welchem Graf Bismarck seine
erste Berichtigung der Favre'schen Darstellung der zu Haute
Maison und Ferrières stattgehabten Unterredungen veröffent-

licht hatte, brachten die „Amtlichen Nachrichten für das General-Gouvernement Elsaß" folgende Auslassung:

„Nach den in den letzten Tagen im Hauptquartier ge-faßten Entschließungen ist die Frage hinsichtlich des künftigen Looses der gegenwärtig zu dem Generalgouvernement Elsaß ver-einigten Gebietstheile als entschieden anzusehen: Preußen und die mit ihm verbündeten Staaten werden unter allen Umständen darauf bestehen, diesen Landstrich als Schutzwehr gegen künftige französische Ueberfälle wieder mit Deutschland zu vereinigen. Die Bewohner desselben mögen ihre neue Lage, wenn nicht mit dem Herzen, so doch mit dem Verstande annehmen; wollen sie sich noch nicht ihrer Stammesgemeinschaft mit Deutschland erinnern, so mögen sie sich wenigstens durch ruhige Erwägung der thatsächlichen Verhältnisse die Einsicht verschaffen, daß sie durch ein ihre Kräfte nutzlos verzehrendes Widerstreben nur ihre eigenen Interessen schädigen können. Sie haben in den Werken des Friedens und des Krieges Großes für Frankreich geleistet. Aber auch in Zukunft werden sie Glieder eines großen und mächtigen Staatskörpers bilden, der ihnen wenigstens den gleichen Spielraum zur Entwickelung und Verwerthung ihrer Stammesbegabung bieten, zugleich aber ihnen selbst die Ehre ihrer Leistungen in höherem Grade zugestehen wird, als es die von Paris beherrschte französische Centralisation zu thun pflegte. Das neue Deutschland ist bereit zu sühnen, was das alte am Elsaß verschuldet hat. Mögen die Elsässer dieser Gesinnung entgegenkommen lernen!"

Oeffentliche Urtheile.

Aus den Circularen des Grafen Bismarck, namentlich aber aus der durch die „Amtlichen Nachrichten für das General-Gouvernement Elsaß" veröffentlichten Erklärung war zu er-

sehen, daß Preußen unweigerlich gewillt sei, auf der betretenen
Bahn vorzugehen, und es lag nun aller Welt eine Angelegen-
heit, die von den Einen gewünscht und gehofft, von Anderen
gefürchtet, von Dritten bestritten worden war, als offenkundige
Thatsache zur Beurtheilung vor.

Der Gegenstand selbst, dazu die Auslassungen der damaligen französischen Machthaber und des Grafen Bismarck,
wurden, wie nicht zu verwundern ist, für die Presse Frankreichs
und Deutschlands, sowie die anderer Länder ein Gegenstand
lebhafter Erörterung.

Die Zeitungsstimmen Frankreichs waren Echos der Proclamationen Favre's, Gambetta's und Genossen.

„Elsaß und Lothringen abtreten," ertönte es aus dem
„Constitutionel", „Straßburg, Toul und Mont Valérien
übergeben, dem Feinde um eines Waffenstillstandes willen Positionen opfern, die er gegen uns wenden kann, und deren er sich
auf andere Weise niemals wird bemächtigen können,
das hieße der Welt den Glauben geben, Frankreich habe keinen
Arm, keine Seelenstärke, keinen Tropfen Blut mehr in den Adern,
das hieße nicht blos eingestehen, daß Frankreich, wie Preußen
will, nur noch eine Macht zweiten Ranges werde, sondern daß
es gar kein Frankreich mehr gebe. Wir müssen zeigen,
daß unser Land noch vorhanden ist und seine Mißgeschicke es
nicht beugen; mit gleicher Anzahl und selbst Einer gegen
Zwei fordern wir den Feind heraus, der über uns
noch keinen einzigen Sieg errang, der wirkliche Ueber-
legenheit eines Volkes beweist. Der Feind hat nicht
das Recht, uns als Besiegte zu behandeln, und seine
vornehmen Manieren sind gegen uns nicht angebracht."

An dem Tage, an welchem der „Constitutionel" dies
schrieb und namentlich hervorhob, der Feind werde nicht im
Stande sein, sich Touls, Straßburgs und des Mont Valérien
zu bemächtigen, hatte Toul bereits seine deutsche Besatzung,

und aus dem Lager vor Straßburg erfolgte die Anzeige, daß
der Commandant die weiße Fahne habe ausstecken lassen.

Das Echo aus dem „Constitutionel" möge genügen, um
die Haltung der französischen Presse in Bezug auf die vorliegende Frage zu characterisiren: alle Hauptorgane derselben
äußerten sich in demselben Sinne, das will sagen: sie wütheten
in der Blindheit, die Eitelkeit, Ruhmsucht und Lüge naturge-
mäß erzeugen.

Kühl und fest — gleichsam eine Abspiegelung der Bis-
marckschen Erklärungen — waren die Aeußerungen der deutschen
Presse. „Herr Jules Favre verlangt," sagte die „Post", daß
die preußischen Staatsmänner Frankreich nicht unannehmbare
Bedingungen auferlegen, oder wie er sich an einer andern
Stelle ausdrückt, daß sie ihr Uebergewicht und Frankreichs Unglück nicht zu Frankreichs Vernichtung benutzen. Aber welchem
preußischen Staatsmanne fällt es denn ein, Frankreich vernichten
zu wollen? Ein Land wie Frankreich kann überhaupt von
einem auswärtigen Feinde nicht vernichtet werden. Es kann
in Folge seiner eigenen sittlichen und politischen Verderbtheit
in Verfall gerathen und zu Grunde gehen. Das aber können
wir weder hindern noch wollen wir es befördern; wir würden
es tief beklagen, wenn Frankreich nicht in sich selbst die Mittel
zu einer kräftigen Regeneration fände. Aber jede Einwirkung
in dieser Beziehung liegt außer dem Bereiche unserer Macht.
Was wir wollen, das ist außer einigen anderen Bedingungen
eine mäßige Landabtretung. Das heißt aber doch wahrlich
nicht auf die Vernichtung Frankreichs ausgehen. Im Gegentheil, wenn wir Frankreich einiger stets die französische Kriegslust reizenden Angriffspositionen entheben, so zwingen wir
Frankreich zu einer ruhigen besonnenen Politik, und ein solcher
Zwang kann den Franzosen, deren Verderben ja eben die un-
sinnige Händelsucht war, nur zum Heile gereichen."

„Nie war in der Geschichte Deutschlands", sagte die
Allg. Z., „eine Constellation innerer und äußerer Verhältnisse

für uns günstiger. Wir sind einig, und wir sind Sieger.
Wir siegten auf allen Linien des Kampfes, so gut durch unsere
diplomatische wie unsere militärische Strategie. · Die Absicht
des Feindes, durch plötzlichen Krieg unsere Einheit zu verhindern und unser Vaterland wieder zu zerreißen, blieb den
Mächten Europa's so wenig ein Geheimniß als seine Gier
nach anderen, neutralen Ländern. Sie mußten laut oder schweigend den Friedensbrecher und seinen frivolen Kriegsgrund verdammen. Manche Stimme unter uns verdammte auch das
unwürdige oder engherzige Verhalten dieser Mächte selbst. Sie
hätten den ungerechtesten und schrecklichsten Krieg durch energische Einsprache verhindern können, aber sie thaten es nicht:
sie blieben muthlose oder zweifelhafte Zuschauer unserer töd-
lichen Gefahr wie unserer heroischen Erhebung. Wie glücklich
sind wir jetzt, daß wir nicht in die Lage geriethen, eines Alliirten oder eines Mittlers zu bedürfen. In Wahrheit, dieses
Glück kommt jetzt an Bedeutung unsern Waffenthaten gleich.
Wir werden bald das übermüthige, so schwer und schnell ge-
züchtigte Frankreich zu unsern Füßen sehen, und die neutralen
Mächte nicht als Secundanten zu berücksichtigen haben. Wenn
geschehen wäre, was der Enthusiasmus und die Volkskraft
Deutschlands nicht geschehen ließ, wenn wir unterlegen wären,
so würde sich der Sieger nicht, wie absichtlich ausgesprengt
worden, mit dem Saarbecken, einer unwesentlichen Gränzregu-
lirung und der Herabsetzung Preußens in seine frühere Stellung großmüthigst begnügt haben, sondern die Folge unserer
Niederlage würde die unausbleibliche Aufrichtung des Rheinbundes unter dem entehrenden Protectorat des Decemberman-
nes, die Zerreißung Deutschlands und der Verlust des Rhein-
landes gewesen sein.

„In den Zeiten unserer Ohnmacht war unser nationales
Gedächtniß mit geschwächt; wir sahen die Narben und fühlten
die Wunden nicht. Heute, wo wir die Ohnmacht abgeschüttelt
haben, kehrt mit dem Gedächtniß auch das Gefühl der Wunden

und das scharfe Gewissen der Ehre zurück, welche eine alte
Schmach endlich tilgen muß.

„Während wir schwiegen, verstummte nie in Frankreich
das übermüthige Hetzgeschrei nach dem Rhein.   Das Blatt
hat sich, Gott Lob! gewendet.   Jenes Hetzgeschrei des französischen Uebermuths nach dem Rhein wird nicht mehr gehört
werden: es verwandelt sich in das Angstgeschrei um die Rettung
der Provinzen Elsaß und Lothringen, welche unsere siegreichen
Heere endlich wieder besetzt haben, welche unsere Civil- und
Militärbeamten zu regieren   endlich   wieder gekommen sind.
Denn heute nehmen wir gewaltsam französisch gewordene Provinzen Deutschlands kraft unserer Waffen und unseres unver-
jährbaren Eigenthumsrechts zurück.

Heute entbrennt wieder jedes deutschen Mannes Eingeweide in Scham und Zorn, erinnert er sich, mit welcher Arglist,
mit welchem Hohn und Spott, mit welcher Beleidigung des
deutschen Volks diese Länder einst bei Nacht und Nebel uns ent-
wendet worden sind.   Die Geschichte ihres Verlustes, und mehr
noch die Ohnmacht, mit welcher er ertragen werden mußte, bezeichnet geradezu die tiefste Schmach die unser Vaterland erdulbete.
Heute kam die Zeit, wo wir diese Schmach für unsere Vorfahren,
für uns selbst, für unsere Nachkommen zu sühnen haben.

„Die   große   Epoche   unserer   nationalen Wiedergeburt,
unserer ersten Einigung als politisches Volk, würden wir nur
mit neuer Schmach einleiten, wenn wir nicht für immer dem
Vaterland wiederbringen, was sein ist.   Wir würden dann vor
der uns verhöhnenden Welt erklären, daß wir beispiellose Siege
zu erkämpfen wissen, nur um von den blutgetränkten Schlachtfeldern als sentimentale Träumer wieder abzuziehen, und um die
unpractische Geschichte unserer kostbaren Triumphe in Liedern
und Büchern aufzuzeichnen, und unseren leer ausgehenden Enkeln
als papierne Unsterblichkeit zu überliefern.

· „Die helbenhaften Heere Deutschlands, welche in Elsaß
und Lothringen so todesmuthig in den Kugelregen der Mitrail-

leusen stürmten und die für unbesiegbar gehaltenen Armeen
Frankreichs zertrümmert und in Flucht aufgelöst haben, diese
Bürger, dieses Volk Deutschlands in Waffen, sie kämpften und
kämpfen nicht für die Gloire der Schlachten, sondern für die
reellsten und sittlichsten Güter der Welt, die Unabhängigkeit,
die Größe und Ehre, den gesicherten Frieden des Vaterlandes.
Sie tilgten die Unbill vergangener Zeiten; sie sichern und
gründen den Staat des deutschen Volks. Sie geben ihm ein
schimpflich geraubtes Eigenthum, den Theil seines Ganzen zurück. Und sie sollen nicht in die Heimath zurückkehren, um jene
mit ihrem Heldenblut erkämpften deutschen Länder in Gewalt
eines nur augenblicklich gedemüthigten, aber bald wieder übermüthigen Feindes zu lassen, damit er nach kurzer Zeit von ihren
Festungen aus das alte Geschrei nach dem Rhein und neuen
Eroberungskrieg gegen unsere nicht gedeckten Gränzen beginnen
darf."

"Ich bin im Elsaß gewesen", hieß es in einer anderen
Nummer der Allg. Z., "und wo die deutsche Art und Sprache
mich anheimelte, hört' ich die Gebildeten sagen: "Wie können
wir denn Deutsche werden? Es giebt Badener, Bayern,
Preußen, keine Deutschen. Sollen wir einem Kleinstaat uns
anschließen oder selbst einen bilden? Aber wenn wir dann in
München ein Geschäft anfangen wollen, fehlt uns das Real-
recht, und wenn unsere Söhne in Berlin eine Stelle suchen,
so sind sie Ausländer, während nun ein großer Staat uns
offen steht und wir in der Revolution mit den feudalen Zuständen gründlich aufgeräumt haben, die noch vielfältig in
Deutschland das Leben hemmen und erschweren. Darum lassen
wir unsere Kinder französisch lernen, damit sie die Vortheile
eines Großstaats genießen können." Nun, die Jahre 1848
und 1866 haben uns freier im Innern und angesehener nach
außen gemacht, und 1870 hoffen wir den Elsässern und Loth-
ringern ein Vaterland bieten zu können, so groß wie Frankreich,
dem sie als berechtigte Glieder sich einordnen mögen, und bald

werden sie gute Deutsche sein. Aber auch hier sehen wir wieder die Hand der Vorsehung: es war die elfte Stunde, die Brüder zu gewinnen, denn die nächste Generation wäre uns nicht bloß in den Städten gerade durch gute französische Schulen weit mehr entfremdet gewesen. Ich bin jüngst wieder durch Elsaß und Lothringen zu Fuß und zu Wagen gereist, und ich fühle wie unsere Heere dort fühlen: diese Dörfer und Städte mit deutscher Sprache und Sitte dürfen wir nicht verwälschen lassen, diesmal müssen wir die Brüder festhalten, und sollten sie auch heute hie und da sich sträuben, morgen werden sie die Nothwendigkeit segnen, die sie auch wider Willen zum Besten führt. Die antibonapartistische Gesinnung der Bevölkerung kommt uns zu gute; einer französischen Republik wäre dieselbe schwer zu entreißen."

Die „Bresl. Z." sagte: „Das Jahr 1870 hat uns bereits mit einer Menge diplomatischer Schriftstücke überschüttet: aber einen so scharfen und interessanten Gegensatz, wie er zwischen dem Bericht Jules Favre's und dem des Grafen Bismarck hervortritt, wird man sonst vergebens suchen. Auf der einen Seite die unsichere, sentimentale, wahrhaft larmoyante Sprache, auf der andern Seite die des Zieles bewußte Klarheit, Ruhe und die den Gegner außer Gefecht setzende Verständlichkeit. Favre „springt auf vor Schmerz"; er „fürchtet zusammenzusinken", er muß „die Thränen verschlucken" u. s. w. Wir glauben das Alles; wir sind fern von jedem Hohn und Spott, so nahe er liegt, denn dazu achten wir den französischen Minister zu sehr; wir tragen auch volle Rechnung der verzweifelten Situation, in welcher sich Favre befand — aber um's Himmels willen, das erzählt man doch nicht aller Welt; diese braucht doch das „Thränen verschlucken", „vor Schmerz aufspringen" u. s. w. nicht zu wissen; schlimm genug, daß es Bismarck bemerkte und bemerken mußte. Wir möchten wohl das feine Lächeln beobachten können, mit welchem die kalten und gewiegten Staatsmänner Englands und

Rußlands dieses sonderbarste aller diplomatischen Actenstücke durchlesen. „Sie vergessen, Herr Graf, daß Sie mit einem Franzosen sprechen" — diese Worte characterisiren mehr als Alles den Sohn der „großen Nation". Darin liegen klar und deutlich die lächerlichen Illusionen, in denen sich mit Favre das ganze französische Volk noch wiegt. Auf allen Schlachtfeldern besiegt, aufs Tiefste gedemüthigt und darniedergeworfen: sie bleiben dabei — im Frieden darf ihnen nicht Ein Dorf genommen werden, und zwar blos weil sie Franzosen sind. Trotz aller Mühe ist es dem Grafen Bismarck nicht möglich geworden, Herrn Favre zu überzeugen, daß die französische Ehre nicht einen Pfifferling höher stehe, als die Ehre aller übrigen Nationen; nein, alle Völker können nach einem unglücklichen Kriege Gebiet abtreten, nur die Franzosen nicht!

„Nun wohl, so kämpft für diese sonderbare Sorte von französischer Ehre weiter, nur verlangt von uns nicht, daß wir dann einen Unterschied machen sollen zwischen französischer Republik und französischem Kaiserthum. Napoleon begann den Krieg für das französische Prestige, für die französische Anmaßung; Ihr setzt den Krieg fort für die französische Ehre; das eine ist gerade so ein Götzenbild wie das andere. Noch nie hat ein Volk seine Ehre verloren, wenn es nach einem unglücklichen Kriege ein Stück Land abtrat: aber ihr Franzosen seid freilich aus einem anderen Holze geschnitzt, als die übrigen europäischen Völker; an euch darf man nicht rühren, denn ihr bleibt immer die „große Nation" — in dieser albernsten aller Einbildungen schwärmen gleichmäßig die Republikaner wie die Bonapartisten. Nun wir denken, diesen Wahn hat der Krieg gänzlich zerstört, nicht etwa, weil die Franzosen besiegt worden, sondern weil sittliche Rohheit und gänzlicher Mangel an Volksbildung in einer wahrhaft erschreckenden Weise, wie es sich bis dahin Niemand vorgestellt hat, zu Tage getreten sind."

Erfreulich war es, daß je länger je mehr sich das alte Stammesgefühl in den Deutsch-Oesterreichern regte, welches immer entschiedener in den deutschen Zeitungen Oesterreichs sich zu erkennen gab: „Fast scheint es," sagte die „N. fr. Presse," „als ob Graf Bismarck mit diesem unebenbürtigen Gegner (Jules Favre) Mitleid gefühlt und ihn aus diesem Grunde mitleidsvoll behandelt habe. Denn so viel wurde seitdem von allen Seiten — nur nicht von französischer — zugestanden, daß die Uebergabe von Straßburg, Toul und Verdun keine überspannte Forderung von deutscher Seite für Gewährung des Waffenstillstandes war. Im Gegentheile eine sehr milde und maßvolle, der Fall Straßburgs und Touls hat es seitdem bewiesen. Die Forderung des Mont Valérien klang allerdings wie eine absichtliche Demüthigung, aber der vorliegende Bericht von Favre zeigt, daß Bismarck auf ihr nicht lange bestand, vielmehr „zur Aufsuchung einer anderen Combination" bereit war, sowie er merkte, daß Favre darob zu sehr zusammenschrak. Sein nächster Vorschlag ging dahin, daß die Constituante in Tours statt in Paris zusammenkomme, in welchem Falle er sich mit Straßburg, Toul und Verdun begnügen wolle. Aber bei der bloßen Nennung von Straßburg fühlte sich der französische Minister abermals von Schwindel ergriffen; er mochte fühlen, daß er, ohne sich und seine Collegen zu gefährden, mit einer solchen Forderung nicht vor den Parisern erscheinen könne, nachdem die Denksäule Straßburgs von diesen seit Wochen mit Kränzen und Fahnen geschmückt worden, und in großer Aufregung gab er die Erklärung ab, daß von Straßburg nicht die Rede sein könne. „Meine Reise hierher war ein Fehltritt," sagte er zu Bismarck, und ein wahreres Wort hätte er wahrlich nicht aussprechen können, nachdem er gezeigt, daß ihm die richtige Vorstellung mangle.

„Nach wie vor bleibt demnach die Versicherung, daß Frankreich keinen Fußbreit Landes abtreten werde, Losungswort der Regierung, und der von ihr gefürchteten und betrogenen Menge. Wenn diese sich über die Lage von Paris süßen Täu-

schungen hingiebt, so ist sie zu entschuldigen, nimmer aber die
Regierung, die ihren Namen nicht verdient, wofern sie von
der Nutzlosigkeit ferneren Widerstandes nicht bis zum Tiefin-
nersten durchdrungen ist. Auch in Wien glaubten die Mobilgarden in den letzten Octobertagen des Jahres 1848 die
Stadt gegen die kaiserliche Armee „noch eine Ewigkeit lang"
halten zu können, und veranlaßten nutzloses Blutvergießen.
Der aufgeregten unwissenden Masse nicht, nur den Führern
konnte man aber damals ein Verbrechen aus ihrer Selbsttäu-
schung machen. Die Lage von Paris scheint der damaligen
Wiens mit jedem Tage ähnlicher zu werden. „Wir wissen
jetzt klar," schreibt der Regierungsableger in Tours, „mit
welcher Gattung von Feinden wir es zu thun haben," worauf
das deutsche Hauptquartier füglich antworten könnte: „Wir
wissen jetzt unsererseits, mit welcher Gattung von Staatsmännern wir es zu thun haben."

Daß die Franzosen nicht geneigt waren, den Rathschlägen
Beachtung zu schenken, die sich aus den Darlegungen der
deutschen Presse ergaben, kann nicht verwundern. Aber sie
waren auch taub gegenüber den unparteiischen Stimmen anderer Länder. In der englischen Presse wurde die entschiedene
Zurückweisung der preußischen Waffenstillstands-Bedingungen
Seitens der provisorischen Regierung Frankreichs durchweg hart
getadelt. Unter allen Blättern sprach sich die Frankreich sonst
freundlichgesinnte „Morning Post" am bittersten aus. Sie
schrieb: „Die Weigerung Frankreichs, einen Waffenstillstand
anzunehmen, ist eine selbstmörderische Politik. Der Entschluß,
den Kampf bis zum Aeußersten zu treiben, ist militärisch hoffnungslos. Nie befand sich ein Land in unglücklicherer Lage.
Ein schlecht regiertes, geschlagenes und unvernünftiges Frankreich vermag höchstens das Mitleid der Welt zu erregen." —
„Frankreich ist mit Blindheit geschlagen," sagte die „Daily
News", „es wird den Thatsachen nicht eher ins Gesicht sehen,
als bis es völlig ruinirt ist."

Auch die bedeutendsten Organe der amerikanischen Presse fanden die Forderungen Deutschlands gerecht und billig. „Bismarck's beide letzten Cirkulare," hieß es in der „Nation", „welche die Politik bezeichnen, die das Cabinet Frankreich gegenüber verfolgen wird, um den Krieg zu Ende zu führen, sind Muster von diplomatischem Geschick und von Klarheit. Es ist ein seltenes Ereigniß in der Geschichte der Diplomatie, daß in Depeschen, wie die gegenwärtigen, die politischen Thatsachen und Aussichten in solcher offenen Sprache und ohne den geringsten Rückhalt dargelegt werden. Bismarck verachtet die krummen verschlungenen Wege der alten diplomatischen Schule und ruft uns vielmehr die besten Zeiten griechischer und römischer Staatskunst in's Gedächtniß zurück. Nur der Staatsmann kann so frei und unumwunden sprechen, der seine ganze Nation hinter sich hat, deren edelsten Gefühlen er Ausdruck verleiht. Nicht einen Deutschen giebt es, der nicht das vernichtende Urtheil unterschriebe, das Bismarck über die Franzosen abgiebt, und von jetzt ab wenigstens kann keiner von den Neutralen Klage führen, daß die Zwecke und Ziele Deutschlands nicht klar formulirt worden seien. Wie im gewöhnlichen Leben, so werden auch in den großen Angelegenheiten der Staaten Offenheit und Wahrheit immer die besten Zeugnisse für die Richtigkeit und Berechtigung der Stellung einer Nation sein, und, was man auch gegen den Charakter der deutschen Ansprüche sagen möge, so wird doch Niemand leugnen, daß sie unwiderleglich durch die traurigen Erfahrungen gestützt werden, die Deutschland mit den französischen Einbrüchen und Angriffen während der letzten Jahrhunderte gemacht hat . . . . .

„Ich habe nie einen Mann gekannt, der, wie Bismarck, so viele Hilfsmittel in sich fände. Es ist als wenn ein halbes Dutzend Hirne dazu gedient hätten, das seine zu bilden. Physischer und moralischer Muth, Scharfsinn und unbeugsamer Wille, Witz und Humor, Klugheit und Tollkühnheit, ein gewisses intuitives Begreifen des menschlichen Charakters und ruhige

11*

Stetigkeit — ich weiß nicht, welche Eigenschaft in diesem modernen Proteus am meisten entwickelt ist, in dieser Personi-
fication, um noch ein griechisches Gleichniß anzuwenden — von
Odysseus und Ajar zugleich. Er kennt weder practische noch theo-
retische Schwierigkeiten, und wenn es noch eines Beweises bedürfte, daß er wirklich ein großer Staatsmann ist, so würde derselbe durch die Thatsache gegeben sein, daß er die in seinen Weg
gelegten Hindernisse als die wirksamsten Waffen für die Erreichung seines Zweckes benutzt. Außerdem besitzt er eine Offenheit, die doppelt überrascht, da sie immer den Nagel auf den
Kopf trifft, und die sich oft in ungelenken, immer aber in bedeutenden Wendungen ausdrückt. Bismarck spricht englisch mit
einem fremden Accent, braucht aber diese Sprache gern seinen
englischen Besuchern gegenüber, und nie fehlt ihm das richtige
Wort oder der richtige Ausdruck, nie verfehlt er seinem Satze
eine scharfe Pointe zu geben. Er bezaubert alle seine Besucher durch die leutselige Weise, mit der er sie behandelt.
Sie erwarten einen steifen zurückhaltenden Würdenträger zu
sehen und finden einen lebendigen Sprecher, einen witzigen
Gesellschafter, der eben so herzlich und mit derselben Ehrfurchts-
losigkeit wie sie selbst über den offiziellen und nichtoffiziellen
Unsinn lacht, der diese Welt regiert — der einen guten Witz
gern hat und gern macht, und mit ihnen plaudert, als wären
sie alte Bekannte . . . . .

„Bei der gegenwärtigen Lage ist seine Leitung der deutschen Politik ein Vortheil und ein Segen für das Volk. In
seinen Verhandlungen mit Frankreich bedarf es nicht allein eines
gewiegten Diplomaten, eines stolzen, feurigen Geistes, sondern
auch eines Mannes, der Niemand über sich anerkennt, der in
keiner Weise getäuscht werden kann, und mit dem nicht zu
spaßen ist, kurz, eines Mannes, der dem „sic voleo, sic
jubeo" seiner Nation bei der ganzen Welt Achtung zu erzwingen
weiß. In allen seinen Beziehungen zum Ausland kann Deutschland nicht besser repräsentirt sein als durch Bismarck, und so

lange jene im Vordergrund der Ereignisse stehen, wird er immer
in Uebereinstimmung mit seinem Volke handeln."

Von Franzosenfreunden wurde es aufs Neue als eine
nicht länger zu umgehende Pflicht der englischen Regierung bezeichnet, zu „vermitteln". Darauf antworteten zwei englische
Zeitungen, die „Times" und die „Daily News". Die erstere
Zeitung fragte, welche Aussichten man sich denn von etwa erfolgenden Vermittelungsversuchen neutraler Mächte verspreche?
Wenn Frankreich alle Bedingungen mit Ausnahme einer einzigen anzunehmen geneigt sei, Deutschland aber diese Bedingung zu einer sine qua non mache: was solle da der Ver-
mittler thun? Es würde vergeblich sein, Deutschland anzurathen, sich mit weniger zu begnügen, oder Frankreich, sich zu
etwas mehr zu verstehen. „Nicht ein Zoll Land, nicht ein
Stein von unsern Festungen!" schalle es von Frankreich herüber. Ohne Zweifel sei solche Gesinnung einer großen Nation
würdig, aber die von Preußen geforderte Compensation sei
nicht so beispiellos und so drückend, um die desperate Verlängerung eines blutigen Kampfes zu rechtfertigen. „Wenn die
Franzosen bis zum „traurigen Ende" kämpfen wollen, müssen
wir ihren Heldenmuth achten, aber von allen Völkern, welche
so oft Länder für sich erobert haben, sollten sie die letzten
sein, um dergleichen als ein gräßliches und unerträgliches Verfahren zu bezeichnen." In ähnlichem Sinne beantwortete die
„Daily News" jenen Ruf nach „Vermittlung". „Welches
Wort der Versöhnung", äußerte sie, „können wir im Augenblicke den beiden in so strengem Contrast stehenden Kriegfüh-
renden bieten? Würde Jules Favre unsern Rath, in eine Gebietsabtretung zu willigen, nicht als eine Beleidigung ansehen?
Würde Graf Bismarck uns nicht ins Gesicht lachen, wenn wir
ihm ans Herz legen wollten, sich mit dem Vertrauen auf die
ruhige Weisheit, die guten Vorsätze und die friedliche Neigung
Frankreichs zufrieden zu geben? Herr Gladstone und Earl
Granville wissen dies Alles sehr wohl. Kein Engländer kann

den Frieden sehnlicher herbeiwünschen als sie. Aber sie vermögen nicht zu glauben, daß der Friede gefördert werden
könne durch eine criminelle Einmischung in den Streit unserer
Nachbarn, oder selbst durch unzeitiges Aufdrängen unsers Rathes,
wenn derselbe unzweifelhaft in den Wind geschlagen und fast
sicher als eine Impertinenz angesehen werden würde."

Aeußerungen dieser Art, ausgesprochen von den hervorragendsten englischen Zeitungen, zeigten in einer Weise, die
Preußen mit Genugthuung erfüllen mußte, daß die „englische
Erbweisheit" es nicht verschmäht hatte, das hergebrachte Urtheil
über Preußen bedeutend zu berichtigen. Ein halbes Hundert
Jahre früher (auf dem Wiener Congreß, der den Freiheitskriegen folgte) hatte es England keineswegs als eine „Impertinenz" angesehen, zu rathen, Preußen möge sich fein säu-
berlich mit dem „moralischen Eindruck" begnügen, den sein hel-
denmüthiges Ringen auf Frankreich hervorgebracht habe, und
es hatte aus dem Schatze seiner „Erbweisheit" die Versicherung hinzugefügt, Frankreich, großmüthig geschont, werde fortan
aller Feindschaft gegen Preußen und allen Eroberungsplänen
in Bezug auf Deutschland entsagen; ja das stammverwandte
Albion, den Regungen des Neides und der Mißgunst folgend,
legte die Hand ebenfalls an das Schwert, als Oesterreich und
Rußland das Abkommen trafen, Preußen den Zwang des Ver-
zichts auf seine gerechten Forderungen aufzunöthigen. Von Preußen
war dies nicht vergessen worden, und da dasselbe nun in dem
gegenwärtigen Kriege durchaus nicht die Miene angenommen
hatte, als sei es geneigt, von England Rathschläge entgegen
zu nehmen, so hatten die englischen Staatsmänner wenigstens
Tact genug, sich auf ein so unfruchtbares Geschäft überhaupt
nicht einzulassen.

Dagegen trauten einzelne Häuflein von Parteimännern
(Socialdemocraten, Lassalleaner, Männer der Volkspartei, die
letzteren Johann Jacoby unter sich zählend, die internationale
Ligue in Genf) sich die Macht zu, durch Resolutionen und

Friedensadressen dem Gange der Ereignisse Halt gebieten zu
können. Sie „legten feierlich Protest ein" gegen die Annexion
von Elsaß und Lothringen und gaben den deutschen Armeen
und ihren Führern den Rath, nunmehr ruhig nach Hause zu
gehen, da ja Frankreich, nachdem es durch unsere Hülfe Republik geworden, offen und klar erklärt habe, mit uns fürderhin in Ruhe leben zu wollen. „Ei, ihr allezeit fertigen Rathgeber," entgegnete diesen Leuten die „Bresl. Ztg.", „weßhalb
seid ihr denn mit euren Friedensadressen und Protesten nicht
früher gekommen? Wir sollten meinen, die Zeit vor dem
Beginn des Krieges wäre der echte und rechte Moment für
Friedensermahnungen gewesen. Warum habt ihr denn damals
nicht protestirt gegen die beabsichtigte Annexion des linken Rhein-
ufers? Und warum habt ihr denn damals nicht Mahnung
und Protest an die richtige Adresse gerichtet, an die eigentlichen
Friedensstörer, d. h. den Kaiser Napoleon und ganz besonders
das französische Volk? Das wißt ihr doch so gut wie wir,
daß die Rheinfrage seit Jahrzehnten den Franzosen, so zu sagen,
in Fleisch und Blut übergegangen ist.

„Wo in aller Welt waren denn damals, im einzig richtigen Momente, diese Friedensliguen, Socialdemokraten, Lassalleaner und zu guter Letzt die Königsberger Volkspartei, vor
deren gewaltiger Resolution die ganze deutsche Armee sofort
die Waffen senkt? Hofftet ihr von euren Mahnungen und
Protesten auch nur den geringsten Erfolg, nun, warum richtet
ihr sie denn nicht vor den furchtbaren Schlachten und ehe das
theure Blut geflossen, an Frankreich, und warum jetzt, wo
voraussichtlich nur noch wenige Kämpfe stattfinden werden, an
Deutschland? Flößte denn Frankreich euch gar zu großen Re-
spect ein? Wir wollen den Gedanken nicht weiter ausführen,
aber nahe liegt er genug; daß diese friedlichen und protestiren-
den Herren, im Falle die Dinge anders kamen, dann mit der
superklugsten Miene von der Welt auftraten: Das haben wir
ja Alles vorhergesagt; das kommt von Sadowa, von eurem

Cäsarismus ꝛc.; ja wäret ihr uns gefolgt, und hättet ihr Hannover, Hessen, Nassau wiederhergestellt, und Schleswig-Holstein dem Augustenburger gegeben, den norddeutschen Bund aufgehoben, überhaupt das Jahr 1866 aus der Geschichte gestrichen, dann war der ganze Krieg mit Frankreich unnöthig; ihr wäret nach wie vor die gehorsamen Diener Napoleon's, Frankreichs und Oesterreichs gewesen, und Alles war gut! —

„Daß auch die Geschichte immer so verrückt gehen muß und die Herren so ganz und gar aus dem Concepte bringt! Etwas könnte sie sich doch um das kümmern, was die Herren sich so hübsch und sauber im Kopfe zurechtgelegt haben; aber sie ist so hartnäckig und malitiös, daß sie nun erst recht gerade das volle Gegentheil thut — 1870 ganz so wie 1866.

„Was also thun? Recht dürfen die Deutschen unter keinen Umständen haben; protestiren wir also; fassen wir Resolutionen gegen die Annexion von Elsaß und Lothringen; verlangen wir Selbstbestimmung, natürlich nur für die Franzosen, denn wenn wir die Deutschen selbst bestimmen lassen, so ist es sicher, daß von den 40 Millionen Deutschen 39$^9/_{10}$ Millionen für die Annexion stimmen.

„Aber — sagt man uns — ihr erbittert die Franzosen, ihr erregt ihren Haß und macht den Krieg permanent. Fürwahr, dieser Einwurf übertrifft an Naivetät Alles, was in diesen Adressen und Resolutionen sonst vorgebracht wird. Nun wohl, den Haß der Franzosen haben wir unter allen Umständen, mit und ohne Elsaß-Lothringen, und da das einmal so ist, so ziehen wir das „mit" vor. Die Vogesen sichern uns gegen diesen Haß etwas mehr als der Rhein. Nicht weil wir ihnen Elsaß und Lothringen nehmen, nicht weil wir ihnen Kriegskosten auferlegen, nicht weil unsere Truppen vor Paris stehen, hassen uns die Franzosen, sondern weil ihre kindische Gloire gründlich ein für allemal und zwar gerade durch Deutschland vernichtet worden. Die Gloire steht ihnen höher als die Freiheit, als Geld und Gut, als Land und Leute. Und wenn wir

ihnen nicht einen Fußbreit Landes, nicht einen Stein ihrer
Festungen nähmen: wie sie jetzt, und zwar nicht eben der sogenannte Straßenpöbel, sondern die hervorragendsten Geister
der Nation mit den Herren Thiers und Favre an der Spitze
geschrieen haben: „Rache für Sadowa!" so werden sie in Zukunft
noch zehnmal mehr schreien: „Rache für Wörth, für Metz, für
Sedan! —" Deshalb müßten die Resolutionen der Socialdemokraten und Friedensliguen eigentlich lauten: „Die Deutschen
haben sich an dem Genius der französischen Nation versündigt,
daß sie bei Wörth, Metz, Sedan gesiegt haben; im Interesse
der Gloire der französischen Nation mußten sie sich schlagen
lassen, um sich nicht den berechtigten Haß dieses trefflichen, uns
in der Civilisation voranmarschirenden Volkes zuzuziehen." Das
hätte einen Sinn gehabt.

„Jetzt bleibt uns nichts weiter übrig, als die Franzosen
schreien zu lassen. Damit aber uns das Schreien nichts, oder
so wenig wie möglich schadet, nehmen wir die Vogesen und
dadurch — aber wirklich ganz zufällig — Elsaß und Deutsch-
Lothringen mit."

Hervorragende Männer der Wissenschaft begannen sich an
der Discussion über den vorliegenden Gegenstand zu betheiligen.
Zunächst auf deutscher Seite David Strauß, auf französischer
Renan. Interessant und lehrreich ist es, zu sehen, mit welchen
Mitteln, mit welcher Tactik und mit welchem Erfolge auf dem
Gebiete der Wissenschaft gekämpft ward. Renan hatte in einem
Briefe an Strauß seinem Bedauern über den Ausbruch des
blutigen Krieges Worte gegeben. Darauf erließ Strauß in
der „Allg. Ztg." ein offenes Sendschreiben an Renan, dem wir
folgende Stelle entnehmen:

„Frankreich will seinen europäischen Primat nicht aufgeben;
nur wenn es auf diesen ein Recht hat, hat es auch ein Recht,
sich in unsere inneren Angelegenheiten zu mischen. Worauf
stützt sich aber denn sein vermeintliches Recht auf jenen Primat?
An Bildung hat Deutschland sich ihm längst mindestens gleich-

gestellt; die Ebenbürtigkeit unserer Literatur wird von den Vertretern der französischen anerkannt; und um die Gleichmäßigkeit,
womit vermöge eines geordneten Schulunterrichts Bildung und
Sittigung alle Schichten unseres Volkes durchdringt, werden
wir von den besten Männern des französischen beneidet. Die
Ausschließung der Reformation aus Frankreich, so viel sie bei-
getragen hat, seine politische Macht zu verstärken, so schwer hat
sie sein geistiges und sittliches Gedeihen geschädigt. Aber auch
in politischer Tüchtigkeit sind wir den Franzosen, wenn auch
langsam, doch vollauf nachgekommen. Die Revolution von 1789
schien ihnen einen gewaltigen Vorsprung vor uns zu geben,
wir danken ihr die Sprengung mancher Fessel, die uns sonst
wohl noch lange gedrückt haben dürfte, aber was wir seitdem
in Frankreich gesehen haben, ist nicht dazu angethan, uns vor
einer Mitbewerbung abzuschrecken. Gemäßigte Regierungen
scheinen dort nur dazu da zu sein, um unterwühlt zu werden,
sich in Anarchie, wie diese sofort in Despotismus aufzulösen;
ob die constitutionelle Monarchie, in der auch Sie wie ich die
einzig haltbare Staatsform für Europa (Ausnahmestellungen
abgerechnet) sehen, in Frankreich jemals feste Wurzeln werde
treiben können, haben ja auch Sie selbst bezweifelt.

„Daß ich die vielen guten Eigenschaften der französischen
Nation nicht verkenne, daß ich in ihr ein wesentliches und unent-
behrliches Glied der europäischen Völkerfamilie, ein vielfach
wohlthätiges Ferment in dieser Mischung sehe, das brauche ich
Ihnen so wenig erst zu versichern, als Sie mich der gleichen
unparteiischen Schätzung der deutschen Nation und ihrer Vorzüge zu versichern brauchen. Aber Nationen wie Individuen
haben als Kehrseite ihrer Vorzüge auch ihre Fehler, und in
Bezug auf diese haben unsere beiden Nationen seit Jahrhunderten eine sehr verschiedene, ja entgegengesetzte Erziehung genossen. Wir Deutschen haben in der Schule des Unglücks
und der Schmach, wobei großentheils Ihre Landsleute unsere
unnachsichtigen Schul- und Zuchtmeister waren, unsere Grund-

und Erbfehler, unsere Träumerei, unsere Langsamkeit und vor Allem unsere Uneinigkeit, als das erkennen gelernt, was sie sind, als Hindernisse jedes nationalen Gedeihens; wir haben uns zusammengenommen, gegen diese Untugenden gekämpft und sie immer mehr von uns abzuthun gesucht. Dagegen sind die französischen Nationalfehler von einer Reihe französischer Herrscher großgezogen, lange Zeit vom Erfolg aufgeschwellt und auch vom Unglück nicht abgetrieben worden. Das Trachten nach Glanz und Ruhm, die Neigung, denselben, statt durch stille Arbeit im Innern, durch laute abenteuernde Unternehmungen nach außen zu erreichen, die Anmaßung, an der Spitze der Nationen zu stehen, und die Sucht, sie zu bevormunden und auszubeuten, diese Untugenden, die in der gallischen Art liegen, wie die oben bezeichneten in der germanischen, sind von Ludwig XIV., vom ersten und vom hoffentlich letzten Napoleon in einer Weise aufgefüttert worden, daß der Nationalcharacter dabei den tiefsten Schaden genommen hat. Die Gloire insbesondere, die noch jüngst einer Ihrer Minister das erste Wort der französischen Sprache genannt hat, ist vielmehr ihr schlechtestes und verderblichstes, das die Nation gut thun würde für eine Zeit lang ganz aus ihrem Wörterbuche zu streichen. Ist sie doch das goldene Kalb, um das diese seit Jahrhunderten ihre Tänze geführt, der Moloch, dem sie so viele Tausende ihrer Söhne und der Söhne ihrer Nachbarvölker zum Opfer gebracht hat und eben jetzt wieder bringt, das Irrlicht, das sie von gedeihlichen Arbeitsfeldern hinweg immer wieder in die Wüste und oft genug an den Rand des Abgrundes gelockt hat. Und während jene früheren Herrscher, Napoleon I. insbesondere, von diesem nationalen Dämon selbst auch besessen, mithin bei ihren wenn auch ungerechten Kriegen doch gewissermaßen naiv waren, war es bei dem letzten Napoleon die bewußte Absicht, zu den Zwecken kalter Selbstsucht die Nation irre zu führen, ihre Aufmerksamkeit von der sittlichen und politischen Verkommenheit im Innern nach außen abzulenken, was

ihn die nationale Leidenschaft der Glanz-, Ruhm- und Raubsucht fortgesetzt schüren hieß. Es ist ihm gegen Rußland in
der Krim, gegen Oesterreich in Italien gelungen, in Mexiko
hat er empfindliches Mißgeschick gehabt, gegenüber Preußen
aber den rechten Zeitpunkt verpaßt.

„Die Einheit, die er hintertreiben wollte, jetzt hat sie
Deutschland. Die unerhörte Anmaßung, die in dem Ansinnen
an den König von Preußen lag, war dem geringsten Bauer
in der Mark, wie den Königen und Herzögen südlich des Mains
unerträglich; wie ein Sturm wehte der Geist der Jahre 1813
und 1814 durch das deutsche Land, und bereits haben die ersten
Kriegserfolge uns ein Pfand gegeben, daß einer Nation, die
nur für dasjenige kämpft, wozu sie das Recht und die
Macht in sich fühlt, der Erfolg unmöglich fehlen kann. Dieser
Erfolg, um den wir ringen, ist einzig die Gleichberechtigung
der europäischen Völker, ist die Sicherheit, daß fortan nicht
mehr ein unruhiger Nachbar nach Belieben uns in den Arbeiten des Friedens stören und der Früchte unseres Fleißes berauben kann. Dafür wollen wir Bürgschaften haben, und erst
wenn diese gegeben sind, wird von einem freundlichen Einvernehmen, von einem einträchtigen Zusammenwirken der beiden
Nachbarvölker in allen Arbeiten der Kultur und Humanität
die Rede sein können; dann aber erst, wenn dem französischen
Volke der falsche Weg versperrt ist, wird es in der Lage sein,
Stimmen wie der Ihrigen das Ohr zu öffnen, die es von
jeher auf den rechten Weg, den Weg der redlichen Arbeit an
sich selbst, der Zucht und Sitte, hingewiesen haben.“

Die darauf erfolgende Antwort Renan's zeigte, daß auch er
durch und durch Franzose ist. Auch er behauptete: „Jede Verminderung des französischen Gebietes würde Frankreich aus der Zahl
der Völker streichen.“ — Welche Uebertreibung im Munde eines
Philosophen! „Beachten Sie wohl,“ lautete eine andere Stelle
seines Antwortschreibens, „daß, wenn unser geistiges Sein mit
allen seinen Vorzügen und Gebrechen verschwände, das mensch-

liche Bewußtsein geschmälert würde. Mannigfaltigkeit ist noth=
wendig, und die erste Pflicht des Menschen, der mit wahrhaft
frommem Herzen die Rathschlüsse der Gottheit zu ergründen
sucht, besteht darin, die providentiellen Organe des geistigen
Lebens der Menschheit, auch wenn sie ihm am wenigsten ver=
wandt und zusagend sind, zu ertragen, ja selbst zu achten."
Als ob es je den Deutschen in den Sinn gekommen wäre, die
Franzosen in ihren eigenartigen Erhebungen zu behindern, den
Fall ausgenommen, daß diese eigenartigen Erhebungen in Form
räuberischer Ueberfälle auftraten! — Aber fürchtet denn Herr
Renan wirklich, daß „Frankreichs geistiges Sein mit allen Vor=
zügen und Gebrechen" in Folge einer — Grenzberichtigung
verschwinden würde? Zu einem solchen Ergebniß sollte es
kommen, wenn Frankreich ein verhältnißmäßig kleines Grenz=
gebiet mit einer dem Stamme nach deutschen Bevölkerung ver=
liert? — Herr Renan setzt gar noch hinzu, Frankreich müsse
deutsches Landgebiet haben, damit — „deutsche Bildung ihm
durch dasselbe zufließe!" — Da haben wir's! — Nun
table noch Einer die Franzosen, daß sie auch die Rheinprovinz
und darnach noch dies und jenes deutsche Gebiet zu haben be=
gehrten! Sie wollten sich auf diese Art „deutsche Bildung"
zu eigen machen, um auf der Bahn allgemeiner Menschenver=
brüderung wieder ein gut Stück vorwärts zu kommen! —
„Ausgangs des vorigen Jahrhunderts" — zu diesem Geständniß
läßt sich Herr Renan herbei — „hatte Frankreich trotz des wun=
derbaren Feuers, das es beschwingte, kaum einen Begriff von
den Lebensbedingungen einer Nation und der Menschheit" —
doch schnell rührt er wieder die große Trommel, also kündend:
„Eilen wir, es auszusprechen: „So glänzende Mängel wie
sie Frankreich besitzt, werden in ihrer Weise zu Vorzügen
Noch hat Frankreich nicht das Scepter des Geistes, des Ge=
schmackes, der feinen Kunst, des Atticismus verloren; noch lange
wird es die Aufmerksamkeit der civilisirten Welt fesseln und
den Einsatz bestimmen, um welchen das europäische Publikum

seine Wetten veranstaltet. Die französischen Angelegenheiten
sind der Art, daß sie die Fremden eben so sehr und noch mehr
als die täglichen Vorkommnisse ihres eigenen Landes beschäftigen und in Leidenschaft versetzen. Der große Uebelstand seiner
politischen Lage ist das Unvorhergesehene; allein das Unvorhergesehene trägt ein doppeltes Gesicht: neben den schlechten
Chancen ruhen die guten, und wir würden uns keineswegs
verwundern, wenn nach beklagenswerthen Erfahrungen Frankreich Jahre eines ungewöhnlichen Glanzes durchlebte.
Frankreich vermag Alles, nur mittelmäßig kann es nicht sein."

Da haben wir den Franzosen im Philosophenmantel! In
einem „ungewöhnlichen Glanz" leben die Franzosen jetzt schon,
und selbst in Unglückstagen, die andere Völker zu ernster Ein-
kehr in sich nöthigen, arbeiten sogar Männer der Wissenschaft,
die sich Philosophen nennen, daran, diesen Glanz zu mehren —
es ist dies der Glanz der Phrase, deren Geburtsstätte Lüge
und eitles Wesen sind.

Prächtig wurde der große Renan in einer Flugschrift
von einem jungen russischen Diplomaten, der mehrere Jahre in
Frankreich gelebt hat, abgefertigt. „Ist denn die Eitelkeit",
heißt es in der Flugschrift, „die wahrhaft weibische Eitelkeit,
welche das Wesen des französischen Characters aus-
macht, nicht etwas Mittelmäßiges? Thut der Erfolg von
Rochefort's Laterne im Jahre 1868 gleich dem des „Siècle"
im Jahre 1864 nicht dar, daß in Frankreich gerade die Mittel-
mäßigkeit reussirt, wenn man nur die gehörige Dosis von
Phrasen und Geklapper anwendet und dem Volke von Zeit
zu Zeit von der Gloire Frankreichs und seiner Revolution
spricht? Und wie soll man Rouher als Staatsmann, Cousin
als Philosophen, Thiers als Historiker, Victor Hugo als
Poeten anders nennen als Mittelmäßigkeiten? Nichts besto-
weniger haben sie alle Succeß gemacht, weil sie direct oder in-
direct Frankreich von seiner „Gloire" zu erzählen verstanden,
das für diesen Appell niemals taube Ohren gehabt hat. Die

Gloire ist die Krankheit der Nation, und eine sehr ernste, welche chronisch zu werden droht, da diejenigen, die sie zu heilen berufen wären, nur daran denken, wie sie dieselbe zu ihrem Vortheil verwerthen können. Muß unter solchen Umständen das Volk nicht von einem wahren Ruhmesfieber befallen werden, das nicht blos ihm selbst die Ruhe raubt, sondern ihm auch die Ruhe Anderer als odiös erscheinen läßt?"

Von David Strauß war ein zweites Sendschreiben an Renan veröffentlicht worden, das, wie sein erstes, höchst wichtige Wahrheiten aussprach. Renan hatte unter Anderm geäußert, einzig die Furcht vor dem gallischen Adler habe die Süddeutschen unter dem preußischen Adler vereinigt; später, wenn der Antrieb zu dieser Vereinigung fortgefallen sei, werde sie auch hoffentlich nicht lange Bestand haben.

Darauf entgegnete Strauß: „Uebel wäre es, wenn, wozu Sie die Aussicht eröffnen, die südlichen Deutschen es jemals satt bekommen würden, sich dem preußischen Heerwesen anzuschließen. Nein, gestatten Sie mir es zu sagen, so gering denke ich von meinen süddeutschen Brüdern, so trüb von der deutschen Zukunft nicht. Sie glauben uns etwas Gutes zu wünschen oder vorherzusagen und wundern sich wohl, daß wir das Wohlgemeinte zurückweisen. Aber wir sehen nichts Anderes darin, als den Wunsch jenes Römers, eines edlen hochherzigen Mannes ohne Zweifel, und der nichts dafür konnte, daß er eben doch Römer war und blieb; das Wort des Tacitus meine ich, wo er die Götter bittet, unter den jugendfrischen germanischen Stämmen zum Besten des alternden Roms die Zwietracht erhalten zu wollen. Nein, wenn erst unsere Heere sieggekrönt über den Rhein in ihre heimathlichen Gaue zurückkehren, wenn sie so Manchen nicht mehr mit heimbringen werden, der froh und frisch mit ihnen ausgezogen war, dann werden sie uns als den besten und nicht zu theuer erkauften Siegespreis die Unmöglichkeit zurückbringen, daß, die jetzt in so vielen Schlachten sich zur Seite gestanden, für dieselbe Sache, gegen

denselben Feind gekämpft und geblutet haben, jemals wieder
sich sollten feindlich gegenüberstehen, ja nur jemals sollten von
einander lassen können. Das Blut seiner Söhne aus Nord
und Süd wird Deutschlands Einheit für alle Zukunft gekittet
haben, denn auch in diesem Sinn ist es ein wahres Wort:
„Blut ist ein ganz besonderer Saft.“

Auf den eigentlichen Streitpunkt übergehend, fährt Strauß
fort: „Daß Elsaß und Lothringen einmal zum deutschen Reiche
gehört haben, daß überdies im Elsaß und einem Theil von
Lothringen die deutsche Sprache, trotz aller französischen Bemühungen, sie zu unterdrücken, noch immer die Muttersprache
ist, war für uns nicht Veranlassung, Anspruch auf diese Länder
zu erheben. Wir dachten nicht daran, sie von einem friedlichen
Nachbar wiederzufordern. Nachdem er aber den Frieden gebrochen und die Absicht kundgegeben hat, unsere Rheinlande,
die er einmal mit höchstem Unrecht ein paar Jahre besessen,
abermals an sich zu reißen, jetzt müßten wir die größten Thoren
sein, wenn wir, als die Sieger, was unser war und was zu
unserer Sicherung nöthig ist (doch auch nicht weiter als dazu
nöthig ist), nicht wieder an uns nehmen wollten. Sie kehren
das „vae victis“ zum „vae victoribus“ gegen die „ihren Sieg
mißbrauchenden Sieger“ um; damit hat es, wie gesagt, keine
Gefahr; aber auch den Spott und die Reue werden wir uns
zu ersparen wissen, die den Sieger, der seinen Sieg zu be-
nützen versäumte, heimzusuchen pflegen.

„Sie sagen dem Kriege viel Schlimmes nach; ich hätte
wohl Lust, demselben, ohne Ihnen zu widersprechen, viel Gutes
nachzusagen; dann hätten wir vielleicht Beide zusammen die
Wahrheit erschöpft. Verderblich für die Sittlichkeit und weiterhin auch den Bestand der Staaten und Völker sind allerdings
von jeher die Raub- und Eroberungskriege gewesen, von den
asiatischen der Römer an bis auf die Ihres ersten Napoleon.
Dagegen haben solche Kriege, welche die Völker zur Abwehr
fremder Einfälle, zur Wahrung ihrer bedrohten Unabhängigkeit

unternahmen, neben allem Elend, das auch sie in reichem Maße
mit sich führten, doch regelmäßig einen Aufschwung des nationalen Lebens zur Folge gehabt, von den Perserkriegen der
Griechen an bis zu unseren deutschen Befreiungskriegen und
bis zu dem jetzigen, von dem wir für unsere inneren Angelegenheiten das Beste zu hoffen schon heute berechtigt sind.

„Uebrigens ist es eigen — und beweist einen merkwür-
digen Umschwung der Dinge — daß ein Franzose uns Deutschen den Frieden predigt. Ein Mitglied des Volkes, das seit
Jahrhunderten die europäische Kriegsfackel in Händen hält,
dem Nachbar, der immer nur zu thun gehabt hat, die Brände
zu löschen, die der andere in seine Städte geworfen, an seine
Saaten gelegt hatte. Was mußte geschehen, wie viel sich
ändern, bis es dahin kam! Der Franzose hat den Deutschen
so lange mißhandelt, so unaufhörlich bedroht, bis dieser endlich, um sich Ruhe zu schaffen, sich entschloß, seine Sichel zum
Schwert umzuschmieden. Und mit diesem Schwert hat nun
der Deutsche dem Franzosen so gründlich zugesetzt, daß dieser
anfängt, ihm die Segnungen der Sichel anzupreisen. Bei uns
bedarf es dieses Preisens nicht; wir wären am liebsten bei
der Sichel geblieben. Als Milo in der Verbannung die Ver-
theidigungsrede Cicero's zu lesen bekam, die dieser erst nach-
träglich zu dem berühmten Kunstwerk ausgearbeitet hatte, soll
er gesagt haben: „Hättest du so gesprochen, o Marcus Tullius,
so würde ich jetzt nicht in Massilia diese leckeren Fische essen."
Ganz ähnlich könnten jetzt unsere in Frankreich eingerückten
Söhne reden, gesetzt es fiele ihnen am Wachtfeuer das Blatt
mit Ihrem Sendschreiben in die Hand. Hättest du so zu deinen Franzosen gesprochen, o Ernest Renan, könnten sie sagen,
und, was die Hauptsache ist, sie zu deinen friedlichen Gesin-
nungen bekehrt, so würden wir nicht hoffentlich demnächst in
Paris diese köstlichen französischen Weine finden! — Aber die
Weine mögen ihnen noch so gut schmecken, die guten Jungen
wären doch lieber daheim geblieben. Sie fürchten, hochgeehrter

Herr, die Deutschen möchten nach solchen Anfängen am Krie-
gerleben Geschmack finden, und Sie bedrohen uns mit einem
eisernen Zeitalter für diesen Fall.   Die beste Warnung, wenn
es für uns einer solchen bedürfte, läge immer in einem Blick
auf Ihre Nation und die Folgen, die eine tiefgewurzelte Kriegs-
und Raublust für dieselbe gehabt hat. Wir Deutschen werden
das Schwert, das wir nur nothgedrungen ergriffen haben, zwar
nicht eher aus der Hand legen, als bis der Zweck dieses Krieges
erreicht ist; aber seien Sie sicher, wir werden es auch keinen Tag
länger in der Hand behalten."

Selbst der sich zur Zeit in England aufhaltende bejahrte
Staatsmann Guizot, Louis Philipp's ehemaliger Minister, der
doch lange Jahre der Beschaulichkeit durchlebt hatte, zeigte sich
von der allgemeinen Blindheit der Franzosen befangen. Auch er
ließ sich über die vorliegende Frage vernehmen. In einem offenen
Briefe behauptete er, es sei der Krieg von Seiten Preußens „ein
Krieg des Ehrgeizes und der Eroberung."   Denn „laut kün-
digen sie (die Preußen) an, daß sie Elsaß und Lothringen zurücknehmen wollen — Provinzen, die seit zwei Jahrhunderten
uns gehören, und welche wir durch alle Wechselschicksale der
Politik und des Krieges behauptet haben. Ja, die Preußen
thun noch mehr als dies; obwohl sie diese Provinzen nur theilweise und zeitweise in Besitz genommen haben, maßen sie sich
bereits die Ausübung der Souveränetät über dieselben an. [In
Lothringen haben sie ein Decret erlassen, wodurch sie unsere
Gesetze der Conscription und Rekrutirung für die Armee auf-
heben. Fragen Sie den ersten besten ehrlichen Deutschen, ob
dies nicht Handlungen eines siegreichen Ehrgeizes (??) sind,
wie er eine Nation zu einem bis in's Unendliche verlängerten
Ringen verpflichtet, zu einem Ringen, welchem nur ein Unglück,
wie eine Nation es nimmer annimmt, ein Ende setzen kann.
Seien Sie versichert, daß Frankreich den Character und die
Consequenzen, welche Preußen diesem Kriege giebt, nie annimmt. Wegen unserer ersten Unglücksfälle haben wir unsere

nationale Ehre zu vertheidigen und wegen der Ansprüche
Preußens haben wir unser nationales Gebiet zu verthei-
bigen und zu wahren. Diese beiden Dinge werden wir
um jeden Preis und ganz bis zu Ende verfechten. Ich muß
Ihnen sagen, und zwar ohne Anmaßung, daß wir bei unserer
Entschlossenheit — wie wir sie haben — über den Ausgang
dieses Ringens nicht ernstlich besorgt sind. Ganz zu Anfang
machten die Preußen eine gewaltige Anstrengung; eine Anstrengung bleibt noch zu machen übrig, diesmal auf unserer
Seite, und bis jetzt hat sie kaum begonnen. Wir waren sehr
zu tadeln, daß der Ausbruch des Krieges uns nicht besser vorbereitet fand, aber trotzdem wir stets den Kürzeren gezogen,
haben wir gesehen, was unsere Truppen werth sind, und
wie die Zeit fortschreitet, wird man dies immer mehr sehen und
fühlen. Ueberlegen sind wir den Preußen an Mannschaften,
Geld und Terrain, und in Ausdauer wollen wir es ihnen gleich-
thun, selbst wenn sie ausharren sollten, wie sie müssen, wenn
ihre Projecte die geringste Aussicht auf Erfolg haben sollen.
Das Zeitalter ist mit uns, und wir wollen das Zeitalter nicht
im Stiche lassen."

Guizot hatte seine Erklärung in der „Daily News" veröffentlicht, die ihm sofort antwortete. „Dieselben Leute," sagte
die Zeitung, „die noch vor sieben Wochen laut nach dem linken
Rheinufer schrieen, donnern heute gegen die fremde Invasion,
und seltsam genug, in diesem Punkte ist ein Mann wie Guizot
ebenso gesinnt, wie das wüthende pariser Straßengesindel. Nichts
kann aber so unphilosophisch und unwürdig eines Staatsmannes
sein, als sich über die Thatsache hinwegzusetzen, daß der Ursprung
und Urgrund eines Krieges nicht nur entschieden seinen Character bestimmen und seine Beendigung beeinflussen, sondern
auch gerade für die Friedensbedingungen die allergrößte Bedeutung haben muß. Wir können Guizot's Begriff von der
Ehre einer Nation nicht verstehen. Wenn ein Krieg einge=
standenermaßen ungerecht ist, und die Masse der Nation

darin übereinstimmt, so verlangt die Ehre der Nation, daß er
so bald wie möglich zu Ende gebracht werde. Auch im Uebrigen
ist Guizot nach unserer Ansicht mit seinen Argumenten stark
auf dem Irrwege. Wenn Deutschland siegreich ist, so darf es
ihm gewiß nicht verwehrt werden, solche materielle Garantieen,
die wichtig oder wesentlich für den Frieden in Zukunft sein
dürften, zu verlangen. Wenn irgend ein Grund der Rechtfertigung hierfür nothwendig wäre, so wäre er reichlich in den offenen
Absichten und dem Beispiele Frankreichs zu finden. Frankreich
begann den Krieg mit der ausgesprochenen Absicht, zwei
deutsche Provinzen als Kriegspreis zu nehmen. Jetzt, wo
es unterliegt, kann es nicht mit Folgerichtigkeit gegen die natürlichen Ergebnisse der Niederlage protestiren. Dieselben Rechts-
grundsätze finden auf Deutschland sowohl als auf Frankreich Anwendung. Die neutralen Mächte könnten in beiden Fällen mit
vollem Rechte gegen beträchtliche und bedeutende Gebietsver-
änderungen protestiren, allein ein leichter Territorialverlust ist
die natürliche, wenn nicht die unvermeidliche Folge der Niederlage. Und Deutschland kann mit Recht eine Grenzregulirung
fordern, die beitragen würde, für die Folge neue Angriffe ab-
zuwehren."

Ein Refugié erließ in einer berliner Zeitung ein Ant-
wortschreiben an Guizot. „Ein Hugenott", hieß es in demselben, „schreibt an Sie, ein Hugenott, dessen Familie seit 300
Jahren eine deutsche ist. Ich danke es meinen französischen
Vorfahren, daß sie auf mich ihr unter Blut und Wunden
wohlbewahrtes Märtyrererbe des evangelischen Glaubens ver-
erbt haben; ich schaue auf sie mit kindlicher Pietät zurück, aber
ich sehe auch, daß meine Familie von der Hand Gottes in die
Ferne geführt worden ist. Der Herr hat den Meinigen einst
gesagt: „Geht aus eurem Vaterlande und von eurer Freundschaft", und sie sind gegangen; er hat ihnen wie dem Abraham
ein anderes Land des Wohnens zugewiesen und hat sie einem
anderen Volke eingefügt, mit dem sie ein Fleisch und Blut wer-

ben follten — und fie find gehorfam geworden. Wir vertrie-
benen Hugenotten Frankreichs find, weil Gott es von uns gefordert hat, jetzt nicht mehr Franzofen, fondern Deutfche, und
haben es hernachmals gelernt, die Wege Gottes zu lieben; wir
find jetzt Deutfche mit Leib und Seele. Das verlangen Sie
auch, hochverehrter Herr, von uns, Sie verlangen es als Einer,
der die Wege Gottes kennt und verfteht; Sie würden es uns
mit Recht zum Vorwurf machen, wollten wir, nach Gottes
Willen gegenwärtig Deutfche, noch heute Franzofen fein und
der Führung widerftreben, die uns aus dem alten Boden ent-
wurzelt, in einen neuen aber eingewurzelt hat.

„Darum erlauben Sie mir wohl, Ihnen mit einigen
Worten zu nahen, nachdem Sie Ihre Stimme in der Sache
des gegenwärtigen Krieges fo laut erhoben haben. Sie ver-
urtheilen den Angriff auf Preußen, aber Sie fordern, daß
Frankreich nicht diejenige Strafe des Befiegten leide, die für
andere Völker gemeiniglich ein Verluft an Land und Leuten
gewefen ift.

„Wie aber kann ein Franzofe eine folche Forderung aus-
fprechen? Worauf gründet fich fein Anfpruch, fein fittlicher
oder chriftlicher Anfpruch, eine Ausnahmeftellung unter den
Nationen einnehmen zu wollen?

„Haben Sie felbft, haben Ihre Capetinger, Ihre Valois,
Ihre älteren Orleans, Ihre Bourbonen, Ihre Republik, Ihre
Napoleonen, kurz alle Ihre Regierungsgewalten nicht ohne Ausnahme anderen Staaten, fogar im Frieden, Provinzen und
Länder genommen? Haben Sie denn gefragt, ob die von Ihnen
Befriegten ihre Gebiete für unverletzlich hielten, wie das heutige Frankreich mit dem feinigen thut? Oder hätten Sie wohl
jemals folchen Anfprüchen ein fittliches Recht zugeftanden?
Haben nicht Ihre Herrfcher und Obrigkeiten ftets das Recht
des Siegers geltend gemacht, den nach errungenen Siege auch
zu fchwächen, der fonft gar leicht wieder in die Verfuchung gerathen könnte, trauend auf die neu erftarkten Kräfte, eine neue

Blutarbeit mit Ihnen zu beginnen? Haben nicht Spanien,
England, die verschiedenen Theile des gegenwärtigen Frankreichs,
die Schweiz, Oesterreich, Preußen, Deutschland, Italien, Rußland, Asien, Afrika und Amerika der Forderung des Landes,
welches einst in geringerem und hernach in größerem Umfange Frankreich hieß, nachgeben müssen, von ihren Gebieten
Abtretungen an Frankreich oder an andere zu machen, lediglich auf sein das Recht des Siegers geltend machendes Gebot hin?"

„Glücklicherweise," sagte Felix Dahn, „ist der Streit der
Presse für und wider die Erwerbung bereits unnütz; daß das
Elsaß und der unentbehrliche Theil von Lothringen genommen
(oder behalten) wird, steht fest, so unwiderruflich wie der
deutsche Sieg. Daß sich dawider in Deutschland selbst Stimmen erheben konnten, war eben nur möglich in — Deutschland,
d. h. in Deutschland wie es vorher war, aber nach seiner Auf-
erstehung zu politischem Leben nicht bleiben wird. Dagegen
sprachen nur die Doctrinäre, die in der Arbeiter-Blouse nicht
minder als im Gelehrten-Schlafrock vorkommen.

„Man hat Volksabstimmungen verlangt: wir wollen uns
darauf einlassen — in 60 Jahren. Wenigstens wollen wir die
Wiedergewonnenen so behandeln, und namentlich so regieren,
als ob es wirklich gelte die nächste Generation frei wählen zu
lassen; die rechte Mutter nimmt die Tochter wieder in ihr
Haus: Schmach über sie, verdrängt die Liebe und Weisheit
ihrer Pflege nicht bald das Bild der Stiefmutter!

„Man hat auch dem Elsaß — und sogar Lothringen! —
die Anhänglichkeit an Frankreich zum Vorwurf gemacht. Nichts
ist ungerechter. Der Widerstand gegen die Vergewaltigung
war in den beiden ersten Generationen sehr lebhaft, und ganz
gelöst wurde der Zusammenhang mit Deutschland nie: Sprache,
Sage, Sitte bezeugen es. Und ist es zu verargen, wenn die
Leute, vom Reich aufgegeben, zuletzt gern der Großmacht angehörten, welche Europa immer blendete und häufig beherrschte,

lieber Theil hatten an der politischen Ehre des starken einheit-
lichen Frankreichs, als an der unsäglichen politischen Schmach
des ohnmächtigen zerstückelten Deutschlands?

> „Laßt seh'n, ob nicht zum Vaterlande
> Das Herz des Elsaß wieder neigt,
> Wenn ihr ihm statt der alten Schande
> Den Spiegel deutscher Ehre zeigt.“

„Nehmet die Wiedergewonnenen in ein ruhm- und macht-
und freiheitstarkes Deutschland auf, und dann, wenn die nächsten
Geschlechter noch nach Paris hinüberschielen, dann scheltet sie.
Jetzt aber ehret sie für die Treue mit der sie an der wälschen
Ziehmutter hangen: auch diese Treue ist deutsch.“

Zum Schluß dieses Abschnitts noch ein Wort über die
Phrasen von der „Ländergier der Hohenzollern,“ mit denen
die Gegner der Annexion des Grenzgebietes Elsaß und Lothringen um sich geworfen hatten. „Im Gegentheil“, war ihnen
von David Strauß entgegnet worden, „Mäßigung, nicht
Uebermuth, ist hohenzollern'sche Tradition. Schlesien wollte
Friedrich von Oesterreich haben, aber weiter nichts; und so
wird man auch finden, daß Wilhelm I. seine Ansprüche
an Frankreich ebenso bestimmt begrenzt hat, als er
sie durchführen wird.“ Wer über diesen Gegenstand im
mindestens zweifelhaft sein sollte, der vergleiche einmal das,
was Preußen im September 1870 von Frankreich forderte,
mit dem, was Napoleon im Juli 1807 unter dem Jubel
seines Volkes dem preußischen Staate im Frieden von Tilsit
nahm. Preußen wurde von 5570 Quadratmeilen auf 2877
und von 9,743,000 Einwohnern auf 4,938,000 — also um
etwa die Hälfte — reducirt, ganz abgesehen davon, daß Frankreich durch den Besitz der Oderfestungen und Danzigs festen
Fuß in Preußen behielt, daß diesem durch die Continen-
talsperre die Hauptader des Handels unterbunden und ihm
bis zur erfolgten Zahlung einer für die damaligen Verhältnisse und den Umfang des Landes großen Contribution

von 226 Millionen Francs ein Heer von 150,000 anspruchs-
vollen Franzosen ins Land gelegt worden war.

Wenn man Beispiele von Vergewaltigungen vorführen
will, dann war der Tilsiter Friede eine der ärgsten, die je
vorgekommen ist, und wenn man erwägt, daß die französischen
Geschichtsschreiber dafür nur Worte des Lobes hatten und selbst
ein Thiers die Handlungsweise Napoleon's des Ersten gegen
Preußen im Jahre 1807 mit der Phrase deckte „Nach dem
Recht des Eroberers verlor Preußen" — — —, so muß man
eben so über die Mäßigkeit der Forderungen, die der siegreiche
König Wilhelm an Frankreich stellte, wie über die Blindheit
der Franzosen staunen, die über Vergewaltigung schrieen.

* * *

Straßburg.

„Ei so weht nur, wälsche Fahnen! Aus der Nacht entsteigt der Tag,
Wo empor der deutsche Adler sich erhebt mit mächt'gem Schlag.
Wo er schlägt die starken Fänge in des Domes Felsenkleid
Und verkündet siegesjubelnd Deutschlands neue Herrlichkeit."

So hatte prophetisch ein elsässischer Dichter (Karl Hacken-
schmidt) an dem Tage gesungen, an welchem zur Feier des
Sieges von Solferino französische Fahnen vom Münster zu
Straßburg herabwehten; jedoch nur abschriftlich war sein Gedicht im Kreise Gleichgesinnter verbreitet worden. Sicherlich
fand keiner der Freunde etwas Anderes in dem Gedichte als
den Ausdruck unstillbarer Sehnsucht eines seinem Stammes-
volke treu anhängenden Gemüths, dem man Phantasien solcher
Art zu Gute halten müsse. Ja es ist keine Frage, daß der
Dichter selbst, wenn er veranlaßt worden wäre, zu erweisen,
daß eine nahe bevorstehende Wiedervereinigung Straßburgs und
des Elsasses mit Deutschland aus der Lage der politischen Verhältnisse sich folgern lasse, verstummt sein würde. „In der Po-

litik" — so hätten ihm wohlmeinende Freunde sagen können —
„muß man mit Größen rechnen, die da sind, und nicht mit
solchen, die da waren. Wo ist der deutsche Adler? O, er
war schon altersmatt vor zweihundert Jahren, als er es geschehen
ließ, daß Straßburg geraubt ward, und im Jahre 1806,
als Napoleon I. erklärte, er kenne ein deutsches Reich nicht,
starb er hin, so daß er jetzt nur noch als ein Schatten in der
Geschichte umherschwankt." — So hätten Politiker sprechen können,
aber der schweigende, sinnende Dichter wäre vielleicht dadurch
von seinem Glauben und Hoffen dennoch nicht bekehrt
worden. Wie, wenn er das Rauschen der Quellen geschichtlichen
Lebens vernommen, die das Auge des Politikers erst
sieht, wenn sie zum Durchbruch gekommen sind? Wie, wenn
er in dem andachtsvollen Anschauen, in dem ernsten Versenken
in die Geschichte seines Mutterlandes zu dem festen Glauben,
ja zu der felsenfesten Ueberzeugung gekommen wäre, daß das
deutsche Volk seit den Tagen der Reformation in einer Verjüngung
begriffen sei, die es fort und fort erstarken gemacht,
die ihm bereits eine Kraft verliehen habe, welche nur des Anlasses
bedürfe, um auch von dem Auge des Politikers gewürdigt
zu werden? Wie, wenn er den aus Trübsal und Noth
vergangener Zeiten phönirgleich sich erhebenden brandenburg-
preußischen Adler als den werdenden neuen deutschen Adler
erkannt, wenn die Wahrnehmung untrüglicher Hoheitszeichen
an demselben in ihm den Glauben erzeugt hätte, es werde
dieser aus der Asche hingesunkener Reichsherrlichkeit wieder-
geborene Adler eines Tages sein kräftiges Gefieder schütteln
und die Schwingen zu neuem Fluge ausbreiten, um verloren-
gegangene Güter wieder heimzuholen in das Heiligthum des
Reiches, das entweiht wurde durch Frevler von der Zeit an,
in der mit der Hinrichtung Konradins das in Rom geplante
und von Paris unterstützte Werk der gänzlichen Ausrottung
des hochherrlichen hohenstaufischen Kaisergeschlechts gelungen
war? — Wer kann es wissen, welches Schauen (über das

sich mit Politikern freilich nicht hätte reden lassen, ja über welches er selbst als Politiker nicht Rede zu stehen vermocht
hätte) die Seele des Dichters erfüllt hatte? Genug, von
dem geschichtlichen Geist, für dessen leises Wehen in seinem
Gemüthe Empfänglichkeit vorhanden war, ergriffen, hatte er
seinem Empfinden Worte gegeben, und die Zeit der Erfüllung
seines prophetischen Ausspruches war nun da.

Der Adler hatte seinen Flug über den Rhein genommen,
drei Flügelschläge — Weißenburg, Wörth, Spicheren — waren
genügend gewesen, den gallischen Hahn von den Ufern des
Rheins zurückzuscheuchen. O du gallischer Hahn, der du eben
noch so laut gekräht hattest, dir sollte es nicht gelingen, dich
dem immer wieder zu neuem Ansturm sich erhebenden deutschen
Adler zu entziehen! Wohin du dich auch wendetest, um neue
Kraft zu sammeln oder dich zu verbergen, die Blutspur, die
du hinterließest, wie auch dein umhergestreutes blutiges Gefieder
führte zu jedem deiner Schlupfwinkel!

Aber der Adler hatte gleich nach den ersten drei Siegen hellen Auges stromaufwärts geschaut nach dem Kleinod
Straßburg.

Straßburg war in Deutschland vielfach angesehen worden
als die von Ludwig und Hartmut geraubte Gudrun der Helden-
sage, nur daß man sich längst gestanden hatte, sie harre nicht
mehr gleich jener königlichen Jungfrau sehnsüchtigen Sinnes
auf die Befreier. Verlangend und hoffend hatte sie lange Zeit
hinüber geschaut nach den östlichen Gestaden des Rheines; doch
waren Wogen auf Wogen vorüber gerollt, Monden auf Monden vergangen, kein Spieß, kein Helm hatte der Stadt am
erwachenden Morgen entgegengeblitzt als Anzeichen dafür, daß
der Kampf um ihre Wiedergewinnung beginnen solle. Als
endlich die Kunde zu ihr gedrungen war, man kämpfe nur mit
papiernen Schwertern für sie, nämlich mit „Protesten" gegen
ihre widerrechtliche Besitzergreifung, da hatte sie zornentbrannt
die Thräne vom Auge geschüttelt, und es war von da ab aus

ihrer Haltung das Bestreben erkennbar hervorgetreten, sich mit
den neuen Verhältnissen zu versöhnen. So war das Andenken
an das Mutterland von Geschlecht zu Geschlecht schwächer geworden, wenn auch Sprache und Sitte des Heimathlandes als
ein Schatz bewahrt worden war.

Mit treuerer Liebe hing das Mutterland an Straßburg,
und die Liebe war in letzterer Zeit in dem Maße wieder stärker
geworden, in dem das Interesse für die Literatur der Deutschen
und für vaterländische Geschichte zugenommen hatte. Nach der
Ansicht eines Mitkämpfers lag dieser Erscheinung etwas Anderes
zu Grunde. „Wenn ich mich frage," sagt derselbe, „welches
wohl der tiefere Grund der Liebe des deutschen Volkes zu Straßburg ist, so finde ich ihn nicht in der ehemaligen, für die Straßburger selbst in der Erinnerung verblaßten reichsstädtischen
Großheit, nicht in der, kaum der gelehrten Welt noch zugäng-
lichen Erinnerung an ihren literarischen Ruhm, an ihre großen
Männer Tauler, Geiler von Kaisersberg, Sebastian Brant,
nicht darin, daß hier eine erste Zufluchts- und Pflegestätte für
die neuerfundene Buchdruckerkunst gegeben war, noch in dem
vollen Echo, das die „Wittenbergische Nachtigall" (wie Luther
von Hans Sachs genannt ward) hier gefunden — das Alles
hatte das deutsche Volk seit dem Unglückstage, an dem die
Stadt französisch geworden, fast vergessen. Wir liebten Straßburg um eines goldgelockten, götterbegnadeten Jünglings willen,
um Göthe's willen. Er hatte es uns angethan mit der ent-
zückenden Schilderung jenes unendlich glückseligen Aufenthaltes,
dessen er dort vor nun gerade hundert Jahren genossen. Wir
alle haben Theil an dem vollen reichen Menschenleben, das nie
wieder und kaum jemals zuvor ein Sterblicher in solch schöner
Fülle ausgelebt hat, und so gehört uns im Geiste auch jede
geweihte Stätte, die er betrat. Aber Straßburg hat er uns
noch in anderem Sinne zu eigen gemacht. Die Scham, diese
Stadt und das schöne Elsaß durch unsere unselige Zerrissenheit
verloren zu haben an jene Nachbaren, von denen der Sinn des

jungen Göthe sich mehr und mehr abgestoßen fühlte, diese Scham
lebte auf in allen deutschen Herzen, wenn sie in „Wahrheit
und Dichtung" lasen, welchen Edelstein wir hingegeben hatten.
So ward durch ihn die alte Liebe wieder zur Sehnsucht."
Eines wie das Andere mag dahin gewirkt haben, daß es also
gekommen war.

Worin lag nun der Grund, daß in Straßburg wie im
Elsaß überhaupt die Menge einer solchen Stimmung des Mutterlandes gegenüber kalt geblieben, ja daß, wie auch Graf Bismarck in seiner Unterredung mit Favre zugab, in der Bevölkerung geradezu Anhänglichkeit an Frankreich entstanden war?
Diese Frage beantwortet die „Schlesische Z.", indem sie dieselbe
zugleich auf Deutsch-Lothringen ausdehnt, dahin:

„Elsässer und Deutsch-Lothringer haben ihre urdeutsche
Kriegs- und Wanderlust, ihr fahrendes Landsknechtsthum nir-
gendwo besser verwerthen können, als in Frankreich. Während
des letzten Krieges zählte Elsaß-Lothringen zusammen wohl gegen
60,000 seiner Söhne in allen Stellungen des französischen Heeres, also ungefähr das Doppelte von dem, was die meisten
Landstriche gleicher Größe in Deutschland an Soldaten und Land-
wehrleuten stellen. Frankreich bot den Söhnen Unbemittelter im
Militärdienste eine befriedigende Lebensstellung, eine Versorgung
für die Zukunft. Sei es, daß der Einsteher sich mit seinem Kauf-
gelde begnügte, um nach beendigter Dienstzeit mit demselben ein
Geschäft zu gründen, sei es, daß er durch längeren Dienst eine
Pension oder eine Civilversorgung erwarb: er war immer versorgt, und das durch den Staat. Die Zahl der niedern Beamten, die aus dem Militärstande hervorgehen und aus Elsaß-
Lothringen stammen, ist ganz ungewöhnlich. Nicht nur die
Provinz selbst, sondern Paris und alle Theile Frankreichs
wimmeln von Elsässer und Lothringer Gensdarmen und Grenz-
aufsehern, Förstern, Kanzleidienern u. s. w. Die Pariser Garde
municipale und die Polizei zählte allein mindestens 3000 El-
saß-Lothringer. Der Militärstand war ein Erwerb, eine Lauf-

bahn, die schon außer diesen Umständen den Elsaß-Lothringern
ganz besonders zusagte. Durch die Gewohnheit ist diese Art der
Versorgung eine Nothwendigkeit, ein Bedürfniß für einen so
starken Theil der Bevölkerung geworden, daß dieselbe insgesammt dabei interessirt war. Die wohlhabenderen Stände dagegen waren durch die leichte Befreiung vom Militärdienste wiederum an fast ganz entgegengesetzte Verhältnisse gewöhnt, die
ebenfalls mit dem Interesse der Uebrigen zusammenhingen. Sie
hatten eine größere Freiheit in ihren persönlichen Neigungen, Gewohnheiten und Unternehmungen. Welche Anschauungen dieselben
vom Kriegsdienste haben, mag man leicht ermessen, wenn man
die Behäbigkeit des französischen Bürgers nur einigermaßen
kennt. Er ist für ihn fast das Schrecklichste, was es geben
kann, besonders wenn derselbe als Pflicht gefordert wird. Ein
weiterer Umstand, warum Elsaß-Lothringen so eng mit Frankreich verwachsen, und sich unter allen Verhältnissen nur schwer
davon wird trennen können, ist — daß mindestens 70 bis 80
Tausend seiner Kinder in Paris und in allen Theilen Frankreichs als Arbeiter und Geschäftsleute leben. Wer zu Hause
nicht fortkommt, geht ins Innere und findet dort wegen des
in vielen Gegenden stattgehabten Rückgangs der Bevölkerungs-
zahl meist was er sucht: eine Lebensstellung. Uebt doch Paris und
Frankreich aus denselben Gründen eine ungemeine Anziehungs-
kraft auf alle westlichen Provinzen, ja auf ganz Deutschland."

Wie mag daher Gudrun-Straßburg aufgeschreckt sein, als
nach dem Donner von Wörth, das nur zehn Stunden von
Straßburg entfernt ist, die Kunde zu ihr drang, Mac Mahon
sei geschlagen und die Deutschen seien im Anmarsch, um Besitz
von der Stadt zu nehmen!

In welcher Gestalt trat die Kunde auf?

Lebendig schildern dies die unter dem Titel „die Belagerung und das Bombardement von Straßburg; von G. Fischbach"
veröffentlichten Tagebuch-Aufzeichnungen eines Straßburgers.
„In der Schlacht bei Wörth," heißt es daselbst unter dem

6. August, „erschallt der Ruf „sauve qui peut!" und alsbald erzittert der Boden der Straßen nach Hagenau unter dem Hufschlag der Rosse, auf denen Tausende von Reitern fortsprengen. Lanciers, Cürassiere, Artilleristen, Turcos, Zuaven, Chasseurs, jeder sprang hastig auf das erste beste Pferd und alle jagten keuchend davon, indem sie die Bevölkerung in Angst und Bestürzung versetzten durch ihr Gebrüll und das Schreckensgeschrei: „Die Preußen! Die Preußen!" Die flüchtigen Schaaren, zu Pferd, zu Fuß, eilten wie besessen durch Hagenau das Straßburger Thor hinaus. Die Einen flohen querfeldein, Andere eilten bis nach Straßburg."

So kam die Kunde von der Niederlage bei Wörth nach Straßburg. Sie erzeugt fieberhafte Aufregung in der Stadt. „Im nämlichen Augenblicke kommen aus den Vorstädten Züge Verwundeter von dem zwei Tage vorher vorgefallenen unglücklichen Kampfe von Weißenburg, und der Anblick dieser mit Blut und Koth besudelten Leute, dieser verstümmelten Krieger, die man auf unbedeckten Bahren trug, alles dies verbreitete vollends einen dichten Trauerschleier über die Stadt Straßburg. Plötzlich ertönt schauerlicher Trommelschlag: das ist der Generalmarsch, welcher die Angst auf's Höchste steigert. Die Kaufläden, die Häuser werden geschlossen; die Soldaten laufen nach den Casernen; man glaubt, daß der Feind vor den Thoren sei. Sogleich gehen Befehle nach allen Seiten ab; die Zugbrücken werden aufgezogen, und um sieben Uhr Abends ist die Stadt völlig geschlossen. Hunderte von Einwohnern sind ausgesperrt und werden erst nach langem Bitten und Schreien wieder eingelassen. — Dies ist der erste Tag, der Anfang einer langen Reihe von Unglückstagen. Am andern Morgen wälzen sich die Massen der Tags zuvor geschlagenen Armee in die Thore von Straßburg herein; es war ein großer Theil des rechten Flügels der „Rheinarmee." Zuerst kamen Einzelne, dann Rotten von je zehn, zwanzig, dreißig Mann, viele verwundet, auf einen Stab, eine zerbrochene Flinte gestützt, oder

in den Wagen des Fuhrwesens liegend; Cavaleristen ohne
Waffen, ohne Helme, mit Koth bedeckt, die Offiziere nieder-
gebeugt, auf den Arm von Soldaten gestützt. Dieser Zug
dauert Tag und Nacht und hat am andern Morgen noch
kein Ende."

Neue Kunde: Der Feind folgt in Eilmärschen! Damit
hatte es seine Richtigkeit, und es sollte zur Wahrheit werden,
was das Soldatenlied sang:

> „O Straßburg, o Straßburg, du wunderschöne Stadt,
> Jetzt rückt vor deine Wälle der preußische Soldat,
> Der preußische, der bay'rische, der schwäbische Soldat,
> Der will jetzt wieder haben die alte deutsche Stadt."

Ringsum Frieden in der Natur, während es in der
Menschen Gemüthern tobt und stürmt. Nicht der Sichel Klang,
nicht der Schnitter Lied sollte in der gesegneten Landschaft ertönen, sondern Waffenklang, Kampfesgetöse. Nicht Erntewa-
gen sollten den Segen des Feldes und der Weinberge auf den
mit Fruchtbäumen eingefaßten Wegen den Scheuern zuführen,
sondern die Wege sollten sich füllen mit den furchtbaren Zügen
der Kriegsfahrzeuge. Denn Gudrun-Straßburg hat den wilden
Kampfesmuth Brunhild's angenommen, und die Aufbietung
einer Siegfriedgewalt ist nothwendig geworden, ihre Ergebung
zu erzwingen.

Wenden wir das Auge zunächst der Landschaft zu, die
Schauplatz des Kampfes werden sollte. Wir folgen einem Berichterstatter der „N. Pr. Z.," Oscar Schwebel, der vom hohen
Münster zu Straßburg und darnach auch von dem der Stadt
nahen Landsberg seine Blicke schweifen ließ durch die Lande
und uns ein Bild von dem gab, was er erhobenen Gemüths
schauete. „Drüben im Norden ragt der Scherhol und der Gais-
berg hervor; wir wissen, was deutsche Tapferkeit bei der Stadt
geleistet hat, welche an dem Fuße dieser Anhöhe liegt (Weißenburg). In blauen Farbentönen zieht sich dahinter das Hardt-
gebirge entlang: die beiden hohen Gipfel über ihm sind der

Trifels und der Gutenberg. Es sind öde Ruinen in tiefer
Waldeinsamkeit. In tiefen, von Laub überwölbten Bergrinnen
fällt ein Bach von der einsamen Ruine Gutenberg ins Thal
herab. — Nach Osten breitet sich weit vor uns aus das herrliche Rheinthal. Drüben, vom badischen Ufer her, grüßen der
Eichelberg an der Murg, der Schauenberg, die Ruinen von
Staufenberg und Fürsteneck. Da liegt Kehl mit seinen gewaltigen Kirchenbauten und stattlichem Zeughause; dicht vor
uns winden sich die Rheinarme durch die grüne Ebene. In
immer schwächeren Tinten ragen uns dort die Gebirge von
Lahr, dort der Feldberg, dort der Belchen und Blauen entgegen, bis bei dem Kaiserstuhl das zurücktretende Gebirge sich
dem Auge ganz und gar entzieht. — Wir wenden uns nach
Süden; drüben der Schwarzwald, hier der Wasgau begrenzen
das landschaftliche Bild. Dort ziehen sich lange Baumreihen
in schnurgeraden Linien hin; es sind die Alleen, welche die
Canäle des Elsasses begleiten. Das herrliche Gebirge des
Wasgau erschließt nun unsern Blicken seine schönsten Punkte,
— dort liegt der Sulzer Kopf, beinahe 3000 Fuß hoch; dort
die malerische Ruine Dreien-Eren. Drei gewaltige viereckige
Thürme, die Ueberbleibsel dreier Burgen auf einem Berg,
Dagsburg, Wahlenburg und Weckmund genannt — so über-
ragt Dreien-Eren das kleine Städtchen Egisheim, innerhalb
dessen sich noch ein viertes Schloß aus der Zeit der Karolin-
ger befindet. Die Grafen von Egisheim waren ein stolzes
Geschlecht, welches sich von den alten Landgrafen des Elsasses
ableitete, — sie hatten einen Papst unter den Mitgliedern
ihres Hauses; Bruno, Graf von Egisheim, zuerst Bischof von
Tull (Toul), dann als Leo IX. Papst, wurde 1002 in jenem
alten Schlosse geboren. Die Egisheimer Berge sind mit Wein-
reben bepflanzt; auf diesen Hügeln fochten einst die Bürger
gegen den Dauphin Ludwig und seine Schaaren, die Armag-
naken; sie wurden geschlagen, der Dreien-Eren wurde gebrochen.
Hinter seinen Ruinen taucht dort der Flecken Hattstadt auf,

über ihm die Trümmer der jetzt gleichnamigen, früher Barben=
stein genannten Burg, auf welcher einst die Grafen von Lupfen
seßhaft waren. Die Bürger aber von Münster im St. Geor=
genthale nahmen 1466 blutige Rache an diesen Wegelagerern, sie
stürmten und verbrannten das Raubnest. Daneben liegt die
Ruine Hohen=Landsberg, welche einem der edelsten Geschlechter
des Elsasses den Namen gab. Durch Festigkeit, Ausdehnung
und vortheilhafte Lage übertraf dies Schloß meist alle elsässi=
schen Burgen; es war von einer dreifachen, 10 Fuß dicken
und von Thürmen gekrönten Mauer umgeben. Der berühmte
Türkenbesieger Lazarus Schwendi, dessen Güter in dieser Ge=
gend lagen, erweiterte 1569 noch die Befestigungen, aber vor
dem kühnen Muthe des Rheingrafen Johann Philipp und sei=
ner schwedischen Helden fiel Hohen=Landsberg doch. Von den
französischen Generalen Manicamp und Mondoisy wurde 1635
die Burg eingeäschert, aber die dicken Mauern stehen heut noch
und umgeben einen Burghof, auf dem ächte, dornröschenhafte
Poesie lagert. In den Felsen ist ein unergründlich tiefer Brun=
nen gegraben — von den grünüberzogenen Mauern schallt ein
lebhaftes Echo wieder. — Und nun noch ein Blick von dem
Landsberg! Auch von ihm ist die Aussicht über das Elsaß
eine zauberhafte. Zwei gewaltige blaue Säulen, ragen die
Münsterthürme von Straßburg und von Basel in die Höhe,
zwischen ihnen die prangende Ebene, der Rhein wie ein Gold=
faden durch sie hinziehend, der Schwarzwald und die fernen
Alpen sie abschließend; auf einem schönern Punkte konnten die
Landsberger ihre Burg nicht erbauen. Weiterhin steigt der
Belchen von Gebweiler in schön geschwungenen Linien auf; an
ihn schließen sich die Ruinen von Kiensheim, Rappoltsweiler,
Hohenkönigsburg, Ortenburg, Bernstein und Frankenburg, die
Sitze eben so vieler adeliger Geschlechter, von denen nun nichts
mehr geblieben, als der Name. Im Flecken Kiensheim an der
Weiß befinden sich die Grabmäler der Schwendis; eine kleine
Kapelle des Ortes umschließt zwei wunderthätige Bilder der

II. 13

Jungfrau und des heiligen Johannes, welche beim Brande des Fleckens Siegolsheim auf wunderbare Weise gerettet wurden. Wie einst Kaiser Friedrich III., so wallen auch heut noch die Pilgrime nach Kiensheim, um ihrer Bürden ledig zu werden. Auch Rappoltsweiler wird wie Egisheim von drei Burgen, Hohen-Rappoltstein, Girsberg und St. Ulrich beherrscht; sie gehörten einst den salischen Kaisern, von denen Heinrich IV. und Heinrich V. mehrfach hier verweilten, und gingen von ihnen auf die mächtigen Dynasten von Rappoltstein über, welche ihre Abkunft von den Markgrafen von Spoleto herleiteten und Könige und Schutzherren aller fahrenden Leute im römischen Reiche während des Mittelalters waren. Drum sprach man von einem „Kesselflicker-Königthum der Herren von Rappoltstein". Ihre Fahne aber mit den drei rothen Schildlein auf weißem Grunde hat auch im heiligen Lande hinter Kaiser Konrad's III. Panier geweht. Schloß Bernstein ist eine uralte, von dem Allemannenherzog Bero erbaute Warte, — auf Hohenkönigsburg saß einst das Sickingische Geschlecht. An diesen Kranz von Burgen schließen sich weiter westlich der große Bressoir und der Ungersberg, und grad über das Dach der Thomaskirche hinstreifend, trifft unser Auge Hohenburg und das Kloster der heiligen Odilia. Schloß Hohenburg ist in dem Kampfe, den der letzte Ritter, Franz von Sickingen, mit dem Pfalzgrafen, dem Kurfürsten von Trier und dem Landgrafen zu Hessen aufnahm, in Ruinen gesunken; es wurde von den Fürsten verbrannt, nachdem Sickingen auf dem Landstuhl gefallen war. Neben der zerstörten Veste aber liegt das uralte, noch bestehende Kloster St. Odilia. Es ist ein prächtiger Platz, der Berggipfel Hohenburg dort drüben: in der Nähe blitzen durch die finsteren Waldungen die Ueberreste der Ritterschlösser, die Hügel ringsum schmückt Weinlaub, die Wiesen ein wunderbar frisches Grün. In weiterer Ferne liegen dort etwa zwanzig Städte und gegen 300 Dörfer dem Blicke frei, — man sieht die silbernen Fluthen des Rheins, die ferne Py-

ramide des Straßburger Münsters, ja die Gipfel der Alpen-
vorläufer, bedeckt mit ewigem Schnee und von den Strahlen
der untergehenden Sonne rosig beschienen. Zu Füßen des Klo-
sters liegt die alte Priorei Truttenhausen, auf den benachbarten Felsen des Männelsteins beginnt die berühmte Heiden-
mauer. Es ist zweifelhaft, ob dieselbe celtischen oder römischen
Ursprungs ist; sie hat eine Höhe von durchschnittlich 7 Fuß
und besteht aus behauenen Steinen, ohne Kitt und ohne Mör-
tel aufeinandergesetzt und durch eiserne Krampen verbunden.
Das interessanteste Bauwerk drüben aber ist St. Odilienkloster.
Die Heilige, welche 690 hier ein Kloster gründete, ist die Tochter
des elsässischen Landgrafen Adalrich oder Ethiko und der Beres-
winda — in der Engelskapelle im Kloster sind die Sarkophage
des Fürstenpaares noch erhalten. In vergangenen Jahrhunderten sind Kaiser und Könige oft zu der lieblichen Wohnung
der Heiligen gewallfahrtet, so Karl der Große mit seiner Gemahlin Richardis, Papst Leo IX., König Richard Löwenherz
von England und Christian I. von Dänemark. Eine unglückliche Fürstin, Sybilla von Apulien, die Gemahlin des Kreuz-
fahrers Tancred, hat auf Befehl des finstren Kaisers Heinrich VI. dort in der Zelle ihre Tage geendigt. Noch jetzt
steigen die Wallfahrer in der schönen Maienzeit zu Tausenden
den Berg hinan und verrichten ihre Andacht in der schönen
gothischen Kirche; liebliche Sagen von der Heiligen, wie sie
die Armen gespeist und durch den Schlag ihres Stabes die
Odilienquelle aus dem Fels gerufen habe, um die Durstigen
zu erquicken, umziehen noch jetzt ihren Wohnsitz. — Nach dem
Odilienkloster erscheint uns nach Westen zu die Gegend des
Hochfeldes mit dem Schloß Girbaden, dem einstmaligen Sitze
mächtiger, der Stadt Straßburg befreundeter Freiherren. Die
weitausgedehnten Baulichkeiten der Ruine, so wie der in der
Nähe belegene Heidenthurm gehen auf die Römerzeit zurück.
Von dem Hochfeld an ziehen sich nun die Vorberge der Vo-
gesen immer weiter ins Land zurück — hinter ihnen ragen,

13*

nur noch in unbestimmten Formen kenntlich, die beiden Donen,
der hohe Rollen und der Schneeberg aus dem Gebirgslande
hervor.   Und von Straßburg ab bis zu den blauen Bergen
— welch herrliches Land! Goldgelbe Felder, grüne Wiesen,
blauschwarze Waldungen, dazwischen eine unzählbare Menge
von Dörfern, deren Dächer und stumpfe Thürme aus Büschen
und Bäumen hervorragen; hier und da ein Bach, in dem sich
der köstliche Himmel wiederspiegelt, beleben die Ebene des Elsasses. Nach Nordwesten am fernen Horizont ragen dort die
beiden Geroldsecker Schlößer hervor. Es war ein gewaltiges
Geschlecht, das auf ihnen lebte, die Herren von Geroldseck am
Wasichin und die von Hohen-Geroldseck. Ihr Stammvater,
der Herzog Gerold von Schwaben, überwand in Kaiser Karls
Sachsenkriegen den Wittekind mit eigener Hand und erlangte
für die Schwaben das Vorrecht, auf den Römerzügen die
Spitze und in den Schlachten des Reiches Sturmpanier zu
führen. Von den Fehden der Geroldsecker mit den Städten,
von dem kriegerischen Bischof Walther und seinem Kampf mit
Straßburg meldet die Geschichte, in der Volkssage lebt noch
die wunderbare Rettung eines gefangenen Grafen aus dem
Schlosse Lützelhart und seine Heimkehr zu Weib und Kind.
Nun ist der Schild der Grafen lange schon zerbrochen. In der
Ferne beim Städtchen Zabern erglänzen die Ruinen von Ho-
hen-Barr, ein gewaltiger Thurm auf schwindelnder Höhe —
unten im Grunde liegt Kloster Maursmünster, wo einst Mönch
Gaunilo gegen Anselm von Canterbury stritt, dann reiht sich
Dorf an Dorf, bis wir wieder auf unsern nördlichen Ausgangspunkt, den Berg Scherhol, zurückkommen. Freundlich
ruht die Herbstsonne über dem Elsaß — möge die Friedens-
sonne bald alle Wunden heilen, welche wir dem Lande mit
blutendem Herzen schlagen!" —

Das war — in weiter Umrahmung — der Schauplatz
des Kampfes, der jetzt um Straßburg anheben sollte. Welch'
Empfinden mußte die deutschen Krieger durchströmen inmitten

dieser deutschen Landschaft! Waren es doch nicht unwissende und rohe Kriegsknechte, die zu Fuß und zu Roß gen Straßburg zogen, um bezahlte Kriegsarbeit zu verrichten! Der großen Mehrheit unter ihnen war die Geschichte des Gesammtvaterlandes in dem Maße bekannt geworden, daß ihnen der Boden, auf dem sie sich jetzt befanden, als ein „heiliges Land" erschien, und wenn auch wenige von ihnen ohne Weiteres einen so umfassenden Bericht abzugeben vermocht hätten, wie er oben vorgeführt wurde, so waren dagegen vielen von ihnen einzelne Orte genauer noch bekannt, und was die Herzen beim Anblick derselben empfanden, strömte in begeisterter Rede über ihre Lippen, so daß die ganze Gemeinschaft durchdrungen ward von dem erquickenden und stärkendem Odem, der der Geschichte der Heldenzeit des Elsasses entströmt.

Wie die oben erwähnten Tagebuch-Aufzeichnungen eines Straßburgers ergeben, wurde am 7. August Morgens der Belagerungszustand über die Stadt verhängt. „Der Feind hat schon Brumath (drei Stunden von Straßburg) besetzt; die pariser Post kommt verspätet an. Die Aufregung und Angst werden am 8. noch größer, als die Bewohner der benachbarten Dörfer mit massenhaftem Hausrath und allerlei Nachrichten, die sich mit jedem Augenblick vergrößerten, in die Stadt zogen. Man vernimmt, daß ein Parlamentär den Commandanten General Uhrich zur Uebergabe aufgefordert und auf die abschlägige Antwort mit Bombardement gedroht habe."

Am 14. August erhielt der General-Lieutenant von Werder das Obercommando des vor Straßburg zu bildenden Belagerungs-Corps, welches aus der badischen Division, der preußischen 1. Reserve- und der Garde-Landwehr-Division, so wie der Belagerungs-Artillerie und den technischen Truppen gebildet werden sollte. Zum Commandeur der gesammten Belagerungs-Artillerie wurde der General-Lieutenant von Decker, zum Ingenieur en chef der General-Major von Mertens ernannt, welcher letztere durch die Belagerungs-Arbeiten von Düppel einen bekannten

Namen hat. „In fortifikatorischer und artilleristischer Hinsicht",
berichtete der „Staats-Anz.", „ist Straßburg einer der festesten
Plätze Frankreichs. Die von Specke erbaute und von Bauban
bedeutend verstärkte Festung ist gut erhalten, Rhein und Ill
sind mit anderen Wasserzügen zur Ueberschwemmung vortrefflich
benutzt, eine reiche Ausrüstung artilleristischer Vertheidigungsmittel. ist vorhanden. Die Prinzipien der neuern Befestigungs-
kunst aber sind bei Straßburg nicht zur Anwendung gekommen,
insbesondere fehlen die detachirten Forts. so daß beim Kampf
gegen die nahe um die Stadt gezogenen Wälle die Einwohner,
deren Zahl sich auf 85,000 beläuft, nothwendig mitleiden müssen.
Es wurde gehofft, daß eine ernsthafte Bedrohung der Stadt
die Bürgerschaft dahin bringen werde, den Commandanten zur
Capitulation zu bewegen." Dies geschah jedoch nicht, und so
mußte denn, namentlich nachdem der Commandant mit Zustimmung der Bürgerschaft erklärt hatte, er würde nicht capituliren,
„so lange ein Soldat, ein Zwieback und eine Patrone übrig sei",
mit Ernst gegen Festung und Stadt vorgegangen werden.

Die nächsten Nachrichten aus dem Lager lauteten:

„19. August. Heute Vormittag 7 Uhr Beschießung Straßburgs vom rechten Rheinufer aus bei Kehl, sie dauerte bis
nach 12 Uhr und wurde um 2 Uhr wieder aufgenommen. Das
feindliche Feuer hat nicht unerheblichen Schaden in der Stadt
Kehl angerichtet."

„23. August. Ein Artikel in der „Karlsruher Ztg."
constatirt die Wiederholung der völkerrechtswidrigen Art und
Weise der Kriegsführung Seitens der Franzosen in dem Kampfe
vor Straßburg. Während die deutschen Batterien so angelegt
sind, daß Kehl gänzlich außer Schußweite liegt, wurde die un-
befestigte und offene Stadt Kehl von den Franzosen absichtlich
mit Verletzung des Völkerrechts in Brand geschossen. General
v. Werder hat einen Brief an den Commandanten von Straßburg gerichtet, in welchem es heißt: „Eine solche Kriegsführung,
die unter civilisirten Nationen unerhört ist, muß mich veran-

laffen, Sie für die Folgen diefes Actes perfönlich verantwortlich zu machen."

„24. Auguft. Unter dem Feuer der aus Feldgefchützen
beftehenden Batterien in Kehl hat fich Infanterie in vergangener
Nacht auf taufend Schritt Entfernung von der Feftung einge-
niftet und den Bahnhof genommen ohne Verluft."

„25. Auguft. Geftern fand vor Straßburg den ganzen
Tag über Artilleriekampf ftatt. Abends und Nachts bis heut
Morgens 5 Uhr noch war derfelbe im Zunehmen. Der Erfolg
ift ein guter. Die rechte Seite der Citadelle ift abgebrannt,
das Arfenal vollftändig ausgebrannt; in der Stadt find Feuers-
brünfte wahrzunehmen. Eine Mörferbatterie wurde zum Schweigen gebracht. Unfererfeits ift kein Verluft zu beklagen. In
Kehl find neuerdings zwanzig Häufer abgebrannt, andere wurden
bedeutend befchädigt."

„26. Auguft. Die Vorpoften ftehen 500 und 800 Schritt
von der Feftung. Der Schaden in Straßburg ift bedeutend;
kleinere Pulvermagazine find in die Luft geflogen. Die Citadelle, Magazine und viele Gebäude ftehen in Flammen. Die
dieffeitigen Verlufte find fehr gering."

„29. Auguft. Der Bifchof von Straßburg hat einen Ver-
mittelungs-Verfuch gemacht. Derfelbe kam nach Schlichtinghelm
hinaus, wo Namens des Generals v. Werder der Chef des
badifchen Generalftabes, Oberft-Lieutenant v. Leszynski, mit ihm
conferirte. Der Bifchof fand das Bombardement dem Kriegsrecht widerfprechend; feine Anficht wurde widerlegt; er bat dann,
den Abzug der Bevölkerung zu geftatten, welche Forderung abgelehnt wurde. Die Bitte des Bifchofs um einen 24 ftündigen
Waffenftillftand wurde angenommen, falls binnen einer Stunde
gemeldet werden würde, daß der Gouverneur von Straßburg
überhaupt unterhandeln wolle; auch wurde derfelbe eingeladen,
herauszukommen und von den Angriffs-Anftalten Kenntniß zu
nehmen, eventuell könne das durch einen Stellvertreter gefchehen.
Bei der Rückkehr wurde auf den Oberft-Lieutenant v. Leszynsky,

obwohl er die Parlamentärflagge selbst in der Hand trug, ein
förmliches Pelotonfeuer eröffnet; die Flagge wurde von Kugeln
durchlöchert.   Der Vermittelungsversuch war selbstverständlich
erfolglos. Das Bombardement dauert mit kurzen Unterbrechungen
fort. Es gelangen jetzt Geschütze des schwersten Kalibers zur
Verwendung."

„30. August.   Die Straßburger Garnison machte gestern
wieder einen Ausfall, der gänzlich erfolglos blieb. Die Schützengräben sind auf 5 — 600 Schritt vom Glacis vorgeschoben."

Der bedeutendste Ausfall fand am 2. September früh
4 Uhr statt; der Feind wurde energisch zurückgeworfen.   Bis
zum 9. September wurden 98 gezogene Kanonen und 40 Mörser
gegen die Angriffsfront aufgestellt. Außerdem wurde die Citadelle mit 32 gezogenen Kanonen und 8 Mörsern beschossen.

Der Militär-Schriftsteller Julius v. Wickede besuchte
während des Bombardements das Lager. In grellster Weise
trat ihm der Gegensatz zwischen dem stillen Walten der Natur
und der zerstörenden Macht des Krieges entgegen.   „In einer
grünenden und blühenden Ebene," erzählt er, „so wohl ange-
baut, so mit Allem, was der Mensch nur zu seinem Unterhalte
bedarf, gesegnet, wie ich wenige Theile von ganz Europa gesehen habe, liegt in der Entfernung von ³/₄ Stunden die alte,
vielthürmige Stadt Straßburg, während die dunklen Berge des
Schwarzwaldes, die jenseits des Rheines 4 bis 5 Stunden
entfernt in vielkuppeliger Kette aufsteigen, den malerischen Hintergrund dieses reizenden Panoramas bilden. Und aus dieser
Landschaft, so recht zum Sitze des Friedens und des Glückes
bestimmt, zuckten jetzt überall die Blitze des Geschützfeuers aus
den tief liegenden Batterien hervor, hörte man den dumpfen
Donner der Kanonen, und am blauen Himmel schwebten oft
die kleinen lichtgrauen Rauchwölkchen, die von den zu früh zer-
platzenden Bomben herrühren. Auch von den niederen Wällen
der Stadt und besonders auch von der etwas tief liegenden,
hinter Büschen verborgenen Citadelle von Straßburg, diesem

nur zu festen Bollwerke der Stadt, das sich aber von unserem
Standpunkte aus den Blicken entzog, krachten oft die Geschütze
als Antwort gegen unsere Batterien." Auch die Wirkungen
des Bombardements zur Nachtzeit beobachtete er, als er zum
zweiten Male das Lager besuchte. „Schon am Bahnhofe zu
Wendenheim konnte ich den dumpfen Donner des schweren Be-
lagerungsgeschützes vernehmen." Auf einem Fußpfade eilte er
von einem Führer geleitet nach dem drei Viertelstunden entfernten Mundolsheim, wo sich das Hauptquartier des Be-
lagerungscorps befand. „Auf einer Anhöhe in einem Weinberge, ungefähr 300 Schritt vor dem Dorfe in der Richtung
gegen Straßburg zu, hat man den besten Ueberblick über die
ganze Gegend; es ist eine Holzbank dort angebracht, und dieser
Platz dient allgemein zum Observatorium. So waren, als ich
in der Dunkelheit dort ankam, wohl 30—40 Offiziere aller
Grade und Waffengattungen daselbst versammelt. Es war
ein schaurig-schönes Schauspiel, das sich uns hier darbot. In
den Vorstädten von Straßburg, südwestwärts belegen, brannte
es an zwei Stellen, und in hohen Feuersäulen schlug die Flamme
oft in den dunklen Nachthimmel empor, wenn der Brand mitunter besonders zündbare Gegenstände gefaßt haben mochte. Auch
über der Gegend von Kehl lag eine purpurne Gluth, und es
mußte wahrscheinlich auch dort ein heftiger Brand ausgebrochen
sein. Von den preußischen Belagerungs-Batterien, die bis auf
800 Schritt von den äußersten Forts von Straßburg angelegt
sind, zuckten fortwährend die hellen Blitze des Geschützfeuers
auf, denen dann bald der dumpfe Knall folgte. Feurige Bomben,
einen glänzenden Lichtschweif hinter sich her ziehend, fuhren in
hohem Bogen durch die Luft und senkten sich dann in das Innere der unglücklichen Stadt, dort Tod, Schrecken, Verderben
und Feuersbrunst bringend. Die Geschütze auf den Wällen
von Straßburg antworteten verhältnißmäßig nur langsamer unserer heftigen Beschießung, und es schien, als ob es ihnen an
hinreichender Bedienungsmannschaft fehlen mochte. Von der

Citadelle aus ward aber ein sehr heftiges Feuer gegen die jenseit des Rheines in der Nähe von Kehl aufgestellten Batterien
unterhalten, und wenn mitunter so eine recht schwere Salve
von dort erdröhnte, so zitterte förmlich der Boden unter unseren
Füßen. Unter den 30 bis 40 Offizieren, die hier versammelt
standen, waren gewiß viele Männer von Herz, Geist, Bildung
und Humanität, aber in solchen Stunden verstummte dies alles,
auch keine einzige Stimme des Bedauerns über die Brüder in
Straßburg oder sonstige Theilnahme wegen des Schicksals der
Stadt ward hörbar; allgemein ward nur der Wunsch geäußert,
so viel wie nur irgend möglich jedes Mittel anzuwenden und
mit der größtmöglichen Kraft zu verfahren, um den Commandanten von Straßburg zur baldigsten Uebergabe zu zwingen."

Das geschah in einer der letzten Augustnächte, und seitdem
waren die Batterien fortgesetzt verstärkt worden! Dennoch war der
Commandant im Widerstande fest geblieben, und die Stimmung
der Bevölkerung war, trotz der Leiden, die sie zu erdulden hatte,
ganz auf seiner Seite. Am 15. September wurden auf Ansuchen der schweizerischen internationalen Hilfsgesellschaft 800
Frauen und Kinder aus Straßburg gelassen und auch weiterhin noch Entlassungsscheine ausgestellt. Unter dem 15. September hatte General v. Werder in einer Depesche angezeigt,
daß die 3. Parallele vollendet und die Glacis-Krönung vor
Werk 53 ausgeführt sei. Eine Depesche von ihm vom 17.
lautete: „Das Couronnement vor Lünette 52 und 53 vollendet."
Unter dem 20. erfolgte die telegraphische Nachricht: „Lünette 53
heute Nachmittag 4½ Uhr vom Lieutenant v. Müller des Garde-
Füsilier-Regiments mit Mannschaften des Garde-Landwehr-
Bataillons Cottbus durch überraschenden Angriff über den eben
fertig gewordenen Damm genommen." Zwei Tage später folgten
zwei Depeschen: „Lünette 52 ist behauptet und mit 7pfündigen
Mörsern armirt. 6 feindliche Zwölfpfünder erbeutet. In Lünette 53 ebenfalls Mörserbatterien errichtet. Das Couronnement
mit 8 Sechspfündern besetzt." — „Gestern Nacht 11 Uhr wurde

nach Lünette 52, die verlassen war, eine Faßbrücke geschlagen und das Werk besetzt. Beim Einlogiren eröffnete der Feind auf das Werk ein sehr starkes Feuer. Das 34. Regiment und eine Compagnie Garde-Landwehr (Lissa) behaupteten sich jedoch und logirten sich ein."

Zwei Tage früher hatte Graf Bismarck in seiner Unterredung mit Jules Favre die Aeußerung gethan, die Entscheidung über das Schicksal Straßburgs hänge nur noch von der Berechnung eines Ingenieurs ab. Die in den beiden oben aufgeführten Depeschen angegebenen Ergebnisse standen mit der Berechnung, auf die hingedeutet war, in Zusammenhang. Der Kriegskundige wußte die Bedeutung der letzten Depeschen zu würdigen; der Laie entnahm aus ihnen nur, es seien Vortheile errungen. Dem Verständniß des Letzteren kam ein Bericht eines Ingenieurs „Aus den Parallelen vor Straßburg", den die Kölnische Zeitung brachte, zu Hülfe; er lehrt zugleich die Schwierigkeiten würdigen, die von Seiten der Belagerer zu überwinden waren, um zum Ziele zu gelangen. „Blutiger als am 20. September die Occupation der Lünette 53", heißt es in dem Bericht, „sollte in der Nacht vom 21. zum 22. die Besitzergreifung der Lünette 52 vor sich gehen. Ueber den 180 Fuß breiten Wassergraben war bis 8 Uhr Abends noch keine Communication zu sehen, nur die Grabendescente war fertig, und zwar hier in der Weise hergestellt, daß zwei Reihen Schanzkörbe über einander die beiderseitigen Böschungen des Durchstichs bekleideten, die Decke durch Eisenbahnschienen gebildet wurde, welche durch besondere Unterstützungen auf beiden Seiten getragen wurden. Die Tête nach dem Wasser zu war mit einer Maske von Sappenkörben, Faschinen und Sandsäcken eng geschlossen, als um 8 Uhr die Compagnie Andreae (Pioniere) zum Brückenbau vorging. Das Gewehrfeuer der Festung, namentlich von den links flankirenden Linien und der Contregarde der Hauptenceinte, war ziemlich lebhaft, wie es den ganzen Tag über gewesen, aber hauptsächlich gegen Lünette 53 und das Couronnement gerichtet. Bald begann es aber hörbar in das Innere der Lünette 52 einzuschlagen und von Zeit zu Zeit sauste ein Kartätschenhagel dahinein, ebenso gerade an der Stelle der Descente hinter dem Couronnement entlang (vom Hornwerk 47—49 aus), wo man also offenbar die Sturmcolonnen erwartete. Die Pioniere entfernten die Tètendeckung, trugen zuerst einige Nachen herbei und ließen sie geräuschlos ins Wasser gleiten; zwei Mann mit dem Ende eines Taues fuhren zum jenseitigen Ufer der Escarpe der Lünette hinüber, so daß das Tau sich quer über den Graben spannte. Große, leere Biertonnen wurden herbeigerollt, je zwei neben einander durch einen Rahmen von Balken derart verbunden, daß die gemeinsame Are quer zur Brückenrichtung stand, vier Balken wurden auf dem Rahmen aufgelegt, an diesen das diesseitige Tauende befestigt und nun die Tonnen vorwärts gezogen, indem vom diesseitigen Ufer mit den Balken nachgeschoben wurde. Wieder wurde eine Unterstützung aus zwei Tonnen und einem Rahmen gebildet, wieder vier Balken aufgelegt, die erste, nun freischwimmende Strecke mit Brettern eingedeckt und abermals vorgeschoben. Auf diese Weise wurde vom diesseitigen Ufer aus ein Brückenglied nach dem anderen angesetzt, und um eben so viel rückte die Brückentète dem jenseitigen Ufer, dirigirt von dem Leitseil, näher. Unter Leitung des Hauptmanns Andreae und Premier-Lieutenants v. Kaiser II. schritt die Arbeit rasch und mit erstaunlicher Ruhe und Geräuschlosigkeit vorwärts. Um 10 Uhr gelangte die Brückentète an das jenseitige Ufer und die Landflöße wurden gelegt, d. h. die bis jetzt frei schwimmende, nur an dem Tau drüben, an den vier Balken hüben dirigirte Brücke wurde an beiden Ufern festgelegt; eine Strohschüttung auf der ganzen Brückenbahn sollte das Geräusch beim Uebergange der Colonne dämpfen. Um 10½ Uhr war auch diese letzte Arbeit beendet; die Colonnen rückten an: die Pionier-Compagnie Roese, die Compagnie Dent (2. Compagnie 34. Infanterie-Regiments) und eine Abtheilung

von 100 Mann der 12. Compagnie 1. Garde-Grenadier-Land-
wehr-Regiments unter Leitung des Ingenieur-Lieutenants von
Kaiser I.

„Mit zwölf Pionieren und zwei Unterofficieren ging
Hauptmann Roese zuerst über die Brücke bis auf die Brustwehr der Lünette vor; einer der Unteroffiziere (Mineur) un-
tersuchte die Hohlräume des, wie zu erwarten, leer gefundenen
Werkes auf Minen, die zwölf Mann suchten an der steilen Erd-
böschung der Escarpe Stufen für die nachfolgenden Colonnen
herzustellen. Nachdem der Mineur gemeldet, daß Alles in Ordnung, ging ein Zug Infanterie als Bedeckung über und pla-
cirte sich möglichst gedeckt im Innern des Werkes, ihnen auf
dem Fuße folgten die Pionier-Compagnie und zwei Züge Infanterie; erstere fand gegen das Feuer des Hauptwalles eine
willkommene Deckung in der Pallisadirung der Kehle des
Werkes, wohinter sie begannen, ohne Zögern den Graben aus-
zuheben, um von dieser Position zum Uebergangspunkte dann
auch eine gedeckte Communication herzustellen. Die Infanterie
fand in den Hohlräumen meist Unterkommen bis zur Beendigung der Sappe. Die ersten Züge der Colonnen waren mit
möglichster Stille über die Brücke gelangt, als die zuletzt über-
rückenden, beunruhigt durch die über ihren Köpfen pfeifenden
Kugeln, in eine schnellere und damit geräuschvollere Bewegung
verfielen. Dies mußte den Feind aufmerksam gemacht haben,
und als die 100 Mann der Garde an der Escarpe ankamen,
begann sich auf diesen Punkt ein mörderisches Feuer zu concentriren. Und gerade hier sollten die Leute angestellt werden,
um einen gedeckten Weg hinauf und in das Innere auszu-
heben. Der Major v. Quitzow war selbst an der Tête, die
Leute warfen sich nieder, aber es half nichts; was nutzte alle
Arbeit im Innern, wenn sie keine gedeckte Communikation nach
der Brücke hatten?' Unter äußerster Anstrengung der Offiziere
wurden die Mannschaften angestellt, überschüttet von Gewehr-
und Kartätschenkugeln. Bald kam der erste Verwundete zurück-

gelaufen über die Brücke, Schuß in der Schulter; gleich darauf
der zweite, Schuß im Arm; ein dritter wurde bereits herüber-
getragen und die Krankenträger reichten bald nicht mehr aus,
um die Gefallenen wegzutransportiren.   Da bringt man auch
einen Offizier, Lieutenant v. Oppen, Schuß in der Seite, und
immer hageln dicht die Schüsse nieder, immer wieder schlägt
Kartätschschuß auf Kartätschschuß ein; oh! sie haben noch Geschütze, die Franzosen, und wissen sich ihrer Haut zu wehren,
es war eine entsetzliche Nacht.   Endlich, endlich hört das Ge-
laufe auf der Brücke auf, sie scheinen tief genug im Boden zu
sein, sie scheinen Deckung zu haben.   Doch da kommt wieder
einer im vollen Laufe, der Mann ist aber gesund; eine Meldung an General v. Mertens, der, wie alle die hohen commandirenden Herren, in der Descente steht; aber welche Meldung: Major v. Quitzow ist todt, Lieutenant v. Kaiser I. meldet, daß er das Commando übernommen.   Der zweite Tranchée-
major todt, und hier liegen im Laufgraben noch 10 Todte, 38
Verwundete.   Furchtbare Nacht!   Aber das Werk ist unser und
wieder sind wir einen Schritt weiter vorgedrungen   Gott helfe
weiter!"
        Ein Blick in die Stadt!   In den Tagebuch-Aufzeichnungen
heißt es unter dem 23. und 24. September: „Die Nächte wurden kälter; seit lange schlugen die Kirchenuhren nicht mehr, die
Stunden und Tage schienen still zu stehen.   Vor den Häusern
war man mehr als je auf der Hut.   Während der ganzen Nacht,
sobald eine Granate fiel, hörte man die Wächter rufen: „Nichts
Neues!" und wenn ein Brand drohete, wurde ein besonderes
Signal gegeben, und eilte man von allen Seiten zu Hülfe.
Seit einigen Tagen gingen allerlei Gerüchte in Betreff der
geheimen Sitzungen der Municipalcommission: es hieß, daß in
der Sitzung vom 18. man im Beisein des Generals Uhrich die
militärische Lage des Platzes und die noch mögliche Dauer des
Widerstandes besprochen habe.   Eine Anzeige des Maire's gab
zu verstehen, daß diese Gerüchte gegründet wären, und daß die

Lage nicht günstig sei." — „Die Nacht war schrecklich. Die Bomben, welche Anfangs nur die Wälle erreichten, gelangten nun bis zum Mittelpunkte der Stadt und richteten ungeheuren Schaden an. Sie zerschlugen die Dächer, durchbohrten alle Stockwerke und zerplatzten darauf; einige drangen bis in die Keller. Man sah sie langsam mit einem Feuerstreifen in die Lüfte steigen, die sie mit widerlichem Gesumme durchflogen, und hierauf fielen sie krachend nieder, wie ein Donnerkeil."

Die Stunde der Entscheidung nahete heran. Capitulation unter dem Eindruck eines noch verstärkten Bombardements, oder Bewältigung der Stadt durch Sturm — Eines war in näch- ster Zeit zu erwarten. Nach einer in den „Milit. Blättern" enthaltenen Schilderung der Lage verfügten die Belagerer um diese Zeit über 180 Geschütze. „Von diesen Geschützen waren 109 gezogene Kanonen, ohne die 10 kurzen 24-Pfünder in den Breschbatterien zu rechnen, 22 schwere Mörser und unter diesen die beiden gezogenen, deren Projectil 160 Pfund Ge- wicht hat und eine Sprengladung von 10 Pfund Pulver faßt. Wenn von diesen Geschützen nun nur mäßiges Feuer unter- halten wurde, so erhielt die Festung in 24 Stunden 6000 Pro- jectile, von denen jedes einzelne eine Sprengwirkung äußerte. An das Abschlagen eines Sturmes, der von solcher Artillerie vorbereitet werden konnte, war nicht zu denken. Genau ge- nommen waren die Vertheidiger jetzt nicht mehr Herren ihrer Wälle oder, besser gesagt, eigentliche Wälle waren überhaupt nicht mehr vorhanden." Die Artilleristen setzte ihr Zerstörungs- werk, als sie es später in der Nähe betrachteten, selbst in Er- staunen. „Aus dem ganzen künstlichen Bau der Brustwehren, der Wallgänge, Traversen und Hohlräume war ein formloser Erdhaufen geworden, verschüttet unter Trümmern lagen die Ge- schütze, demontirt, umgeworfen, unkenntlich. Kaum konnte man sich auf diesem einstmaligen Bollwerke noch bewegen, der Trans- port neuer Geschütze wäre nicht zu ermöglichen gewesen, am allerwenigsten aber gewährten diese Werke noch Deckung.

Dabei lag der ganze Stadttheil hinter der Angriffsfront in Trümmern, und es mußte sehr fraglich werden, ob man über diese Trümmerhaufen hinweg überhaupt noch Truppen zur Vertheidigung der Bresche vorführen könne. Endlich aber (und dieser Umstand ist gewiß nicht gering anzuschlagen) war schon jetzt die Citadelle, sonst die letzte Zufluchtstätte der Besatzung, in einer Weise verwüstet, wie man noch nie zuvor Aehnliches gesehen hat. Dennoch verging ein Tag nach dem andern, ohne daß der Vertheidiger, die Hoffnungslosigkeit eines längern Widerstandes einsehend, den Weg der Unterhandlung betrat. Die deutschen Truppen sahen daher gefaßten Muthes der Nothwendigkeit entgegen, den Preis ihrer fast übermenschlichen Anstrengung und ihres pflichtgetreuen Ausharrens noch mit einem letzten blutigen Kampfe Mann gegen Mann erringen zu müssen. Es war eine tiefernste Stimmung in den Parallelen und im Couronnement, denn etwas Anderes ist es, im lebendigen bunten Verlauf einer Feldschlacht leichten Herzens mit Gott drauf los zu gehen, etwas Anderes, in immerwährender Abspannung, Tag und Nacht von der Gefahr umgeben, seine Knochen zu Markte zu tragen. Fröhlicher auch stimmt es, mit dem Schwert und mit der Lanze als mit der Schippe und mit der Hacke dem Feinde die Stirn zu bieten. Da waren bärtige Männer, die bei Chlum herrlichen Ruhm erfochten hatten, Garde-Landwehr, Männer, wie die Bewohner des Elsaß noch keine gesehen hatten, auch solche, die mit den Grenadieren der Königin die Düppeler Schanzen erstürmten, aber da war keiner, der nicht das Ende dieser Mühen und dieser Spannung sehnlich herbeigewünscht hätte."

Der 27. September, der 46. Tag der Einschließung, brach trübe an, gegen 10 Uhr aber klärte sich der Himmel auf, und von da begann das Bombardement mit verstärkter Heftigkeit. Bis dahin betrug der Verlust der Deutschen an Todten und Verwundeten 906 Mann, darunter 43 Offiziere. „Während des Tages", heißt es in den Tagebuch-Aufzeichnungen,

„dauerte der Kugelregen ununterbrochen fort, jede Stunde forderte neue Opfer. Gegen 5 Uhr Nachmittags erblickt man
plötzlich — eine weiße Fahne auf dem Münster. In den
Straßen wird es sogleich belebt, jeder bestürmt den andern mit
Fragen, keiner weiß etwas Bestimmtes, allerlei Vermuthungen
werden laut; da verstummt das Dröhnen der platzenden Bomben und Granaten — es werden keine Schüsse mehr gehört.
Auf die erste Vermuthung hin, es bedeute jenes Zeichen die
Uebergabe, wird noch geschrieen: „Niemals! Widerstand bis
auf's Aeußerste!" Mit jedem Augenblicke steigt die Aufregung,
die Menge verlangt stürmisch nach bestimmten Nachrichten. Von
höhern Offizieren erfährt man endlich den Sachverhalt. Es
droht ein Aufstand, Gruppen ziehen unter dem Gesang der
Marseillaise durch die Straßen, es wird Generalmarsch geschlagen, bis sich endlich die Gährung gelegt hat." General
Uhrich hatte durch einen Parlamentär ein Schreiben an den
General v. Werder gesandt, in welchem er den Wunsch zu
erkennen gab, wegen der Uebergabe der Stadt und Festung in
Unterhandlung zu treten. Es waren seit Beginn des Kampfes
193,722 Schuß auf Straßburg abgefeuert worden, durchschnittlich auf den Tag demnach 6249.

Wie in so vielen Beziehungen unterschied sich der gegenwärtige Krieg von Kriegen älterer Zeit namentlich auch
darin, daß über den Verlauf desselben eine große Reihe
lebensvoller Schilderungen von Mitkämpfern oder auch von
Augenzeugen vorliegen. Ueber den Eindruck, den das Auf-
stecken der weißen Fahne in dem deutschen Lager hervorbrachte, wie über die nächsten sich daran schließenden Ereignisse berichtet Karl Stieler im „Daheim": „Ein Jubelschrei,
der aus tausend Kehlen drang, begrüßte das Friedenszeichen,
das uns Straßburg mit müder Hand gegeben. Die Geschütze
verstummten, die Truppen winkten zum Wall empor, und
dennoch lag mehr Innigkeit als Triumph in unserer Freude.
Denn nicht blos in unsre Hände, sondern in unser Herz

II.   14

kam Straßburg mit dieser Stunde." Nachdem er des von
Uhrich gesandten Parlamentärs Erwähnung gethan, fährt er
fort: „Die tiefe Nacht brach herein, ehe man sich verständigt
hatte; zu einer Stunde, in der Aller Augen geschlossen zu sein
pflegen, ward der Vertrag unterzeichnet, auf den bald die Augen
aller Völker sich richten sollten. Die Tapferkeit der Feinde
ward offen anerkannt, und ehrenvoll wie die Vertheidigung
war die Capitulation. Zu ihrer Ausführung ward der nächste
Morgen bestimmt; o, welch ein weihevoller, unvergeßlicher
Morgen! Und doch fiel eine leise Bangigkeit darein, ein
schwaches Echo von jenen Stimmen, die im Herzen derer er-
klangen, welche nun mit zerbrochenen Waffen an uns vorüber-
ziehen sollten. Und war es doch auch, als sollte eine Gruft
geöffnet werden, und als gälte es, eine schöne Leiche dem Lichte
zurückzugeben."

Während die deutschen Truppen am Morgen zusammen-
traten, fand ein characteristischer Vorgang statt, über den ein
deutscher Offizier in der „Köln. Z." folgenden Bericht veröffentlichte: „In Folge der in der Nacht abgeschlossenen Capitulation mit Straßburg sollten Mittwoch den 28. September
früh 8 Uhr einzelne namhaft gemachte Thore durch preußische,
resp. badische Compagnien besetzt werden und sollten zu derselben Zeit speciell bezeichnete Regimenter die ihnen angewie-
senen Plätze besetzen. Für einen Stabsoffizier des Königin
Augusta-Regiments (Coblenzer Garde-Landwehr-Bataillon) war
befohlen, daß sich derselbe um 8 Uhr in Straßburg bei dem
neu ernannten preußischen Commandanten, General von Mertens, melden sollte. Der letztere Befehl war durch einen noch
nicht aufgeklärten Irrthum nicht correct. Die französische Garnison war zur festgesetzten Zeit noch nicht fertig zum Defiliren
rangirt, unsere Regimenter, welche einrücken sollten, warteten
vor den Thoren auf das Herunterlassen der Zugbrücken. Der
Stabs-Offizier des Garde-Landwehr-Bataillons Coblenz kommt
rechtzeitig vor dem Thore an, um sich zu der ihm befohlenen

Zeit in Straßburg melden zu können. Derselbe findet die
Thore zu, die Brücken aufgezogen. Da derselbe seinem Befehl gemäß um 8 Uhr in Straßburg sein soll, nimmt er vier
Infanteristen zur Bedeckung, klettert mit diesen mittelst einer
Leiter über das Thor und will nun seinen Weg zur Citadelle
nehmen. Er kommt in den Zug der zum Ausmarsch sich for-
mirenden 17,000 französischen Soldaten, wird verschiedentlich
mit dem Tode bedroht, kommt aber schließlich nach überstan-
dener hundertfacher Lebensgefahr glücklich an sein Ziel. Um
ein Beispiel seiner Gefahren anzuführen, Folgendes: Ein französischer Infanterist legt bei dieser Gelegenheit auf den preußischen Major an und droht unter verschiedenen Verwünschungen, ihn zu erschießen; der Major sagt: „Ein Braver, welcher
tapfer gekämpft hat, mordet nicht meuchlings seinen eben so
braven Feind“; der Franzose setzt ab und zerschlägt unter Fluchen
sein Gewehr; hundert seiner Kameraden folgen diesem Beispiele.
Der Major geht über die Trümmer von Hunderten zerbrochener
Gewehre mit seinen vier Mann weiter. Er kommt in die
Citadelle und läßt von seinen vier Mann das Thor besetzen;
er fragt nach dem General, und wird vor den General Uhrich
geführt. Nachdem der General das Nähere über das Hiersein
des Majors sich hat erzählen lassen, beglückwünscht derselbe den
Major, daß er lebend hierher gekommen. Der General fährt
fort: „An dem für mich traurigsten Tage meines Lebens ist
es für mich ein Trost, ein solches Heldenbeispiel eines meiner
Feinde vor Augen zu haben; mit solchen Offizieren und Leuten
ist das Unmögliche möglich.“ Der General Uhrich behält den
preußischen Stabsoffizier bei sich, und es tritt um 10 Uhr der
komische Zwischenfall ein, daß die zum General befohlenen Generale und Stabsoffiziere der Garnison nicht eintreten können,
weil die von dem preußischen Major aufgestellten vier Posten
die Instruction hatten, Niemanden ohne seinen Befehl passiren
zu lassen und diesen kritischen Befehl stricte zur Ausführung
brachten. Im Laufe des Gesprächs äußerte der General Uhrich

14*

unter Anderem: „Ich habe geglaubt, Frankreich habe eine recht
gute Artillerie; mit Ihrer hält dieselbe keinen Vergleich aus;
sehen Sie die Werke und die demontirten Geschütze an, Ihre
Artillerie hat Alles zunicht gemacht." Nachdem wir die zerschossenen Werke gesehen, nachdem sich bei naher Besichtigung
die Breschen größer zeigen, als wir es von unseren Batterien
sehen konnten, muß man dem Generale Recht geben. Die Wirkung unserer Geschütze ist eine über alle Beschreibung furchtbare
gewesen; ohne Capitulation hätte sich Straßburg nur noch
einige Tage halten können."

Die deutschen Truppen hatten inzwischen ihre Stellungen
vor den Thoren eingenommen. „Von Gedanken, wie sie oben
ausgesprochen wurden," heißt es weiterhin in dem Berichte Karl
Stieler's, „war mancher unter den Tausenden erfüllt, die vor der
Porte nationale standen, um den Abzug der Besatzung zu erwarten. Eine mächtige Bewegung läuft durch die Menge, dann wird
es stille, und nur die Pferde scharren ungeduldig auf dem Boden.
Sie kommen. Zu Fuße mit gebeugtem Haupte naht der Stab der
feindlichen Truppen — alle so düster und ernst, als ob sie zum
Leichenbegängniß gingen, an ihrer Spitze General Uhrich mit
seinen eisernen Zügen und dem grauen Haar. Es war ein
ergreifender Moment, als der deutsche Commandant, General
von Werder, seiner ansichtig wurde und vom Pferde sprang
um ihm entgegen zu eilen und ihn mit Ehrerbietung zu begrüßen. Der Soldat den Soldaten, der Glückliche den Besiegten! Sämmtliche Offiziere, die ihn begleiteten, nahmen Stellung auf dem Glacis, und zwischen den beiden Stäben defilirte
nun die feindliche Besatzung. Die Demonstrationen, die man
gegen General Uhrich (Rufe: er hat uns verrathen!) an den Tag
legte, dem man für seine Tapferkeit hohe Achtung und für
seine Nachgiebigkeit hohen Dank schuldet, geben kein günstiges
Zeugniß für den Character der niederen Massen. Denn, daß
der Commandant seinen schweren Posten mit Würde behauptet
hat, das rühmt ihm selbst der letzte unserer Soldaten nach;

und wer sich die Mühe nimmt, seine Verfügungen im Einzelnen zu betrachten, dem werden zahlreiche Züge von edler Menschlichkeit begegnen. „Ich kenne meine Pflicht," hatte der General erwiedert, als die Feindseligkeiten eröffnet wurden, und dies Wort hat er erfüllt, wo es ihm Strenge auferlegte und wo es ihm Milde gestattete. — Wirre Gestalten ziehen vorbei, wirre Stimmen tönen durcheinander; die einen wünschen sich Glück zur Erlösung, die anderen fluchen, daß diese Stunde der Schmach über sie erging, und zerschmettern die Waffen auf den Steinen der Straße. Dieser verbissene Ingrimm — wie das taumelt und schluchzt, wie das wirbelt und lärmt! So ziehen sie vorüber in langen endlosen Reihen, die tausend und abertausend Besiegten. Machtlos fällt ihr Fluch zu Boden, machtlos verhallt das Vive la France! Denn hoch über dem Münster wallt die deutsche Fahne, und Straßburg ist unser!"

Ueber den feierlichen Einzug des Generals v. Werder mit der übrigen Generalität in Straßburg ward der „Weser Z." geschrieben: „Der General wurde heute früh 10 Uhr eingeholt und gefolgt vom 1. Bataillon des 30. Regiments, einem Bataillon des badischen Leibregiments, einer Schwadron badischer Dragoner, einer Abtheilung preußischer Festungsartillerie und einer badischen Feldbatterie. Der Einzug bewegt sich mit klingendem Spiel durch das „Nationalthor" unter dem Hinzuströmen von Einwohnern und Fremden, des Militärs und der Landbewohner nach dem Kleber-Platz. Zwei berittene Artillerieunteroffiziere, nicht, wie sonst üblich, Feldgensd'armen, eröffneten hundert Schritt voraus, die Passage freihaltend, den Zug, ihnen folgte eine geschlossene Abtheilung Feldgensd'armen, sodann die Suite des Generals, darunter die hervorragende Gestalt des Prinzen Wilhelm von Baden, hinter der Generalität die genannten Truppen, an deren Spitze das 1. Bataillon vom 30. Regiment, geführt von dem stattlichen Regimentskommandeur. Beim Volke unwillkürliches Staunen über die kräftigen, wohlaussehenden Truppen, und manch' hübsches Mädchengesicht

verfolgte mit Vergnügen vom Fenster aus das militärische
Schauspiel. Auf dem Kleber-Platz Halt und Vorbeimarsch der
Truppen. Darauf rückte Alles in die protestantische St. Thomaskirche zum Feldgottesdienst ein. Dort empfing der Stadt-
vorstand und die Geistlichkeit der Kirche den Sieger, ein
gutes Wort einlegend für die Universität und die übrigen
Pflanzstätten der Cultur. Ein herrlicher Anblick diese dichten
Massen kräftiger Gestalten, diese sonnverbrannten bärtigen Gesichter unserer Helden, gemischt mit dem Volke, welches tief-
erschütterten Herzens Theil nahm an der ernsten Feier; und wie
characteristisch! An den Seiten des heiligen Raumes entlang
noch die geflüchteten Möbel, Betten, Spiegel, Kleider, Tische
und Stühle in Haufen, alles bunt durcheinander, auf den Fau-
teuils unsere andächtigen Krieger, manch' altes Mütterchen die
Thränen im Auge dazwischen. In der Mitte des Schiffes die
Generalität, neben ihr die Vorstände der Stadt und Geistlichen
der Kirche. Die Predigt hielt natürlich der Feldprediger in ver-
söhnlichem Sinne für die Einwohner, mit Hinweis auf Gottes
Hilfe für die Truppen. Auch der tapferen Vertheidiger der
Stadt wurde gedacht und der Drangsale und des Unglücks,
welche die Bürger erlitten. „Uns hat der Herr geholfen,
der Herr selber hat die große und heilige Wacht am Rhein
gehalten." Ein kurzer Rückblick auf die Geschichte Straßburgs
erklärt unsern Kriegern und dem Volke, wie die alte deutsche
Reichsstadt einst eine hervorragende Stütze deutscher Wissenschaft und echt deutschen Bürgersinns gewesen, durch schändli-
chen Verrath gerade vor 189 Jahren am nämlichen Tage dem
deutschen Reiche verloren gegangen; nun sei sie durch die
Tapferkeit unserer Volksheere wiedergewonnen. Jetzt sei es
aber auch eine heilige Pflicht des ganzen großen deutschen
Volkes, die unglückliche Stadt nach allen Richtungen hin zu
unterstützen. Der heutige Geburtstag der Königin gab noch
Veranlassung zum Hinweis, wie in Deutschland das ganze
Volk im Kampfe für sein höchstes Gut das Vaterland und die

Ehre vertrete, „wie selbst die Königin ihren Mann und ihren Sohn in das Feld ziehen sah." Welcher Contrast für die Straßburger zu ihrer eigenen Herrscherfamilie! Ein überaus kräftiges „Nun danket alle Gott" schloß die würdige, erhebende Feier."

Julius Rodenberg, der sich an dem Tage nach dem Einzuge der Truppen in Straßburg eingefunden hatte, erstattete der „N. fr. Pr." über den empfangenen Eindruck einen Bericht, in welchem es heißt: „Wir passirten nun zunächst den Bahnhof, dicht unter der Mauer von Straßburg. Die Spuren des erbitterten Kampfes, der hier bei Gelegenheit des Ausfalls von Seiten der Belagerten stattgehabt, waren noch sehr deutlich zu sehen; die zerschossenen Eisenbahnwagen lagen umher, einige ohne Räder, andere ohne Dach; an einer Stelle war eine ganze Menge zertrümmerter Wagen halbverbrannt über- und aneinander gehäuft; dazwischen aufgerissene Schienen, zerschnittene Telegraphendrähte. Nun kommen die Bastionen, die Gräben, die Wälle, die Mauern, die Brücken. Das Gefühl eines jeden vernünftigen Menschen, der diese Werke passirt, kann nur das des inbrünstigsten Dankes gegen die Vorsehung sein, die uns die fürchterlichen Opfer eines Sturmes und der Stadt die gräßlichen Folgen desselben erspart hat. Der Sturm einer Festung ist das Entsetzlichste, was die Kriegsgeschichte kennt; die Stadt davor bewahrt zu haben, nachdem er Alles gethan, um sie bis zuletzt zu halten, wird dem General Uhrich immer zur höchsten Ehre gerechnet werden müssen. Nachdem er die Probe seines Muthes gegeben, hat er auch die vielleicht noch schönere seiner Menschlichkeit abgelegt. Zwar wissen es ihm die Bewohner Straßburgs bis jetzt noch wenig Dank. Ein Theil derselben zürnt, daß er es so weit hat kommen lassen, und ein anderer zürnt, daß er es nicht weiter fortgesetzt hat. „Wir sind verrathen! Wir sind verkauft!" ist der allgemeine Schrei, den ich im Elsaß und auch wieder in Straßburg gehört habe von Mitgliedern der verschiedensten Gesellschafts-

claſſen. „Wer hat euch verkauft? und an wen ſeid ihr verkauft
worden?" habe ich dann wohl gefragt, und immer in demſelben
Sinne hat man mir geantwortet: „Napoleon hat uns an Bismarck verkauft! Das wiſſen wir ſchon ſeit vier Jahren, und
wir kennen auch die Summe." Sie meinen es alſo ganz buch-
ſtäblich mit dem Verkaufe. Napoleon hat ſich unſicher auf dem
Throne gefühlt; er hat gewußt: morgen oder übermorgen kann
es zu Ende gehen; er hat darum retten wollen, ſo viel zu
retten war, zuerſt ſein Leben, dann viele, viele Millionen; er
hat daher nach geſchehener Vereinbarung mit Preußen dieſen
Krieg angefangen, deſſen Zweck war, ihn zu retten und Frankreich zu verderben. Das iſt der Inhalt aller Raiſonnements,
die ich unzähligemale hier gehört, von den Bauern im Elſaß,
wie von den Arbeitern in der Stadt. „Wir ſind verkauft" —
das iſt das Wort der Situation. Und fragt man: „Woher
die ſieben Millionen Ja's vom Mai?" ſo ſagen ſie: „Wir ſind
unſchuldig daran; von uns hat er auch nicht ein einziges bekommen." Weiter geht ihre Philoſophie nicht. Es iſt unmöglich, ſie zu überzeugen, ja nur vernünftig mit ihnen zu reden.
Der Fanatismus dauert fort. In Weißenburg und Hagenau
wollten ſie durchaus nicht an den Fall Straßburg's glauben.
„Es iſt nicht wahr," ſagten ſie mit höhniſchem Lächeln. „Der
Krieg iſt noch nicht zu Ende, der Krieg fängt erſt an. Paris
wird Frankreich retten!" So tief iſt die Nation in der Lüge
verkommen; und auch die Wahrheit kann ſie nur auf den
Weg der Beſinnung zurückführen, wenn ſie durch den Mund
der Kanonen zu ihnen ſpricht. Dieſe Thatſache allein kann
ſie bekehren. — Wie geſtern unſere Truppen, ſo hielten
heute wir unſeren Einzug in das „Kronenburger Thor", die
„Porte de Saverne", wie ſein franzöſiſcher Name lautet. Es
war zerſchoſſen; oben und unten in den ſchönen rothen Stein-
bogen, der Steinmauer und den Sculpturen waren große Stücke
herausgeriſſen. Mit der Kronenburger Straße, die wir nun
betraten, begann aber erſt das eigentliche Bild des Jammers,

welches sich Zug nach Zug in der grellsten Weise vor uns entfalten sollte. Die Kronenburger Straße, sonst eine Art freundlichen Boulevards, mit Bäumen und breitem Fahrweg in der
Mitte, Läden und Estaminets zu beiden Seiten, hat kein Haus,
das nicht mehr oder weniger beschädigt wäre, kein einziges, in
welchem noch Fenster oder Thüren sind. Die Dächer und
oberen Stockwerke der meisten sind zerschlagen, manche von
oben bis unten durchlöchert. Der Stolz Straßburgs, seine
Quais, sind noch ärger mitgenommen. Hier stehen die großen
Hotels, hier sind herrliche Gärten und Parks gewesen. Wer
kann jetzt noch die einen oder die andern erkennen? Wir fuhren
vor das „Hôtel d'Angleterre", und ich wurde nach einigem Bedenken aufgenommen. Wie sah es aus! In der Front gab es
keine Fenster mehr. Die Wand des Speisesaales war aufgerissen, und ein paar Bretter schützten nothdürftig vor dem
Zuge. Durch die Zimmer des ersten Stockes war eine Granate von 250 Pfund gefahren, die glücklicherweise nicht crepirte,
sonst wäre das Hotel mit allen seinen Nachbarhäusern auf dem
„Quai de Paris" ein Raub der Flammen geworden. Dagegen
mußte eine Bombe geringeren Kalibers hier explodirt sein; sie
war durch die Front hereingekommen, und ihre Splitter hatten
die Decke sowie die beiden Wände buchstäblich zerrissen. Alle
Gänge der Hotels lagen voll Glassplitter, voll Holzstücke, voll
abgefallenen Mauerwerks. — Langsam ging man daran, die
Läden wieder zu öffnen, die Möbel aus den Kellern heraufzu-
schaffen, die Karren, die mit Hausgeräth beladen waren, fuhren
durch die Straßen. Fast alle den besseren Ständen angehörigen
Damen gingen in Trauer; es waren nur bleiche, traurige, kranke,
kummervolle Gesichter, die mir begegneten. Ich muß gestehen,
daß es mir wohlthat, mich belebte, dazwischen überall die deutschen
Krieger zu sehen; sie benahmen sich vortrefflich, sie sind als
Sieger gekommen, aber es ist ersichtlich ihr Bestreben, aufzurichten, nicht niederzudrücken, was schon so tief, tief nieder-
gebeugt ist. Am grauenhaftesten haben die Bomben und das

Feuer natürlich von der Seite der Angriffsfront her gewirkt: das
Steinthor ist ein ungeheurer Schutthaufen, und in den prächtigen
Straßen der Steinthorvorstadt steht kein Haus mehr. Und was
für Häuser müssen das gewesen sein! Aus dem Umfange und
der Höhe der Trümmer erkennt man deutlich, daß ein Palast
neben dem anderen hier gestanden. Nicht viel besser sieht es
längs der Quais Kellermann, Schöpflin und Finckmatt aus;
das Wasser ist halb versumpft, die Schiffe darauf meist unter
Wasser, und zum Ueberflusse sind noch von dem benachbarten
Bahnhofe, einem ehemals prachtvollen Gebäude innerhalb der
Mauern, zerbrochene Eisenbahnwagen aller Art hineingestürzt.
Es ist ein jammervolles Bild, so Straße nach Straße zu gehen
und immer mehr oder weniger ähnliche Scenen der Verwüstung
zu sehen. Der herrliche Broglieplatz ist eine Wüste; die hohen
steinernen Häuser, die ihn einfaßten, liegen in Trümmern, das
Theater ist ausgebrannt. Auf der prächtigen Treppe desselben
liegen fußhoch alte Rechnungen, alte Depeschen, alte Zeitungen,
alte Theateracten — Alles halbverbrannt und dick mit Staub
bedeckt. Aus den Coulissen hat man Feldhütten gebaut, wo
im Schutze der noch stehen gebliebenen Mauern Soldaten auf
Stroh campirt zu haben scheinen. Ueberall diese improvisirten
Stätten des Elends, das vor den deutschen Kanonen aus einer
Ecke in die andere geflüchtet zu sein scheint; auch längs der
Quais, unten am Wasser, sah ich solche Hütten aus Brettern
oder Backsteinen gebaut, kaum mannshoch und nicht zwei Ellen
breit, in denen ganze Familien hausten. Einen der rührend-
sten Auftritte werde ich nie vergessen. Eine alte Frau — sie
mochte mehr als siebzig Jahre zählen — kam in die Gegend
des Steinthores. Ein preußischer Landwehrmann (er war aus
Berlin) stand dort auf Posten und wies sie zurück. „Ich will
nach mein Hüüs sehen," sagte die Greisin mit ihrer zitternden
Stimme und in ihrem alemannischen Deutsch (Hüüs für Haus).
Der Soldat fragte sie, wo das Haus denn gestanden? Die
Frau mußte lange suchen, bis sie mit Hilfe einiger Umstehenden

die ungefähre Stelle endlich fand. Sie war seit sechs Wochen
in diese Gegend, wo sie so lange gelebt, nicht mehr gekommen;
als sie die Schutthaufen sah, fing sie bitterlich zu weinen an
und rief: „Wo soll ich nun wohnen?“ Dem biedern Land-
wehrmanne wurde selbst weh ums Herz, als er die Alte zurückweisen mußte; „ja, Mütterken,“ sagte er in seinem gut-
berlinischen Dialekt, „det is nu mal nich anders. Wohnungen
sind da nich mehr.“ — Wo ist das Gymnasium, wo die protestantische Kirche mit ihren hochberühmten Sammlungen und
Bibliotheken? Schutt und Asche, Schutt und Asche. Wo ist
jene Schöpflin'sche Sammlung mit ihren 200,000 Bänden,
ihren 1500 Manuscripten und 2500 Incunabeln? Eine Hand-
voll verbrannten Papieres, das im Abendwinde davonfliegt.
Jene Bibliothek des protestantischen Seminars mit ihren ersten
Bibeldrucken, noch von Gutenberg — die erste deutsche Bibel...?
Wohin die Memlings, die Correggios, die Ostades, die Claude
de Lorraines aus dem Museum? Auch die Kunst und Wissenschaft, die Literatur und Alterthumskunde sollen ihr Haupt ver-
hüllen, auch sie sollen trauern auf den Trümmern Straßburgs,
denn auch sie haben hier sehr viel verloren. Das Museum ist
vollständig ausgebrannt, und in den Souterrains müssen zuletzt
Pferde gestanden und Truppen gelegen haben. Zwischen dem
Stroh fanden sich massenhaft noch zerbrochene Flinten, verbo-
gene Läufe, zersplitterte Kolben. Die Statuen Gutenberg's
und Kleber's sind intact; letztere trug sogar einen frischen
grünen Kranz auf dem Kopfe. Doch sehe ich die Unmöglichkeit ein, von allen anderen zertrümmerten Gebäuden, Höfen,
Kasernen und Arsenalen zu sprechen. Eins ist uns erhalten
und Eins ist uns geblieben: der Münster! Dieses Denkmal
deutscher Kunst und deutschen Volksthums steht fast unversehrt; nur ein Eckchen von der obersten Galerie links ist abgebrochen, nur das Kreuz ist verbogen, der Dachstuhl weg-
gebrannt, ein paar Splitter aus der Rosette gefallen; stark
lädirt ist nur das zweite große Fenster neben der Orgel und

das dritte kleine Fenster.   Aber alles Uebrige steht gesund und
unversehrt, und als die deutschen Soldaten durch das Schiff
wogten oder von Außen das Wunder anschauten, von welchem
sie so oft gesungen: „O Straßburg, o Straßburg, du wunderschöne Stadt" — als Einzelne von ihnen oben auf der Treppe
des Thurmes sichtbar wurden, über welchem die weiße Fahne
noch flatterte, und dies Alles in das Gold des reinsten, herrlichsten Sonnenunterganges getaucht stand, als Alles leuchtete
bis oben hinauf und glühte von einer gleichsam überirdischen
Herrlichkeit, und von dem nahen Kleberplatze herüber die
Pfeifen und Trommeln der eben frisch wieder einrückenden
Regimenter klangen, da sagte ich mir: Nun ist Alles gut!
Die Wunden, die der Krieg geschlagen, werden wieder ver-
narben (und wir Alle müssen dazu beitragen, daß sie ver-
narben) — was wir mit Gewalt und unter unsäglichen Opfern
erzwangen, müssen wir mit Liebe und freudiger Thätigkeit an
uns zu fesseln suchen für immer. Straßburg liegt in Trümmern — aber siehe da! das Wahrzeichen Straßburgs, sein
Kleinod und sein Heiligthum, steht — der Münster ist unser.
Wir wollen ihn fortan hegen und pflegen, wie unser bestes
Eigenthum, und möge der Tag nie wiederkehren, wo Bomben
und Granaten gegen seine kostbaren Mauern geschleudert werden!"
    Gudrun-Straßburg, im heißen Kampfe, in welchem sie
selbst schwere Wunden empfangen hatte, der falschen Mutter abgerungen, von der sie gepflegt und geschmückt ward — nicht aus
Liebe, sondern in Verfolgung selbstsüchtiger Zwecke zu Gunsten
der eigenen Kinder — empfing in Wort und That die sprechend-
sten Zeichen wärmster Theilnahme aus allen Gauen Deutschlands.
        „Vergiß der Tage, da um Burg und Wall
        Des Siegers Schaaren, dich bedrängend, lagen,
        Vergiß, und wär's auch schwer — der Wunden all',
        Die, ach, der Sieger schmerzlich dir geschlagen,
        Da er, dem Wälschen das geraubte Gut
        Entreißend, um dich warb mit seinem Blut!"
Gesühnt hat das Mutterland die Schuld vergangener Zeiten

mit seinem Herzblut; das lindernde Oel wird deine Wun=
den heilen. Sei es bald, sei es später: du selbst wirst die
Sühnungsstunde segnen, die das Heimathhaus wieder er=
schloß. Als in der Ferne (in Odessa) Karl Candidus, einer
deiner hervorragendsten Dichter, der mit deinem tiefsten Ge=
müthsleben wohlvertraut ist, von deinem Uebergange an Deutsch=
land Kunde vernahm, sandte er folgendes Gedicht an eine
deutsche Zeitung:

Heimlichi Heimeth.

Am schwarzen Meere ward mir kund, Straßburg sei nicht mehr „wälsch"
zur Stund',
Da wurde mir so wohl, so frei, so spaßhaft und doch ernst dabei!
„Jetzt simmer ditsch" — für alle Zeit von nun an bis in Ewigkeit!

Mir war wie einer jungen Braut, bald lacht' ich heimlich und bald laut.
In deiner Waffen stolzer Zier, mein Volk, mein Volk, wie dank' ich dir!
„Des Glück isch doppelt! Heidebritsch!" wir werden deutsch „un bliwe
ditsch!"

Daß deutsch wir werden, das ist gut; daß „ditsch mer sin," noch
wohler thut.
Was Deutschland ist und hat und kann, weiß ich, wie manch' ein andrer
Mann,
Und freut solch Vaterland schon sehr, „Heimlichi Heimeth" freut noch mehr.

Was auch Kluge dieser Welt heut noch sagen mögen: du
Gudrun=Straßburg selbst hast „trotzdem und alledem" dadurch,
daß du in heiliger Truhe das Kleinod „Muttersprache, Mutter=
laut" bewahrtest, deine innerste Zugehörigkeit zum Mutterlande
zu erkennen gegeben, und wenn dein Mund heut tausend Mal
„Nein!" riefe, deines Herzens Sprache wird lauter und lauter
reden, die falsche Scham, entstammend der unnatürlichen Lage, in
der du seit Langem dich befunden, wird dem wahrhaftigen Aus=
druck deines tiefsten Empfindens weichen, und der Bund, den die
Herzen hüben und drüben („Sie hielten Zwiesprach stets, sie
tauschten Klagen!" —) nie aufgaben, und für den dein Mutter=
land mit Schwerteskraft die politische Anerkennung erzwang,
wird durch deine offene und freudige Zustimmung seine schönste

Weihe empfangen. Ist aber dieser Augenblick herangerückt, dann — und auch dies ist von einem deiner Dichter (Daniel Hirz) verkündet worden —

> „wird glühn die Freudenflamme
> Auf Erwin's Ehrenmal."

Die Umgegend von Paris und die Festungswerke.

Nachdem, wie im vorletzten Abschnitte erzählt wurde, eine amtliche Depesche aus dem großen Hauptquartier die Mittheilung gebracht, daß die Einschließung von Paris vollendet sei, und nachdem der naive Versuch Favre's, die Deutschen zur Annahme des Friedens auf Grund einer ihnen zu gewährenden Geldabfindung geneigt zu machen, seine verdiente Abfertigung gefunden hatte, richteten sich Aller Blicke mit erhöhter Spannung auf Paris, die Stadt, die mit Stolz von den Franzosen und mit Besorgniß von den Freunden Deutschlands die „größte Festung der Welt" genannt worden war. Gerade die durch Favre eingeleiteten Verhandlungen und die sich daran anschließenden amtlichen und nicht amtlichen Kundgebungen hüben und drüben hatten die Kluft, die zwischen den Anschauungen, Absichten und Erwartungen der beiden kämpfenden Theile vorhanden war, in ihrer ganzen Tiefe aufgedeckt, und Alles, was in nächster Zeit auf beiden Seiten geschah, und was gegenseitig von einander vernommen wurde, diente nur dazu, diese Kluft noch zu erweitern. Von Favre in Paris war den Franzosen die Parole: „Keinen Zoll unseres Landes, keinen Stein unserer Festungen!" und von dem werdenden Dictator Gambetta zu Tours die: „Auf so unverschämte Ansprüche (die Ansprüche Deutschlands auf Elsaß und Lothringen) antwortet man nur durch den Kampf bis auf's Aeußerste!" gegeben worden, oder vielmehr, es hatten beide Männer durch jene Aussprüche den

Anschauungen, von denen die Mehrzahl der Franzosen zur Zeit beherrscht wurden, den ihnen gemäßen Ausdruck verliehen. Der politische Aberglaube der Franzosen an sich selbst war trotz Sedans noch zu groß, als daß sie fähig gewesen wären, einen der Lage entsprechenden Entschluß zu fassen. Die vorgeführten Aussprüche, von den Franzosen tausendfach sowohl mündlich, wie auch durch die Presse variirt, bildeten auf lange Zeit hin den Hauptinhalt ihrer Kundgebungen, und was sie hinzufügten, entstammte demselben Boden, aus dem jene emporgeschossen waren, dem der Eitelkeit und der Lüge. Es sei keine Frage, rief der „Constitutionnel" keck in die Welt hinein: die französische Ehre sei eine andere, als die andrer Völker! — „Herr v. Bismarck," fuhr er fort, „sagte in der Verhandlung mit Jules Favre: „Die Ehre Frankreichs ist keineswegs von anderer Beschaffenheit als die anderer Länder," woraus der preußische Staatsmann folgert, daß die Regierung der nationalen Vertheidigung nach einem unglücklichen Kriege in eine Zerstückelung Frankreichs willigen könnte. Wir dachten, daß Herr v. Bismarck uns besser kenne: unsere Ehre ist keineswegs beschaffen wie die anderer Länder, wie die Preußens zum Beispiel. Es ist gewiß, daß wir in der Niederlage uns anders betragen, als die Preußen sich betragen haben würden. Wenn wir die Hälfte der Siege über sie davon getragen hätten, die sie über uns gewonnen haben, so würde der Friede schon längst geschlossen sein; unsere Armee würde vor Berlin stehen, so gut wie ihre vor Paris steht, und sie würden leicht, wenn wir es gefordert hätten, die Pfalz abgetreten haben, Mainz, Landau, Koblenz geschleift und das ganze linke Rheinufer preisgegeben haben . . . . Wir haben andere Ideen; wir sind im Unglück beinahe eben so stolz wie im Glück; es ist eine Eigenthümlichkeit des französischen Characters, daß er im Siege milde, in der Niederlage störrisch ist. Man überzeugt uns nicht leicht, daß jedes Hilfsmittel verloren ist und daß wir die Waffen strecken müssen, besonders wenn wir sie vor den Preußen

strecken sollen; wir haben uns immer bis zum letzten Bluts-
tropfen geschlagen (?) und, auf die eine oder die andere Weise,
hat diese Hartnäckigkeit immer eine rühmliche Wendung herbei-
geführt (?). Es ist richtig, daß sie viel kostet und Gefahren
bringt, denn wenn wir eines Tages endlich unsern letzten Mann
und unsern letzten Thaler daran setzten, so würde der Schadenersatz sehr schwer zu bewirken sein. Aber diese Ueberlegung
findet keinen Eingang in unsere Berechnungen, und in Wahrheit hat Jules Favre, als er vielmehr Bedingungen dictiren,
als sich ihnen unterwerfen wollte, nur die stolze französische
Gesinnung hervortreten lassen. Jeder versteht die Ehre nach
seiner Weise. Herr v. Bismarck hat sich getäuscht, als er sagte,
daß wir sie nach Art der ganzen Welt verständen, daß unsere
Ehre nicht von anderer Qualität sei, als diejenige der anderen Länder."

Ein anderer Aberglaube der Franzosen, — die sich doch
so gern rühmen, daß sonnenklares Denken ein Hauptvorzug des
französischen Geistes sei, — bezog sich auf ihre gegenwärtige
Staatsform „Republik," die sie zum Ausgangspunkte einer
Agitation nahmen. König Wilhelm hatte den Kaiser Napoleon
gefangen genommen und nach Deutschland gesandt, und die
Franzosen, so plötzlich ohne ihr Verdienst und Würdigkeit von
ihrem Tyrannen los und ledig geworden, hatten sich sofort
Republikaner genannt und der Welt — denn ohne daß die
„Welt" eingeladen wird, im Zuschauerraum Platz zu nehmen,
thun einmal die Franzosen nichts! — verkündet, es sei die
neue Staatsform „Republik" von ihnen angenommen worden,
ohne daß sie — wie edel! — auch nur einen Tropfen Blutes
dabei vergossen hätten! — Was hatte es mehr als solcher
Phrase bedurft, um schwarze Raben im Nu in weiße Tauben
zu verwandeln! Nun aber würde, wie sie meinten, das Wunder, durch das sie urplötzlich aus Sclaven eines Bonaparte und
einer Eugenie in Söhne der Freiheit verwandelt worden waren,
nämlich das Wunder der Phrase, auch auf die Welt, mindestens

auf den Erdtheil Europa seine umgestaltende Macht ausüben.
Wenn sie nach ihrer Meinung urplötzlich Andere geworden,
indem sie für den Vollzug des politischen Stoffwechsels es als
genügend erachtet hatten, den Namen der Staatsform zu ändern,
ei, wie könnte es da, schlossen die sich selbst bewundernden
Denker, ausbleiben, daß sie eben so urplötzlich auch von allen
Völkern als „Andre," nämlich als untrügliche Apostel der
Freiheit, wie sie dieselbe nun in ihrer Republik verkörpert
hatten, betrachtet werden würden! — Wie, ihr Völker, gegen
die Franzosen, die so eben den Tempel „wahrer" Freiheit aufgerichtet haben, den Tempel, auf dessen Altären auch für euch so
eben schon Gaben ausgebreitet werden, die euch erlösen sollen
von entwürdigenden Fesseln, — gegen diese wolltet ihr — die
Einen fortfahren mit Barbareumuthe zu streiten, — die Andern
es den Landesregierungen gestatten, zu Uugunsten Frankreichs
neutral zu bleiben! — So vernehmet denn, ihr Völker, die
Stimme der Freiheit, die süß klingt, wie einst die Lieder, durch
die Orpheus Felsen bewegte, aber wiederum auch furchtbar
schrecklich, wie die Stimme Achill's, als er die Troer zurück-
scheuchte. · „Die Republik ist", ertönte es aus dem „Siècle,"
„wie die Sonne; sie macht sich bemerklich schon dadurch, daß
sie existirt. Obgleich besiegt, gebeut Frankreich Allen Ehrfurcht.
Was wird geschehen, wenn Paris sich mit Muth schlägt! ...
Audere Festungen bereiten sich vor. Das Departement des
Nord allein hat 8 Millionen, wie man versichert, zum Ankauf
von Waffen votirt. Cherbourg wird mittelst durchstochener Deiche
isolirt. Unsere Häfen und Flotten werden in Sicherheit gebracht. Ueberall erhebt sich Frankreich. Unsere Lage ist daher
besser als die der Neutralen, welche noch zuwarten, um sich
auszusprechen. Mögen sie sich beeilen! Wir haben nicht vierzehn Heere, aber wir haben bei uns die Idee, welche die Berge
übersteigt, durch Flüsse und Meere geht und nicht blos die
Völker, sondern auch die Throne bewegt. Souverains, ent-
scheidet euch! Der electrische Funke ist auf der Reise auf dem

II.   15

großen Telegraphen der Humanität. Es ist keiner Schwadron
Ulanen gegeben, die immateriellen Fäden, auf welchen er aus-
gesandt wird, zu zerstören."

Melodisches Getön dieser Art vernahm man vielfach aus
der pariser Presse. Aber französische Apostel der Freiheit hatten längst ihren Credit eingebüßt. Es gab einmal eine Zeit,
in der Phrasen jener Art verfingen. Hinterher aber hatten die
Völker, die dem politischen Evangelium gegenüber, das aus
Frankreich kam, gläubig gewesen waren, es bitter zu bereuen
gehabt. Daher fanden Worte dieser Art höchstens ein mitlei-
diges Achselzucken. Die Geschichte hatte es Allen gelehrt, die
mit offenen Augen in sie blickten, daß man es mit einem Volke
zu thun habe, das den Schein der Freiheit liebt, sie selbst aber
nicht, ja, das gar nicht einmal fähig ist, sie zu ertragen.

Am wenigsten machten solche Stimmen Eindruck auf den
König und den Grafen Bismarck. Der Correspondent der
„Daily News" hatte in den ersten Tagen der Einschließung
von Paris eine Unterredung mit dem Grafen Bismarck. „Wir
wollen uns nicht in die häuslichen Angelegenheiten Frankreichs
mengen," sagte Graf Bismarck, „aber unsere Leute denken, daß
wir jene deutschen Provinzen haben müssen, die man uns vor
vielen Jahren weggenommen, und wir müssen den Franzosen
wenigstens die Macht nehmen, uns wieder auf derselben Straße
zu bedrohen, auf welcher sie dies während der letzten 20 Jahre
gethan haben. Wir müssen Metz und Straßburg haben. Mehr
fordern wir nicht, aber das ist für unsere Sicherheit nöthig."
Ich sprach ihm meine Bewunderung der preußischen Geduld aus.
„Wir sind ein sehr geduldiges Volk", äußerte er; „die Franzosen haben uns gesagt, daß, wenn wir uns nicht schlagen wollen, sie uns dazu zwingen würden. Aber wir sind mit einem
Familienvater zu vergleichen, der manche Beleidigungen erträgt,
aber zuletzt ein Duell acceptirt, jedoch nur unter der Bedingung, daß der Kampf ein entscheidender und endgiltiger sei."

Erklärlich ist das Interesse, mit dem die deutschen Trup-

pen sich der Stadt Paris näherten. Aufzeichnungen vielfacher
Art vergegenwärtigen den Eindruck, den auf sie die Umgegend
und der Blick auf Paris hervorbrachte. „Da große militärische
Ereignisse nicht sofort erwartet wurden," schreibt der Bericht-
erstatter der berliner Presse, „schien es erlaubt, eine sich dar-
bietende Gelegenheit zu einer Rundreise, die sich zunächst (von
Lagny aus) bis Versailles, dem augenblicklichen Hauptquartier
des Kronprinzen, erstrecken sollte, zu benutzen. Der gestrige
Tag (21. Septbr.) war, gleich dem vorhergehenden, prachtvoll.
Wir verließen Lagny gegen Mittag, um im großen Bogen um
Paris herum nach Versailles zu gehen. Der Weg führt auf
schön gehaltenen Vicinalstraßen über die Dörfer Collégien und
Crossy, kreuzt bei Emérainville die Orleans-Eisenbahn, geht
weiter über Cornbault und La Queue und nähert sich bei Noi-
seau bis auf geringe Entfernung Paris. Von der Straße aus
erblickt man zum ersten Male die Stadt, freilich noch in weiter
Entfernung, aber doch liegen die vorragenden Gebäude deutlich
da. Hell glänzt im Sonnenlichte der Dom der Invaliden, die
stumpfen Thürme von Notre-Dame zeichnen sich schwärzlich auf
blauem Hintergrunde und der Triumphbogen gleicht einem
dünnen Gespinnst, so leicht erscheinen, obgleich deutlich zu unterscheiden, seine Verhältnisse. Die nächsten Höhen sind von
Vorposten besetzt. Hier blickt man hinunter auf die mit
prächtigen Ortschaften übersäete, lachende, aber todtenstille Gegend. Nichts rührt sich in den Straßen des unten liegenden
Ortes, die Soldaten gehen an den Fluß, Wasser zu schöpfen,
als auf einmal zur Rechten (nach dem Fort Vincennes zu) einzelne Schüsse ertönen, dann nach Norden über dem Montmartre
sich kräuselnder Rauch die Thätigkeit von Geschützen verräth, und
bald darauf in dieser Richtung ein Luftballon aufsteigt, der
aber rasch und spurlos verschwindet, während weiter nach Westen
ein anderer unbeweglich in ziemlicher Höhe bleibt. Jetzt kracht
auch zur Linken von einem hochgelegenen Fort ein schweres Geschütz, aber ohne Nachfolger zu finden. Die Dörfer diesseits

15*

des Flusses sind wenigstens nicht ganz verlassen; wo Einwohner
sind, zeigen dieselben ein freundliches und entgegenkommendes
Benehmen. Villeneuve St. Georges, wo man die Seine zum
ersten Male erreicht, sieht trostlos öde aus. Hier ist die große
Eisenbahnbrücke von den Franzosen gesprengt worden, und stellenweise hat man gesucht, die Wege ungangbar zu machen.
In der langen Hauptstraße des Orts sind noch einige Leute
der ärmeren Klasse der Bevölkerung zu sehen, aber die Villen
und besseren Häuser sind gänzlich verlassen, Villeneuve le Roy
dagegen ist wenigstens einigermaßen bewohnt. Die Hindernisse
und Umwege verzögern die Fahrt bedeutend, so daß allmälig
die Dunkelheit einbricht. Nun entzünden sich in langen Linien
Bivouaksseuer, welche wenigstens gegen das Verirren in den fortwährend sich kreuzenden Wegen schützen, die benutzt werden müssen, da es eine directe Verbindung nicht giebt. Hier und da
sind auch die Straßen durch Verhaue oder Gräben unfahrbar
gemacht worden, und in der Nacht macht es immerhin einige
Schwierigkeiten, über Gräben und Felder solche Hindernisse
zu umgehen. Nur einmal beleuchtet electrisches Feuer von
Paris aus die Gegend mit einem schwachen Schimmer, doch
sind die Pariser jedenfalls aus den Bivouakfeuern besser im
Stande, sich über die Stellungen der Gegner zu unterrichten,
als durch diese Spielerei. In einem einsamen Schlosse in
Chatenay wird durch die Güte des Generals, der daselbst sein
Hauptquartier hat, ein Unterkommen für die Nacht gefunden.
Das Schloß, einem Herrn v. Lafailotte gehörig, ist von seinen
Besitzern verlassen worden, doch hat man den größeren Theil
des Mobiliars und des Porzellans zurückgelassen. Die Wohnung hat nur die bedenkliche Seite, daß sie vielleicht nicht ganz
sicher ist, denn am Tage vorher hat eine in der Nähe einschla-
gende Granate Unheil angerichtet. Auch früh wird man wieder
durch ferne Kanonenschüsse geweckt, während der prachtvolle
Park thauschimmernd in der Morgensonne daliegt. Der Weg
nach Versailles führt bald auf das Gefechtsfeld vom 19. An

dem Rande eines Gebüsches liegen Leichen französischer Infanteristen, in einer Lichtung ziemlich dicht gehäuft. In Petit-
Bicêtre, dessen wenige Häuser so arg von den Kanonenkugeln
mitgenommen sind, daß manche Wand und manches Dach ein
halbes Dutzend Löcher zeigt, hat der Kampf am stärksten gewüthet. Auf den Feldern im Norden liegen die Leichen noch
dicht. Ein Weg in östlicher Richtung führt nach der schließlich
genommenen Schanze des Tour du Moulin. Die Bäume zu
beiden Seiten sind theils gefällt und liegen über den Weg oder
gegen die Mauern der anstoßenden Gehöfte gestürzt, theils sind sie
durchsägt und drohen den Sturz. Hinter Petit-Bicêtre ist der
Weg eine Zeit lang gut, aber ungefähr 5 Kilometer vor Versailles sind alle Bäume gefällt (wie das dürre Laub beweist,
gewiß schon vor 14 Tagen) und das Pflaster der Straßen
aufgerissen, aber zugleich sind ein paar hundert Civilarbeiter aus
der Stadt beschäftigt, den ganz zwecklos ausgeübten Schaden
wieder auszubessern. Die Leute scheinen ganz freiwillig ihre
Arbeit zu verrichten, nur am Ende der Colonne wird man
einer Abtheilung Pioniere gewahr, welche sich ihre Arbeit haben
abnehmen lassen. Man fährt zuerst durch eine lange, ärmlich
aussehende Vorstadt, eine steil ansteigende Straße hinauf, zu
deren Linken ein Bahnhof liegt, welcher auch zur Vertheidigung eingerichtet wurde. Sobald man aber in die Avenue
de Paris eintritt, eine der beiden nach dem Schloß führenden
prachtvollen Straßen, herrscht das regste bunteste Leben. Offiziere tummeln in den Reitwegen ihre Pferde oder sprengen in
der Mitte umher, die Läden sind geöffnet, das schöne Geschlecht
— zum Theil allerdings in Trauerkleidern — fürchtet sich nicht
vor den von der pariser Presse als Barbaren verschrieenen
Germanen, und das bunte Treiben wird nicht im Mindesten
dadurch gestört, daß zuweilen von der Ferne her ein Kanonenschuß sich vernehmen läßt." — „Ehe wir Versailles verließen,
um unsern Weg nach Marly le Roi zu nehmen, wurde noch
eine Anzahl französischer Gefangener aus dem Gefecht vom 19.

durchgebracht. Marly ist nicht verlassen, die Läden sind geöffnet, die Leute benehmen sich gut. An einem Orte auf dem
Wege kamen sie aus den Häusern und brachten Wein geschleppt,
den sie uns durchaus aufnöthigen wollten, ja eine Frau kam
sogar mit einer Schürze voll Pfirsiche. Man hat die armen
Leute so in Furcht gejagt, daß sie zitternd die Fremdlinge
freundlich zu stimmen suchen. Hier nimmt uns ein schönes
Schloß auf, einer Gräfin Beaumont gehörig, die selbst nicht
anwesend ist und auch Niemanden, als ein paar Leute, welche
Gärtner- und Portierdienst thun, zurückgelassen hat. Der eine
Sohn steht als Capitän in Metz, der andere in der Mobilgarde
in Paris. Das Schloß hat einen wundervollen Park, und von
der Terrasse hat man den Blick nach Paris. Jetzt liegt tiefes
Dunkel über der Gegend, in der Ferne sieht man schwachen
Schein von Bivonakfeuern, und zuweilen hört man einen vereinzelten Kanonenschuß." Den Schluß gab der Berichterstatter
von Lagny aus, von dem er ausgegangen war, und das er am
dritten Tage wieder erreicht hatte. „Der schwerste Theil des
Weges", schreibt er, „war uns für gestern vorbehalten, der
Bogen um ganz Paris im Norden herum. Der Morgen war
stark neblich und wenn nicht ein zu großer Umweg gemacht
werden sollte, mußten wir suchen, gerade auf Argenteuil zu
gelangen. Allmälig senkte sich der Nebel, und St. Germain
zeigte sich schon in schöner Beleuchtung. Wir gingen über die
Seine, in welcher zahlreiche Schiffe versenkt waren, und kamen
bald in den Bereich des Forts du Mont Valérien, das für
sich eine ganz stattliche Festung bildet und die Nord- und
Westseite von Paris weithin beschützt. Nachdem die Stein-
brüche von Saint-Denis passirt sind, kommen wir bei Bezons
dicht an die Seine. Wir können diejenige Straße des Dorfes,
die längs des Flusses hinläuft, nicht passiren, weil auf der
andern Seite Nationalgarden stehen und auf Jeden, der sich
blicken läßt, herüberfeuern, was von den diesseitigen Patrouillen
erwiedert wird. Hinter Bezons geht es denn wieder weiter ab

von den feindlichen Stellungen. Wir passiren Argenteuil, einen
stattlichen, großentheils verlassenen Ort, und die vollständig verlaf-
senen Orte St. Gratien und Deuil. Eigenthümlicher und ergreifender noch als diese menschenleeren Orte ist die ungeheure
Stille und Einsamkeit des Feldes. Stundenweit kann man
fahren, ohne ein lebendes Wesen zu sehen. Es ist, wie wenn
man sich in einem Zauberbann befinde und die Gegend bei
Nacht im Lichte des Tages erblickte. Vielleicht auch mögen
die verlassenen Ortschaften (selbstverständlich nur diejenigen,
welche nicht unterdessen schon eine militärische Bevölkerung erhalten haben) sich mit dem ausgegrabenen Pompeji vergleichen
lassen: ein großes Bild des Todes. Welche furchtbaren, un-
ermeßlichen Opfer legt dieser Krieg Frankreich auf! Diese drei
Tage lang, in welchen wir Paris umkreist haben, hat der Blick
immer auf einem Reichthum und einer Fülle der Naturschönheit
und des menschlichen Fleißes geruht, gegen welchen unser
Berlin, auf das wir so stolz sind, arm erscheint. Die Flücht-
linge haben höchstens ihre Kostbarkeiten retten können, in den
Schlössern und Häusern stehen die prachtvollsten Mobiliare,
Teppiche, Spiegel, Porzellane, Bibliotheken, Gemälde; der verlassene Raum beträgt viele Quadratmeilen, und das bewegliche
und unbewegliche Vermögen, welches der Gnade des Siegers
überlassen geblieben ist, vielleicht Milliarden. Wenn wir die
Barbaren wären, für welche die Franzosen uns ausgegeben,
wenn wir thäten, was die Franzosen früher in Deutschland
gethan haben und wieder zu thun drohten, als sie unsere Hand
noch nicht gefühlt hatten — was würde ihnen wohl übrig
bleiben? Aber auch ohne dies muß ihr Verlust entsetzlich sein,
und wenn es wirklich zur Belagerung von Paris kommt, wenn
die Armeen sich lange in dem Rayon aufhalten, so muß die
Zerstörung gräßlich werden.

„Von Argenteuil kommen wir nach Montmorency. Hier
ist ein prachtvolles Schloß neben dem andern und dieselben
scheinen von den Besitzern mit besonderer Eile verlassen worden

zu sein. Traurig sieht es im alten Schlosse der Montmorency's selbst aus. Der Theil, den wir besichtigen, scheint der
älteste zu sein, ein Thurm mit ganz kleinen Gemächern, deren
Wände mit prächtigen, schwer vergoldeten Ledertapeten bedeckt
sind. Ganz enge steinerne Wendeltreppen führen von einem
Stockwerk zum andern und bis auf das platte Dach, von welchem man eine prachtvolle Aussicht in das Seinethal hat. In
diesem Thurm befindet sich eine Antiken-Sammlung und eine
Bibliothek, die mehrere Zimmer einnimmt. Alles ist in der
furchtbarsten Unordnung, und wie viel wird hier verdorben und
verloren gehen!

„Es ist unterdessen schon Nachmittag geworden und der
Weg noch weit. Der Mont Valérien ist uns allmälig ent-
rückt, während der Triumphbogen uns treu bleibt, und der
Montmartre immer deutlicher hervortritt. In der Ebene sieht
man hier und da Dampf, von Geschützfeuer, wie es scheint
(der Wind ist entgegen), an einer Stelle wenigstens aber auch
von einem Brande, dessen dunkelrothe Glut selbst durch das
Sonnenlicht bricht. Auch der Luftballon fehlt nicht. Da alle
Wege wie nach Rom, so auch nach Paris führen, und für die
Circulation um die Stadt, wenigstens in der weiten Entfernung, in welcher wir uns befinden, kein Bedürfniß vorhanden
ist, so kommen wir auch auf dieser Strecke noch mehr als einmal an Vorposten, bis uns die hier überall neu angebrachten
Wegweiser für die Armee orientiren. Arnouville, Gonesse, Livry
sind stattliche Orte, aber ganz oder fast ganz verlassen. Da wo
die Bevölkerung eine ganz militärische geworden ist, äußert sich
der Soldatenhumor in mancherlei Weise. Die Büste Napoleon's wird dann in sonderbarem Aufputz an das offene Fenster
gestellt, die Bilder der kaiserlichen Familie hängen an den
Außenwänden der Häuser, und allerlei Inschriften bedecken
Wände und Thüren. Die Dunkelheit bricht schon sehr zeitig ein,
und es war kein leichtes Stück Arbeit, uns hierher zu finden,
doch gelang es nach manchem Umwege in später Abendstunde."

Nun zu den Befestigungen von Paris! C. Vogel giebt folgende Schilberung von denselben:

„Die Umwallung von Paris besteht aus einer befestigten Ringmauer, welche aus einer Militärstraße, Wall, Graben und Glacis gebildet ist. 85 fast gleichförmige Bastionen daran außer sonstigen Vorsprüngen sind bestimmt, das Vorterrain und den 35 Schritt breiten, durch Canäle und die Seine unter Wasser zu setzenden Graben zu bestreichen. Die Escarpe ist mit einer Mauer bekleidet, welche von dem Glacis gedeckt wird. Die auf der inneren Seite laufende Militär-Verbindungsstraße ist gepflastert. Nahe und oft parallel derselben läuft die Ligne de Ceinture, welche alle in Paris einmündenden Eisenbahnen und deren 8 Bahnhöfe untereinander verbindet. 66 Thore, an welchen sich die Zollbureaux befinden, durchbrechen den Befestigungs- wall. Außerhalb der Festungsmauer und bis zu einer Entfer- nung von einer halben Meile liegen 15 detachirte Forts, aus- schließlich Vincennes, die theilweise durch Verschanzungen und Redouten mit einander verbunden sind, und es ist der besseren Uebersicht wegen nöthig, dieselben in drei Abtheilungen vor- zuführen.

„1) Nordöstliche Linie. — Unbedingt der Hauptpunkt der ganzen äußeren Befestigung ist das nördlich vom Montmartre liegende St. Denis. Diese Stadt allein ist von drei großen Forts umgeben. Links, dicht an der nach Enghien und Mont- morency führenden Eisenbahn und hinter der Stelle, wo der Canal von St. Denis in die Seine geht, liegt das Fort de la Briche, nördlich und jenseit des Flüßchens Rouillon die Double couronne du Nord, und südöstlich das Fort de l'Est. Diese drei Werke unterhalten durch einen Wall nebst Graben Verbindung, und das Ganze wird durch eine leicht zu bewerk- stelligende von der Redoute de Stains gedeckte Inundation noch besonders stark, so daß man St. Denis ohne Weiteres als eine selbständige Festung betrachten kann. — 4400 Schritt süd- östlich vom Fort de l'Est, und daher näher Paris liegt gleich-

falls in der Ebene das Fort d'Aubervilliers. Zwischen beiden
geht die nach Soissons führende Eisenbahn hindurch, und dahinter läuft der Canal von St. Denis. Die aus diesem aus-
gehobene Erde bildet vor dem Canal eine Art von Brustwehr,
welche durch drei Redouten verstärkt ist. In der weiteren Entfernung von 4200 Schritt jenseit des Canals von Ourcq und
der nach Straßburg führenden Eisenbahn, aber oben auf der
Fortsetzung der Höhe von Belleville über Pantin liegt das
Fort de Romainville. Es ist von dem Hauptfestungswall nur
1800 Schritte entfernt. Von ihm läuft bergab nach dem Canal von Ourcq eine Reihe von Verschanzungen, während auf
der anderen Seite desselben noch zwei Redouten die Uebergänge
vertheidigen. Weiter östlich und südlich, immer auf der nach
auswärts gerichteten Seite desselben Höhenzuges und fast parallel über der nach Mühlhausen gehenden Eisenbahn, folgen
sich nunmehr die durch eine gepflasterte Straße verbundenen
Werke Fort de Noisy (3500 Schritt), Fort de Rosny (3200
Schritt) und Fort de Nogent (3800 Schritt). Hier endigt
der bei Belleville beginnende Höhenzug, der ziemlich steil nach
der darunter fließenden Marne abfällt. Zwischen den genannten Forts liegen in kleineren Intervallen nach derselben Reihenfolge noch die Redouten von Noisy, Montreuil, Boissière und
Fontenay. Es bildet nun die fast 100 Schritt breite Marne
einen weiteren natürlichen Defensiv-Abschnitt, der indessen am
Isthmus von St. Maur, da wo der Fluß überbrückt ist, durch
eine 2800 Schritt lange Verschanzung, aus Brustwehr und
Graben bestehend und an beiden Enden durch die Redouten
Faisanderie und Gravelle flankirt, noch besonders befestigt ist.
Hier geht auch die von Vincennes nach la Varenne führende
Eisenbahn vorüber. Alle die eben genannten Festungswerke
schließen fast halbkreisförmig das befestigte Schloß von Vincennes ein, in welchem sich das Haupt-Arsenal von Paris befindet, und dessen großer Artillerieschieß- und Manöverplatz
südlich bis an die Marne reicht. Jenseit dieses Flusses in

dem Winkel, der durch die Vereinigung der Seine und Marne
gebildet wird, bei Alfort, rechts der nach Lyon führenden Eisenbahn, liegt das Fort de Charenton, und mit demselben
schließt die erste Vertheidigungslinie. Dieselbe ist noch dadurch besonders stark, daß der umschlossene Raum sich zu einem
verschanzten Lager eignet, in welchem mit Leichtigkeit 200,000
Mann campiren können.

„2) Südliche Linie. — Gegenüber dem Fort de Charenton in 4000 Schritt Entfernung, auf der linken Seite der
Seine, beginnt die südliche Befestigungslinie mit dem etwas
erhöht liegenden Fort d'Ivry. In fast gerader Linie von Osten
nach Westen folgen sich in fast gleichen Abständen von durchschnittlich 3000 Schritt die Forts de Bicêtre, de Montrouge,
de Vanves und d'Issy. Das Letztere liegt etwa 50 Fuß über
der hier wieder aus dem Stadtgebiet tretenden Seine. Zwischen
denselben gehen die Eisenbahnen nach Limours, resp. Sceaux
und die nach Versailles (Route gauche) hindurch. Die 3
letztgenannten Werke werden seit Einführung der gezogenen
Geschütze, an welche man bei Anlage derselben noch nicht
gedacht, durch die dahinter liegenden Höhen von Bagneur und
Meudon beherrscht.

„3) Westliche Linie. — Diese Linie ist von Natur besonders stark, indem die Seine bei Meudon und Sèvres in nörd-
licher und nordöstlicher Richtung bei St. Cloud, Boulogne,
Suresnes, Puteaux, Courbevoie (Kaserne), Neuilly, Asnières,
Clichy und St. Ouen vorbei, welche Orte rechts und links
derselben liegen, sich nach St. Denis wendet. Zwischen dem
Strom und der Stadt liegt das berühmte Bois de Boulogne.
5 Brücken führen auf der angegebenen Strecke über die Seine
und bei dem Bahnhof Asnières auf dem linken Ufer vereinigen
sich die von Dieppe, aus der Normandie, von St. Germain
und von Versailles (Route droite) kommenden Eisenbahnen,
um gemeinschaftlich in einem breiten Strang über den Strom
zu setzen. Nur ein einziges Fort, aber das größte und

stärkste von allen, das Fort du Mont Valérien, das hoch oben, 415 Fuß über der Seine liegt, und von welchem aus man eine prachtvolle Aussicht auf Paris hat, beherrscht die ganze Gegend. Eine gepflasterte Straße verbindet den Mont Valérien vermittelst der Brücke von Suresnes mit dem Bois de Boulogne. Seine Entfernung von dem nächstliegenden Fort bei St. Denis beträgt in gerader Linie 16,500 Schritte, also beinahe 1¾ Meilen, und vom Fort d'Issy 10,000 Schritt oder 1 Meile, und es ist ersichtlich, daß das Befestigungssystem hier eine große Lücke zeigt. Hierauf scheint sich auch der Rapport des Kriegsministers Dejean an die Kaiserin vom 8. August zu beziehen, worin gesagt wird, daß das Special-Comité zur Armirung der Pariser Festungswerke constatirt habe, daß eine wichtige Lücke in der Vertheidigungslinie vorhanden sei; „die Arbeiten zur Ausführung gewisser Werke, deren Projecte schon festgestellt sind, werden schon morgen beginnen." „Le Soir" und „Constitutionel" sind so indiscret, diese „wichtige Lücke" als auf der Seite des Thales der unteren Seine liegend, näher zu bezeichnen, und fügen hinzu, „daß zwischen dem Mont Valérien und den Hügeln von Meudon ein großes Werk gebaut werden soll, das die Thäler von Sèvres und Ville d'Avray beherrscht: der Punkt, der gewählt wurde, ist Montretout." Derselbe liegt unmittelbar über dem Bahnhof von St. Cloud.

„Hiermit ist die Reihe der Befestigungen geschlossen, und wir geben zum Schluß noch einige darauf bezügliche Dimensionen. Die größte Entfernung ist zwischen dem Mont Valérien und Fort de Nogent vorhanden. Sie fällt so ziemlich mit dem Parallel zusammen und beträgt 27,000 Schritt = 2¾ Meilen, während in der Richtung des Meridians die größte Entfernung zwischen St. Denis und Fort de Bicêtre 20,000 Schritt oder 2 Meilen beträgt. Die Umfassungslinie, welche entstehen würde, wenn man alle Außenforts einander verbunden denkt, beträgt 7,4 Meilen = 12½ Wegestunden. Es

bleibt nur noch zu bemerken, daß ſämmtliche Außenforts baſtio-
nirt ſind. Außerdem haben die von Noiſy, Rosny und
Nogent Hornwerke vor ſich. Die Escarpen und Contreescar-
pen ſind ſo hoch wie bei der Umwallung der Stadt. Bedeckte
Wege mit gemauerten Laufgräben und bombenfeſte Pulvermagazine ſind überall vorhanden. Sämmtliche Forts ſind unter
ſich und mit Paris durch den Telegraphen verbunden.

„Nach Vorſtehendem zu urtheilen, unterliegt es wohl
keinem Zweifel, daß Paris die größte, aber auch wohl eine
der ſtärkſten Feſtungen der Welt iſt. Ihre Belagerung würde
zunächſt ein ungeheueres Heer erfordern, und es mag beiſpiels-
weiſe erwähnt ſein, daß eine einfache Linie von Soldaten, die
ſich in Kanonenſchußweite und parallel von den Außenbefeſti-
gungen aufſtellen wollte, Schulter an Schulter nicht weniger
denn 96,000 Mann erfordern würde. Dahingegen iſt auf der
anderen Seite zu beachten, daß die Beſatzung von Paris verhältnißmäßig eben ſo groß ſein müßte, daß es ferner ein wenigſtens bis jetzt noch ungelöſtes Problem iſt, eine eingeſchloſ-
ſene Bevölkerung von über 2,000,000 Seelen auch nur auf
einen Monat im Voraus ausreichend zu verproviantiren, und
daß die zu Emeuten geneigten Pariſer und die Treue des
franzöſiſchen Heeres bei beſonderer Veranlaſſung gar nicht zu
berechnen ſind.“

Schon ein ſolcher Blick auf die Befeſtigungen ergiebt das
Gewaltige des Planes, den die deutſche Heerführung ſich geſtellt
hatte, indem ſie zur Einſchließung von Paris geſchritten war.
Zu weiterer Würdigung bot folgender Aufſatz des militäriſchen
Berichterſtatters der „Schleſ. Z.“ Anlaß:

„Nicht allein eine Belagerung von Paris, ſondern ſchon
die Cernirung deſſelben, auf welche ſich unſere Truppen bis
zum Eintreffen des ſchweren Geſchützes muthmaßlich werden
beſchränken müſſen, bezeichneten wir früher als eine großartige,
in der Kriegsgeſchichte einzig daſtehende Aufgabe. Die gewaltigen Dimenſionen der fortificatoriſchen Geſammtanlage ſpotten

jeder Analogie. Denkt man sich die äußeren Fronten der detachirten Forts und der wichtigsten in der jüngsten Zeit vorgeschobenen Werke durch gerade Linien verbunden, so ergiebt
sich ein Umfang von mehr als 7 Meilen. Der davon eingeschlossene elliptisch gestaltete Raum hat einen Inhalt von 3½
Quadratmeilen, sein großer, von Westen nach Osten laufender
Durchmesser hat eine Ausdehnung von 2½, sein kleinerer von
Norden nach Süden gerichteter eine solche von 2 Meilen. Die
ungeheuren Dimensionen geben indeß nur den Maßstab für die
Aufgabe des Vertheidigers; um diejenige des Belagerers richtig
zu erfassen, muß erwogen werden, daß die Vorposten außerhalb
der Tragweite des Festungsgeschützes Stellung zu nehmen haben,
wodurch sich der Cernirungsgürtel zu einem Umfange von fast
10 deutschen Meilen erweitert. Aber auch das reicht noch nicht,
um die volle Ausdehnung der Aufstellung zu versinnlichen. Diejenigen Truppenmassen, welche etwa erfolgenden Ausfällen größerer Abtheilungen zu begegnen haben, müssen, schon um volle
Freiheit der Bewegung nach allen bedrohten Punkten ihres
Bereichs zu gewinnen, an noch weiter rückwärts gelegenen
Orten Aufstellung nehmen, wodurch sich der Cernirungsgürtel
auf eine Ausdehnung von mindestens 12 deutschen Meilen erweitert. Erst an der äußeren Gränze dieses Kreises werden
die Gros der Cernirungs-Armeen ihre Cantonnements beziehen
können. Zur besseren Versinnlichung der angegebenen Dimensionen wird es dienen, den naheliegenden Vergleich mit Metz
zu ziehen. In Rücksicht auf seine weit vorgeschobenen Forts,
welche den Platz zu einem verschanzten Lager für eine Armee
von 150,000 Mann gestalten, zählt Metz zu den größten Festungen Europas. Dennoch beträgt die Ausdehnung der durch seine
Forts gebildeten Linie nur 2¼ Meilen, die Länge der es um-
schließenden äußersten Vorpostenkette, also der kürzesten Cernirungslinie, bemißt sich indeß schon auf 5½ Meile. Bei der
Cernirung von Paris kommt außer den Dimensionen noch der
weitere Umstand in Betracht, daß es sich hier um den Central-

punkt aller Communicationen Frankreichs handelt, daß also weit
mehr Punkte die speziellste Beobachtung erheischen, als dies bei
anderen großen festen Plätzen der Fall ist. Die vielfach ge-
wundenen Wasserläufe der Seine und Marne, sowie die Canäle bedingen außerdem eine scharf abgegrenzte Theilung in
der Aufstellung der Hauptmassen, und erschweren deren gegenseitige Unterstützung. In ähnlicher Weise wirkt das bedeckte
und coupirte Terrain, mag es in tactischer Beziehung auch Vortheile gewähren, auf eine hermetische Abschließung erschwerend
ein. Französische Schriftsteller berechnen die zu einer völligen
Cernirung von Paris erforderliche Truppenmasse auf 700,000
bis 800,000 Mann. Haben wir es hier auch mit einer jener
Uebertreibungen zu thun, von denen sich der Franzose nie frei-
zuhalten vermag, so ist doch anzunehmen, daß eine Armee von
einer halben Million Streiter zur Einschließung erforderlich
sein würde, wenn sich im gegenwärtigen Falle diejenigen Bedingungen erfüllten, von denen die französischen Strategen und
Ingenieure ausgingen, als sie ihre Entwürfe für die Befestigung der Hauptstadt aufstellten. Zu diesen Voraussetzungen
gehörte in erster Linie eine zu offensiven Unternehmungen bestimmte und mit dem eigentlichen Besatzungsdienst nicht befaßte
Feldarmee von 100,000 Mann im Innern von Paris, in zweiter Linie aber eine derartige allgemeine strategische Situation,
daß sie das Erscheinen eines Entsatzheeres im Laufe der Belagerung in Aussicht stellt, die Cernirungstruppen also dauernd um
ihren Rücken besorgt sein läßt. Träfe die letztgenannte Voraussetzung zu, so würde vom Blokadeheere eine besondere Armee,
das sogenannte Observationscorps, abgezweigt und nach derjenigen Richtung vorgeschoben werden müssen, aus der das
feindliche Ersatz-Corps zu erwarten wäre. Wir wissen, daß
wenigstens noch auf Wochen hinaus das Erscheinen eines solchen Entsatzheeres nicht zu erwarten ist, es also einer besonderen
Observationsarmee nicht bedarf. Ist es auch immer in hohem
Grade wünschenswerth, Paris zu Fall zu bringen, ehe sich im

Süden Frankreichs neue Kräfte organisirt haben, so rechtfertigt sich dieser Wunsch doch mehr im Hinblick auf eine baldige Beendigung des Krieges, als in rein strategischer Beziehung. Ehe eine Armee von Lyon ins Feld tritt, werden bei Straßburg oder Metz genügende Streitkräfte disponibel werden, um dieselbe unschädlich machen zu können. Für die gegenwärtige Blokade handelt es sich daher nur um die in Paris selbst vorhandenen mobilen Streitkräfte, und auch diese bleiben weit hinter der oben angegebenen Voraussetzung zurück.

„Schon die Nationalgarden sind ihrer Aufgabe nicht gewachsen; von den 60,000 Mann Linientruppen muß daher ein großer Theil zu Zwecken der passiven Vertheidigung verwandt werden. Es gilt bei Paris nicht allein, den Ringwall und die Forts zu besetzen, sondern das gesammte Schlachtfeld zu behaupten. So wenig wie die Stadtbefestigung haben die Forts ein freies Gefechtsfeld. Innerhalb des von den letzteren umschlossenen Raumes wohnen allein 200,000 Menschen in kleinen Städten, Dörfern und unzähligen Villen und Gehöften, mit denen die nächste Umgebung der Stadt übersäet ist. Aehnliches waltet im Schußbereich der Forts ob, und gerade darin liegt ein Hauptgrund, warum wir Paris ein befestigtes Schlachtfeld, nicht eine eigentliche Festung nannten. Es würde, ganz abgesehen von den unschätzbaren Werthobjekten, ein halbes Jahr dazu gehören, die Wohnstätten und außerdem alle kleinen Wälder, Gehölze, Umfriedigungen ꝛc. zu vernichten. Was Feuer und Axt in dieser Beziehung während der letzten Wochen zu leisten vermocht haben, erreicht nicht das Allernothwendigste. Alle diese Objecte müssen also in die Vertheidigung hineingezogen werden, weshalb eine nachhaltige Behauptung von Paris eine Reihe von Ortsgefechten, wie sie jede Schlacht aufweist, unabwendbar macht. Beschränkt sich der Vertheidiger hierbei auch nur auf das allerbescheidenste Maß, so wird er doch schon einen tiefen Eingriff in seine regulären Streitkräfte machen müssen, um die Mobilgarden zur Behauptung ihrer Positionen zu befähigen.

Offensiv-Operationen mit 60,000 Mann Linientruppen sind daher nicht zu gewärtigen; was an National-Garden zur Offensive verwandt werden kann, fällt namentlich seiner qualitativen Beschaffenheit wegen wenig oder gar nicht ins Gewicht. Selbst die Linientruppen bestehen zumeist aus Neuformationen und haben, trotz aller von den gegenwärtigen politischen Koryphäen in der Hauptstadt angefachten Begeisterung bei ihrem ersten Debut keine glänzende Probe abgelegt. Bei der Riesenaufgabe, die unsere Armeen mit der effectiven ringförmigen Einschließung von Paris unternommen haben, walten daher durchaus abnorme Verhältnisse auf Seiten des Vertheidigers ob. Während unter normalen Verhältnissen ein solches Unternehmen nur hätte möglich erscheinen können, wenn der Belagerer dem Vertheidiger an Zahl mindestens um das Doppelte überlegen gewesen wäre, konnte es hier auch eine geringere Zahl auf sich nehmen, den Feind in seinen Wällen von allen Seiten einzuschließen."

Endlich verdient noch eine Würdigung der Befestigungen von Paris, die der „Russ. Invalide" brachte, vorgeführt zu werden. „Gegen welche Theile der Befestigungen von Paris," heißt es in dem Aufsatze, „werden die Preußen sich wenden? Auf der Nordwestseite der Stadt ist eine fast zwei Meilen lange Strecke, wo sich keine Festungswerke befinden. Es mag sein, daß hier in der letzten Zeit schnell aufgeworfene Erdwerke angelegt sind; allein permanente Festungsbauten giebt es hier nicht. Die Hälfte jener Strecke, etwa eine halbe Meile nach jeder Seite hin, wird vom Fort du Mont Valérien und den Werken von St. Denis bestrichen. Der dazwischen liegende Raum, von Courbevoie bis Asnières, hat keine Flankenvertheidigung und wird nur von dem Frontalfeuer von 11 bis 12 Fronten der Hauptumwallung, die durch den Lauf der Seine gedeckt wird, bestrichen. Das gegenüberliegende Ufer der Seine, welche hier stellenweise über 200 Schritt breit ist und mehrere Inseln bildet, ist vom Hauptwall ungefähr 3500 Ellen entfernt. Bei Asnières führt eine Eisenbahn über die Seine und theilt

sich auf dem linken Flußufer in verschiedene Zweige, die nach
Versailles, St. Germain und Cherbourg führen. Eine vierte
Zweigbahn führt nach Argenteuil, an welchem Ort ein Bahnhof
in einem Abstande von fast einer Meile vom Hauptwall liegt.
Hier fließt auch die Seine wieder vorbei, welche, indem sie bei
St. Denis eine plötzliche Wendung nach Südwest macht, auf
diese Weise Paris an der Nordwestseite durch ihren gekrümmten
Lauf zwiefach schützt. Die also gebildete, zwischen St. Denis
und Nanterre liegende Halbinsel hat eine fast durchaus ebene
Lage und enthält einige Dörfer, im Uebrigen aber Felder und
Weinberge. Die Pariser hielten bis jetzt, auf den Schutz durch
die Seine bauend, die Stadt von dieser Seite für völlig gegen
jeden Angriff gesichert, und die große Bedeutung der Krümmung
des Flusses für den Schutz der Stadt bildete ein Hauptthema
in allen Artikeln, die von diesem Gegenstande handelten. Wenn
man aber diese Halbinsel ohne Vorurtheil und im Hinblick auf
den gegenwärtigen Stand der Dinge betrachtet, so wird man
leicht zu der Erkenntniß kommen, daß Paris von Argenteuil
aus durchaus nicht uneinnehmbar ist. Der Uebergang über
die Seine kann bei diesem Ort ohne Gefahr bewerkstelligt
werden. Wenn die Franzosen noch ein Heer hätten, dann
könnte es mittelst der Eisenbahn leicht herbeigeholt werden und
den Flußübergang erschweren. Da aber keine regulären Truppen
vorhanden sind, wird der Widerstand in diesem offnen Terrain
nicht besonders stark sein können. Wir legen kein sehr großes
Gewicht auf die Mittheilungen von Zeitungs-Correspondenten,
welche von einem verschanzten Lager bei Gennevilliers berichten;
es ist mehr als wahrscheinlich, daß dies einfache, schnell aufgeworfene Feldbefestigungen mit einer Besatzung von Mobilgardisten sind. Den bei Argenteuil über die Seine gegangenen
Preußen treten bei dem zweiten Uebergange ganz andere und
weit größere Schwierigkeiten entgegen. Das Feuer der gezogenen Geschütze wirkt auf 3000 Ellen verheerend; auf diesem
Abstande können die Mitrailleusen noch mit Erfolg angewendet

werden, zumal da den Franzofen hier alle Entfernungen genau
bekannt find. Die Preußen müffen hier unter dem Feuer der
Franzofen auf dem linken Flußufer Batterien anlegen und durch
diefelben die franzöfifchen Gefchütze zu demontiren fuchen. Die
Strecke zwifchen Courbevoie und Asnières kann höchftens von
12 Baftionen der Hauptumwallung beftrichen werden. Wenn
man für jede Front ungefähr 12 Gefchütze rechnet, fo erhalten
wir das Feuer von 132 Gefchützen, welche fo geftellt find, daß
auf jeden Punkt des beftrichenen Raumes höchftens 24 Gefchütze
(von 6 Facen) gerichtet werden können. Nach vollführtem
zweiten Seineübergang find die Preußen aber noch lange nicht
am Ziel. Die gemauerte Escarpe des Hauptwalls ift vollftändig durch das Glacis gedeckt, und ohne daß diefelbe auf
einem Punkte zerftört wäre, kann ein Sturm nicht unternommen
werden. Da aber ein Brefchefchießen mittelft Wurffeuer eine
fehr unfichere Sache ift, muß man nach allen Regeln einer
ftufenweife fortfchreitenden Belagerung das Glacis krönen und
dann nach dem Bau einer Brefchebatterie die Escarpenmauer
zu zerftören fuchen.

„Aus diefen Arbeiten wird, trotz der verhältnißmäßigen
Schwäche von Paris an der Nordweftfeite, die auf die Einnahme der Hauptumwallung gerichtete Thätigkeit der Preußen
beftehen müffen. Wird die Vertheidigung nur mit irgend welcher Energie betrieben, dann können die Preußen in keinem
Punkt von dem von uns aufgeftellten Programm abweichen;
allein fie werden es mit größerer Schnelligkeit ausführen
können, als dies unter anderen Umftänden möglich wäre. Die
Franzofen beginnen übrigens fchon, wie es fcheint, einzufehen,
daß man fie auch von der Weftfeite wird angreifen können.
Sie zerftören die Brücken, durch welche beide Flußufer mit
einander verbunden find, und fie brennen die Waldungen und
Häufer auf den Infeln der Seine ab."

Der Auffatz fchließt mit der Bemerkung: „In den Zei-
tungsartikeln, welche die jetzige Lage von Paris befprechen,

findet man oft einen Vergleich dieser Stadt mit Sebastopol.
Wenn, sagen die Franzosen, die gesammten Armeen der Verbündeten, welche aus 200,000 Mann und 800 Geschützen bestanden, in 11 Monaten nicht mit Sebastopol fertig werden
konnten, wie sollten denn wir Pariser uns weniger stark erweisen? Wir müssen, sagen Andere, die Mittel anwenden,
welche von den Russen bei der Vertheidigung Sebastopols angewendet wurden, namentlich aber Ausfälle bei Tag und bei
Nacht. — Ein solcher Vergleich ist zwar sehr schmeichelhaft für
unser (der Russen) Nationalgefühl, allein wir können den Franzosen leider nicht einräumen, daß sie mit dem Vergleich Recht
haben. Abgesehen von vielen anderen Vorzügen, die Paris nicht
hat, ward Sebastopol nicht so sehr durch seine Festungswerke, als
durch die Arme seiner Besatzung vertheidigt. An jedem neuen
Tage wurden an dieselbe Stätte des Todes neue Bataillone, neue
Tausende, hingesandt, und mit voller Selbstverläugnung, mit
der ganzen Erkenntniß ihrer Pflicht fielen sie unter den feindlichen Geschossen an eben derselben Stelle, wo Tags zuvor
ihre Brüder gefallen waren. Aber das waren Feldtruppen!
Wir zweifeln nicht an dem Patriotismus der Hälfte der Pariser Bevölkerung und ihrem Muthe; allein wir glauben, daß
wir dennoch zu der Frage berechtigt sind: giebt es unter derselben Viele, die mit den Vertheidigern von Sebastopol zu
vergleichen sind?"

In dem Maße durch die Federn Kundiger die Größe der
Aufgabe dargelegt ward, die zu bewältigen die deutsche Heeresleitung sich vorgesetzt hatte, in dem Maße steigerte sich natur-
gemäß die Spannung der Bevölkerungen aller Länder im Hinblick auf den Verfolg und Ausgang der bevorstehenden Kämpfe
um Paris.

Paris.

Suchen wir nunmehr, nachdem wir uns mit der Umgebung von Paris, einschließlich der Befestigungen, bekannt gemacht haben, eine Vorstellung von der Stadt selbst zu gewinnen. Wir folgen dabei den Schilderungen der beiden berühmten Geographen Vogel und Karl Rosenkranz. Zwischen den Zusammenflüssen der Marne und Oise mit der schiffbaren Seine, inmitten einer weiten Ebene der vormaligen Provinz Isle de France gelegen, in welcher sich die das Thal-Ufer der Seine begrenzenden Höhen des Montmartre (394'), von Belleville (311'), Ménilmontant und Charonne diesseit der hier 80 Fuß über dem Meeresspiegel fließenden Seine, und die etwas entfernteren, außerhalb des Stadtgebietes liegenden Höhen des Mont Valérien (495'), von St. Cloud (306'), Sèvres, Meudon und Isny auf dem anderen Ufer erheben, ist die Stadt durch den in einem Bogen von Osten nach Westen fließenden und abwechselnd zwischen 2 — 300 Fuß breiten Strom in zwei ungleiche Hälften getheilt. Der nördliche Theil ist der größere, und 21 Brücken vermitteln den beiderseitigen Verkehr. Die Gestalt der Stadt läßt sich mit einem auf der rechten Seite etwas eingedrückten Oval vergleichen, dessen längster Durchmesser $1\frac{3}{5}$ Meilen beträgt. Paris zählte nach dem Census von 1866: 1,825,274 Einwohner in etwa 90,000 Häusern — also über 20,000 Einwohner mehr, als die Gesammtbevölkerung des Königreichs Dänemark — und übersteigt die Bewohnerzahl des Königreichs Württemberg noch um beiläufig 80,000 Personen. Der Flächenraum, den das Stadtgebiet einnimmt, beträgt 7800 Hektaren, d. i. $1{,}_{42}$ Quadratmeilen, und ihr Umfang 34 Kilometer $= 4{,}_6$ Meilen oder $7\frac{2}{3}$ Wegstunden, also einen starken Tagemarsch.

Die Stadt besteht aus drei concentrischen Kreisen. Der erste und weiteste derselben schließt die zahlreichen Vorstädte (Passy, les Batignolles, Montmartre, Belleville, Vaugirard, Auteuil u. s. w.) ein, welche zwischen der Festungsmauer und den Barrières (den Zollstätten) liegen. Der zweite Kreis wird nach außen von den boulevards extérieurs, nach innen von den boulevards intérieurs begrenzt, welche letztern die frühere Ringmauer ausmachten, und enthält die vierzehn älteren Vorstädte (wie St. Antoine, du Temple, St. Martin, Montmartre u. s. w.). Der dritte und kleinste Kreis enthält die eigentliche Stadt (la ville) im Norden der Seine, die Altstadt (la cité) auf der Insel Notre-Dame und die Universität oder das sogenannte pays latin im Süden der Seine. Die Benennung der Südseite führt uns auf den innern Unterschied der Haupttheile der Stadt. Auf der Südseite des Flusses haben sich von je her alle großen Lehranstalten zusammengedrängt; hier werden in der Sorbonne, welche auch l'université im engeren Sinne heißt, noch jetzt die Vorlesungen über Theologie, Philosophie und Literatur gehalten, hier sind die Schulen des Rechts, der Medicin, der Pharmacie, des Bergbaues, hier ist die polytechnische Schule, hier die Sternwarte, die Kriegsschule, die Kunstschule mit ihrem wahrhaft königlichen Palast, hier sind alle Gymnasien, hier werden Blinde und Taubstumme, so weit dies möglich ist, zu nützlichen Mitgliedern der menschlichen Gesellschaft ausgebildet. Ferner giebt es hier die vielfachste Gelegenheit zu practischer Ausübung der Wissenschaft in den zahlreichen Hospitälern. In der Nähe des großartig angelegten Hospitals Salpêtrière liegt der botanische Garten, jardin des plantes, der alle Sammlungen, welche zum Studium der verschiedensten Zweige der Naturwissenschaften dienen, vereinigt. In der Nähe prangt Mazarin's Schöpfung, das Institut de France. Auch die Industrie, so weit sie auf der Südseite überhaupt herrscht, trägt mehr das Gepräge der Intelligenz, als der Arbeit für das

materielle Bedürfniß. So hängt mit den genannten wissen-
schaftlichen Anstalten die Erscheinung zusammen, daß hier die
meisten Buchhändler ihre Lager haben. Oder es ist die Industrie ein technischer Anhang der höhern Kunst, wie die
Fabrik der Gobelins-Teppiche, deren Erzeugnisse, wenn auch
Copien bekannter Gemälde, doch wahre Kunstwerke sind. Unter
so ernsten Umgebungen, die ihre höchste Steigerung in dem
unterirdischen Labyrinthe der Katakomben finden — jener Todten-
stadt, welche bei der Verlegung der Kirchhöfe aus dem Innern
der Stadt unmittelbar vor der ersten Revolution die seit Jahrhunderten in den Kirchen und Kirchhöfen von Paris aufge-
häuften Gebeine aufnehmen mußte, ist selbst das Theater, das
auf der Nordseite eine so große Rolle spielt, auf der Südseite
niemals zu einem bemerkenswerthen Glanze gelangt. So con-
sequent ist die Südseite in ihrem contemplativen Character, daß
sie auch das politische Leben der Gegenwart nur in der Form
der Berathung hervortreten läßt. Bei Aufständen hat allerdings die Armuth der industriellen Bevölkerung, oder die von
der Wissenschaft getragene Begeisterung der Jugend dieses
Theils sich immer hervorgethan und seit der ersten Revolution
mit den Arbeitermassen des Faubourg St. Antoine leicht fra-
ternisirt, allein die Entscheidung politischer Kämpfe durch die
blutige That ist niemals hierher gefallen. So finden wir denn
hier die Paläste der französischen Kammern, in deren Debatten
die Geschichte doch nur ein theoretisch-kritisches Leben führt.
Der Senat, früher die Pairs-Kammer, verhandelt im Palast
Luxembourg, der von einem herrlichen Garten umgeben ist. Die
Deputirtenkammer, jetzt Palais du corps législatif, liegt nicht
so verborgen. Sie hält ihre Sitzungen im Palast Bourbon
und kehrt der Seine eine Façade im griechischen Tempelge-
schmack zu. Nicht weit von ihr nach Westen ragt die Kuppel
des Doms vom Invaliden-Hôtel über die Wipfel der Bäume
hervor, also nicht der Krieg, sondern das Ausruhenmüssen von
ihm. Napoleon in Imperatorengestalt blickt von der Mitte der

Gallerien des Königshofes auf die Einwohner als ihr Abgott hernieder. Die Südseite vollendet ihren Reflexionstypus, indem sie als Pantheon zur Mnemosyne der Nation wird. Das Pantheon auf dem höchsten Punkte der Südseite greift in die älteste Geschichte von Paris zurück, denn es war die Kirche der heiligen Genovefa († 512), der Schutzpatronin der Stadt Paris, die man jedoch nicht mit der deutschen Sagengestalt Genovefa verwechseln darf. Nach vielen Schicksalen soll die Kirche nun die Grabmäler der verdientesten Männer der Nation in sich aufnehmen. Sie ist mit prachtvollen allegorischen Fresken ausgeschmückt, gewährt von ihrem Thurm die Anschauung des schönsten Panoramas der ganzen Stadt, macht jedoch in Ansehung ihrer Bestimmung den Eindruck der Leerheit. Die Altstadt, in der Mitte der beiden Haupttheile, bildet den Uebergang von der theoretisch-contemplativen Südseite zu der practisch-historischen Nordseite, indem sie einerseits die Kathedrale Notre-Dame, so wie in dem Hôtel Dieu das älteste Hospital von Paris enthält, andrerseits den Justizpalast, wo das Revolutionstribunal seine schrecklichen Sitzungen hielt, mit der berüchtigten Conciergerie, in der die Königin Marie Antoinette und auch Robespierre ihre letzten Stunden verlebten. Treten wir über den mit der Reiterstatue Heinrichs IV. geschmückten Pontneuf auf die Nordseite, so befinden wir uns mitten in der geschichtlichen Region der Stadt, deren Geschichte fast durchgehends mit der Geschichte Frankreichs aufs Engste verbunden war. Denn das Lokal aller Revolutionen ist auf dem Raum vom Grève-Platze bis zum Caroussel-Platze zu suchen. Auf dem Grève-Platze nämlich steht das Stadthaus, d. h. das Centrum des pariser Bürgerthums. Der Caroussel-Platz aber ist die Mitte zwischen dem Palaste der Tuilerien und des Louvre, d. h. dem Centrum des französischen Königsthums. Nothwendig mußte eine jede als Aufruhr sich gestaltende politische Bewegung zwischen diesen beiden Punkten sich concentriren. Sind Königthum und Bürgerthum einig, so ist

ein Erfolg unmöglich. — Der Culminationspunkt des Lebens
der Nordseite sind die Boulevards, wo Restaurationen, Café's,
Theater, Magazine, ambulante Krämer das genußsüchtige Publikum fesseln. Die Boulevard's tragen je nach den ihnen
parallelen Regionen der Stadt, welche ihren südlichen Ausbau
ausmachen, eine mehr aristokratische oder eine mehr demokra-
tische Physiognomie. Die erstere kann man von der Madeleine
bis zur Porte St. Martin rechnen; die zweite von dieser bis
zum Bastillen-Platz. Auf den aristokratischen Boulevards stol-
ziren von Morgens zehn Uhr bis Mitternacht die Rentiers und
Börsenspeculanten, die Literaten und Künstler, die Stutzer und
die Fremden, die den haut goût der modernsten Civilisation
schmecken wollen. Die demokratischen Boulevards sind am Tage
ziemlich menschenleer, weil ihre Bevölkerung arbeitet. Abends
dagegen füllen sie sich mit ungeheuren Massen von Kleinbürgern
und Blousenmännern, die sich hier ergehen und vor den Kassen
der hier gelegenen Volkstheater Queue machen. Der Halbkreis
der nördlichen Boulevards fängt mit dem Concorde-Platz an
und endigt mit dem Bastillenplatz. Auf dem Concorde-Platz
steht der Obelisk von Luxor mit seinen vergoldeten Hierogly-
phen. Auf jeder Seite desselben sprudelt eine Cascade in mehreren Absätzen den Silberstrahl in ein Becken, aus welchem
Nymphen und Tritone hervorragen. Den großen Platz, welcher
an den Tuilerien-Garten und an die elysäischen Felder grenzt,
umgiebt ein Kreis riesenhafter, dem Muster der römischen Rostra
nachgebildeter Laternen-Candelaber. Dieser Platz ist unbedingt
einer der schönsten der Welt; im Süden und Norden ragen
über ihm die griechisch gehaltenen Tempelprospecte der Deputirtenkammer und der Madeleine-Kirche hervor, im Osten und im
Westen fesseln den Blick die Zinnen der Tuilerien und der Triumphbogen de l'Étoile. — Namentlich die Nordseite von Paris
hat sich beständig vergrößert. Schon in ihren Benennungen
tragen die Straßen vielfach die Neuheit ihrer Geburt an der
Stirn. Ueberdies ändert sich Paris unaufhörlich. Jede

Phase der Geschichte Frankreichs vertilgt und schafft in ihm
Gebäude, Straßen, Brücken, Monumente; jede erzeugt einen
besondern Typus der Bauart, der in dem Architecturgebirge
der Stadt gleichsam seine Schicht absetzt. Dieser Beweglichkeit
wegen läßt sich von der chamäleontischen Stadt immer nur ein
zeitweise wahres Bild geben.

Dies ist die Schale; es möge nun auch der Inhalt derselben, die Bevölkerung, von deren Natur die Schale bereits
Andeutungen gegeben, in schärferen Umrissen erkennbar werden.
Es kann zu dem Zweck aber nicht genügen, nur dem lebenden
Geschlecht unsere Aufmerksamkeit zuzuwenden. Wir steigen
nieder in die Katakomben, die Gebeine der Tausende und
abermals Tausende, die dort ruhen, gewinnen Leben; wir
blicken in die Vorgänge vergangener Zeiten. Es wäre verkehrt, zu sagen: „Lasset die Todten ruhen; wir haben es
mit den Lebenden zu thun, die zu bekämpfen und zu überwinden, und damit dies geschehen könne, in ihrer Eigen-
artigkeit kennen zu lernen sind!" — Nimmermehr! Es ist
mit der Geschichte eines Volkes wie mit der eines Einzelnen: nicht die Inbetrachtnahme blos des gegenwärtigen jüngsten Moments ermöglicht ein abschließendes Urtheil, vielmehr
die davon untrennbare Inbetrachtnahme der die Gegenwart be-
dingenden Vergangenheit. Es ist diese Verfahrungsweise nothwendig, einmal, um dem Feinde, von dem der Deutsche so
keck herausgefordert war, und dessen Sein und Wesen mit
der Geschichte von Paris auf das Engste verflochten ist, genau
in's Antlitz zu sehen, für's Andre, um die bereits gewonnenen
Vorstellungen über die Größe der Aufgabe, welche der deutschen
Heeresleitung oblag, zu ergänzen.

So sei denn einiger Vorgänge in Kürze gedacht! Die
Völkerwelle der Celten, als deren Hauptstamm später die Gallier, die Stammväter der Franzosen, hervortraten, war viel
eher über Europa gekommen, als die der Germanen. Die
Gallier hatten zur Zeit Cäsars eine große Vergangenheit hinter

sich, denn ihnen war es gelungen, Herrschaft zu gewinnen über
Thracien, Kleinasien, Pannonien, Italien bis zum Arno, Süddeutschland, Helvetien und Spanien; Delphi und Rom waren
von ihnen geplündert und die Beute in dem Tempel von Tou-
lonse niedergelegt worden. War auch ihre Herrschaft zur Zeit
Cäsar's bedeutend beschränkter geworden, so standen sie doch noch
unter den Völkern der Erde in hohem Ansehen. Selbst die
Römer erkannten an, die Gallier seien kriegerischer als sie. Dennoch unterwarf sie Cäsar. Scharfblickenden Geistes hatte er ihre
Character-Eigenheiten erkannt und gemäß den über sie gewonnenen Anschauungen seinen Kriegsplan entworfen. Vor Allem
war ihm klar geworden, daß ihnen Eines fehle: römische Zähigkeit in Verfolgung vorgesteckter Zwecke. „Sie können kein Unglück ertragen und sind überraschenden Umschlägen von einem
Extrem in das andere unterworfen. Stetigkeit ist ihnen unbekannt, und des Gehorsams gegen den Führer dünken sie sich
ledig, sobald sich ein erster Mißerfolg zeigt. Sie prahlen, wie
sie nur eine Angst hätten, die, daß der Himmel einfallen könne,
wie sie ihn dann aber mit ihren Lanzen stützen würden; sie
häufen gräßliche Schwüre, daß sie nicht eher Weib und Kind
wiedersehen wollten, als bis sie zweimal die römischen Vier-
ecke durchbrochen hätten, ja wie sie beim Mangel der Lebensmittel eher von Menschenfleisch leben wollten, als sich den verhaßten Römern ergeben. Aber nach der ersten Niederlage ist Vor-
satz und Eid vergessen. Sie sind stets nach Neuerungen begierig,
brausen furchtbar auf und sind, wenn du nur ihren ersten Ausfall ausgehalten, schnellfüßiger denn Weiber." So Cäsar. Die
Gallier unternahmen den Versuch, das römische Joch abzuwerfen.
Einer ihrer besten und tapfersten Männer, der Fürst Vercingetorix, war es, der sie zum Kampf aufrief. Paris, Lutetia Pa-
risiorum genannt, nahm zu jener Zeit den Raum der Seine-
Insel ein, auf dem sich heute die Cité, die Altstadt, befindet.
Der römische Feldherr Labienus zwang die Einwohner zum Abzuge, doch legten sie vorher Feuer in die Häuser, so daß die

Stadt in Flammen aufging. Vercingetorix wurde von Cäsar
in Alesia (Alise-Sainte-Reine) eingeschlossen, und nachdem
ein Landesheer, das herzugerückt war, Vercingetorix zu entsetzen,
vernichtet worden war, sah Letzterer, zumal es in der Feste an
Mundvorrath zu mangeln begann, sich zur Unterwerfung gezwungen. Aber in wie so ganz anderer Weise geschah dies,
als das Gleiche von Napoleon in Sedan! Vercingetorix ver-
sammelte seine Heerführer um sich und erklärte ihnen, daß
er, der sie zum Kriege aufgerufen habe, sich nun auch, da
das Glück ihn verlassen habe, für sie zu opfern bereit sei.
Mit seiner schönsten Rüstung angethan, verließ er darauf zu
Roß die Feste, um sich in eigener Person dem Feinde selbst
auszuliefern. Wer vermag genau die Gedanken zu ermessen,
die ihn bewegten? Er wußte es, daß dem in die Gefangenschaft der Römer gerathenen feindlichen Feldherrn unab-
änderlich bevorstand, im Triumphzuge des Siegers mit aufgeführt und darnach hingerichtet zu werden. Rechnete er in dem
besonderen Falle auf die Großmuth des Siegers? Fehlte auch
seiner That nicht der Impuls gallischer List? Sei dem, wie
ihm wolle; fest steht, daß er nicht Andere als „Schuldige" vor-
schob. Vor Cäsar angekommen, stieg er vom Pferde, rufend,
indem er sein Schwert zu dessen Füßen niederlegte: „Du hast
einen Tapfern besiegt, du, der Tapferste von Allen!" Wir
wissen, daß die unbarmherzige Staatspraxis der Römer ihn
nicht verschonte. — Die Heldenthat des Vercingetorix wurde von
Louis Napoleon in dem zweiten Theil seines Werkes „Julius
Cäsar", der in dem Jahre von Sadowa erschien, hochgefeiert;
er hat dem Gallierfürsten außerdem auf dem Gipfel des Mont-
Aurois, auf welchem die Feste Alesia sich befand, ein Denkmal
setzen lassen. Das Werk schrieb er zumeist, um seine eigne Nothwendigkeit für Frankreich zu erweisen, sich zu verherrlichen und
auch um den Beweis zu führen, daß zu Gallien schon in alter
Zeit alles Land bis zum linken Rheinufer gehört habe, Frankreichs Absicht demnach, seine Grenzen bis an den Rhein zu

rücken, ihre Berechtigung habe. Damals konnte er nicht ahnen, daß Sedan ihm zum Alesia werden sollte. Als Letzteres geschah, opferte er nicht sich, sondern seine Krieger; er vielmehr fand es für gerathen, in eine angenehme Gefangenschaft mit der Hoffnung zu gehen, sich doch noch einmal die aus einer von ihm bereiteten Blutlache hervorgegangene Krone, die er zur Zeit freilich für verloren ansehen mußte, wieder zu erschleichen. —

Unter Chlodwig galt Paris als Mittelpunkt des Landes, und von hier aus betrieb jener Blutmensch, der im Einverständniß mit betrügerischen Priestern die Fabel verbreiten ließ, das Salböl für ihn habe eine weiße Taube vom Himmel herabgebracht, seine Raubzüge, wie auch dieser „allerchristlichste" König nicht anstand, den Boden von Paris mit dem Blute seiner nächsten Verwandten, unter ihnen auch derer, die sich gänzlich friedlich gegen ihn verhalten hatten, zu tränken. Heut noch wird den Gläubigen ein Fläschchen als dasjenige gezeigt, welches jene Taube vom Himmel gebracht, und das die wunderbare Eigenschaft habe, daß sein Inhalt, das heilige Salböl, sich nie mindre. —

Auf dem damals außerhalb Paris gelegenen Montmartre — also erzählen die französischen Legendenbücher — sei der heilige Dionys enthauptet worden; darauf habe er sein Haupt vom Boden aufgehoben und noch 6000 Schritte weit getragen, den Ort anzeigend, auf dem er begraben sein wolle. Das wurde von „christlichen" Priestern als Wahrheit ausgegeben, sie errichteten, da ihnen Gläubige zu diesem Zweck reiche Gaben darboten, auf der bezeichneten Stelle die Abtei St. Denis, und es wurde dieselbe darnach — um der Heiligkeit des Ortes willen — von den französischen Königen zu ihrer Gruft gewählt. Die Fabel wird auch heut noch als untrügliche Wahrheit von dem französischen Klerus ausgegeben. Das Gold der Christuslehre mögen die Glieder dieses Klerus nicht; ihnen ist es um den Wust einer aus den Fabeln der finstersten Zeit zusammengelogenen Kirchenlehre zu thun, die sie frecher Weise

für Gottes Wort ausgeben, während sie dieses selbst gefangen
halten. Der Erzbischof von Paris hatte zu Anfange des Krieges
einen Hirtenbrief erlassen, in welchem er den Gläubigen auf
das Dringendste ans Herz legte, — nicht etwa die Hülfe
Gottes, nein, die Hülfe des heiligen Dionys anzuflehen! —
Wie wahr das Wort des berühmten französischen Kanzelred-
ners Pater Hyacinthe, als er später im Hinblick auf die
Gräuel, die in Paris ausgeübt wurden, den Ausspruch that:
„Das sind Werke eines Volkes, das keinen Gott mehr hat, und
ebenso Werke derjenigen, die es ihm unmöglich machen, an den
Gott, den sie ihm vorführten, zu glauben und ihn zu lieben!" —

Im zehnten Jahrhundert gelüstete es den Frankenkönig
Lothar, seine Hand nach Lothringen auszustrecken. In Deutschland herrschte Kaiser Otto II., dessen Vorgänger, Heinrich der
Finkler und Otto I., Deutschland außerordentlich gekräftigt
hatten. Otto II., nicht ahnend, daß sein ungetreuer Nachbar
eine Invasion vorbereite, begab sich (im Jahre 978) mit seiner
Gemahlin nach der Pfalz, um daselbst das Johannisfest zu
feiern. Da brach Lothar plötzlich räuberisch in Deutschland
ein. Weithin wurde das Land verwüstet, Aachen überrumpelt
und der Adler auf der dortigen Kaiserpfalz, dessen Haupt nach
Osten zu gerichtet war, gewendet, so daß er nun seine Blicke
auf Frankreich richtete. Mit genauer Noth war der Kaiser
den in die Pfalz einbrechenden französischen Heerhaufen entgangen, die zwar keine Turcos bei sich hatten, aber in Ausübung von Gräuelthaten wahrlich den Söhnen Afrikas nichts
nachgaben. Jedoch schon nach drei Tagen fühlte sich Lothar
in Aachen unheimlich und trat seinen Rückzug an. Ehe er
Paris erreichte, holte ihn ein von Kaiser Otto ihm nachge-
sandter Herold ein, der ihm im Namen seines Gebieters ankündigte: Du hast Deutschland mitten im Frieden, ohne Grund,
ja sogar ohne auch nur eine Kriegserklärung vorangesandt zu
haben — überfallen; ich erkläre dir hiermit, offen vor aller
Welt den Krieg, und werde am 1. October dieses Jahres

deine Grenze überschreiten!" — So geschah es. Kaiser Otto II.
rückte mit 60,000 Mann in Frankreich ein. Die Bedrohungen,
die ihm aus Paris entgegenschallten, beachtete er so wenig, wie
sein Vater Otto I. ähnliche Ergebungen beachtet hatte. Letzterem war von dem Grafen Hugo von Paris (der — bezüglich seiner Redeweise — als ein Vorgänger des Herzogs von
Gramont zu betrachten ist) eine schriftliche Bedrohung zuge-
kommen, deren Schluß besagte: er, Hugo von Paris, vermöge
es mit Leichtigkeit, sieben sächsische Speere in einen Becher zu
thun und in einem Trunk Weines hinunterzuspülen! — Otto II.
erschien nun zum Schrecken der Pariser vor der Stadt und
schritt zur Belagerung derselben. Sechs Wochen hatten die
Pariser mit schwerer Angst zu kämpfen. Da aber brach eine
Seuche in dem Heere der Deutschen aus, und Otto sah sich
genöthigt, seinen Rückzug anzutreten. Vor dem Abzuge stimmten die Deutschen auf dem Montmartre ein Tedeum an, und
es war, wie die Chroniken sagen, der Gesang so gewaltiger
Art, „daß er auf den Straßen von Paris wiederhallte." Lothar
folgte dem Kaiser Otto, wagte es aber nicht, ihn anzugreifen.
Gänzlich ohne Unfall ging jedoch der Rückzug nicht ab. Das
Heer setzte an einem Tage über die Aisne, der Troß sollte
am nächsten Morgen übergeführt werden. Letzteres ließ sich
nicht ermöglichen, da der Fluß in der Nacht bedeutend ange-
schwollen war. Diesen Umstand benutzten die Franzosen, den
Troß zu überfallen und sich des Gepäckes zu bemächtigen. Otto
ließ dem König sagen, er fordere ihn zur Schlacht heraus, und
er versprach, ihn bei dem Ueberschreiten des Flusses nicht zu be-
helligen. Lothar verstand sich jedoch nicht dazu, worauf Otto,
sich Weiteres vorbehaltend, sein Heer nach Deutschland zurück-
führte. Da nun der Frankenkönig Furcht hatte, daß die Deutschen über Kurz oder Lang wiederkehren möchten, knüpfte er
Friedensverhandlungen mit dem Kaiser Otto an und entsagte
feierlich seinen Ansprüchen auf Lothringen. Wie die Franzosen
diese Entsagung später beachteten, ist bekannt.

In der Nacht auf den 24. bis 25. August des Jahres 1572 wurde der Boden des „heiligen" Paris von dem besten Blute getränkt, das Frankreich jemals aufzuweisen gehabt hat. Der Protestantismus hatte seinen Rundgang durch Europa gemacht, die Anfrage an das Gewissen der Christen: Wollet ihr noch länger der dem Scheine, nicht aber dem Wesen nach dem Christenthum huldigenden römischen Kirchenlehre anhangen, oder seid ihr bereit, auch mit Opfern auf der Bahn der Anbetung Gottes im Geiste und in der Wahrheit einen Schritt vorwärts zu thun? — Auch in Frankreich hatte die Reformation Eingang gefunden; die Anhänger der neuen Lehre wurden Hugenotten genannt. Aber es währte nicht lange, so wurde die französische Staatsgewalt an den alten zwischen Pipin und dem päpstlichen Stuhle geschlossenen Pact erinnert, der dahin gegangen war, sich im Interesse weltlicher Bestrebungen zu unterstützen, die wirklichen Zwecke aber mit dem Schein der Förderung christlicher Bestrebungen zu decken. Darauf begann gegen den Theil des französischen Volkes, der sich zu dem Entschlusse ermannt hatte, fürderhin nicht mehr in dem papistischen Kirchenthume, sondern in dem Worte des Heilandes und in seinem Vorbilde den das Privat- und das öffentliche Leben erfrischenden und erneuernden Quell des Lebens zu suchen — somit also gerade gegen den bessern Theil des französischen Volkes — der Kampf, ein Kampf, der für die ganze Zukunft Frankreichs entscheidend sein sollte. Was die absolute Abweisung des Protestantismus aus dem großen Polen und aus dem großen und dabei seiner Zeit so mächtigen Spanien gemacht, wie die Aufrechthaltung des Protestantismus dagegen fördernd auf Völker germanischen Ursprungs — es sei nur der Deutschen (die Niederländer mit eingerechnet) und der Engländer Erwähnung gethan — gewirkt hat: die Geschichte zeigt es Jedem, der sehen will und kann! — In Frankreich hatten die Hugenotten bereits lange Zeit hindurch Schweres zu erdulden gehabt. In der Bedrängniß hatte die römische Partei auch

zum öftern mit der mannhaft sich wehrenden protestantischen Partei Frieden gemacht, nie aber ohne den aus römischer Tücke geborenen geheimen Vorbehalt: zu gelegener
Zeit das alte Programm „Austilgung der Ketzerei um jeden
Preis" wieder aufzunehmen. Was hilft ein „Friede" mit
einer Partei, in der das Gewissen, die Gottesstimme, vom
Jesuitismus erstickt ist! — Im Jahre 1560 war der jugendliche Karl IX. zur Regierung gekommen, für den seine
ränkesüchtige und schlaue Mutter Katharina von Medici durch
mehrere Jahre die Herrschaft führte. Gegen die Protestanten
ward eine friedliche Haltung beobachtet, ja es schien sogar, als
sei die Staatsgewalt gewillt, von nun ab der protestantischen
Religion das ungeschmälerte Bürgerrecht in Frankreich zu gewähren. Der König Karl IX. vermählte sich, nachdem er die
Regierung übernommen hatte, mit einer Tochter des gegen die
Protestanten mildgesinnten deutschen Kaisers Maximilian II.;
nun aber ward gar eines der Häupter der protestantischen
Partei, der junge Prinz Heinrich von Navarra, mit der
Schwester des Königs vermählt. Zur Feier nach Paris kamen
die angesehensten Protestanten herbei, unter ihnen der Admiral
Coligni und der Prinz Condé. Der König fand an dem würdigen Admiral Coligni großes Gefallen, und in der römischen
Partei begann sich gerade um deswillen auf's Neue die Feindschaft gegen die Protestanten zu regen. Von Katharina wurde
ein Meuchelmörder gegen Coligni gedungen. Dieser schoß
auf Coligni, verwundete denselben jedoch nur an dem Arm
und an der Hand. Nun wucherte jäh in der von Katharina
geführten Partei ein gräßlicher Entschluß auf. Vernichten wir,
hieß es, mit einem Schlage die Ketzerbrut, die wir jetzt hier
in ihren vornehmsten Vertretern beisammen haben! — Der
Entschluß ward gefaßt, die Vorbereitung getroffen*). Noch

---

*) Siehe: Weltgeschichte von Ferd. Schmidt, Band III. (S. 156—159),
Berlin bei Albert Goldschmidt.

aber mußte der König für den Plan gewonnen werden, und
es gelang dies dadurch, daß man ihm vorlog, die Hugenotten
hätten beschlossen, ihn zu überfallen und niederzustoßen. Durch
teuflische Künste brachte man es dahin, daß Karl, bis auf den
Tod geängstigt, seiner Mutter und ihren Helfershelfern die
Verläumdeten überantwortete, und zwar unter der Bedingung,
daß sie sich anheischig machten, auch nicht einen einzigen der
Verhaßten am Leben zu lassen, der ihm etwa Vorwürfe machen
könne. Nun wurde ohne Zeitverlust im Geheimen das Nöthige
vorbereitet und die Nacht vom 23. auf den 24. August (den
Bartholomäustag) zur Ausführung des Mordwerkes angesetzt.
Die Henker fanden in Paris nicht weniger als 60,000 Bürger, die sich sofort bereit erklärten, sich als Henkersknechte an
dem blutigen Werke zu betheiligen. Welch ein Licht wirft
dies auf den Character der Bevölkerung! Die ganze Stadt
wußte es, daß den Hugenotten durch feierliches Gelöbniß Friede
verheißen, daß das Vermählungsfest als Versöhnungsfest bezeichnet worden war, und daß viele vornehme Hugenotten im
Vertrauen auf Beides sich eingefunden und Paris in dem
Glauben betreten hatten, es werde die Heiligkeit der Gastfreund-
schaft und die Heiligkeit des gegebenen Wortes ihnen genügender Schutz sein: — und dennoch diese Betheiligung am Treu-
bruch! Es ist nicht zu glauben, daß Aehnliches in irgend
einem andern Lande der Welt möglich gewesen wäre.

Die verhängnißvolle Nacht brach an, bleich und bebend saß
der König in seinem Gemach. Ihn ängstigten die Schreckgestalten,
die man ihm vorgemalt hatte; er lebte ja in der Einbildung, es sei
auf seinen Tod abgesehen, und es bleibe ihm nur als Mittel, sich
zu erhalten, übrig, seine Feinde der Vernichtung preiszugeben.
Und doch brach er fast unter dem Gewicht des Gedankens zusammen, daß die Stunde sich nahe, in der auf seinen Wink Tausende
ihr Leben verhauchen sollten! — Nicht minder beunruhigt, wenn
auch aus anderen Gründen, fühlte sich die Königin-Mutter.
Ihr lag die Hauptleitung des blutigen Unternehmens ob, und

sie hatte daneben zugleich ihren Sohn, den König, zu überwachen. In Bezug auf Festigkeit des Willens war ihm nicht
zu trauen. Wie, wenn sein Entschluß sich noch im letzten Augenblicke änderte, demnach die Mittel, wie sie sich dem augenblicklichen Vortheile der Katholiken darboten, unbenutzt blieben?
Solcher Art waren die Erwägungen, durch die Katharina von
Medici sich veranlaßt sah, dem Sohne nicht von der Seite zu
gehen. Sie stellte ihm, indem sie Trostlosigkeit und höchste
Bekümmerniß heuchelte, vor, wie er durch Ausführung des
Planes nicht nur sich, seine Mutter und die übrigen Glieder des
Königshauses, sondern auch Tausende von treuen Unterthanen
schütze. Denn wer dürfe glauben, daß, wenn das Königshaus
und seine nächsten Stützen gefallen seien, die übrigen Katho-
liken verschont bleiben würden? Mit den Feinden Erbarmen
haben, würde demnach heißen, die Seinen und sich selbst dem
Verderben überliefern. Gott verlange von ihm das Opfer,
seinem Mitleid gegen eine Zahl von Menschen, zumal diese
Ketzer seien, Schweigen zu gebieten. — So trieb Katharina
den König dazu, daß er befahl, durch die Glocke des Louvre
das verabredete Zeichen zu geben. Er, seine Mutter und sein
Bruder traten an das offene Fenster. Es waren entsetzliche
Augenblicke: Niemand sprach ein Wort, Jeder fühlte nur das
Pochen seines Herzens. Die Glocke erscholl, den in der Stadt
harrenden Mördern verkündend, daß die Henkerarbeit ihren
Anfang zu nehmen habe. Die Töne wiederholten sich von den
nächsten Thürmen, dann von den ferneren. Das war das
Sterbegeläut für eine große Zahl Unschuldiger. Es trat Todtenstille ein. Ein Schuß. Wieder Stille. Karl war mehr todt
als lebendig; er bebte am ganzen Leibe. Wäre es jetzt noch
möglich gewesen, er hätte Alles rückgängig gemacht. Aber es
war zu spät, der gräßliche Mord hatte seinen Anfang genommen.
Auf Coligni war es zu allererst abgesehen. Gleich nach dem
ersten Todtengeläut hatten dreihundert Geharnischte unter Führung des Herzogs von Anjou, des Herzogs von Guise und

17*

Angoulême's, eines Bastards des verstorbenen Königs, das Haus
Coligni's besetzt. Eine ältere französische Quelle giebt über
den Verlauf der Unthat, die hier ausgeübt ward, folgende
Schilderung: Die Thürsteherin kommt herunter und wird, als
sie ein wenig geöffnet, erdolcht. Die zweite Thüre wird nach
kurzer Zeit erbrochen. Einer der Diener läuft nach oben, und
vom Admiral gefragt, was dieser Lärm bedeute, antwortet er:
„Monseigneur, Gott ruft uns zu sich! Man hat die Thüre
mit Gewalt erbrochen, und es giebt kein Mittel, um zu widerstehen." Der Admiral hebt darauf an: „Es ist schon lange her,
daß ich mich auf den Tod vorbereitet habe! Ihr Anderen,
rettet euch, wenn es möglich ist. Ich empfehle meine Seele
der Barmherzigkeit Gottes!" Alle gewinnen sofort den Speicher,
und nachdem sie daselbst ein Dachfenster gefunden, suchen sie
sich zu retten; aber der größere Theil wurde im nächsten Quartiere schon getödtet. Sieben oder acht Gepanzerte waren inzwischen die Treppe hinaufgegangen. Sie sprengten die Thür
des Gemaches Coligni's und traten ein. Besmes, Leibdiener
des Herzogs von Guise, mit dem gezückten Degen in der Hand,
nähert sich dem Admiral und richtet die Degenspitze auf ihn.
Dieser beginnt darauf und sagt: „Junger Mann, du solltest
Achtung haben vor meinem Alter und meinem kranken Zustande;
aber es wird dir nicht gelingen, mein Leben um Vieles abzukürzen!" Darnach stößt ihm Besmes den Degen in die Brust
und bringt ihm einen Hieb in den Kopf bei, wobei jeder der
Uebrigen ihm auch seinen Stoß giebt, mit dem Erfolg, daß
der Admiral zu Boden sinkt und nahe dem Verscheiden ist.
Der Herzog von Guise, der sich mit dem Bastard Angoulème
und Anderen im unteren Hofraume aufgehalten hatte, woselbst
Fackeln angezündet worden waren, fängt, als er die Degen
klirren hört, zu rufen an: ob sie fertig seien, und befiehlt, den
Leichnam aus dem Fenster in den Hof zu werfen. Besmes
und ein Anderer heben den Körper sofort auf und werfen ihn
hinunter. Der Hieb über den Kopf und das in Folge dessen

das Antlitz bedeckende Blut waren der Erkennung hinderlich,
so daß der Herzog von Guise sich über den Leichnam beugte
und ihm das Gesicht mit einem Tuche abwischte, worauf er
sagte: „Ich erkenne ihn, er ist es!" Alsdann, nachdem er zuvor
noch diesen Todten, den die Feinde Frankreichs bei seinen Lebzeiten so sehr gefürchtet, mit einem Fußtritt ins Gesicht bedacht,
geht er aus dem Quartier hinaus, gefolgt von den Uebrigen,
und bricht auf der Straße in den Ruf aus: „Muth! ihr Soldaten, wir haben einen guten Anfang gemacht; fahren wir jetzt
fort mit den Andern, der König will es haben!"

Inzwischen war es in der ganzen Stadt laut geworden.
Welch' ein Erwachen für so viel Unglückliche! Von draußen her
Mordrufe und, da auf Anordnung die Stadt erleuchtet werden
mußte, heller Schein, eindringend in ihre Gemächer. Letzteres er-
schwerte auch die Flucht, zumal viele der Fliehenden kaum halb
angekleidet auf die Straße stürzten, und außerdem die Mörder,
wie befohlen war, weiße Binden trugen. Die Bestie in dem französischen Wesen war entfesselt: es wurde mit Lust gemordet.
Ueberdies war es nicht einmal allein auf die Hugenotten abgesehen: viele Pariser machten sich diese Gelegenheit zu Nutze,
aus Gründen verschiedenster Art auch katholische Mitbürger zu
ermorden. Hier wurde Raub, dort Unzucht geübt, dort wurden
Gläubiger von Schuldnern stumm gemacht. Ließ doch sogar
ein Professor der Pariser Universität, Charpentier, durch Schüler
den ihm an Wissenschaftlichkeit weit überlegenen und darum
ihm längst bis auf den Tod verhaßten Collegen Petrus Ramus
ermorden!

Nach und nach hatte sich der König an das Mordgeheul
gewöhnt, ja, es machte sich, durch dasselbe angeregt, gegen
Morgen die ihm angeborene Wildheit in dem Maße geltend, daß
er nicht nur mehrmals zum Fenster hinaus den Verfolgern
anfeuernde Worte zurief, sondern auch selbst zu einem Gewehr
griff und auf Fliehende schoß, die sich über die Seine zu retten
den Versuch machten. Mit Blut und Leichen waren die

Straßen des „heiligen Paris" bedeckt. Nun wurden alle
Winkel der Häuser durchsucht, und keiner der Unglücklichen,
deren man auf diese Art noch habhaft ward, kam mit dem
Leben davon.

In andern Städten war in derselben Nacht auf gleiche
Art verfahren worden, und es ergab sich, daß in der Bartho-
lomäusnacht (auch — wegen der kurz vorher stattgehabten
Hochzeit Heinrich's von Navarra, die so viele Opfer nach Paris
gelockt hatte — Pariser Bluthochzeit genannt) und den beiden
darauf folgenden Tagen gegen 25,000 Hugenotten von ihren
Landsleuten erschlagen worden waren. Der König ließ sich
seinen Schwager und den jungen Herzog von Condé vorführen und sagte ihnen, er habe ihres Lebens um ihrer Jugend
willen zu schonen befohlen; aber es sei verwirkt, falls sie sich
nicht entschlössen, ihre Ketzerei abzuschwören. Der Prinz Heinrich
von Navarra erklärte sich bereit dazu; Condé widerstand. Als
Letzterer drei Tage darauf noch einmal vor Karl geführt ward
und von diesem nichts als die drei Worte vernahm: „Messe,
Tod, Bastille!" trieb auch ihn die Furcht zu der Erklärung,
seinen Glauben abschwören zu wollen. Nach dem bald erfolgten
Tode Karl's erklärte Heinrich seinen Uebertritt zur katholischen
Kirche als von dem Zwange erpreßt für ungültig.

In welchen Abgrund seiner erhabenen Dichtung „Die Hölle"
hätte wohl Dante die Mordanstifterin Katharina von Medici
versetzt, wenn er ein Zeitgenosse derselben gewesen wäre, oder
wenn sie vor ihm gelebt hätte! — Welchen Eindruck brachte nun
die unerhörte Bluttat auf die übrige Welt hervor? welche Folgen machten sich sichtbar? Der mildgesinnte Schwiegervater des
Königs Karl erging sich in Wehklagen über die Verblendung
seines Eidams; in London wurde der französische Gesandte
in Trauerkleidern empfangen. Wie anders in Madrid und
Rom! Man erzählte sich, daß bei der Kunde von dem gelungenen Morde aus Philipp's Augen dämonische Freude aufge-
leuchtet sei: der Papst Gregor XIII. aber ließ ein Te Deum

in St. Peter aufführen, Kanonen lösen, Freudenfeuer ab-
brennen und eine Münze zur Verherrlichung der Bluthochzeit
schlagen. —

Im Jahre 1590 ward Paris von Heinrich von Navarra
(dem späteren Heinrich IV.) belagert. Ihn, den Protestanten,
mochte das von fanatischen Römlingen beherrschte Paris nicht
als König anerkennen, obgleich er die nächsten Ansprüche auf
den Thron hatte. Er schnitt der Stadt die Zufuhr ab und
pflanzte seine Kanonen auf dem Montmartre auf. Schon mehrere hundert Jahr früher (unter Philipp August) war Paris
von einer starken Ringmauer mit 500 Thürmen umgeben und
außerdem in der Stadt die starke Citadelle Bastille und auf der
Insel St. Louis ein Fort erbaut worden.

Bald wuchs in der Stadt die Noth. In Voltaire's Hen-
riade heißt es:

> „Man sah drauf in Paris den Hunger blaß und grausam
> Verkünden schon den Tod, der graß ihm folgte,
> Man hörte überall erschreckliches Geheul.
> Die stolze Stadt war voll von Bettlerschaaren.
> Bald spürte auch der Reiche, machtlos selbst,
> Des Hungers Qual inmitten seiner Schätze.
> Verschwunden waren Tanz und Spiel und Feste,
> In denen Myrth' und Rose sonst ihn kränzte,
> Wo zu den nie zu viel genoss'nen Freuden
> Der Weine seltenste, die kostbarsten Gerichte,
> Die weichsten Polster üpp'ger Weichlichkeit
> Die abgestumpften Sinne reizen mußten.
> Bleich, abgemagert und den Tod im Auge
> Schritt mancher Lüstling in der Stadt einher,
> Verfluchend seines Gold's unnütze Fülle."

Ratten galten bald als leckre und nur für Wenige noch
erschwingbare Speise. Endlich wurden — dies wird von verschiedenen Chroniken glaubwürdig berichtet — die Gebeine der
Todten ausgescharrt, die Knochen zu Pulver gemahlen und aus
demselben Brot gebacken.

> „Was wagt nicht zu versuchen höchstes Elend!
> Man sieht verzehren sie der Väter Asche.
> Das schreckliche Gericht beschleunigte den Tod,
> Und diese Mahlzeit war ihr letztes Mahl."

Dreißigtausend Menschen erlagen in einem Monat dem Hunger und den Seuchen. Nur in den Klöstern war keine Noth vorhanden. Wohlgepflegte Mönche predigten den „Widerstand bis aufs Aeußerste", die Hungernden immer und immer wieder auf nahe Hülfe vertröstend:

> „Ein Blitzstrahl würde jäh den Ketzerprinzen tödten,
> Hülfsvölker kommen und die Stadt entsetzen,
> Auch Himmelsmanna würde niederregnen."

Endlich hatte Heinrich ein Einsehen. Es war ihm nicht darum zu thun, die ganze Einwohnerschaft zu verderben, vielmehr nur darum, sie gefügig zu machen. Es wurde nun den Hungernden gestattet, im Lager in mäßiger Weise Einkäufe zu machen. Endlich aber, da ihm die Sache zu langwierig wurde, erklärte er unter Lachen, „er halte die Krone Frankreichs einer Messe werth und werde daher in der Abtei St. Denis den protestantischen Glauben abschwören." — Heinrich's Freunde fanden das ganz vortrefflich — hatten doch auch sie das Lagerleben satt! Man könne ja doch glauben, was man wolle, und, sei man nur erst in dem Besitze der Macht, auch thun, was man wolle. Weshalb das dumme Volk und die Pfaffen nicht befriedigen, wenn es — Vortheil bringe! — Bekenntniß der Wahrheit einzig um ihrer selbst willen — bah, das überlassen wir billig den germanischen Völkerschaften; wir Franzosen verstehen uns auf die Behandlung der sogenannten „Wahrheit" besser! — Feierlich trat Heinrich zum katholischen Bekenntniß über, was die Bürgerschaft in einen wahren Freudentaumel versetzte. Unter dem Jubel der Betrogenen hielt der Betrüger seinen Einzug in Paris und ward als König Heinrich IV. anerkannt. Auch heut wird von den Bewegungsmännern in Frankreich diese Handlungsweise Heinrich's ebenso leichtfertig beurtheilt, wie es von seinen Freunden geschah. In seiner kürzlich erschienenen „Geschichte von Paris" erzählt Eugène Pelletan: „Eines Tages aber sagt Heinrich in einem Anfall von guter Laune: „Paris ist wohl einer Messe werth!" und macht als wahrer Gascogner, was er den gefährlichen Sprung nennt, d. h. er schwört den Protestantismus ab."

Und dieser Heinrich IV. war noch einer der besten Fürsten, die Frankreich gehabt hat! — Als er später — gemäß dem Grundsatz, man könne ja, trotz dieser oder jener Altar-Ceremonie, glauben und thun, was man wolle — in seinem Edicte von Nantes den Hugenotten Glaubensfreiheit gewährte, beschlossen die Römlinge, ihn aus dem Wege zu räumen. Kurze Zeit darauf fiel er durch Mörderhand. Eugène Pelletan sagt — wiederum in echt französischer Weise — über diesen Vorgang: „Heinrich IV. stirbt durch einen Messerstich, wie Heinrich III., wie die beiden Guisen und wie Coligni, durch Meuchelmord, der zu einem Recht erhoben scheint." —

Auf die Zeit kurz vor der Revolution und während der Revolution nur einige Blicke!*) Die Zeit war herangekommen, in der das Bourbonengeschlecht ernten sollte, was es gesäet. Die Macht der Stände war von Ludwig XIV. gebrochen worden, aber nicht, um den bisher in thierischer Abhängigkeit gehaltenen unteren Klassen Bildung, Rechtsschutz und Befreiung von Forderungen zu gewähren, die das Christenthum verwarf, sondern allein aus despotischen Gelüsten. Daß Frankreich in äußeren Dingen tonangebend geblieben war, täuschte die Tieferblickenden nicht. In seiner letzten Begegnung mit seinem Großneffen (dem späteren König Friedrich Wilhelm III.) hatte Friedrich der Große gesagt: „Ich fürchte, nach meinem Tode wird es pêle mêle gehen. Ueberall liegen Gährungsstoffe,

---

*) Siehe: Preußens Geschichte in Wort und Bild. Von Ferd. Schmidt. Illustr. von Ludw. Burger. Berlin bei Franz Lobeck (S. 1109 bis 1110 und 1113 bis 1114).

vorzüglich in Frankreich, und leider nähren sie die regierenden Herren, statt sie zu calmiren!" Ja wahrlich, diese Könige von Frankreich nährten diese Stoffe; gerade sie waren es,
die „den Feuerzunder in dem Schooß der Städte" häufen
halfen. Der Schweiß des Volkes ward in üppigster Weise
am Hofe verpraßt. Die Stände entschädigte man für den
Verlust ihrer Rechte dadurch, daß man sie theilnehmen ließ an
der unsinnigsten Pracht und Ueppigkeit. Das Laster, das am
Hofe seinen Triumph feierte, hatte den letzten Rest von Scham
verloren.

Die im Lande zur Herrschaft gekommene Hoftheologie
umhüllte gleich einem undurchbringlichen Nebel die Grundfor-
derungen des Christenthums. Die Vorführung einiger Gebräuche wird genügen, dies erkennbar zu machen. Das Kö-
nigspaar, sowie die Prinzen und Prinzessinnen communizirten
beim Abendmahl nicht mit der gewöhnlichen Oblate, sondern
mit einer eigens für sie verfertigten. Einmal waren sie „der
Unannehmlichkeit ausgesetzt," warten zu müssen, da die für sie
zubereitete Oblate nicht gleich zur Hand war, und keiner der
administrirenden Priester sich des Verstoßes schuldig zu machen
wagte, ihnen die für das Volk bestimmte Oblate zu reichen. —
Den gräflichen Domherren des Kapitels von St. Johann in
Lyon ward auf ihre Vorstellung das (hinterher kirchlich bestä-
tigte) königliche Privilegium ertheilt, bei der Messe „zum Unterschiede vom gemeinen Haufen" nicht knieen zu dürfen, welches
Zeichen der Erniedrigung ihrer Standesehre offenbar Abbruch thue. Den adligen Stiftsdamen von Verdun war dasselbe
Vorrecht ertheilt worden.

Die Forderungen weltlichen Sinnes hatten sich bis in
das Heiligthum der Anbetung Gottes gedrängt und dort den
ersten Platz eingenommen; die Majestät Gottes hatte der irdi-
schen Majestät und der „Standesehre" der adligen Geschlechter
weichen müssen: der Abfall von Gott war vollständig vollzogen.

Aber Gott läßt sich nicht spotten; seine Gewitter stehen

über dem Grashalm, wie über der Eiche, und auch für Majestäten
und Standesherren gilt das Wort: „Ich werde die Sünde der
Väter heimsuchen an den Kindern bis ins dritte und vierte
Glied!" — Die Heimsuchung kam — ein Königshaupt fiel in
den Abgrund, den die Sünde seines Stammes und eines ganzen Volkes gegraben hatte. —

Wie benahm sich nun das zur Herrschaft gelangte Volk?
Seinen Thaten war in Europa Beifall zugejauchzt worden.
Bald jedoch und zwar in dem Maße, in dem die innersten
Gedanken und Empfindungen des französischen Volkes sichtbar
wurden, trat eine Wandlung der Meinungen über die Thaten
der „glorreichen Nation" in allen bessern Menschen ein. Man
blieb nicht bei der Aechtung der Aristokratie der Geburt: auch
die Aristokratie des Geistes verfiel dem Banne. Erhebe nicht
der Mann der Wissenschaft und Kunst, hieß es, ebenfalls sein
Haupt über die Menge? Auch dies sei Herrschaft; aber Herrschaft wolle man nicht mehr. Darum: Hinweg mit den Universitäten! Was das Volk an moralischen Vorschriften etwa
nöthig habe, könne ihm auf gedruckten Blättern an Straßen-
ecken gesagt werden. In dem sturmbewegten Meere der Revolution war der Schlamm aus der Tiefe emporgekommen.
Alle Sitten, Lebensformen, Worte, die an die verhaßten Ari-
stokraten erinnerten, wurden verpönt, Rohheit galt als das
einzige würdige Erkennungszeichen des echten Volkes- und Va-
terlandsfreundes. Das Königthum war gefallen, unter der
Guillotine verhauchten zahllose Anhänger der alten Zustände
und auch viele der freisinnigen Männer, die es wagten, Besonnenheit und Mäßigung zu predigen, ihr Leben. In welchem
Umfange die Hinrichtungen stattfanden, und zu welcher unerhörten Tiefe der Verworfenheit die Bewegungsmänner herab-
stiegen, beweist allein schon der Umstand, daß man eine Ger-
berei von — Menschenhäuten errichtete, welche letztere zu Reit-
handschuhen und Beinkleidern verarbeitet wurden. Von dem
(oben genannten) Grève-Platze floß, namentlich im Juni und

Juli 1794, das Blut der Guillotinirten buchstäblich stromweis in die Seine. Wahrlich, alles Wasser der Seine reicht nicht aus, Paris jemals von seiner Schuld rein zu waschen! —

Doch auch das Christenthum sollte abgeschafft werden, und viele — „Priester" boten dazu die Hand. Ein Priester schrieb an die das Land beherrschende Versammlung der Revolutionsmänner, den Convent: „sein liebes Leben lang habe er Lügen gepredigt; es sei nichts mit „diesem Christus". Er sei der Sache müde und bitte den Convent um ein anderes Stück Brot." Diese Erklärung ward mit donnerndem Beifall aufgenommen. Der Vorgang fand Nachahmung unter den Geistlichen. Kurz danach erschien in Begleitung seiner Domherrn der greise Erzbischof Göbel von Paris, die rothwollene Jacobinermütze auf dem Kopfe, Mitra, Kreuz und Ring in der Hand. Er habe, erklärte er, seither nur gepredigt, weil das Volk einmal von dem Irrwahne besessen gewesen, das Christenthum enthalte Wahrheit. Jetzt, da das Volk eine bessere Ansicht gewonnen habe, erkläre er in seinem wie auch im Namen der ihn begleitenden Priester, daß es nur eine einzige wahre Religion gebe: die der Freiheit! Damit schleuderte er die Zeichen der Priesterwürde von sich, während von allen Seiten ihm rauschender Beifall gespendet ward, und der Präsident des Convents sich erhob, um ihm, dem wahrhaft erleuchteten Manne, den Bruderkuß zu geben. Der Abbé Sieyes gerieth bei diesem Vorgange wie außer sich vor Entzücken und erklärte die „Abschaffung" des Christenthums für die „größte Wohlthat" der Republik. Im neuen Kalender erhielt dieser Tag den Namen „Tag der Vernunft". Nun entstand ein wahrer Wetteifer unter französischen Priestern in den Versicherungen, sie hätten allein um der Thorheit der Menge willen sich dazu hergegeben, die Lehren des Christenthums zu predigen. Wo die Priester ihre Aemter nicht freiwillig niederlegten, wurden sie hinweggejagt, und dem Convent wurde mehrmals von solchen Vorgängen mit der Bemerkung Anzeige gemacht, daß man mit den

schwarzen Bestien, Pfarrer genannt, absolut nichts mehr zu thun
haben möge. Endlich¹ wurde öffentlich erklärt, daß es keinen
Gott gebe, als die Vernunft. Somit waren die Forderungen
der christlichen Religion als beseitigt angesehen und an deren
Stelle die Forderungen der „Vernunft Aller" getreten. Der
„schrecklichste der Schrecken, der Mensch in seinem Wahn," war
zur ausschließlichen Herrschaft gelangt. Unter der Theilnahme
der Geistlichkeit begann das Volk Kirchen zu plündern. Esel,
denen man Bibeln an die Schwänze gebunden, wurden mit
Meßgewändern und Bischofsmützen geschmückt, aus bleiernen
Särgen Kugeln gegossen, aus Abendmahlskelchen betrank sich
der Pöbel in Branntwein und trug in Hostiengefäßen Heringe
dazu auf. Jeder wußte: je frecher, je mehr des Beifalls giebt
es zu ernten! — Für Kirchhöfe ward die Inschrift bestimmt:
„Der Tod ist ein ewiger Schlaf." Eine Buhlerin, in einem
himmelblauen, leichten Gewande, die rothe, mit Eichenlaub
bekränzte Jacobinermütze auf dem Haupte und einer Pike
in der Hand, wurde auf einem Sessel nach dem Convent getragen und dort die „Vernunftreligion" gepredigt, deren edelstes
und reinstes Bild, wie der Sprecher sagte, auf dem Sessel zu
schauen sei. Der „Vernunftgöttin" ward der Ehrenplatz zur
Rechten des Präsidenten eingeräumt, und sie empfing von ihm
den „Bruderkuß". Die Pfaffen der Kirche hatten Unheil genug
angerichtet, sie wurden jetzt noch übertroffen von den „Pfaffen
der Vernunft", die ihre Dogmen auf die Beweiskraft der Guillotine stützten. „Das Beilklingen der Guillotine war", wie
ein Geschichtschreiber sagt, „gewissermaßen der Pulsschlag der
Republik, und je fieberhafter das Leben in der Republik ward,
desto rascher schlug der Puls." Der Leviathan war aus dem
Schlamm emporgestiegen. So weit war es — um mit einem
Worte Roms zu sprechen, das dasselbe einst auf Frankreich angewandt hatte — gekommen mit dem „Spiegel der Christenheit!"

„Aber doch" — so hat schon mancher Edelgesinnte gesagt, „aber doch haben wir den Parisern die Befreiung von

unerträglichen, von erstickenden Fesseln zu verdanken!" — Der
du also redest, du stehest unter dem Eindruck der blendenden
Lüge, mit der die Franzosen hinterher ihr Werk umsponnen
haben.   Willst du dich selbst eines Besseren belehren, so be-
trachte einmal mit Ernst die amerikanische Revolution unter
Washington, die der französischen Revolution vorherging. Als
dieselbe ausgebrochen war, begab sich eine Zahl abenteuernder
und auch edelgesinnter Franzosen (unter ihnen Lafayette) nach
Amerika, um an dem Freiheitskampfe Theil zu nehmen. Sie
trugen einen Hauch berechtigten Freiheitssinnes in die Heimath
zurück, der dort zündete, bald genug aber von französischer Un-
lauterkeit fast bis auf den Rest verdrängt ward.   Das Gute,
was wir durch Vermittelung der französischen Revolution empfingen, stammt von unsern aus England nach Amerika über-
gewanderten Stammesgenossen, die pestilenzialischen Beigaben,
durch die manches Gute hinterher wieder verdorben wurde,
haben ihren Ursprung in dem eigentlichen Wesen des Franzosenthums.   Hast du einmal, Leser, die beiden Revolutionen,
die amerikanische und die französische, entsprechend ihrer Zeit-
folge, nach einander in ernsten Betracht gezogen, so wird es
dir nicht mehr zweifelhaft sein, daß — Alles in Allem betrachtet — letztere nichts war als eine ekle Carricatur der
ersteren, und der Ausspruch, den Voltaire einst im Mißmuthe
über sein Volk that, dahin gehend, es sei „halb Tiger und
halb Affe," wird dir als ein Selbstbekenntniß eines Hauptver-
treters des Franzosenthums erscheinen,. wie es treffender nicht
zum Ausdruck gelangen konnte.

Nach der Revolution stieg aus dem Abgrunde, der ein Königshaupt verschlungen hatte, ein steinern Haupt mit einer Kaiserkrone empor.   Trug und Gewalt spielten — in neuen Formen —
weiter.   Napoleon I. regierte die Franzosen „mit eiserner Hand,
aber er hatte einen Sammethandschuh darüber gezogen." Ohne
ihnen zu schmeicheln, ging es eben nicht; er selbst sagte: wer
den Franzosen nicht zu schmeicheln verstehe, vermöge sie nicht

zu regieren. Von den Errungenschaften der Revolution erhielt
er, ihnen Form und Gestalt gebend, gerade so viel aufrecht, wie
er für nothwendig erachtete, seine Dynastie zu befestigen und
andere Völker zu berücken. So lange er den Franzosen Glorie
erwarb und Beute über Beute zuschleppte, war er ihr Abgott;
als er auf dem Schlachtfelde sein Spiel verloren hatte, wandten
sie ihm treulos den Rücken und streuten dem legitimen Erben
des von ihnen vor Kurzem für „ewige Zeiten" der Herrschaft für
verlustig erklärten Bourbonengeschlechts Lilien auf seinen Weg.

Blücher hatte die Absicht gehabt, Paris zu bombardiren,
und zu diesem Zweck war die damals noch außerhalb von
Paris gelegene Montmartre mit 84 schweren Kanonen besetzt
worden. Paris sollte einmal — Kindern und Kindeskindern
zur Warnung — an sich selbst erfahren, wie das thue, was
es so vielen Städten bereitet hatte. Die Diplomatie verhinderte den Heldengreis an der Ausführung seiner Absicht, was
ihn nicht wenig empörte. Ein späterer Ausspruch von ihm
zeigt jedoch, wie dieser geniale Held sich zu trösten wußte. Auf
die Aeußerung eines hohen Offiziers, Paris hätte müssen verbrannt werden, sagte er: „Wenn ich Herr wäre, so würde ich
noch eins dazu bauen; Frankreich wird an Paris sterben!" —
Klingt dies nicht wie ein Orakelspruch! —

Unter Louis Philipp, der nach Vertreibung Karl's X.
zur Herrschaft in Frankreich gelangt war, wurden auf Thiers'
Anregung die jetzigen Befestigungen erbaut. Thiers war erster
Minister. Es war im Jahre 1841, als er der Deputirtenkammer seinen Bericht über die Befestigung von Paris vor-
legte. Es ist höchst beachtungswerth, die Gründe zu hören,
die Herr Thiers für die Annahme seines Planes entwickelte.
Er erinnerte daran, daß der gleiche Gedanke zuerst vor andert-
halb Jahrhunderten von Vauban (dem Erbauer der Befestigungen von Straßburg), dann vor einem halben Jahrhundert
von Napoleon und zwar von diesem auf der Höhe seines
Glückes, im Jahre 1806, als die Vertheidigungslosigkeit Wiens

den Krieg gegen Oesterreich entschieden hatte, gefaßt worden
war. Dann geht er die Gefahren durch, denen Frankreich zu
verschiedenen Zeiten ausgesetzt war und sieht auch für die Zukunft eine solche Gefahr immer nur in einer Coalition. Daß
die Deutschen allein — es gab damals freilich noch kein Deutsch=
land, und Herr Thiers hat, was in seinen Kräften stand, gethan,
um kein solches werden zu lassen — einst vor Paris stehen
würden: daran hat er nicht gedacht. Er zeichnete dann das
Bild der französischen Centralisation: „Preußen, Oesterreich,
Spanien, England selbst sind nicht eins, wie Frankreich. Unser
schönes Land hat einen ungeheuren Vortheil. Es ist eins.
Niemals, zu keiner Zeit, hat ein so großes Königreich in allen
Beziehungen eine so compacte Einheit dargestellt. 34 Millionen Menschen, auf einem Boden von mäßiger Ausdehnung,
leben ein Leben, fühlen, denken, sprechen dasselbe fast in demselben Augenblick. Dank besonders den Einrichtungen, welche
in einigen Stunden das Wort von einem Ende Frankreichs
zum andern tragen, Dank den Mitteln der Verwaltung, welche
in wenigen Minuten einen Befehl zu den äußersten Grenzen
tragen, denkt dieses große Ganze und bewegt sich, wie ein einziger Mensch. Es verdankt diesem Zusammenhalt eine Kraft,
welche größere Reiche, denen aber diese wunderbare Gleichzei-
tigkeit der Action fehlt, nicht haben. Aber es besitzt diese
Vortheile nur unter der Bedingung eines einzigen Mittel-
punktes, von welchem der gemeinsame Anstoß ausgeht, der
dieses Ganze bewegt. Das ist Paris, welches durch die Presse
spricht, welches durch den Telegraphen befiehlt. Treffen Sie
diesen Mittelpunkt, und Sie treffen Frankreich gleichsam auf
den Kopf." Herr Thiers sucht dann aber doch auch die Furcht-
samen zu beruhigen. „Wenn es Ihnen gelingt, die Hauptstadt
stark und fähig zu machen, einen regelmäßigen Angriff auszuhalten, so befreien Sie sie zugleich für immer von allen
Gefahren einer Belagerung, denn wenn Paris sich vertheidigen
kann, wie Metz, Straßburg und Lille, so wird Paris nie an-

gegriffen werden." Dieſer leßtere Ausſpruch erregte in der
Kammer die größte Senſation. Thiers ſuchte nun den Beweis
für ſeine Behauptung zu führen. Er erflärte, daß eine große
Stadt ſo gut wie eine kleinere den Krieg ertragen könne, er
bewies, daß eine Verproviantirung für 60 Tage verhältnißmäßig leicht ſei. Aber — 60 Tage werde kein Feind vor
Paris liegen, denn eine Armee, welche dieſe Stadt zu belagern
unternehme, müſſe mindeſtens 250,000 Mann ſtark ſein und
werde eher verhungert ſein, als Paris. Inzwiſchen würden
im Norden und Süden und Weſten die · Entſaßheere gebildet
werden, und was dann etwa von den Feinden vor Paris noch
vorhanden ſei, wäre unrettbar der Vernichtung geweiht. —

So meinte der kluge Herr Thiers, indem er die Annahme ſeines Planes durchſeßte, die Gefahren der Hauptſtadt
für alle Zeit beſchworen zu haben!

Die veränderungsſüchtigen Pariſer verjagten wenige Jahre
ſpäter (1848) den ihnen zu friedlich geſinnten König Louis
Philipp, ſpielten dann wieder eine kurze Zeit „Republikaner",
verwarfen — wie bei ihrer Art von Republikanismus es freilich
auch nicht verwundern kann — den Mann, der es am ehr-
lichſten mit der Republik meinte (General Cavaignac), und ſtell-
ten den ſchuldbelaſteten Abenteurer Louis Napoleon, der von
ihnen früher in einer Weiſe verhöhnt worden war, wie ein
Gleiches wohl kaum jemals ärger geſchehen iſt, an die Spiße
der Republik. Sein Name hatte etwas von dem Blutgeruche
des Namens ſeines Oheims an ſich, er erweckte die der inner-
ſten Natur der Franzoſen zuſagende Hoffnung, es möchte unter
ihm Frankreich, mit der gegenwärtigen Verfaſſung, oder ohne ſie,
wieder der Glorie theilhaftig werden, die Napoleon I. ihm
bereitet habe. Wie der „heilige Boden" von Paris wiederum
reichlich mit Blut getränkt wurde, als der Abenteurer ſich mit
Hülfe ſeiner verſchuldeten Spießgeſellen zum Kaiſer machte, iſt
erzählt worden. Unter Napoleon wiederholte ſich eine „alte
Geſchichte", die auch in Paris „ewig neu" bleibt. So lange

den Parisern auf den Altären ihrer Selbstsucht und ihrer Eitelkeit Opfer niedergelegt wurden, ließen sie sich die dermalige
Herrschaft gefallen; als es daran mangelte, begann das unterirdische Wühlen, um den mit Blut gekitteten Herrscherstuhl zu
stürzen. Und ein solches Wühlen aus solchen Gründen haben
die Pariser stets als „glühenden Drang nach Freiheit" ausgegeben, und — was das viel Schlimmere ist — ein großer
Theil der bethörten Welt hat sich durch ihre Exaltationen berücken lassen, Jenes für wahr zu halten! — Ist es zu viel
gesagt, daß wahre politische Freiheit im Laufe der Geschicke
des menschlichen Geschlechts stets nur in der Sehnsucht der
Besten, „in den" — wie der edle Scheukendorf sagt — „Regionen der Sterne", nie in der Wirklichkeit, ihren Sitz hatte,
so kann wenigstens als sicher angenommen werden, daß sie
ihren Fuß noch niemals auf den Boden von Paris niedergesetzt
hat, und daß dies muthmaßlich wohl auch nie geschehen wird.
Denn die Franzosen sind dahin gekommen, daß ein Herrscher-
thum sich nur so lange unter ihnen zu erhalten vermag, als es
den Sünden der Nation zu fröhnen vermag. Die natürliche
Folge ist, daß das sittliche Leben immer tiefer sinkt, und daß
die Betheiligten immer weniger der Wahrheit sich bewußt sind,
daß von dem Steigen oder Fallen des sittlichen Lebens das
Steigen oder Fallen der Nation selbst abhängig ist. Das
„Schaden an seiner Seele nehmen" führt, mögen auch Zwi-
schenstationen das Gegentheil verkünden, unrettbar schließlich
zum äußern Verfall.

Wie verhielt sich der Klerus dem Sittenverfall gegenüber?
Die Schrift eines Franzosen „Coup d'œil sur la politique
du second empire", die während des Krieges bei Manz
in Regensburg erschien, giebt darüber Aufschluß. „Der
Klerus", heißt es in derselben, „hat nicht mehr die Macht, die
Entsittlichung der Massen aufzuhalten. Durch das Concordat
fast gänzlich abhängig gemacht von seinem Bischof, getrennt von
allen materiellen Interessen des Landes, durch seine niedrige

Stellung in der Kirche und durch seine den herrschenden Ideen
verdächtige Stellung der Uebung der meisten Bürgerrechte beraubt, hat er natürlicherweise seine Stütze am Vatican gesucht.
In Seminarien erzogen, wo der Unterricht sich auf die Lehre
einer verjährten und kleinlichen Theologie beschränkt, fern gehalten von ernsten Studien, hat er jeden Einfluß auf die gebildeten Geister verloren. Ohne höhern geistigen Inhalt ist
seine kirchliche Literatur meistens nichts mehr als eine fromme
Phraseologie, in der man weder Argumente noch Ideen findet.
Zu seiner Zeit beklagte sich der Abbé von St. Cyran, daß
man nichts als die Kirchenväter lese, heutzutage liest man
nichts mehr. Alles was nicht Sacristeisprache, ist verdächtig
geworden. Gleichwie die bürgerliche Gesellschaft, hat die Kirche
Frankreichs mit ihrer Vergangenheit gebrochen.

„Um einen rohen und frechen Unglauben zu bekämpfen,
nahm man die Zuflucht zu kindischem Aberglauben, zu Fetischen,
der Negervölker würdig. Bald ist es ein gewisses Scapulier
das man über sein Kleid gürten soll, bald wieder ist es irgend
ein Gebet, irgend einer Nonne geoffenbart — das soll helfen
wider alles Unheil. Es giebt keine so dumme und durch die
Thatsachen widerlegte Prophezeihung, der nicht die höchstgestellten
Personen Glauben schenkten, kein so albernes Wunder, das
man nicht annähme. Seit langen Jahren schon wetteifert die
katholische Presse mit der Presse des Unglaubens in Verleum-
dungen, in Lügen, in Gemeinheiten. In diesem letzten Augenblick, während ihre Gegner „den Gott der preußisch geworden"
lästern, haben die klerikalen Blätter kein besseres Mittel
gefunden, als Frankreich einen Kreuzzug gegen die Ketzerei zu
predigen, d. h. gegen die moderne Wissenschaft. Wenn Gott
nach den Worten des Heilandes ein Geist ist, den man im
Geist und in der Wahrheit anbeten soll, so muß man gestehen: dieser Gott existirt nicht mehr für die lateinischen Racen."

Um diese für Frankreich bitteren Wahrheiten öffentlich
durch den Druck auszusprechen, hatte sich der französische Autor
18*

in's Ausland flüchten müssen, in seinem Heimathlande hätte er
einen Verleger nicht gefunden. Seine Schilderungen gehen in
erster Linie auf die Parifer, in denen der Character der Franzosen gipfelt, aber er beurtheilt zugleich die Gesammtheit der
romanischen Völker, gegenüber den Völkern germanischen Stammes: „Die romanischen Völker haben die feudalen und theo-
kratischen Ideen, von denen sie ausgingen, erschöpft. Sie sind,
nachdem sie alle Stufen der List und Gewalt befahren, der
Demagogie und Anarchie anheimgefallen. In religiöser Beziehung haben sie die Inquisition, die Schismen, den Scepticismus
durchgemacht und stehen nun bei dem Aberglauben und dem
Unglauben. In sittlicher Beziehung sind sie durch Reichthümer
und Laster bis zur Ohnmacht entnervt." — Welche Mahnung
liegt zugleich in diesem Urtheil für das deutsche Volk, gegenüber der neuerdings verstärkten Bestrebung Roms, Deutschland,
nachdem es andre Länder verwüstet, zum Hauptzielpunkte seiner
verderblichen Lehren zu machen! — Wahrlich, den Ultramontanismus im eigenen Lande schonen oder ihn gar pflegen,
heißt Bestrebungen Vorschub leisten, die den sittlichen und den
ihm folgenden politischen Verfall in der Nation wissentlich oder
unwissentlich zum Ausgang genommen haben! —

Und die parifer Presse? Ueber sie that vor einigen
Jahren der Deputirte Carbon den Ausspruch: „Alle Ideen
über ein künftiges Leben und Gerechtigkeit jenseits des Grabes,
die ehemals in der Volksseele keimten und sich entfalteten, sind
vollständig erstickt durch das Ueberwuchern ausschließlich materieller Tendenzen." Ein amtliches Schriftstück aus dem Jahre
1862 (Rundschreiben des Ministers des Innern) characterisirt die
französischen Feuilletonromane in folgender Weise: „Diese leichte
Literatur, welche ihre Erfolge nur im Cynismus ihrer Gemälde,
in der Unsittlichkeit ihrer Intriguen, in der seltsamen Verdor-
benheit ihrer Helden sucht, hat in unsern Tagen eine traurige
und beklagenswerthe Entwickelung erlangt. Fast in alle perio-
dischen Blätter und Schriften ist sie eingedrungen; sie benutzt

diese Periodicität, um die brennende Neugier des Publicums jeden Tag in Spannung zu erhalten und ohne Rast anzustacheln, und sie hört nicht auf, die unerschöpflichen Gebilde der zügellosesten Phantasie massenweise zu verbreiten. Die ernsthaftesten Blätter haben sich so weit gehen lassen, ihr einen Zufluchtsort zu gewähren; sie bringt mit ihnen in die Stille des häuslichen Heerdes, und, einmal in der Familie zugelassen, sind weder Jugend noch Unschuld vor ihrer Ansteckung sicher. Das ist nicht Alles. Neben den politischen Blättern, welche dieser Literatur ihre Spalten im Interesse des Abonnements öffnen, haben wir eine Menge kleiner Blätter erstehen sehen, welche einzig und allein der Ausbeutung dieser ungesunden Literatur geweiht sind und sie wöchentlich zu einem niedrigen Preise in Hunderttausenden von Exemplaren den gierigen Lesern liefern. Für Alle, welche noch einige Achtung vor der Schicklichkeit und dem guten Geschmack bewahren, ist eine solche Ausschweifung beklagenswerth; es ist mehr als je Zeit, ihr ein Ende zu machen. Die Intelligenz des Volkes hat ein Anrecht auf bessere Speise, und man darf die Herzen eben so wenig wie die Geister verderben lassen."

So der amtliche Erlaß, der nichts war als ein Schlag in's Wasser. Es giebt Zustände im Leben der Völker, in denen auch Prophetenstimmen nichts mehr vermögen. Der amtliche Erlaß mochte am Tage seines Erscheinens bei verhältnißmäßig Wenigen mehr oder weniger Zustimmung finden: am Tage darauf trieb ihn der Strom, auf dem die Nation ihrem Verhängniß entgegen geht, lautlos und klanglos mit sich hinweg. —

Der Geist, von dem eine Nation ergriffen ist, erweist sich am deutlichsten an ihren Führern, an den Männern, die sie sich zu ihren Vertretern wählt, oder deren Schriften ihrer Stimmung und Auffassung der Verhältnisse entsprechen. Diesen Personen gehört der schon oben genannte Eugène Pelletan an. Der Schluß seiner ebenfalls schon erwähnten „Geschichte von Paris" zeigt in greller Weise, welche rasenden Fortschritte die

Verwirrung der Geister schon mehrere Jahre vor Ausbruch des
Krieges in Paris gemacht hatte. Nachdem er das „Paris bei
Tage" geschildert und diese Schilderung mit den Worten: „Was
hier arbeitet, verkauft und kauft, im Palais verklagt oder an
der Börse spielt, kommt mit schnellen Schritten, grüßt und
geht weiter, denn es ist keine Minute zu verlieren: man muß
Geld verdienen!" geschlossen hat, fährt er fort: „Aber neben
diesem Paris giebt es noch ein anderes, das erst nach dem
Untergange der Sonne beginnt, wenn der falsche Tag des Gases
aus allen Poren des Bodens strömt und Stern um Stern
zum Himmel speit. Die Stadt flimmert und zeigt durch die
Prismen ihrer Ausstellungsfenster alle Sehenswürdigkeiten der
ganzen Welt. Lange Reihen von Lichtern schweben längs der
Boulevards und längs der Quai's, leuchten traubenförmig von
der Höhe der Brücken und tauchen sich in die Seine, wie brennende Spindeln, die unter dem Wasser weiterspinnend durch
den Wirbel des Flusses zittern. Die entzündete Atmosphäre
schwebt über Paris, wie ein Nordlicht, und in diesem Augenblicke lebt die Stadt durch sich selbst ein manchmal zu epicu-
räisches, trotzdem aber ein sympathisches und intelligentes Leben,
ob man in's Theater, in den Circus, zum Ball oder zu Besuchen gehe; ob man träume oder in der Allgemeinheit vibrire.
Wer nie eine Nacht in Paris verbracht, der hat noch nicht gelebt. — Das ist Paris. Um es zu schaffen, hat es vieler Zu-
sammenwirkungen von Natur und Geschichte bedurft. Ein seit
der Sündflut bereiteter Boden, ein unterirdisches Kalkmagazin,
ein unerschöpflicher Hochwald und ein endloses Getreidefeld,
ein schiffbarer, mit dem Meere unmittelbar verbundener Strom,
das war der Vorschuß der Natur, außerdem bedurfte es noch
Galliens, Phöniciens, Roms, Deutschlands und Judäas unter
der Form des Christenthums, dann einer langen Gährung dieser menschlichen Alchemie durch die Geschichte
hindurch, um endlich diese letzte Form zu bilden, die erhabene
Form von Paris! ... Welche Stadt ist es denn, wenn

nicht die zu gleicher Zeit Handel treibende, industrielle, poetische, künstlerische, gelehrte Stadt Paris, mit einem Worte: die genaue Wiedergabe eines jeden, im Besondern genommenen und zu gleicher Zeit auf die Höhe seiner äußersten Vollendung gestellten Volkes, so daß, wenn jedes Volk die Hauptstadt von Europa zu ernennen hätte, es mit dem Finger auf Paris zeigen und sagen würde: Da ist sie! — Denn Paris stellt weder eine besondere Race, noch einen von der Geographie gegebenen Punkt dar; sowohl seiner Natur als Lage nach bietet es der ganzen Welt Verkehr an, gehört es Niemandem als nur sich selbst, und eben so revolutionär als conservativ regiert es immer den, der es zu beherrschen glaubt, und wenn der Irrthum sich herausstellt, so nimmt es seine Freiheit des Handelns wieder. — Man hat also ohne patriotische Ueberhebung das Recht zu sagen, daß Paris, thronend auf dem Diamantberge seiner eigenthümlichen Civilisation, den Blick in's Unendliche gerichtet und mit dem Buche der Sibylle auf den Knieen, ein neuer Briareus, die ganze Welt in seinem Grüße umarmt. Der Sturm der Jahrhunderte aber reißt ein Blatt nach dem andern aus dem Buche heraus und bringt es der Welt als ein Orakel!" —

Und als ein Echo dieses Ausspruchs erscholl jetzt, begleitet von dem rasendsten Beifall der Pariser, ein Ruf Victor Hugo's (der „gelebt hatte, für Paris, das ihn bewaffnet habe, zu kämpfen"), also lautend: „Paris ist die Stadt der Städte. Paris ist die Stadt der Menschen. Athen war, Rom war, Paris ist. Paris ist der Mittelpunkt der Menschheit, die heilige Stadt. Daß ein solcher Herd des Lichts, ein solches Gehirn des Gedankens entweiht, zerschmettert, gestürmt werden könnte — und durch wen? durch einen Einfall von Wilden — es ist unmöglich!" —

Vor diesem also äußerlich gestalteten und innerlich gear-

teten Paris lag nun das deutsche Heer und legte um den
Festungsgürtel desselben einen Stachelgürtel, diesen fester und
fester zusammenziehend, damit es sich erprobe, welcher Art die
aus der „Gährung der pariser eigenthümlichen Alchemie" hervorgegangene Sibylle und welcher Werth auf die Orakelsprüche
derselben zu legen sei.

Belagerung von Paris bis zum Falle von Metz.

Paris hatte sich mit Lebensmitteln reichlich versorgt, aber
— was viel mehr in Betracht zu ziehen ist — es war viel
reichlicher noch versehen mit Lügendunst und trügerischen Hoffnungen, daher es weit entfernt davon war, an Uebergabe zu
denken. Die Menge war Tyrann, der Einzelne, Hellerblickende,
hätte es bei Gefahr des Lebens nicht wagen dürfen, ein Frie-
denswort zu äußern; immer noch wurden Eide über Eide geschworen, keiner der Barbaren da draußen solle und dürfe seine
Heimath wieder schauen! Der Special-Correspondent der
„Wiener Presse" war wahrscheinlich der letzte deutsche Correspondent, der Paris vor dem Beginn der Feindseligkeiten
verließ. Bei seinen Streifzügen nach den verschiedensten Bahn-
höfen konnte er sich von den ungeheuren Zerstörungen und
Verwüstungen überzeugen, welche die pariser Vertheidigungs-
Regierung angerichtet hatte. „Ich sah deutlich", schrieb er,
„all die ungeheuren Trümmerhaufen, die weiten, wüsten Räume,
welche die Folge der gewaltsamen Zerstörungen sind, die Behufs der Terrain-Rasirungen rücksichtslos durchgeführt wurden.
Denken Sie sich noch dazu die prächtigen Wälder von Montmorency, Bondy, Marly, Clermont, Meudon in Flammen, denken
Sie sich all die Verwüstungen im Innern der Stadt zur Errichtung umfangreicher Barrikaden, von denen die bei Enfer
die kolossalste ist, die Dächerabtragungen und Aehnliches, so

werden Sie sich eines Gefühls des Entsetzens nicht zu erwehren vermögen. Ein ungeheurer binnen Jahrzehnten nicht zu ersetzender Schaden ist angerichtet. Die Bahnlinien sind fast überall schon abgebrochen, Brücken, Viabucte gesprengt, und Paris ist für den kleinen Postverkehr heut nur noch auf einer Straße offen."

Nachdem es am 23. September zwischen Pontoise und L'Isle-Adam und am folgenden Tage bei Montepon, St. Cloud und Orgemont zu kleinen Vorpostenscharmützeln gekommen war, unternahmen die Franzosen am 30. September den ersten heftigen Ausfall, über den zwei Depeschen (vom 30. September und 2. October) Nachricht gaben. Die erste Depesche besagte, daß der von dem größten Theile des Corps Vinoy gegen Süden unternommene Ausfall von dem 6. Armee-Corps glänzend zurückgeschlagen worden sei. „Der Kronprinz war während des ganzen Gefechts zugegen." Die zweite Depesche lautete: „Verlust der Franzosen 1200 Mann todt und verwundet, darunter Brigade-General Guilhem; 300 Mann unverwundet gefangen. Diesseitiger Verlust 80 Mann todt, circa 120 Mann verwundet."

Trotz dieser Niederlage erließ General Trochu am 1. October folgenden Tagesbefehl: „Am gestrigen Tage hat sich das 13. Corps für das Vaterland sehr ausgezeichnet, welches ihm durch mich seinen Dank bezeugt; es hat sich vor dem Feinde, der den Eindruck nicht verbirgt, welchen ihm die Tapferkeit der Truppen gemacht hat, in hohem Maße mit Ruhm bedeckt. Die Truppen zeigten Kraft bei den Angriffen auf die schon lange (!) auf Widerstand vorbereiteten Positionen, sie bewiesen Ruhe und kaltes Blut beim Rückzuge. Soldaten! Wir sind in einem höheren Kampf begriffen, in welchem ihr nicht mehr die Stützen einer von Frankreich verworfenen Politik seid. Preußen hatte feierlich erklärt, daß es nur die Waffen ergreife, um diese Politik zu bekämpfen. Aber seit lange hat es schon die Maske gelüftet. Es will die Ehre der Nation niederbeu-

gen und selbst ihr Dasein zerstören. Ihr habt es begriffen.
Die Größe Eurer Mission ist Euch gegenwärtig. Ihr habt
Euch im Geiste der Ergebung und der Opfer als würdige
Soldaten der Nation gezeigt und werdet Euch bis an's Ende
unserer gemeinsamen Anstrengungen als solche bewähren."

Nachdem der König am 3. October die Truppenaufstel-
lung im Südosten von Paris und zwei Tage darauf die Position des 6. Corps besichtigt, erfolgte am 5. October die Verlegung des großen Hauptquartiers nach Versailles, wo sich
bereits das des Kronprinzen Friedrich Wilhelm befand. Das
Hauptquartier des Kronprinzen von Sachsen war bis zum 13.
in Grand-Tremblay, von diesem Tage ab in Margency.

Da in den Tagen vorher bekannt geworden war, daß
die französische Armee, die an der Loire zusammengezogen
worden war, gegen Paris vorrücke, wurde ihr ein Armeecorps
(bestehend aus einem bayerischen Corps, einer preußischen
Division und einer Cavalerie-Abtheilung) unter Führung des
bayerischen Generals von der Tann entgegengesandt. Eine
Depesche aus Versailles vom 11. October berichtete: „Baye-
risches Corps von der Tann, Cavalerie-Division Prinz Albrecht
und Graf Stolberg schlugen am 10. eine feindliche Division
bei Artenay, nahmen 3 Geschütze und machten 2000 Gefangene.
Diesseitiger Verlust c. 110 Mann. Feind floh in Auflösung.
Verfolgung wird fortgesetzt. Die Einnahme von Orleans steht
bevor." Eine Depesche vom Tage darauf lautete: „Am 11.
nach neunstündigem Kampfe die Loire-Armee auf Orleans und
über die Loire zurückgeworfen. Orleans gestürmt. Mehrere
tausend Gefangene gemacht."

Vor Paris war inzwischen fortgesetzt die Cernirungslinie
verstärkt worden. In der Stadt kam es wiederholt zu Aufständen. Die nächsten kleineren Ausfälle waren vielleicht als
hervorgegangen aus der Absicht Trochu's anzusehen, die Aufmerksamkeit von den innern Zuständen der Stadt abzulenken.
Solche weniger bedeutenden Gefechte fanden am 7., 13. und

14. October gegen Westen, Süden und Norden ohne jeden Vortheil für die Franzosen statt.

Unter dem 13. October erschien aus dem königlichen Hauptquartier folgende Depesche: „Die Franzosen haben das Schloß St. Cloud, welches diesseits verschont wurde, ohne jede Veranlassung in Brand geschossen."

Georg Hiltl, der Berichterstatter des Daheim, sah das Schloß gleich nach seiner Zerstörung. „Die Soldaten und auch eine ziemlich große Zahl von Leuten aus der Umgegend", erzählt er, „umstanden einen Leichnam. Man kann füglich das herrliche Schloß von St. Cloud in seinem dermaligen Zustande so nennen, wenn man die Trümmer erblickt, in welche es durch das Feuer des Geschützes und zwar ohne jeden wesentlichen Grund — ohne jeglichen strategischen oder kriegerischen Nutzen — gelegt wurde. Schrecklich genug, wenn Häuser zerschmettert, Felder und Wälder verwüstet werden müssen, weil etwa drei Geschütze postirt werden, oder weil so und so viel Mann von A. nach B. marschiren sollen, oder weil Holz für eine Barrikade gebraucht wird — aber so ohne jeden Grund ist wohl kaum ein schönes Menschenwerk zerstört, so abscheulich leichtfertig sind wenig historische Erinnerungen in Rauch aufgelöst worden, wie das schöne St. Cloud — mit seinen köstlichen und interessanten, pikanten und seltenen Schätzen. Welch eine Freude war es für jeden Freund der Geschichte und der Kunst, diese Räume an einem schönen, hellen Sommertage zu durchwandern — in der Galerie d'Apollon, diesem im prächtigsten Stile erbauten Saale, die Gemälde Mignard's, Canaletto's, Spaendonk's zu betrachten! Noch lagen brunten unter dem verkohlten Gebälk drei Stücke Mauern mit Fresken bemalt. Sie stammten vielleicht von dem Meister Mignard, von dem herrlichen Plafond her, an welchem die Thaten Apoll's dargestellt waren. Wohin sind die prachtvollen Bilder in dem Saale der Diana gegangen? In Schutt und Asche sind sie gefallen. Jene herrliche antike Mosaik im Saale de jeu

— darüber hing ein prachtvoller Kronleuchter — ist in den glühenden Boden versunken, zerflossen, aufgelöst. Aus den verkohlten und zertrümmerten Mauern lugten die leeren, mit schwarzen Brandmauern umgebenen Fenster gleich stieren, furchterweckenden Augen. — Am 11. October hatte die 2. Compagnie des 5. schlesischen Jägerbataillons unter Commando des Hauptmanns von Stranz das Schloß besetzt. Diese Besetzung scheint das Signal zum Eröffnen des Feuers gegeben zu haben, denn alsbald fielen die Granaten mit großer Schnelligkeit auf St. Cloud. Eine zündete sogar, aber man löschte das Feuer bald genug wieder, welches sich Tags darauf wiederholte. Eine Granate fiel in des Kaisers Arbeitszimmer, daselbst Alles zerstörend. Gleich darauf crepirte ein Geschoß im Bibliotheksaale — die Stücke eines andern zerschmetterten die Sèvresvasen. Am 13. feuerte der Mont Valérien und dazu noch eine Batterie von fünf Geschützen, welche im Bois de Boulogne errichtet war. Das Schloß loderte in Flammen auf, und der Hauptmann von Stranz bemühte sich vergeblich, mit seinen wackern Jägern das Gebäude zu retten. Man hat bis in den Dachstuhl Wasser geschleppt, daselbst Sand aufgeworfen — das Sparr- und Dachwerk brannte bereits — die Granaten krachten und sausten um die braven Jäger herum — sie mußten jeden weiteren Löschversuch aufgeben. Da dem Feuer im südlichen Theile des Schlosses nicht mehr Einhalt gethan werden konnte, wollte Hauptmann Stranz es localisiren; aber auch diese Mühe war vergebens, und man begann die Schätze zu retten. Die Jäger eilten durch Flammen und Rauch, trotz der niederfallenden Geschosse gelang es ihnen, viele der historischen und Kunstschätze zu bergen. Die Zimmer des Kaisers und der Kaiserin räumten sie vollständig aus. Die Bibliothek, deren ich bereits erwähnte, wurde — bis auf drei Schränke — von den Jägern gerettet. Das Schloß ist jetzt eine Ruine. In zwölf Stunden ist vernichtet worden, was selbst die Stürme der großen Revolution verschont hatten.

Hauptmann von Stranz und seine Jäger haben sich hochver-
dient gemacht. Ihre Namen werden mit dem Schlosse in Verbindung bleiben, und die, welche später die (genau verzeich-
neten und abgelieferten) Kunstschätze betrachten, werden den
Männern ihren Dank nicht versagen. Die Geschichte vollzieht
in seltsamer Weise ihre Wandlungen an Menschen und Orten.
Einer der berühmtesten Verschwörer und Intriguanten, Jean de
Gondy-Retz, hatte St. Cloud gebaut. Ludwig XIV. kaufte es
für die Orleans, Ludwig XVI. schenkte es an Marie Antoinette,
Napoleon I. liebte es besonders; von St. Cloud ging er als
Sieger über die zerschmetterte Republik nach Paris — sein
Neffe dictirte in dem Schlosse die Kriegserklärung gegen
Preußen — preußische Soldaten aber retteten die kaiserlichen
Schätze aus dem brennenden Schlosse, welches die Kugeln des
französischen Volkes in Trümmer und Brand schossen — es
wäre beinahe komisch, wenn es nicht tragisch wäre."

Der Correspondent der „Times" im königlichen Hauptquartier skizzirte aus jener Zeit den General v. Moltke und
den Grafen Bismarck folgendermaßen: — „Sehen Sie diesen
schmächtigen Mann ohne Schnurr- und Backenbart, die Hände
hinter dem Rücken gefaltet — den Offizier mit dem ins Graue
spielenden sehr kurz geschnittenen Haar, einem durch viele schöne
Linien markirten Gesicht, ein wenig gebeugtem Haupte, hervor-
tretenden Augenbrauen und tiefliegenden Augen. Das ist Moltke,
der Mann, den die Junker von Berlin „den alten Schulmeister"
nannten. Welche Lection hat er die Oesterreicher und Franzosen gelehrt! Er sieht sehr ernst aus; aber er ist immer so.
Aber da, sehen Sie, durch die Menge schreitend, eine ganz verschieden aussehende Persönlichkeit! Ja, wer ist dieser frank
lächelnde Kürassiermajor? Er kommt diesen Weg — der Offizier in der weißen Mütze mit dem gelben Streifen, dunkel-
blauem, beinahe schwarzem, doppelreihigem Waffenrock mit gelbem
Kragen, größer als alle die Offiziere um ihn herum. — Das
ist Graf Bismarck. Wohin er geht, rührt sich Alles — Mützen

und Helme werden salutirend berührt, Hüte gezogen. Er geht gerade auf ein kleines Häuslein Amerikaner zu — General Burnside
in Civil, General Sheridan, General Hufen und General Forsyth
in Uniform, aber ohne Degen. Sie hören sein Gelächter aus
dem Gemurmel der Menge und dem Wogen der Töne, welche
den Namen Bismarck tragen, heraus. Wie herzlich er ihnen
die Hände schüttelt, leicht und freimüthig, stolz, wie ein Offizier, der so eben auf dem Schlachtfelde befördert worden."

An demselben Tage, an dem St. Cloud in Feuer aufging (13. October), wurde die Belagerung von Soissons begonnen, die von Verdun Tags darauf. Von Tours aus verbreitete Gambetta Nachrichten von glücklichen Ausfallgefechten
der Pariser, worauf am 16. von Versailles aus folgende Depesche veröffentlicht wurde: „Es ist wohl nicht nöthig, zu erwähnen, daß die von Tours verbreiteten Gerüchte über siegreiche Gefechte der Franzosen erfunden und nur auf Stärkung
der schwachen Gemüther in Frankreich berechnet sind. Unsere
Cernirungstruppen halten genau die Stellungen inne, die sie
am 19. September erreicht haben." — Am 14. und 15. fanden
kleine Patrouillengefechte vor Paris statt. Am 17. October
ging die Nachricht in Versailles ein, daß der Großherzog von
Mecklenburg Tags zuvor seinen Einzug in Soissons gehalten
habe. Daselbst geriethen in Gefangenschaft: 99 Offiziere, 4633
Mann. Erobert wurden: 128 Geschütze, 70,000 Granaten,
3000 Centner Pulver, eine Kriegskasse von 92,000 Francs
und ein reich ausgestattetes Magazin. Am 19. October wurde
der Feind von den Verschanzungen von Villejuif vertrieben,
am 22. October griff die 22. Division von der Armee des
Kronprinzen den 24,000 Mann starken Feind bei Châteaudun
an, schlug denselben, stürmte die verbarrikadirte Stadt und
machte viele Gefangene. Am 21. October fand ein größerer
Ausfall auf die Cernirungstruppen vor Paris statt, worüber
eine Depesche Folgendes besagte: „Mittags 1 Uhr französischer
Ausfall mit bedeutenden Kräften vom Mont Valérien aus,

wobei etwa 40 Feldgeschütze, durch die vorderen Abtheilungen
der 9. und 10. Infanterie-Division, sowie des 1. Garde-Land-
wehr-Regiments, zuletzt unterstützt durch Artilleriefeuer des
4. Corps vom rechten Seineufer, unter den Augen Seiner Majestät des Königs siegreich zurückgeschlagen. Bis jetzt constatirt: über 100 Gefangene und 2 Geschütze in unsern Händen. Diesseitiger Verlust verhältnißmäßig gering." Am 25. October gelangte die Nachricht in das königliche Hauptquartier,
daß Schlettstadt capitulirt habe und daß 2400 Gefangene gemacht und 120 Geschütze erbeutet seien.

Wie sah es um diese Zeit in Paris aus? Es ist unmöglich, alle die sinnlosen Rathschläge aufzuführen, die zu Tage
traten und die das Ziel im Auge hatten, den Feind vor den
Thoren zu vernichten. Die vornehmsten Hoffnungen richteten
sich auf die in Metz eingeschlossene starke Armee Bazaine's und
auf die Loire-Armee. Letztere war zwar von dem Corps, das
General v. d. Tann gegen sie geführt hatte, zurückgeschlagen
worden, aber es strömten ihr fortgesetzt wieder neue Kräfte zu,
und es war zu erwarten, daß sie bald wieder in bedeutender
Stärke activ vorgehen würde. Da ließ sich im „Gaulois" ein
französischer Offizier vernehmen, der über die „militärische Lage"
folgende Betrachtung anstellte: „Erwägen wir zunächst; daß es
bei der ungeheuren Bevölkerung von Paris unermeßlicher Zufuhren (convois) bedürfen würde, um die nöthigen Vorräthe
herbeizuschaffen, und daß man keine unausführbareren militärischen Operationen ersinnen könnte, als die wären: mit solchen
Zufuhren ohne Stopfung die Stellungen der preußischen Armee
durchbrechen zu wollen. Erwägen wir ferner, daß diese Armee
ebenso gut weiß, wie wir selbst, daß Paris nur auf etwas mehr
als zwei Monate mit Lebensmitteln versehen ist. Die offiziellen
an allen Mauern der Stadt angeschlagenen Kundmachungen
(affiches) sind unzweifelhaft unseren Feinden bekannt. Es ist
also sehr wahrscheinlich, daß Herr v. Bismarck den Plan gefaßt, uns durch Hunger zu bewältigen, wenn, um diesen Zweck

zu erreichen, es genügt, während zweier Monate seine Truppen
bivouakiren zu lassen um eine Stadt, welche von Neuem zu
verproviantiren unmöglich ist. Ein diesem entgegengesetzter Plan
würde uns geradezu unsinnig erscheinen. Wären sie in der That
noch zahlreicher, als wir es annehmen, die Preußen würden Paris
mit Gewalt nur bezwingen können — vorausgesetzt, daß dies
überhaupt möglich — nachdem sie solche Verluste erlitten hätten,
daß der übrige Theil ihrer Armee nicht mehr im Stande wäre,
das Feld zu behaupten, und vor Erreichung der Grenze umkommen würde unter den Schlägen der Truppen und Nationalgarden, welche in der letzten Stunde aus den Departements
herbeigeeilt sein würden. Wir wissen, daß man in allen Tonarten wiederholt hat, daß der Winter unser Verbündeter sein
werde, und daß der Feind ohne Zelte, ohne Schutz irgend einer
Art ihm nicht werde widerstehen können. Leider! Diese Hoffnung ist ebenso chimärisch wie die anderen. Die preußische
Armee hat keine Zelte, wir geben es zu, aber es fehlt ihr nicht
an Obdach, sie ist untergebracht in unseren Städten, in unseren
Dörfern, in den Pachthöfen, in den Schlössern, den Landhäusern,
welche unsere Hauptstadt umgeben. Im Jahre 1812 in Rußland fanden wir Alles eingeäschert, verwüstet auf unserem Zuge;
in Frankreich finden unsere Feinde Alles bereit, sie zu empfangen.
Möbel in den Gemächern, Wäsche in den Schränken, Gemüse
auf den Feldern, Wein in den Kellern, das ist es was sie
häufig finden; aber was sie immer finden, das sind wohlerhal-
tene Häuser, um ihnen Obdach zu gewähren, und unsere prächtigen Waldungen in den Umgebungen, um sie gegen die Kälte
des Winters zu schützen. Wo also liegt die Schwierigkeit,
uns einzuschließen? Während unsere Vorräthe sich erschöpfen,
werden ihnen unsere Eisenbahnen neue zuführen, und wenn
ihre Feldwachen unter der Kälte leiden, werden sie nicht härter
daran sein, als unsere Soldaten im Bivouac oder unsere Nationalgarden als Schildwachen auf den Wällen. Das ist nach
unserer Ansicht die einfache Erklärung der Unbeweglichkeit der

preußischen Armee, und diese augenblickliche Unthätigkeit dient nach unserer Meinung den Interessen unserer Feinde am besten. Aber diese Unthätigkeit, sollen wir, die Belagerten, sie nachahmen? O nein! Hüten wir uns davor nach Kräften! Sagen wir uns, daß jeder verlaufende Tag eine Aber Frankreichs leert, und lassen wir 'uns nicht durch den Feind einschläfern, denn dieser Schlaf wäre der Tod unseres Vaterlandes. Wachen wir im Gegentheil, handeln wir kräftig, der Erfolg wird sicher unsere Anstrengungen krönen. Sehen wir, welche Mittel uns zum Handeln zu Gebote stehen, und diese Prüfung, nehmen wir sie vor, ohne uns verderblichen Illusionen hinzugeben. Es bleibt uns eine Armee, die Bazaine's, eine tüchtige, heroische, wohlbefehligte Armee. Aber haben wir den Muth, die Wahrheit zu sagen: der einzige Dienst, welchen sie uns unter den gegenwärtigen Umständen leisten kann, ist der: bei Metz 150,000, vielleicht 200,000 Preußen festzuhalten. Man hat uns gesagt, daß dieser Armee nichts fehle, daß sie den Feind in allen Treffen geschlagen habe, und daß sie Metz verlassen werde, sobald sie wolle. Und darauf hin haben wir gehofft, daß Bazaine eines Tages einen Theatercoup ausführen, aus seinem Lager aufbrechen, unvorbereitet die Einschließungsarmee vor Paris überfallen, die Hauptstadt entsetzen und ihren Vertheidigern die unschätzbare Hülfe seiner siegreichen Soldaten zuführen werde. Verführerischer, aber chimärischer Traum! Nehmen 'wir an, daß Bazaine nach allen von ihm gelieferten Schlachten sich noch an der Spitze von 100,000 Mann der besten, augenblicklich noch unter den Waffen stehenden Truppen befinde. Um aus Metz vorzubrechen, muß der Marschall dort mindestens eine Garnison von 15,000 Mann zurücklassen. Wie groß auch die Tapferkeit der ihm verbleibenden 85,000 Soldaten sei, diese Armee wird erst nach einer erbitterten Schlacht die Straße nach Paris einschlagen können. In dieser Schlacht werden 15—20,000 Mann außer Kampf gesetzt werden, und wenn die Armee dann mit 60- oder auch 70,000 Mann den Marsch antritt, wird man

II.   19

von ihr sagen können, daß sie wahrhaft Wunder gethan. Wir
halten sie dessen für fähig. Aber diese Schwierigkeiten werden
noch wachsen; nahe verfolgt, oft aufgehalten von überlegenen
Kräften, wird sie unaufhörliche Kämpfe zu bestehen', vielleicht
mehrere Schlachten zu liefern haben, und wenn sie vor Paris
mit der Hälfte ihrer Effectivstärke anlangt, so wird sie die
schönste militärische Operation vollbracht haben, von der die
Geschichte berichtet. Und als Endergebniß werden wir 30,000
bewundernswerthe Soldaten haben, einen trefflichen Heerführer,
und die preußische Armee wird in ihren Reihen einen General
von größtem Verdienst und 100,000 bis 150,000 Mann mehr
zählen. Glaubt man, daß die Lage wirklich zu unserem Vortheil geändert sein werde? Glaubt man insbesondere, daß,
wenn Bazaine so leicht anlangen könnte, wie wir uns überreden
möchten, er nicht seit langer Zeit hier sein würde, und daß,
uns auf dem Punkte sehend, die Schrecken einer Belagerung
zu bestehen, er sich begnügen würde, uns mit Kälte und grausamer Ironie zuzurufen: „Es fehlt mir nichts, und ich werde
aufbrechen, sobald es mir beliebt!" Ja, die Armee von Metz
kann kommen, aber es wird an dem Tage sein, wo die von
Paris dem Feinde ernste Verluste zugefügt haben wird, und
die Metz einschließenden Corps zu seiner Hülfe herbeieilen
müssen. An diesem Tage wird ihnen Bazaine mit allen seinen
Soldaten folgen, sie beunruhigend und bereit, sie bei ihrem Eintreffen vor Paris zwischen zwei Feuer zu nehmen. Aber wiegen
wir uns nicht mit der Hoffnung ein, diese tapfere Armee früher
kommen zu sehen, wünschen wir sie selbst nicht herbei, denn sie
würde vielleicht umkommen, bevor sie uns nützlich geworden
wäre. Eine zweite Armee bildet sich andererseits hinter der
Loire, und man verspricht uns ihre nahe Ankunft unter dem
Befehl eines tapfren Führers, welcher sich, die Wachsamkeit
der Preußen täuschend, an ihre Spitze gestellt habe. Das ist
eine Armee, welche uns eines Tages tüchtig helfen kann." —
Schließlich stellte der Verfasser, damit das von ihm bezeichnete

Ziel erreicht werden könne, als unerläßlich dar, den Feind vor
den Thoren durch unaufhörliche und kräftige Angriffe fortgesetzt in Athem zu erhalten und ihn möglichst zu schwächen.

Auch Emil Girardin ließ sich wieder einmal hören und
zwar in Form eines an den Grafen Bismarck gerichteten offenen Sendschreibens, dessen Schluß lautete: „Halten Sie vor
Paris inne, wie 1866 vor Wien! Dieser Beweis von Mäßigung wird uns zu allererst veranlassen, Ihnen erstens vorzuschlagen, alle Bollwerke niederzureißen, welche ein Hinderniß
der Verbrüderung Europas bilden, zweitens Frankreichs Eintritt in den Zollverein, diesen älteren Bruder des Freihandels.
Unser Gold wird Ihnen Reichthum bringen, und die Erinnerung der uns geschlagenen Wunden erbleichen durch gemeinsame
Interessen und Bestrebungen. Entehren Sie nicht das Zeitalter
Peel's und Cavour's, während es von Ihnen abhängt, einer
seiner größten Männer zu sein!" — So redete jetzt derselbe
Girardin, der in den Tagen vor dem Beginn des Krieges,
als das Publikum in der großen Oper das französische Rhein-
lied verlangte, auf die entschuldigende Aeußerung des Directors,
es sei dasselbe nicht eingeübt, frech gerufen: „Ihr braucht mehr
Zeit dazu, das Lied einzuüben, als „wir," den Rhein zu
nehmen!" und der hinterher fort und fort das Thema variirt
hatte: „Nach Berlin! nach Berlin!" — Doch im Hauptquartier
war man gestählt gegen alle Tonarten des windigen Franzosenthums, und dem Sendschreiben des Unverschämten, der den
Grafen Bismarck unter der Bedingung als einen großen Mann
gelten lassen wollte, daß er sich seinem Rathe unterordne,
mochte kaum mit einem Achselzucken begegnet worden sein.

Der „Morning Post" ging aus Paris ein Schreiben
ihres Berichterstatters zu, in welchem es heißt: „Ich fange an
zu begreifen, daß die Vertheidigung von Paris in der Geschichte
eher als eine absurde Caricatur, denn als die ernstliche Anstrengung ernster Männer figuriren wird. Angesichts der sie bedrohenden Gefahr waren die Pariser bis jetzt so trivial, daß man müde

19*

wird, ihre Worte an die Seite ihrer Thaten zu stellen. Sie
wollen auf den Schanzen sterben, sich unter den Ruinen von
Paris begraben lassen. Sie wollen die Welt in Erstaunen
setzen, und dennoch sitzen 500,000 bewaffnete Männer mit über-
einandergeschlagenen Armen da und wagen so gut wie nichts.
— Selbst ihre Vertheidigungswerke (Henri Rochefort stand an
der Spitze der Barrikaden-Commission!) sind lächerlich. Sie
graben Löcher und füllen sie mit Spitzen; sie besäen die Schanzen mit Nägeln, die Spitzen nach oben, und wollen sie sogar
mit zerbrochenem Glase bedecken — als ob die Preußen Katzen
wären. Aber selbst die Zahl derer, die sich damit beschäftigen,
ist klein — die Uebrigen essen und trinken wie gewöhnlich und
zeigen den Ernst der Lage nur durch kindische Processionen.
Bis jetzt haben die Provinzen so gut wie gar nichts gethan
und da die Vertheidigung von Paris nur in's Werk gesetzt
worden, um den Provinzen Zeit zu geben, sich en masse zu
erheben, so ist es einleuchtend, daß, wenn von ihnen keine
Hülfe zu erwarten ist, es besser wäre, sofort und um jeden
Preis Frieden zu schließen. Hier zu bleiben, eingeschlossen wie
Ratten in der Falle, bis wir ausgehungert sind, wäre sicherlich
thöricht und nutzlos, und wenn auf dem Entschluß noch beharrt
wird, die Zerstückelung von Frankreich zu verhindern, bleibt nur
das eine Ding noch übrig, einen verzweifelten Ausfall en masse
zu machen. Ist das Resultat ein unglückliches, dann hätte das
Ding ein Ende und ein ehrenvolleres und besseres, als eine
Capitulation, zu welcher der Hunger getrieben; ist es ein günstiges, dann wäre die Lage bedeutend gebessert. Die Provinzen
würden sich erheben, und Frankreich könnte vielleicht seine Position wieder gewinnen. Im Augenblicke bildet Paris, das
sich einbildet, es sei heldenmüthig, nur ein lächerliches und pein-
liches Schauspiel kindischer Anstrengungen und Lärmmacherei."

Schon in der Mitte des October begann in der deutschen Presse der lebhafte Wunsch Ausdruck zu gewinnen, es
möchte doch nun ohne Aufschub zum Bombardement von Paris

geschritten werden. Diesem Wunsche gegenüber brachte der „Staats-Anz." folgenden die Situation erläuternden Artikel:

„Die Geschichte ergiebt als eine kaum angreifbare Sache, daß ein mit Frankreich geführter Krieg in Paris enden, daß ein auch nur annähernd befriedigender Friede in der französischen Hauptstadt dictirt werden muß. Im Hinblick auf diese noch im Anfange unseres Jahrhunderts bereits zwei Mal bewiesene Thatsache mußte der Gesammtoperationsplan auch jetzt angelegt und durchgeführt werden. Einer der Hauptfactoren der Vertheidigung von Paris wäre unter allen Umständen eine Armee gewesen, welche zwischen und vor den einzelnen Forts den kräftigen Halt für eine lebendige Defensive hätte bilden können: diesen Halt in seiner einen Hälfte bis zur Niederlage vernichtet, in der anderen für die Entsetzung oder Vertheidigung der Metropole absolut unfähig gemacht zu haben, ist das Resultat des bisherigen Feldzuges gewesen.

„Alle bei der Anlage der einzelnen Werke zu Grunde gelegten Gedanken, alle. früheren Berechnungen bezüglich der Vertheidigung von Paris waren mit diesem Resultate über den Haufen geworfen: nichtsdestoweniger aber bleiben dem Vertheidiger noch bedeutende Hilfsquellen materieller wie moralischer Natur zur Verfügung, welche, namentlich in der Hand eines energischen Oberbefehlshabers und in Einem Willen vereinigt, die den angreifenden Armeen zufallende Aufgabe zu einer der schwierigsten gestalten, welche die Kriegsgeschichte aller Zeiten je einem Heere zugewiesen hat.

„Paris ist, als Angriffsobject betrachtet, kaum als eine Festung, mehr als ein befestigtes Schlachtfeld anzusehen, zu welchem nahezu alle Zugänge durch Forts gedeckt sind, von denen mehrere den Werth selbstständiger fester Plätze haben, einzelne sogar, wie die Forteresse du mont Valérien, die Befestigungen von St. Denis, notorisch stärker als manche Festung sind. Hinzu tritt, daß die ganze Befestigung eine abschnittsweise ist, deren innere Enceinte allein etwa sieben

Stunden Umfang einschließt, während die äußere deren etwa
zwölf umfaßt, welche sich, ihre Wirkungssphäre eingerechnet,
auf nahezu achtzehn Stunden erhöhen.

„Die Berücksichtigung dieser Umstände allein ergiebt, daß
der Ausbruck einer Cernirung von Paris nur insofern ein
genauer, als man bestrebt ist, die Stadt von jedem Verkehr
nach außen abzuschneiden.

„Zu einer vollständigen engeren Cernirung, wie eine solche
beispielsweise um Straßburg noch zur Ausführung gelangen
konnte, würde vor Paris eine numerisch noch größere Truppenzahl und mit dieser die Möglichkeit gehören, dieselbe auch
verpflegen zu können; die gegenwärtige Stärke würde aber um
so weniger hinreichen, als das Terrain, in welchem die Cernirungsarmee sich bewegen muß, ganz außerordentlich coupirt,
von Wegen und Gewässern mannichfach durchschnitten und mit
Gärten und Ortschaften völlig bedeckt ist.

„Nachdem der Belagerer erkannt hatte, daß die Absperrung
der Hauptstadt nach außen, so wie die Lage derselben im Inneren, sie nicht verhinderten, sich wenn auch nur auf Wochen
halten zu können, daß eine Cernirung allein also die Uebergabe zu erzwingen nicht ausreichen würde, mußte sogleich der
Uebergang zu Bombardement und förmlicher Belagerung eingeleitet werden. Die politische Zersetzung in der Stadt wie
die tägliche Verminderung der für zwei Millionen Menschen
bestimmten Vorräthe gleicher Weise außer Acht lassend, erscheint der Fall von Paris bei dem gänzlichen Mangel eines
Heeres im Lande dennoch nur als eine Frage der Zeit, —
diese letztere aber abzukürzen, und zwar um so energischer, je
mehr die weniger günstige Jahreszeit naht, bedarf es der
Pression, welche ein theilweises Bombardement auf Paris mehr
wie auf irgend eine andere Stadt ausüben würde, sowie des
Vorgehens gegen einzelne Werke, und zwar gegen diejenigen,
deren Besitz für alle Eventualitäten der deutschen Kriegsführung am nothwendigsten ist.

„Die Vorbereitungen zum Bombardement aber wie zum förmlichen Angriffe erfordern einen Aufwand von Zeit und Kraft, von welchem der Laie sich nur schwer einen zutreffenden Begriff zu bilden vermag. Die Ereignisse, welche sich soeben gleichsam vor unseren Augen um Straßburg entwickelt, haben sich mit einer für den Techniker so überraschenden Schnelligkeit vollzogen, daß es allerdings verzeihlich wird, wenn der mit den Schwierigkeiten weniger Vertraute in leicht erklärlicher Ungeduld vor Paris diejenigen Umstände unterschätzt, welche einen Vergleich hier wie dort hervorragend beeinflussen. Diese letzteren bestehen wesentlich in der gänzlich verschiedenen räumlichen Ausdehnung beider Angriffsobjecte, sodann in dem Unterschiede des Terrains um beide Punkte und endlich ganz besonders in der beiderseitigen Lage, welche den einen Platz hart an unserer Grenze, den anderen mitten im feindlichen Land, jenen am Beginn, diesen am Ende unserer Operationslinie liegen läßt. Wenn diese Linie auch durch den Fall der Festung Toul sich für uns zu einer ununterbrochenen Eisenbahn-Verbindung umgestaltet hat, und nunmehr durch Herstellung der namentlich zwischen la Ferté und Meaux vom Feinde zerstörten Marnebrücken das Haupthinderniß für den Transport des Belagerungsmaterials beseitigt ist, so bleibt nichtsdestoweniger die zeitraubende Aufgabe, jedes nahe seinem Ziele eingetroffene Geschütz in seine Position zu bringen, eine Arbeit, welche, um nur eines Beispiels zu erwähnen, vor den düppeler Schanzen mehrfach die Kräfte einer ganzen Compagnie in Anspruch nahm, wenn die vorgespannten Pferde die Schwierigkeiten des aufgeweichten Bodens oder allzu unebenen Terrains zu überwinden nicht mehr im Stande waren."

Der Schluß des Artikels lautet:

„Unter Berücksichtigung aller vorerwähnten Punkte ist die Aufgabe der deutschen Kriegführung: „bei Vermeidung möglichster Verluste an Zeit und Menschen in den Besitz der französischen Hauptstadt sich zu setzen," — eine selten schwierige

zu nennen. — Man darf jedoch mit Zuversicht erwarten, daß
es unserer Heeresleitung gelingen wird, all' diese Schwierigkeiten zu überwinden, wenn auch kaum in so kurzer Frist, wie
die natürlich gespannte Erregung der Bevölkerung des gesammten Vaterlandes hofft und wünscht."

„Während sich", ward der Post aus Versailles geschrieben, „rings um Paris ein formidabler Artilleriepark ansammelt,
um den Forts und der Umfassungsmauer energisch zu Leibe zu
gehen, scheint man im französischen Heerlager seine Sache auf
weniger reelle Dinge gesetzt zu haben. Meldet man doch, natürlich jetzt erst nach der erfolgten Einnahme der Stadt Orleans,
allen Ernstes das Auftauchen einer neuen Jungfrau, einer modernen Jeanne d'Arc, welche sich urplötzlich an der unteren
Loire gefunden, und welche die Herzen der Franzosen mit neuem
Muthe und neuer Hoffnung erfülle. Das begeisterte junge
Mädchen, welches, wie ihre Vorgängerin unter Karl VII.,
Visionen hat und der Stimme der Mutter Gottes gehorcht,
hatte, scheint es, diesmal nicht nöthig, ein Examen darüber zu
bestehen, ob sie nicht etwa mit „bösen Mächten" in intimer
Verbindung stehe. Dafür trägt auch die neue Jungfrau keine
Rüstung und kein Schwert, sondern einen langen, schwarzen,
kaftanähnlichen Mantel, wahrscheinlich, um so die Trauer über
die Lage des Vaterlandes anzudeuten. Man hat ihr auch den
Oberbefehl über die Loirearmee bis zur Stunde noch nicht anvertraut. Dennoch aber zieht sie an der Spitze der Truppen,
welche sich in Tours noch befinden, einher und trägt ihnen ein
seidenes Banner voran, auf welchem die heilige Jungfrau mit
dem Jesuskinde gemalt ist, so daß es fast den Anschein hat,
als hätten die Regisseure dieses neuen Wunders vom eifrigen
Studium der Schiller'schen Jungfrau von Orleans Nutzen gezogen. Die Nachricht, so fabelhaft sie klingt, ist in officieller
Weise hier ins Hauptquartier der Südarmee gemeldet worden
und deshalb jedenfalls auch werth, in Deutschland gekannt zu
werden. Inzwischen fährt General v. d. Tann fort, sich in

Orleans wenig an die von der Jungfrau ihm drohende Gefahr
zu kehren. Er hat der reichen Stadt eine Kriegscontribution
von 1½ Mill. Franken auferlegt und die Stadt Etampes
wegen Durchschneidung eines Telegraphendrahtes in eine Strafe
von 40,000 Franken genommen."

Die oben aufgeführte Darlegung eines pariser Officiers
im „Gaulois" spornte die Pariser zu einer neuen und kräftigen
Anstrengung an. Es gelaug ihnen, sich (am 28. October) des
Dorfes Le Bourget, das nur von einer Compagnie Deutscher
besetzt war, zu bemächtigen. Sie besetzten es mit 6000 Mann
Linientruppen und 2000 Mobilgardisten. Der Ort hat eine
für die Vertheidigung höchst günstige Lage, der Reichthum der
nahen Hauptstadt hat auch dort seine Spuren hinterlassen; die
Häuser sind massiv und gut gebaut, die Gärten und Gehöfte
mit hohen starken Steinmauern umgeben. Diesen und den
nächsten Tag blieben die Franzosen unbehelligt in dem Besitze
des Ortes und befestigten sich in demselben auf's Aeußerste.
Es erging nun an den Commandeur der 2. Garde-Infanterie-
Division, General-Lieutenant von Budritzki, der Befehl, Le
Bourget am nächsten Tage mit genügenden Streitkräften anzu-
greifen und wieder zu nehmen. Eine der Kampfesscenen bei
Erstürmung des Ortes schildert ein amtlicher Bericht wie folgt:
„Der nördliche, von der Colonne v. Kanitz augegriffene Theil
des Dorfes war stark besetzt. Der Feind feuerte dort hinter der
Umfassungsmauer aus Schießscharten und hinter einer hohen
Barrikade, welche die breite Hauptstraße des Dorfes, eine Fortsetzung der Chaussee, am Eingange von Le Bourget, sperrte.
Aber diese Hindernisse waren vorhergesehen worden, und eine
Compagnie Garde-Pioniere unter Führung des Hauptmanns
v. Spankeren war deshalb in erster Linie mit vorgezogen worden. Die wackern Leute machten sich unverdrossen an die gefährliche Arbeit, und bald wankten die äußersten Mauern, hinter
denen der Feind stand, unter ihren gewaltigen Schlägen. Mehrere Breschen waren in kurzer Frist geschlagen, und die Soldaten,

die ungedulbig geharrt hatten, sich mit dem Feinde im Hand-
gemenge messen zu können, stürzten nun verwegen durch die
engen Eingänge, um im Innern der Häuser und Höfe den
Kampf um Le Bourget zu vollenden. Der Oberst Graf v.
Kanitz und der Hauptmann v. Altrock waren unter den Ersten
im Dorfe. Aber der Feind war noch nicht bereit, das Gefecht
aufzugeben, und in den Häusern verschanzt, richtete er von beiden
Seiten der Straße ein concentrisches Feuer auf den Zugang zu
der Barrikade, welche den Haupteingang zum Dorfe sperrte. Ein
Bataillon des Regiments Elisabeth näherte sich mit fliegender
Fahne. Ein Schuß schmetterte den Träger zu Boden. Der nächst-
stehende Unteroffizier ergriff das Banner; aber auch er sank, fast
im selben Augenblicke, tödtlich getroffen nieder. Da sprang der
General v. Budritzki vom Pferde, und von den höchsten ihn
umgebenden Offizieren begleitet, stürzte er auf den gefährlichsten
Punkt zu, ergriff die Fahne und eilte damit vorwärts. Aber
nicht einen Zoll freien Grund ließ das tapfere Regiment Elisabeth zwischen sich und seinen Führern und gleichzeitig mit
ihnen langten die ersten Reihen des Bataillons an der Barrikade an. Zwei stämmige Leute, ein Grenadier und ein
Pionier-Unteroffizier, hoben den General auf den hohen Wall,
und gleich darauf flatterte die Fahne auf der erstürmten
feindlichen Barrikade. Dort, an der Spitze seines Regiments, das ihm nachdrängte und zur Seite des Commandeurs
der Division, sank tödtlich getroffen der Oberst v. Zaluskowski.
Gleich darauf fiel auch Graf v. Waldersee, der edle, geliebte
Führer des Regiments Königin Augusta. Er war erst vor wenigen Tagen aus Deutschland zurückgekehrt, wo er Heilung
einer beim Sturme auf St. Privat empfangenen schweren Verwundung gesucht und gefunden hatte. Die treuen Grenadiere,
denen er auf dem Wege des Ruhms und der Ehre so mannhaft und kühn vorangeschritten war, sahen ihn weinend aus
ihrer Mitte davontragen; dann folgten sie todesmuthig dem
jüngeren Führer, Hauptmann von Trotha. Aber auch dieser

sollte ihnen noch an diesem blutigen Tage entrissen werden. Er fiel, von einer feindlichen Kugel getroffen, bei der Erstürmung eines Hauses von Le Bourget."

Trotz des furchtbarsten Feuers aus den Forts besetzten die Flügelcolonnen den zwischen diesen und Le Bourget gelegenen Bahnhof, um dem Feinde den Rückzug abzuschneiden. Nach blutiger Arbeit ward das unternommene Werk rühmlich zu Ende geführt. An Gefangenen fielen in die Hände der Sieger 1500 Mann, unter ihnen 36 Offiziere. Außerdem wurden 1500 Gewehre erbeutet. — Der Correspondent der „Daily News" erzählte einen sich auf den Kampf von Le Bourget beziehenden Zug von persönlicher Tapferkeit: „Im ersten Bataillon des dritten Garde-Grenadier-Regiments Königin Elisabeth befindet sich ein blutjunger Lieutenant mit dunklem Gesicht und klaren schwarzen Augen. Er heißt von Schramm und kann wohl nicht mehr als 17 Jahre zählen. Wäre er Engländer, so befände er sich wohl noch in Eton auf der Schule. In Deutschland hat aber der junge Mann bereits die Schule hinter sich, seine Examen überstanden, sein Patent erhalten, das eiserne Kreuz verdient und ist nun Bataillons-adjutant. Als sein Bataillon gegen Le Bourget vorging, wurde von Schramm krank in Aulnay zurückgelassen. Der Kanonendonner machte ihn gesund. Das Regiment war im Feuer, und er war nicht dabei. Er sprang aufs Pferd, ging durch das überschwemmte Gebiet bei Blanc Mesnil und jagte durch das Artilleriefeuer in Le Bourget hinein. Schramm fand sich mitten unter Franzosen. Vom Pferde springen und in ein Haus hinein stürzen war das Werk eines Augenblickes. Aber die Hoffnung auf eine mögliche Hinterthür erfüllte sich nicht. Der Lieutenant war gefangen. Man verlangte ihm sein Ehrenwort ab, aber er verweigerte es und wurde daher von zwei Offizieren und zwei Mann (um diese Zeit war die Entscheidung des Kampfes um Le Bourget noch nicht gefallen) in der Richtung auf St. Denis abgeführt. Auf dem Wege durch den Park von Le Bourget kam der kleine Zug in das Feuer der Gardegrenadiere, und der Offizier, der v. Schramm's Degen trug, stürzte todt nieder. Im Nu hatte v. Schramm seinen Degen in der Hand, hieb den andern Offizier seiner Escorte nieder, stürzte sich ins Wasser und schwamm unerreicht von den feindlichen Kugeln in seinen Kleidern zu seinen Kameraden zurück. Das Beste an der Sache ist, daß ihm das kalte Bad nicht nur nicht geschadet, sondern ihm die Krankheit gänzlich ausgetrieben hat. Man darf letzteres wenigstens annehmen, wenn man den jungen Krieger an einem mächtigen Mittagsessen und zwei Flaschen Bier sich laben sieht."

Während die Aufmerksamkeit der Cernirungstruppen sich auf Le Bourget richtete und um dasselbe gekämpft ward, war eine höchst wichtige Nachricht in das königliche Hauptquartier gekommen. Sie lautete:

Metz hat (am 27. October) capitulirt!

Metz.

Als Metz von der Armee des Prinzen Friedrich Karl (B. I. S. 428) eingeschlossen worden war, veröffentlichte der Topograph Vogel folgenden Aufsatz über die Stadt und Festung: „Metz ist die Hauptstadt des Mosel-Departements im Ländchen Messin in Lothringen. Die jetzt gegen 55,000 Einwohner zählende Stadt liegt auf der rechten Seite der dort schiffbar werdenden und über 200 Schritte breiten Mosel, die indessen hier behufs der Inundation in mehrere Arme sich theilt. Es werden dadurch die drei Inseln St. Simphorien, Sauley und Chambière gebildet, und die eigentliche Stadt liegt theils auf der letztgenannten, tiefer gelegenen Insel, zum größeren Theil aber in dem Winkel, den die hier einfließende, ebenfalls nicht unbedeutende Seille mit der Mosel bildet.

„Metz ist gegenwärtig eine Festung ersten Ranges. Seit ihrer in die Mitte des 16. Jahrhunderts fallenden Anlage durch Chevalier de Ville sind die Festungswerke fortwährend, so später auch durch den berühmten Kriegsbaumeister Marschall Bauban, verstärkt und erweitert worden. Doch dürfte ihr Befestigungssystem kaum ein Geheimniß für unsere Strategen sein, da das Modell von Metz nebst denjenigen vieler anderen französischen Festungen im Jahre 1815 von den Verbündeten aus Paris mit fortgenommen wurde und sich seit der Zeit in Berlin befindet. Allerdings ist nach jener Zeit und namentlich seit 1866 zur Verstärkung des Platzes innen und außen viel gethan, so z. B. erst 1864 das Arsenal für das Geniecorps vollendet worden, und es läßt sich annehmen, daß eine regelrechte Belagerung viel Zeit und Blut fordern würde. Als Hauptwerke sind zu nennen: die südlich gelegene Citadelle, welche nach außen hin noch durch ein sogenanntes Hornwerk gedeckt ist, östlich das große Fort Bellecroix und westlich, jenseit der Mosel, das Fort Moselle. Außerdem ist ein befestigtes Lager vorhanden. Dazwischen liegen zahlreiche kleinere Forts und Redouten, so z. B. die Redoute de Paté, das Fort Isors und andere. Die äußersten Werke, sowohl von Nord nach Süd wie von Ost nach West, haben in gerader Entfernung eine durchschnittliche Länge von etwas über $\frac{1}{3}$ Meile und der Umfang der Festungswerke mag 1$\frac{1}{2}$ bis 2 Meilen betragen. Die Höhen auf der linken Thalseite (Mont St. Quentin = 1078 Fuß) überragen um über 300 Fuß die gegenüberliegenden, welche letzteren in sanfterer Abdachung sich in die nur 200 Fuß tiefer liegende Thalsohle senken. Als Curiosum sei hier eingeschaltet, daß 1$\frac{1}{2}$ Meilen westlich von Metz hinter dem Mont St. Quentin zwei Vorwerke liegen, welche die bezeichnenden, wohl auch ominösen Namen Moskau und Leipzig führen. Die von Paris resp. Nancy kommende Ostbahn mündet südlich bei der Citadelle in die Festung und führt, indem sie mittelst Kopfstation daselbst weiter herausgeht, weiter nach Saarbrücken, während

die nordwärts nach Thionville und Luremburg gehende Zweigbahn in einem großen Bogen die Mosel südwestlich der Stadt
mittelst einer festen, noch im Bereich der Festungswerke liegenden Brücke überschreitet. Die vom Lager von Chalons über
St. Ménéhould und Verdun nach Metz führende wichtige
Eisenbahn ist vor Beginn des Krieges nicht fertig geworden.
Man wird auf derselben gegenwärtig wohl bis Verdun fahren
können, von da bis Metz war die Bahn bis noch vor Kurzem stark
im Bau begriffen. Die gut gebaute Stadt, welche man außerdem
von allen Seiten auf wohl erhaltenen Chausseen erreichen kann,
ist von Paris noch 42 Meilen entfernt. Sie ist im Frieden
das Hauptquartier der 5. Militär-Division und der 23. Gens-
darmerie-Legion, besitzt viele schöne und ansehnliche Gebäude,
unter welchen sich die gothische Kathedrale mit dem 345 Fuß
hohen Thurme, das Stadthaus, die Casernen, Magazine und
der Intendanturpalast besonders auszeichnen. Außer dem bereits
genannten Arsenal für das Geniecorps existirt noch ein größeres, das zur Zeit ein ungeheures Kriegsmaterial birgt. Noch
ist zu bemerken, daß die seit 1864 angelegte unterirdische Was-
serleituug der Stadt täglich 10,000 Kubikmeter Wasser zuführt.

„Nach der politisch geographischen Lage ist Metz eigentlich
eine Grenzfestung, ihrem speciellen Zwecke nach aber ein Haupt-
Waffen- und Depotplatz. Nichts kennzeichnet besser den Größen-
wahnsinn und die leichtsinnige Ueberhebung der Franzosen, als
daß sie hier, so nahe der Grenze, seit Jahren ein ungeheures
Kriegsmaterial und sonstige Vorräthe anhäuften, mit welchen
sie seiner Zeit eine in Deutschland operirende Armee auszurüsten und zu unterhalten beabsichtigten. Denn der Gedanke, daß
das Kriegsglück sich einmal gegen sie wenden, oder daß der
Feind in das eigene Land eindringen könne, ist den Franzosen
ernstlich sicher nicht in den Sinn gekommen. Gelingt es daher
unserer deutschen Arme, den Feind bis hinter Metz zu drängen
und diese Festung vorläufig auch nur zu cerniren, so können die
Franzosen über das dort angehäufte Kriegsmaterial ferner nicht

disponiren und einen großen Theil ihrer neu zu bildenden
Armee nicht ausrüsten, was augenblicklich von ungeheurer
Wichtigkeit ist."

Ein Blick in die Vergangenheit der Stadt wird dazu
dienen, sie entsprechend zu würdigen. Die Celten bauten hier
eine Burg, Römer legten die Stadt an und nannten sie
Mettis, merowingische Frankenkönige hielten später hier lange
Zeit ihren Hof. „Im Jahre 940", erzählt Oscar Schwebel,
„nahete sich ein Leichenzug den Thoren, ein Zug ohne alles
Gepränge, — nur die wenigen hohen Herren, welche der
Bahre folgten, verleihen ihm etwas von Glanz; es sind allerdings die edelsten der deutschen Fürsten. Der da drinnen im
Sarge ruht, ist der Erbe des großen Karl, Ludwig der Fromme.
Wer so viel zu leiden gehabt hat, wem sich so die Treue und
kindliche Liebe als ein leerer Wahn erwiesen hat, dem wird
der Tod nicht schwer; — das Grab, über dem sich in dem
metzer Kloster nicht einmal ein Stein gewölbt hat, war dem gedemüthigten Kaiser der letzte Freund. Von dem großen Besitz
der ehemaligen Monarchie Karls des Großen war Ober- und
Nieder-Lothringen gewiß das herrlichste, reichste, bestbebaute
Land. Dort erhoben sich die alten Römerstädte Köln, Mainz,
Worms, Straßburg und Metz, dort lag Aachen mit seinen
warmen Quellen und die Ingelheimer Pfalz mit ihrem guten
rothen Wein. Nicht ohne Grund liebte Kaiser Karl diese
Gegend vor allen andern Provinzen seines Reiches, denn er
fand dort Alles, was er wünschte, selbst die großen Waldungen
zwischen Mosel und Maas, in denen er Bären und Auerochsen
jagen konnte. Von den großartigen Schöpfungen der römischen
Zeit war in den Stürmen der Völkerwanderung freilich Vieles
zu Grunde gegangen; aber das Land hatte sich doch rasch erholt,
und wie früher Ausonius in begeistertem Gedicht das Lob der
Mosel gesungen hatte, so priesen noch die Chronisten des
Mittelalters die Schönheit und Fruchtbarkeit des lotharingischen
Landes. Unter Anderen schilderte im elften Jahrhundert Sige-

bert in einem Gedichte, das trotz seines barbarischen Lateins
höchst merkwürdig ist, die Pracht und Hoheit der Stadt Metz,
die ihres Gleichen nicht habe, sowie die Fruchtbarkeit und den
sorgsamen Anbau des Landes umher. Wir sehen daraus, und
gerade heute mag dieser Rückblick von besonderem Interesse
sein, daß die Stadt schon damals sehr bevölkert, reich an Vorräthen und Schätzen aller Art und stark befestigt war. Wohin
er auch blicke, sagt der entzückte Poet, sehe er nur Preiswür-
diges, und zählt dann mit offenbarer Genugthuung alle möglichen Kriegsmaschinen und Befestigungswerke auf, so daß es
scheint, als hätten auch schon zu jener Zeit die Männer des
Friedens Gefallen an dem kriegerischen Lärmen gefunden. Vor
Allem rühmt Sigebert die festen, aus Quadersteinen gefügten
Mauern, die, durch steile Anhöhen und zwei Flüsse geschützt,
doppelt schwer zugänglich und von keinem Feinde zu bezwingen
seien. „Non expugnabilis hosti" lautet sein stolzes Wort,
(dessen Wahrheit zu beweisen jetzt Marschall Bazaine's Aufgabe
ist). Denn wo die Lage von Natur etwas weniger fest erscheine,
da habe die Hand des Menschen nachgeholfen, und man sehe
Festungsbauten, welche an die babylonischen Mauern erinnerten.
Gegen sie seien alle feindlichen Stürme vergebens, und auch
das Feuer könne ihnen nichts anhaben.

„Im Verlauf seines Gedichtes weiß Sigebert als echter
Provinzbewohner nichts Höheres zum Lobe seiner Stadt zu
sagen, als daß er sie Rom gleichstellt. Freilich, die Wasserlei-
tung, welche die Römer einst gebaut hatten, um das Wasser
zehn Meilen weit von Gorze bis nach Metz, hoch über Thä-
lern und Flüssen her, zu führen, war längst zerstört, und der
Dichter konnte nur mit ihren Ruinen sich brüsten. Dafür bot
die Landschaft noch den gleichen lachenden Anblick wie früher;
so weit das Auge reichte, sah es fruchtbare Felder mit wogen-
dem Korn, schöngehaltene Weinberge und grüne Weiden, ja
der begeisterte Sänger preist selbst das milde Klima des Landes als das schönste der Welt.

„Das ist ein hübsches Bild eines Landes aus alter Zeit und um so interessanter, als Metz, in Lothringen gelegen, damals mit zum deutschen Reiche gehörte. Kein Wunder ist es aber auch, daß die französischen Könige nach dem Besitze dieses Herzogthums trachteten, welches für sie so günstig lag und ihr Reich schön abgerundet hätte. Die Kämpfe, welche darob geführt wurden, währten deshalb mit häufigen, aber kurzen Unterbrechungen das ganze Mittelalter hindurch, und es ist wunderbar, wie sehr die Vorgänge einer längst vergangenen Zeit manchmal den Ereignissen der Gegenwart gleichen."

Wie Lothar von Frankreich sich des Landes zu bemächtigen strebte, was zur Folge hatte, daß der Kaiser Otto II. Paris belagerte, ist oben (S. 254) erzählt worden. Ueber den endlichen Verlust von Metz — zugleich mit Tull (Toul) und Virten (Verdun) ist Bd. I., S. 6—8 eine Andeutung gegeben worden. Die Städte waren Bisthümer, die zusammen einen Landbezirk von 50 Geviertsmeilen hatten; Metz war die wichtigste der Städte.

Ueber den Verlust von Metz möge hier noch ein eingehender Bericht erfolgen.*) Es ist schon erwähnt worden, daß der politische Bubenstreich, der Deutschland um Metz brachte, von dem „allerchristlichsten" Könige Heinrich II. von Frankreich ausgeführt wurde, von einem Manne, der dermaßen die Protestanten im eigenen Lande haßte, daß er den Blutbefehl erließ, ihnen, ehe sie — nach dem schon bestehenden Gesetze — verbrannt wurden, die Zunge auszureißen. Seine Erbitterung gegen die Protestanten (also berichtet der berühmte Kirchenhistoriker Hase), sei deshalb so groß gewesen, „weil sie Laster für todeswürdig erklärten, die an seinem Hofe selbst die Schande verloren hatten!" — Es ist auch schon darauf hingewiesen worden, daß derselbe Mann, der gegen die Protestanten des eigene

---

*) Siehe Ferd. Schmidt: Gewalt und List Frankreichs gegen Deutschland seit dreihundert Jahren. Berlin bei Hugo Kastner.

Landes also verfuhr, ein Bündniß mit den deutschen Protestanten
oder vielmehr mit dem damaligen fürstlichen Hauptführer derselben, Moritz von Sachsen, schloß, angeblich um sie vor den
Mißhandlungen des Kaisers Karl V. zu schützen, in Wahrheit
aber, um bei dem schmählichen Handel Land zu gewinnen.
Moritz von Sachsen ließ sich durch französische Arglist täuschen,
trotzdem eine eindringliche Warnung Melanchthon's vorlag, und
trotzdem Moritz daran erinnert ward, daß auch Luther das
Warnungswort hinterlassen habe, „man möge sich vor den
französischen Füchsen hüten, und wenn sie sich auch die Schwänze
abgehauen hätten!" — In dem geheimen Bündniß, das am
5. October 1551 zwischen Heinrich II. einerseits und Moritz
von Sachsen und seinen Mitverbündeten andererseits abgeschlossen wurde, verpflichtete sich Heinrich ausdrücklich, für seine
Hülfe keinerlei Entschädigung zu beanspruchen, demnach also,
wie es neuerdings zu sagen in Gebrauch kam, nur für eine
„Idee" kämpfen zu wollen! — Welche Großherzigkeit des
Franzosenkönigs, des Franzosenvolkes! Wer durfte nun noch
einen Zweifel laut werden lassen? Freilich, wenn Frankreich
seine Truppen über die Grenze, in die angrenzenden deutschen
Landschaften sandte, so mußte man anerkennen, daß die Truppen
genöthigt seien, einige feste Plätze zu besetzen, um an ihnen
„Waffenplätze" und bei — möglichen Schwankungen während
der Kriegsoperationen — „Stützpunkte" zu haben. Noch mehr:
der französische Unterhändler that mit lächelnder Miene die
Aeußerung: Aber wenn ihr uns während der Kriegsoperationen
im Stich ließet? wenn ihr hinter unserm Rücken mit dem Kaiser
Frieden schlösset? Gebt uns eine Garantie dafür, daß wir für
unsern guten Willen nicht etwa obendrein Schaden erleiden!
Nun, ward ihnen gesagt, jene festen Plätze, deren ihr euch als
Stützpunkte während der Kriegsoperationen bedienen werdet,
seien euch Pfänder für unsere Treue! — So wurden denn die
Zusagen gemacht, von den einen, daß die Städte besetzt werden,
von den andern, daß sie nach Abschluß des Friedens dem deut-

schen Reiche wiedergegeben werden sollten. Von heiligen Ge-
löbnissen floß der Bundesvertrag über.

Moritz schlug los und war, wie bekannt, siegreich gegen
den Kaiser. Inzwischen rückte eine französische Armee von
25,000 Mann Fußvolk und 10,000 Reitern in Lothringen ein.
Die deutschen protestantischen Fürsten zu täuschen, war dem
Könige Heinrich geglückt; jetzt galt es, auch die deutsche Bevölkerung Lothringens zu berücken. In einem an dieselbe gerichteten Manifeste in deutscher Sprache stellte Heinrich sich ebenfalls
als „Retter" und „Befreier" dar. Wie anmuthig trat die Lüge
auf! Sogar eine zierliche Illustration gelangte bei der Unterschrift jenes Schriftstückes in Anwendung: ein Hut zwischen
zwei Schwertern als Sinnbild der Freiheit, darunter ein wal-
lendes Band mit der Inschrift: „Libertas!" In dem Manifest hieß es: „Allerlei schwere Klagen vieler Fürsten und anderer trefflichen Leute deutscher Nation seien ihm vorgekommen;"
Fürsten und Unterthanen würden „mit unerträglicher Thrannei
und Knechtschaft vom Kaiser unterdrückt," woraus man mit
Sicherheit ersehe, daß der Kaiser die Nationalfreiheit gefährde.
Das sei nun ihm, dem Könige von Frankreich, „höchst beschwer-
lich" gewesen, nicht allein darum, weil er mit den Deutschen
gemeinsamen Ursprung habe, indem seine Vorfahren auch Deutsche
gewesen, sondern auch wegen der Bündnisse und althergebrach-
ten Freundschaft." — „Er, der König von Frankreich," hieß es
weiterhin, „bezeuge vor Gott dem Allmächtigen, daß er
aus diesem mühseligen und schweren Vorhaben, trotz der schweren
Unkosten, Gefahr und Sorge, für seine eigene Person keinen
anderen Nutzen und Gewinn suche und erhoffe, als daß er
aus freiem königlichen Gemüthe die Freiheit der deutschen
Nation und des heiligen Reiches zu fördern und
hierdurch einen unsterblichen Namen zu erlangen
gedenke." — „Sollte es aber" — lautete der Schluß —
„irgend einen verrufenen und feindseligen Menschen geben,
der dies Vorhaben zu verhindern sich unterstehen würde, so

20*

gedenke er denselben mit Schwert und Feuer zu verfolgen.“
— Eine französische Armee war also, wie bemerkt, in das
Herzogthum Lothringen eingerückt. Für den Thronfolger,
den minderjährigen Karl, führte zur Zeit die Mutter des-
selben, die verwittwete Herzogin Christine, die Herrschaft.
Innerhalb des Landes lagen die drei Erzbisthümer Metz,
Tull und Virten. Stark und mächtig war namentlich Metz,
auch zeichnete sich die Bürgerschaft durch ihre treue, deutsche
Gesinnung aus. Deshalb hatten auch (seit Jahrhunderten)
die deutschen Kaiser gern in Metz Hof gehalten, und so Manches, was des Reiches Wohl und Weh betraf, hatte hier seinen
Ursprung genommen. Von Metz aus erließ z. E. seiner Zeit
Karl IV. das berühmte Reichsgesetz, die goldene Bulle. Die
Meinungen in der Bürgerschaft der Städte über die Absicht
des Franzosenkönigs, der mit seinem Manifest hatte das Land
überschwemmen lassen, waren getheilt: die Einen hatten sich
durch seine mit so großer Feierlichkeit und Anrufung Gottes
ausgesprochene Lüge bethören lassen, Andere beharrten bei ihrem
Mißtrauen. Die Drohung aber, die Heinrich am Schluß seiner
Proclamation gegen Leute ausgesprochen hatte, die etwa wie
Melanchthon über ihn dachten, erschreckte Alle. Daher wurden
ihm die Thore der meisten Städte, unter ihnen die von Tull
und Verdun, sofort geöffnet. Er bekräftigte bei den Einzügen
mündlich, was er in dem Manifest gesagt: es sei ihm nur
darum zu thun, „für einstweilig Waffenplätze zu gewinnen“, um das von ihm unternommene „uneigennützige
Werk der Befreiung“ durchführen zu können. Es verstehe
sich von selbst, daß „dem Reiche alle Rechte auf die Städte
vorbehalten bleiben.“ Nachdem er auf diese Art in Tull und
Verdun festen Fuß gefaßt hatte, wandte er sich gegen Nanzig
(Nancy), woselbst die Herzogin Christine residirte. Auch hier
war die Partei der Getäuschten die stärkere, so daß dem Könige
ohne Weiteres die Thore geöffnet wurden. Kaum war er in
der Stadt, so gab er zu erkennen, daß er wohl der Bürger-

schaft, nicht aber der Herzogin traue, denn sie sei eine — Nichte seines Feindes, des Kaisers Karl! — Er setzte an ihre Stelle eine ihm ergebene Person als Regenten ein, erklärte aber, daß dadurch die Erbrechte des minderjährigen Karl nicht angetastet würden, sondern daß sie bestehen blieben.

Da inzwischen Moritz von Sachsen gegen den Kaiser siegreich gewesen und dieser sich bereit erklärt hatte, den deutschen Protestanten Glaubensfreiheit zu gewähren, so lag für Heinrich ein Grund nicht mehr vor, in dem Herzogthum Lothringen länger zu verweilen — falls er nicht Privatzwecke verfolgte. Da dies aber ausschließlich der Fall war, traf er jetzt Vorbereitungen, sich der Stadt Metz zu bemächtigen. Sie war das Bollwerk des Landes. Das Mißtrauen der Bürgerschaft in Metz war durch einen neuen Gewaltact Heinrich's noch erhöht worden. Die Bürger hatten vernommen, daß Heinrich den rechtmäßigen Erben des Herzogthums, den jungen Prinzen Karl, nach Paris gesandt und die Absicht zu erkennen gegeben habe, ihn mit einer französischen Prinzessin zu vermählen. Wer nun — sagten die deutschgesinnten Bürger zu Metz — nicht sehe, daß Heinrich, statt den deutschen Protestanten Hülfe gegen den Kaiser zu bringen, darauf ausgehe, die Bisthümer dem französischen Reiche einzuverleiben, der sei offenbar mit Blindheit geschlagen, oder er schließe absichtlich und verrätherischer Weise die Augen! —

Deren gab es in der Stadt, auf die letzterer Ausspruch paßte. Während die Mehrheit der Bürgerschaft erklärte, die Stadt solle unter allen Umständen dem Könige verschlossen bleiben, beriethen bereits Abgesandte Heinrich's mit dem geistlichen Haupte der Stadt, dem Bischofe Robert, über die Methode, die zur Anwendung zu bringen sei, um Metz den Franzosen zu überantworten. Der Bischof, dem der König die Erlangung des Cardinalshutes hatte in Aussicht stellen lassen, zog zwei angesehene Patricier, Robert und Caspar von Heu, auf seine Seite, und die Verräther warben im Stillen — mit Bei hülfe französischen Geldes — für ihre Sache. Sie meinten der katholischen Kirche zu dienen, wenn sie Stadt und Land hülfen in die Gewalt des blutgierigen Protestantenfeindes bringen.

Die Unterhändler reisten ab, und alsbald rückte das französische Heer gegen Metz vor und bezog in der Nähe der Stadt ein Lager. Trotz der 35,000 Mann starken Macht vor ihren Thoren rüsteten sich die Bürger zum Widerstande. Bei Heinrich stand der Entschluß fest, sich der Stadt, koste es auch, was es wolle, zu bemächtigen, doch sollte ein weniger kostspieliger Weg als der der Belagerung und Stürmung eingeschlagen werden: der des Wort- und Eidbruches, der List und des Mordes. Meinte er doch annehmen zu dürfen, daß man bei Anwendung derartiger Mittel den ehrlichen Deutschen gegenüber leichtes Spiel habe. Er selbst war in Nanzig zurückgeblieben und hatte mit der Ausführung seines ruchlosen Planes den Oberbefehlshaber des Heeres, den Connetable von Montmorency, beauftragt. Der Connetable begann nun das Werk des Truges damit, daß er an den Magistrat von Metz die Forderung richtete, den König mit Gefolge durch die Stadt ziehen zu lassen. Wären unter der Bürgerschaft die Ansichten nicht schon getheilt gewesen, so hätte man sich auf Verhandlungen auf Grund einer solchen Forderung gar nicht eingelassen. Nun aber sandte der Magistrat Abgeordnete in das Lager, die, vor den Connetable geführt (der ihnen verschwieg, daß der König nicht beim Heere war), das Anerbieten, Lebensmittel in das Lager zu liefern und zugleich die Willigkeit der Stadt aussprachen, dem Könige den Durchzug zu gestatten, falls er zusage, nur ein kleines Gefolge mit sich zu führen. Der Connetable that erzürnt, indem er hinzufügte, die Aufstellung einer solchen Bedingung, die Mißtrauen und Mangel an Ehrfurcht bezeuge, heiße den König beleidigen, daher er sich nicht dazu verstehen könne, demselben davon Kenntniß zu geben. Uebrigens, fügte er drohend hinzu, führe der König den Schlüssel bei sich, der ihm den Eingang in jeder Art sichere! —

Diese Antwort, der Bürgerschaft überbracht, erhöhte die
in derselben vorhandenen Besorgnisse, die darnach noch zunah-
men, als unmittelbar darauf das französische Heer bis nahe vor
die Mauern der Stadt rückte. Es ward die Befürchtung rege,
daß der König im Sinne habe, unverweilt einen Angriff auf
die Stadt auszuführen. Nun sandte der Connetable Abgeordnete an die Bürgerschaft, durch die er eine weitere Forderung
stellte, dahin gehend, dem Heere Durchzug durch die Stadt
und über die Moselbrücke zu gewähren, da dasselbe auf der
jenseit gelegenen Wiese ein Lager beziehen solle, dem Könige
aber, der nur von einer kleinen Abtheilung Gardetruppen begleitet sein werde, Quartiere in der Stadt einzuräumen, damit derselbe im Stande sei, die erforderlichen Maßregeln in
Betreff der Verpflegung des außen liegenden Heeres zu treffen.

Die von dem Bischofe und seinem Anhange angeregte
und bisher fortgesetzt geförderte Verwirrung in der Stadt
ward dadurch um Vieles größer. Noch war die Mehrzahl
der Bürger zum Widerstande entschlossen, doch vermochte sie
es nicht zu verhindern, daß die Partei der Betrüger und Betrogenen eine willkürlich zusammengesetzte Deputation zu dem
französischen Oberfeldherrn sandte, die ohne Auftrag der Ge-
sammtbürgerschaft mit demselben in Verhandlung trat. Der
Connetable überschüttete die Männer mit Artigkeiten, that, indem er sie gar nicht zu Worte kommen ließ, als verstehe er
ihr Kommen dahin, daß man ihm persönlich den Einzug in
die Stadt zu gewähren bereit sei, und setzte ihnen nun auseinander, wie es doch (was sie unbedingt zugeben müßten!)
seinerseits Schicklichkeit und Sorge für seine Person vollständig
aus dem Auge setzen hieße, wenn er gänzlich ohne Begleitung
in die Stadt käme. Sie möchten aber durchaus unbesorgt
sein: nur ein einziges Fähnlein und dazu die Cavaliere seines
Stabes würden ihn begleiten!

Inzwischen hatte er den Seinigen durch einen verständ-
lichen Wink zu erkennen gegeben, was er mit dem „einen"

Fähnlein meine. Ein Fähnlein betrug damals 300 Reiter.
Nun aber saßen alsbald die Mannschaften zu fünf Fähnlein
auf, 1500 Mann (corcelets d'élite), während allerdings
nur ein Fähnlein sein Feldzeichen — eine kleine Fahne —
aufpflanzte. Die Betrogenen unter den Städtern waren zu
verblüfft, um sich der Lage vollkommen klar zu werden. Als
sie darnach sich so weit erholt hatten, daß sie mit der Aeußerung
hervortraten, dem Magistrat die Entscheidung anheimstellen zu
wollen, erklärte der Connetable ihnen, er werde sie bis zum
Thore begleiten, und da könnten sie sich unterwegs über die
einzuschlagende Form des Näheru besprechen. Ihre Pferde
standen bereits vor dem Zelt, die Pferde des Connetable und
seiner Cavaliere waren ebenfalls vorgeführt worden. Einige
der Bürger stiegen unter Aeußerungen der Zustimmung auf,
die andern schweigend und besorgt darein schauend, der Connetable aber ließ seiner liebenswürdigsten Laune die Zügel schießen, nicht minder liebenswürdig erwiesen sich seine Cavaliere,
so daß man eher auf alles Andere, als auf Verrath, der darunter sich berge, hätte schließen können.

Der Zug setzte sich in Bewegung, den Vorreitenden folgte
dies „Fähnlein" auf den Fersen, dem Fähnlein — das ganze
Lager schien sich plötzlich in einen wimmelnden Ameisenhaufen
verwandelt zu haben — folgten Trupp auf Trupp Fußsoldaten.

Die Wachen am Thore sahen die französischen Reiter;
aber au der Spitze des Zuges befanden sich neben und zwischen den fremden Herren die ihnen wohlbekannten Bürger,
daher es keinem der Stadtsoldaten in den Sinn kam, die
Pforte zu schließen. Die Cavaliere, dem Beispiele des Connetable folgend, überboten sich darin, diejenigen der Bürger,
deren Haltung ihnen nicht hinlängliche Sicherheit gab, mit
einer Flut von Redensarten zu überschütten, um sie nicht zur
Besinnung kommen zu lassen. Man war dem Thore nahe.
Die nächsten Minuten entschieden über das Schicksal der Stadt
und damit über das Schicksal der drei Bisthümer auf Jahr-

hunderte. Noch konnte der Zuruf eines der Bürger bewirken, daß die überdies nur halboffene Pforte (das Thor war geschlossen) zugeschlagen wurde. Es mochte in diesem kritischen Augenblicke den Anschein haben, als sei eine derartige Kundgebung zu erwarten, denn plötzlich donnerte, sich umwendend, der Connetable gegen die Nachfolgenden los, damit alle Aufmerksamkeit auf sich ziehend, während dessen schon einzelne Cavaliere „wie Katzen durch die Pforte sprangen". Noch war des Oberbefehlshabers Hagelwetter von Bedrohungen gegen das „unverschämte Nachdrängen" nicht zu Ende, als man schon das Geknarr des sich öffnenden Thores vernahm, woraus man ersah, daß die schwache Wacht bei Seite gedrängt war. Es wimmelte bereits innerhalb des Thores von Franzosen und von außen her drängten sich Mannschaften mit Behendigkeit nach. Der Connetable spielte seine Comödie mit Geschick bis zu Ende. Einige Augenblicke schauete er nun eben so darein wie die Bürger, die die Betrogenen waren. Dann sagte er: „Meine Herren, Sie können diese Leute recht wohl mit uns eintreten lassen; ich werde dafür sorgen, daß sie sich augenblicklich wieder entfernen".

Es füllte sich nun die Stadt von Franzosen, soweit dieselbe dazu Platz bot; — wer hätte dies jetzt noch zu hindern vermocht?

Nun wurde der redliche Theil der Bürgerschaft deß inne, wie nur auf Grund eines schmählichen Verraths ein solches Werk habe zur Ausführung gelangen können. Es schien, als gehe man mit dem Gedanken um, sich zum Kampfe vorzubereiten. Dem Connetable wurden von dem Bischofe diejenigen Schöffen bezeichnet, die an der Spitze der Widerstandspartei standen. Er beschloß, sie zu beseitigen. Und er erwählte einen Weg, wie nur wälsche Tücke ihn zu ersinnen und zu betreten fähig ist.

Am nächsten Tage ging die Nachricht durch die Stadt, der Connetable sei in der Nacht auf den Tod erkrankt, er sei

von den Aerzten aufgegeben und habe bereits nach den Sterbe-
sacramenten verlangt.   Nur wenige Personen waren in das
Geheimniß, um das es sich handelte, eingeweiht.   Daß die
redlichen Bürger jene Kunde nicht ungern vernahmen, kann
nicht verwundern.   Neue Kunde!   Der Connetable, hieß es,
wolle sein Testament machen; die Obrigkeit der Stadt werde
so eben an sein Sterbelager gerufen.   In großer Eile wurden
durch Ordonnanzen die Schöffen aufgefordert, sofort an dem
gedachten Orte zu erscheinen.   Einer nach dem Andern trat in
das Gemach des angeblich Todtkranken.   Die Fenster waren
verhangen, auf einem Tisch, der altarähnlich geschmückt war,
stand zwischen brennenden Wachskerzen ein Crucifix.   Wunderbar, nur Gesinnungsgenossen, Gegner des Connetable, fanden
sich hier zusammen!   Es mag wohl gesorgt worden sein, daß
sie das Gesicht des Connetable nicht genau sahen; daß er seinen Degen neben sich im Bettte liegen hatte, konnte selbstverständlich von Keinem bemerkt werden.

Todtenstille herrscht im Gemach, nur die schweren Athem-
züge des mit geschlossenen Augen Ruhenden sind zu hören.
Nun naht sich ihm ein Diener, ihm leise anzeigend, daß alle
Eingeladenen versammelt seien.   Einen Augenblick später springt
der Connetable mit dem Degen in der Faust aus dem Bett
und durchbohrt den Schöffenältesten.   Auf dies Zeichen werfen
sich Soldaten auf die übrigen Schöffen und ermorden sie ebenfalls.

Damit war der Widerstand in der Stadt gebrochen.   Auf
einen ehrlichen, offenen Kampf hätten die Bürger sich gern,
selbst wenn mit größter Wahrscheinlichkeit das Unterliegen zu
befürchten gewesen wäre, eingelassen, in einen Kampf Brust
gegen Brust, Auge in Auge; aber gegenüber Mitteln solcher
Art war der Bürgerschaft zu Muthe, als ob eine Hand aus
der Hölle sich ihr an den Hals gelegt hätte: sie fühlte sich
durch eine so ruchlose That, die so außerhalb alles in dem
Getriebe der Menschen Erhörtem lag, gleichsam wie gelähmt. —

An Stelle der ermordeten Schöffen wurden Creaturen des

Bischofs gewählt; die Soldaten der Stadt wurden, „weil es zu Händeln zwischen ihnen und den französischen Kriegsleuten kommen könne," und weil „deren Unterhalt der Stadt große Kosten verursache," entlassen. „Er sei ja da, mächtig genug, um die Stadt bis zur Ankunft des Königs zu bewahren, welcher alsdann, was ferner geschehen müsse, kundgeben werde." —

Der König, von Allem unterrichtet, befand sich bereits auf dem Wege nach Metz, um aus eines Henkers Hand die Macht über die wichtigste der lothringischen Städte in Empfang zu nehmen. Dabei durfte denn der übliche Pomp nicht fehlen! Nachdem Heinrich seine Truppen gemustert hatte, hielt er — es geschah dies am 18. April 1552 — im Siegesornate seinen Einzug in die Stadt. Ein Triumphbogen feierte ihn, als den „Protector des heiligen römischen Reichs;" Schöffen trugen einen Baldachin über ihm; auf die Begrüßungsanrede des Magistrats, in der um Erhaltung der „Rechte und Privilegien" gebeten wurde, gab der König die schnöde und zweideutige Antwort: „Ich werde euch wie die Meinigen behandeln!" — Mit einem feierlichen Hochamt, abgehalten von dem Bischofe Robert, der nun seines Cardinalshutes gewiß war, schloß die Comödie; der gerechte und weise König, dem die Stadt sich anvertraut habe, wurde vor dem Altare Gottes gepriesen, die Unzufriedenen mit der Rache des Himmels bedroht. Darnach nahm der König Quartier in dem bischöflichen Palast.

Indeß schon nach drei Tagen verließ er wieder die Stadt: das Werk der Knechtung derselben sollte ein Anderer vollenden. Ein Henker hatte ihm die Stadt überliefert, ein anderer Henker — Arthur von Costey — dem 5000 Mann Besatzungstruppen belassen wurden, war ersehen, die „Rechte und Privilegien" der Stadt auszutilgen. Er bemächtigte sich der Geschütze, der Munition und des Proviants, zwang die entwaffnete Bürgerschaft, der Krone Frankreichs den Eid der Treue und des Gehorsams zu schwören und setzte einen neuen Magistrat ein.

Nachdem Karl V. den Protestanten im Passauer Vertrage die geforderten Zugeständnisse gemacht hatte, zog er mit einem Heer nach Metz, um es für Deutschland zurückzuerobern. Es geschah dies im Herbst desselben Jahres, in welchem die Stadt von den Franzosen besetzt worden war (1552). Ein Kölner Jurist schrieb über die Wegnahme von Metz, wie über die Belagerung und den Erfolg derselben einen Aufsatz nieder, dessen Schluß lautet: „Vom 22. October an belagerte Kaiser Karolus die Stadt Metz mit Heereskraft. Der Kaiser lag lange vergeblich, ohne etwas schaffen zu können, vor Metz, es gab viel Schnee und kam eine Krankheit unter das Kriegsvolk, daß ihrer viele starben, und es fuhren geladene Nachen von Metz die Mosel hinunter, von denen kaum der vierte Mann nach Köln kam; wenn einer starb, warf man ihn über Bord. Der Kranken kamen zu viele nach Köln; weil man Alles einließ, hat man das folgende große Sterben verursacht. Der Kaiser mußte aber deshalb Metz verlassen und zog im December nach den Niederlanden. Den 22. Januar 1553 hielten die Franzosen eine große Procession in Metz aus Dank, daß sie die Stadt gegen den Kaiser gehalten hatten. Des andern Tages thaten sie Haussuchung durch die Bürgerhäuser, ob sie lutherische Bücher hielten; die man fand, wurden verbrannt. O Metz (in dem Eingange seines Aufsatzes hatte der Verfasser die Stadt den „Schlüssel von Deutschland genannt!) was hast du begonnen zu deinem und des ganzen deutschen Reiches Schaden!" — Anfang des nächsten Jahres erschien „ein schön neu Lied von der Stadt Metz", als fliegendes Blatt, in welchem der Dichter, der Pritschmeister Heinrich Wirre, den Verlust der Stadt beklagte. In dem Gedicht heißt es:

> „Als man zählt tausendfünfhundert Jahr
> Und zwei und fünfzig, das ist wahr,
> Und gar nit erlogen,
> Da ist der König aus Frankreich
> Vor Metz gezogen, das sag ich euch,
> Und hat sie sehr betrogen.

Kein Mann, wird er auch noch so alt,
Sieht wieder dich in solcher Gestalt
Wie du vordem gewesen.
Die Thürm' und Mauern sind zerzerrt,
Dazu dein ganzes Land verheert,
Du wirst kaum mehr genesen.

O Metz, du sollst ein Spiegel sein,
Mein deutsches Land, nun sieh' darein
Und thu's gar wohl betrachten.
Und wenn auch dir geschehen soll',
Daß dich wie Metz ein Fremder holt,
So wird man dich verachten!"

Was ward noch Alles gesungen und gesagt, ehe der
Verlust von Metz und der ihm (unter Ludwig XIV.) nach-
folgende von Straßburg den Deutschen in dem Sinne zum
„Spiegel" ward, in dem der Dichter obigen Liedes es meinte!
Durch welche Gewaltthat und List es Frankreich gelang, sich
auch Straßburgs zu bemächtigen und es zu bewirken, daß ihm
endlich (im westfälischen Frieden) letztere Stadt und die drei
Bisthümer Metz, Tull, Virten überlassen wurden, ist zu Anfang
(Bd. I. S. 11—20) erzählt worden. Später verschacherte
der Herzog Franz von Lothringen auf Betreiben des deutschen
Kaisers Karl VI., der nur das österreichische Hausinteresse im
Auge hatte, Lothringen an Frankreich. Das geschah zwei Jahre
vor der Thronbesteigung Friedrich des Großen. Dieser erkannte damals schon, welche Bedeutung der Verlust von Elsaß
und Lothringen für Deutschland habe. Er ließ sich in einer
Schrift darüber aus, die sich in dem 8. Bande seiner Werke befindet.
Nachdem er auf die Abtretung der Thermopylen und der
Landschaft Phokis Seitens des alten Griechenlands an Mace-
donien hingewiesen, fährt er fort: „Die Geschichte Frankreichs
liefert uns ein Beispiel, das man nicht lesen kann, ohne sich
dieses Zuges aus der alten Geschichte zu erinnern. Elsaß,
jetzt Deutschland entrissen, war ehemals für dasselbe gleich den
Thermopylen, und Lothringen, welches jüngst durch Frankreich

weggenommen wurde, entspricht in seiner Lage der Bedeutung
von Phokis. Die Art und Weise der Bemächtigung, welche
so sehr derjenigen des Königs Philipp gleicht, enthält, wie
mir scheint, eine vollkommene Gleichheit der Absichten. Philipp beschränkte sich nicht auf die Thermophylen, er drang weiter."
So Friedrich der Große, den oberflächliche Beurtheiler einen
Franzosenfreund nannten, von dem aber schon seiner Zeit der
englische Gesandte am deutschen Hofe seiner Regierung schrieb,
er, der König Friedrich, sei ein durch und durch deutscher
Mann, und was er von französischem Wesen an sich habe,
betreffe nur allein seine Oberfläche. — Daß Friedrich der
Große, wie hier nebenher bemerkt werden möge, in der Beurtheilung der Franzosen mit den hervorragendsten Männern
seines Volkes übereinstimmte, ist schon aus folgendem Aus-
spruche von ihm (aus einem Briefe an den Herzog von
Richelieu) zu ersehen: „Mein Urtheil geht dahin, daß Ihre
Nation immer leichtsinnig gewesen ist, mitunter sehr grausam,
daß sie sich niemals selber hat regieren können, und daß sie
nicht werth ist, frei zu sein." Es wird Niemand sagen, die Bemerkung Friedrich des Großen über die Bedeutung Lothringens
sei hier, wo es sich um den Verlust von Metz handle, nicht
am Orte. Der Verlust von Metz zog definitiv den der drei
Bisthümer, dieser den der ganzen lothringischen Landschaft nach sich.

So war Metz von Deutschland gekommen, und jetzt lagen
die Deutschen vor der starken Feste, die von einem mächtigen
Heere unter der Führung eines der hervorragendsten Kriegs-
männer Frankreichs vertheidigt ward, und es war nun abzuwarten, ob das Cernirungsheer dem Geschick des von Kaiser
Karl V. geführten Heeres entgegengehen, oder ob es ihm
gelingen würde, den starken Feind zu bändigen und sich der
Stadt und der Festung zu bemächtigen.

Die von dem Prinzen Friedrich Karl befehligte Cernirungsarmee hatte eine äußerlich wenig glänzende aber außerordentlich schwere Aufgabe zu lösen. In der von einem preu-

sischen General herausgegebenen Broschüre: „Der Kampf um
Metz" heißt es: „Mit dem 18. August (Schlacht von Gravelotte vor Metz) schließt in diesem Kampfe der Abschnitt der
kriegerischen Poesie; der der Prosa beginnt, mit ihren langen
Tagen und Nächten voll resignirten Ausharrens in ruheloser
Wachsamkeit; doch ob Poesie oder Prosa, das Ziel bleibt dasselbe, die endliche Vernichtung des Gegners; nur statt Angriff
oder Vertheidigung fragt es sich jetzt, wer länger aushält:
die Geduld des auf bestimmte Mittel beschränkten Eingeschlossenen oder die moralische Kraft des Einschließenden in Ertra-
gung des anstrengenden Dienstes bei allen Unbilden der Witterung. Soll den Deutschen vorzugsweise der Hunger zum
Siege verhelfen, so kämpfen für die Franzosen Krankheiten
und Seuchen, und inzwischen können jederzeit die Würfel des
Kampfes aufgenommen werden, bis zur endlichen, letzten, un-
widerruflichen Entscheidung."

Zur Illustration des Vorgesagten mögen folgende Aus-
züge aus Feldpostbriefen dienen. Aus dem Bivouak Malroy
vor Metz schreibt ein Unteroffizier:

„Bivouak Malroy — Ihr lest diese Ortsangabe und denkt
nicht, daß sie den größten Theil von Aerger, Kummer und
Langweile ausdrückt, die wir seit sechs Wochen empfinden.
Ja, sechs Wochen angenagelt an denselben Fleck, aussichtslos
den Feind vor sich, täglich die Hoffnung enttäuscht, ihn endlich
fertig gekriegt zu haben, und hiezu Entbehrungen, Regen,
Ruhelosigkeit, ein unaufhörliches Geschützgebrumme und doch
nur selten ein ordentliches Gefecht, dessen Siegesende zwar
großen, großen Jubel weckt, aber doch nicht den Gedanken ersticken kann, daß es besser gewesen wäre, auf Paris zu marschiren. Das, meine Lieben, liegt mit noch einem kleinen
Heere von Stoßseufzern in dem Wörtchen Malroy; aber das
geht nun einmal nicht zu ändern. So fügen wir uns darein.
Zudem hat der Regenstrom aufgehört, sich über uns zu er-
gießen. Unsere Mäntel faulen fort, aber im Trockenen. Der

Himmel ist blau über uns, wie die Rücken unserer Feinde.
Die Sonne blitzt goldig. Aber der Wind pfeift über unsere
Köpfe und läßt unsere Freude über das bessere Wetter nicht
aufkommen. Die Nächte besonders sind kalt. Ja, diese Nächte!
Im Vertrauen gesagt, ist, von unseren kriegerischen Wünschen
abgesehen, durch sie nur ein Verlangen von Tausenden Menschen entstanden, das: einmal ordentlich ruhen zu können, im
Bette nämlich. Ja gewiß, das Märchen der drei Wünsche, in
Wirklichkeit auf uns angewendet, führte zu folgender Aeußerung
dem betreffenden guten Geiste gegenüber: 1. Wir wollen in
Metz einziehen. 2. Wir wollen eine Nacht im Bette zubrin-
gen. 3. Wir wünschen, uns am darauffolgenden Morgen
ordentlich zu waschen. Ich glaube, das letzte Verlangen würdet
ihr begreifen, wenn ihr die Hübschesten von uns Revue passiren ließet, aber sie auch entschuldigen und ihnen ihr Aeuße-
res verzeihen, wenn ihr hörtet, daß unser Wasser mehr schmutzt
als reinigt, unsere Handtücher die Mantelfutter bilden. Was
uns tröstet, ist der alte deutsche Humor und die Beständigkeit.
Beide, wie unsere Leiden, kann man bei den Offizieren bis
hoch hinauf beobachten.

„Unsere Nichtannehmlichkeiten haben die Franzosen in
neuester Zeit sehr erhöht. Die Kerle sind nun bei Tag ruhiger, binden aber des Nachts stets an. Das ist die Wirkung
unseres Gefechtes vom 23., wo wir von Nachmittags 4 Uhr
bis 10 Uhr Abends im Feuer waren. Bei Tag beglücken uns
die Herren von Metz zum Zeichen ihrer Existenz mit Granaten,
aber, Gott sei Dank und ihrer Ungeschicklichkeit auch, die thun
uns keinen Schaden. Am empfindlichsten trafen sie uns
gestern, wo uns gegen siebzehn Kochgeschirre mit Speisen beim
Abkochen von einer Granate vernichtet wurden. Wir selbst
waren eben zum Appell angetreten. Ohne das wären wohl
einige von uns auch abgekocht. Unsere Verproviantirung ist
gut; nur das Wasser, das man uns nicht nachschicken kann, ist
miserabel. Man wird ein ordentlicher Feind dieses Getränkes.

Wie uns von Hause zum Theile abgeholfen wird, mögt ihr
erfahren. In Briefen unserer Kameraden werden ebenso wie
Strümpfe Chocoladetafeln eingelegt. Wir stoßen sie und nützen
sie zur Purificirung unseres Schauergetränkes, oder — besser
gesagt — um seinen Geschmack erträglicher zu machen. Ein
paar tausend solcher Chocolade-Scheiben wären demnach sehr
erwünscht. Daß wir tagsüber nicht die Hände in den Schoß
legen, könnt ihr euch denken, und dies ist nicht nur, weil der
Wachdienst mit großer Sorgfältigkeit geübt wird, und weil wir
aufpassen, als hätte unser Lager Tausende von Luchsaugen.
Wir müssen vielmehr auch sehr viel mitarbeiten an Gräben und
Schanzaufwerfen, das tagaus tagein betrieben wird. Wir können
uns nicht denken, daß das nur zu unserer Positions-Befe-
stigung dienen kann, und wir glauben, die viele Arbeit be-
reite doch schließlich einen Angriff von unserer Seite vor, der
vielleicht schon in einigen Tagen losgeht. Wäre immer besser
als unser jetziger Zustand. Gefechts- und Schlachttage sind
unsere Feiertage. Ich grüße euch. Und noch Eins: Schickt
mir kein Geld. Am allerwenigsten aber schickt österreichische
Papiergulden, die nehmen sie hier gar nicht, und wenn wir in
raren Augenblicken einen französischen Verkäufer zu sehen kriegen, so finden höchstens preußische Thaler Gnade vor ihm.
Also wollt ihr durchaus Geld schicken — schickt preußisches."

Ein anderer Mitkämpfer schreibt: „Im Norden von Metz
stehen die äußersten diesseitigen Vorposten in St. Remy; das
ursprünglich freundlich gebaute Dorf ist ein Schutthaufen,
Granaten und Feuer haben Alles verwüstet. An lebenden
Wesen haust in dem stündlich noch mit Granaten beworfenen
Dorfe außer einigen der Heimath treu gebliebenen Katzen nur
die täglich wechselnde Feldwache, welche der starken französischen
Besatzung von Ladonchamp nur auf 300 Schritt gegenüber-
stehend, sich mit äußerster Vorsicht bewegt. Und doch noch ein
anderes Wesen! Eine alte Frau von 73 Jahren wird jeden
Morgen um 3 Uhr der ablösenden Feldwache übergeben; auf mein

II. 21

inständiges Bitten, sich irgendwo anders hinbringen zu lassen,
hatte sie nur ein Nein: „je resterai ici jusqu' a la mort."
Unsere Soldaten haben ihr, da alle Häuser dachlos sind, eine
Strohhütte gebaut, ihre Mittagskost, ihren Kaffee erhält sie
täglich von den Soldaten der Feldwache, die dieses als eine
Pflicht übernehmen.   Ein alter Soldatenrock dient ihr als
Schutz in den kalten Nächten. — So lebt diese Frau in stünd-
licher Lebensgefahr ihrer Heimath treu bis zum Tode, um-
geben von Trümmern, welche durchweg den Stempel früherer
Schönheit und gewesenen Wohlstandes zeigen."

Diese Briefe stammen aus der letzten Zeit des September, und noch hatte das deutsche Heer bei zunehmender Un-
gunst der Witterung vier Wochen zu harren, ehe die Entschei-
dungsstunde schlug. Aus den letzten Tagen der Belagerung
brachte das „Echo du Luxembourg" folgende drastische, aber
sicherlich ihrem Wesentlichen nach wahre Schilderung: „Die
Preußen haben um Metz im wahren Sinne des Wortes eine
geschlossene verschanzte Linie angelegt, die sie, wie auch alle
benachbarten Höhen mit Kanonen armirt haben. Ein undurch-
brechbarer eiserner Cirkel umgiebt die französischen Truppen.
Die deutschen Soldaten lagen theils in Hütten aus Baum-
stämmen oder Lehm, theils in benachbarten Wäldern.   Decken
hatten sie in genügender Anzahl, diejenigen aber, deren sie sich
bedienten, waren buchstäblich zusammengeleimt aus Regen und
Koth. Die Menschen ähnelten den Krokodilen, ihre Panzer
einer dicken Lage Schmutz."

Noch nicht vollständig aufgeklärt ist es, weshalb von dem
eingeschlossenen Bazaine ernstlichere „Versuche", die Cernirungslinie des Feindes zu durchbrechen, nicht unternommen worden
sind. General Changarnier behauptete später, es wäre noch
am 10. September möglich gewesen, die feindliche Linie zu
durchbrechen, vorausgesetzt, daß sein (Changarnier's) diesen
Zielpunkt im Auge habender Plan Aufnahme gefunden hätte.
Derselbe sei dahin gegangen, die ganze Kraft nicht auf einen

Punkt zu concentriren, sondern die französischen Truppen strah-
lenförmig sich ausbreiten zu lassen. Der Grund, weshalb
Bazaine diesen Plan nicht acceptirte, mochte darin liegen, daß
er wußte, er habe es nicht mit chinesischen Horden zu thun,
bei denen eine solche Taktik vielleicht zum Ziel hätte führen
können, sondern mit deutschen Truppen. — Der oben erwähnte
preußische General sagt, Bazaine habe es in Betracht zu ziehen
gehabt, daß seine Armee nach den in den Augusttagen vor Metz
stattgehabten und für sie unglücklichen Schlachten der Kampflust, der Elasticität, des Vertrauens zu sich baar gewesen sei;
aber er fügt auch hinzu: „Bazaine ist ein treuer Untergebener
seines Kaisers. Als Soldat konnte er, nachdem bei Sedan
die letzte französische Feldarmee capitulirt und am 4. in Paris
die Republik proclamirt, kein Vertrauen zur Leistungsfähigkeit
der neuen Advocaten-Regierung fassen." Wer Letzteres als
Bazaine's Ansicht gelten läßt, gelangt zu der Annahme, er
habe sich auf das Zuwarten gelegt, um möglicher Weise Namens und zu Gunsten des Kaisers Frieden zu schließen und
ihm eine starke Armee zu retten. Die Acten über diesen Gegenstand sind aber noch nicht geschlossen, und es ist Weiteres
darüber von der Zukunft zu erwarten.

Unter dem 8. October brachte ein Telegramm aus Corny
vor Metz folgende Nachricht: „Gestern wurde über Woippy
die Division Kummer angegriffen. Der Feind wurde überall
mit großem Verlust zurückgeschlagen. Feindlicherseits war die
Garde betheiligt. Gleichzeitig kämpften auf dem rechten Mosel-
ufer mehrere Divisionen gegen das 1. und 10. Corps." Dann
war es wieder still bis zur vorletzten Woche im October, zu
welcher Zeit man von Capitulationsverhandlungen vernahm.
Endlich, am 27. October, erschien folgendes Telegramm des
Königs an die Königin:

„Diesen Morgen hat die Armee Bazaine
und Festung Metz capitulirt. 150,000 Gefangene incl. 20,000 Blessirte und Kranke. Heute

21*

Nachmittag wird die Armee und Garnison das
Gewehr strecken.

Das ist eines der wichtigsten Ereignisse
in diesem Monat. Dank der Vorsehung!"

Ueber die Capitulationsverhandlungen und deren Abschluß
wurde dem „Staats-Anz." aus Corny vor Metz, am 28. October geschrieben:

„Nach Mittheilungen aus zuverlässiger Quelle waren
die Unterhandlungen schon länger im Gange; auf Wunsch des
Marschalls Bazaine gestattete der Ober-Befehlshaber Prinz
Friedrich Karl, daß General Boyer sich in das Hauptquartier
Sr. Majestät des Königs begäbe, um dort mit den maßgeben-
den Persönlichkeiten zu unterhandeln. Diese Unterhandlungen
hatten, wie mitgetheilt wurde, keinen Erfolg. Marschall Bazaine und seine kommandirenden Generale gaben wohl den
Willen kund, für sich und die Armee zu capituliren, nicht aber
für die Festung und die Besatzung. Der Ober-Befehlshaber
der Cernirungs-Armee hielt jedoch an der Forderung, Armee
und Festung überliefert zu bekommen, fest. Inzwischen wurde
die Lage in der Festung mit jedem Tage unhaltbarer, die
Stimmung der Truppen bedenklicher. Seit drei Tagen hatten
dieselben kein Brot mehr bekommen. Dienstag, den 25., Mittags 12½ Uhr, erschien der greise General Changarnier in
Corny zum Zwecke einer Audienz, die Seine königliche Hoheit
der Prinz Friedrich Karl auf Ansuchen des Marschalls Bazaine demselben gewährte. Dieselbe dauerte ⅓ Stunde. General Changarnier kehrte 10 Minuten nach 1 Uhr nach Metz
zurück. Um 5 Uhr desselben Tages traf auf gegenseitige Ver-
abredung der Chef des Generalstabes der Cernirungs-Armee,
General v. Stiehle, in Begleitung des Hauptmanns Steffen
vom großen Generalstab im Schlosse von Frescaty, das südwestlich Metz an unserer Vorpostenlinie liegt, ein, und hatte daselbst eine längere Unterredung mit dem General Cissey, Divi-
sionsgeneral vom Corps Ladmirault. In derselben wurden dem

General die Capitulationsbedingungen mitgetheilt, doch zeigte
sich französischerseits noch keine besondere Geneigtheit, auf dieselben einzugehen. Mit Einbruch der Nacht kehrte General
v. Stiehle nach Corny zurück. Wie man erfährt, fand in derselben Nacht in Metz ein Marschallsrath statt. Am 26. Abends
wurden die Verhandlungen in Frescaty fortgesetzt; zu denselben waren von französischer Seite der Generalchef des Marschalls Bazaine, General Jarras, Oberst Fay und Major
Samuel eingetroffen. Am 27. früh Morgens 1½ Uhr traf
bei Seiner königlichen Hoheit dem Prinzen Friedrich Karl die
Meldung ein, daß die gegenseitigen Vereinbarungen zum Abschluß gekommen seien. Gegen 2½ Uhr Morgens kehrte General v. Stiehle nach Corny zurück. Am Abend desselben Tages gegen 8 Uhr erfolgte zwischen dem Bevollmächtigten des
Oberbefehlshaber der Cernirungs-Armee, General v. Stiehle,
und dem Bevollmächtigten des Marschalls Bazaine, dem General Jarras, die Unterzeichnung der Capitulation. Die Bedingungen derselben sind im Wesentlichen die von Sedan, die
Uebergabe der Armee und Festung, die Armee kriegsgefangen,
das Material der Festung als Kriegsbeute, nur bleibt zum
Unterschied der Bestimmungen von Sedan den Offizieren in
Anbetracht der bewiesenen Bravour der Degen belassen."

Der König ernannte den Kronprinzen und den Prinzen
Friedrich Karl zu Feldmarschällen und gab davon der Königin
am 29. October in folgendem Telegramm Nachricht:

„Das große Ereigniß, daß nun die beiden feindlichen
Armeen, welche im Juli uns gegenübertraten, in Gefangenschaft sich befinden, veranlaßte Mich, die beiden Commandirenden Unserer Armeen, Fritz und Friedrich Karl, gestern zu
Feldmarschällen zu ernennen."

Seine Ernennung zu der neuen Würde zeigte der König
dem Prinzen Friedrich Karl durch folgendes Telegramm an:

„Versailles, 28. October 1870. Ich habe die in der
Nacht eingetroffene Meldung der Vollziehung der Capitulation

von Metz abgewartet, bevor ich Dir meinen herzlichen Glückwunsch sowie meine Anerkennung für die Umsicht und Ausdauer und zu den Siegen ausspreche, die Deiner Führung
während der langen und beschwerlichen Einschließung der Bazaine'schen Armee in Metz gebührt.

„Die gleiche Anerkennung zolle ich Deiner braven Armee,
die durch Tapferkeit und Hingebung einen Erfolg herbeiführte,
wie kaum in der Kriegsgeschichte dagewesen ist.

„Die Ereignisse vor Metz sind unvergängliche Ehrentage
und Glanzpunkte der Armee. Du hast die Anerkennung zur
Kenntniß der Armee zu bringen.

„Um Dich und Deine Armee für so große Leistungen zu
ehren, ernenne Ich Dich hierdurch zum Feldmarschall, welche
Auszeichnung Ich gleichfalls meinem Sohne, dem Kronprinzen,
verleihe.“

Der General v. Moltke wurde von dem Könige in den
Grafenstand erhoben.

Die brandenburgisch-preußische Kriegsgeschichte hat seit
dem Bestehen unseres Heeres im Ganzen 62 Feldmarschälle in
den Reihen desselben gehabt. Unter diesen befindet sich kein
Prinz des preußischen Königshauses, und wiewohl dieselben
vom Kurfürsten Friedrich bis auf den jetzt regierenden König
ausnahmslos dem Heere sowohl im Kriege wie im Frieden ihre
besondere Aufmerksamkeit zugewendet, so haben unsere Fürsten
bis dahin diese höchste militärische Würde den Mitgliedern des
eigenen Hauses nicht zu Theil werden lassen. Erst die Ereignisse des Jahres 1870 gaben Veranlassung, den branden-
burgisch-preußischen Feldmarschällen auch zwei königliche Prinzen
einzureihen.

Der Prinz Friedrich Karl erließ folgenden Armeebefehl:
„Hauptquartier Corny vor Metz, den 27. October 1870.
„Soldaten der I. und II. Armee!
„Ihr habt Schlachten geschlagen und den von Euch be-
siegten Feind in Metz 70 Tage umschlossen, 70 lange Tage,

von denen aber die meisten Eure Regimenter an Ruhm und Ehren reicher, keiner sie daran ärmer machte! Keinen Ausweg ließet Ihr dem tapferen Feinde, bis er die Waffen strecken würde. Es ist so weit.

„Heute endlich hat diese Armee von noch voll 173,000 Mann, die beste Frankreichs, über 5 ganze Armeecorps, darunter die Kaisergarde, mit 3 Marschällen von Frankreich, mit über 50 Generalen und über 6000 Offizieren capitulirt und mit ihr Metz, das niemals zuvor genommen!

„Mit diesem Bollwerk, das wir Deutschland zurückgeben, sind unermeßliche Vorräthe an Kanonen, Waffen und Kriegsgeräth dem Sieger zugefallen.

„Diesen blutigen Lorber, Ihr habt ihn gebrochen durch Eure Tapferkeit in der zweitägigen Schlacht bei Noisseville und in den Gefechten um Metz, die zahlreicher sind, als die es rings umgebenden Oertlichkeiten, nach denen Ihr diese Kämpfe benennt!

„Ich erkenne gern und dankbar Eure Tapferkeit an, aber nicht sie allein. Beinahe höher stelle ich Euren Gehorsam und den Gleichmuth, die Freudigkeit, die Hingebung im Ertragen von Beschwerden vielerlei Art. Das kennzeichnet den guten Soldaten.

„Vorbereitet wurde der heutige große und denkwürdige Erfolg durch die Schlachten, die wir schlugen, ehe wir Metz einschlossen, und — erinnern wir uns dessen in Dankbarkeit — durch den König selbst, durch die mit Ihm danach abmarschirten Corps und durch alle diejenigen theuren Kameraden, die den Tod auf dem Schlachtfelde starben oder ihn sich durch hier geholte Leiden zuzogen. Dies ermöglichte erst das große Werk, das Ihr heute mit Gott vollendet sahet, nämlich, daß Frankreichs Macht gebrochen ist!

„Die Tragweite des heutigen Ereignisses ist unberechenbar!

„Ihr aber, Soldaten, die zu diesem Ende unter meinen

Befehlen vor Metz vereinigt waret, Ihr geht nächstens verschiedenen Bestimmungen entgegen.

„Mein Lebewohl also den Generalen, Offizieren und
Soldaten der I. Armee und der Division Kummer, und ein
„Glück auf" zu ferneren Erfolgen."

Von Bazaine erschien folgender Armeebefehl:

„An die Rhein-Armee. Besiegt durch Hungersnoth, sind
wir gezwungen, uns den Kriegsgesetzen zu unterwerfen und
uns gefangen zu geben. Zu verschiedenen Zeiten unserer militärischen Geschichte haben tapfere Truppen, befehligt von Mas-
séna, Kleber, Gouvion St. Cyr, das nämliche Schicksal erlitten,
das in nichts die militärische Ehre befleckt, wenn man, wie Ihr,
seine Pflicht bis zur äußersten menschlichen Grenze glorreich
erfüllt hat. Alles, was auf loyale Weise möglich war, um
diesen Ausgang zu vermeiden, ist geschehen und ohne Resultat
geblieben. Was die Erneuerung einer letzten Anstrengung betrifft, um die befestigten Linien des Feindes zu durchbrechen,
so wäre dieselbe ungeachtet Eurer Tapferkeit und des Opfers
von Tausenden von Leben, welche dem Vaterlande noch nützlich sein können, in Folge der Bewaffnung und der nieder-
schmetternden Streitkräfte, welche diese Linien bewachen und
unterstützen, fruchtlos gewesen; ein ungeheurer Unglücksfall
wäre die Folge gewesen. Seien wir würdig im Unglück;
achten wir die ehrenhafte Convention, welche stipulirt wurde,
wenn wir selbst geachtet sein wollen, wie wir es verdienen.
Vermeiden wir vor Allem, um den Ruf dieser Armee zu wahren, die Handlungen der Undisciplin, wie die Zerstörung der
Waffen und des Materials, weil dem Kriegsgebrauch gemäß
Festung und ihre Bewaffnung an Frankreich zurückkommen,
wenn der Friede unterzeichnet werden wird. Bei der Nieder-
legung des Oberbefehls halte ich darauf, den Generalen, Offizieren und Soldaten meine ganze Erkenntlichkeit für die loyale
Mithülfe, ihre glänzende Tapferkeit in den Kämpfen, ihre Re-

signation bei den Entbehrungen auszudrücken; mit gebrochenem Herzen trenne ich mich von Euch.

Der Marschall von Frankreich und Oberbefehlshaber Bazaine."

Hören wir einige Augenzeugen über den Verlauf der Vorgänge, die zur Ausführung der Capitulation gehören. Der Special-Correspondent der „Daily-News" sandte auf telegraphischem Wege folgenden Bericht ein:

„Am 29. früh 10 Uhr nahm die Artillerie des 7. Armeecorps die Forts in Besitz. Um 1 Uhr inspicirte Prinz Friedrich Karl unweit Tourtebride, an der Chaussee von Metz nach Nancy, die dritte Division, welche der vierten unverzüglich in südwestlicher Richtung nachfolgen soll. Alsdann marschirte die kaiserliche Garde, die Elite der französischen Armee, mit ihren Waffen aus Metz aus und legte dieselben, nachdem sie bei dem Prinzen vorbeidefilirt, in Frescaty nieder. Nur der kaiserlichen Garde wurde diese Ehre zu Theil, die übrigen Truppen mußten ihre Waffen in den Arsenalen von Metz deponiren und marschirten dann in ihre außerhalb der Stadt gelegenen Cantonnements, um dort ihre Abführung nach Deutschland zu erwarten. Die kaiserliche Garde wurde von den preußischen Truppen mit respectvoller Würde empfangen; weder ein Hohnwort wurde hörbar, noch ein unanständiger frohlockender Blick sichtbar. Um 4 Uhr Nachmittags wurden die französischen Compagnien, welche an den Festungsthoren, vor den Depots und Arsenalen Wache standen, von den Preußen abgelöst, da zwei Regimenter Infanterie und ein Regiment Cavalerie in Metz eingerückt waren. Während der ganzen Cernirungsperiode ließ sich Bazaine niemals im Lager sehen, ausgenommen bei außerordentlichen Gelegenheiten; nie in den Hospitälern, die zum Theil in einer Anzahl Eisenbahnwaggons auf der Place Royale eingerichtet sind, und kaum jemals in der Stadt. Die Civilbehörden mußten sich zu ihm stets nach St. Martin begeben. Selbst auf der Mairie hat er sich nicht ein einziges Mal blicken lassen. Selten oder nie hatte er ein Wort der

Ermunterung für die Truppen. Canrobert ermunterte zuweilen ihre Ausdauer, und dann riefen sie: „Vive Canrobert!
à bas Bazaine!" In der letzten Zeit durfte er es nicht wagen,
so sagt man, aus Furcht vor Ermordung, sich unter seinen
eigenen Leuten zu zeigen. Die fürchterlich lare Disciplin war
ohne Zweifel die Ursache der hastigen Capitulation zu einer
Zeit, da noch für Jedermann für eine weitere Woche Rationen
vorhanden waren. Am Morgen des 29. starben in Montigny
fünf Soldaten Hungers, während der Generalstab sich luxuriöse
Mahlzeiten erlaubte. Die Preise der Lebensmittel hatten in
letzter Zeit die folgenden Maximalsätze erreicht: Zucker 30 Fr.
per Pfund; Salz 15 Fr.; ein Schinken 300 Fr.; eine Kar-
toffel 45 Centimes, eine Zwiebel 60 Centimes. Ein kleines
Ferkel, das in der Umgegend von Gravelotte gefangen worden,
wurde, wie es heißt, für 748 Fr. verkauft. Während der
letzten 5 Wochen mußten alle Amputationen ohne Anwendung
von Chloroform oder Aether vollzogen und die Wunden ohne
Kohlensäure verbunden werden. Ueber 19,000 Kranke und
Verwundete liegen in den Hospitälern, und 35,000 Personen
starben während der Belagerung allein in der Stadt, der
größere Theil Mangels gehöriger Pflege. Die grassirenden
Krankheiten sind Pocken, Typhus und Dyssenterie. Scorbut
war nicht vorherrschend, obwohl die Kranken über drei Wochen
lang ihr Pferdefleisch ohne Salz aßen. Die angebliche Ent-
deckung einer Salzquelle in St. Julien war ein Betrug, der
zur Ermuthigung der Armee ersonnen wurde, indem man Salz
in einen Brunnen that.

　　„Als die Uebergabe bekannt wurde, war die Bevölkerung
wüthend. Die Nationalgarde weigerte sich die Waffen zu
strecken, und am 29. Nachmittags erschien ein Dragoner-Capitän
an der Spitze einer Truppenabtheilung, welche schwur, sie wolle
eher sterben als sich ergeben, während Albert Collignon, der
Redacteur eines ultra-democratischen Tageblattes, des „Journal de Metz," auf einem Schimmel reitend, eine Pistole ab-

feuerte und sie ermahnte, einen Ausfall zu wagen und Tod
oder Sieg zu suchen, um der drohenden Schande zu entgehen.
Ihm folgte hinterher eine Dame, die Marseillaise singend, was
fürchterliche Aufregung verursachte. Die Thüren der Kathedrale
wurden gesprengt und fast die ganze Nacht hindurch die Sturm-
und die Todtenglocke geläutet. General Coffinière, welcher
erschien, um die Menge zu beruhigen, wurde mit drei Pistolen-
schüssen empfangen. Mit Hilfe zweier Linienregimenter gelang
es ihm schließlich, den Pöbel zu zerstreuen. Aber die ganze
Nacht hindurch hörte man Rufe des Schmerzes, der Entrüstung
und des Schreckens. Achtbare Frauen rannten auf den Straßen
umher, welche, das Haar sich ausraufend und ihre Hauben
und ihren Putz zu Boden werfend, in wilder Angst laut
schrieen: „Was wird aus unseren Kindern werden?" Soldaten, betrunken und nüchtern, ohne Mützen, mit zerbrochenen
Säbeln, taumelten in ungeordneten Gruppen umher, schreiend,
schluchzend und weinend wie Kinder. „Oh, armes Metz! einst
die stolzeste der Städte! Welches Unglück! Welch' unerhörte
Katastrophe! Wir sind verkauft worden. Alles ist verloren!
Es ist aus mit Frankreich!" und so fort. Die Civilbeamten
fragten sich gegenseitig auf den Straßen: „Wer wird unser
Gebieter sein? Wer wird uns regieren? Wohin sollen wir
uns wenden, um nicht den Ruin zu sehen, der unsere Nation
betroffen hat?"

„Die gesammte Cernirungsarmee gab gestern ihre Brot-
rationen freiwillig zur Beköstigung der französischen Kriegsgefangenen her, — ein Act, der die Bevölkerung von Metz
tief rührte und viel dazu beitrug, ihre Furcht zu vermindern.

„Nur wenige deutsche Gefangene wurden in Metz vorgefunden. Die Franzosen hatten diejenigen, die zur Rückkehr
im Stande waren, nicht behalten. Als ich gestern Abend Metz
verließ, bemerkte ich auf den Gesichtern aller deutschen Soldaten einen unverkennbaren Ausdruck ruhiger Zufriedenheit,
nichts weiter. Die französischen Officiere und Soldaten trugen,

selbst wenn berauscht, kaum einen anderen Ausdruck, als den
der tiefsten Traurigkeit und des stolzen Trotzes. Der französische Verlust in den verschiedenen Affairen seit dem 18.
August betrug an Todten, nebst den Sterbefällen durch Krankheit in der Stadt, 42,000. Bazaine selber lehnte den edel-
müthigen Vorschlag des Prinzen, alle Truppen die Waffen
außerhalb der Fortificationen Angesichts der Sieger niederlegen
zu lassen, ab. Er könne, sagte er, in solchem Falle nicht für
ihr Betragen garantiren. Die kaiserliche Garde allein hatte
ihre Disciplin gut genug bewährt, um des Vertrauens, bewaffnet vorbeidefiliren zu können, für würdig gehalten zu werden."

Ein Mitkämpfer berichtete der „Elb. 3.": „Als Ab-
commandirter hatte ich einen freien Tag und hatte mich bis
vor die vordersten Spitzen unserer Truppen geschlichen. Um
11 Uhr ging ich auf mir wohlbekannten Wegen bis in den
von den Franzosen verschanzten Park Ladonchamp (ein Schloß).
Ich erstaunte über die Verwüstungen, welche unsere Zwölf-
pfünder-Batterie von Semecourt aus angerichtet hatte. Glücklicherweise hatte ich noch ein Stück Bleistift von 2 Zoll Länge
in der Tasche und mein Notizbuch; gleich machte ich mich
daran und skizzirte ein wenig; es regnete aber so, daß ich den
Mantel über das Buch halten mußte. Kaum war ich fertig,
so sah ich den ersten Franzosen ankommen. Ueber die Schanzen
und eine wundervolle Grotte kletternd, kam ich an die Chaussee,
welche von Maizières durch St. Remy an Ladonchamp vorbei nach Metz führt. Unsere Truppen (Infanterie und etwas
Cavalerie) waren rechts und links von der Straße, aber an
jeder Seite einige hundert Schritt zurück, in voller Ausrüstung
mit fliegenden Fahnen aufgestellt. Zuerst kam das 25. französische Linienregiment von Metz heranmarschirt, voran der Oberst
des Regiments, dann die Sapeurs, herculische Gestalten mit
langen Bärten, gleich mit diesen die Regimentsmusik und dann
das Regiment, alles ohne Waffen, aber gut geordnet, in festem
und munterem Schritt. Alle Achtung! Selbst im Unglück noch

solche Haltung! Der Oberst händigte unserem Adjutanten die
Papiere ein, stellte sich dann, von Metz kommend, links an der
Chaussee auf, gleich zwischen den Pappeln. Unser General
der Infanterie v. Voigts-Rhetz stand mit seinem Stabe rechts
an der Chaussee auf dem Felde vor dem 79. Regiment. Die
französischen Stabsofficiere und Adjutanten waren beritten.
Die anderen zu Fuß, aber sämmtlich mit Waffen. Die Officiere begleiteten ihre Leute bis da, wo der Oberst des Regiments hielt, dann machten sie Kehrt und gingen wieder zurück. Wie ergreifend bei einigen Officieren der Abschied von
ihren Leuten war, können Sie sich gar nicht denken. Das Herz
schlug mir hörbar, die Pulse gingen schneller, und nur mit
Gewalt konnte ich ein weicheres Gefühl unterdrücken. Wie
sollte auch ein alter Soldat, welcher selbst zum vierten Male
die Uniform trägt, gefühllos bleiben, wenn die Soldaten einer
tapferen Armee nach so unsäglichen Leiden und Entbehrungen
bennoch in guter Haltung zwischen den langen Linien der
feindlichen Truppen durchmarschiren, um auch im Elend noch
zu zeigen, daß sie gute Soldaten seien. Ich war so hingerissen
aus Achtung für solches Militär, daß ich jedem, welcher in
meiner Nähe über die Franzosen gespottet, eine Maulschelle
versetzt hätte, daß er den Himmel für einen Dudelsack angesehen haben würde. Weinet nur, dachte ich, denn ihr habt
Ursache! Nur ein Soldat, der die Leiden und Freuden des
Krieges gekostet, welcher weiß, daß jeder tapfere Soldat die
Schmach einer Capitulation mehr, als die Granaten und Gewehr-
salven des Feindes fürchtet, kann in solchem Augenblicke mit-
fühlen und mitleiden. Nie, nie werde ich es vergessen, diese
Scenen, wenn so ein Capitän den Einen oder den Andern
seiner Compagnie zum Abschied umarmte und nach französischer
Weise erst auf die eine, dann auf die andere Wange küßte;
dabei liefen die Thränen über die abgezehrten Wangen in den
Bart hinab, große, heiße Thränen, und das von Leuten mit
drei Capitulationen auf dem Oberarm. Besonders hart war

der Abschied zwischen den Officieren und Mannschaften des
94. Regiments. „Adieu mon colonel, Vive le capitaine!"
hörte man rufen, und noch andere französische Worte, welche
ich nicht verstand. Nirgend habe ich Verbissenheit oder Wuth
gesehen, denn ich traue mir so viel physiognomische Kenntnisse
zu, um das beurtheilen zu können.

„Ich stand ganz vorn auf der Straße; mancher reichte
mir die Hand mit dem Zurufe: „guten Tag, Landsmann!"
Andere reichten mir die Hand und riefen lachend: „bon jour,
camarade!" Man sah nämlich neben den traurigen auch viele
freudige Gesichter, denn die Charaktere und Gefühle sind verschieden. Einige grüßten unsere Officiere, was natürlich stramm
erwiedert wurde (stramm ist nämlich bei den Soldaten noch mehr
als höflich). Andere gingen stumm vorbei; viele schluchzten und
sahen weder rechts noch links. Von unserer Seite war jeder
Zuruf, Hurrahrufen oder Jubel verboten. Stumm marschirten
die Franzosen vorbei, stumm standen unsere Truppen in Reih
und Glied und so weit von der Chaussee entfernt, daß sie
gegenseitig nicht mal die Gesichter erkennen konnten. Keine
Musik, kein Trommelschlag, kein Ton, kein Wort, alles Ernst
und Schweigen, nur Achtung zeigende und Achtung einflößende
Haltung von beiden Seiten. Und in der That, Musik wäre
Narrheit und Hochrufen elende Schadenfreude gewesen. Sie
sind besiegt durch Schwert und Hunger! Das Mitgefühl hat
mich auch gestern und heute dazu verleitet, daß ich über zwei
Thaler an Lebensmitteln verausgabt und an die Franzosen
vertheilt habe, und mußte ich nicht so handeln? — thaten's
nicht auch Andere? Gewiß, das muß ich sagen, das letzte
Stück Brot, der letzte Schluck aus der Flasche wurde von
unseren Leuten an die Franzosen abgegeben. Der Hunger bei
einigen war aber auch so groß, daß die Soldaten rohes Fleisch,
welches wir ihnen gaben, mit Gier verschlangen. (Die Franzosen liegen nämlich heute noch bei Maizières in Bivouac.)
Einer holte sich aus unserem Revierhause eine Anzahl Knochen,

welche wir abgenagt hatten, und rannte damit fort. Zum Schluß will ich Ihnen noch die Reihenfolge der aus Metz in die Gefangenschaft rückenden Regimenter aufzeichnen, denn ich habe alles genau notirt. — Zuerst kam das 25. Linien-Infanterie-Regiment, welches an Stärke den folgenden bedeutend nachstand; es mußte also viel gelitten haben. Diesem folgte das 26. Linien-Infanterie-Regiment, dann das 28. L.-J.-R. Darauf kam L.-J.-R. Nr. 70. (Ein Gefreiter von unserem 78. Regiment vertheilte an dieses im Vorbeimarsch einen Beutel voll Tabak). Jetzt folgte Artillerie, schöne Gestalten, stark und groß, mit ganz neuer Uniform. Dann kam das L.-J.-R. 75. Diesem folgten fünf Marketenderwagen mit je einer Marketenderin. Die Erste war sehr hübsch; eine Andere trug zwei Orden. Nun folgte das Regiment Nr. 91. Sie können denken, daß ich die Leute dieses Regiments besonders musterte, weil auch ich zum 91. Regimente gehörte, d. h. zum deutschen. Auch in diesem Regimente weinten viele. Es folgte ein Marketenderwagen mit einer weinenden Marketenderin. Jetzt kam das L.-J.-R. Nr. 93 mit 4 Marketenderwagen, darin eine Marketenderin, so schön, wie — den Vergleich ersparen Sie mir. Dann kam das 94. Regiment, wovon ich oben geschrieben. Diesem folgte Artillerie. Darauf das 9. L.-J.-R. Eine Abtheilung mit Gewehren; wie das zugegangen und zu welchem Zwecke, weiß ich nicht. Jetzt mehrere Abtheilungen Cavalerie verschiedener Gattung, etwas Infanterie, dann wieder Cavalerie, Artillerie, dann Dragoner, die 9. Jäger, dann das 4. Linien-Infanterie-Regiment, dann das 10. Linien-Infanterie-Regiment und zum Schluß das 12. Linien-Infanterie-Regiment. Von da an konnte ich der Dunkelheit wegen keine Regimentsnummer mehr erkennen und bin mit diesem genannten Regiment zurückmarschirt. Es dauerte von 12¾ Uhr bis gegen 5 Uhr."

Unter dem 31. October berichtete ein anderer Mitkämpfer dem „Frankf. Journal":

„Endlose Karawanen bewegen sich auf der Straße nach
Metz. Zahllose Fuhrwerke wogen, zwei mächtigen Wellen
gleich, auf und ab. Viehheerden, welche für die Stadt bestimmt sind, weiden auf den Aeckern an der Straße, oder
winden sich durch das Wagengewühl. Tausende von Schafen,
Rindvieh, Geflügel aller Art sind unterwegs, und morgen schon
hat die Noth ihr Ende erreicht, morgen schon wird Metz überreich mit Lebensmitteln versehen sein. Die äußere Umgebung
der Festung sieht grauenhaft aus. Die herrlichen Anpflanzungen
und Promenaden sind gefallen und mit ihnen die Landhäuser
und Villen, welche vordem eine Zierde der Umgebung gewesen
sind. Nur noch Trümmer ragen im wilden wüsten Chaos
empor und machen auf den Wanderer einen unheimlichen Eindruck. Rechts von der pariser Straße sind tiefe Gräben aufgeworfen, um die Eingeweide der geschlachteten Pferde aufzunehmen, wallartige Hügel in unmittelbarer Nähe lassen auf
den gewaltigen Consum an Pferdefleisch schließen. Die Metzer,
welche mit Sack und Pack der Unglücksstätte entfliehen, sehen
elend genug aus, namentlich erregen die bleichen Frauengesichter
mit den blaugeränderten Augen sofort das allgemeine Mitleid;
man kann hieraus am deutlichsten schließen, was die Bevölkerung
in den siebenzig Tagen der Belagerung erduldet hat. Die
Männer sehen besser aus, frisch sogar die Soldaten. In der
Stadt herrscht reges Leben, die Einwohner geben sich ganz
der Freude der Erlösung hin; zum ersten Male nach langen,
schweren Tagen sind die Märkte wieder besucht, und wie Bienen-
körbe werden die Marketenderwagen umschwärmt, die ihren
Inhalt für enorme Preise reißend loswerden. Käse ist ein
Leckerbissen, alle Welt drängt sich danach, und mit 2 Franken
wird ein Stückchen bezahlt, das in Frankfurt 6 bis 12 Kreuzer
kosten würde. Officiere in ihren besten Uniformen, meist
beritten, durchziehen die Straßen, ab und zu sprengt eine Abtheilung preußischer Feldgensd'armen oder ein Officierstrupp
vorüber, dann stockt der Strom, Alles staunt die fremden Reiter

in ihren eleganten Uniformen an, und dann geht es weiter,
um nach wenigen Schritten abermals stehen zu bleiben. Friedlich, oft Arm in Arm, wandern die französischen und deutschen
Soldaten einher. Was hat man auch persönlich gegen einander, um sich Haß entgegen zu tragen? Nur einen ange-
trunkenen Franzosen bemerkte ich, der in lautester Weise die
wildesten Drohungen und Verwünschungen gegen die Deutschen
ausstieß, was diese glücklicherweise nicht verstanden oder nicht
verstehen wollten. An jeder Straßenecke stehen Militärs,
welche ihre Effecten um einen Spottpreis veräußern. Die
prächtigsten Pferde gehen um einen unglaublich billigen Preis
fort. Man bezahlte die schönsten Exemplare mit 20 bis 50
Francs, in normalen Verhältnissen würden sie vielleicht eben
so viele Friedrichsd'or gekostet haben. Die Stimmung der
Offiziere ist, nach dem Gesichtsausdruck zu schließen, eine ge-
theilte. Die Einen lachen, die Anderen schauen finster drein,
das Schicksal der Festung geht ihnen jedenfalls sehr nahe.
Fast ausnahmslos sind die Offiziere gegen Bazaine aufge-
bracht. Man wirft ihm vor, die Sache des Vaterlandes verrathen zu haben.“

Welch einen Eindruck die Kunde von der Capitulation
von Metz in Tours hervorgebracht haben muß, läßt sich ermessen, wenn man erwägt, daß noch in der Nachschrift der
„Correspondance de Tours“ vom 28. October triumphirend
verkündet wurde: „Die durch den Abgesandten Bazaine's
hierher gelangten Mittheilungen aus Metz sind
ausgezeichnet und bestätigen in zuverlässiger Weise
die von anderer Seite neuerdings mitgetheilten Nachrichten.
Bazaine's Armee ist mit Allem überreich versehen,
von unerschütterlichem Vertrauen beseelt, und jeder
Ausfall, den sie macht, ist ein Sieg, der dem Feinde
bedeutenden Schaden zufügt. Wir erfahren, daß der
Adjutant Bazaine's heute (28. Oct.) von Herrn Gambetta
empfangen wurde.“ Gambetta hatte es veranlaßt, daß ihm eine

Flut von Vertrauensadressen eingesandt wurde, über die das
Regierungsblatt zu Tours berichtete. In einer derselben, deren
Abdruck um jene Zeit erfolgte, hieß es: „Nehmen Sie, Bürger,
den Wahlspruch von 92 und 93 zur Richtschnur: „„Die Republik unterhandelt nicht mit dem Feinde, der ihr Gebiet besetzt hat.““ Und setzen wir hinzu: Selbst wenn die Hauptstadt in Feindes Hände gefallen wäre!" — Das war die
Sprache der Männer Frankreichs von 1792 und 93; aber
die Personen, die jetzt diese Sprache wiederholten, glichen nicht
entfernt den Männern jener Zeit! —

Als es nun in Tours als unzweifelhaft angesehen werden
mußte, daß Metz gefallen, erachtete es Gambetta erst recht für
angezeigt, im Sinne jener Revolutionsmänner sich zu äußern.
Nicht Franzosen allein, sondern auch so manche Andere haben
sich darin getäuscht, daß sie in Gambetta einen vom Pathos
revolutionärer Leidenschaft und glühender Vaterlandsliebe getra-
genen Charakter sahen. Der Umstand, daß er sich später mit
Geläufigkeit auch in eine andre Rolle zu finden wußte, und
daß aus seinem Wesen nichts von dem Schmerze heraustönte,
dessen er sich, wenn er von jenem Pathos jemals wirklich ergriffen gewesen wäre, nicht zu entschlagen vermocht hätte, wird
ihr Urtheil berichtigt haben. Nur in der Eitelkeit, dem Ehrgeiz und der Lüge war er groß, und diese Eigenschaften vor allem
waren es, die ihn dazu anreizten, in Nachahmung der Männer
der ersten Revolution eine Rolle zu spielen, die für Frankreich
nur Verderben im Gefolge hatte. Er erließ nun unter Hin-
zuziehung seiner Mitregierenden in Tours eine Proclamation,
in der er ohne Weiteres (und im directesten Widerspruche mit
den wenige Tage vorher in dem Regierungsblatte zu Tours
veröffentlichten Erklärungen) Bazaine des schnödesten Verrathes bezichtigte und dabei aufs Neue versicherte, „es werde
die Republik, weder im Innern noch im Aeußern, niemals capituliren." Er selbst allein erließ darauf noch folgende Proclamation an die Armee: „Soldaten! Ihr wurdet verrathen,

aber nicht entehrt; jetzt, da Ihr Eures unwürdigen Führers entledigt seid, kämpft für die Rettung des Vaterlandes, für Euren heimathlichen Herd und Eure Familien, für Frankreich, Eure Mutter. Rächet Eure Ehre, welche die Ehre des Landes ist. Eure Brüder von der Rheinarmee haben gegen jenes feige Attentat ihre Stimme erhoben und ihre Hände von jener fluchwürdigen Capitulation fern gehalten. Führet Ihr den Sieg zu uns zurück. Euch sind die Geschicke des Landes vertraut."

Der Thörichte glaubte durch ein erkünsteltes revolutionäres Feuer, das er in patriotischem Farbenglanze spielen ließ, eine ganze Nation zu Riesenanstrengungen fortreißen zu können, und doch waren die Kräfte, die sein unwahrhaftiges Wesen emporrief (wie es ja der Natur der Sache nach auch nicht anders sein konnte) gerade die weniger bedeutenden des Landes.

Inzwischen war Thiers von seiner Rundreise an die europäischen Höfe nach Tours zurückgekehrt, und ihm, der — wenn auch nur als politischer Kleinkrämer — wenigstens mit Wirklichkeiten zu rechnen versteht, blieb die bittere Erkenntniß nicht verschlossen, daß Frankreich mit jedem Tage des Weiterkampfes mehr verlieren müsse, und es daher für dasselbe unerläßlich sei, das Aeußerste zu thun, um zum Frieden mit dem Feinde zu kommen.

Waffenstillstandsverhandlungen.

Während es von Thiers persönlich geschehen war, hatte Jules Favre schriftlich die europäischen Mächte um Beistand angerufen. Es ergiebt sich Letzteres u. A. aus dem später erschienenen englischen Blaubuche. In einer Depesche des englischen Botschafters zu Tours an den Lord Granville heißt es: „Da Frankreich sich den (auf Gebietsabtretung zielenden) Prä-

22*

tensionen Preußens niemals fügen könne, fühle Jules Favre
sich berechtigt, an den Rest der Welt um Hülfe zu appelliren. Die Zeit der bloßen Vermittlung sei vorüber. Die
Mächte sollten jetzt zu Preußen in einem Tone sprechen,
der nicht mißverstanden werden könnte, und sie sollten
Maßregeln ergreifen, welche dafür bürgten, daß man ihnen
Gehör schenke." Wie Thiers, rief also auch Jules Favre
geradezu die active Intervention Europas an. Auch Favre's
Wort war ohne entsprechende Folgen geblieben. Es lag zu
nahe für die angerufenen Mächte, sich zu sagen, daß, da sie es
seiner Zeit unterlassen hätten, gegen den Schuldigen, Frankreich, „in einem Tone zu sprechen, der nicht mißverstanden werden könnte", wie auch „Maßregeln zu ergreifen, welche dafür bürgten, daß man ihnen Gehör
schenke," sie nun um so weniger sich dazu hergeben dürften,
in der angedeuteten Weise Front gegen den Angegriffenen zu
machen, der sein gutes Recht vertheidigte und für die Erlangung der Bedingungen mit seinem Herzblute stritt, die für die
Zukunft ihn vor einem ähnlichen Gewaltschritt Frankreichs
sicherten.

Von anderer Wirkung auf die neutralen Mächte, zunächst auf England, war eine Depesche des Grafen Bismarck.
Derselbe lenkte die Aufmerksamkeit auf die verhängnißvollen
Folgen, die bei verlängertem Widerstande für Paris vorauszusehen seien. „Die bisher vor Paris geführten größeren
Gefechte," heißt es in dem der Depesche vom 4. October bei-
gegebenen Pro Memoria, „in welchen der Kern der dort
vereinigten feindlichen Streitkräfte nicht ein Mal vermocht
hat, die vorderste Linie der Cernirungstruppen zurückzu-
werfen, giebt die Ueberzeugung, daß die Hauptstadt über kurz
oder lang fallen muß. Wird dieser Zeitpunkt durch das
Gouvernement provisoire de la défense nationale so weit
hinausgeschoben, daß der drohende Mangel an Lebensmitteln
zur Capitulation zwingt, so müssen daraus schreckenerregende

Consequenzen entstehen." — „Der deutschen Armeeführung ist
es, wenn jener Fall eintritt, eine positive Unmöglichkeit, eine
Bevölkerung von nahe an 2 Millionen Menschen auch nur
einen einzigen Tag mit Lebensmitteln zu versehen; die Umgegend von Paris bietet alsbann, da deren Bestände für den
Bedarf der diesseitigen Truppen nothwendig gebraucht worden,
auf viele Tagemärsche hin eben so wenig irgend welche Hülfsmittel [und gestatten daher nicht einmal, die Bewohner auf
den (von den Franzosen zerstörten) Landwegen zu evakuiren.
Die unausbleibliche Folge hiervon ist, daß Hunderttausende
dem Hungertobe verfallen. Die französischen Machthaber
müssen diese Consequenzen eben so klar übersehen, wie die
deutsche Armeeführung, welcher nichts übrig bleibt, als den
angebotenen Kampf auch durchzuführen. Wollen Jene es bis
zu diesem Extrem kommen lassen, so sind sie auch für die Folgen verantwortlich."

In Folge dieser Darlegung sah die englische Regierung
sich veranlaßt, in die provisorische Regierung Frankreichs zu
dringen, daß dieselbe versuchen möchte, einen Waffenstillstand
zu Stande zu bringen, welcher zur Berufung einer Vertretung
des französischen Volkes und dadurch zur Wiederherstellung des
Friedens führen könnte.

Die englische Regierung zeigte dies der Regierung Preußens in einer an den englischen Gesandten am preußischen
Hofe gerichteten Depesche vom 20. October an, in welcher es
heißt: „Die Regierung Ihrer Majestät kann es nicht glauben,
daß ihre Vorstellungen ohne Wirkungen auf die französische
Regierung bleiben würden. In diesem Kriege haben zwei
moralische Ursachen die große materielle Macht der Deutschen
unermeßlich unterstützt. Sie haben gekämpft, um die Drohung
eines fremden Ueberfalls zurückzuweisen und das Recht eines
großen Landes zu vertheidigen, sich in der, einer vollen Entwicklung seiner Hülfsmittel förderlichsten Weise einzurichten.
Der Ruhm dieser Anstrengung wird noch vermehrt werden,

wenn die Geschichte in Wahrheit erzählen kann, daß der König
von Preußen jeden Versuch, zum Frieden zu gelangen, erschöpft
habe, bevor der Befehl zum Angriff auf Paris gegeben wurde,
und daß die Bedingungen des Friedens gerecht, gemäßigt und
in Uebereinstimmung gewesen seien mit richtiger Politik und
den Empfindungen der Zeit. Die Regierung Ihrer Majestät
wünscht, es möchte klar verstanden werden, was ihr bisheriges
Verhalten deutlich beweist, daß sie nicht daran denkt, den Krieg-
führenden überflüssige oder unannehmbare Rathschläge zu ertheilen. Die Anregungen, welche sie so eben in dem freund-
schaftlichsten Geiste gegeben hat, entspringen daraus, daß ihre
Aufmerksamkeit auf die erschrecklichen Folgen förmlich gelenkt
wurde, welche nach Graf Bismarck's Urtheil aus der verlängerten Einschließung von Paris wahrscheinlich entstehen
würden."

In seiner unter dem 28. October erfolgenden Erwiederung auf diese Mittheilung versicherte Graf Bismarck zunächst,
„daß der lebhafte Wunsch nach einer Beendigung des zerstörenden Kampfes zweier großen Nationen und nach Vermeidung
der äußersten, durch den völkerrechtlichen Kriegsgebrauch gebotenen Mittel von dem Könige nicht minder lebhaft getheilt, ja um so viel tiefer empfunden werde, als Deutschland
durch die Opfer, die es selbst auch im siegreichen Kriege zu
bringen habe, noch ganz anders dabei betheiligt sei, als ein
neutrales Land, welches dem Kampfe nur mit den theilnehmen-
den Gefühlen der Menschlichkeit zuschaue." — „Nach den gemachten Erfahrungen", heißt es weiter, „kann unsere Regierung nicht den ersten Schritt zu neuen Verhandlungen thun;
doch wird sie jeden von französischer Seite ihr etwa zugeben-
den, auf Anbahnung von Friedensverhandlungen gerichteten
Vorschlag bereitwillig entgegennehmen und mit aufrichtigem
Wunsche nach Wiederherstellung des Friedens prüfen."

Als die Mahnung Englands an die provisorische Regierung in Frankreich erging, war Metz noch nicht gefallen, und

man wiegte sich in Betreff der zu erwartenden Thaten der
Loire-Armee wie der Armee von Lyon und Garibaldi's
noch in mancherlei Illusionen. Da aber Thiers von seiner
Rundreise mit leeren Händen nach Tours zurückgekehrt war,
wagte man es doch nicht, die wohlwollende Anregung Englands ohne alles Weitere zurückzuweisen, weil man sich sagen
mußte, daß dies hieße, sich dadurch den letzten Rest von Theilnahme bei den auswärtigen Mächten zu verscherzen. Es wurde
demnach beschlossen, einen jener Mahnung entsprechenden Versuch zu machen, und zur Ausführung desselben bot sich gerade
in Thiers der passende Mann dar. Thiers hatte vom Kriege
abgerathen, daher er den Herren in Tours als eine Person
erschien, der man im deutschen Hauptquartier mit günstigen
Vorurtheilen entgegenkommen würde; vor Allem aber: Thiers
galt den gegenwärtigen Machthabern (und dies nicht mit Unrecht) als ein politischer Schlaukopf, und sie meinten von ihm
hoffen zu dürfen, daß, wenn Einem, es ihm gelingen möchte,
bei Verhandlungen im preußischen Hauptquartier den möglichsten Vortheil für Frankreich herauszuschlagen. Es wurde
das Programm, auf Grundlage dessen er seine Verhandlungen
führen sollte, festgestellt; doch war nöthig, die Zustimmung der
Regierungsmänner in Paris zu diesem Programm und zu den
Verhandlungen selbst einzuholen. Auf eine Anfrage in Versailles ward von Seiten des deutschen Hauptquartiers die Bereitwilligkeit sogleich erklärt, Herrn Thiers mit sicherem Geleit
nach Paris gelangen zu lassen. Thiers kam am 30. October
— also kurz nach dem Falle von Metz — nach Versailles.
„Gestern schon", ward der Kölnischen Zeitung unter dem
31. October geschrieben, „hat Thiers Versailles wieder verlassen, nachdem er eine anderthalbstündige Conferenz mit dem
Grafen Bismarck gehabt. Der Zufall wollte, daß eine Persönlichkeit, welche das Recht hat, unsere Vorpostenlinien zu passiren,
mir einen Platz in ihrem Wagen anbot, der die Richtung einschlug, welche der französische Staatsmann unter dem Schutz

eines bayerischen höheren Offiziers und des Grafen Haßfeld
vom Bundeskanzleramte in vierspänniger Kalesche passirt hatte.
Dieser Wagen begegnete mir sogar am Eingange des Dorfes,
in welchem der bayerische Begleiter den französischen Geschichtsschreiber dem preußischen Vorpostencommandanten überantwortete. Mit diesem, dem Hauptmann M., hatte Thiers ein län-
geres Gespräch gepflogen. Es schien, als ob den alten, sehr
bewegten Mann die theilnahmvolle Haltung des preußischen
Offiziers zu längerem Redeergusse angespornt habe. Er ließ es
sich angelegen sein, in eifriger Weise seinem Begleiter darzuthun,
wie von seiner Seite Alles geschehen sei, um den Ausbruch
des gegenwärtigen Krieges zu verhindern; er schien ganz zu
vergessen, wie er nur aus Opportunitäts-Rücksichten gegen den
Krieg und den dafür gebrauchten Vorwand gewesen, während
er es doch hauptsächlich gewesen, der seit 1866 in immer wiederkehrenden fulminanten Reden gegen Deutschland die Flamme
angefacht und den Brand geschürt. Der Hauptmann rief ihm
ins Gedächtniß zurück, daß er schon früher den Krieg gegen
Deutschland einmal im Schilde geführt, im Jahre 1840. „Ach,
damals", entgegnete Thiers, „lag die Sache ganz anders.
Damals waren wir im sonnenklarsten, unbestrittenen Recht.
Die Quadrupel-Allianz hatte gegen uns im Geheimen intri-
guirt und wollte faits accomplis schaffen, die wir nicht über
uns ergehen lassen konnten. Damals galt es, zu verhindern,
daß Syrien an Aegypten falle, damals waren wir nicht unvorbereitet, hatten eine vortreffliche Führung, und die Aussichten
des Erfolges waren lediglich für uns. Diesmal aber", fuhr
er einlenkend fort, „diesmal fand dieses selbe Verhältniß zu
unseren Ungunsten statt. Der Kaiser wollte den Krieg —
aber im Grunde folgte er doch nur dem Impulse der Kaiserin."
Beide seien in der höchsten Potenz unfähig gewesen, die Geschicke des Landes zu leiten, und seine Landsleute müßten es
heute schwer büßen, sich die Herrschaft eines solchen Charlatans,
wie Napoleon III., so lange haben gefallen zu lassen. Herr

Thiers kannte, wie er erzählte, den Fall von Metz und die
Capitulation Bazaines uud glaubte auch daran. Dennoch war
er weit entfernt, den Marschall Bazaine irgendwie zu ver-
urtheilen. Im Gegentheil. Er hält ihn nach wie vor für
den begabtesten Führer Frankreichs und ging in seinem Enthusiasmus sogar so weit, den Privatcharakter dieses Mannes
und sein Renommée in Frankreich als durchaus fleckenlos hin-
zustellen. Freilich stand, ihm zufolge, Bazaine als Mensch
nicht auf der Höhe Mac Mahon's, den er den vollendeten
Gentilhomme, den modernen Ritter ohne Furcht und Tadel
nannte. Er selbst, Thiers, sei von Anfang an gegen das
strategische Wagestück gewesen, welches mit dem Unglück von
Sedan geendet. Er habe gewarnt — aber umsonst. Er sei
diesmal überhaupt fast wie Kassandra gewesen. Er hoffe, daß
man nun eher auf ihn hören werde. Er wünsche jetzt auf-
richtig den Frieden. Um Frankreich aus der verzweifelten Lage
zu retten, in der es sich befinde, sei vor Allem nöthig, es von
dem Provisorium zu befreien, in dem es stecke. Hierzu bedürfe man einer constituirenden Versammlung, aus allgemeinen
Wahlen hervorgegangen. Aber er verhehlte nicht, daß es sehr
schwer halten würde, mit der Pariser Regierung, die durchaus
nicht illusionslos sei, jetzt über derartige Fragen zu verhandeln
und ihr die Unerläßlichkeit der zu bringenden Opfer nahe zu
führen. Thiers, der sich ja sein Leben lang gern mit militärischen Dingen befaßt, ging darauf auf die Leitung der deutschen Armeen und auf diese selbst über. Die vollste Bewunderung gab er hierbei für Graf Moltke zu erkennen, welchen
er den „unbedingt größten Strategen der Neuzeit" nannte.
Auch des preußischen Offizier-Corps gedachte er mit ganz besonderer Anerkennung, indem er namentlich seinen höheren
Bildungsgrad, so wie die eigenthümliche Begabung hervorhob,
die Truppen jederzeit — im Vorrücken wie im Zurückgehen
— wie Einen Mann in der Hand zu haben; etwas, das
leider den französischen Soldaten völlig abgehe."

In Paris fand nun Thiers in Bezug auf die Kriegslage, gemäß seiner Vermuthung, die ärgsten Illusionen noch in
vollständigster Blüte vor. Die Pariser, zu denen von den
Vorgängen des Landes nur Gerüchte gelangten, glaubten noch
an das siegreiche Vordringen der Loire-Armee von Süden und
der Armee unter Bourbaki von Norden her, ja sie lebten noch
des Glaubens, daß Bazaine mit seiner Rheinarmee in kürzester
Frist ebenfalls zum Entsatze von Paris herbeirücken würde.
Noch kurz zuvor hatte man sich mit Frohlocken erzählt, der
Kronprinz und Moltke seien todt, unter den Bayern und
Würtembergern sei ein Aufstand ausgebrochen, Hunger und
Seuchen decimirten die Armee, die nahe daran sei, den Rückzug anzutreten, den man ihr natürlich verlegen werde. Je
toller und unwahrscheinlicher die Gerüchte, je entschiedener
fanden sie Glauben, sobald sie nur den Rache-Empfindungen
der Pariser Nahrung gaben. Die verhaßtesten der deutschen
Krieger waren um diese Zeit den Parisern die Ulanen, und
schnell gab sich das „Paris Journal" dazu her, seinen Lesern
eine Belehrung über Ulanen zu geben. „Es giebt", heißt es
in dem Blatte, „keine Ulanen-Regimenter. Die preußische Cavalerie begreift Kürassier-, Dragoner-, Husaren-Regimenter,
aber keine Ulanen-Regimenter. In den bisherigen Gefechten
haben wir Attaken von Kürassieren, Dragonern und Husaren,
aber nicht von Ulanen erlebt. Was ist denn ein Ulan? So
lange Preußen im Frieden lebt, sieht man keine Ulanen im
Lande. Ist aber der Krieg erklärt, so strömen alsbald aus
allen Himmelsgegenden pensionirte Cavalerie-Offiziere herbei,
d. h. solche, die kein anderes Vermögen als ihre mäßige Pension besitzen. Sie melden sich zum Commando von Reitercorps,
die sie auf eigene Kosten anwerben, ausrüsten und unterhalten.
Der Ulan nimmt keinen Antheil an der Schlacht, gehorcht keinem General, fügt sich auch nicht in die Disciplin des Lager-
lebens. Auf den Flügeln des preußischen Heeres, davor, dahinter, 10, 20, 30 Kilometer über die Vorposten hinaus sieht

man Wolken von Reitern das Terrain absuchen. Ulanen, nichts als Ulanen. Man ertheilt den Führern vorher ein Patent. Mit diesem Patent versehen, sammeln jene alten Lanzknechte (ces vieux reitres) sich ihre Schaaren unter den abgedankten Soldaten. Alle sind ohne Lebensberuf und Unterhalt, haben ihre Sach' auf nichts gestellt. Sofort nach Ueberschreitung der Grenze beginnt die Jagd. Sie führen Krieg für eigene Rechnung wie auf eigene Kosten, und behalten von Rechts wegen, was Fortuna ihnen sendet. Die Ulanen sind mit einem Worte Corsaren zu Lande. Ihr Patent ist ein Kaperbrief. Sie arbeiten für sich; nur für Gewinn kämpfen sie. Die civilisirten Völker haben mit Recht das Kaperwesen als organisirten Seeraub betrachtet und unterdrückt. Die Ulanen hat man dabei vergessen, und Preußen weiß dies zu benutzen. Niemals findet man unter den Ulanen einen Menschen von guter Erziehung oder einen Offizier, der irgend welche Zukunft hat; niemals Großherzigkeit oder einen Schatten von Patriotismus. Sie rauben bei uns, sie werden in ihrer Heimath rauben: Raub ist Bedingung ihrer Existenz. Deshalb eben löst man sie jedesmal gleich nach Beendigung des Krieges auf. Gelegentlich mag es unter ihnen Tapfere geben; im Allgemeinen haben sie nichts als Räuberkühnheit."

Aus einem Boden, dem solche Lügen entsprossen, tauchten zugleich mit ihnen neue tolle Rachepläne auf. Der „Gaulois" forderte die Regierung auf, für die Erfindung einer menschenmordenden Höllenmaschine, mit deren Hülfe man den Feind vernichten könne, einen Preis von einer halben Million auszuschreiben; es wurde ferner aufgefordert, einige hunderttausend Francs für den Ankauf eines Gewehrs zu sammeln, mit dem der König Wilhelm erschossen werden sollte. Die „Times" berichtet von folgendem ergötzlichen Project, welches der provisorischen Regierung zur Begutachtung vorgelegt worden war. Der Urheber des Planes verlangt nur 8000 bis 10,000 Freiwillige, welche bereit sind, für die Befreiung ihres Vaterlandes ihr Leben kühn in die Schanze zu schlagen. „Der Weg sei offen", sagt er, die einzige Frage sei die, ihn zu betreten." Sein Plan ist, daß dieses Corps den Rhein in kleinen Ab- theilungen überschreiten und auf ein gegebenes Signal sich auf einem vorher auserwählten Punkte concentriren solle; es könnte auch unter verschiedenen Verkleidungen durch neutrale Staaten, oder auf dem Seewege in das feindliche Territorium gelangen: aber in jedem Falle so schleunig wie möglich. Das Corps brauchte weder Geschütze noch Bagage; es müßte von Requi- sitionen im feindlichen Lande leben und im Stande sein, der Verfolgung eines überlegenen und besser bewaffneten Feindes leicht zu entgehen. Es könnte überall französische Gefangene befreien, dieselben bewaffnen, neue Parteigänger-Corps aus ihnen bilden und über das Land verbreiten. Die Führer der Corps müssen in der Geographie Deutschlands gut bewandert sein, und keiner sollte nur das kleinste Detachement befehligen, falls er nicht verstehe, dasselbe, ohne Führer, Tag und Nacht, selbst in den Wäldern, mit Hülfe der Landkarte und des Ta- schencompasses zu leiten."

In dies kochende Schlamm-Meer kam nun Thiers, der das Feuer, von welchem es in Bewegung gesetzt ward, hatte entzünden und schüren helfen, und der jetzt bemüht war, die weitere unzeitige Ueberflutung zu dämpfen. Seine Mitthei- lungen wirkten bei den Mitgliedern der Regierung so weit ernüchternd, daß sie dem Plane, mit der preußischen Regierung in Verhandlung zu treten, ihre Zustimmung ertheilten. Kaum aber ward dies in Paris bekannt, so erhob sich der Ruf gegen die Regierung: „Wir werden verrathen!" und die Zeitungen ergingen sich in Wuthausbrüchen. Es ward der Plan, zu unterhandeln, verdammt, mehr noch der Unterhändler, Thiers. „Es giebt Unglücksmenschen," rief der Siècle, „deren ganze politische Laufbahn der Größe und Freiheit ihres Vaterlandes zum Schaden gereichte. Ein solcher Mensch war Talleyrand, ein solcher ist Thiers." Nachdem in wenig schmeichelhaften

Worten die Chamäleonsnatur dieses Ränkeschmiedes geschildert, wurde den Männern der Nationalvertheidigung vorgeworfen, daß sie schon kopflos gehandelt hätten, einem Feinde der Republik eine diplomatische Mission bei Höfen anzuvertrauen, deren Herrscher die Republik noch gar nicht anerkannt hätten; Thiers sei niemals etwas Anderes gewesen, als der böse Geist Frankreichs. „Als der Caliban der constitutionellen Monarchie, die er zerfleischte, während er that, als wolle er sie erhalten, hat er Jahre lang darauf hingearbeitet, die Republik von 1848 zu fesseln und die Schlächterei des 2. December vorbereitet, ohne daß er es wollte." Jetzt aber wolle man nicht, daß die Republik zum zweiten Male durch einen Thiers zu Grunde gerichtet würde. — Es kam zu meuterischen Kundgebungen, und nur mit Mühe gelang es einem Theile der Nationalgarde, mehrere Mitglieder der Regierung, unter ihnen Favre und Trochu, aus der Gewalt der Aufständischen zu befreien.

Solche Vorgänge, gegenüber einer Regierung, die sich bereit erklärte, mit dem Feinde über einen Waffenstillstand zu verhandeln, konnten im Grunde genommen Verwunderung nicht erregen. Wenn heut die Zeitungen der Regierung verkündeten, der Feind sehe seiner Vernichtung entgegen, und wenn sie Tags darauf es als von der Lage geboten darstellten, mit demselben Feinde zu verhandeln, so konnte das kaum anders, als es geschah, von der Bevölkerung aufgenommen werden, zum allermindesten gab dies Demagogen genügenden Vorwand, Emeuten hervorzurufen. Die Regierung nahm aus diesen Vorgängen Veranlassung, die Pariser darüber abstimmen zu lassen, ob sie noch das Vertrauen derselben habe, oder nicht. Die Abstimmung ergab eine Mehrheit von 557,976 Stimmen für, 62,638 Stimmen gegen die Regierung, die sich dadurch wieder befestigt sah. Aber die Emeute, sowie das ihr nachfolgende Bestreben der Regierenden, Herren der Lage in Paris zu bleiben, hatte doch dahin gewirkt, daß

den Parisern Zusicherungen gemacht worden waren, die schon
an und für sich die Waffenstillstandsverhandlungen als aussichtslos erscheinen lassen mußten. In einer Proclamation
hatte Trochu den Parisern verkündet, daß die gegenwärtige
Regierung nur unter folgenden Bedingungen einen Waffenstillstand anzunehmen gesonnen sei: 1) derselbe solle eine Dauer
von 25 Tagen haben, 2) während desselben sei der Hauptstadt
die Möglichkeit gewährt, sich Zufuhr an Lebensmitteln herbeizuschaffen, 3) es sei die freie Betheiligung aller französischen
Landestheile (also auch von Elsaß und Lothringen) an der
Wahl der französischen Volksvertretung zuzugestehen.

Daß der schlaue Herr Thiers an diesen Forderungen sein
gutes Theil hatte, ist nicht zu bezweifeln. Ihm galt als
Hauptpunkt für jetzt: Paris mit Lebensbedarf im möglichsten
Umfange zu versehen, damit es in die Lage versetzt werde, die
Entscheidung möglichst hinauszurücken. Und was verlangte er,
als er nach Versailles kam? Die Hauptstadt sollte während
der Zeit des Waffenstillstandes durch vier namentlich aufgeführte
Bahnhöfe an Vieh und Lebensmitteln einführen dürfen: 34,000
Ochsen, 80,000 Schafe, 8000 Schweine, 5000 Kälber, 100,000
Ctr. (Quinteaur) Salzfleisch, das nothwendige Futter für jene
Thiere in Gestalt von 8 Millionen Centner Heu und Stroh,
dann 200,000 Centner Mehl, 30,000 Centner trockenes Gemüse, endlich zur Heizung und zum Kochen 100,000 Tonnen
Steinkohlen und 500,000 Klafter (Stères=29 Kubikfuß) Holz,
wobei die dermalige Bevölkerung von Paris mit Einschluß
von 400,000 Vertheidigern und den Bewohnern der Bann-
meile zu 2,700,000 bis 2,800,000 Seelen angenommen wurde.
Hören wir über den Verlauf der Verhandlungen eine Stelle
aus dem Rundschreiben des Grafen Bismarck vom 8. November: „Herr Thiers erklärte, daß Frankreich auf Wunsch der
neutralen Mächte bereit sein werde, sich auf den Waffenstillstand einzulassen. Seine Majestät der König hatte gegenüber
dieser Erklärung zu erwägen, daß jeder Waffenstillstand an

und für ſich für Deutſchland alle die Nachtheile bedingt, mit
denen für eine Armee, deren Verpflegung auf weit zurückge-
legenen Hülfsquellen beruht, jede Verlängerung des Feldzuges
verbunden iſt. Außerdem übernähmen wir mit dem Waffen-
ſtillſtande die Verpflichtung, der deutſchen Truppenmaſſe, welche
durch die Capitulation von Metz verwendbar geworden war,
in den Stellungen, welche ſie am Tage der Unterzeichnung
innegehabt haben würde, Halt zu gebieten und damit auf die
Beſetzung weiter feindlicher Länderſtrecken zu verzichten, welche
gegenwärtig ohne Schwertſtreich oder mit Ueberwindung un-
bedeutenden Widerſtandes von uns eingenommen werden können.
Die deutſchen Heere haben einen weſentlichen Zuwachs in den
nächſten Wochen nicht zu erwarten. Dagegen würde der Waffen-
ſtillſtand Frankreich die Möglichkeit gewährt haben, die einzelnen
Hülfsquellen zu entwickeln, die in der Bildung begriffenen
Formationen zu vollenden, und, wenn die Feindſeligkeiten nach
dem Ablauf des Waffenſtillſtandes wieder beginnen ſollten,
uns widerſtandsfähige Truppenkörper entgegen zu ſtellen, welche
jetzt noch nicht vorhanden ſind.

„Ungeachtet dieſer Erwägungen ließ Seine Majeſtät der
König den Wunſch, einen erſten entgegenkommenden Schritt
zum Frieden zu thun, vorwiegen, und ich wurde ermächtigt,
Herrn Thiers ſofort mit der Gewährung eines Waffenſtillſtandes auf 25 oder auch, wie er ſpäter gewünſcht, 28 Tage
auf dem Grund des einfach militäriſchen status quo am Tage
der Unterzeichnung entgegenzukommen. Ich ſchlug ihm vor,
durch eine zu beſtimmende Demarkationslinie die Stellung der
beiderſeitigen Truppen, ſo wie ſie am Tage der Unterzeichnung
ſein würde, abzugrenzen, die Feindſeligkeiten auf vier Wochen
zu ſiſtiren, und in dieſer Zeit die Wahlen und die Conſti-
tuirung der nationalen Vertretung vorzunehmen. Auf franzöſiſcher Seite würde dieſe Waffenruhe nur ein Verzicht auf
kleine und jederzeit unglückliche Ausfälle und auf eine nutzloſe
und unbegreifliche Verſchwendung artilleriſtiſcher Munition aus

ben Feftuugsgeschützen für bie Dauer bes Waffenstillstandes
zur militärischen Folge gehabt haben.

„In Bezug auf die Wahlen im Elsaß konnte ich erklären,
baß wir auf keiner Stipulation bestehen würden, welche die
Zugehörigkeit bes beutschen Departements zu Frankreich vor
bem Friebensschlusse in Frage stellen könnte, unb baß wir
keinen Bewohner bes leßtern bafür zur Rebe stellen würben,
baß er als Abgeordneter feiner Landsleute in einer französischen
Nationalverfammlung erschienen fei.

„Ich war erstaunt, baß ber französische Unterhänbler biefe
Vorschläge, bei welchen alle Vortheile auf französischer Seite
waren, ablehnte unb erklärte, einen Waffenstillstanb nur bann
annehmen zu können, wenn berfelbe bie Zulaffung einer um-
faffenben Verproviantirung von Paris einschlöffe. Ich erwie-
berte, baß biefe Zulaffung eine fo weit über ben status quo
unb über jebe billige Erwartung hinausgehenbe militärische
Conceffion enthalten würbe, baß ich ihn frage, ob er ein Aequivalent bafür zu bieten im Stanbe fein würbe unb welches.
Herr Thiers erklärte, zu keinem militärischen Gegenanerbieten
ermächtigt zu fein, unb bie Verproviantirung als Bebingung
stellen zu müffen, ohne uns bafür etwas Anberes bieten zu
können, als bie Bereitwilligkeit ber parifer Regierung, ber
französischen Nation bie Wahl einer Vertretung zu gestatten,
aus welcher wahrscheinlich eine Behörbe hervorgehen würbe, mit
welcher über ben Frieben zu verhandeln möglich fein werbe.

„In biefer Lage hatte ich bas Ergebniß unferer Verhanb-
lungen bem Könige unb feinen militärischen Rathgebern vorzulegen. Seine Majestät war mit Recht befremdet über fo aus-
fchweifenbe militärische Zumuthungen unb enttäuscht in ben
Erwartungen, welche Allerhöchstbiefelben an bie Unterhanb-
lungen mit Herrn Thiers geknüpft hatte. Die unglaubliche
Forberung, baß wir bie Frucht aller feit zwei Monaten gemachten Anstrengungen unb errungenen Vortheile aufgeben unb
bie Verhältnisse auf ben Punkt zurückgeführt werben follten,

auf welchem sie bei dem Beginn der Einschließung von Paris gewesen waren, konnte nur von Neuem den Beweis liefern, daß man in Paris nach Vorwänden, der Nation die Wahlen zu versagen, suchte, aber nicht nach einer Gelegenheit dieselben ohne Störung zu vollziehen.

„Auf meinen Wunsch, vor Fortsetzung der Feindseligkeiten noch einen Versuch der Verständigung auf anderer Grundlage zu machen, hat Herr Thiers am 5. d. M. in der Vorpostenlinie noch eine Besprechung mit den Mitgliedern der pariser Regierung gehabt, um denselben einen kürzeren Waffenstillstand vorzuschlagen, in welchem Falle ich die freie Zulassung oder Gewährung aller mit der militärischen Sicherheit irgendwie vereinbaren Erleichterungen zusagen konnte.

„Ueber den Inhalt dieser kleinen Besprechung mit Herrn Favre und Trochu hat Herr Thiers sich nicht näher gegen mich ausgelassen: er konnte mir als Ergebniß derselben nur die erhaltene Weisung mittheilen, die Verhandlungen abzubrechen und Versailles zu verlassen. Seine Abreise nach Paris hat am 7. Morgens stattgefunden.

„Der Verlauf der Verhandlungen hat mir nun die Ueberzeugung hinterlassen, daß es den jetzigen Machthabern in Frankreich von Anfang an nicht ernst gewesen ist, die Stimme der französischen Nation durch freie Wahl einer dieselbe vertretenden Versammlung zum Ausdruck gelangen zu lassen, und daß es eben so wenig in ihrer Absicht gelegen, einen Waffenstillstand zu Stande zu bringen, sondern daß sie eine Bedingung, von deren Unannehmbarkeit sie überzeugt sein mußten, nur darum gestellt haben, um den neutralen Mächten, auf deren Unterstützung sie hoffen, nicht eine abweisende Antwort zu geben."

Das Rundschreiben, das über denselben Gegenstand von Jules Favre erlassen wurde, gestand trotz aller Windungen und Drehungen das Wesentliche des von dem Grafen Bismarck Gesagten zu und suchte, da es durch die Sache selbst es nicht

II.   23

vermochte, durch oratorischen Schmuck und durch pomphafte
Anpreisungen französischen Kampfesmuthes zu wirken.

„Man fordert das Land auf zu stimmen,“ heißt es gegen
den Schluß; „es thut Besseres: es bewaffnet sich. Unsere
Soldaten, siegreich an der Loire, waschen mit ihrem edlen
Blute die Schande des Kaiserreichs ab. Paris, dessen Mauern
die Preußen in wenigen Tagen niederwerfen sollten, widersteht
seit mehr als zwei Monaten und bleibt mehr als jemals entschlossen, nachdem es sich unüberwindlich gemacht hat.“

Es ist gar kein Zweifel vorhanden, daß die französischen
Machthaber von der Furcht vor der pariser Bevölkerung bei
ihren Entschlüssen beeinflußt waren: die Menge war Despot,
und dieser Despot erkannte in seinem blinden Wüthen nicht,
daß durch jeden Tag des Widerstandes Frankreich mehr zu
Grunde gerichtet ward. Thiers erzählte, wie ein Blatt in Lyon
berichtete, später, daß Graf Bismarck in Bezug auf die Männer
der provisorischen Regierung gesagt habe: „diese Leute regieren
nicht; sie handeln unter der Pression einer toll gewordenen
Bevölkerung.“

Es blieb somit der deutschen Heerführung nichts übrig,
als die Macht der Thatsachen weiter als Mahnung an Frankreich sprechen zu lassen.

Oeffentliche Beurtheilungen.

Zunächst empfiehlt es sich, eine Zahl von Urtheilen zu
vernehmen, die sich über die Lage ausließen und dem großen
kriegerischen Vorgange eine Beleuchtung gaben. Herzen und
Geister in weitesten Kreisen waren in einem Maße erregt, wie
selten Aehnliches der Fall war, und es gewährt nicht nur an
und für sich ein fesselndes Interesse, sondern — und das ist
das Wichtigere — es lehrt auch den erschütternden geschicht-

lichen Vorgang, der sich vor den Augen der erregten Welt
vollzog, aufmerksam in Betracht zu ziehen, in seiner Wesenheit
genauer zu erkennen, wie der Fortgang der Ereignisse in hervorragenden Zeitgenossen, die Zuschauer des Kampfes waren, sich
„abspiegelte."

Ein gelehrter Russe, Strorin, äußerte in einer von ihm
herausgegebenen Broschüre: „Einige Vertreter unserer liberalen
Presse meinen, wie es scheint, daß es für uns vortheilhafter
ist, bei Frankreich zu lernen als bei Deutschland. Die Vertreter dieser Meinung bedenken aber nicht, daß sie heut für
das stimmen, was sie noch gestern bestritten. Die Folge des
Krieges wird unzweifelhaft sein, daß wir von nun an nur bei
Deutschland und niemals bei Frankreich lernen werden. Endlich wird das Vorgehen Frankreichs für uns seinen Werth
verlieren; kein richtig denkender Mensch wird sich entschließen,
um sich Kenntnisse zu sammeln, nach Frankreich zu gehen.
Wozu können uns solche Lehren von Nutzen sein, die ihrer
eigenen Schule den Untergang bereiten? Ihre neue Firma
aber, die republikanischen Aushängeschilder, welche sie sich zu-
gelegt, bringen nichts Neues und sind nicht im Stande, die
Sachlage im Handumdrehen zu verbessern. Das jetzige Frankreich wird noch lange das jetzige bleiben, bevor es ihm gelingt,
seine Kinder zum Besseren zu erziehen, wenn es ihm überhaupt
gelingt. Der Republik Frankreich passirt es nicht zum ersten
Male, zu erwägen, welche Fahne sie ergreifen soll, wenn der
Feind vor den Thoren steht, die rothe oder die breifarbige; —
sie wird auch nicht zum ersten Male die Symbole des Despotismus vernichten, ohne daß es ihr gelingt, den Geist desselben
auszurotten. Mit einem Worte, wir haben aufgehört, wenn
auch nicht auf immer, so doch auf lange Zeit hin, dort Unterricht zu nehmen. Jetzt haben wir ein anderes Vorbild, einen
andern Lehrer. Ob derselbe aber besser ist?... Daß er weniger
Kenntnisse und Wissenschaft besitzt, sagt natürlich Niemand,
doch spricht Jeder davon, daß dort die Freiheit beschränkter

23*

und die Politik schlechter sei, indem er sagt: Die Freiheit ist beschränkter, weil die Gewalt sich auf das „göttliche Recht" beruft, weil die vollziehende Gewalt die gesetzgebende nicht beachtet, weil Preußen das mittelalterliche Eroberungs-Prinzip erneuert und Elsaß und Lothringen ohne deren Zustimmung sich aneignet. Die gegenwärtig wirkende Constitution Preußens ist aber nur seine erste, und die preußische Regierung ist die erste, die constitutionell ist, und nicht die zehnte, wie in Frankreich; dabei ist nichts Wunderbares, wenn diese erste Regierung die Ideale der Freiheit nicht verwirklicht, während jene zehnte sich dessen viel weniger noch rühmen kann. Die Freiheit Preußens besteht erst 18 Jahre und nicht 81 Jahre, wie die Frankreichs, und es frägt sich: wodurch ist sie schlechter als die Frankreichs?

„Es ist wahr: von der Freiheit Preußens kann man nicht solche effectvolle Sprünge erwarten, wie wir es gegenwärtig bei Frankreich sehen; dagegen kann man auch nicht solche Rückschritte in Deutschland erwarten, wie sie jeden Augenblick in Frankreich vor sich gehen. Die politische Freiheit Preußens entwickelt sich in der That langsam, dafür aber sicher und fest, und was es sich einmal angeeignet hat, das ist für immer gesichert."

In Schweden begann die früher so allgemein verbreitete Franzosenschwärmerei einer vernünftigeren Anschauung Platz zu machen. Als ein bemerkenswerther Beweis der Ernüchterung war ein Artikel anzusehen, den der Abgeordnete des schwedischen Reichstags Key in dem „Dagligt Allehanda" veröffentlichte. Frankreich wurde darin schon durch die Ueberschrift „die kranke Frau" neben Europas „kranken Mann" gestellt. Die unterscheidenden Eigenschaften der Franzosen, setzt der geistreiche Verfasser auseinander, seien weiblich. Aber die Nation sei schwer erkrankt. Weder mit noch ohne Staatsumwälzungen vermöge sie die verloren gegangene Staatsgesundheit wiederzufinden. Die englische Revolution sei groß, denn sie habe

die Freiheit in England dauernd gegründet; die französische
Revolution werde nur fälschlich für groß gehalten. Die Franzosen hätten Wichtigeres zu thun, als den zwecklosen Kampf
mit Deutschlands Uebermacht fortzusetzen, wenn sie politisch
und social genesen wollten. Indem Herr Key sich dann gegen
eine oberflächliche Beurtheilung der deutschen Dinge wendet,
bemerkt er: „Es ist völlig undenkbar, daß ein so selbstständiges
und gebildetes Volk wie das deutsche sich wie Ein Mann erheben sollte, um einem lediglich dynastischen Ehrgeiz und Er-
oberungsgelüst als Werkzeug zu dienen. Wer wagt zu leugnen,
daß die Civilisation in Deutschland der höchsten irgendwo bestehenden ebenbürtig ist? wer zu bestreiten, daß das National-
bewußtsein dort zu einer Lebendigkeit erwacht ist, die nichts ersticken kann, und daß dort eine Freiheit der Gedanken, eine
Innerlichkeit des Gefühls, eine Umfänglichkeit der Forschung,
und eine allgemeine Intelligenz gefunden wird, welche keine
andere Nation übertrifft, kaum erreicht! Aber jeder deutsche
Vaterlandsfreund empfand seit langer Zeit aufs Bitterste, was die
Freiheit und der Wohlstand seines Volks Jahrhunderte lang
von der nationalen Zersplitterung gelitten hat. Aus diesem
Gefühl sind alle Einheitsbestrebungen in Deutschland, einschließlich Bismarck's „Eisen und Blut" hervorgegangen. Vom deutschen Standpunkt aus ist dieser Staatsmann nur ein scharfes
nationales Werkzeug, nicht die Nation das seinige, und man
darf sicher annehmen, daß im Gefolge des Krieges innere Um-
stimmungen und Umgestaltungen bevorstehen, welche auch dem
oberflächlichen Blick die Bedeutung des Processes enthüllen
werden."

Zu Leiden in Holland eröffnete der Universitätsprofessor
Dozy einen Cursus von Vorlesungen über das Zeitalter Napoleon's des Ersten. Er leitete seinen ersten Vortrag mit folgenden Worten ein:

„Wir sehen den Wunsch, welchen Vater Arndt bereits im
Jahre 1813 ausgesprochen, jetzt auf dem Punkte, erfüllt zu

werden; wir schauen auf ein einiges Deutschland. Noch mehr als dies! Deutschland unter Anführung von Preußen steht jetzt an der Stelle, welche einzunehmen Frankreich so lange sich rühmte, an der Spitze der Bildung, ja der gesammten Welt. Novus saeculorum nascitur ordo. Eene nieuwe tijds-orde rijst op! Die germanische Rasse, die bereits in Amerika und Australien regiert, herrscht nun auch in Europa, während die romanischen Staaten dieses Welttheils den Weg der südamerikanischen Republiken zu betreten scheinen.

„Die Worte aus Voltaire's „Mahomet": „Chaque peuple a son tour" finden sich auch hier bestätigt. Man blicke auf das spanische Königreich des fünfzehnten Jahrhunderts. Welche prächtige Völker, dieser stolze aber starrköpfige Aragonier, mit seiner künstlichen Zusammenstellung von Gesetzen, in Folge deren der König nichts weiter, als primus inter pares war, und jene gebildeten, mehr demokratischen Castilianer. Vereinigt durch das Eheband Ferdinand's und Isabella's, erobern sie Granada. Columbus schenkt ihnen eine neue Welt. Die Macht der Granden und der Städte wird gebrochen. Neapel und Navarra werden dem Reiche hinzugefügt. Karl V. regiert zugleich in Madrid und in Wien. Sein Nachfolger besaß ein größeres Einkommen, als alle anderen Fürsten Europas zusammen.

„Spanien hatte das meiste Geld, die meisten Soldaten, die meiste Kriegslust. Es war demnach der mächtigste Staat in Europa, nämlich wenn das wahr ist, was der Mann vom 2. December gesagt: „L'influence d'une nation dépend du nombre des hommes qu'elle peut armer", was soviel heißt, als, daß nicht Kenntnisse, nicht Vaterlandsliebe, mit Einem Worte: nicht der Geist beschließt, sondern die Anzahl der Gewehre. Aber Napoleon, als er dieses cynische Wort aussprach, vergaß das Spanien des 16. Jahrhunderts. Hier hatte der Despotismus den Geist ausgerottet; die Freiheiten waren zertreten; der Adel war in den Hintergrund gedrängt;

in der Verwaltung wurden nur Parvenüs angestellt; für den Unterricht geschah gar nichts; die Austreibung der Juden und der Moriscos, die Auswanderung nach Amerika erschöpften das Land. Das Gold, das Spanien hatte, wurde in Niederland und Deutschland verschwendet, um das Licht auszulöschen, das der Wittenberger Reformator entzündet hatte. Von Handel und Industrie wurde das Volk abgelenkt; man suchte seine Zuflucht in den Klöstern — Franziskaner und Dominikaner gab es allein 32,000 — durch welche 70—80,000 Bettler erhalten wurden. Man kann aus Verhandlungen der Cortes von 1594 ersehen, wie viele Aecker verlassen, wie viele Häuser des Landes geschlossen waren; Alles war in Verfall gerathen. Der reichste Fürst von Europa konnte selbst zu übermäßigen Zinsen kein Geld erlangen. Er mußte seine Zuflucht zu einer Kollekte in den Häusern nehmen, mußte seine unglücklichen Unterthanen um ein Almosen bitten; er selbst war zum Bettler geworden!" . . . .

Der Redner entwickelte demnächst, wie unter diesen Verhältnissen das bis dahin für unbesiegbar gehaltene · spanische Heer, ebenso wie die spanische Weltherrschaft, zu einem lächerlichen Schemen herabgekommen, und wie in Folge dessen die Hegemonie in Europa auf Frankreich übergegangen sei, welchem ein wohlthätiger Einfluß auf die Kultur der Völker nicht abgesprochen werden könne.

„Aber", fügte der Redner hinzu, „von den großen und schönen Ideen seiner Revolution von 1789 haben andere Länder mehr Vortheil gezogen, als Frankreich selbst. Seine schönsten Tage sind jetzt vorüber; der Verfall ist überall im Volke wahrzunehmen. In der Wissenschaft sind die Franzosen gegen andere Völker zurückgeblieben. Ja, sie stehen nicht einmal auf der Höhe der Zeit; dazu kennen sie zu wenig Deutsch, welche Sprache sie als eine Art Kauderwälsch betrachten, das sie nicht lernen mögen. Darum sind die Elsässer noch die besten Gelehrten in Frankreich; in Folge ihrer Zwitterstellung haben sie

zwei Muttersprachen. Von den französischen Gelehrten, Meister
in der Form, die sie sind, gilt, was ein Engländer von seinen
Köchen sagte: „Sie würden sehr gut Fleisch zubereiten, wenn
sie nur Fleisch hätten."" Wie es mit dem Volksunterricht und
den Kenntnissen der Masse beschaffen, ist aus der großen Anzahl von Conscribirten, die nicht lesen und schreiben können,
zu schließen.

„Die gegenwärtige Belletristik der Franzosen, der Roman
und vor allem das Drama, scheint keinen anderen Zweck zu
kennen, als die Beschönigung des Ehebruches und die Verherrlichung der Demimonde. Was den Styl in der heutigen
französischen Literatur betrifft, so wird er von einem ruhelosen
Jagen nach Effekt beherrscht; er erscheint gemacht und schwül-
stig, voll von unmöglichen Worten, welche weder Molière noch
Bossuet verstehen würden. Eine solche Literatur ist das sichere
Zeichen des Verfalls, wie dies die späteren Schriftsteller des
alten Rom und die schwülstige Belletristik der Spanier unter
den letzten Habsburgern beweisen. . . . .

„Gegenwärtig sind in Frankreich die Aussichten auf eine
Regierung von Dauer viel geringer, als zur Zeit der ersten
Revolution. Damals gab es weder Bonapartisten, Legitimisten
und Orleanisten, noch Kommunisten, Socialisten und wie sie
sonst heißen mögen. Gegenwärtig giebt es dort so vielerlei
Partei-Nüancen, und ist ihr gegenseitiger Haß so groß, sind
der persönlichen Fragen so viele, daß jede Regierung bei ihrem
Auftreten unendlich viele Feinde gegen sich hat. Wer jetzt
dort nach der Gewalt strebt, hat dadurch allein schon das
Todesurtheil über sich gesprochen. . . . .

„Die grande nation ist nicht einmal mit Würde gefallen, wie der Spanier, der sich in das Unvermeidliche ohne
Murren schickte. Der Franzose schwatzt und prahlt vielmehr
nach wie vor, und zwar die Pariser Advokaten und Publi-
cisten eben so gut, wie früher die kaiserlichen Minister. Wäre

die Sache nicht so ernst, man würde versucht sein, darüber herzlich zu lachen.

„Ist die Gegenwart Frankreichs trüb, so erscheint seine Zukunft noch dunkler. Der Aufstand in Algerien wird wahrscheinlich bald größere Dimensionen annehmen. Die Gesellschaft ist desorganisirt, wie die Regierung; die durch den Krieg hervorgerufene Armuth wird durch den Mißwachs dieses Jahres noch vermehrt werden; dabei sind die jetzt sämmtlich mit Waffen versehenen Massen mit tödlichem Hasse gegen die Reichen erfüllt. Im Jahre 1848 hat die Armee mit Mühe den Pöbel bezwungen; wer wird dies jetzt thun? Das am Rande seines Ruins befindliche Frankreich hat jedenfalls seine Stellung als militärische und tonangebende Macht in Europa bereits verloren."

Der spanische Publicist Hernandez de las Veras richtete folgende Mahnung an die Franzosen:

„Frankreich ist das Land der Parteien geworden. Hinter den großen Phrasen, die man zur Modesache gemacht hat, ist aber gar nichts zu finden. Es fehlt nicht etwa an anständigen Leuten oder an Männern von Werth, aber sie sind zur Ausnahme geworden inmitten einer Masse, die nur zu schreien, zu schimpfen und zu protestiren versteht.

„Das Interesse meiner Berichte hat mich dazu veranlaßt, einige Eurer öffentlichen Orte zu durchstreifen. Oh! welch' trauriges Schauspiel für einen Mann von Herz, welcher Frankreich liebt. Eure Offiziere aller Grade trieben sich in heiterem Müßiggang in den Cafés umher. Eure Jugend ist zu Grunde gerichtet in einem Alter, in welchem sie in anderen Ländern den häuslichen Heerd noch nicht verlassen hat. Eure ganze Bevölkerung ist so sorglos, als wüßte sie nichts von der Trauer des Vaterlandes.

„Schließt den Frieden, denn zum Kämpfen und zum Siegen gehört mehr als persönlicher Muth, es gehört dazu

Würde, Ueberzeugung, Disciplin und von dem Allen habt
Ihr nicht das Geringste.

„Nicht eine Armee, die ganze Gesellschaft habt Ihr zu
erneuern, wenn Frankreich seinen Rang wieder einnehmen soll.
Appellirt an Eure ausgezeichneten Männer, auf daß sie sich
der Tyrannei der Demoralisation von Unten widersetzen, der
bei Euch niemand mehr zu widerstehen wagt. Einige Jahre
mehr moralischer als politischer Arbeit können Euch retten.
Aber wenn Ihr Euch nicht entschließen könnt, dann wird
kommen was bereits im Anzuge ist, dann werden Ausländer,
wie ich, trotz ihrer Liebe für Frankreich, sagen müssen, daß sie
dies Land zu achten aufgehört haben."

Nun ließ sich auch der ehrwürdige englische Schriftsteller
Thomas Carlyle, auf dessen Urtheil über den Krieg alle deutschen Patrioten, die ihn zu würdigen wußten, gespannt waren,
in einem Schreiben an die Times vernehmen. Er vertheidigte
das Recht Deutschlands, insbesondere das Recht desselben auf
seine alten Provinzen gegenüber einem besiegten Feinde mit
der ganzen Wucht wissenschaftlicher Forschung, nicht ohne mancherlei Seitenhiebe auf die eigenen Landsleute, die einem losen
Zeitungsgerede lieber nachschwatzen, als sich selbstständig in
die Geschichte, die in vorliegender Frage allein zu entscheiden
habe, vertiefen, um daraus Lehren zu ziehen. Folgendes sind
die Hauptgedanken des durch seinen markigen Lapidarstil ausgezeichneten Briefes: Im Eingange vertritt der große Historiker
sehr characteristisch die deutsche Sache „gegen das wohlfeile
Mitleiden und Zeitungsgejammer über das gefallene und zer-
schlagene Frankreich." „Es handelt sich in der gegenwärtigen
Krisis für die Deutschen nicht um Großmuth", um „edles
Mitleid und Vergebung an einen überwundenen Feind," sondern vielmehr „um die gründliche Ueberlegung und practische
Erwägung, was dieser Feind aller Wahrscheinlichkeit thun
wird, sobald er wieder auf seinen Füßen steht. Und darin

hat Deutschland eine 400jährige Erfahrung zur Seite, von
der zur Zeit in den englischen Geistern, wenn sie jemals davon
eine Idee gehabt haben, wenig oder keine Spuren mehr vorhanden sind." — „Kennt denn z. B.", fragt Carlyle seine
Landsleute, „einer von uns auch nur in den gröbsten Umrissen, oder kennt einer von uns überhaupt jene wechselseitigen
geschichtlichen Beziehungen zwischen Ludwig XI. und dem
deutschen Kaiser Maximilian? Wahrlich, jenes alten Louis
Streit mit dem Führer Deutschlands war dem gegenwärtigen
Kampfe eines jüngeren Louis nicht unähnlich: „Du verwünsch-
tes Haupt von Deutschland, Du hast vor aller Welt jetzt
zugenommen, ich nicht; wohlan denn, mit Feuer und Schwert
an Dich!" Doch der damalige Kampf endete für die Franzosen glücklicher, als der gegenwärtige Kampf, so hoffe ich
wenigstens, endigen wird." Nachdem Carlyle des gleich feindlichen Verhaltens Franz' I., Ludwig's XIII. und Ludwig's
XIV. gegen Deutschland gedacht hat, führt er fort: „Keine
Nation hat jemals einen so schlechten Nachbar gehabt wie
Deutschland an Frankreich 400 Jahre lang besaß; schlecht in
allen nur denkbaren Arten: unverschämt, räuberisch, unersätt-
lich, unversöhnlich und fortwährend herausfordernd. Nun hat
endlich einmal in der Geschichte solch ein frecher und ungerechter Nachbar eine so vollständige, augenblickliche und be-
schämende Vernichtung erfahren von dem starken Deutschland,
wie kein anderer; nach 400jähriger Mißhandlung hat endlich
Deutschland das große Glück, den Feind gründlich niederge-
worfen zu haben, und ich würde mit aller Bestimmtheit die
Deutschen für eine Nation von Thoren halten, wenn sie jetzt,
da sich die Gelegenheit bietet, nicht daran dächten, zwischen
sich und dem gefährlichen Nachbar einen sichernden Grenzzaun
zu ziehen." Schreie man: „Frankreich dürfe nicht entehrt werden," so solle man wissen, „daß die Ehre der Franzosen allein
gerettet werden könne durch ihre aufrichtig-tiefe Reue und ihren
ernsten Entschluß, nie wieder so wie bisher zu handeln, viel-

mehr das Gegentheil davon sich vorzunehmen." „Nur auf diesem Wege kann Frankreichs Ehre wieder auf die Höhe ihres alten Glanzes gelangen, weit über die des ersten, noch viel weiter über die des dritten Napoleon hinaus und erst dann kann sie unserer freiwilligen Liebe und dankbaren Werth- schätzung wieder alle jene feinen und gefälligen Vorzüge an- bieten, welche eine gütige Natur dem Franzosen eingepflanzt hat. Gegenwärtig, muß ich bekennen, sieht Frankreich mehr und mehr wahnsinnig, verächtlich, tadelnswerth, erbarmungs- ja verabscheuungswürdig aus; es weigert sich, die Geschichte zu erkennen, die greifbar vor seinen Augen sich vollzieht, und die Strafen zu sehen, die es sich selbst zugezogen: ein Land, in den Ruin der Anarchie gestürzt, ohne erkennbares Haupt; Minister aufsteigend in Ballons, die mit weiter nichts als ver- brecherischen öffentlichen Lügen, mit Proclamationen von Siegen belastet sind, die das reine Spiel der Phantasie waren; eine Regierung, einzig und allein von der Lüge lebend und gewillt, daß jenes schreckliche Blutvergießen lieber dauern und zunehmen solle, als daß sie, diese herrlichen Erzeugnisse der Republik, sollten aufhören, deren Leitung in der Hand zu behalten; ich weiß wahrhaftig nicht, wann und wo sich eine Nation so mit Unehre bedeckt hat." Schließlich bemerkt Carlyle: „Ueber Graf Bismarck herrscht in England immer noch eine ganz falsche Auffassung. Allein die englischen Zeitungen, ziemlich alle, scheinen mir nach und nach der rechten Auffassung sich zu nähern, haben sie aber noch nicht erreicht. Die bekannte Ver- gleichung (vor 10 Jahren überall bekannt) von Bismarck und seinem König mit Strafford und Carl I. gegenüber dem Langen Parlamente ist nun verschwunden, und man hört jetzt keine Silbe mehr davon. Dänemark, jene rührende Niobe, gewaltsam ihrer Kinder beraubt, die gestohlene Kinder waren und von ihrer dänischen Niobe-Mutter grauenvoll schlecht ver- sorgt und gepflegt wurden, hat man auch fast vergessen und wird es erst recht, wenn man den richtigen Einblick in die

ganze Sachlage gewonnen haben wird. Bismarck, wie ich ihn
verstehe, ist kein Mann Napoleonischer Ideen, sondern viel
großartigerer und ausgezeichneterer, kein Mann, der unwider-
stehliche Eroberungsgier zeigt oder gewöhnlichen Ehrgeiz besitzt,
sondern hat höherliegende, edlere Zwecke und scheint mir in
der That in geduldigen, großen und erfolgreichen Schritten
einem Ziele nachzugehen, das den Deutschen und allen andern
Völkern nur zum Vortheil sein kann. Daß jenes edle, ge-
duldige, tiefsinnige, fromme und kräftige Deutschland nun endlich Eine Nation und die Königin des Continentes werden
soll anstatt des prahlenden, eitlen Ruhm suchenden, gestikuliren-
den, zanksüchtigen, unruhigen und allzu gefühligen Frankreichs,
scheint mir das hoffnungsreichste Ereigniß zu sein, das ich
erlebt habe."

Eine äußerst wichtige Kundgebung erfolgte von der Universität Göttingen. Die Veranlassung war folgende: Von
Seiten der französischen Akademie war öffentlich gegen das in
Vorbereitung begriffene Bombardement von Paris protestirt
worden. Die Academie zu Dublin (Royal Irish Academy)
erließ ebenfalls einen Protest dagegen, beruhigte sich aber dabei nicht, sondern wandte sich an die gelehrten Körperschaften
der civilisirten Länder mit der Aufforderung, einen Monstre-
Protest der gelehrten Welt gegen die Bedrohung der wissen-
schaftlichen und Kunstschätze von Paris hervorzurufen. Die
Universität Göttingen, ebenfalls zum Anschluß an diesen Protest aufgefordert, ertheilte durch ihren Prorector Richard Dove
eine Antwort, in welcher es hieß:

„Die Royal Irish Academy begleitet ihre Zumuthung
mit der Versicherung, daß sie dem gegenwärtigen Kampfe
Deutschlands und Frankreichs mit voller Unparteilichkeit gegenüber stehe. Zunächst dieser Behauptung muß ich im Namen
der gelehrten Körperschaft, welcher ich vorzustehen die Ehre
habe, widersprechen. Es hätte der Royal Irish Academy
sonst nicht entgehen können, daß die Paris bedrohenden Gefah-

ren die Folgen sind der Befestigung von Paris, für welche
sich der Ehrgeiz unserer ruhelosen Nachbaren durch den gefeiert-
sten Romanschreiber Frankreichs, durch Thiers, gewinnen ließ,
damit dieses Land in Zukunft vor den Folgen des etwaigen
Mißglückens seiner periodisch wiederkehrenden Angriffe auf den
Frieden Europas bewahrt bleibe.   Damals, als Frankreich
die Stätte, welche so viele Schätze der Bildung — ein „Be-
sitzthum der ganzen Menschheit", wie Sie bemerken, — umschließt, in die größte Festung der Erde umzuwandeln beschloß,
wäre es vielleicht angezeigt gewesen, wenn die gelehrten Körperschaften Englands sich an die Spitze eines Protestes der
gelehrten Welt gegen dieses culturfeindliche Unternehmen gestellt hätten.   Es ist indessen so wenig damals von einem Proteste der Wissenschaft zu Gunsten von Paris etwas zu hören
gewesen, wie sich die Stimme der Royal Irish Academy erhoben hat, als Rom, welches doch nicht minder werthvolle un-
ersetzliche Schätze der gelehrten Bildung und der Kunst in sich
schließt wie Paris, 1849 von den Franzosen unter Oudinot,
oder im laufenden Jahre von den italienischen Truppen mit
Waffengewalt genommen wurde. Ja, selbst als die eigenen
Truppen Ihrer großbritannischen Majestät die aufständischen
Sipahis, deren Kriegführung derjenigen der heutigen französischen Republicaner so überraschend ähnlich sah, in Delhi belagerten, hat sich in England kein Protest vernehmen lassen,
um die an Monumenten alter Kultur reiche Stadt vor dem
englischen Belagerungsgeschütze zu bewahren. Was aber Paris
betrifft, so hat die deutsche Heeresleitung bereits bethätigt, daß
sie bei der Belagerung jede Schonung übt, welche mit der un-
erbittlichen Pflicht vereinbar ist, den Deutschland aufgedrunge-
nen Kampf zum Ziele zu führen. Das deutsche Volk, das in
seinem geistigen Ringen noch immer das stolze Wort des Pa-
racelsus wahr zu machen sucht: „Engländer, Franzosen, Italiener, ihr mir nach, nicht ich euch", hat die Arbeit friedlicher
Gesittung, das einzige Feld seines Ehrgeizes, verlassen müssen,

weil durch einen feindlichen Raubanfall seine höchsten Güter, sein nationales Dasein, seine sittliche Selbstbestimmung, seine Ehre bedroht wurden; es kämpft heute in Frankreich für die künftige Sicherstellung dieses heiligen Besitzthums, zugleich aber auch für den Frieden der Welt und für die Gesittung der Menschheit. Denn diese wäre dem Untergange verfallen, wenn der Gedanke vergeltender Gerechtigkeit aus dem Bewußtsein der Völker verschwinden könnte. Daß der Welt der Glaube an diese Gerechtigkeit unverloren bleibt, das dankt sie nächst Gottes Gnade dem deutschen Volke. Als Europa den sittlichen Muth nicht fand, frevelhaftem Friedensbruch zu wehren, da hat dieses Volk, gerechten Gerichtes in den Donnern der Schlachten harrend, sein Dasein in die Schanze geschlagen, da hat es die geistige Blüthe seiner Jugend hinausgesandt in den heiligen Kampf, den ein großer englischer Geschichtsschreiber mit Recht gezeichnet hat als den Kampf der Engel wider Belial. Auch unsere Hochschule, die ihre ganze Ehre darin findet, deutsch zu sein, hat Hunderte von deutschen Jünglingen unter die Waffen gestellt, die Ungleichheit des Einsatzes nicht achtend, wo wir gezwungen sind, gegen afrikanische Halbwilde oder gegen das zusammengelaufene Gesindel Garibaldi'scher Abenteurer zu kämpfen. Die deutsche Wissenschaft betrauert bereits unter den gefallenen Helden einige ausgezeichnete Gelehrte, hoffnungsreiche Jünglinge in großer Zahl. England aber möge uns mit Einmischung jeder Art vom Leibe bleiben. Möge dem britischen Volke bald wieder vergönnt sein, in die Bahnen seiner großen Vergangenheit einzulenken, wo in jedem welterschütternden Kampfe für die wahren Interessen der Menschheit, für die Gerechtigkeit, für den Frieden und die Freiheit Europa's auch das britische Schwert in die Wagschale gelegt wurde."

Im Anschluß an die würdige Erklärung der Universität Göttingen veröffentlichte Trübner's „Amerikanischer und orientalischer Literaturbericht" eine Entgegnung auf den Protest

der französischen Akademie, in dem es hieß: „Wir wagen die
Behauptung, daß die deutschen Armeen die Denkmäler, Bibliotheken und Museen ebenso heilig halten werden, wie die Herren vom Institut de France. Ein Heer, das aus der Blüthe
der deutschen Jugend, aus allen Klassen der Gesellschaft re-
crutirt ist, und deshalb von Gelehrten und Studenten —
Klassen, die schwerlich in der französischen Armee zu finden
sein werden — überschwillt, wird wohl ein ganz anderes Betragen zeigen, als die Franzosen vermuthlich bewährt haben
würden, hätten sie ihren „Marsch nach Berlin" in das Werk
setzen können. Solche Leute kennen ihre Verantwortung gegen
die literarische Welt vermuthlich besser als jene französischen
„Gelehrten", von denen keiner ein Wort für die „Heiligkeit"
ähnlicher deutscher Institute übrig hatte, als der „militärische
Spaziergang nach Berlin" unter dem lauten Beifall der „Herren vom Pflaster" und der schweigenden Zustimmung der gelehrten Körperschaften Frankreichs beschlossen wurde."

Graf Bismarck hatte an den ausgezeichneten Gelehrten
Georg Bancroft, Gesandten der Vereinigten Staaten von
Nordamerika, ein Glückwunschschreiben zur Feier seines Doctor-
Jubiläums gerichtet, worauf Letzterer Folgendes erwiederte:

„Mein theurer Graf! Ich war eben so überrascht wie.
erfreut darüber, daß Sie, während Ihnen die Arbeit obliegt,
Europa zu verjüngen, die Zeit gefunden haben, mir in diesen
Tagen einen freundlichen Glückwunsch zu senden, daß mir ein
so langes Leben beschieden ist. Es ist in der That ein großes
Glück, diese Zeit zu erleben, in der drei oder vier Männer,
welche den Frieden über Alles liebten und nach langer und
schwerer Arbeit nur ihre Laufbahn in Frieden zu beschließen
trachteten, in einem Vertheidigungskriege mehr Kriegsruhm
ernten, als die kühnste Einbildungskraft sich dachte, und in
drei Monaten Deutschlands tausendjährige Hoffnung auf den
besten Weg der Erfüllung bringen. So nehme ich denn dankbar das Wohlwollen an, das meinem hohen Alter entgegen-

gebracht wird; denn das Alter, von der Ewigkeit durch eine
kurze Spanne getrennt, ist in diesem Jahre am wichtigsten
auf Erden; Greise sind es, welche diesen deutschen Krieg zu
seinen Zielen führen. Freilich Sie sind jung; aber Roon gehört schon zu den Ehrwürdigen; Moltken fehlen nur 23 Tage
zu meinem Alter, und Ihr König übertrifft an Jahren und
Jugendlichkeit uns Alle. Darf ich nicht stolz auf meine Zeitgenossen sein? Bewahren Sie mir Ihre Achtung auch während der kurzen Zeit, die mir noch bleibt."

Eine tiefempfundene und wohlbegründete Kundgebung
des Vaters eines preußischen Mitkämpfers gelangte durch die
„N. Pr. Z." zur Veröffentlichung. „Einen Blutzoll von
Jünglingen und Jungfrauen", heißt es in derselben, „mußte
Athen jährlich an den König Minos auf Kreta liefern, um
dem Minotaurus zur Speise zu dienen. Theseus befreite sein
Vaterland von diesem schrecklichen Zoll. Einen Blutzoll hat
seit Jahrhunderten das uneinige, zerrissene und darum macht-
lose Deutschland an Frankreich zahlen müssen, und wir hoffen,
ja wir wissen: auch der Theseus ist gefunden, der diesem
schrecklichen deutschen Blutzoll ein Ende macht. Oder ist es
nicht ein Blutzoll, wenn alle fünfzig Jahre oder auch in kürzeren Zeiträumen das französische Volk in frevler Weise und
unter den nichtigsten Vorwänden sich in Deutschlands Angelegenheiten mischt, seine Truppen marschiren läßt und, indem
es unser Vaterland verwüstet, tausende und abertausende unserer Männer und Jünglinge dem Tode opfert? Königreich,
Kaiserreich oder Republik — welche Form der Staatsverfassung
dem launenvollen Volk auch gerade beliebt — immer muß
Deutschland seinen Blutzoll bringen, sei es siegend, sei es un-
terliegend. Ueber hunderttausend Männer und Jünglinge haben
wir in dem gegenwärtigen Kriege an Todten und Verwundeten zu beklagen; gewiß eben so viele in dem Kriege von
1813—15, mehr noch in den Kriegen des ersten Imperators
und der Republik von 1794 an. Man kann in den letzten

II.   24

drei Jahrhunderten je zweimalhunderttausend deutsche Männer
und Jünglinge rechnen, die um französischen Frevelmuths
willen starben. Dazu die unzählbare Summe von gebrochenen
Herzen der Eltern, Geschwister, Frauen und Bräute. Ist
denn da gar keine Hülfe? Ist denn gar keine Rettung?
Kommt denn nicht endlich einmal die Zeit, wo dieser entsetzliche Blutzoll aufhört, der dem zwieschlächtigen Minotaurus französischer Eitelkeit und Frevelhaftigkeit bisher von
Deutschland dargebracht werden mußte? Warum kann Deutschland, da es selber nur Frieden, keinen Krieg begehrt, nicht
eben so gut in Frieden leben, wie England, Nordamerika und
Rußland? — In arglistiger Weise macht England — das
den Krieg, wenn es wollte, verhindern konnte — jetzt Versuche, in Gemeinschaft mit andern Neidern, uns den Siegespreis, der uns vor der zukünftigen Leistung des Blutzolls
schützen könnte, aus den Händen zu winden. Man schlägt vor:
„Schleifung der Festungen Straßburg und Metz." Als wenn
nicht jeder Deutsche wüßte, daß Frankreich zu gelegener Zeit
die Festungen wieder aufbauen würde! — Fort mit diesen
und ähnlichen Friedensvorschlägen! Mit einem Volk, wie das
französische, ist kein dauernder Friede zu schließen, sondern nur
ein Waffenstillstand, bei welchem man sogleich den Wieder-
beginn der Feindseligkeit in's Auge fassen und daher die gün-
stigste Position, die man nur haben kann, einnehmen muß.
Ein dauernder redlicher Friede, auf gegenseitiges Wohlwollen
gegründet, — wer wäre Thor genug, zu glauben, daß ein derartiger Friede zwischen Deutschland und Frankreich möglich?
Und wenn wir keinen Fußbreit Landes und keinen Stein von
ihren Festungen nähmen, so würden wir eben deshalb schon
über's Jahr wieder Krieg haben. Wir werden Krieg haben,
sobald Frankreich durch eigene Macht allein oder mit Hülfe
von Bundesgenossen wieder kriegen kann. Das weiß Jeder,
der dies Volk kennt, und wahrlich — in diesen sieben Monaten konnten wir Alle sie kennen lernen. Vielen einzelnen

Franzosen gesteht man gern persönliche Ehrenhaftigkeit und
Würdigkeit zu; aber das französische Volk im Großen und
Ganzen ist nimmermehr vertrauenswürdig. Wir hoffen zuversichtlich, daß unter Gottes Gnadenbeistand der Theseus Deutschlands — wie durch die Labyrinthe französischer Kriegswuth
und Lüge, so durch die Labyrinthe englischer Diplomatie —
an dem Ariadnefaden deutscher Klarheit sich zurechtfindend, dem
Blutzoll an Frankreich für immer ein Ende machen wird.

  Ein Vater, der in einem Sohn bei Vionville den
deutschen Blutzoll mit dargebracht hat."

  Einige vereinzelte, eine bessere Erkenntniß verrathende
Stimmen, die sich auch in Frankreich erhoben, mögen freilich
nur in kleinen Kreisen Derer, an die sie sich unmittelbar
wandten, verdiente Würdigung gefunden haben. In der
„Opinion nationale" erhob Guérault folgenden Schmerzensruf: „Frankreich ist ideenlos ohne Ideal, religiös ohne Religion, in die Einheit verkarrt, ohne die Monarchie ertragen
zu können, republikanisch aus Laune, aber für die Republik
unfähig; es will um jeden Preis regiert werden, kann aber
keine Regierung erzeugen noch dulden. So befindet sich
Frankreich in einer fürchterlichen Krisis, und man muß
fürchten, es im Schiffbruch untergehen zu sehen, wenn die
Vorsehung ihm nicht gnädig ist. Es ist an ihm, eine
politische Idee, einen religiösen Glauben, eine Regierungsform zu finden, welche ihm gestatten, das tödliche Räthsel zu
lösen, das die Gewalt der Thatsachen und der Lauf der Ereignisse ihm aufgegeben haben."

  In der in Nizza erscheinenden Zeitschrift „l'Eglise libre"
veröffentlichte ein Franzose einen Aufsatz mit der Ueberschrift
„Sündenbekenntniß Frankreichs". — „Wir haben uns ge-
rühmt," sagte er, „das erste Volk der Erde zu sein, haben
die anderen Nationen mit Verachtung behandelt, und uns angemaßt, sie Alles zu lehren, ohne von ihnen Etwas lernen zu
wollen. Verliebt in eitle Ehre und den verderblichen Ruhm,

24*

welchen der Krieg gewährt, haben wir ihm nachgejagt. Da
wir uns unüberwindlich wähnten, sind wir beleidigend und
herausfordernd gewesen, immer bereit, das Schwert aus der
Scheide zu ziehen; denn das vergossene Blut, das nicht das
unsrige war, achteten wir für Nichts . . . . . Wir waren selbst-
süchtig und wollüstig. Gestachelt durch das Bedürfniß nach
Genuß, haben wir uns begierig den Reichthum gewünscht, der
den Genuß verschafft, und haben ohne Wahl der Mittel ihn
zu erwerben gesucht. Reich, waren wir ohne Barmherzigkeit für
die Leidenden; arm, wurden wir von Neid gegen Diejenigen verzehrt, die wir die Glücklichen nannten . . . . . Unsere Grundsätze und unsere Sitten waren verderbt. Wir haben den Meineid losgesprochen, verherrlicht und gekrönt. Wir haben das
Gewissen und die Wahrheit für Vorurtheile geachtet. Wir
haben gespottet über das Reine und Heilige unter den Menschen. Die Frau, die Ehe und ihre heiligen Pflichten, alle
häuslichen Tugenden waren Gegenstand unseres Spottes.
Unser Theater und unsere Literatur waren Schulen der Unsittlichkeit geworden. Durch die Leichtfertigkeit unseres Characters, durch unsere lange Einwilligung in die Knechtschaft,
durch die Niedrigkeit unserer Neigungen, durch unsere scham-
lose Kleidung, durch unsere schmutzigen Lieder, haben wir unsere Zeit geschändet und der Welt ein Aergerniß gegeben.
In allen Schichten der Gesellschaft hat das Laster geherrscht
und den Augen Aller zur Schau getragen, was nicht einmal
zu nennen erlaubt ist . . . . . Wir waren ungläubig und
gottlos, Heuchler und voll Aberglauben. Wir haben gespottet
über das Evangelium, das wir nicht kannten, und wenn wir
es kannten, haben wir Andere gelehrt, nicht daran zu glauben.
Durch schmachvolle Berechnung irre geleitet, haben wir in der
Ferne Irrthümer beschützt und bei uns Gebräuche begünstigt,
an die wir nicht glaubten, um durch die Unwissenheit und
Leichtgläubigkeit der Armen unsere Herrschaft und unsere übel
erworbenen Güter sicher zu stellen."

In biefer Weife „fpiegelten" fich bie benkwürbigen Zeit-
ereigniffe in ben Geiftern unb Herzen ab; aber biefe „Ab-
fpiegelungen" traten unb treten auch wieber in Wechfelwirkung
mit ben fich weiter geftaltenben Ereigniffen. Göthe fagte von
ben Thaten bes fiebenjährigen Krieges, fie hätten ber nächft-
folgenben Literaturepoche Anregung unb Inhalt gegeben. In
noch tiefgreifenberem unb nachhaltigerem Sinne läßt fich ein
Gleiches von ben Ereigniffen ber Jahre 1870 unb 1871 erwarten; fie werben in ihrer Nachwirkung erneuernb unb um-
geftaltenb auf bie Anfchauungen unb Empfinbungen ber tiefften
Seele ber europäifchen Völker wirken, fie werben „bas An-
geficht Europa's veränbern."

Das neue beutfche Kaiferthum.

> „— — — — — — Durch bie Zeiten
> Wie wirb's euch fein, ihr beutfchen Lanbe,
> Wenn bann bas Heer in Karls Gewanbe
> Den Kaifer wieber krönt?"
>
> Max von Schenkenborf.

„Die Kron' ift jünger als ber König! rühmt mein Lieb,
Der Kaifer Wilhelm war fein eigner Kronenfchmieb,
In funfzig Schlachten ift fein Werk gebiehen.
So feft fteht fie auf feinem kaiferlichen Haupt,
Wie eines Eichbaums Krone grün unb bicht belaubt,
Unb keines mag bem anbern Glanz entziehen.
Wohl ftreiten beibe um ben Preis,
Der Edelfteine Glanz, bes Haares Silberweiß,
Solch Schmuck mag Volk unb Fürften wohlgefallen.
So Einer nun nach Deutfchlanb fragt,
Dem zeigt bie Kron' auf jenem Haupt unb fagt:
„Das ift ber Leitftern unfern Völkern allen."

> Franz Leibing.

Wunberbares Walten bes Gefchickes! Gerabe Verfailles,
von wo aus unter Lubwig XIV. am eifrigften, rückfichtslo-

ſeſten und erfolgreichſten an der Schwächung Deutſchlands
gearbeitet worden, war der Ort, an welchem das Symbol der
deutſchen Macht und Einheit, das deutſche Kaiſerthum, welches
das Habsburger Fürſtengeſchlecht im Abfalle vom nationalen
Geiſte hatte erbleichen und gänzlich hinſinken laſſen, wieder aufgerichtet und wo mit dieſem hehren Amte nun das Fürſtengeſchlecht betraut werden ſollte, ohne deſſen raſtloſes Aufwärts-
ſtreben in den ſchweren Zeiten, die Frankreich über Deutſchland gebracht hatte, dieſes ſeinem gänzlichen Verfalle nicht entgangen wäre.

Erregte ſchon der Umſtand, den König und die treff-
lichſten der deutſchen Staatsmänner und Heerführer an dem
Orte zu wiſſen, wo ſo ſchwere Attentate gegen Deutſchland
ihren Urſprung hatten, in Deutſchland die Gemüther in lebhafter Weiſe, wie mächtig mußten die Gemüther derer erregt
ſein, die ihr Quartier in jenem hiſtoriſch ſo wichtigen Orte
aufgeſchlagen hatten, in welchem der Geiſt der Vergangenheit
aus jedem Steine ſprach! „Welch ein Gegenſatz“ ward der
Zeitſchrift „Daheim“ geſchrieben. „Im Jahre 1670 König
Ludwig XIV. auf der Höhe ſeines „Zeitalters“ in der vollſten
Kraft ſeiner Jahre. Vor Kurzem erſt iſt das Rieſenſchloß
hier beendet. Was die Welt an Pracht kennt, iſt hier angebracht. Ueber marmornen Platten und marmornen Stufen,
unter kryſtallenen Kronleuchtern, an herrlichen Bildſäulen vorüber ſchreitet der ſeidene und ſammetne Schuh der Höflinge
und Günſtlinge hinauf in die Gemächer des erſten Stockwerkes.
Glücklich, wer nicht ſchon in dem oblongen Prachtgemach, in
das man vom prächtigen Treppenflur aus links eingetreten iſt,
von den Schweizern angehalten wird; wer durch ein kleines,
herrlich ausgeſtattetes Vorzimmer zum berühmten Oeil de boeuf
vordringen darf, wo das hoffähige Frankreich in dem Halb-
dunkel dieſes Gemaches, das nur durch ein ovales Fenſter
(Ochſenauge) Licht erhält, mit ſüßem oder intrigantem Geflüſter
dem Augenblick entgegenharrt, wo ſich die Flügel der Thüre

zur Rechten öffnen, und der mächtigste König der Erde seine Staatsmänner und Günstlinge, seine neuen Liebschaften und Verwandten zum Lever vorläßt. Die Erhebung des Monarchen von seinem Lager ist zur feierlichen Staatsaktion geworden. Daran müssen wir gedenken, wenn wir heute das ungeheure Bett betrachten, an dem über ein Centner Goldstickereien hing zur Zeit der Levers, wenn wir heute das koloffale Schlafzimmer des Königs durchmessen, in dem die werthvollsten Oelbilder schon so hoch hängen, daß sie mit bloßem Auge nicht zu erkennen sind.

„Und heute! Wie vor zweihundert Jahren, unverändert ist die Pracht dieses Königsschloffes geblieben. Dieselben Bilder an den Wänden, daffelbe Parket, dieselbe reiche Vergoldung und Stukkatur der Wände, dieselben mythologischen Verherrlichungen Ludwig's an den Gemälden der Decken, dieselben Marmorkamine, Malachitvasen und golbenen Pendulen.

„Aber nicht mehr gleiten die Seidenschuhe der Kavaliere lautlos über das Parket, nicht mehr thront hier die Hoheit französischer Staatsmacht. Auf Befehl des beutschen BundesFeldherrn ist das Königsschloß zu Versailles zum königlich preußischen Feldlazareth eingerichtet, in welchem die Sieger über drei französischen Heere, vor den Mauern der französischen Hauptstadt, von ihren ruhmvollen Wunden geheilt werden, während der letzte Bourbone heimatlos in der Fremde umher irrt.

„So heftet die Vorsehung an die Thaten der Menschen die niederziehenden Gewichte!

„Kein Lächeln und kein Schäkern mehr in diesen Prunkgemächern. Rastlos schreitet die barmherzige Schwester an ihr Liebeswerk, der Arzt und der Krankenwärter an seine Pflicht; selbst der weiland kaiserliche Schloßbeamte hier, der vortrefflich Bescheid wußte in allen offenen und geheimen Geschichten dieses Hauses, muß jetzt den Kranken allerlei Hilfsdienste mit leisten, die ihm an der Wiege nicht gesungen worden sind. Alles aber

geht stumm und mit leisem Flüstern durch die heilige Stätte
des Schmerzes. Und doch habe ich auch hier die Armen lächeln
sehen, vor Freude über die wiedererwachende Kraft, in dankbarer Regung für die treffliche Behandlung und Pflege, im
Tode noch in dem Bewußtsein heiliger Pflichterfüllung."

Das große Hauptquartier des Königs befand sich in be-
Präfektur auf der Avenue de Paris — ein schloßähnliches
Gebäude, dessen Bau drei Millionen Francs gekostet hatte.
„Wo die Truppen nothwendig ihren Marsch nehmen müssen,"
erzählt der Berichterstatter der „Post", „da nimmt der König
sein Quartier; er muß sie vor sich vorbeipassiren sehen, er
muß an das Fenster treten können, wenn die Trommel wirbelt,
oder wenn die Musik die Wacht am Rhein spielt; er kümmert
sich nicht um den Verlust des Schlafes, den ihm in der Nacht
das unter den Kanonen erdröhnende Pflaster raubt, oder das
Commando der bayerischen Fuhrwerkscolonne mit requirirtem
Hafer." Im Gegensatze zu dieser Wohnung befand sich die
des Bundeskanzlers Bismarck, aber eben so characteristisch für
den Mann, der dieselbe sich gewählt hatte. Graf Bismarck
wohnte in einer der stillsten Straßen von Versailles „An die
Rue de Provence", erzählt derselbe Berichterstatter, „wird
sich ewig die Erinnerung anknüpfen, wenn man die deutsche
Einheit feiert. Dort hat sich der deutsche Reichskanzler sein
Tusculum ausgesucht, sein vom Stadtlärm entferntes Asyl, wo
die Zweige einer grünen Edeltanne zu der Besiegelung des
neuen deutschen Bundes gesäuselt haben. Die Rue de Provence
verbindet die Avenue de St. Cloud, welche vom Schloß- oder
Waffenplatz ausläuft, mit dem Boulevard de la Reine, der aus
dem Parke heraus dieselbe Richtung nimmt und fast mit ihr
convergirt. Die eine Straße nennt man Avenue, die andere
Boulevard; beide tragen denselben Character; es sind Doppel-
alleen zwischen Häuserreihen. Die Straße des Reichskanzlers,
welche beide durchschneidet, hat eine weit mehr ländliche, als
städtische Physiognomie. Die Häuser haben hier keine Fühlung

mehr miteinander; sie stehen nur durch Parks mit einander in Communication. So erheben sie sich freier, und die Villa des Kanzlers steht ganz unbeengt da, nur von den Bäumen des Parkes sanft berührt. Diese Einsamkeit braucht der Staatsmann, der troh alles Interesses an Geschützcolonnen doch gern seine Nerven vor dem Gerassel ihrer Räder bewahrt, der auch andern Lärm nicht liebt, außer etwa dem parlamentarischen. Freilich der Damm der Avenue de Provence hat die Weiche eines Gartenweges, so daß fast ungehört wie die Droschke, in der ein süddeutscher Diplomat oder ein französischer Unterhändler das deutsche Bundeskanzleramt aufsucht, eine Artilleriebrigade hier passiren könnte. Man fühlt es wohl, wenn man diesen Zufluchtsort passirt, daß er ausgesucht ist, um Varzin in Etwas zu ersehen. In allen Wipfeln ist Ruh, aber drinnen schafft ein hastiger Geist und spottet der umgebenden Stille."

Der „Gartenlaube" ward aus Versailles ein Artikel „Drei Mächtige zwischen ihren vier Wänden" eingesandt, in dem es heißt: „Die drei hervorragendsten Männer, welche in dem deutsch-französischen Kriege die Hauptrollen spielen, — Wilhelm der Erste, König von Preußen, sein erster Minister, Graf Bismarck, und endlich Graf Moltke, der Chef des Generalstabes — haben seit einigen Wochen ihren Wohnsitz in Versailles aufgeschlagen, um von hier aus die ferneren kriegerischen Operationen wie die diplomatischen Verhandlungen zu leiten. Berlin hat momentan aufgehört, Sitz der preußischen Regierung zu sein — die preußische Regierung befindet sich in Versailles, mit ihr die Großen des Reichs, sowie die Fürsten vieler deutschen Staaten, und von hier aus wird das zukünftige Schicksal Frankreichs und wohl auch Deutschlands entschieden werden. Es dürfte deshalb von Interesse sein, in das Leben dieser drei mächtigen Herren zwischen ihren vier Wänden einen Einblick zu erhalten.

„Der König hat auch in Versailles nichts an der einfachen Lebensweise geändert, welche er in Berlin zu führen

pflegt, und wahrhaft erstauneuswerth ist die Thätigkeit, der er
sich trotz seiner dreiundsiebenzig Jahre mit seltener Rüstigkeit
hingiebt. Er steht früh sieben Uhr auf, sein Nachtlager besteht aus einem niedrigen Feldbett mit nur einer Matratze,
das er stets mit sich führt; er rasirt sich selbst und wird bedient von je nur einem seiner beiden Kammerdiener Engel und
Krause, Beides gediente Soldaten mit militärischen Ehrenzeichen.
Er trägt im Hause den gewöhnlichen Militärrock. Tritt er
in sein Arbeitszimmer, so servirt der gerade dienstthuende Leib-
jäger oder Leiblakai den Kaffee, während auf dem Schreibtische
bereits die zu erledigenden Papiere, Depeschen 2c. liegen. In
Berlin ist der Monarch beim Kaffeetrinken stets allein, hier
im Hauptquartier hat nur der Geheimrath Schneider Zutritt,
jene bekannte Persönlichkeit, welche sich als Militärschriftsteller
wie als Geschichtsschreiber einer so bedeutenden Popularität
erfreut. Schneider, welcher jeden Morgen pünktlich sieben Uhr
im Schlosse erscheint, stattet in seiner Stellung als Vorleser
und Bibliothekar dem Könige während des Frühstücks über die
eingegangenen Telegramme, sowie über die Stimmung der
europäischen Presse Bericht ab, er legt die neuesten literarischen
Erscheinungen vor, aus denen sich der König die entscheidenden
Stellen, sowie besonders wichtige Artikel aus den Zeitungen
vorlesen läßt.

„Nach dem Kaffee eröffnet der König die Briefe, ließt
sämmtliche Depeschen, versieht sie mit Randbemerkungen und
Zeichen, und legt sie in die verschiedenen Mappen oder Fächer:
Civilcabinet, Militärcabinet, Staatsministerium, Kriegsministerium, Justizministerium, Unterstützungs- und Gnadensachen.
Mit den letzteren ist der Geheimrath und Landwehrmajor Bork,
ein langjähriger treuer Diener des Königs, betraut. Wie in
Berlin, so hat er auch hier jeden Morgen Vortrag, und der
Wohlthätigkeitssinn des Königs findet trotz der Ueberhäufung
mit Geschäften immer noch ein Viertelstündchen Zeit, welche
der Erledigung der Unterstützungs- und Gnadengesuche gewid-

met iſt. Nach dem Geheimrath Bork hat einer der beiden Hofmarſchälle Zutritt, um die Befehle für den Tag in Empfang zu nehmen, bezüglich des Ausfahrens, Reitens, der Einladungen, Beſuche, Audienzen, des Empfanges von Deputationen; dann befiehlt der König gewöhnlich den Vortrag der Generale, das ſind Moltke, Roon, Boyen, Podbielski und Treskow.

„Schlag neun Uhr meldet ſich der dienſthuende Flügel-Adjutant des Tages, durch den alle Befehle gegeben werden, der den König überall hin zu begleiten und der das Journal der königlichen Thätigkeit zu führen hat. Es folgen dann die Vorträge des Civil- oder Militärcabinets, oder des Grafen Bismarck, welche gewöhnlich zwei bis drei Stunden in Anspruch nehmen. Dazwiſchen findet Annahme von Meldungen, Audienzen, Empfang von Depeſchen und Ueberweiſung derſelben an die zuſtändige Behörde ſtatt, ebenſo erleiden dieſe Vorträge Unterbrechung bei Vorbeimärſchen von Truppen, behufs deren Beſichtigung der König dann ſtets auf dem Platze außerhalb des Gitters vor dem Präfekturgebäude erſcheint. Nach den verſchiedenen Vorträgen empfängt oder macht der Monarch fürſtliche Beſuche, geht in Lazarethe, oder beſichtigt die Merkwürdigkeiten der Stadt; bei dieſen Ausfahrten begleitet ihn ſtets nur ein Adjutant, und nur bei Ausflügen nach der Umgegend die Stabswache. Betrachtet man die Gruppen der franzöſiſchen Blouſenmänner vor dem Schloſſe und auf den Straßen, die täglich dort herumlungern, ſo kann man ſich eines Gefühls der Beſorgniß nicht erwehren, und es will einen bedünken, als ob der König in dieſer feindlichen Stadt zu viel wage, obgleich es ſich nicht leugnen läßt, daß dieſer perſönliche Muth, verbunden mit ſeiner ritterlichen Erſcheinung, den Verſaillern ſichtlich imponirt und einen guten Eindruck auf ſie macht.

„Der König lebt ſehr mäßig, nimmt Vormittags zwiſchen den Vorträgen manchmal etwas kalte Küche und geht um vier

Uhr zur Tafel, die sehr einfach, fast bürgerlich ist. Es wird bei derselben nur eine Sorte Wein geführt, und Champagner, außer bei Geburtstagen eines Mitgliedes der königlichen Familie oder fürstlicher Personen, nie. Nur einmal gab es auf der königlichen Tafel während dieses ganzen Feldzuges Champagner, das war am Abend nach der Schlacht bei Sedan am 1. September. Nach einer ungefähr halbstündigen Unterhaltung nach Tische zieht sich der Monarch in sein Zimmer zurück, erbricht und liest sofort die eingegangenen Briefe, Depeschen und selbst die unscheinbarsten Gnadengesuche; hier sei gleichzeitig erwähnt, daß der König noch nie Nachmittags geschlafen hat. Diese Zeit ist nach Erledigung der eingegangenen Briefschaften der Lectüre der Spener'schen Zeitung oder sonst eingegangener wichtiger Zeitungsartikel, sowie der Correspondenz mit der Familie und dem Absenden von Telegrammen gewidmet.

„Beim Thee, welcher Abends neun Uhr in Gesellschaft eingeladener Personen eingenommen wird, findet stets eine lebhafte Unterhaltung statt; diese Stunde wird ausgefüllt mit Besichtigung illustrirter Werke und Vorlesung wichtiger Zeitungsnachrichten; alle Tagesereignisse und Persönlichkeiten werden besprochen. Der König raucht für gewöhnlich nicht, fordert aber in großer Männergesellschaft dazu auf und raucht dann auch wohl mit; gegen eilf Uhr zieht er sich in sein Zimmer zurück und arbeitet bis ein Uhr. Die für den Mittag oder Abend zu ladenden Gäste bestimmt der König alle selbst.

„An Schlachttagen fährt der König schon früh fort und besteigt dann an einem Orte, der vorher bestimmt wird, eines seiner Pferde, von denen mehrere ihm stets vorausgehen.

„Graf Bismarck ist erheblich jünger als der König und als Moltke, er zählt erst 55 Jahre. Aeußere leibliche Genüsse existiren für ihn fast gar nicht. Denken und Arbeiten füllen fast seinen ganzen Lebenslauf aus. Hier im Felde lebt er fast noch zurückgezogener als in Berlin, der Einsiedler von Varzin hat sich in einen Einsiedler von Versailles verwandelt. Graf

Bismarck wohnt hier in einem isolirten Landhause, ziemlich entfernt von den anderen Mitgliedern des großen Hauptquartiers, in der Rue de Provence. Er steht gewöhnlich erst Morgens neun Uhr auf, da er von seiner früheren Stellung als Gesandter gewöhnt ist, in französischer Manier zu leben; er genießt Morgens Thee und zwei Eier, dann arbeitet er ununterbrochen bis drei Uhr. Wenn Veranlassung dazu vorliegt, fährt er um zwölf Uhr eine halbe Stunde zum Könige. Etwa um vier Uhr unternimmt er in Begleitung seines Vetters, des Legationsraths Graf Bismarck-Bohlen, der auch gleichzeitig Chef seines Cabinets ist, einen Spaziergang in der Umgegend von Versailles. Bismarck trägt im Hause bei der Arbeit gewöhnlich einen einfachen braunen Schlafrock, beim Empfange von Besuchen und außerhalb des Hauses die bekannte Kürassieruniform seines Regiments. Um halb sechs Uhr speist der Minister mit seinen sämmtlichen Beamten gemeinschaftlich zu Mittag; das Diner ist gewöhnlich ziemlich einfach und von dem Koch zubereitet, welchen der Minister mitgenommen. Nach Tische plaudert er traulich mit seinen Beamten am Kaminfeuer, dessen Anblick ihm viel Vergnügen zu machen scheint, dann arbeitet er wieder ununterbrochen bis Nachts ein Uhr.

„Natürlich finden den ganzen Tag über ohne Rücksicht auf eine bestimmte Zeit Vorträge seiner Beamten, Conferenzen mit Diplomaten und Besuche von hohen Militär- und Civilpersonen statt. Der Depeschen- und Briefverkehr spielt sich fast ununterbrochen bei Tag und Nacht ab. Stündlich kommen und gehen Feldjäger, Post- und Telegraphenboten. Der Minister raucht wenig; er liebt, da er von rheumatischen Leiden häufig heimgesucht wird, sehr ein warmes Zimmer; sein Bett und seine Zimmereinrichtung ist überaus einfach. Er arbeitet hier in Versailles in einem kleinen Hinterzimmer, mit welchem mancher Landpfarrer kaum tauschen würde. Mit Mühe hat man in dem einfachen Landhause, welches er hier bewohnt,

neben seinem Schlafzimmer einen kleinen Salon eingerichtet,
damit er nicht genöthigt ist, die fremden Diplomaten in seinem
Schlafzimmer zu empfangen. Ein Vorzimmer ist auch nicht
vorhanden, daher muß der Kanzleidiener, welcher den Dienst
hat, auf dem Corridor sitzen — so klein und einfach ist der
Apparat, in welchem hier in Verfailles gegenwärtig die Weltgeschichte verarbeitet wird. Das Beamtenpersonal, welches den
Minister hier umgiebt und welches größtentheils dasselbe Haus
bewohnt und mit ihm förmlich einen gemeinschaftlichen Haus-
halt führt, lebt ebenso einfach und geschäftig wie er selbst.

„Graf Helmuth von Moltke bewohnt in Verfailles das
Haus Neununddreißig der Rue neuve, woselbst sich auch die
Bureaux des Generalstabes befinden. Der siebenzigjährige Herr
führt ebenso eine sehr einfache Lebensweise. Er steht Morgens
zwischen 5 und 6 Uhr auf und arbeitet nach dem Kaffee von
6—8 Uhr, dann kommt der General-Quartiermeister der Armee,
von Podbielski, mit dem er conferirt, beide fahren dann um zehn
Uhr zum König. Um zwölf Uhr kehrt Moltke zurück, frühstückt
und fährt dann mit seinen beiden Adjutanten aus. Diese Ausfahrten, welche zwei bis drei Stunden in Anspruch nehmen, werden zu Inspicirungen in der Umgegend benutzt. Nach Hause
zurückgekehrt, erledigt der General die inzwischen eingegangenen
Depeschen und ißt dann um fünf Uhr mit seinem ganzen, aus
zwanzig Offizieren bestehenden Stabe. Nach Tische arbeitet
Moltke, wenn er nicht zum Thee beim Könige befohlen ist.

„Der General ist einfach und anspruchslos und erträgt
bereitwillig die durch den Krieg gebotenen Entbehrungen. Er
hat nur einen Diener. Stets bei den Vorposten zu finden,
die er inspicirt, und gleichzeitig die Punkte besichtigend, welche
für Aufstellung der Geschütze ersehen sind, war er während
dieses Feldzuges den feindlichen Geschossen schon mehrfach ausgesetzt. Im Schlosse von St. Cloud war er kurz vor dem
Brande anwesend, als es von feindlichen Granaten überschüttet wurde; er besichtigte die kaiserlichen Zimmer, und die

Geschosse nicht beachtend, welche wiederholt einschlugen und Alles verwüsteten, stand er sinnend vor dem Bett Napoleon's, das halb zerschmettert war, und sagte dann ruhig: „Hier wird er wohl nicht mehr drin schlafen." Sucht man Moltke während des Gefechts, so ist er stets vorn an der Spitze zu finden."

Der Gedanke von der Wiedererweckung des deutschen Reiches in der Form des Kaiserthums, der nie geruht und in neuer und neuester Zeit aus Liedern hervorgeklungen war, machte sich im deutschen Volke im Verlauf der siegreichen Kämpfe in einer solchen Stärke geltend, daß selbst Kreise von ihm berührt wurden, die ihm bisher gänzlich unzugänglich gewesen. In der ersten Zeit des December ging folgende kurze, aber inhaltsreiche Notiz durch die Zeitungen:

„Versailles, den 3. December. Prinz Luitpold von Bayern übergab im Hauptquartier zu Versailles dem König Wilhelm ein Schreiben des Königs Ludwig von Bayern, worin derselbe den König ersucht, das deutsche Reich und die deutsche Kaiserwürde wiederherzustellen und mit Zustimmung der deutschen Fürsten den Kaisertitel anzunehmen."

Am 5. December wurde dieses Schreiben von dem Staatsminister Delbrück unter allgemeinem Beifall im norddeutschen Reichstage vorgelesen. Am 7. December empfing der norddeutsche Reichstag ein Schreiben des Bundeskanzlers Bismarck, durch welches der am gleichen Tage auf Antrag von Sachsen-Weimar vom Bundesrathe gefaßte Beschluß mitgetheilt ward, die Verfassung des deutschen Bundes dahin abzuändern, daß dieser Bund den Namen Deutsches Reich und der König von Preußen den Namen Deutscher Kaiser führe. Hierauf nahm der Reichstag die drei Verträge mit den süddeutschen Staaten und zugleich die neue Bundesverfassung an. Am 10. December beantragte der Abgeordnete Lasker, an den König eine Adresse zu erlassen und befürwortete sie in einer Rede, in der er äußerte: „Nur um uns

zu ſchützen gegen die Eiferſucht eines neidiſchen Nachbarn,
wurden wir dahin gedrängt, die Waffen in die Hand zu nehmen.
Und herausgefordert war dieſer Nachbar nur durch die Zwie-
ſpältigkeit, welche in Deutſchland ſelbſt geherrſcht hat; für die
Zukunft aber hegen wir die Hoffnung, daß das Einigungswerk,
welches wir jetzt zu vollziehen haben, es ganz Europa ankündigen
wird, daß fortan auf die Schwäche Deutſchlands nicht gerechnet
werden darf. Und daran knüpfen wir die Hoffnung, daß unſere
Einigung nicht blos der eigenen Nation zu Gute kommt, ſondern
ohne Ueberhebung, als ob wir den Frieden dictirten, lediglich
durch die moraliſche Macht, welche die Friedensliebe Deutſchlands ausübt, hegen wir die Hoffnung, daß fortan unſer Reich
der Anfang ſein wird eines wahren und geſicherten Friedens.“

In der von dem Abgeordneten Lasker vorgelegten und
vom norddeutſchen Reichstage angenommenen Abreſſe hieß es:

„Ungemeſſene Opfer fordert der Krieg, aber der tiefe
Schmerz über den Verluſt der tapferen Söhne erſchüttert nicht
den entſchloſſenen Willen der Nation, welche nicht eher die
Waffen ablegen wird, bis der Friede durch geſicherte Grenzen
beſſer verbürgt iſt gegen wiederkehrende Angriffe des eiferſüch-
tigen Nachbarn.

„Dank den Siegen, zu denen Eure Majeſtät die Heere
Deutſchlands in treuer Waffengenoſſenſchaft geführt hat, ſieht
die Nation der dauerden Einigung entgegen.

„Vereint mit den Fürſten Deutſchlands naht der nord-
deutſche Reichstag mit der Bitte, daß es Eurer Majeſtät gefallen
möge, durch Annahme der deutſchen Kaiſerkrone das Einigungswerk zu weihen.“

Dreißig durch das Loos gewählte Mitglieder des Reichstages wurden beauftragt, die Abreſſe dem Könige in Verſailles
zu überreichen. Ueber dieſen Vorgang berichtete der „Staats-
Anzeiger“ Folgendes:

„Für den Empfang der am 16. Abends in Verſailles eingetroffenen Reichstags-Deputation war Freitag, der 18. December

bestimmt. In einfacherer und ergreifenderer Weise ist wohl nie
ein Staatsact von höchster weltgeschichtlicher Bedeutung vollzogen worden. Die Umstände der Zeit und die äußere Umgebung, in welcher das königliche Versprechen der Annahme
des Kaisertitels den Vertretern der Nation abgelegt wurde,
konnten nicht ohne Einfluß auf den Character der feierlichen
Handlung bleiben. Inmitten eines deutschen Heereslagers, das
seine siegreichen Waffen mitten in Feindesland hineingetragen hat,
drängt sich noch einmal der Gedanke auf an die schweren Opfer,
mit welchen das deutsche Volk in blutigen Kämpfen gegen die
herrschsüchtige Politik einer benachbarten Nation das lang erstrebte und nun endlich erreichte Ziel seiner inneren Einigung
erkaufen mußte. Gleichzeitig aber gelangte an dieser Stelle
zum reinsten Ausdruck die Ueberzeugung, daß die Würde, welche
heute der einstimmige Wunsch des Volkes dem Könige von
Preußen entgegenträgt, nicht das Werk persönlichen Ehrgeizes
ist, sondern daß die Nation, fern von jeder Ueberhebung, ein
heiliges Recht und die Pflicht hat, für das durch ihre Waffenthaten geeinte Deutsche Reich einen Namen anzunehmen, dem
durch Jahrhunderte hindurch in allen Landen die höchste Ehrfurcht gezollt ward. Ein Blick auf die Versammlung, die in
der Stunde eines hochwichtigen Entschlusses Seine Majestät den
König umstand — die Fürsten des deutschen Reiches, die ihre
Hand zu einem machtvollen Bunde reichen, die Führer der
deutschen Armeen, welche die Schlachten von 1870 geschlagen
haben, die Vertreter des deutschen Volkes, die durch ihre Beschlüsse die begeisterte Erhebung einer beleidigten Nation mit
vaterländischer Opferwilligkeit unterstützten, — ein Blick auf
die Versammlung sagte jedem Anwesenden, daß das künftige
deutsche Kaiserthum auf einen felsenfesten Unterbau begründet
sein wird, der nicht verfehlen kann, dem deutschem Namen
Achtung durch alle Welt zu verschaffen.

„Es war des Königs Wunsch gewesen, daß der Empfang der
Reichstagsdeputation nach beendigtem Gottesdienst stattfinden solle.

„Gegen 10 Uhr sammelten sich vor der Schloßkapelle auf
der „Place d'Armes" um das Denkmal Ludwigs XIV. der
Kronprinz mit seinem Stabe, die Prinzen des Königlichen
Hauses, die deutschen Fürsten, die Generale und Offiziere, um
Seine Majestät zu erwarten. Der König betrat, dem glänzenden
Gefolge um wenige Schritte voran, die Kirche, nach allen
Seiten den Gruß der versammelten Soldaten erwiedernd, und
nahm Platz zur Rechten des Altars, an seiner Seite die Prinzen
und Fürsten. Die vordersten Reihen der linken Seite waren
von den Abgeordneten eingenommen. Nach dem Gesang eines
Militärchors: „Ehre sei Gott in der Höhe" und einem von
der Militärmusik begleiteten Choral hielt der Hof- und Di-
visionsprediger Rogge aus Potsdam die Predigt.

„Die Ueberreichung der Adresse fand um zwei Uhr in dem
großen Empfangsaale der Präfectur statt. Auf den Corridoren,
welche die Eintretenden passiren mußten, versahen Mannschaften
von der Stabswache des größten Hauptquartiers die Ehrenposten.
Eingeladen waren die Fürsten mit den höchsten Chargen ihrer
Umgebung, der Bundeskanzler, die Generäle, die höheren
Beamten des königlichen Hofstaates.

„Tiefe Stille herrschte, als der Präsident Dr. Simson die
Feierlichkeit mit folgender Ansprache an Seine Majestät eröffnete:

„Allerdurchlauchtigster König,
Allergnädigster König und Herr!

„Eure Königliche Majestät haben huldreich gestattet, daß
die von dem Reichstage des Norddeutschen Bundes am 10. d. M.
beschlossene Adresse Allerhöchstdenselben in Ihrem Hauptquartier
zu Versailles überreicht werde.

„Dem Beschluß der Adresse war die Zustimmung zu den
Verträgen mit den deutschen Südstaaten und zu zwei Verfas-
sungsveränderungen voraufgegangen, mittelst deren dem künftigen deutschen Staat und seinem höchsten Oberhaupt Benennungen gesichert werden, auf denen die Ehrfurcht langer Jahr-

hunderte geruht, auf deren Herstellung das Verlangen des deutschen Volkes sich zu richten niemals aufgehört hat.

„Eure Majestät empfangen die Abgeordneten der Hauptstadt in einer Stadt, in welcher mehr als ein verderblicher
Heereszug gegen unser Vaterland ersonnen und ins Werk gesetzt worden ist. Nahe bei derselben sind — unter dem Druck
fremder Gewalt — die Verträge geschlossen, in deren unmittelbarer Folge das Reich zusammenbrach.

„Und heute darf die Nation von eben dieser Stelle her
sich der Zusicherung getrösten, daß Kaiser und Reich im Geiste
einer neuen lebensvollen Gegenwart wieder aufgerichtet und
ihr, wenn Gott ferner hilft und Segen giebt, in Beiden die
Gewißheit von Einheit und Macht, von Recht und Gesetz, von
Freiheit und Frieden zu Theil werden.

Eure Majestät wollen geruhen, den Befehl zu ertheilen,
daß der Wortlaut der Adresse vorgelesen und die Urkunde in
Eurer Majestät Hände gelegt werde.“

Nachdem der König seine Zustimmung gegeben, verlas
und überreichte der Präsident Dr. Simson die Adresse. Der
König verlas darauf folgende

Allerhöchste Erwiederung an die Deputation des
Reichstages.

„Geehrte Herren! Indem ich Sie hier auf fremdem
Boden, fern von der deutschen Grenze, empfange, ist es mir
das erste Bedürfniß, meiner Dankbarkeit gegen die göttliche
Vorsehung Ausdruck zu geben, deren wunderbare Fügung uns
hier in der alten französischen Königsstadt zusammenführt.

„Gott hat uns den Sieg verliehen in einem Maße, wie
ich es kaum zu hoffen und zu bitten wagte, als ich im Sommer
dieses Jahres zuerst Ihre Unterstützung für diesen schweren
Krieg in Anspruch nahm.

„Diese Unterstützung ist mir in vollem Maße zu Theil
geworden, und ich spreche Ihnen den Dank dafür aus in
meinem Namen, im Namen des Heeres, im Namen des

25 *

Vaterlandes. Die siegreichen deutschen Heere, in deren Mitte
Sie mich aufgesucht haben, fanden in der Opferwilligkeit des
Vaterlandes, in der treuen Theilnahme und Fürsorge des
Volkes in der Heimath, in der Einmüthigkeit des Volkes
und des Heeres ihre Ermuthigung in schweren Kämpfen und
Entbehrungen.

„Die Gewährung der Mittel, welche die Regierungen des
Norddeutschen Bundes noch in der eben geschlossenen Session
des Reichstages für die Fortsetzung des Krieges verlangten,
hat mir einen neuen Beweis gegeben, daß die Nation entschlossen ist, ihre volle Kraft dafür einzusetzen, daß die großen
und schmerzlichen Opfer, welche mein Herz wie das Ihrige
tief bewegen, nicht umsonst gebracht sein sollen, und die Waffen
nicht aus der Hand zu legen, bis Deutschlands Grenze gegen
künftige Angriffe sicher gestellt ist.

„Der Norddeutsche Reichstag, dessen Grüße und Glückwünsche Sie mir überbringen, ist berufen gewesen, noch vor
seinem Schluß zu dem Werke der Einigung Deutschlands entscheidend mitzuwirken. Ich bin demselben dankbar für die
Bereitwilligkeit, mit welcher er fast einmüthig seine Zustimmung
zu den Verträgen ausgesprochen hat, welche der Einheit der
Nation einen organischen Ausdruck geben werden.

„Der Reichstag hat, gleich den verbündeten Regierungen,
diesen Verträgen in der Ueberzeugung zugestimmt, daß das
gemeinsame staatliche Leben der Deutschen sich um so segensreicher entwickeln werde, als die für dasselbe gewonnenen
Grundlagen von unsern süddeutschen Bundesgenossen aus freier
Entschließung, nach Maßgabe ihrer eigenen Würdigung des
nationalen Bedürfnisses, bemessen und dargeboten worden sind.
Ich hoffe, daß die Vertretungen der Staaten, denen jene Verträge
noch vorzulegen sind, ihren Regierungen auf dem betretenen
Wege folgen werden.

„Mit tiefer Bewegung hat mich die durch Seine Majestät
den König von Bayern an mich gelangte Aufforderung zur

Herstellung der Kaiserwürde des alten Deutschen Reichs erfüllt. Sie, meine Herren, bringen mir im Namen des Norddeutschen Reichstages die Bitte, daß ich mich dem an mich ergehenden Rufe nicht entziehen möge.

„Ich nehme gern aus Ihren Worten den Ausdruck des Vertrauens und der Wünsche des Norddeutschen Reichstages entgegen. Aber Sie wissen, daß in dieser so hohe Interessen und so große Erinnerungen der deutschen Nation berührenden Frage nicht mein eigenes Gefühl, auch nicht mein eigenes Urtheil meinen Entschluß bestimmen kann.

„Nur in der einmüthigen Stimme der deutschen Fürsten und freien Städte und in dem damit übereinstimmenden Wunsche der deutschen Nation und ihrer Vertreter werde ich den Ruf der Vorsehung erkennen, dem ich mit Vertrauen auf Gottes Segen folgen darf.

„Es wird Ihnen wie mir zur Genugthuung gereichen, daß ich durch Seine Majestät den König von Bayern die Nachricht erhalten habe, daß das Einverständniß aller deutschen Fürsten und freien Städte gesichert ist und die amtliche Kundgebung desselben bevorsteht."

Nach beendeter Rede schritt der König auf den Präsidenten Dr. Simson zu, begrüßte ihn auf das Huldvollste, reichte dann allen Mitgliedern die Hand, und sprach mit Jedem einige Worte. Ein Hoch des Präsidenten auf den König Wilhelm, den obersten Feldherrn des deutschen Heeres, schloß die Feier.

An dem Neujahrstage fand in Versailles nach dem Gottesdienste Gratulationsempfang bei dem Könige statt. Wie hatte man — seit Jahren — auf die Worte gelauscht, die Napoleon bei dem Neujahrsempfange des diplomatischen Corps äußerte! Hatte er sich doch fast das Ansehen einer Sphinx zu geben gewußt, die in Räthseln spricht, es Jedem überlassend, sich dieselben nach seiner Weise zu deuten.

Welch eine andere Persönlichkeit war es, auf die jetzt Aller Blicke aus Fern und Nah sich richteten! Jeder hatte

gelernt den redlichen, tapfern und biederherzigen Fürsten zu
würdigen. Bei dem Festmahle erhob sich der König und sprach:
„Ich erhebe mein Glas, um das neue Jahr zu begrüßen.
Auf das vergangene blicken wir mit Dank, auf das beginnende
mit Hoffnungen. Der Dank gebührt dem Heere, das von
Sieg zu Sieg gezogen; mein Dank aber den anwesenden
deutschen Fürsten, die theils Führer in diesem Heere gewesen
sind, theils sich ihm angeschlossen hatten. Die Hoffnungen richten
sich auf die Krönung des Werkes — einen ehrenvollen Frieden.“

Als Antwort auf diese Begrüßung hielt der Großherzog
von Baden eine Anrede an den König, die er mit folgenden
Worten schloß: „Mögen Eurer Königlichen Majestät durch
Gottes Gnade noch recht lange und gesegnete Jahre vergönnt
sein, die Kaiserkrone, dieses geheiligte Symbol deutscher Einheit
und Kraft, in Frieden zu tragen. Zur Bekräftigung dieses
aufrichtigen Wunsches rufe ich die Worte aus, welche der hohe
Verbündete Eurer Majestät, der König von Bayern, zu geschichtlicher Bedeutung erhoben hat: Hoch lebe Seine Majestät König
Wilhelm der Siegreiche!“

Am 1. Januar trat die neue Bundesverfassung in Kraft,
und es war Deutschland von nun ab wieder Ein Reich.

Am 14. Januar erließ der König ein Schreiben an alle
deutschen Fürsten, durch welches er ihnen Anzeige machte, daß
er gewillt sei, die ihm von den Fürsten und den freien
Städten mit Zustimmung der Nation angebotene deutsche
Kaiserkrone anzunehmen und das deutsche Reich wiederherzustellen; er sprach dabei die Hoffnung aus, daß er und seine
Nachfolger mit Gottes Hülfe diese Würde stets zum Ruhme
und zum Segen des deutschen Reiches bekleiden würden.

Am 18. Januar endlich, am Gedächtnißtage der Krönung
preußischer Könige, erfolgte in Versailles die Proclamirung
des Königs Wilhelm zum Deutschen Kaiser. Ein
Augenzeuge der feierlichen Handlung giebt uns folgendes lebens-
volles Bild derselben:

„Um 11 Uhr war das ganze militärische Versailles in lebhafter Bewegung, zu Wagen und zu Fuß zog ein Heer von Offizieren aller Waffengattungen und Grade durch das Gitterthor des Schloßhofes ein. Vom Mittelbau wehte heut die rothe Königsflagge mit dem Kreuz und den Adlern. Im Hof war ein Spalier von Truppen aufgestellt. Auf der großen Prachttreppe des linken Schloßflügels stieg man hinan zu den Gemächern Ludwigs XIV., an deren Wänden van der Meulens, Lebruns, Mignards und ihrer Zeitgenossen Wandbilder die Haupt- und Staatsaktionen des Monarchen, nicht wie dort an den Plafonds allegorisch, sondern meist in treu realistischer Wahrheit und in all ihrer ceremoniellen Steifheit verherrlichen. In der ganzen Tiefe war jedes dieser Gemächer von den dort militärisch geordneten Reihen der hierher kommandirten Regimentsdeputationen erfüllt. Nur der Weg nahe den Fenstern von einer Verbindungsthür zur andern blieb für die Kommenden frei. Die Auswahl der deputirten Kommandos schien mit besonderem Geschick getroffen. Die Armee hat schwerlich vollendetere Bilder männlicher Kraft, fester Tüchtigkeit und kriegerisch strammer Haltung, als die Aufgereihten, deren Brust fast durchweg das eiserne Kreuz schmückte. In der Mitte der langen Gallerie des Glaces war ein Altar mit zwei kerzenreichen Candelabern errichtet. Drüben aber an der letzten schmalen Querwand der riesigen Galerie, unter dem oben abschließenden Halbrundbilde der Alliance zwischen Spanien, Deutschland und Holland 1672, standen auf einer dort angebrachten Estrade die Fahnen- und Standartenträger sämmtlicher hier vertretenen Regimenter im Halbkreis geordnet, jeder Träger in voller Ausrüstung, Helm auf, den gerollten Mantel über Schulter und Brust. Die hohe Thür zum nächsten Gemach deckte ein tief dunkelrother Sammetvorhang, der den schönsten Fond für die Gruppe der Banner und Bannerträger davor bildete. An beiden Endpunkten hielt vor dem Fuß der Ballustrade, sowie draußen an der Thür zur Gallerie je ein Garde

du Corps mit gezogenem Pallasch Wacht. Die ganze glänzende
Versammlung der Offiziere beider Hauptquartiere, der hierher
deputirten Kameraden, der militärischen und politischen Hoch-
und Höchstgestellten, der Aerzte und Intendanturbeamten füllte
in gedrängter Masse den langen Raum an der Fensterseite um
den Altar, wie gegenüber längs der Spiegelwände, zwischen
sich in der Länge der Galerie den breiten Weg für den König
und die Fürsten frei lassend. Das halbe Dutzend schwarz-
befrackter Civilmenschen verschwand gänzlich in der bunten,
schimmernden Masse. — Schlag 12 Uhr, nachdem Graf Moltke
und, mit Ausnahme des Kriegsministers, die hier in Versailles
und seiner Umgebung anwesenden obersten Chefs der deutschen
Armeen sich nahe der Estrade aufgestellt hatten, erschien der
König, gefolgt von dem Kronprinzen, den Prinzen Karl und
Adalbert und sämmtlichen Fürsten seines Reiches, die hier um
ihn versammelt sind. Wie sie erschienen waren, begann die
religiöse Feier mit der Liturgie: a Capella-Gesang, der Choral,
von Posaunen geblasen, und in mehrfach wiederholtem Wechsel
des Predigers Wort, Gebet und Danksagung, und wieder
Gesang und Choralmusik. Erst dann die eigentliche Predigt.
Als mit dem Choralgesang und dem Segen dieser Theil
der Feier geschlossen war, schritt der König mit den Prinzen
und den deutschen Fürsten, die Hofmarschälle voraus, zur Estrade.
Nahe dem Kronprinzen stehend, las der König dann, den
Helm in der Linken, das Papier in der Rechten haltend, die
Erklärung, daß er die ihm von Fürsten und Volk gebotene
deutsche Kaiserwürde annehme, mit laut erklingender, fester
Stimme bis zum Schluß, wo er den Bundeskanzler auffordert,
seine, heut an das deutsche Volk erlassene Proklamation zu
verlesen.

„Graf Bismarck faßte das inhaltschwere Dokument mit
der Linken, die gleichzeitig den Helm am Riemen hielt, und las,
gegen den König und den Kronprinzen gewendet, wie er es so
wohl versteht, ohne jede Deklamation, aber lebendig und natür-

lich-ausdrucksvoll, als ob er spräche, bei lautloser Stille der
Versammlung diese Botschaft „des Friedens und der Freiheit", der wir von Herzen Erfüllung wünschen, vor. Es
schien dabei ganz eigenthümlich unter seinen buschigen Brauen
hervorzublitzen.

„Er hatte geendet. Da ergriff der Großherzog von Baden
den richtigen Augenblick. Plötzlich zum Rande der obersten
Estradenstufe vortretend, rief er mit lauter, wie von Begeisterung vibrirender Stimme:
Seine Majestät König Wilhelm, der Kaiser von Deutschland,
lebe hoch!

„Und ein Hochruf brach aus der Versammlung mit einer
Sturmesgewalt und brausendem Donner, als ob jenes Wort
des Fürsten der elektrische Funke gewesen wäre, der in eine
Mine geschlagen hätte. Die Hände reckten sich auf zum Gruß
und Schwur, die Helme wurden geschwungen, die Blicke leuchteten und dreimal rollte der Ruf an den Spiegel- und Marmor-
wänden hin und hallte von der gewölbten Decke wieder. Das
Heer hatte seinen Kaiser proclamirt und aus voller Brust
seinen kräftigsten Segen dazu gegeben. —

„Aus des Königs Augen stürzten die Thränen. Er drückte
dem Großherzoge die Hand, der Kronprinz neigte sich tief und
schien die des Vaters küssen zu wollen. Der Bruder, die
Vettern und Fürsten umgaben ihn, beglückwünschend, hände-
schüttelnd, von ihm diese begrüßt, jene umarmt."

Welch ein in so vieler Beziehung bedeutungsvoller Vorgang! Vor dem Auge des Historikers und Dichters enthüllte
sich der Zusammenhang desselben mit Ereignissen früherer Zeit.
Franz Leibing erinnerte in einem Gedichte — „Konradin's
Rächer" — an den letzten Hohenstaufen, zu dessen Untergange
sich Rom und Paris verschworen hatten, und dessen italienisches
Erbe, allem Recht und aller Gerechtigkeit entgegen, dem französischen Prinzen Karl von Anjou zugesprochen worden war:

„Du, Petri Schiffleins schand- und blutbeflecktes Ruder,
Karl von Anjou, des heilgen Ludewig von Frankreich Bruder,
Du schlepptest hin zum Beil den edlen Staufensprossen
Mit Babens Friedrich, seines Kaisers will'gem Todgenossen!
Nun sieh, wie heut auf Frankreichs alter Königsbühne
Das abgebrochene Reis auf's Neu' ergrüne!
Wilhelm von Deutschland setzt sich dort des Reiches Krone auf,
Frankreich im Staub vor seines Schwertes Knauf.
Und Zollern! ruft nun Babens Fürst statt Stauf. —
Ihr Fürsten, schaut, ihr Völker, hier des Weltgerichtes
Sühne!“

Der herrliche Hohenstaufenstamm war ein Hinderniß für
Roms Absichten auf Deutschland gewesen — er hatte fallen
müssen. Aber die rechte Siegeszeit für Rom schien erst gekommen zu sein, als der Habsburger Ferdinand II. den deutschen Kaiserthron bestiegen hatte. Und doch, was hat es dir
nun genützt, du finsterer Ferdinand II., daß du — im Vasal-
lendienste Roms — Deutschland zur Wüste machtest, in der
die Würgengel des Krieges, Hunger, Seuchen, Feuer, Schwert,
die Einwohner bis auf vier Millionen vertilgten! Du wolltest
den Protestantismus ausrotten und Deutschland mit ehernen
Banden an Rom schmieden. Und was nützte es euch, ihr
Bourbonen auf Frankreichs Thron, daß ihr heucheltet, den
Protestantismus in Deutschland unterstützen zu wollen, während
ihr es doch nur schwächen wolltet, um es darauf mit Leichtigkeit berauben zu können, euch vorbehaltend, die Flamme der
Reformation, wie ihr es daheim gethan, hinterher zu zertreten!
Der Geist des Protestantismus hat dennoch das deutsche Volk
erneut, und der preußische Adler, das Symbol des sich im Lichte
der Reformation verjüngenden Deutschlands, ist von den Fürsten
und vom Volke erhoben worden zum Reichsadler, während eure
Enkel zu trauern haben um Güter, die ihr verscherztet!

„Der auf der Zollern Throne das Scepter trägt und Krone,
  Der hat gelöst den Bann:
Der hat das Wort gesprochen, das heilet, was zerbrochen,
  Das ist, was helfen kann.

Vor Gott mit heißem Beten hieß er die Völker treten,
Den er im Staub verehrt. —
Nun ist die Stunde kommen, in der zu Aller Frommen
Der Kaiser wiederkehrt."

„Der Akt vom 18. Januar 1871", sagte die „Breslauer
Zeitung", „steht in nahen Beziehungen zu dem vom 18. Januar
1701. Die Annahme des preußischen Königstitels war, man
darf es nicht verkennen, halb ein Schritt aus Deutschland
hinaus. Dieser Schritt, der damals nothwendig war, wird
jetzt zurückgethan, wo die Zeit dazu gekommen ist. Die Zustände des heiligen römischen Reiches waren die trostlosesten
von der Welt; kein Kaiser und kein Reichsfürst hatte die
Macht, dieselben zu ändern. Es bedurfte eines archimedischen
Punktes außerhalb des Mechanismus, um von dort auf denselben einzuwirken. Es war ein günstiger Umstand, daß außerhalb des Reichsverbandes sich ein echt deutsches Land befand,
auf welchem die Dynastie ihre Macht gründen konnte. Sollte
Brandenburg die Mission erfüllen, Deutschland zu reformiren,
so mußte es zunächst eine Weltmacht werden. Und hierzu
konnte es sich nur aufschwingen, wenn es die Fesseln des alten
Reiches von sich abstreifte. Zwischen dem Kurfürstenthum
Brandenburg und dem deutschen Kaiserthum war das Königthum Preußen der unentbehrliche Durchgangszustand." Und
die „N. Fr. Pr." sagte in einer Betrachtung der Entwicklung
des brandenburg-preußischen Staates: „Es ist ein Aufschwung
ohne Gleichen, den die Hohenzollern-Dynastie und der preußische
Staat seit zwei Jahrhunderten genommen haben, seit sie elend,
gedemüthigt, mühsam das Dasein aus den Gräueln des
dreißigjährigen Krieges retteten. Die eine wesentliche Ursache
dieses Aufschwunges ist auf der Landkarte der Mark Brandenburg und Ostpreußens zu lesen. Da steht vor den Namen
zahlreicher Dörfer das Vorwort „Französisch" oder „Böhmisch";
da finden wir holländische, salzburg'sche, tirolische Ortsnamen
wieder — ein Zeugniß des Geistes der Duldsamkeit, der für

jeden um des Glaubens willen Verfolgten auf den verödeten
Fluren eine neue Heimath gründete, dadurch den Volks- und
Staatswohlstand unendlich hob, vor Allem dem Volke einen
weiten, über die Grenzen hinausreichenden Blick und die wun-
derbare Expansivkraft gab. Schlesien, das eroberte, war das
erste paritätische Land, und die Rückberufung des freigeisterischen
Philosophen Wolff dünkte dem zweiten Friedrich eine größere
Conquête", als eine gewonnene Schlacht. Bei uns sind die
Spuren Kaiser Joseph's schnell verwischt worden."

Die Frage aber: „Weshalb jetzt — vor Beendigung
des Krieges — die Proclamirung des Kaiserthums erfolge?
beantwortete die „Nat.-Ztg." in folgender trefflicher Weise:
„Das deutsche Volk schuldete der Vergangenheit die Genugthuung, seine durch das Schwert erkämpfte Reichsverfassung
sicherzustellen, ehe der Kampf noch beendet ist. Den Franzosen darf bei den künftigen Friedensverhandlungen nichts übrig
bleiben, als die abgeschlossene Einheit des deutschen Reiches
und die Wiederherstellung des deutschen Kaiserthums „sans
phrase" anzunehmen. Darin liegt die Bedeutung des raschen
Entschlusses, den König Wilhelm gefaßt hat: die früheren Ein-
griffe der „weltgebietenden" Nation sind auf das Vollständigste
gesühnt, und sie selbst ist auf den Standpunkt hingewiesen,
den sie fortan gegenüber den einmüthigen Willensakten der
deutschen Nation wird zu beobachten haben."

Kämpfe gegen die Ersatz-Armeen.

> „O wollt Gebet und Wort nicht enden,
> Nicht das Schwert zur Scheide senden,
> Bis in allen Herzen, allen Händen
> Ist das eine Werk gegründet,
> Ist der große Bund verbündet,
> Wie den schönern nicht die Welt noch sah —
> Germania!"　　　　　Auguſt Silberſtein.

Die Hoffnung der provisorischen Regierung in Frankreich richtete sich immer noch darauf, daß es gelingen werde,

Paris durch eine oder mehrere Armeen zu entfetzen. Gelang das nicht, capitulirte Paris, wie Sedan, Straßburg, Metz capitulirt hatten, dann hatte auch ein Gambetta zu befürchten, daß die Mehrheit der Franzosen für den Frieden um jeden Preis gestimmt fein würde. Daß es dahin nicht komme, fuchte man durch fieberhafte Anstrengung in Bezug auf Bildung neuer Truppenförper und zugleich durch Anwendung der Lüge in erhöhtem Maßstabe zu bewirken. In Paris wurden die günstigsten Nachrichten über den Zustand, die wachsenden Erfolge und den demnächst zu erwartenden Entfatz der Hauptstadt verbreitet, und das Land ward durch Gambetta in Tours mit glänzenden Berichten über den heroischen Widerstand der Parifer und die dem Feind fortgefetzt beigebrachten Schlappen verforgt. Groß war Napoleon im Lügen gewesen, größer war es Gambetta. Man konnte in Bezug auf das Lügen Beider das Wort anwenden: „Saul hat Taufend erschlagen, David Zehntaufend." Daß Garibaldi zum General der Abenteurer-Armee erwählt wurde, die in und um Lyon ihr Standquartier hatte, ist berichtet worden. Die Loire-Armee wurde unter den General Aurelles de Paladine gestellt. In den Nord-departements war der General Bourbaki mit Aufstellung einer Nord-Armee beschäftigt. Der erste Versuch der Loire-Armee, Paris zu entfetzen, wurde, wie oben erzählt worden, von dem General von der Tann zurückgewiesen, dem es auch gelungen war, sich der Stadt Orleans zu bemächtigen. Doch nun rückte die Loire-Armee aufs Neue nördlich vor und zwar in einer Stärke von 60—70,000 Mann. Der General von der Tann, dessen Streitmacht nur 30,000 Mann betrug, hielt es für angemessen, Orleans zu räumen. Die Bayern, nördlich von Orleans, bei Coulmiers, von dem Feinde eingeholt, schlugen sich (am 9. November) gegen denselben mit außerordentlichem Muthe. Obgleich in erheblicher Minderzahl, wiesen sie sieben Anstürme des Feindes zurück. Sie besetzten das auf der Straße von Orleans nach Paris gelegene St. Peravy. Die Vertheidigung der Bayern war eine so vorzügliche gewesen, daß der Feind von weiteren Angriffen abgelassen hatte. Der Verlust der Bayern betrug 700 Mann, jener der Franzosen (wie sie selbst zugestanden) 2000 Mann. Um diese Zeit rückte bereits die II. Armee (Friedrich Karl), die vor Metz frei geworden war, auf der Linie Troyes-Chaumont vor. General von der Tann vereinigte sich am 10. bei Toury mit der 22. Division unter General Wittich und der Cavalerie-Division des Prinzen Albrecht, am 17. führte der Großherzog Franz von Mecklenburg-Schwerin die 17. Division hinzu und übernahm den Oberbefehl über die vereinigten Truppen. Er rückte nun gegen das Flußgebiet der Sarthe, schlug (am 17.) die sogenannte bretagnische Armee, früher unter Kératry, jetzt unter General Fiereck stehend, und nachdem dieselbe ihren Rückzug auf Le Mans genommen, besetzte er Dreur. Inzwischen hatte die II. Armee (am 16.) Sens besetzt, und das Hauptquartier des Prinzen Friedrich Karl befand sich am 18. bereits zu Cherry.

Gegen die von Bourbaki im Norden gebildete Streitmacht war der Kampf schon im October begonnen worden. Am 17. wurde Motdidier von der sächsischen Reiterei genommen, am 21. erfolgte die Besetzung Quentins. Nach dem Falle von Metz rückte die I. Armee (mit Ausschluß einiger Truppentheile die dem Kronprinzen zugetheilt worden waren) unter Führung des General v. Manteuffel gegen die feindliche Streitmacht in den Norddepartements vor. Am 21. wurde die kleine Festung Ham ohne Widerstand genommen, am 23. warf Goeben Vortruppen der französischen Nord-Armee bei Le Quesnel zurück, am 27. wurde die Nord-Armee bei Morcuil total geschlagen und über die Somme nach Amiens zurückgeworfen. Tags darauf besetzte General v. Goeben die Stadt Amiens; die französische Armee, völlig desorganisirt, zog sich nordwärts zurück, und es übernahm an Stelle des geschlagenen Bourbaki der General Faidherbe den Oberbefehl über dieselbe. Manteuffel besetzte (5. Dec.) Rouen, dann (9. Dec.) Dieppe. Von dort aus wandte er sich gegen Faidherbe, dem es inzwischen gelungen war, sich St. Quentins und Hams wieder zu be- mächtigen, und lieferte ihm (am 23. Dec.) bei Pont Noyelles an der Hullée eine für die deutschen Waffen siegreiche Schlacht. Um diese Zeit wurde der General v. Goeben zum Oberbefehls- haber der I. Armee ernannt, während Manteuffel den Befehl erhielt, in Burgund eine wichtige Mission auszuführen, deren weiterhin gedacht werden wird. Faidherbe, der bei Arras die Trümmer seines Heeres gesammelt hatte, wurde bei St. Quentin von Goeben aufs Haupt geschlagen. Er verlor 15,000 Mann (darunter 9000 Gefangene) und 6 Geschütze. Die Streit- macht Faidherbes hatte 50,000 Mann betragen; von deutscher Seite waren nur 18,000 Mann Infanterie und etwa 3000 Reiter ins Gefecht gekommen.

Während dies im Norden geschah, fanden auch auf dem südlichen Kriegstheater blutige Kämpfe statt. Dem Prinzen Friedrich Karl gelang es, die Absicht Aurelles, der (nachdem ihm der anfänglich gewählte Weg auf Paris durch den Groß- herzog von Mecklenburg verlegt worden war) in nordöstlicher Richtung durchzubrechen beabsichtigte, zu kreuzen. Er schlug ihn (am 28. Nov.) bei Beaune la Rolande und nahm ihm 1600 Gefangene. Aurelles ward von Gambetta seines Commandos enthoben, die eine Hälfte der auseinander gesprengten Armee dem General Bourbaki (demselben General, der kurz vorher im Norden von Manteuffel geschlagen worden war) die andere Hälfte dem General Chanzy zur Führung übergeben. Die französischen Armeen erhielten aus dem Süden Frankreichs fortgesetzt Verstärkungen. Die Armeen des Prinzen Friedrich Karl und des Großherzogs setzten ihren Marsch nach dem Süden fort, und es stand (am 6. Dec.) dem Ersteren Chanzy, dem Letzteren Bourbaki gegenüber. In blutigen Kämpfen wurden in den nächstfolgenden Tagen Bourbaki und Chanzy zurückgeworfen. Chanzy nahm seinen Rückzug auf Tours, und die Regierungsabtheilung, die sich daselbst nicht mehr für

gesichert hielt, verlegte ihren Sitz schleunigst nach Bordeaux.
Nach einer Reihe von Gefechten kam es zwischen Friedrich Karl
und Chanzy (am 12. Jan.) zu der blutigen Schlacht bei Le
Mans, in der Chanzy total geschlagen wurde. In den 6 Tagen vom 7. bis 12. Jan. allein verloren die Franzosen an
Gefangenen 22,000 Mann, und es wurden ihnen 19 Geschütze und Mitrailleusen abgenommen. Am 13. überschritten
die Vortruppen der Armee des Großherzogs die Sarthe, um
die Trümmer der geschlagenen französischen Armee zu verfolgen, am 16. besetzten Vortruppen der Armee Friedrich Karl's
Alençon.

Die Armee Chanzy's befand sich in dem traurigsten Zustande, wie aus einer Reihe von Briefen französischer Offiziere,
welche bei der Besitznahme von Le Mans in die Hände der
Deutschen fielen, zu ersehen war. Und doch fand in derselben
Zeit, in der diese Briefe geschrieben wurden, wie auch in
den Tagen nachher, Gambetta nicht Worte genug, den trefflichen Zustand der Armee Chanzy's zu preisen!

Bourbaki war zur Ausführung eines Planes ersehen
worden, an dessen Durchführbarkeit Gambetta nicht zweifelte.
Derselbe ging dahin, das Werder'sche Corps zu vernichten, Belfort zu entsetzen und darnach einen Einfall in Deutschland ins
Werk zu setzen. Bourbaki nahm nun die Miene an, als liege
seinen Operationen einzig der Zweck zu Grunde, Chanzy zu
unterstützen, und es ward ihm dies deutscherseits damit erwiedert, daß man that, als ahne man nichts von seiner Absicht.
Aber gerade um sie zu kreuzen, war Goeben im Norden an
Manteuffels Stelle mit der Führung der I. Armee betraut,
Letzterer aber nach Versailles berufen und ihm im Kriegsrath
die Ausführung des Planes übertragen worden, der sich auf
den zu erwartenden Zusammenstoß Bourbaki's mit Werder
bezog. —

Nach dem Falle Straßburgs war General von Werder
mit der Aufgabe betraut worden, das Oberelsaß von feind-

lichen Streitkräften zu säubern und namentlich zur Belagerung
Belforts zu schreiten. Ersteres war ausgeführt, Letzteres —
die Belagerung von Belfort — begonnen worden. Als Le
Mans von den Truppen Friedrich Karl's besetzt worden, war
die französische Ost-Armee (Bourbaki) bereits bis Arcey und
St. Marie vorgerückt. Für Werder eröffnete sich nun die Aussicht, mit seinen 40,000 Mann sich mit einem über 100,000
Mann starken Feind messen zu müssen, während er zugleich die
Belagerung des starken Belfort aufrecht zu erhalten hatte. Manteuffel war zwar mit einer Streitmacht auf dem Wege, Bourbaki
in den Rücken zu fallen; allein es war doch die Frage, ob er —
zumal der schwere Winter das Land auf vielen Stellen fast
unwegsam gemacht hatte — rechtzeitig eintreffen würde. Diese
Umstände riefen in Deutschland schwere Besorgnisse hervor,
die namentlich in den dem Elsaß zunächst gelegenen Landschaften
ihren lebhaften Ausdruck fanden. Wie, wenn es, ehe Manteuffel zur Stelle war, Bourbaki gelang, das verhältnißmäßig
schwache Werder'sche Corps zu schlagen? Dann war Belforts
Entsatz entschieden, und es konnte dann Bourbaki auch noch
die starke Besatzung dieses Platzes mit seiner Macht vereinen.
Es war unzweifelhaft: Gewann Bourbaki den Sieg über
Werder, so war ein verheerender Einfall in Deutschland unmittelbar darauf zu erwarten. Die Gefahr steigerte sich dadurch, daß Garibaldi, der um diese Zeit über ein Heer von
40,000 Mann gebot, den Auftrag erhielt, dem General Manteuffel auf seinem Marsche nach den Vogesen Hindernisse in
den Weg zu legen.

General v. Werder stand bei Dijon, als ihm Kunde von
dem Anmarsch der starken Armee Bourbaki's zuging. Sofort
rückte er nach Vesoul und von dort über Villersexels bis zum
Lisaine-Bach zurück, wo er gegen den anziehenden Feind Stellung nahm.

Inzwischen beschleunigte Manteuffel seinen Marsch. Um
Garibaldi zu täuschen, ließ er ihn durch eine Abtheilung von

6000 Mann in Gefechte verwickeln. Während Garibaldi mit
der ganzen feindlichen Macht zu thun zu haben wähnte, rückte
Manteuffel ungehindert mit der Hauptmacht vorwärts. Garibaldi,
der einige unbedeutende Vortheile über die ihm entgegengestellte
kleine Streitmacht davontrug, erließ pomphafte Siegesberichte,
durch die Gambetta in seinen Hoffnungen auf das Gelingen
des durch Bourbaki auszuführenden Planes bestärkt wurde.
Auch eine Fahne rühmten sich die Garibaldianer den Deutschen
genommen zu haben. Aber hinterher mußten sie es eingestehen, daß sie die zersetzte und zerschossene Fahne am Tage
nach dem Kampfe unter Leichen gefunden hatten! — Es war
dies die einzige Fahne, die während des Krieges deutscherseits
verloren gegangen war, und wahrlich, die Art, in der die
Deutschen sie verloren hatten, ehrte Letztere mehr, als hätten
sie an Stelle der verlorenen Fahne eine Fahne des Feindes
erobert.

Die Spannung, hervorgerufen durch die Fragen: Wird
Manteuffel rechtzeitig eintreffen? Wird Werber, wenn Jenes
sich nicht ermöglichen läßt, sich des an Zahl um das Dreifache
überlegenen Feindes zu erwehren vermögen? erhöhte sich von
Tag zu Tag.

Da brachten die Zeitungen folgende Depesche:

„Der Kaiserin Königin Augusta.

Versailles, 18. Januar. Bourbaki hat nach
dreitägiger Schlacht sich vor dem Werder'schen
heldenmüthigen Widerstande zurückgezogen,
Werder gebührt die höchste Anerkennung und
seinen tapfern Truppen.

Wilhelm."

Am 19. Januar ging Werder bereits zur Verfolgung
des Feindes über. Nun war auch Manteuffel nahe, und
Bourbaki wurde, wie eine Depesche vom 24. verkündigte, auf

das linke Doubsufer gedrängt. Da Bourbaki, wie die nächsten
Depeschen ergaben, sich immer mehr der Schweizer Grenze
näherte, so begann deutscherseits sich die Annahme zu bilden,
er beabsichtige schlimmsten Falls in die neutrale Schweiz über-
zutreten.

Belagerung von Paris bis zum Bombardement.

Die provisorische Regierung hatte, indem sie die Waffenstillstandsverhandlungen abbrach, aufs Neue an die Waffen
appelirt. Nicht zu dem Stimmzettel wollen wir greifen, hatte
Favre gesagt, sondern zu den Waffen! — Wer die ganze Haltung dieses Mannes (der, wie schon bemerkt, trotz dem und
alledem immer noch einer der besten der politischen Männer
ist, die Frankreich gegenwärtig aufzuweisen hat) in ernsten
Betracht zieht, wer ihm in das sorgenvolle Auge schaut,
das alle seine Bilder aufweisen, der wird sich kaum der
Ueberzeugung zu verschließen vermögen, daß in dem Herzen
desselben die Hoffnung, Frankreich werde noch zum Siege
gelangen, fast gänzlich erloschen war. Und doch predigte
auch er den Widerstand? Wie, in einer Zeit, in der die
Stimme der Wahrheit aus dem Munde eines der Führer
mehr als je noth that, handelte auch ein Favre gegen seine
bessere Ueberzeugung? Hatte er nicht, sittlichen Impulsen
folgend, oft genug in dem gesetzgebenden Körper kühn geredet
gegen den seiner Zeit so mächtigen Napoleon? Vergessen wir
nicht: Napoleon war ein arger Tyrann, und derjenige, der
sich veranlaßt findet, zur Rechtfertigung dieses verwerflichen
Menschen irgend etwas hervorzusuchen, „ärgert" das Gewissen
der Menschheit — jetzt aber war in Frankreich ein viel schlim-
merer Tyrann zur Herrschaft gelangt, dessen ausführende und
in knechtischer Abhängigkeit von ihm stehende Minister die

26*

Männer waren, die sich „Provisorische Regierung" nannten.
Das war derselbe Tyrann, der den Abenteurer Napoleon seiner
Zeit zum Kaiser gemacht, aber im Laufe des letzten Jahres eine
so drohende Haltung angenommen hatte, daß sein Geschöpf Napoleon, um dem sicheren Fall zu entgehen, sich blindlings in die
Unsicherheit eines gefährlichen Kampfes, für den kaum die ersten
Vorbereitungen begonnen gewesen waren, gestürzt hatte. Wir
meinen den Tyrannen, als den Eugène Pelletan die Bevölkerung
von Paris bezeichnet, von der er sagt: sie regiere immer den,
der sie zu beherrschen glaube, und nehme, so oft es ihr beliebe,
die Freiheit des Handelns, die sie zeitweise an eine oder die
andere Person abtrete, zurück. — Schon Montesquieu hat
seiner Zeit diesen Tyrannen charakterisirt. Das (alte) Syrakus
nennend, aber Paris meinend, sagte er: „Syrakus, das beständig
zwischen den Zuständen der Zügellosigkeit und der Unterdrückung
hin und her schwankte, trug in seinem Schoße eine unermeßliche Bevölkerung, welche nur die Eine harte Alternative kannte,
sich entweder einen Tyrannen zu geben oder selbst Tyrann
zu sein." Dieser Tyrann, die Bevölkerung von Paris oder
vielmehr der revolutionäre Theil derselben, herrschte jetzt. Die
früheren Regierungen hatten diesen vieltausendköpfigen Tyrannen
groß gezogen, dadurch, daß sie ihm in der Uebertretung göttlicher und menschlicher Gebote und Anordnungen das anreizendste
Beispiel gegeben, daß sie ihn durch Handhabung einer ver-
brecherischen Politik förmlich darin geschult hatten, hinter heuchlerischen Phrasen, die Wohlmeinen athmeten, Absichten und
Ausführungen ärgster Art zu bergen. Dem von diesem
Tyrannen eingesetzten Napoleon, ja, dem hatte Favre mannhaft
zu widerstehen gewagt; aber dem eigentlichen Herrscher in
Frankreich selbst, dem sich fortgesetzt neuerzeugenden vieltausendköpfigen Tyrannen „Volk", der nach längerem Ruhen wieder
auf die Bühne getreten war, wagte er nicht zu widerstehen;
er führte vielmehr aus, was derselbe ihm dictirte und was als
dessen Wille in den Zeitungen, Klubs und auf der Straße zu

Tage trat. Wußte er doch: ihm sich widersetzen, heiße ab-
danken, heiße der Gefahr sich aussetzen, erbarmungslos zermalmt
und im Tode durch lügnerische Nachrede auch noch geschändet
zu werden! Zu einem Theile freilich sympathisirte auch Favre
mit dem gegenwärtigen Herrscher, mehr noch war dies bei
den übrigen Mitgliedern der Regierung der Fall, am meisten
bei Gambetta. Die Hauptstadt hatte ihren Willen, im Widerstande zu verharren, durchgesetzt; das übrige Land ward nicht
in geordneter Weise befragt, ja, man griff jeden Vorwand,
der sich gegen die Berufung einer Gesammtvertretung auftreiben
ließ, begierig auf, weil, wie nicht zu verkennen war, die Mehrheit der Landesbevölkerung (unter ihnen der besonnenere Theil
von Paris) den Frieden begehrte, und so waren denn die
Männer der Regierung genöthigt, die officielle Lüge auch weiterhin als Mittel, sich in ihren Stellungen zu behaupten, in
Wirksamkeit zu erhalten.

Eine Zeit lang hielten die Pariser sich still — sie hofften
auf günstige Nachrichten von dem Herannahen der Entsatz-
armeen, mit denen vereint dann das erträumte Befreiungswerk
vollführt werden sollte. Tag für Tag verging, die Lebensmittel in der Stadt begannen knapper zu werden. Am
22. November wurde in der Hauptstadt bekannt gemacht, daß
nur noch Pferde-, Esel- und Mauleselfleisch vertheilt werde.
Die Bevölkerung ward über das nach ihrer Meinung kraftlose
Verfahren Trochu's ergrimmt. Er hatte sie als „bewundrungs-
würdig" in Bezug auf kriegerische Eigenschaften gepriesen, und
nun war schon über ein Monat vergangen, und der Feind
vor den Thoren errichtete fortgesetzt neue Schanzen und Werke
und armirte sie mit Geschützen. Legoudé, der im „Collège
de France" eine Vorlesung zum Besten nothleidender Familien
hielt, brach in folgenden Dithyrambus aus: „Wenn Paris,
nachdem es siebzehn Stunden lange Wälle befestigt, zehn Forts
bewaffnet, 300,000 Soldaten ausgehoben, 200,000 Gewehre
fabricirt, 600 Kanonen gegossen, drei vollständige Armeen

gebildet hat, wenn Paris — sage ich — sich auf Gnade und
Ungnade überlieferte, so würde Paris lächerlich sein und sich
nie mehr in seinen eigenen Augen erheben! Vergessen wir
nicht, daß unser einziger Ruhm während der letzten unglücklichen
Zeit die Vertheidigung von Paris ist. Die Hauptstadt erscheint
mir heut glänzender, als zur Zeit der allgemeinen Ausstellung,
wo sie eine so splendide, so loyale und so herzliche Gast-
freundschaft denen gab, die sie in diesem Augenblicke erdrücken
und erwürgen. Denn Paris stellte damals nur sein Genie
aus; heute stellt es in den Augen der Welt etwas aus, was
tausend Mal mehr werth ist, als alle Wunder der Industrie,
der Wissenschaft und der Kunst: seine Seele."

In ähnlicher Weise gab die „Seele" von Paris sich vielfach kund. So mußte denn Trochu sich entschließen, auch ohne
ein Entsatzheer nahe zu wissen, den Feind anzugreifen; namentt-
lich ward von ihm den Besatzungen der Forts aufgegeben,
kräftig nach der Richtung hin, in welcher der Feind am nächsten
stehe, zu feuern. Das gab doch Lärm, und die Pariser glaubten es ja gern, daß durch das Feuern der Geschütze, deren
Donner sie vernahmen, dem Feinde schwerer Abbruch geschähe.
Folgende telegraphische Nachrichten gaben Kunde von den
nächsten Unternehmungen Trochu's: „27. November: In der
Nacht vom 26. bis 27. heftiges Feuer der Forts auf der Südfront von Paris." — „29. November: Nach vorangegangenem
heftigen Feuern Seitens der Pariser Forts Ausfälle nach Süd
und Südost, die vom 5. u. 6. Corps siegreich zurückgewiesen
wurden." — „30. November: Nach furchtbarem, die ganze Nacht
über anhaltendem Feuern der Forts fand — südlich und östlich — ein starker Ausfall statt. Mit 150,000 Mann gingen
die Generäle Trochu und Ducrot über die Marne; nach hef-
tigem Kampfe wurden die würtembergische Division unter
General von Obernitz und eine sächsische Division (12. Corps)
unter Prinz Georg aus Brie sur Marne, Champigny und
Villiers gedrängt; nachdem sie Verstärkungen erhalten (vom 2.

und 6. Corps unter Fransecki), warfen sie den Feind bis zum
Abend aus mehreren der genannten Orte wieder hinaus; die
Franzosen indessen behielten Stellung an der Marne; zu
gleicher Zeit fanden weitere, aber schwächere Ausfälle südlich
und nordöstlich, namentlich bei St. Denis unter Admiral La
Roncière statt; dieselben wurden vom Garde- und vom 4. Corps
zurückgewiesen.   Die Verluste waren auf beiden Seiten bedeutend, namentlich bei den Würtembergern (über 800 Mann)
und den Sachsen.   Die Franzosen gaben ihren Verlust auf
2000 Todte und Verwundete an (darunter die Generale Renault
und Lacharrière) und mehrere hundert Gefangene." — „2. Dezember: Neuer blutiger Kampf vor Paris.   Sachsen und
Würtemberger stürmten am frühen Morgen die von den
Franzosen in Besitz behaltenen Orte Brie sur Marne und
Champigny an der Marne; von überlegenen französischen
Kräften (unter General Ducrot) angegriffen, behaupteten sie
die errungenen Stellungen.   Die beiden Ortschaften befanden
sich zur Nacht zum Theil in den Händen der Deutschen, zum
Theil in den Händen der Franzosen; Letztere blieben auch noch
im Besitz der Uebergänge über die Marne.   Der Verlust der
Würtemberger betrug 800 Mann; die Sachsen hatten an beiden Schlachttagen (am 30. November und 2. Dezember) gegen
2200 Mann verloren.   Die Verluste der Franzosen waren
weit bedeutender." — „4. Dezember: Der Feind brach die dem
Gefechtsfelde gegenüber geschlagenen Brücken bei Brie ab und
zog sich hinter die Marne zurück."

Das war das für die Franzosen in der Hauptsache er-
gebnißlose Ende der Anstrengungen vom 29. November bis
zum 2. Dezember.

Welcher Zweck französischerseits verfolgt worden war,
ergab eine Proclamation des Generals Ducrot vor dem Ausfall, in der es heißt: „Soldaten der zweiten Armee in Paris!
Der Augenblick ist gekommen, um den eisernen Gürtel zu
sprengen, welcher uns schon zu lange umschließt.   In Folge

der Fürsorge unsers Generals en chef sind mehr als 400
Geschütze, von denen mindestens zwei Drittel das schwerste
Kaliber haben, zusammengestellt; kein materielles Hinderniß
wird ihnen zu widerstehen vermögen, und um in diese
Oeffnung vorzustürmen, werdet Ihr Eurer mehr als 150,000
Mann sein, Alle gut bewaffnet und ausgerüstet, mit Muni-
tion und Bedarf versehen und, wie ich zuversichtlich hoffe,
Alle von einem unwiderstehlichen Feuer beseelt. Denkt an
Eure verwüsteten Felder, an Eure ruinirten Familien, an Eure
Schwestern, Eure Frauen, Eure trostlosen Mütter! Möge
dieser Gedanke Euch mit demselben Durst nach Rache,
derselben dumpfen Wuth erfüllen, welche mich beseelt!" — Ducrot schloß seine Proklamation mit den Worten:
„Was mich betrifft, so bin ich entschlossen, und ich
schwöre es Euch und der ganzen Nation, nur todt
oder siegreich nach Paris zurückzukehren. Ihr könnt
mich fallen, werdet mich aber nicht zurückweichen
sehen. Im ersteren Falle stutzt nicht, aber rächt mich!"

Nun, die Deutschen hatten dafür gesorgt, daß er nicht
siegreich zurückkehrte; sich mit den Parisern wegen des ausgesprochenen Gegensatzes abzufinden, war ihm überlassen. Wie
müssen ehrliche Leute unter den Franzosen sich geschämt haben
ob der Prahlhänsigkeit dieses Generals, der außerdem schon
genügend sich dadurch gekennzeichnet hatte, daß er, einer der Gefangenen von Sedan, trotz seines gegebenen Ehrenwortes, ent-
wichen und wieder in die Armee getreten war! Und wie kenn-
zeichnete es auch Trochu, ja die ganze gegenwärtige Regierung,
daß man einen Offizier, der sich des Ehrenwortbruches schuldig gemacht, in die Reihen der Krieger aufnahm! Um diese
Zeit hatten bereits gegen dreißig französische Offiziere die gleiche
schmachvolle Handlung begangen. So ward auf Seiten eines
Volkes gehandelt, das so viel von „Ehre" redet, woraus wiederum zu erkennen ist, daß auch das Maß von Edelsinn, das
ihm früher beiwohnte, in das Phrasenthum verflüchtigt war.

Da aber Ducrot nun fürchtete, falls er in Paris sich jetzt sehen ließe, mit lautem Hohn empfangen zu werden, so nahm er vorerst Quartier auf dem sichern Mont Valérien, und statt des Schauspiels, den General als Sieger zu empfangen oder seine Leiche einführen zu sehen, bekamen die Pariser eine Proclamation zu lesen, in der er sagte, der Kampf sei nur augenblicklich unterbrochen, — er werde ihn wieder aufnehmen. — So kleinlaut war nun der Prahler geworden, der Ehre und Eid vergessen hatte!

Wie Bilder einer Fata Morgana zogen die Nachrichten, die aus Paris drangen, an den Augen des zuschauenden Publikums vorüber. Die Pariser wandten zu ihrem brieflichen Verkehr mit dem Lande Luftballons und Brieftauben an. Gelegentlich wurden Luftballons, die an unrechter Stelle niedergingen, von deutschen Truppen erbeutet. Die vorgefundenen Briefbeutel und Zeitungen gaben dann Mittel an die Hand, sich über pariser Zustände zu unterrichten. Es wurden ferner nicht selten bei Gefangenen Zeitungen gefunden. Endlich fehlte es in der Stadt auch nicht an solchen Leuten, die — gewiß aber nur gegen hohe Bezahlung — das gefahrvolle Geschäft übernahmen, sich mit Briefen und Bestellungen zur Nachtzeit auf geeigneten Stellen durch die feindlichen Linien hindurchzuschleichen. Auf letztere Art gelangten Nachrichten in auswärtige Zeitungen und durch dieselben zur Kenntniß des Belagerungsheeres. Manche Mittheilung ging verloren, von einzelnen Vorkommnissen wurden nur Bruchstücke bekannt. Von dem nun, was auf die genannte Art bekannt wurde, möge in dem Nächstfolgenden eine kleine Auslese gegeben werden.

Der Correspondent des „Daily Tel." berichtete: „Das Treiben in den Café's war ein Beweis dafür, daß die Franzosen mehr als jemals in dem Narrenparadiese illusorischer Hoffnungen und thörichter Erwartungen leben. Der Anblick von Paris und den pariser Zeitungen hat mich gelehrt, wie richtig Herr von Bismarck den französischen Charafter beurtheilte. Nichts als der Einzug einer siegreichen deutschen Armee wird einer pariser Seele begreiflich machen, daß Frankreich unterlegen ist."

Daß Gambetta in Tours die vergebens unternommenen Kämpfe der Pariser als „Siege" feierte, versteht sich von selbst. Wie die Nachrichten, die er verbreiten ließ, auf die Bevölkerung wirkten, ist aus einem von dort aus gerichteten Schreiben an die „Indep. Belge" zu ersehen. „Endlich ist es wahr . . . . wahr!" hieß es in demselben, „wir haben einen Sieg errungen. Wenn Sie dieses Schreiben erhalten, so werden Sie von allen Seiten den Sieg Trochu's (und Ducrot's) erhalten haben. Ich werde daher die Einzelheiten nicht mittheilen. Aber ich will Ihnen von der Angst sprechen, welche in den Regierungskreisen herrschte, wo man seit dem 28. den projectirten Ausfall kannte, wo man seit heute Morgen durch belgische Telegramme wußte, daß der Ausfall stattgefunden; dann die plötzliche, einstimmige, ungeheure Freude von einem Ende der Stadt bis zum andern; dann die ganze Stadt nach der Präfectur eilend, den ganzen Hof füllend und Gambetta am Fenster erscheinend, die Depesche in der Hand und mit lauter, klarer, volltönender Stimme diese glückliche Depesche lesend. Und dann muß ich Ihnen noch sprechen von den Rufen: „Es lebe die Republik! es lebe Trochu! es lebe Ducrot!" die tausendfach ertönten. Und welche Spannung jetzt! Was wird sich heute begeben haben? Eine andere Schlacht ist angezeigt. Ach! heißblütiges vom Teufel besessenes Frankreich, du zeigst dich hier ganz, wie du bist, und welche Schwungkraft, welche Energie, welcher Muth, welche Hoffnung, welche Kraft in deinen Nerven, die man abgespannt nannte, in deinem Herzen, das man niedergeschlagen glaubte, und in deinem Blute, das man kalt geworden wähnte!"

Sieg! Sieg! lauteten die Circulare, die Gambetta an das Land erließ, und er nahm nun dabei die Gelegenheit wahr, auch die schweren Niederlagen der Loire-Armee in Siege zu verwandeln. Was mögen die Pariser gedacht haben, als sie folgenden Triumphruf Gambetta's in ihren Journalen fanden: „Das auf einen Augenblick verschleierte Genie Frankreichs erscheint wieder. Der Eindringling ist jetzt auf dem Wege, wo ihn das Feuer unserer aufgestandenen Bevölkerung erwartet. Dieses ist, Bürger, was eine große Nation vermag, welche den Ruhm ihrer Vergangenheit aufrecht erhalten will, die ihr Blut und das des Feindes nur für den Triumph des Rechts und der Gerechtigkeit in der Welt vergießt. Frankreich und das Weltall werden niemals vergessen, daß es Paris ist, welches zuerst dieses Beispiel gegeben, diese Politik gelehrt und so seine moralische Oberherrschaft gegründet hat, indem es dem heroischen Geiste der Revolution getreu blieb. Es lebe Paris! Es lebe Frankreich! Es lebe die eine und untheilbare Republik!"

Daß sie nicht gesiegt hatten, das wußten die Pariser. Dennoch lasen sie jene Proclamation mit Entzücken. Wurden sie doch als Helden gefeiert, und wurde außerdem doch versichert, daß die Loire-Armee glänzend gesiegt habe!

Die Art, in welcher Gambetta das Volk täuschte, erinnert an ein Wort Hutten's. Aus dem Feldlager sandte dieser treffliche Geistes- und Schwertheld dem Kaiser Maximilian folgendes Epigramm, das ganz auf den Krieg unserer Tage paßt:

Gallische Art.

„Armer Franzos, du tröstest dich selbst und erdichtest dir Freuden,
　Daß nur keiner im Volk glaube, dir geh' es so schlimm.
Lüge nur zu und tröste durch Hehlen dich über dein Unglück,
　Wenn nur der Deutsche derweil Thaten um Thaten vollbringt.
Rühme dich immer, er sei kriegsmatt und beginne den Rückzug,
　Während mit Siegesgewalt er dich im Nacken bedrängt."

Jedoch von dieser Zeit ab begannen auch in Paris einzelne Stimmen gegen Gambetta laut zu werden. „Der Stil ist die Regierung" überschrieb die „France" einen Artikel, in

welchem sie barlegte, baß Kaiser Napoleon in seiner üppigsten
Zeit sich nie so hochfahrend geäußert und mit seinem „Ich"
um sich geworfen habe, wie es von Gambetta geschehe. —

Das Aergste aber, was dieser Mann den Franzosen bot,
bestand darin, baß er Gensdarmen-Regimenter zu errichten befahl,
die im Rücken der operirenden französischen Armeen Henker-
dienste verrichten sollten. Unter dem 11. December erschien
von ihm folgender Erlaß an die Generale: „In Zukunft wird
jede der Armeen der Republik mit einem Gensdarmen-Regi-
ment zu Pferde versehen werden. Ein Kriegsgericht in Permanenz wird im Rücken einer jeden Armee errichtet. Instruction für die Gensdarmerie-Obersten, welche sich hinter der
Armee befinden: 1) der Armee folgen und sein Regiment so
aufstellen, um diese zu überwachen und ihre Ausgänge zu besetzen; 2) die Ausreißer verhaften und sie zu einer constituirten
Truppe führen. Als Ausreißer sind zu betrachten: jeder Soldat,
jeder Offizier, jede Gruppe, die sich ohne geschriebenen Befehl
zurückzieht oder nicht unter das Commando eines höheren Offiziers gestellt ist. Jeder nicht verwundete Soldat, der hinter
der Armee ohne Waffen und Equipirung verhaftet wird, muß
sofort vor das Kriegsgericht gestellt werden. Es wird ebenfalls verhaftet und vor das Kriegsgericht gestellt jeder Militär,
welcher die Rufe ausstößt: „Sauve qui peut!" „Wir sind
verfolgt!" Beobachten Sie die größte Strenge und die größte
Wachsamkeit bei der Erfüllung der auferlegten Pflichten. Sichern
Sie die Ausführung dieser Verordnungen und der besonderen
Instructionen, welche sie vervollständigen." So jäh war die
Thyrannei in dem früher von Freiheitsphrasen überschäumenden
Manne emporgeschossen, baß er zu einer Maßregel griff, zu
deren Handhabung nur die verhaßtesten Despoten morgenlän-
bischer Reiche ihre Zuflucht genommen und deren Ausübung
die Franzosen zu Anfange des Krieges lügnerischer Weise den
Preußen angedichtet hatten! — Da konnte es nicht fehlen, baß
die Zahl der Gegner Gambetta's sich mehrte. Da er einen

Redacteur ohne Weiteres dem Gefängniß überantwortet hatte, verhielt sich die Provinzialpresse anfänglich den Maßnahmen des Dictators gegenüber noch sehr reservirt, während die pariser Journale ihrem wachgewordenen Mißmuthe immer unverholener Ausdruck gaben. Die radicalen Blätter dagegen predigten nach wie vor den Widerstand bis zum Aeußersten und suchten sich in unverschämten Aeußerungen zu überbieten. „Und wenn wir", rief der „Combat", „keine andere Waffen haben, als Stöcke, so müssen wir die Preußen doch aus Paris und Frankreich hinausjagen."

Aber all dies Phrasenmachen half den Parisern nichts, kein Deutscher ging an einer französischen Phrase zu Grunde; die Pariser allein litten Schaden davon, denn sie machten sich lächerlich vor der Welt, deren Bewunderung sie damit glaubten einzuernten. Freilich widerstand die Mehrheit noch; aber wenn man dem Widerstande auf den Grund sieht, so findet man Eines sicher nicht: eine Heldengesinnung! — In der Hauptsache bildeten bei den Parisern die Lügen von außen, die mit denselben in Zusammenhang stehende Aussicht, ihr Rachebedürfniß zu befriedigen, sowie die daran sich schließende Hoffnung, wie in der Rache, so im Ruhme sich sättigen zu können, den Kern ihrer Widerstandskraft.

Die aus schlechten Impulsen sich ergebende Spannung nun war es, die der Bevölkerung den wachsenden Mangel ertragbar machte. Schon Ende November fing man an Ratten zu speisen. „Hunde und Katzen", besagte eine um diese Zeit einem pariser Journal entnommene Nachricht, „sind schon rar geworden, und man sieht nur sehr wenige auf der Straße, da förmlich Jagd auf sie gemacht wird." Ein Decret requirirte alle Lebensmittel, die sich noch bei den Händlern befanden. „Es werden im Namen der Regierung", lautete dasselbe, „requirirt alles gesalzene Schweinefleisch und sonstige Lebensmittel aller Art. Diese Bestimmung wird nicht auf die Haushaltungs-Vorräthe ausgedehnt." An Hunde- und Rattenfleisch fehle es

noch nicht, hieß es, auch nicht an Kaffee und Chocolade.. Unter
dem 4. December brachte die „Daily News" wieder einige Bei-
träge aus dem „Tagebuche eines Belagerten". — „Nahrungs-
mittel", hieß es in demselben, „werden mit jedem Tage knapper.
Gestern wurden alle Würste requirirt. Noch haben wir Kühe
als letzte Brocken, indessen diese nützlichen Thiere werden der
Milch wegen möglichst lange verschont. Man füttert sie mit
Hafer, da Heu nur spärlich vorhanden ist. Die Mutter des
Kalbes hat somit viel vor dem Oheim des jungen Vierfüßlers
voraus. Sämmtliche Thiere des zoologischen Gartens mit
Ausnahme der Affen sind bereits verzehrt und die letzteren
werden nur aus einer unbestimmten Darwin'schen Scheu vor
dem Verwandtenmorde aufgespart."

Das „Paris Journal" vom 8. December rief pathetisch:
„Wie unsere Feinde sich täuschen und nicht merken, daß in
Paris Alles Modesache ist und gerade die Reichen, ja, die
Reichsten Ratten speisen! Ein Restaurateur von Ruf stellt
eine delicate Schüssel aus diesen Nagern her, er macht sie mit
Champagner, Wein und starken Gewürzen zurecht. Das Stück
wird mit 60 Centimes bezahlt; Paris hat mehr als zwanzig
Millionen Ratten in seinem Bereiche! Man kann auch Ratten
als „Enten" mit Oliven speisen".

Für eine andere Art von „Enten" sorgte um dieselbe
Zeit Gambetta, der wohl wußte, daß „Ratten", wenn auch mit
dem schönsten Oele bereitet, allein es nicht thun würden. Er
hatte den Parisern durch Brieftauben wieder Siegesnoten ge-
schickt. Eine gleiche Art von Zeitungsenten wurden in Paris
vom „Gaulois" losgelassen. Er berichtete mit ernstester Miene:
„Wir sagten gestern, daß die Badenser gegen die Preußen
Drohungen ausstoßen, die wir in Erfüllung gehen sehen möchten. Einer unserer Mitarbeiter kündigt an, daß die Mobilen
der Vorposten bei den Feinden Gewehrfeuer gehört haben,
welches nur von einem Kampfe unter ihnen herrühren konnte.
Die Sache ist wahr: aber es sind die Bayern, welche auf die

Preußen, die das Feuer erwiderten, geschossen haben. Es ist
uns lieber, daß es die Bayern sind, als die Badenser, denn sie
sind zahlreicher und besser im Stande, das Beispiel zu geben."
— Ein Blatt erzählte, daß von der wieder in See gegangenen
Flotte Hamburg bombardirt worden; andere Blätter variirten
das Gambetta'sche Wort: „Die Deutschen sind des Krieges
müde, und begehren mit Ungestüm, nach Hause geführt zu
werden."

Oben wurde der Kern der in der Mehrheit befindlichen
Widerstandspartei charakterisirt. Während der Belagerung trat
ein neues Element hinzu, oder vielmehr dieses schon in Paris
vorhandene Element gesellte sich den Widerstandskräften zu und
gelangte bald zur bestimmenden Macht. Ueber den dieses
Element vertretenden Theil der Pariser sprach sich ein genauer
Kenner der pariser Bevölkerung in der berliner „Post" folgendermaßen aus:

„Paris ist eine Stadt, in welcher wenigstens 60,000
Menschen leben, die nur deßhalb nicht in den Bagnos sitzen,
weil — dort kein Raum für sie ist. Auch der Transport
dieser Existenzen nach Cayenne und Lambessa lohnt sich nicht.
Er ist zu kostspielig, vielleicht auch zu gefährlich, und so läßt
die Polizei die Dinge gehen, wie sie können und macht das
Beste aus der Gesellschaft, was ihr möglich ist — nämlich eine
Centralisation der Laster und Verbrechen, eine Art Hallunken-
Karpfenteich, aus dem sie gelegentlich die größten Karpfen
bequem herausfischt. Physisch und moralisch verkommen, ist das
in Rede stehende Gesindel in Tagen sogenannter „honetten
Revolutionen" nicht zu fürchten. In solchen Tagen, wo die
Begeisterung den Menschen ehrlich macht, lungern diese Strolche
um das „souveräne Volk" herum und schnappen die Sous,
die Stücke Brot und die Schnäpse auf, die man ihnen als
„armen Bürgern" reichlich spendet. Sie wissen, daß man sie
ohne Proceß an die nächste Laterne hängt, wenn sie stehlen.
In dem Juniaufstand 1848 aber spielten sie schon eine Rolle.

Der Haß gegen die Reichen war ein Wort, das sie besser verstanden als den Ruf: „Vive la Charte!“ die für sie keine
Speisekarte war, oder den Ruf: „Vive la Republique!“,
welche die Gesetze auch nicht mit dem Besen wegfegte. Die
Göttin, welche dies Gesindel anbetet, ist die Gelegenheit
und wo es brennt, wird man diese Menschen sicher nicht bei
den Spritzen finden. Wer vor vierzehn Tagen noch in Paris
war, hat sich überzeugen können, daß sich diese Mitglieder
dessen, was der Pariser „la crapule“ nennt, durchaus nicht
zu den „unnützen Mäulern“ zählten. Victor Hugo hat
seine Gestalten aus dem „Glöckner von Notre Damè“ noch
vorräthig gefunden und sie liefern ihm vielleicht noch den Stoff
zu einem neuen Nachtgemälde. Paris besitzt noch heute diesen
Sauerteig menschlicher Verkommenheit und ist gezwungen, ihn
einigermaßen zu Kräften kommen zu lassen, ja ihm theilweise
Waffen zu geben. Waffen und — Geld, das natürlich in
Schnaps vertrunken wird, in Schnaps, an dem weniger Mangel
als an Milch ist.

„Steigen wir eine Stufe höher in der Gesellschaft. Es
existiren in Paris noch ziemlich zahlreich die Trümmer jener
extremen communistischen Tendenz, welche das Dogma „Ni
chateaux, ni chaumières“ (weder Schlösser, noch Hütten),
noch nicht vergessen, und die sich eine vollständige Doctrin
gemacht haben aus der Ueberzeugung, daß die großen Städte
der Fluch der Menschheit seien. Diese Herren mögen im
Uebrigen noch so gute französische Patrioten sein, und sie sind
es, denn von Frankreich aus soll ihrer Meinung nach der
Communismus die Runde um die Welt machen, — sie schwärmen
durchaus nicht mit Victor Hugo für das „schöne Paris“.
Im Gegentheil! Wenn Paris vom Boden rasirt wäre, be-
gönne ein agrarisches tausendjähriges Reich, eine Bodenge-
meinschaft, in welcher die Gesellschaft sich zur Gleichheit und
Brüderlichkeit constituiren könnte. Denn um den Menschen zu
hindern, daß er sich die Finger verbrenne, giebt es ihrer Ansicht

zufolge kein besseres Mittel, als alles Feuer und alles Licht
auszulöschen. Auch Blanqui gehörte früher dieser Richtung an.

"Steigen wir noch eine Stufe höher in der Gesellschaft.
Es ist die „Internationale Arbeiterpartei" in Paris.
Von ihren deutschen und überhaupt fremden Mitessern an der
bescheidenen Tafel des Lebens ist sie durch die Austreibung
der Fremden befreit worden, aber ihre eigene Lage ist schlimmer
geworden. Was liegt diesen Ouvriers daran, wenn Paris in
Trümmer fällt? Aus den Trümmern erwächst später für sie
Brot und Arbeit. Sie schlagen sich wahrscheinlich nicht für
Paris per excellence und lachen zu den Phrasen von Hugo
und Favre so gut, wie wir Deutschen! Sie streben nach einer
Arbeiterregierung und wissen recht gut, daß es keinen anderen
Weg dazu giebt, als vor der Hand Theil zu nehmen an der
allgemeinen Bewegung.

"Und noch eine Stufe höher. Die Etudiants, die Poly-
techniker, die Künstler, die Poeten. Hier ist die Romantik von
Paris vertreten. Hier lebt und webt das Bewußtsein in einer
unverstandenen und unverdauten Vergangenheit, hier gilt die
Politur des Heroismus für den Heroismus selber; hier ist
der Conflict, das tragische Leiden, ein wollüstiger Genuß der
Seelen und das Leben eine Comödie, in welcher Jeder Acteur
ist. Nur in einer solchen Gesellschaft ist es möglich, daß im
19. Jahrhundert die Parole einiger Phantasten, für eine verlorene Sache „Paris in einen Trümmerhaufen zu verwandeln", auf keinen Widerstand stößt. — „Paris soll
das Moskau der Deutschen werden!" declamirt die
Presse. Das heißt so viel wie: „Meine Herrschaften, wer
von Ihnen Lust hat, die Häuser von Paris in Brand zu
stecken, der wolle sich durchaus nicht geniren." Damit ist die
Mordbrennerei bereits officiös als eine hochpatriotische That
proclamirt und der Galgen hat jedes Anrecht auf die Herren
Spitzbuben verloren. In der That, was soll ein Richter ·
sagen, wenn ein Brandstifter erklärt: Ich führte nur aus,

was in allen officiellen Erlaſſen ſteht; mein patrio-
tiſcher Heroismus iſt über jeden Zweifel erhaben.   Die deutſchen Granaten zünden von oben, meine Streichhölzchen
von unten.

„Steigen wir abermals eine Stufe hinauf. — Da iſt der
pariſer „Epicier". — Er iſt Nationalgardiſt und macht ein
gar martialiſches Geſicht, theils, weil er muß, theils weil er die
Gefahr noch ſelber nicht kennt und das Tohuwabohu ihm keine
Zeit läßt, darüber reiflich nachzudenken.   Aber mein Gott!
dieſer pariſer „Epicier" giebt dem deutſchen „Philiſter", dem
londoner „Cockney", noch einige Doublets vor.   Er iſt leid-
lich verwendbar nach einer ausſchließlichen Richtung hin und
ſehr tapfer, wenn er weiß, daß er in der Uebermacht iſt.
Auch verſteht er beim Glaſe Wein zu peroriren.   Fliegt ihm
aber eine Kugel in die Fenſterſcheibe aus einer Richtung her,
von wo er ſie nicht erwartete, dann ruft er mit Pathos, wie
die Zeitungsſchreiber: „Nous sommes trahis!" (Wir ſind
verrathen!) ſetzt ſich die Nachtmütze auf den Kopf und legt
ſich mit heroiſcher Plaſtik ins Bett.   Der pariſer „Epicier",
wenn man ihm das wohlfeile Pathos abkratzt, iſt das Pro-
totyp des Philiſters.   Sollen wir noch die ausgemergelten,
entnervten Ueberbleibſel der „Jeunesse dorée", welche Paris
wegen Mangel an Credit für Reiſegeld nicht entlaſſen hat,
der Beſprechung werth erachten? — Jene pariſer Jünglinge,
denen der Schneider phantaſtiſche Phantaſienuniformen pumpen
mußte und „welche die Revolution mitmachen, weil ſie nichts
Anderes zu thun haben", wie es in den radicalen Journalen
heißt? — Die ſoliden Vertheidiger, die Reſte des Militärs,
ſcheinen begoutirt und zwiſchen ihnen und Paris herrſcht
Nichts weniger als Kameradſchaft.   Aber da ſind die ange-
führten anderen Schichten der Geſellſchaft, welchen der „Appetit
beim Eſſen" kommt und die den Kukuk nach Paris fragen.
Da ſind Verbrechen, ſocialiſtiſche Verbiſſenheit und Romantik,
welche mit Luſt und Liebe die Brandfackel ſchwingen möchten.

Paris ist eine einzige große, mit Anarchie gefüllte Granate,
welche am Boden liegt und dort platzen oder — in Lächerlichkeit
erlöschen wird. Es soll uns nicht wundern, wenn der Telegraph
uns nächstens den Brand von Paris meldet und die Stadt
von einigen hundert ihrer eigenen Phantasten angezündet worden ist." —

Und trotz dem und alledem hatte Jules Favre in seiner
Unterredung mit dem Grafen Bismarck auf die Bemerkung des
Letzteren, es werde in Paris der Pöbel die Oberhand gewinnen,
mit Pathos entgegnet, „in Paris gebe es keinen Pöbel, sondern eine intelligente Bevölkerung", und — Favre hatte gemeint
ein Staatsmann zu sein und sogar einer, der einem Grafen
Bismarck gewachsen sei! —

Widmen wir hiernach den Verhältnissen der Belagerer
vor den Thoren der Stadt unsere Aufmerksamkeit. Was Alles
hatten die Pariser den Deutschen prophezeit, wie tausendfältig
hatten sie sich bemüht, ihnen Abbruch zu thun! — Zuerst war
der Ruf von ihnen erschollen: Machen wir Paris zwanzig
Meilen im Umkreise zur Wüste, damit der Feind dem Hunger
und Mangel zur Beute falle! — Es war Viel zerstört worden an Häusern, in Gärten und auf Aeckern, und doch viel zu
wenig, um dem Feinde ernstlichen Schaden zu thun, während
die Zerstörer sich selbst mit schwerem Schaden beladen hatten.
Dann hieß es: Der Winter wird kommen; er, als unser
Bundesgenosse, wird den Feind decimiren! Und wirklich, es
kam der Winter in einer Rauhheit, wie er in Frankreich selten
aufzutreten pflegt. Aber siehe, die Deutschen ertrugen den
Winter, wenn seine Unbill ihnen auch viel zu schaffen machte,
doch leichter als die Franzosen in der Stadt, denen es frühzeitig schon an Brennbedarf zu fehlen begann! Außerdem sorgte
eine umsichtige Verwaltung für die Verpflegung derart, daß
die Deutschen auch in diesem Punkte besser daran waren als
die Franzosen in der eingeschlossenen Stadt. „Auf Vorposten
muß man gehen", schrieb der Berichterstatter der „Post", „und

tagelang das Leben der Soldaten mitleben, um sich eine Vorstellung von dem Geiste der Truppen zu machen. Hier, wo
eine stete, angestrengte Aufmerksamkeit und der passive Muth
die höchsten Gesetze sind, denen auch der letzte Soldat unterworfen ist, jener Muth, der vergessen läßt, daß jeden Augenblick, bei jeder Hantirung und Arbeit die feindliche Granate
dem Leben ein Ende machen kann, hier lernt man kennen,
was bei dem Soldaten Ausdauer, Zähigkeit und Freudigkeit
am Werke vermag. Nirgends wie hier ist der echte soldatische
Humor zu Hause, nirgends lebhafter wie hier erinnert man
sich des Dichterworts von dem muthigen Einsatz des Lebens."

„Auf meinem Wege nach Chateau Meudon", schrieb der
Correspondent der „Illustr. Z.", „kam ich zu dem commandirenden Offizier einer Feldwache, der mir bereitwilligst einen
Soldaten mitgab, um mich in's Schloß zum Obersten zu führen.
Wir passirten einen Graben, den ein halbrundes Erdwerk
schützte, welches die Deutschen in der Front des Schlosses aufgeworfen hatten. In dem Erdwerk selbst hatten sich die Soldaten ein wundervolles Labyrinth von Hütten und Höhlen
gebaut, zu denen Erde, Steine und das nahe Gehölz reichliches
Material geliefert hatten. Zum Meublement dieser Wohnungen
gab das Schloß die wunderbarsten Dinge her: kostbare Stühle
mit weichen Sammetpolstern und vergoldete Tische mit Marmor-
platten standen herum. Ueberall waren kunstvolle Ornamente
angebracht. Ueber einer der Höhlen schwebte auf einem Stock,
mit einer Pfauenfeder geziert, der Sonntagshut des Prinzen
Napoleon in einem Zustande schrecklicher Zerknitterung; das war
das „Hotel zur Angströhre." Links davon zeigte ein Schild
das „Hotel zum Elephanten" an und rechts deutete ein aus-
gestopfter schwarzer Schwan auf das Vorhandensein des „Gast-
hofs zur tobten Krähe." Und vor ihren respectiven Hotels
saßen und standen die guten Kameraden lesend, schreibend, rau-
chend, essend, bis sich plötzlich das unheimliche Brummen einer
Bombe oder Granate hören ließ, die als Morgengruß von

Paris herüberkam, und dann verschwand plötzlich Alles in die unterirdischen Hotels." —

Trochu hatte seit der blutigen Zurückweisung vom 2. December bereits bis in die dritte Woche hinein nichts gegen die Deutschen zu unternehmen gewagt, nur war der Höllenlärm der Forts nicht verstummt, der aber mehr darauf berechnet war, die Pariser zu befriedigen, als daß von ihm gehofft ward, er werde die Deutschen schrecken. Auf Favre und seine Freunde wirkte es ernüchternd, daß die Delegation der Regierung von Tours nach Bordeaux übergesiedelt war. Da mußte man doch sehen, was es mit den von Gambetta verbreiteten Nachrichten über die Erfolge Chanzy's auf sich hatte! — Sorgen über Sorgen häuften sich auf den Häuptern der Gemäßigten. Hier die wilde Masse, in denen die Lügen und Phrasen der Vergangenheit in wachsender Gährung sind, — dort in Bordeaux ein Gambetta, der so eben die Präfecten angewiesen hatte, „die erlittenen Niederlagen keck zu leugnen!" — Wie charakterisirt der Umstand die „Republikaner," daß sie einen solchen Mann auch nur einen Tag an der Spitze des Staates duldeten! — Als er Tours geräumt hatte, telegraphirte er nach Paris: die Regierung gehe nach Bordeaux, um nicht die strategischen Bewegungen der Armee zu „geniren!" Es geschah dies in demselben Augenblick, in welchem Tours die weiße Flagge aufzog, um von den Deutschen nicht länger beschossen zu werden. — Freilich tritt an Gambetta das Franzosenthum in seiner dermaligen Wesenheit nur in schärferer Weise auf, als in der Mehrzahl der mit ihm im Vordergrunde stehenden Personen. Denn sehen wir nicht fast überall ein gleiches Verhalten zu Tage treten? Wie Ducrot hatten auch andere Generale geschworen, zu siegen oder zu sterben; die Mehrzahl der Commandanten hatten „im Angesichte des Weltalls" die feierliche Versicherung auspofaunt, sich lieber unter den Trümmern der ihnen anvertrauten Festungen begraben lassen zu wollen, als zu capituliren; die Präfecten der Departements und die Maires der großen

Städte hatten pathetische Manifeste vom Stapel gelassen, durch
die sie sich — je nach dem Verhältniß, in welchem sie hinterher ihren Worten Folge gaben — zu Helden oder zu Narren
stempelten; die Mobilgarden und Franctireurs waren höchstens
nur im Trinken stärker gewesen, als in dem Ruf: „Kampf
bis zum Aeußersten!" — und welchen Erfolg hatte bis dahin
all das Schwören, Proclamiren und Schreien gehabt? Wie
viele der Generale hatten den auf Siegen oder Sterben hin-
zielenden Schwur gelöst? Und wie schnell war der Muth der
Commandanten zur Abkühlung gelangt, wenn der Bombenregen
auf sie herabfiel, während die Präfecten und Maires es bei
Annäherung des Feindes schon für ein Zeichen hohen Muthes
erachteten, nicht davon zu laufen. Die Heldenthaten der Franctireurs schrumpften ein zu Meuchelmord, ausgeübt aus sicheren
Verstecken.

Die Haltung des Pöbels in Paris nahm für die Re-
gierung eine von Tag zu Tage bedenklichere Gestalt an.
Diesem Pöbel war ein Gambetta immer noch lieber als Trochu.
Der Erstere log ihm und der Welt doch wenigstens vor, daß
Frankreich fortgesetzt Gloire gewinne, während Trochu, dessen
Haltung die ihn beherrschende Trostlosigkeit nur zu deutlich
verrieth, sich schon fast drei Wochen lang nicht gerührt hatte.
So ward er denn wieder zu einem Ausfall gedrängt. Es er-
folgte derselbe am 21. December, um zu endigen, wie seine
Vorgänger geendigt hatten, nämlich mit blutiger Abweisung.

Weihnacht war herangenaht, und die Deutschen feierten
auch in der Fremde, so gut es ging, das Fest nach heimischer
Sitte. Tannenbäume wurden aufgestellt und mit Lichtern besetzt, man machte einander Geschenke; manches Kriegers Augen,
der beim Anblick des brennenden Christbaumes sehnsuchtsvoll
der Seinen gedachte, füllten sich mit Thränen.

————————

Bombardement von Paris.

„Kommen wird der Tag, wo das stolze Ilium hinsinkt.“

Mit Ungeduld war in Deutschland der Stunde entgegengesehen worden, in welcher der Telegraph verkündigen würde: Die Beschießung von Paris hat begonnen! — Es fehlte nicht an Stimmen, die darauf drangen, daß mit dem Beginn der Beschießung nicht länger gesäumt würde; doch hielten Diejenigen, die sich über diesen Gegenstand äußerten, die Grenzen der Pietät inne, die die Heeresleitung für sich in Anspruch zu nehmen im vollsten Sinne des Wortes berechtigt war. Gleichwohl erregte es fortgesetzt ein unbehagliches Gefühl, Stimmen der Verwunderung des Auslandes über das Hinausschieben der Beschießung und daran sich anknüpfende Vermuthungen hören zu müssen, die auf die Schwierigkeit oder gar Unmöglichkeit, sich durch Waffengewalt zum Herrn der Stadt zu machen, hinzielten. Daß die Pariser sich die bezeichnete Verzögerung nach den Forderungen ihrer Eitelkeit zurechtlegten, kann nicht verwundern. Immer kecker erklärten sie, der Feind sei gar nicht im Stande, Paris zu bombardiren, dafür sorgten die Forts, die dem Feinde nicht gestatteten, Batterien der Stadt so nahe zu bringen, daß sie im Stande seien auf dieselbe eine bemerkenswerthe Wirkung auszuüben.

In Deutschland sagte man sich: Ehe Paris nicht gebeugt sei, sei an ein Ergeben Frankreichs nicht zu denken, bis dahin aber erfordere die Kriegsführung, möge sie immerhin siegreich sein, fortgesetzt schwere Opfer an Menschenleben, überdies gewinne Gambetta Zeit, die Widerstandsheere zu verstärken, und es sei die Möglichkeit zuzugeben, daß, falls ihm Jenes in bedeutendem Maße gelinge, er den Kampf auch nach dem Falle von Paris, wenn dieser erst spät erfolge, fortsetze. — Gab die heimische Presse Erwägungen solcher Art in der oben angedeuteten Weise Ausdruck, so unterließ sie jedoch auch nicht, sich

durch ihre Vertreter an Ort und Stelle von der Sachlage zu unterrichten und die über den Gegenstand aus directer Anschauung
gewonnene Einsicht ihren Lesern mitzutheilen. So brachte schon
in der Mitte des December die „Nat-.Z." einen — wie sich
das später erwies — der Sache auf den Grund gehenden Aufsatz. „Wir glauben nicht irre zu gehen", sagte sie, „wenn wir
behaupten: Man hat die Beschießung von Paris seither nicht
gewollt, weil man sie bis dahin nicht mit derjenigen Inten-
sivität unternehmen konnte, die eine Garantie des Erfolges
in sich schließt." —

Der Schluß des Artikels lautete: „An die in umfassendster
Weise getroffenen Vorbereitungen ist die letzte Hand gelegt,
und wenn der Hunger bis dahin seine Schuldigkeit nicht thut,
so wird man nach dem bewährten Recepte des alten Hippo-
krates verfahren: quod ferrum non sanat, sanat ignis, oder
Eisen und Feuer zugleich."

Am 26. und 27. December erschienen endlich zwei Depeschen aus Versailles, die dem allgemeinen Wunsche, den
artilleristischen Kampf gegen Paris aufgenommen zu sehen,
Genüge thaten. Sie lauteten:

Versailles, 27. December. Seit früh 7 Uhr
hat die Belagerungs-Artillerie das Feuer gegen
den Mont Avron eröffnet.

Versailles, 28. December. Die Beschießung
des Mont Avron hat im Laufe des 27. ununterbrochen stattgefunden und wird heut fortgesetzt
werden. Diesseitiger Verlust unbedeutend.

Die ministerielle „Prov. Corresp." brachte folgenden erläuternden Artikel: „Soeben geht die wichtige Nachricht ein,
daß am 27. December vor Paris der Angriff unserer Belagerungs-Artillerie zunächst gegen die Batterien auf dem Mont
Avron begonnen hat. Es handelt sich hier noch nicht um die
Beschießung der Stadt, ja noch nicht unmittelbar um die Beschießung der Forts, wohl aber um die wirksame Einleitung

dazu. Die Vorbereitungen zur Durchführung der gewaltigen
artilleristischen Aufgabe sind seit Anfang December, von dem
Augenblicke an, wo mit der Niederlage der Loire-Armee die
Gefahr einer Störung von Außen zurückgetreten war, in umfassendster Weise vervollständigt worden, und in diesem Augenblick ist vor Paris eine Zahl schwerer Festungs-Ge-
schütze aufgestellt, wie sie vielleicht noch niemals um
einen Punkt vereinigt waren.

„Das Werk, das jetzt unternommen wird, gehört zu den
größten und schwierigsten der ganzen Kriegsführung. Die
Forts sind an und für sich sehr stark und durch neuere Werke
noch verstärkt worden; sie sind überdies vortrefflich armirt
und gut vertheidigt. Es wird daher immerhin schwere und
hartnäckige Kämpfe kosten, bis durch die Einnahme einiger
Forts erst die Möglichkeit gewonnen wird, Paris selbst den
vollen vernichtenden Ernst eines Bombardements empfinden
zu lassen."

Der Mont Avron ist ein Höhenzug von einer halben
Stunde im Durchmesser, der von den Franzosen außerordentlich stark befestigt worden war. Es war gelungen, sie darüber
zu täuschen, daß deutscherseits der artilleristische Kampf mit
dem Angriff auf diesen Punkt seinen Anfang nehmen sollte.
Der waldige Character der Gegend gestattete den Pionieren,
ungesehen zu arbeiten. Am Abend vor dem Beginn des Bombardements, wie auch während der Nacht, wurden die Wald-
stücke, hinter welchen die Batterien angelegt waren, Baum um
Baum angesägt, am nächsten Morgen um 4 Uhr aber die
Bäume umgelegt und solcher Art die Geschütze demaskirt. „Der
Morgen des 27. December", ward der „N. fr. Pr." von
ihrem Berichterstatter geschrieben, „tagte sehr spät. Nach drei
sonnenklaren Tagen hatte sich der Himmel heute stark bewölkt
und bei scharfer Kälte begann eben, als der Tag graute, ein
schwacher Schneefall, für unsern Zweck eine wesentliche Beein-
trächtigung, da der Fernblick sich sehr einengte. Dennoch hat

die Beschießung ihren Anfang genommen. Um 9 Uhr war
ich auf der Höhe von Chelles, wo Prinz Georg von Sachsen
und der Generalstab des 12. Armeekorps sich schon eingefunden hatten. Der sonst auf diesem Punkte so weite Ausblick
war heute sehr beschränkt, kaum daß man über das tiefer liegende Städtchen Chelles und die zugefrorenen Marne-Inunda-
tionen hinweg bis nach Noissy le Grand sehen konnte, wo von
Zeit zu Zeit ein rötliches Licht durch den Nebel aufblitzte
und die Stelle erkennen ließ, von wo aus Neuilly beschossen wurde."

Schon am 29. December kündigten Depeschen aus dem
Hauptquartier einen ersten guten Erfolg an. Sie lauteten:

Versailles, 29. December. Die Beschießung des Mont Avron am 27. aus 76 Geschützen
hat die feindlichen Geschütze für gestern und heut
zum Schweigen gebracht.

Versailles, 29. December. Am 28. gelang
es der Belagerungs-Artillerie auf der Ostfront
von Paris, nachdem der Mont Avron am 27.
zum Schweigen gebracht war, den Bahnhof von
Noissy le Sec wirksam zu beschießen und die in
Bondy cantonnirende feindliche Artillerie zu
vertreiben. Diesseits 8 Mann Verlust.

Noch an demselben Tage wurde der Mont Avron von
Abtheilungen des 12. (sächsischen) Armee-Corps besetzt, und
feindliche Abtheilungen, die sich noch außerhalb der Forts befanden, zogen sich nach Paris zurück. „Der Erfolg der Beschießung des Avron", berichtete die „Elberf. Z.", „war ein voll-
ständiger. Die Franzosen sind mit den Geschützrohren abgezogen; im Uebrigen haben sie Alles im Stich gelassen, Laffetten,
Protzkasten, die ganze Munition, selbst eine Anzahl Gewehre;
ja sie haben nicht einmal — und das ist das erste Mal, daß sie
ihrem noch bei allen Ausfällen eingehaltenen Brauche zuwider-
handeln — ihre sehr zahlreichen Todten mit sich genommen."

Nach der Mittheilung des „Globe" war der Beginn des Bombardements von den Parisern anfänglich als ein Zeichen der Schwäche des Feindes ausgelegt worden. Die Räumung des Avron aber brachte eine allgemeine Entmuthigung hervor. „Man schimpft auf die Regierung, schimpft auf die Militärverwaltung, und die rothen Republikaner geben sich mehr denn je Mühe, das Volk zu einer Revolte zu verleiten." „Die Armee muß absolut", sagte der „Temps", „muß um jeden Preis, so lange Lebensmittel noch vorhanden sind, sich durch den Feind durchschlagen und außerhalb Paris operiren. Man sage nicht, daß es unmöglich sei. Niemand wird begreifen, daß es unmöglich sei. Niemand wird begreifen, daß eine Armee, eben so stark wie die der Belagerer, nicht im Stande sein sollte, sich durchzuhauen, zumal sie den Feind angreifen kann, wo sie will, und es in ihrer Macht steht, ihn zu überraschen." — Darauf brachte das Regierungsblatt folgende Notiz: „Die Regierung ist für den Fall einer entscheidenden Niederlage zu dem Entschluß gekommen, entweder abzudanken oder sich in eines der Forts zurückzuziehen, sie hat beschlossen, in keinem Falle sich der Demüthigung einer Capitulation zu unterziehen." — Diese Erklärung rief die größte Erbitterung in der gesammten Presse hervor, und eines der Blätter sagte: „Ob die Regierung die Capitulation von Paris unterzeichnet oder nicht, sie muß die Verantwortlichkeit tragen, nicht allein als eine durch Selbstwahl gebildete Regierung der nationalen Vertheidigung, sondern auch weil sie uns in eine Lage gebracht hat, welche mit der allgemeinen Volksstimmung im Widerspruche steht. Die Regierung muß und soll auf ihrem Posten bleiben, und wenn wir sterben, muß diese Regierung mit uns sterben." Unschuldig jedoch noch klang diese Sprache gegen die der Klubs in den Vorstädten, die unter dem Einflusse der rothen Republikaner Blanqui und Felix Pyat standen. Dort gewann um diese Zeit die Hydra, die sich „Commune" nannte, Leben, und schon durch ihre ersten Aeußerungen gab sie ihre innerste Natur zu erkennen.

Die Regierung jedoch war gerade jetzt machtloser als je.
Das „Kochen im eigenen Safte" hatte für Paris begonnen,
und dagegen vermochten Männer, die noch nicht einen wirklichen Erfolg gegen den Feind vor den Thoren erstritten
hatten, nichts. In einer Klub-Sitzung feierte ein Redner
Gambetta. „Er hat die Provinz-Armeen organisirt; er hat
die Erhebung Frankreichs von den Alpen bis zu den Pyrenäen
bewirkt; er hat nicht gezaubert, den Verräther Aurelles de
Paladine abzusetzen; er ist schließlich revolutionär vorgegangen.
Was hat Trochu gethan?" (Ironisches Murren.) Der Sprecher
glaubt nicht bei den Thaten Trochu's verweilen zu dürfen,
seine Unfähigkeit, sein Zaubern, sein Verrath seien allbekannt.
(Das ist wahr, er läßt uns am langsamen Feuer sterben.) „Wenn Paris
durch die Energie der Nationalgarde beblokirt wird, wenn die
beiden getrennten Regierungs-Fraktionen sich gegenüberstehen
werden, dann ist nicht schwierig vorauszusagen, daß Trochu
Gambetta zu weichen hat." — Ein anderer Redner, der die
Ansicht des Vorredners bezüglich Trochu's theilt, trennt sich
von ihm schroff in seinem Urtheile über Gambetta. „Es ist
unwahr, daß Gambetta revolutionär vorgeht. Hat er nicht die
Commune von Lyon aufgelöst? Hat er nicht dem Bonapartisten Bourbaki ein Commando gegeben? Man sagt, er habe
den Verräther Aurelles abgesetzt; sei es, er hat es aber erst
nach dem erwiesenen Verrathe gethan. Sind unsere Väter
von 1793 also vorgegangen? Marat war kein solcher Zau-
derer, er ließ die Verräther guillotiniren, bevor noch der Gedanke eines Verrathes in ihnen aufkeimen konnte, und also
retteten unsere Väter die Republik." (Rauschende Zustimmung.)
— Ein dritter Redner versucht eine Vermittelung der beiden
Vorredner, indem er sagt, Gambetta gehe revolutionär vor,
ohne es zu sein; er sei ein Ehrgeiziger, welcher der Republik
dient, weil er es in seinem Interesse glaubt, ihr zu dienen, und
man müsse ihm mit gleicher Münze zahlen, indem man sich seiner
bis auf Besseres bediene. Dieser Vorschlag aber befriedigte

nicht die Versammlung, und ein Redner, Mitglied der Gari-
balbischen Liga, die eine Vertheidigung bis aufs Messer will,
spricht ihr mehr zu Sinne, indem er erklärt, daß die Zeit des
Zögerns vorüber sei; daß unsere fürchterlichsten Feinde nicht
um, sondern in Paris seien; daß sich die Situation täglich
verschlimmere; daß die Weiber und Kinder vor Kälte und
Hunger sterben, und daß es endlich Zeit sei, mit einer unfähi-
gen und verrätherischen Regierung zu brechen.

In einer folgenden Sitzung ward der Beschluß gefaßt,
die Regierung aufzufordern, auf unbegrenzte Zeit die Zahlung
von Miethen, Pachten und Zinsen aufzuheben, da es nicht gerecht sei, die Privilegien des Kapitals, in einer Krisis
wie sie gegenwärtig vorhanden sei, aufrecht zu erhalten. Der
Beschluß wurde mit Einstimmigkeit angenommen. In einer an
einem andern Abende stattfindenden Sitzung erörterte einer der
Redner die Folgen des möglichen Bombardements. Er schloß
mit der Bemerkung: „Was haben wir übrigens von den Bomben zu fürchten? Man sagt, sie werden die Kunstmonumente,
Museen und Kirchen in Brand stecken. Bürger, die Republik
kommt vor der Kunst. Die Künstler werden durch den Despotismus korrumpirt. Man zünde den Louvre an mit den
Gemälden von Rubens und Michel Angelo, das ist nicht so
trostlos, wenn nur die Republik siegreich besteht!" Der Redner
tröstet sich noch leichter über die Zerstörung der Kirchen, und er
würde es ohne Stirnrunzeln ansehen, wenn die Thürme von
Notre-Dame unter den Bomben zusammenbrächen. Er gebe
wahrlich keinen Sou zum Wiederaufbau. (Beifall und Gelächter.)
„Die Bomben, welche uns von allen Monumenten des mittel-
alterlichen Aberglaubens befreiten, müßten uns vielmehr willkommen sein; sie würden die Socialisten von einer künftigen
Arbeit befreien."

Also ging es zu in dem „heiligen Paris", während vor
den Thoren von den Belagerern bereits der Angriff auf einige
der Forts eröffnet ward.

Darüber berichteten zunächst folgende Depeschen:

Versailles, 2. Januar. Die Beschießung der feindlichen Positionen vor der Nordfront von Paris am
31. December und 1. Januar mit Erfolg fortgesetzt.

Versailles, 3. Januar. Vor Paris auf der Ostfront diesseits lebhaftes Geschützfeuer, welches der Feind
nur aus Fort Nogent schwach erwiedert.

Versailles, 5. Januar. Seit 9 Uhr beginnt die
Beschießung der Südfront vor Paris. —

Versailles, 5. Januar. Die gegen die Südfront
von Paris errichteten Batterien, deren Armirung vom
Feinde nicht gestört worden, beschossen im Laufe des
heutigen Tages die Forts Issy, Vanvres und Montrouge,
die Verschanzungen von Villejuif, den Point du Jour
und Kanonenböte. Gleichzeitig wurde die Beschießung
der Nord- und Ostfront kräftig fortgesetzt, zum Theil
aus neu errichteten Batterien. Erfolg sehr günstig, trotz
ziemlich starkem Nebel. Diesseitiger Verlust 4 Mann
todt, 4 Offiziere, 11 Mann verwundet.

Ueber die Beschießung vom 5. Januar brachte die „Times"
einen eingehenden Artikel, in welchem der Berichterstatter sich
im höchsten Grade anerkennend über die artilleristischen Leistungen
der Belagerer aussprach.

Aus Bagneur vor Paris wurde der „N. Fr. Pr." unter
dem 5. Januar berichtet: „Ich schreibe diese Zeilen in unmittelbarer Nähe des heute auf die Südfront begonnenen Bombardements. Das Gedröhne der gezogenen Mörser ist so stark,
daß der Tisch, auf dem ich schreibe, nicht zittert, sondern zu
springen scheint. Die Geschosse der 50pfündigen Mörser, theils
preußische, theils bayrische Prachtexemplare der artilleristischen
Kunst, wiegen nicht weniger als zwei Centner und reichen
10,000 Schritt weit. Sie helfen, Alles zerstörend, was von
ihnen getroffen wird, den breschelegenden 24pfündigen, ebenfalls gezogenen Geschützen nach. Es ist, als sollten wir Alle

in die Luft fliegen, so stark erdröhnt der Erdboden unter uns
und so heftig erzittert die Luft rings um uns her. Nicht alle
Geschosse, so heißt es unter den Bayern und Preußen, werden
blos und ausschließlich die Forts treffen, sondern richtet man
die Geschosse um zehn Zoll höher, so fliegen sie mit kolossaler
Wirkung bis zur ersten südlichen Embarcadère von Paris, also
direkt in die Stadt hinein."

Ununterbrochen nahm das Bombardement seinen Fortgang. Am 6. Januar begann das Feuer der Südforts
schwächer zu werden, Berichte aus Paris bezeichneten bereits
das Pantheon und die Kirche von St. Sulpice als von feindlichen Kugeln beschädigt. Die Stimmung der Pariser gegen
Trochu ward immer erbitterter, so daß er, um dem Mißtrauen
zu begegnen, eine Proclamation erließ, in der er jeden Gedanken an eine Capitulation der Hauptstadt zurückwies. Inzwischen litten namentlich die Südforts mehr und mehr: sie selbst
wie die zwischen denselben liegenden Verschanzungen schwiegen
fast gänzlich, die Casernen des Forts Montrouge brannten vom
8. zum 9. nieder, die Bewohner der südlich der Seine gelegenen Stadttheile begannen in die nördlichen Stadtviertel zu
fliehen. In den Nächten des 13. und 14. wurden von Paris
aus größere Ausfälle unternommen, die Angriffe jedoch überall siegreich zurückgeschlagen. Berichte aus Paris vom 17.
bezeichneten die Zerstörungen innerhalb der Stadt als sehr bedeutend, namentlich als von Beschädigungen stark heimgesucht
wurden aufgeführt die Faubourgs St. Germain und Italie,
Place de St. Germain und Jardin des Plantes. Die Kugeln
der deutschen Geschütze erreichten bereits das rechte Seine-Ufer.
Am 12. unternahm Trochu noch einen Versuch, den Cernirungsgürtel zu durchbrechen. Es kam zu heftigen Kämpfen um die
Schanzen bei Montretout und um das Dorf Garches. Auch
dieser — der letzte Ausfall — ward blutig zurückgeschlagen.
Der Verlust der Deutschen betrug 600, der der Franzosen, wie
sie selbst zugestanden, 7000 Mann.

Am 22. wurde das Bombardement auf die Stadt wirksam fortgesetzt, während die feindlichen Geschütze fast gänzlich verstummten.

Wieder hatten die Verhältnisse eine derartige Gestaltung angenommen, daß die Erwartung dessen, das kommen werde, zu einer hohen Steigerung gelangt war. Da erschien — ausgegeben aus dem Hauptquartier — unter dem 26. Januar folgende Depesche:

> Vor Paris schweigt gemäß Verabredung seit 12 Uhr in der Nacht vom 26. bis zum 27. vorläufig beiderseits das Geschützfeuer.

Die Bedeutung dieser Nachricht konnte nicht zweifelhaft sein: es mußten Verabredungen gegnerischerseits stattgefunden haben, die auf nähere Unterhandlungen wegen der Capitulation von Paris hinzielten.

Bald ward Näheres bekannt. Jules Favre, in seinem Glauben, daß es in Paris keinen Pöbel, vielmehr nur eine intelligente, von Patriotismus beseelte Einwohnerschaft gebe, erschüttert und ebenso der Hoffnung entsagend, daß Paris zu einem längeren Widerstande fähig sei, hatte am 23. bei dem Grafen Bismarck in einem Schreiben um die Erlaubniß nachgesucht, sich in Versailles einfinden zu dürfen. Schon um die Mittagszeit desselben Tages empfing er eine zustimmende Antwort, und am Abend 8 Uhr langte er in Versailles an.

Er war gekommen, um die Forderungen hinsichtlich der eventuellen Capitulation von Paris zu vernehmen. Daß Jules Favre sich gleichzeitig bemühte, im Hauptquartier Geneigtheit zu erwecken, der Stadt möglichst günstige Bedingungen zu gewähren, kann nicht verwundern. Seine Wünsche und Forderungen wurden ablehnend beantwortet; ihm ward erklärt: die einzige Grundlage, auf welcher die Uebergabe angenommen werden könne, sei die, welche man bei Sedan und Metz aufgestellt habe. Um 3 Uhr verließ Jules Favre Versailles. Am 25. kehrte er zurück, und es fanden an diesem und dem fol-

genden Tage zwiſchen ihm und dem Bundeskanzler Verhandlungen wegen der Präliminarien zur Capitulation von
Paris ſtatt. Sie endeten damit, daß von Jules Favre die
Entſendung einer militäriſchen Commiſſion, mit welcher die
näheren Bedingungen vereinbart werden ſollten, zugeſagt
ward. Am 27. erfolgte die Unterzeichnung eines bis auf den
Mittag des 19. Februar lautenden Waffenſtillſtandes, der zugleich die Capitulation von Paris in ſich ſchloß.

Die Bedingungen des Waffenſtillſtandes und der Capitulation von Paris waren folgende: Uebergabe ſämmtlicher
Forts an die deutſchen Truppen; während der Dauer des
Waffenſtillſtandes wird die deutſche Armee Paris nicht betreten; die Enceinte wird von ihren Kanonen desarmirt; die
geſammte noch 180,000 Mann ſtarke Garniſon (Linie und
Mobilgarden, bis auf 12,000 Mann, welche für den Sicher-
heitsdienſt in der Stadt beſtimmt ſind) liefert bis zu einem
beſtimmten Termin Gewehre und Geſchütze (400 Feld- und
1500 Feſtungsgeſchütze aus, bleibt aber, in der Eigenſchaft als
Kriegsgefangene, in der Stadt internirt; Paris zahlt 200
Millionen Francs Contribution; die Verproviantirung der
Stadt iſt geſtattet, ſobald die Waffen abgeliefert ſind; Ein-
fuhr von Waffen und Munition dagegen iſt unterſagt; Niemand darf ohne Erlaubniß des deutſchen Commandos die
Stadt verlaſſen. Eine conſtituirende Verſammlung, hervorgegangen aus freien Wahlen, wird in 14 Tagen nach Bordeaur berufen.

Auf zwei franzöſiſcherſeits aufgeſtellte Forderungen, die
auch noch angenommen wurden, hatte Jules Favre beſonderen
Werth gelegt. Sie lauteten: 1) die Nationalgarde in Paris
behält, behufs Aufrechthaltung der Ordnung in der Stadt,
ihre Waffen, 2) das von Werder belagerte Belfort und die
gegen Werder operirende Bourbaki'ſche Armee ſtehen außerhalb des Waffenſtillſtandes.

Der Aermſte wußte es entweder noch nicht, oder er glaubte

II.   28

es nicht, daß es um diese Zeit bereits nun die Sache Bourbaki's verzweifelt aussah.

Unter dem 30. wurde folgende Depesche aus dem
Hauptquartier veröffentlicht:

Der Kaiserin und Königin in Berlin.
Die Uebergabe aller Forts incl. St. Denis
hat im Laufe des gestrigen Tages ohne alle
Widersetzlichkeit und Störung stattgefunden.
Von unsern Belagerungs-Batterien sah ich die
preußische Fahne auf Issy flattern.

Wilhelm.

Wie half sich denn aber Trochu, der doch gelobt hatte,
nun und nimmermehr capituliren zu wollen? Er wußte Rath,
wie Ducrot Rath gewußt hatte. Trochu capitulirte mit dem
Feinde nicht, er legte sein Amt nieder und entzog sich auf diese
Weise den Forderungen, die die übernommene Stellung ihm
auferlegt hatte.

In Paris war es inzwischen und zwar an dem Tage,
an welchem die Verhandlungen zwischen Favre und dem Bundeskanzler ihren Anfang genommen hatten, zu Unruhen gekommen: die Hydra Commune regte sich schon mächtiger. Es
ergab sich dies aus einem Aufruf des Commandanten der
Nationalgarde, in welchem es hieß: „In der vergangenen
Nacht haben Aufwiegler das Gefängniß Mazas angegriffen
und die Gefangenen, unter ihnen Flourens, befreit. Sie suchten ferner sich der Mairie des 20. Arrondissements zu bemächtigen, um daselbst den Aufruhr zu installiren. Euer Obercom-
mandant zählt auf Euren Patriotismus, um den ruchlosen
Aufstand zu unterdrücken." — An die Stelle Trochu's, des
bisherigen Chefs der ganzen Streitmacht, war General Vinoy
getreten, der in seiner ersten Proclamation sagte, daß die
Stadt „nach einer mehr als viermonatlichen Belagerung" nunmehr zu einem „kritischen Moment" gekommen sei, womit er
auf die unvermeidliche Capitulation hindeutete. Ein Artikel

des „Journal officiel" vom 27. sprach es geradezu aus, daß, da auf Hülfe von außen vergebens gewartet worden sei, nichts übrig bleibe, als zu capituliren. Als ein Trostwort ward hinzugefügt: die Nationalgarde würde jedoch die Waffen behalten, die ganze Garnison in Paris bleiben, der Feind — freilich Alles dies nur während des Waffenstillstandes — nicht in Paris einrücken.

Ueber den Eindruck, den diese Mittheilung machte, äußerte die „Corresp. Havas": „Paris ist tief betrübt. Der Artikel des officiellen Blattes läßt keinen Zweifel mehr über die Uebergabe. Die grausamen Bedingungen Preußens haben das Herz der Nationalgarde und der Bevölkerung gebrochen. Ungeachtet des Hungers, welcher in gewissen Stadtvierteln herrscht, unterliegt es keinem Zweifel, daß die Pariser gegen die harten Bedingungen protestiren; aber eine dringliche Nothwendigkeit, der vollständige Mangel an Brot in wenigen Tagen, legt sich Allen, selbst den Entschlossensten, auf. Der Schmerz ist unermeßlich; aber unter der Gewalt der Fatalität, welche uns seit Beginn des Krieges verfolgt, bleibt die Gereiztheit kalt und schweigsam und man muß hoffen, daß sie sich durch keinen Akt der Agitation kundgeben wird."

Wohl nahmen die Vorgänge in und um Paris das größeste Interesse der Betheiligten (und das waren gleicher Weise die Deutschen um Paris und die Bewohner von Paris) in Anspruch, dennoch ward mit steigender Spannung weiteren Nachrichten aus den Vogesen entgegengesehen. An den möglichen Sieg Bourbaki's klammerten sich jetzt erst recht die Hoffnungen der unter dem Einflusse der Gambetta'schen Lügen stehenden Franzosen, und wenn deutscherseits auch über den endlichen Ausgang des Krieges Zweifel und Befürchtungen nicht vorhanden waren, so mußte man sich doch sagen, daß Bourbaki, der über eine so gewaltige Heermacht gebot, doch vielleicht der gegenwärtig im Osten operirenden deutschen Macht schwere Verlegenheiten bereiten könne.

Da erschien folgende Depesche:

Der Kaiserin und Königin.

Versailles, 1. Februar. Die Bourbaki'sche Armee ist gegen 80,000 Mann stark bei Pontarlier per Convention in die neutrale Schweiz übergetreten. Das ist also die vierte französische Armee, die zum Weiterkampfe unfähig gemacht worden ist.

Wilhelm.

Nachträge ergaben Folgendes: Einem kleinen Theil der Bourbaki'schen Armee war es gelungen, nach dem Süden zu entkommen, 83,000 Mann waren in die Schweiz übergetreten, 15,000 Mann in die Gefangenschaft Manteuffel's gerathen. In einer Depesche vom 3. Februar hieß es: „Garibaldi, der sich gleichzeitig in Dijon in der Gefahr befand, umzingelt zu werden, ist diesem Schicksal nur durch eiligen Rückzug entgangen." —

Die Schweizer Blätter waren in den nächsten Tagen gefüllt mit Mittheilungen über den trostlosen Zustand der Bourbaki'schen Armee bei ihrem Uebertritt in die Schweiz. Die Welt habe, hieß es, Gleiches nicht mehr gesehen seit dem Rückzuge aus Rußland 1812, wenigstens nicht in diesem Stil und Umfange! —

Mit diesem Vorgange war eine neue Seifenblase Gambetta's geplatzt. Schade nur, daß das Leben so vieler Unschuldigen dabei zu Grunde gerichtet worden war! Bourbaki hatte sich als gänzlich unfähiger Heerführer erwiesen. Gleich nach dem Uebertritt der Armee brachten die Zeitungen die Nachricht, Bourbaki, von Verzweiflung erfaßt, habe sich eine Kugel durch den Kopf gejagt. Wenige Tage darauf ward berichtet: Der Selbstmordversuch sei ihm nicht gelungen, er lebe noch, und man hoffe, daß die Verwundung nicht tödlich sein werde. Und wiederum kurze Zeit später hieß es: Bourbaki sei bereits völlig wieder hergestellt — die Kugel, die er auf sich abgeschossen, habe nur die Haut gestreift! — Ein würdiger Genosse Ducrot's und anderer französischer Generale!

Wie mochte jetzt Favre bedauern, daß er darauf gedrungen hatte, die Armee Bourbaki's solle außerhalb des Waffenstillstandes stehen! Während er gehofft hatte, es würde der Zusammentritt der nach Bordeaux zu berufenden constituirenden Volksvertretung unter Umständen erfolgen, die dem Vortheile Frankreichs entsprächen, stand jetzt in entschiedener Weise das Gegentheil in Aussicht.

Gleichzeitiges.

Auf den gegenwärtigen Krieg fand der Ausspruch, es werde von der Feder verdorben, was das Schwert gut mache, deutscherseits keine Anwendung. Beide, Schwert und Feder, wurden geführt von sichern Händen, und es möchte schwer werden, festzustellen, was mehr zu bewundern sei: die strategische Meisterschaft des Grafen Moltke oder die diplomatische des Bundeskanzlers. Wie waren, was staatsmännische Befähigung betrifft, die Thiers und die Favre zur Unbedeutenheit herabgesunken, so oft sie — sei es durch das Mittel mündlicher Verhandlungen mit dem Bundeskanzler, oder dadurch, daß sie hinterher über die gepflogenen mündlichen Verhandlungen sich in amtlichen Schriftstücken äußerten — den Anlauf genommen hatten, augenblickliche Vortheile zu erlangen, oder durch Irreführung der öffentlichen Meinung Deutschland moralische Niederlagen zu bereiten! — Ein neuer Versuch, Deutschland in der öffentlichen Meinung zu schädigen, wurde von dem Grafen Chaudordy, dermalen Delegirtem der auswärtigen Angelegenheiten Frankreichs, unternommen. Derselbe trat mit einem an die auswärtigen Agenten gerichteten Rundschreiben

auf, das eine Blumenlese der aus Haß und Blindheit hervorgegangenen von der französischen Presse gebrachten Anklagen
gegen die deutsche Kriegsführung enthielt. Darauf erließ Graf
Bismarck unter dem 9. Januar 1871 ein Rundschreiben an
die auswärtigen Gesandten, welches wie ein heller Blitzstrahl
den in Rede stehenden Gegenstand in seinem ganzen Umfange
beleuchtete, während der Graf Chaubordy nur auf Einzelheiten verwiesen und sich bemüht hatte, diese in eine der deutschen Sache nachtheilige Beleuchtung zu setzen. „Die Welt",
heißt es in dem Rundschreiben des Bundeskanzlers, „kennt das
Unterrichtswesen und seine Früchte in Deutschland und Frankreich, die allgemeine Wehrpflicht bei uns und die Conscription
mit Loskauf bei unsern Gegnern; sie weiß, welche Elemente
in den deutschen Heeren den Ersatzmännern, den Turcos und
den Strafbataillonen gegenüberstehen; sie erinnert sich aus der
Geschichte früherer Kriege und in vielen Gegenden aus eigener
Erfahrung, wie französische Truppen in Feindesland zu verfahren pflegen. Bereitwillig bei uns zugelassene Vertreter der
europäischen und amerikanischen Presse haben beobachtet und bezeugen, wie der deutsche Soldat Tapferkeit mit Menschlichkeit
zu paaren weiß, und wie zögernd die strengen, aber nach
Völkerrecht und Kriegsgebrauch berechtigten Maßregel zur
Ausführung kommen, welche anzuordnen die deutsche Heeresleitung durch das völkerrechtswidrige Verhalten der Franzosen
und zum Schutze der eigenen Truppen gegen Meuchelmord
gezwungen worden ist." — „Unter Umständen, welche die Annahme eines Zufalls oder eines Irrthums auf Seiten der
französischen Truppen völlig ausschließen, ist auf Parlamentäre,
welche eine weiße Fahne und einen blasenden Trompeter bei
sich hatten, bei 23 Gelegenheiten geschossen worden, theils mit
Kleingewehrfeuer, theils mit Granaten, zuweilen in einzelnen
Schüssen, zuweilen in Salven. Einige Trompeter sind dabei
getödtet, Fahnenträger verwundet worden." — „Während wir
auch unzweckmäßige Bestimmungen der Genfer Convention um

den Preis großer Unbequemlichkeiten und militärischer Nachtheile durchzuführen uns angelegen sein lassen, während mehr
als hundert französische Militärs hier am Sitze des Hauptquartiers als Aerzte und Krankenwärter sich mit der größten
Freiheit bewegen, während französische Delegirte in Gefangenen-
depots in Deutschland zugelassen worden sind, obwohl zu
vermuthen war und sich zu bestätigen scheint, daß ein solcher
Verkehr verrätherische Anzettelungen zur Folge haben würde,
haben von französischer Seite die Angriffe auf Verbandplätze
und Ambulanzen, die Mißhandlungen und Beraubungen von
Aerzten, Delegirten, Lazarethgehülfen und Krankenträgern, die
Ermordung von Verwundeten, bis auf die neueste Zeit fort-
gedauert, und wo Aerzte in die Gewalt der feindlichen Truppen
gefallen sind, sind sie nicht selten mißhandelt und eingekerkert,
im günstigsten Falle ihrer Effecten beraubt und auf beschwerlichen Wegen nach der schweizer oder italienischen Grenze ge-
schafft worden. Bei den häufigen Bewegungen der Truppen
und Sanitätskolonnen ist es noch nicht möglich gewesen, alle
zur Sprache gekommenen Fälle gerichtlich zu constatiren; ein
Zeugniß jedoch kann ich mich nicht enthalten gleich hier aus-
führlicher mitzutheilen, des schweizer Arztes, Dr. Burkhard,
datirt aus Puiseaur, vom 18. Dezember:

„Die Genfer Convention ist in den Gefechten in den
Wäldern von Orleans vielfach verletzt worden. Ich sah den
30. November einen französischen Militärarzt, von dem nicht
nur französische Gefangene behaupten, sondern der es selbst
offen eingestand, daß er mit seinem Revolver viele preußische
Gefangene erschossen. Viele Franktireurs, so erzählen uns
zahlreiche Verwundete, zogen bei rückgängigen Bewegungen
Genfer Binden aus der Tasche. Das Schießen auf Verwundete kam öfters vor."

„In der Schlacht bei Wörth wurde bemerkt, daß Flinten-
kugeln in die Erde einschlugen und dann mit einem sehr ver-
nehmlichen Explosionsknall das Erdreich aufwarfen. Unmittel-

bar nach dieser Wahrnehmung wurde der Oberst von Beckedorff durch eine explosive Flintenkugel schwer verwundet. Ein eben solches Geschoß hat in dem Gefecht bei Tours am 20. December v. J. den Lieutenant vom 2. Pommerschen Ulanen-Regiment von Dertzen getroffen. Bei angestellten Nachforschungen, die noch nicht abgeschlossen sind, haben sich unter der in Straßburg erbeuteten Munition Sprenggeschosse für das sogenannte fusil à tabatière vorgefunden. Ich behalte mir vor, über diese Verletzung der Petersburger Convention an die Unterzeichner derselben eine besondere Mittheilung zu richten." —
„Eine nahe Verwandtschaft mit dieser Kampfweise hat es, daß in den Taschen gefangener Franzosen eine Patrone gefunden worden ist, deren Geschoß aus einer in 16- oder mehrkantige Stücke zerschnittenen, lose wieder zusammengelegten Bleikugel besteht. Eins der vielen eingelieferten Exemplare dieses Geschosses, welches in seinen Wirkungen dem gehackten Blei gleichkommt, ist dem Auswärtigen Amte in Berlin übersandt und daselbst den Herren Vertretern der fremden Mächte vorgelegt worden." — „Wie die französischen Gefangenen, deren wir eine beispiellose Menge unterzubringen haben, die verwundeten und kranken, wie die gesunden, in Deutschland behandelt werden, darüber haben Krankenpfleger aus neutralen Staaten aus eigener Anschauung öffentlich und mit Nennung ihrer Namen unaufgefordert Zeugniß abgelegt. — Die deutschen Gefangenen in Frankreich, obwohl sie nicht den zehnten Theil jener Zahl erreichen, sind an manchen Orten mit unmenschlicher Härte und Vernachlässigung behandelt worden. Ein Transport von ungefähr 300 in den Lazarethen von Orleans „gefangenen" bayrischen Kranken, die meisten entweder von Typhus und Dyssenterie befallen oder verwundet, wurden in Pau in den Zellen und Gängen des Gefängnisses zusammengepfercht, mit einem Strohbündel als Lager, und erhielten sechs Tage lang keine andere Nahrung als Brot und Wasser, bis deutsche und englische Damen sich ihrer annahmen, mit eigenen Mitteln zu-

traten und die widerstrebenden Behörden zu einiger Fürsorge
bewogen. An anderen Orten, insbesondere bei der Armee des
General Faidherbe, werden die Gefangenen bei einer Kälte von
16 Grad in unheizbaren Bodenräumen gehalten und nicht mit
Decken, nicht einmal mit ausreichender Nahrung versehen,
während in Deutschland alle zur Aufnahme von Kriegsgefangenen bestimmten Gelasse beim Eintritt des Winters mit
Oesen versehen worden sind. Die Mannschaften deutscher
Kauffahrer werden nicht allein als Kriegsgefangene festgehalten,
sondern wurden zu Anfang wie Verbrecher behandelt, zwei und
zwei mit Ketten zusammengeschlossen, von Ort zu Ort trans-
portirt, und erhielten eine Nahrung, die nach Beschaffenheit
und Menge zu der Ernährung eines Menschen unzureichend
war. Einem rechtswidrig zum Gefangenen gemachten Civili-
sten wurde auf seine Beschwerde über Zurückhaltung des für
ihn eingesandten Geldes schriftlich der amtliche Bescheid, es
höre jede Rücksicht gegen die Gefangenen auf. — Gegen empö-
rende Mißhandlungen der durch Städte hindurch transportirten
Gefangenen durch die Bevölkerung werden letztere außerhalb
Paris noch heute nicht beschützt. In Deutschland dürfte kein Fall
vorgekommen sein, daß die Bevölkerung auch nur mit einem
kränkenden Worte die Achtung verletzt hätte, welche das Unglück
bei gebildeten Völkern findet. Ungeachtet der von Turkos begangenen Barbareien ist keiner derselben in Deutschland beleidigt oder gar gemißhandelt worden. Die von den Turkos
und Arabern an Verwundeten verübten Grausamkeiten und
geschlechtlichen Bestialitäten sind ihnen selbst nach dem Grade
ihrer Civilisation weniger anzurechnen, als einer europäischen
Regierung, welche diese afrikanischen Horden, mit aller Kenntniß ihrer Gewohnheiten, auf einen europäischen Kriegsschauplatz
führt. Das „Journal des Debats" hat sich so viel menschliches Gefühl und Scham bewahrt, um Entrüstung darüber zu
äußern, daß Turkos den Verwundeten oder Gefangenen mit
dem Daumen die Augen aus dem Kopfe drücken. Aber die

„Indépendance Algérienne" und nach ihr andere französische
Blätter richten an die neuerdings gebildeten afrikanischen Sold-
truppen, die Gums, indem sie ihnen einen Einfall in Deutschland empfehlen, folgende Ansprache: „Wir kennen Euch, wir
schätzen Euren Muth, wir wissen, daß Ihr energisch, ungestüm
und unternehmend seid; geht und schneidet Köpfe ab; je mehr,
desto höher wird unsere Achtung vor Euch steigen. — Fort
mit dem Erbarmen! fort mit den Gefühlen der Menschlichkeit!
— Die Gums werden Ehre einlegen, wenn wir ihnen die
Losung geben: Tod, Plünderung, Brand!" — Man mag es
auf Rechnung der Turkos schreiben, daß nicht nur Leichen,
sondern auch Verwundeten in dem Dorfe Coulours bei Villeneuve le Roi die Köpfe und in dem Dorfe Auron bei Troyes
und anderwärts Nasen und Ohren abgeschnitten worden sind.
Vielleicht ist es der langjährigen Beziehung zu Algier und den
Nachkommen der Barbaresken zuzuschreiben, daß französische
Behörden ihren Mitbürgern Handlungen gestatten und sogar
Vorschriften geben, in denen alle Kriegssitte christlicher Völker
und jedes militärische Ehrgefühl verläugnet ist. Während bei
den übrigen europäischen Völkern der Soldat eine Ehre darein
setzt, sich als das, was er ist, als Feind, dem Feinde kenntlich
zu machen, hat zum Beispiel der Präfekt des Departement
Cote b'Dr, Luce-Billiard, am 21. November v. J. an die
Unterpräfekten und Maires ein Cirkular erlassen, in dem der
Meuchelmord durch Nichtuniformirte empfohlen und als Heldenmuth gefeiert wird. „Das Vaterland", heißt es darin, „verlangt von Euch nicht, daß Ihr Euch in Massen versammelt
und Euch dem Feinde offen entgegenstellt; es erwartet von Euch,
daß drei oder vier entschlossene Männer jeden Morgen von
ihren Communen ausgehen und sich an einem durch die Natur
selbst bezeichneten Orte etabliren, von wo sie ohne Gefahr auf
die Preußen schießen können. Vor allem müssen sie auf feindliche Reiter schießen, deren Pferde sie an dem Hauptort des
Arrondissements abzuliefern haben. Ich werde ihnen eine

Prämie ertheilen und ihre heldenmüthige That in allen De-
partements-Zeitungen und im „Journal offiziel" bekannt machen
lassen."

Zum Schluß äußert sich der Bundeskanzler über den
Ehrenwortbruch der französischen Offiziere wie folgt: „Eine
Verleugnung nicht nur des militärischen Ehrenpunktes, sondern
auch der gewöhnlichsten Rechtlichkeit ist an den gegenwärtigen
Machthabern wahrzunehmen, in Bezug auf den Ehrenwortbruch
französischer Offiziere, über den ich mich in meinem Circular
vom 14. December ausgesprochen habe. Wie dort bemerkt,
kommt es weniger darauf an, eine verhältnißmäßig geringe
Anzahl von Individuen des französischen Offizierstandes zu
beurtheilen, welche ihr Ehrenwort brechen, nachdem sie sich
durch Verpfändung desselben die Freiheit der Bewegung innerhalb einer deutschen Stadt erschlichen haben, sondern es kommt
hauptsächlich darauf an, das Verfahren einer Regierung zu
würdigen, welche einen Ehrenwortbruch durch Aufnahme des
Wortbrüchigen in die Armee thatsächlich gutheißt, ihn durch
Agenten und Prämien fördert. In den letzten Tagen haben
wir den Beweis erhalten, daß der gegenwärtige Kriegsminister
den Wortbruch ausdrücklich gutheißt, dazu ermuntert und ihn
durch Baarzahlung zu belohnen verheißt. Ein in die Hände
unserer Truppen gefallener Erlaß des Kriegsministers vom
13. November, „desirant encourager les officiers à s'échap-
per des mains de l'ennemi", verheißt jedem aus Deutschland
Entflohenen, abgesehen von der nach älteren Bestimmungen zu-
lässigen Entschädigung für erlittene Verluste, eine Gratification
von 750 Frs." —

Unter den vielen Zeugnissen dafür, daß den französischen
Gefangenen in Deutschland eine gute Behandlung zu Theil
ward, sei hier zunächst auf ein Schriftstück des französischen
Geistlichen Camille Raimbaud verwiesen, der bei den französi-
schen Gefangenen in Königsberg i. Pr. stationirt war. Der
Schluß des an den Grafen Wilhelm von Pourtalès gerichteten

und von diesem der „N. Pr. Ztg." zur Veröffentlichung über-
gebenen Schreibens lautet: „Wenn Sie jetzt zu wissen wünschen, wie sich die Gefangenen befinden, kann ich Ihnen sagen,
daß sie im Allgemeinen zufrieden sind; auch trägt man wahrhaftig viel Sorgfalt für sie; man kann nicht wohl mehr fordern in einem feindlichen Lande, selbst in einem befreundeten
nicht, und gestern noch hat mich der Herr General benachrichtigt, daß er befohlen hätte, besseres Brot zu geben. Diese
Nachricht wurde mit großer Freude begrüßt. Das, um was
Alle bitten, ist Gelegenheit zur Arbeit; aber ich begreife wohl,
wie schwer es ist, für eine so große Masse von Menschen Beschäftigung zu finden. — Ich kann nicht schließen, Herr Graf,
ohne Ihnen auszudrücken, wie großes Dankgefühl ich hege gegen
den Herrn General-Gouverneur, gegen den Herrn Oberst-Com-
mandanten und alle Offiziere für die viele Güte, welche sie für
mich zeigen. Noch gestern Abend hat mich der Herr General wahrhaft beschämt — es ist unmöglich, freundlicher zu sein. Ich werde
mich bemühen, würdig dieses Vertrauens zu bleiben, und ich
hoffe, daß Gott endlich einen Strahl seiner Gnade auf unsere
beiden Länder fallen lassen, und daß der Frieden uns zurückkehren wird." —

Wichtiger noch ist folgender später von der „Köln. Z."
veröffentlichte Auszug aus einem umfassenden Berichte, den der
französische Almosenier der Armee, Msgr. Graf de Damas,
unter dem 5. Januar 1871 nach einer Winterreise durch die
deutschen Festungen an seinen Oberhirten gerichtet hat.

Nachdem Graf Damas das Vorurtheil widerlegt, welches in Frankreich dem deutschen Barackensystem anhaftet, geht
er auf die Kölner Lazarethe über und sagt wörtlich: „Wir
waren hoch erfreut, den Familien der Kranken anzeigen zu
können, daß ihre Söhne so vortrefflich gepflegt und aufgehoben
sind, wie nur möglich für Menschen ist, welchen das unnennbare
Etwas der mütterlichen Sorgfalt fehlt." Die Krankenpflege-
rinnen (soeurs de charité) führten den Besucher in die Küche,

und „hier sahen wir das Brot", fährt Graf Damas fort, „von dem zwei Sorten existiren, deren geringste aber immer noch besser und feiner war, als das gewöhnliche Tischbrot guter französischer Familien." Für die aus Metz kommenden Soldaten, welche furchtbar ausgehungert und mit sehr zerrütteter Verdauung in Köln anlangten, hatten die Schwestern die gewöhnlichen Mahlzeiten des Lazareths vermehrt, so daß deren fünf pro Tag stattfanden, in denen ihnen Kaffee, Chokolade, Bouillon und gebratenes Fleisch abwechselnd dargeboten wurden.

Der Berichterstatter begiebt sich von Köln direkt nach Neustadt-Eberswalde in der Mark Brandenburg, wo er den besten Empfang findet. Hier wohnt er dem Begräbniß eines am Typhus gestorbenen Sous-Lieutenants bei, und die achtzig Offiziere, welche hier internirt sind, versichern dem Almosenier, „daß, wenn etwas im Stande sein würde, sie mit ihrer Gefangenschaft auszusöhnen, es das vorzügliche Benehmen des preußischen Commandanten sei, das dieser ihnen gegenüber an den Tag lege."

In Stettin befinden sich 12,000 Gefangene, theils in Kasernen, theils in Kasematten, theils in den Forts und dem Festungs-Polygon. Hier erfährt Graf Damas von den Aerzten sehr betrübende Einzelheiten, namentlich über den Gesundheitszustand der aus Metz nach Deutschland gekommenen Soldaten, deren Magen oft jede Speise anzunehmen verweigerte, und von denen einzelne sogar dem Hungertyphus zum Opfer fielen, eine Beobachtung, die wohl geeignet ist, manchen Deklamationen über den „Verrath Bazaine's" die Basis zu entziehen. Aber der Almosenier findet, daß die französischen Soldaten jetzt und an diesem Orte unzweifelhaft erkennen gelernt haben, daß die Tage der Barbarei vorüber sind, daß der Gefangene heutzutage geheiligt ist, und daß der Sieger nur die unumgänglich nothwendigsten Härten gegen ihn ausübt.

Ebenfalls nur Günstiges hat der Graf über die Behandlung der Gefangenen in Küstrin, Thorn, Danzig, Königsberg,

Posen zu sagen. Als er von Posen aus nach Glogau gekommen, bricht der Graf in die Worte aus: „Ich kann nicht
genug sagen, wie sehr ich von Allem dankbar gerührt war,
was ich hier gesehen, und von dem trefflichen Verfahren der
Behörden." In Glogau erfährt der Reisende auch, wie sehr
man preußischerseits bemüht gewesen, die Franzosen vor dem
Umsichgreifen der Pocken-Epidemie zu schützen, die sie einge-
schleppt. In einem Hospital wurden ihm allein 500 neu
Geimpfte gezeigt. In derselben Stadt traf er auch die ersten
enfants de troupe an, die er noch unter den Gefangenen bemerkt. Sie wurden nicht nur gut gehalten, sondern ein preußischer Offizier gab ihnen besonderen Unterricht, überwachte
ihre Spiele und bereitete ihnen durch Gaben ein frohes Weihnachtsfest. In Neisse und Glatz wird dasselbe vortreffliche
Verhältniß konstatirt, und Msgr. de Damas ruft aus: „In
Wahrheit, ich bin von der Sorgfalt überrascht, mit der die
militärische Oberbehörde in Preußen über den Soldaten wacht.
Die Offiziere, wenn auch anfänglich etwas steif, sind von
wahrer Zuneigung für ihre Untergebenen beseelt." Er erzählt
darauf, wie man in diesen schlesischen Städten den Gefangenen
ein Weihnachtsfest bereitet und ihnen durch Geschenke und besondere Feiertagsspeisung — wie in Schweidnitz — diesen Tag
zum wirklichen Feste gestaltet habe; kurz, „er fühlte sich glücklich, das ausnahmslose Wohlwollen der Offiziere den Gefangenen gegenüber rühmend erwähnen zu können."

Graf Damas berichtet im Ferneren, wie sehr sich die
Gefangenen geschmeichelt fühlen durch die letzten militärischen
Ehren, welche man überall in Preußen den gestorbenen gefan-
genen Kameraden erweise. Diese religiöse und militärische
Feier, an der die preußischen Offiziere sich jedes Mal betheili-
gen, rühre sie tief. Ein französischer Offizier, der zum ersten
Male ein solches Begräbniß eines Gefangenen sah, brach in
helle Thränen aus vor innerer Erregung, und ein junger
Konskribirter rief in rührender Naivetät: „Wahrhaftig, ich

möchte in Preußen sterben, um so ehrenvoll bestattet zu werden!" Freilich Graf Damas ist Franzose genug, um dennoch auszurufen: „Dahin mußte es kommen, daß man von seinen Siegern einen Sarg und die letzten Ehren wünscht!"

War vorher schon von Berichterstattern außerdeutscher Zeitungen der Ehrenhaftigkeit und Menschlichkeit der deutschen Soldaten anerkennend gedacht worden, so geschah dies jetzt in noch lebhafterer Weise. „Wer von den Franzosen den deutschen Soldaten nur im Geringsten freundlich entgegenkam," schrieb u. A. ein Berichterstatter, „der wurde nicht blos mit ihnen gut fertig, sondern der gewann sie schließlich lieb. Nichts liegt dem Nord- wie dem Süddeutschen ferner, als ein Zerstörungstrieb aus Rache oder Uebermuth. Ich verkehre jetzt mit Preußen, Bayern und Würtembergern Tag für Tag seit den ersten Tagen des August und habe mich in den allerverschiedensten Situationen mit ihnen befunden. Stets bin ich gewahr geworden, daß sie den Franzosen freundlich und wohlwollend entgegenkamen. Wer sich darauf legt, die Ausnahmen allein zur Sprache zu bringen, der wird einfach ungerecht in seinem Urtheil. Der Soldat hat gern bezahlt, wo er mehr forderte, als worauf er Anspruch hatte. Die ganz Armen wurden oft genug von den Rationen mit gefüttert, und wo man auf längere Zeit bei wenig bemittelten Bürgersleuten Quartier machte, da brachte es die gutmüthige Art des deutschen Soldaten mit sich, daß er mit dem Quartiergeber theilte, was er hatte. Es ist täglich Fleisch, Brot, Kaffee, Reis reichlich geliefert worden. Das wurde von der Hausfrau, die Wein und Gemüse dazu gab, hergerichtet, und man verkehrte im besten Einvernehmen. Ohne die Soldaten hätten Tausende von Familien nicht ein Stück Fleisch zu sehen bekommen. Der Krieg ist ja an sich die denkbar größte Abnormität, und an meinem Theile will ich nicht dazu beitragen, ihm auch nur entfernt das Wort zu reden. Allein ich sage auch nur: der deutsche Soldat hat den Franzosen ihre Last und ihr Elend

nicht noch geflissentlich vergrößert. Mir haben viele Leute hier
und anderwärts gestanden, sie seien von ihren Vorstellungen
über die germanische Barbarei gründlich geheilt."

Ein englischer Offizier, Grantley F. Berkeley, ließ sich in
einer Flugschrift über die deutsche Kriegsführung vernehmen.
„Ich stehe", heißt es in der Schrift, „ganz auf Seite der
Deutschen, worin mich die hohe und erhabene Bescheidenheit
derselben, sowie die falsche Lüge und der Wortbruch der republikanischen Partei bestärkt, doch wünsche ich von Herzen,
daß der wahre Feind des schönen Frankreich, die Gambetta-
Clique, gestürzt werde. Möge England von den Lehren
Nutzen ziehen, welche der jetzige große Krieg bietet, den die
Franzosen gesucht haben, und der vom Könige von Preußen,
jetzt glücklicherweise deutschem Kaiser, so tapfer durchgefochten
worden ist. Vom Anfange der Herausforderung bis zur Niederlage des Kaisers der Franzosen, bei den außerordentlichen Siegen,
welche von den verbündeten Heeren errungen worden sind, ist
mir keine Thatsache bekannt geworden, welche mir in Bezug auf
das Verhalten der Sieger ein Bedauern einflößt. Ueberall ist
ihr Betragen fürstlich, human, tapfer gewesen: sie haben vor
der Welt den Beweis geliefert, welche vergebliche Bemühungen
eine nicht disciplinirte Masse macht, die von eigennützigen
Menschen geleitet wird, welche nur ihre eigenen Interessen
im Auge behalten, nicht das Wohl der bürgerlichen Gesellschaft."

Für die große Masse hatte das Schauspiel des seit einem
halben Jahre währenden Krieges eine Sättigung erzeugt. Dies
machten sich Ultramontane und Social-Democraten in Deutschland (gerade die beiden Parteien, deren Erhebung zu Gunsten
Frankreichs als unzweifelhaft für den Fall bezeichnet worden war,
daß Frankreichs Waffen gleich zu Anfange des Krieges einige bedeutende Erfolge erzielten) zu Nutze, um zu Gunsten Frankreichs
zu plaidiren. Den Ersteren galt nach wie vor das französische
Volk in der Masse als eine Hauptstütze des Ultramontanismus,

die gegenüber der so mächtig erstarkenden deutschen Macht
weiter noch schwächen zu lassen eine äußerste Gefährdung der
Ziele und Zwecke Roms in sich schließe; die Social-Demokraten ließen sich durch das Feuerwerk der republikanischen und
socialistischen Phrasen und durch das Gaukelspiel Gambetta's
blenden. Beide Parteien deckten ihre den Franzosen günstigen
Wünsche mit Phrasen, die menschliches Mitempfinden heu-
chelten. In Prosa und Versen machte dieses unpatriotische
Gebahren sich bemerkbar.

> „Genug des Mords, der Gräu'l genug,
> Genug gethan ist unsrer Ehre,
> Bewährt hat sich die deutsche Wehre,
> Zurück, zurück, Germanenzug!"

Gebührend wurden solche Stimmen abgefertigt. „Ihr habt
es", rief Benedey den Social-Demokraten zu, „mit zu verant-
worten, daß der Krieg überhaupt ausbrach. Frankreich hörte
Eure Declamationen und glaubte Deutschland getheilt zu finden! Die Franzosen wollten „Deutschland vom Joche Preußens befreien", so sagten sie und hofften mit solchem oft
gelungenen Kniff für „deutsche Freiheit" uns noch einmal zu
zertreten." — Das „Milit. W.-Bl." erörterte die Rathschläge,
die von jenen Parteien zu Tage gefördert worden waren. „Es
ist hier und da", sagte das Blatt, „der wunderbare Gedanke
laut geworden, man hätte schon nach den großen Schlachten
um Metz, spätestens aber nach der Capitulation von Sedan,
die weitere Offensive einstellen, sich rückwärts concentriren,
nach voller Eroberung des Elsaß und des deutschen Theils
von Lothringen sich auf Behauptung dieser Landestheile beschränken und den Angriff der Franzosen dort erwarten
sollen. Diese Operation hätte in der Theorie einen Vortheil
gehabt: sie hätte den Feind überrascht. Aber dieser Vortheil
wäre auch nur ein rein theoretischer geblieben, denn die Ueber-
raschung des Feindes mußte eine überaus freudige sein, darüber,
daß man ihm, nachdem er einen Feldzug verloren, volle Muße

II.   29

und alle Mittel feines Landes zur freien Verfügung stellte, um
sich für einen zweiten Feldzug ausreichend vorzubereiten. Mit
der Eröffnung desselben würde er es auch gar nicht eilig gehabt
haben, lange nicht so eilig, wie mit den unzeitig unternommenen
und daher mißglückenden Versuchen, Paris zu entsetzen. Denn
Metz konnte er doch nicht mehr retten. Und was thaten wir
unterdessen im Elsaß? Wir durchlebten einen thatenlosen Zustand der höchsten Rüstung und lagen einer Provinz, die wir
behalten wollen, mit Einquartierung, Gespanndiensten und unvermeidlichen Verpflegungszuschüssen zur Last, während die ganzen
Kosten der ordentlichen Ernährung der Heere auf unser eignes
Land fielen. — Der Wahrscheinlichkeit nach erfolgte der feindliche
Angriff dann, wenn man in Frankreich den Moment für den
passendsten erachtete. Im glücklichsten Falle nun griff uns der
Feind bald an und wurde geschlagen. Was thaten wir dann?
Blieben wir wieder im Elsaß, oder verfolgten wir ihn? Und
wenn wir, wie vorauszusehen, das letztere thaten, warum gingen
wir nicht in das feindliche Land schon vor Monaten hinein,
als es wenig gerüstet und unter dem Eindruck unserer großen
Siege war? Es ist interessant, den Gedanken weiter durchzu-
denken, aber seinen Ursprung konnte er in den Organen der
obersten Heeresleitung wohl kaum finden. Es ist wirklich nicht
zu verlangen, daß dort eine Idee zu Tage gefördert werden
sollte, welche keiner der vielen deutschen Soldaten, die kriegs-
und siegesmuthig über den Rhein zogen, verstanden hätte."

Den Gegenstand in anderer Weise beleuchtend, trat in
der „Börsen-Z." Ferdinand Kürnberger in einem geharnischten
Artikel gegen jene vaterlandslosen Parteien wie auch (ohne
dabei dem berechtigten Mitleidsempfinden seine Anerkennung
und Huldigung zu versagen) gegen den gesinnungslosen und
denkfaulen Theil des Publikums auf, der einzig um deswillen,
„weil der Krieg lange genug gewährt habe," den Abbruch
desselben verlangte. „Die Franzosenfreunde", sagte Ferdinand
Kürnberger, „fordern uns auf, „die zähe Ausdauer" oder wohl

gar „die heldenmüthige Widerstandskraft" ihrer Lieblinge zu
bewundern. Ich kann ihnen diesen Gefallen nicht thun. Wenn
der Franzose Pflug und Hobel einmal verlassen hat, so verwandelt sich Niemand leichter als er in den — militärischen
Bummler. Das wußte ich längst. Sein ganzer Naturtrieb ist
communistische Gleichheit und seit ein classischer Ausdruck derselben — die Möncherei — aufgehört hat, ist ihm der wahre
Himmel des Communismus — die Soldaterei. Jeder in
gleicher Uniform, jeder in gleichem Solde, über dem Ganzen
die confessionslose Vorsehung, die Kriegscassa — ah quel
plaisir d'être soldat! Hinter sich die verhaßte Arbeit, vor
sich das Abenteuer, der Tod ungewiß, die Löhnung sicher —
— nichts ist französischer. So kenne ich den Celten seit zwei-
tausend Jahren. Wenn es Leute giebt, die das überrascht,
so überrascht sie eben Alles, was aus dem Quell der Natur
auf die Oberfläche hervorkommt. So haben sie das Wort
Ethnographie zwar gehört, aber jede einzelne ethnographische
Erscheinung ist ihnen ein Wunder. — Das Soldatwerden
des Franzosen imponirt mir demnach nicht im geringsten.
Noch weniger imponiren mir seine Heldenthaten. Ich
frage nämlich: wo sind sie? Und siehe da, Niemand
kann sie mir zeigen. Selbst die der berühmten Loire-
Armee nicht. Die Sache ist kurz und gut diese: Wo sich
bisher deutsche und französische Heere begegneten, wurden die
französischen augenblicklich geworfen. Die Loire-Armee wurde
von Orleans auf Blois und Le Mans ein wenig langsamer
geworfen, aber auch geworfen. Das ist Alles.

„Auch das kann ich nicht anstaunen, daß die Franzosen,
nachdem sie 300,000 Mann in die Kriegsgefangenschaft verloren, überhaupt noch Armeen aufstellen. Die Franzosenfreunde
stellen sich, als müßte man darüber außer sich vor Bewunderung sein, während ich nichts bewundere, — als den Schwindel dieser Bewunderung. Habe ich doch immer gehört, daß
Frankreich und Deutschland je eine Million Streiter aufstellen

können. Wie sollen sie also beim ersten Drittel schon zu Ende
sein? Positiv ist nur eins: 300,000 Mann in die Kriegsgefangenschaft zu verlieren, ist nach allen militärischen Begriffen
der größte und unauslöschlichste Schimpf, ein Schimpf, von
welchem in allen Geschichtsbüchern der Europäer und Asiaten
nicht einmal annäherungsweise ein ähnliches Beispiel vorkommt,
und welchen die Franzosen ganz allein und zuerst auf sich geladen. Daß sie diesen Schimpf wett gemacht hätten durch
Nachschieben einiger schwächlicher und zerfahrener Armeecorps,
kann nur Derjenige behaupten, welcher gewohnt ist, lebensun-
fähige Behauptungen viel sorgloser in die Welt zu setzen, als
ein Insect seine Eier. Im Grunde kann man sagen, das
große und kriegerische Frankreich kämpft gar nicht mit der
deutschen Invasion, welche festgebannt vor Paris liegt, —
sondern bloß mit jenen Bruchtheilen derselben, welche für den
Feldkrieg entbehrlich sind, und selbst mit diesen kämpft es noch
immer erfolglos. Wer das bewundert, der will eben durchaus
bewundern.

„Und doch hat die Betrachtung dieser ärmlichen Dinge
das deutsche Gemüth herabgestimmt und kriegsmüde gemacht, —
was ihm freilich zur Ehre gereicht, denn es beweist eben die
friedlichen Instincte des Deutschen, jene milde und sittliche Natur, welche, wenn ihr der Krieg aufgedrungen wird, zwar kriegerisch sein kann, von Haus aus aber es nicht ist und das
Blutvergießen nicht liebt.

„Aber jede Tugend ist vor ihrem eigenen Uebermaß zu
warnen. Deutschlands Ueberdruß am Kriege ist eine Schönheit seines Gemüthes; wir wünschten nicht, daß ein Fehler
seines Denkens daraus würde. Und der gangbarste Denkfehler wird schon dadurch gemacht, daß man überhaupt bedenken will, was man beruhen lassen sollte. Wie der Orientale
durch seinen Fatalismus die Natur allzusehr ehrt, weil er ihr
den Menschengedanken zu schüchtern entgegensetzt, so beleidigt
sie der Europäer, indem er mit seinem unaufhörlichen Denk-

kitzel und Denkreiz an ihren Thatsachen zerrt, und Gründe und
Ursachen sucht, wie sie nicht so, sondern anders und besser sein
sollte, auch wenn es auf der Hand liegt, daß sie nur so und
nicht anders sein kann, und daß nichts weiter übrig bleibt, als
sie mit Bescheidenheit anzuerkennen.

„Wenn irgend eine, so ist der gegenwärtige Krieg eine
solche Thatsache der Natur. Wir wüßten nicht, was daran zu
ändern wäre, und an welchem Punkte ihres Verlaufes sie zu
ändern gewesen. Denn wenn kriegsmüde Deutsche z. B. sagen:
man hätte nach Sedan Frieden schließen sollen, so ist das eben
der Denkfehler, von dem wir sprechen, und zwar ein Denkfehler schwersten Kalibers, unverzeihlich und unbegreiflich. Man
hätte nach Sedan Frieden schließen sollen! Wer ist dieser
„man"? Zum Friedenschließen gehören Zwei; hat Frankreich
den Frieden nachgesucht? Und hätte ihn König Wilhelm unge-
beten vorschreiben sollen? Was für einen Preis hätte Frankreich für den Frieden bezahlt? Kriegscontribution! „Nicht für
ein Stück Geld haben wir den König auf der Wahlstatt gelassen," läßt unser hochherziger Schiller seinen Wrangel sagen;
und nicht für ein Stück Geld habe ich mein Volk auf der
Wahlstatt gelassen, hätte Deutschland gesagt. Die 40,000
Deutschen, welche von Wörth bis Bionville die Schlachtfelder
bedeckten, hätten doch eben so schwer wiegen wollen, als der
Eine Gustaf Adolf. Also Schleifen der Festungen! Gut,
daß inzwischen die Pontusfrage eintrat, denn wir wissen nun,
was solche Verträge werth sind. Der erstarkte Feind baut
nach wenigen Jahren die geschleiften Festungen auf. Das ist
freilich ein Vertragsbruch, aber er will eben den Vertrag brechen.
Er bekennt sich offen dazu. Er fordert heraus, und der Heraus-
geforderte muß den Kampf zum zweiten Mal aufnehmen.
Gilt's aber einen zweiten Krieg mit Frankreich, so ist doch
nichts stupler, nichts selbstverständlicher, als daß sich Deutschland bei der gewissen Voraussicht eines solchen Kampfes, so
lange es selbst das Heft in der Hand hatte, wenigstens in die

menschlicherweise sicherste Verfassung dagegen zu setzen wünschte.
Das aber ist der Besitz der erhaltenen Festungen, welcher den
Kampf um geschleifte Festungen von selbst ausschließt.

„Diejenigen, welche einen Frieden auf Kriegscontribution
und geschleifte Festungen befürworten, verhehlen sich übrigens
selbst nicht, wie materiell werthlos ein solcher Friede gewesen
wäre, und lieben es dafür, den Ton auf den moralischen Gewinn zu legen, welchen Deutschland durch die Großmuth
einer solchen Friedensgewährung feit und lecker davon getragen hätte.

„Dieser moralische Gewinn kommt mir aber nicht nur
nicht fett vor, sondern wäre ein herzlich magerer, zäher und
unverdaulicher Bissen gewesen, ein elender Brocken in jeder
Beziehung. Erinnern wir uns nämlich, wie sehr die Seele
aller Südländer der Vortheil ist, und wie sie ein freiwilliges
Verzichten auf einen Vortheil absolut nicht begreifen, wenigstens nicht als Großmuth begreifen, sondern einfach als
Schwäche, Dummheit und nebelköpfige Tölpelei der nordischen
bruta bestia. Die ganze Literatur des Verkehrs zwischen Nord-
und Südländern bezeugt mit einer überwältigenden Uebereinstimmung diesen ethnographischen Satz. Hinter dem ersten Grenz-
stein der romanisch-südlichen Zone hört die Großmuth
auf, eine Tugend zu sein und wird eine Narrheit. Sie
imponirt nicht, sie macht lächerlich und verächtlich. Sie erweckt
nicht Dankbarkeit, sondern blos den Kitzel des Mißbrauchs.
Gebt nach dem Tage von Sedan den Franzosen einen großmüthigen Frieden und seid heilig versichert, sie schreiben in all
ihre Geschichtsbücher: „Schon der bloße Name der Republik
scheuchte die nordischen Söldnerheere von unserem geheiligten
Boden — jenes Zauberwort, vor dessen schrecklicher Majestät
die Könige erblassen...“ ꝛc. ꝛc. Nicht aus Großmuth machten
die Deutschen Frieden, sondern sie gaben das Fersengeld eines
panischen Schreckens, und Moltke fürchtete sich ganz erbärmlich
vor Jules Favre und Victor Hugo! — Das würde dann Dogma

geworden sein für jeden Franzosen. Die französische Selbstüber-
hebung, diese permanente Kriegsgefahr für Deutschland, erhielt
eine neue üppige Nahrung, und für die Zukunft blieb, ja stieg
die Gefahr. Der Franzose hätte die deutsche Großmuth noch
weniger ertragen, als den Verlust von Elsaß und Lothringen.

„Wie empfindlich man, heute, wo der Krieg überhaupt
für abstellbar gilt, ganz besonders gegen Cabinetskriege ist!
Aber wenn der König von Preußen einen Frieden schloß, welcher zwischen Deutschland und Frankreich nicht reinen Tisch
machte, einen unpolitischen Großmuthsfrieden, welcher kauf-
männisch zu reden, unter seinem Preise verschleudert war:
hätte das den Krieg nicht wirklich zu einem Cabinetskrieg
herabgewürdigt? Wäre es nicht thatsächlich ein bloßes Degen-
Duell zwischen zwei großen Herren gewesen, wenn mit der
Uebergabe des Degens von Sedan die Sache aus war? Das
bedenke man doch! Man bedenke es ernstlich und mit ganzem
Gewissen, denn heute kann man selbst Demokraten so reden
hören, als ob ein übereilter Großmuths-Friede nach Sedan
das Rechte gewesen wäre. Ich kann mich nicht genug wundern! Entgeht es denn den Demokraten, wie sie dadurch einen
Krieg, der auf deutscher Seite als heiligster Volkskrieg gemeint
war, zu einem ihrer schlecht beleumundeten Cabinetskriege und
Herren-Duelle ausarten lassen? Ja, und ist es vollends de-
mokratisch, einen solchen Königsfrieden, der doch ganz und gar
kein Volksfriede gewesen wäre, nur für möglich zu halten?
Nicht den Selbstherrscher aller Reußen, nicht den Großkhan
der Tataren, geschweige einen deutschen Fürsten möchte ich
mir so mit absolutistischer Machtvollkommenheit ausgestattet
denken, daß er es in seinem großmüthigen Belieben hätte, den
populärsten Krieg mit dem unpopulärsten Frieden zu beendigen.
Heute, wo nach dem Tage von Sedan noch so viele Opfer
nothwendig geworden, wo auch die Zukunft noch nicht ihre
Früchte, sondern blos ihre Forderungen neuer Opfer zeigt, heute
mögen schwache und sorgenbeladene Seelen freilich gestimmt

sein, Alles aufzugeben und im Stiche zu lassen, was sie bis
Sedan geopfert. Aber war denn das immer so? Ist es zu
viel verlangt, daß ein Mensch im December sich an den August
erinnere? Dieser Krieg hatte mit Leipziger- und Borodino-
Schlachten gleich angefangen. Die Nation hatte ein volles
Recht, von der Schlacht bei Wörth bis zu den drei mörderi-
schen Schlachttagen bei Metz ihre Leistungen mit dem höchsten
Preis zu tariren und die höchste Meinung zu hegen von der
Ausgiebigkeit des Ersatzes, den sie dafür beanspruchen dürfe.
Getragen von dieser Meinung hätte jeder deutsche Heerführer
Sieg und Siegespreis verfolgen müssen, auch wenn er nicht
von dem verfehmten Geschlechte der argen Könige war, welche
die armen Völker auf die Schlachtbank führen. Nichts war
populärer als die Schlachtbank, und nichts war unmöglicher als
ein Frieden ohne Eroberung. Ja, es war ein Eroberungskrieg,
aber auch ein Volkskrieg. Und müßte es denn immer der
Ehrgeiz der Großen sein, welcher erobert? Kann nicht auch
ein Volk durch lange Mißhandlungen eines bösen Nachbars zu
der Einsicht gedrängt, gewaltsam gedrängt werden, daß es erobern muß, um seine Ruhe, seine Zukunft zu sichern? Deutschland stand auf der Höhe dieser Einsicht, als es, mit dem
unerhörtesten Uebermuth angefallen, in beispielloser Kriegsbe-
geisterung aufflammte und den Kampf augenblicklich in seiner
wahren Natur erkannte, als den längst vorhergesehenen und erwarteten Entscheidungskampf zwischen der germanischen und
der romanischen Race. Nie war ein Kriegsprogramm schneller
formulirt und allgemeiner angenommen als der Ruf: Elsaß und
Lothringen! Er bedeutet das Principat der germanischen Race,
wie die „Rheingrenze" die Hegemonie der lateinischen bedeutet.
Daß der Kampf auf diese Spitze gestellt sei, diese Erkenntniß
war augenblicklich das Gemeingefühl der ganzen Nation. Der
König von Preußen commandirt in Wahrheit einen National-
krieg und handelt im Auftrag eines demokratischen Gedankens.
Diese Wahrheit darf nicht veralten. Ich möchte ihre demokra-

tiſche Natur darum nicht mißverſtehen, weil zufällig das demo-
kratiſche Fabrikszeichen daran fehlt.

„Für männliche Herzen giebt es demnach nur die eine Par-
thie: den Krieg ohne Murren und ganz beſonders ohne Quer-
reden mit Standhaftigkeit auszubauern. Aber auch den ver-
zagten Herzen iſt unſere Sympathie gewiß, ſo lange ſie trauern
und klagen; denn das iſt menſchlich. Dagegen wäre es ſchon
weniger als menſchlich, die Begeiſterung des Volks und die
eigene zu desavouiren und alle Grundlinien dieſes reinen und
gerechten Krieges durch allmählige kleine Verleugnungen in ein
großes unkenntliches Zerrbild zu entſtellen. Wir können das
nur ins Gewiſſen jedes Einzelnen legen. Denn freilich iſt es
keine Kunſt, im Glücke mit ſich einig zu ſein; aber ſchön iſt
es, bei der Wahrheit zu bleiben und ihr die Ehre zu geben,
auch wenn ſie nicht mehr die Züge der Schmeichlerin, ſondern
ernſtere Züge zeigt.“

Unbeirrt hatte inzwiſchen die deutſche Heeresleitung ihre
Bahn verfolgt und, indem ſie die Stadt Paris gezwungen
hatte, zu capituliren, einen Vortheil gewonnen, deſſen weitere
Verwerthung den nahen Abſchluß eines für Deutſchland gün-
ſtigen Friedens erwarten ließ.

Gambetta's Sturz.

Nachdem die Capitulation von Paris vollzogen war, und
die Deutſchen ſich in den Beſitz der Forts geſetzt und damit
thatſächlich zu Herren von Paris gemacht hatten, nahm zunächſt
die Frage: Wie wird Gambetta ſich dieſen Vorgängen gegenüber verhalten? das allgemeine Intereſſe in Anſpruch. Die
nächſten Tage mußten darüber Entſcheidung bringen.

Ein Telegramm vom 28. Januar aus Bordeaur, das
über Brüſſel in die Oeffentlichkeit gelangte, verſicherte, daß die

Nachricht von der Capitulation die Regierungs-Abtheilung in Bordeaur wie ein Blitzstrahl getroffen habe.

Am 29. ward von Bordeaur aus folgender dahin aus Paris gelangter Erlaß von Jules Favre veröffentlicht:

„Wir unterzeichneten heute einen Vertrag mit dem Grafen Bismarck. Ein Waffenstillstand auf 21 Tage ist abgeschlossen, die Nationalversammlung für den 15. Februar nach Bordeaur einberufen. Bringen Sie diese Mittheilung zur Kenntniß Frankreichs. Lassen Sie den Waffenstillstand vollstrecken, und schreiben Sie die Wahlen für den 8. Februar aus. Ein Mitglied der Regierung wird sofort nach Bordeaur abreisen."

Gambetta war jedoch mit nichten Willens, so ohne Weiteres der dictatorischen Gewalt, die er sich angemaßt und die in der allgemeinen Verwirrung man ihm bisher nicht ernstlich streitig gemacht hatte, zu entsagen. Unter dem 31. Januar erließ er eine Proclamation an das französische Volk, die seine Unverschämtheit noch in voller Blüthe zeigte. „Das uneinnehmbare Paris hat", hieß es in derselben, „gezwungen durch Hunger, die deutschen Horden nicht länger abhalten können. Am 28. Januar ist es erlegen. Die Stadt Paris bleibt noch unbesetzt. Es ist dies die letzte Huldigung, welche der Barbarei durch die moralische Macht und Größe abgerungen wurde."

Dieser letzte Satz war geeignet, denjenigen Politikern, die so eifrig Uebung von Großmuth gegen Frankreich empfohlen hatten, Anlaß zu ernsten Erwägungen zu geben. —

In einer Proclamation von demselben Tage an die Präfecten sagte Gambetta: „Die Politik des Kriegsministers bleibt nach wie vor: Krieg à l'outrance, Widerstand selbst bis zu völliger Erschöpfung!" —

Nun mußte es sich zeigen, ob Gambetta seine dictatorische Gewalt so fest gegründet hatte, daß er über Favre und dessen Collegen in Paris hinweggehen könne. Er hatte wenige Tage zuvor erklärt, daß, wenn auch — was er jedoch für un-

möglich halte — Paris falle, das Land, gleichviel, welches die
Kosten und Folgen seien, den Kampf fortzusetzen habe. Seinem blinden Wüthen gegenüber erhob sich jetzt der berühmte
französische Geschichtsschreiber Lanfrey in einem „die Dictatur
der Unfähigkeit" überschriebenen Artikel: „Sollen wir etwa
warten, bis Alles verloren gegangen ist, ehe wir anerkennen,
daß wir des gröbsten Mißgriffs uns schuldig machten, als wir
diesem Advokaten die Leitung des Krieges anvertrauten?" —
„Es ist", lautete der Schluß des Artikels, „die höchste Zeit,
diesem Regime der Willkür, Unwissenheit, Heuchelei und Unfähigkeit ein Ende zu machen, die höchste Zeit, daß die Nation
durch Männer repräsentirt wird, die sie ihrer würdig erachtet.
Vor drei Wochen verlangten wir dies im Interesse der Con-
solidirung der Republik, heute verlangen wir es um des
Heiles Frankreichs willen. Frankreich hat viele Dictaturen
über sich ergehen lassen, aber eine, die es nie lange geduldet
hat, ist die Dictatur der Unfähigkeit.

Nun traf die Nachricht von der Katastrophe der Bourbaki'schen Armee in Bordeaux ein. Sämmtliche Zeitungen,
inländische und ausländische, enthielten die Nachricht —
sie gänzlich hinwegzuleugnen, das ging freilich nicht. Aber
gelogen mußte dennoch werden. Um von sich die Schmach
über den verfehlten Feldzug, dessen Urheber er war, abzulenken,
hatte Gambetta die Stirn zu behaupten: die Bourbaki'sche Armee
sei in den Waffenstillstand mit eingeschlossen gewesen, und die
Deutschen hätten nach gewohnter Art Verrath geübt!

Eines war ihm klar geworden: Trat eine aus freien
Wahlen hervorgegangene Nationalversammlung in Bordeaux
zusammen, so waren die Stunden seiner Herrschaft gezählt! —
Was that nun der große Freiheitsmann, der früher so fein-
sichtig in Erkennung der Fehler des napoleonischen Willkür-
regiments gewesen war? Er erließ ein Decret, durch das er
einen großen Theil der Franzosen von dem Wahltische aus-
schloß, nämlich diejenigen, die, wie er sagte, „den vorherigen

Regierungen irgendwie gedient haben." — Daß damit den von
ihm eingesetzten Beamten, welche die Wahlen zu leiten hatten,
die Macht zugesprochen war, allen den Personen die Berechtigung zur Wahl abzusprechen, in denen sie Gegner Gambetta's erkannten, lag auf der Hand. Auf diese Art hoffte
Gambetta die Macht in Händen zu behalten, ja sich in dem
Besitz derselben noch mehr zu befestigen. Indem er dies Attentat
auf die Wahlfreiheit ausübte, ahnte der Thor nicht, daß er
damit sich in eine Lage begeben hatte, in der Graf Bismarck
ihm das letzte Brett unter den Füßen wegziehen würde. In der
Convention waren „freie Wahlen" festgesetzt worden. Welchen
Eindruck mag es auf Gambetta gemacht haben, als er am
2. Februar folgendes Telegramm vom Grafen Bismarck empfing:

„Im Namen der durch die Waffenstillstands-Convention
verbürgten Freiheit der Wahlen erhebe ich Einsprache gegen
die von Ihnen erlassenen Verfügungen, welche zahlreiche Kate-
gorien französischer Bürger des Rechts berauben, in die Versammlung gewählt zu werden. Durch Wahlen, die unter der
Herrschaft der Unterdrückung und der Willkür stattfinden, können
die Rechte nicht erworben werden, welche die Waffenstillstands-
Convention freigewählten Abgeordneten zuerkennt."

Kaum war dieser Vorgang in Paris bekannt geworden,
so begaben sich die Mitglieder der Regierung von Paris Arago,
Garnier-Pagès und Pelletan nach Bordeaux und überbrachten
der dortigen Regierungsabtheilung ein von sämmtlichen Mitgliedern der pariser Regierung unterzeichnetes Decret, welches
den Wahlerlaß Gambetta's für null und nichtig erklärte.

Vergebens hoffte Gambetta, daß sich die Einwohnerschaft
von Bordeaux für ihn erheben würde: für diesmal hatte er
seine Comödie, die dem Lande so theuer zu stehen kam, aus-
gespielt, und er reichte bei der pariser Regierung seine De-
mission ein.

Belehrend ist ein Artikel der „Nat. 3." über das „Facit
der Republik" bis zum Zurücktritte Gambetta's.

„Seit 1789", heißt es in demselben, „sind die französischen Regierungen und Verfassungen kurzlebiger Natur. Nach französischer Ansicht vollzog sich am 4. September eine großartige Revolution; „ohne einen Tropfen Blut zu vergießen," warf das Volk von Paris die Statuen und Adler des Kaisers zu Boden. Das Blut, welches wir und Frankreich selbst auf den Schlachtfeldern verloren, wurde nicht gerechnet, es war ja nur das Blut von Barbaren und Prätorianern. Eine leichtsinnige Volksmenge, ohne Sinn und Ziel blindrasend, weil ihr das Rasen ein Vergnügen macht, verjagt den Schatten eines Mannes, den sie niemals Auge in Auge anzusehen gewagt; auf der anderen Seite laufen Senat und gesetzgebender Körper, die Kaiserin, die Minister, ohne den Widerstand auch nur einer Stunde zu versuchen, feige vor den Sonntagsspaziergängern davon. In jedem Volke, welches die Ehre liebt, würde eine Niederlage, wie die von Sedan, die Regierenden wie die Regierten einig zusammengeschlossen haben, dieser Tag wäre ein Tag der Trauer, der Sammlung, nicht der einer wilden Freude aus der Oper „die Stumme von Portici" gewesen. Indeß, die Republik war fertig, und Frankreich klatschte Beifall. Rom nahm seine Consuln vom Pfluge, warum sollte Frankreich nicht auf der Advokatenbank seinen Retter finden? Favre und noch mehr Gambetta fühlten sich zu der Messiasrolle berufen. Die messianischen Hoffnungen gehen immer und überall, sobald sie aus dem Reich der Träume und der Schatten in die Wirklichkeit eingeführt werden sollen, in Blut und Thränen, in gräuelvollster Verwüstung unter. So Jerusalem, so zu Münster das Reich der Wiedertäufer, so die Republik von 1793. Unmöglich war es nicht, daß die Republik in der Mitte des September einen leidlichen Frieden schloß. Das Facit des Kaiserreichs war die Capitulation von Sedan, die Besetzung von Lothringen, des nördlichen Elsaß, eines Theils der Champagne gewesen. Aber weder Metz noch Straßburg, nicht einmal Toul war gefallen, Paris nicht cernirt, noch hatte kein deut-

sches Roß aus den Wellen der „prächtig strömenden" Loire
getrunken. Welches auch immer die Forderungen der Sieger
sein mochten, so hart wie am heutigen Tage konnten sie am
15. September nicht auf dem Besiegten lasten: denn dieser Besiegte stand noch, stand noch aufrecht in seiner Hauptstadt, in
seiner besten und muthigsten Armee, in einer unbezwinglichen
Festung, in Metz.

„Wenn aus der Tiefe des Volkes Männer freiwillig,
ihrem Ehrgeiz oder ihrer Vaterlandsliebe folgend, an die
Spitze der Geschäfte treten, so übernehmen sie die Verpflichtung, das Schicksal zu wenden; sie müssen Erfolg haben, nur
dieser Erfolg entschuldigt ihre Usurpation. Nicht in den Augen
der gestürzten Herrscher, aber vor der Geschichte und der Nachwelt. „Niemand ist verpflichtet, ein großer Mann zu sein";
allein jeder ist verpflichtet, das Steuerruder des Schiffs nicht
im Sturm zu ergreifen, wenn er es nicht lenken kann. Was
hat die Republik aus Frankreich gemacht? Die zwei Grundsätze, für die sie eintrat, waren: die Unverletzlichkeit des französischen Gebiets zu wahren und den Volkswillen über die
Regierungsform des Landes zu befragen. Mit Ausnahme
der kleinen Burgen Lützelstein, Lichtenberg, Marsal und Vitry
hatten die Deutschen bis zum 4. September nur eine größere
Festung, Sedan, eingenommen; drei: Metz, Straßburg, Toul,
belagerten sie, von größeren Städten hatten sie Luneville,
Nancy, Chalons und einige Tage später Rheims besetzt. Von
der Erklärung der Republik an verlor diese, die nicht einen
Stein ihrer Festungen schleifen wollte, im Elsaß Straßburg,
Pfalzburg, Schlettstadt, Neubreisach; in Lothringen Toul, Metz,
Diedenhofen; an der Nordgrenze Longwy, Montmedy; weiter-
hin nach Westen Verdun, Laon, La Fère, Mezières, Soissons,
Peronne; zuletzt den Mittelpunkt des Landes, die Forts von
Paris. Nacheinander empfingen Troyes, Orleans, Blois,
Vendome, Le Mans, Alençon, Rouen, Amiens, Dieppe, Mühl-
hausen, Dijon deutsche Garnisonen. In der Spiegelgalerie

von Versailles erscholl zum ersten Mal der Jubelruf: „Es
lebe der deutsche Kaiser!" Vor den Bildern, die Napoleonische
Siege verherrlichen, stehen die Betten unserer Verwundeten.
Und diese tiefste Demüthigung, weil sie über jede materielle
hinaus den empfindsamen Lebensnerv der Franzosen trifft, ihre
Eitelkeit und Ehrsucht, wer hat sie dem Lande zugefügt, als
die Republik? Sie zwang den Sieger, immer weiter vorzu-
bringen; in der Hoffnung, ihn zu entkräften, gab sie ihm stets
weitere und reichere Provinzen zur Beute. „Vor sechs Wochen",
rief der alte Crémieur im September, „waren wir das erste
Volk in der Welt; haben wir seitdem abgedankt?" Diesen
Anspruch aufrecht zu erhalten, das Dogma der französischen
Unüberwindlichkeit wieder herzustellen, übernahm die Republik.
Hat sie nur vermocht Wörth und Sedan auszutilgen? Im
Gegentheil, die Niederlage Chanzy's von Vendome nach Le
Mans war schmählicher, als die Mac Mahon's bei Wörth
und vierfach größer im Verlust; Mac Mahon ließ zwischen
4 bis 5000, Chanzy mehr als 20,000 Gefangene in den
Händen des Siegers. Das Schicksal der republikanischen Ost-
armee wiederholt das Unglück des kaiserlichen Heeres bei Sedan
ins Einzelne. Dort konnte Napoleon III. an der Spitze seiner
Truppen nicht sterben, hier wurde der General Bourbaki zu
einem Selbstmordversuch getrieben. Statt das Dogma zu retten,
hat die Republik ihm nur neue Schläge zugefügt, es gleicht
einem durchlöcherten Siebe. Wo die Republikaner erschienen,
wurden sie geschlagen. Eine unvergleichliche Heldenthat wie
die des General Werder und seiner Tapferen — unwillkürlich gedenkt man der Spartaner und des Leonidas — verdanken wir der französischen Republik und ihrem Dictator.
Dieser wußte wohl Menschen und Waffen, aber nicht Soldaten
zusammenzubringen. Und selbst diese Rüstung war ihm nur
möglich, weil Metz und Bazaine während zweier Monate die
Hälfte unserer Streitkräfte gefesselt hielten. Als auch wir
unsern Nachschub auf das Schlachtfeld führten und das Bom-

bardement von Paris begonnen hatten, zerstoben die republikanischen Heere in alle Winde. Abgesehen von denen, die wir
in den Festungen gefangen nahmen, sind seit dem 19. September auf freiem Felde beinahe 100,000 Mann von uns ergriffen worden, etwa 80,000 Mann warfen wir in die Schweiz,
150,000 Mann stehen waffenlos als unsere Gefangene in
Paris: das Facit der Republik ergiebt also mehr als 300,000
Mann Verlust, ungezählt die Todten, Verwundeten und Kranken, allein in den Schlachten."

Friedensschluß.

Als Gambetta seine Koffer packte, um nach Sebastino
in Spanien zu gehen und sich daselbst eine Zeit lang auf
die Lauer zu legen, erachtete es Napoleon an der Zeit, auch
wieder einmal von sich hören zu lassen. Die gemeint hatten,
er halte sich selbst als für immer beseitigt, bekamen zu ihrem
Erstaunen eine Proclamation von ihm zu lesen, in der er seine
Rechte als „unberührt" bezeichnete und gegen die Usurpation,
die einstweilen die Geschicke des Landes zum Unheil desselben
geleitet habe, protestirte. Weshalb sollte er nicht? Mit Schmach
und Verwünschungen beladen war er hinweggegangen; nun
hatte aber die provisorische Regierung so schwere und dem
Lande so theuer zu stehen kommende Fehler begangen, daß
mancher seiner früheren Feinde wünschte, er wäre trotz der
Reihe von Unglücksschlägen von Weißenburg bis Sedan im
Besitze der Macht geblieben. Wie wußte er allen Anklagen
gegenüber seine Hände in Unschuld zu waschen, alle Schuld
Anderen aufzubürden! „In jenem Augenblicke, als ich gezwungen war, mich gefangen zu geben, konnte ich in keine
Verhandlungen über den Frieden eintreten; da ich nicht frei

war, so hätte es den Anschein genommen, als seien meine
Entschließungen durch persönliche Rücksichtsnahme dictirt." —
„Trotz unerhörter Unglücksfälle war Frankreich nicht besiegt,
unsere festen Plätze standen noch aufrecht, Paris war im Zustande der Vertheidigung, einer weiteren Ausdehnung unserer
Unglücksfälle konnte noch Einhalt gethan werden." — Durfte
er sich nicht überzeugt halten, daß die Franzosen solcher Behauptung Beifall zurufen würden? — Er schloß mit einem
heuchlerischen Blick nach oben: „Nur eine aus der Volks-
souveränität entsprungene Regierung, welche sich über den
Egoismus der Parteien zu erheben vermag, wird im Stande
sein, Eure Wunden zu heilen, Eure Herzen der Hoffnung und
die entweihten Kirchen Euren Gebeten wieder zu eröffnen und
die Arbeit, die Einigkeit und den Frieden in den Schoß des
Vaterlandes zurückzuführen."

Die Wahlen waren vor der Thür, es wogte und wühlte
in der Presse.

Gambetta und Napoleon — ein jeder hatte nach seiner
Weise auf die Wahlen einzuwirken gesucht, der Erstere, wie
es in Frankreich von Seiten derer stets geschieht, die im Besitze der Macht sind, Napoleon durch einen Friedenspfalter.
Es fehlte nicht an Stimmen, die in echt Gambetta'scher Weise
schürten und der Fortsetzung des Krieges das Wort redeten.
„Möge der heilige Haß", sagte die „Gironde", „unsere Rettung für jetzt, unser Hort für die Zukunft, in den Herzen unserer Kinder fortleben; nicht Einer des heutigen Geschlechtes,
der das Bombardement von Paris gesehen, wird jemals den
mit dem verruchten deutschen Namen besudelten Bösewichten
Verzeihung ertheilen können, bis München, Berlin, Dresden,
Karlsruhe, Weimar, Stuttgart, alle die Burgen dieser Banditen, durch die französischen Brandfackeln und Kugeln gereinigt
und im Stande sind, die Gaben der occidentalen Civilisation
aufzunehmen. Denn wir müssen nunmehr diese „Civilisatoren"
civilisiren."

II.   30

Die in dieser Weise wütheten, wußten nicht, daß sie
gerade dadurch die Ansicht immer populärer machten, Deutschland sei gezwungen, diejenigen Forderungen auf's Aeußerste
aufrecht zu halten, die geeignet schienen, es vor Ueberflutung
des Hasses zu schützen. Aber es fehlte auch nicht an Kundgebungen entgegengesetzter Art. Der „Courr. de la Champagne, Journ. de Rheims" vom 1. Febr. brachte folgende
Characteristik des französischen Volkes:

„Von der französischen Nation, welche schon so große
Dinge vollbracht hat, aber dabei noch nicht mündig geworden
ist, kann man Alles erwarten. Lebhafte Vorurtheile, eine oberflächliche Erziehung, die mehr durch eine civilisirte Corruption,
als durch wirkliche Civilisation geleitet wird, romanhafte Legende an Stelle des Geschichts-Unterrichts, Moden an Stelle
der Gewohnheiten, Eitelkeit an Stelle des Stolzes, eine
sprüchwörtliche Albernheit, welche schon vor 19 Jahrhunderten dem Glücke Cäsars ebenso günstig war als der Muth
seiner Legionen, eine Leichtfertigkeit, welche an das Kindische
grenzt; der Geschmack an Schaustellungen und die „Manifesta-
tionsbegeisterung" an Stelle des öffentlichen Geistes, die Bewunderung der Gewalt, der Kultus der Kühnheit an Stelle
der Achtung vor dem Gesetz: — das ist in Kürze das Bild
des französischen Volkes."

Eine andere Stimme bezeichnete die Phrase als den
Grund des Unglücks Frankreichs. „Wir haben uns", lautete
dieselbe, „von mehreren Mißbräuchen frei zu machen. Der gefährlichste darunter ist die Rhetorik, die Schönrednerei, welche
im Collège de France, in der Sorbonne, in allen unseren
Fakultäten so sehr in Mode ist. Die Vorlesungen sind in
Frankreich nur Schaustellungen der Beredsamkeit. Der Professor will einen brillanten Kreis von Zuhörern und Zuhöre-
rinnen haben und richtet seinen Vortrag danach ein. Er ist
geistreich, wortreich, fesselnd. Wenn er nicht das Glück hat,
Damen zu seinen Füßen sitzen zu sehen, wendet er sich an die

politischen Meinungen der jungen Leute, die ihn hören. Er
sieht es auf feine Wendungen, Malicen, Esprit und Anspie-
lungen ab. Das ist deliciös, aber es nützt nichts. Man geht
eben so unwissend wie entzückt aus dem Hörsaal. Das muß
anders werden. Die Thore der Universitäten müssen die Inschrift erhalten: „Verbotener Eingang für Schönredner!" Sonst
geht Alles schlecht."

Wieder eine andere Stimme suchte die Kriegsfurie, von
der ein Theil der Nation noch besessen war, zu beschwören.
„Schon sind wir auf dem besten Wege uns zu verhärten, d. h.
zu verschlechtern, wir sind auf dem Rückwege der Civilisation.
Was soll erst werden, wenn wir ganz und gar in dem Par-
tisanenkrieg aufgehen? Gewaltthaten rufen Gewaltthaten hervor:
von beiden Seiten werden die Gefangenen erschossen, gewohn-
heitsmäßiges Blutvergießen erzeugt Blutdurst. Wehe dem
Lande, welches diese Bahnen durchschreitet! Trotz patriotischer
Aufopferung und persönlicher Tapferkeit wird es unfähig, auf
die regelmäßigen Wege zurückzukehren und verlernt die Gewöhnung der Freiheit."

Hätten solche und ähnliche Mahnungen sich früher vernehmen lassen, und wäre das französische Volk in der geistigen
Verfassung gewesen, ihnen mehr als ein flüchtiges Interesse
abzugewinnen, es würde dies dem Lande zum Heil gereicht
haben. Worte, in der Lage gesprochen, in der Frankreich sich
zur Zeit befand, gemahnten an Rückgänge anderer Völker,
unter denen in Zeiten, die ihrem gänzlichen Verfalle kurz vorher gingen, auch, erzeugt in den schmerzbewegten Seelen Einzelner, Erkenntnißblitze emporgeleuchtet waren, die jedoch jene
Völker von der Bahn des Verderbens nicht mehr zurückzuführen
vermocht hatten.

Das Bleibende in Frankreich, den unausrottbar zur Herrschaft gelangten Geist, bezeichnete genau der „Constitutionel",
indem er den Character der Wahlagitation folgendermaßen schilderte: „Jeder führt feine Sache für sich, rechtet für sich; jeder hält

30*

sich für den Auserwählten; jede Tribüne wird ein Dreifuß, von
dem aus man Orakelsprüche spendet. Hier zeigt man offenes
Visir, dort heuchlerische Maske; man terrorisirt oder man beschö-
nigt die Dinge. Es ist ein unaussprechliches Chaos. Und was
entwickelt sich aus alledem? Niedriger Ehrgeiz, zügellose Be-
gehrlichkeit, eigensüchtige Leidenschaft. Die einzelnen Menschen
kommen in die Höhe oder wollen doch in die Höhe kommen.
Immer das Persönliche, nichts Großes, Edelmüthiges, Hoch-
herziges."

Von dem herrschenden Geiste legte auch der „Siècle"
Zeugniß ab, indem er äußerte: „Die für das Böse organisirte
Gewalt hat uns auf den Schlachtfeldern besiegt. Deutschland
hat Frankreich wie ein Straßenräuber überrumpelt, entwaffnet
und geplündert. Es könnte vielleicht uns vollends materiell
ruiniren. Aber den moralischen Sieg, den einzigen, der
dazu dienen könnte, etwas Dauerhaftes zu gründen, den hat
der Kaiser von Deutschland nicht über uns davongetragen,
und er wird ihn niemals über die französische Demokratie davontragen."

Darüber waren die meisten Stimmen einig: Frankreich
müsse den Frieden zu erlangen suchen — „vorbehaltlich
späterer Revanche!" — Der „Constitutionel" sagte: „Es wird
noch die Frage gestellt zwischen der Monarchie und der Republik. Die Frage ist zuvörderst zwischen Frankreich und Preußen
gestellt; sodann zwischen dem gegenwärtigen Frankreich und
dem zukünftigen Frankreich. Dem Wortlaut des Actes der
Capitulation zufolge muß sich die bevorstehende Versammlung
über den Frieden oder den Krieg erklären. Wenn ihr nach
reiflicher Erwägung der Sieg gewiß scheint, so wird sie den
Krieg votiren; im entgegengesetzten Falle wird sie den Frieden
votiren. — Letzterer Entschluß wird sicherlich das Uebergewicht
erhalten; wir halten ihn, was uns betrifft, für verhängnißvoll
nothwendig, denn nichts, was wir aus der Vergleichung
der Situation unserer Armeen und derer des Feindes wissen,

ermuthigt uns, auf eine siegreiche Wiederaufnahme der Feindseligkeiten zu rechnen. Wir gehen dem Frieden entgegen. Es
wird ein schmerzlicher, vielleicht ein unheilvoller Friede sein,
aber er wird für Frankreich ehrenvoll sein. Wenn wir, am
Ende unserer Kräfte angelangt, gezwungen wären, Seitens
des Feindes Bedingungen unvorhergesehener Art zu erdulden,
so würde die Schande auf ihn zurückfallen."

Unter solchen Kundgebungen wurden die Wahlen ausgeführt, und die National-Versammlung trat am 12. Februar
in Bordeaur zusammen. Garibaldi, der in einem Departement
gewählt worden war, befand sich unter den Abgeordneten. Er
hatte in einem Tagesbefehl von seinen „Tapfern in der
Vogesenarmee" Abschied genommen, sie „auf Wiedersehen unter
besseren Umständen" vertröstend, und jetzt legte er auch sein
Mandat als Volksvertreter nieder. Als er darnach noch eine
Anrede an die Versammlung halten wollte, ward er durch
Tumult daran verhindert. Jules Favre gab in seinem und
seiner Collegen Namen die Erklärung ab, daß die provisorische
Regierung ihre Gewalt in die Hände der Volksvertreter nieder-
lege, daß sie aber die Geschäfte fortführen würde, bis die
neue Regierung gewählt sei. Er fügte hinzu, daß nach Ansicht
der Minister die Verlängerung des Waffenstillstandes um
einige Tage nothwendig sei, daher er die Absicht habe, sich
nach Versailles zu begeben, um in Verhandlung über diesen
Gegenstand mit dem Grafen Bismarck zu treten.

Die Nationalversammlung erklärte sich damit einverstanden,
und Favre trat sofort seine Reise nach Versailles an.

Von den gemäßigten Organen der Presse ward Thiers
als der Mann der Lage bezeichnet, und in Uebereinstimmung
mit diesem Urtheil stellte in Gemeinschaft einer Zahl von
Abgeordneten Dufaure folgenden Antrag: „Die unterzeichneten
Deputirten schlagen der Nationalversammlung folgende Resolution vor: Thiers wird zum Chef der Executivgewalt der
französischen Republik ernannt; er wird diese Gewalt unter der

Controle der National-Versammlung ausüben und die Minister
bezeichnen, welche ihn in dieser Mission unterstützen sollen."
Dieser Antrag wurde mit bedeutender Majorität angenommen.

Inzwischen hatte Jules Favre am 15. dem Bundeskanzler
seinen Wunsch vorgetragen, und es verlangte Letzterer für eine
Verlängerung des Waffenstillstandes auf 5 Tage (bis zum
24. Februar Mittags 12 Uhr), daß Favre dem Commandanten
von Belfort auf telegraphischem Wege den Befehl zukommen
lasse, die Festung zu übergeben. Jules Favre willigte ohne
Weiteres in die Forderung des Bundeskanzlers, und schon
unter dem 16. Februar ward folgende Depesche aus Versailles
erlassen: „Der Waffenstillstand ist bis zum 24. Februar
Mittags 12 Uhr verlängert und auf den südöstlichen Kriegsschauplatz ausgedehnt; unsere Truppen behalten die Departements Doubs und Côte d'Or, sowie den größten Theil des
Jura-Departements besetzt. Die Festung Belfort wird mit
dem zur Armirung des Platzes gehörenden Material übergeben
und am 18. durch die diesseitigen Truppen besetzt. Der circa
12,000 Mann starken Garnison ist in Anbetracht ihrer tapferen
Vertheidigung freier Abzug mit militärischen Ehren bewilligt
worden."

Am 19. Februar entwickelte Thiers in längerer Rede
sein Friedensprogramm. Das Land sei unglücklich, „un-
glücklicher als zu irgend einer Zeit seiner so ungeheueren, so
glorreichen Geschichte, in der man es so oft in den Abgrund
des Unglückes gestürzt sah, um es plötzlich wieder auf den Gipfel
der Macht und des Ruhmes emporsteigen zu sehen, indem es
beständig die Hand in allem hatte, was groß, schön und der
Menschheit nützlich war! Es ist allerdings im Mißgeschicke,
aber es bleibt eines der größten, der mächtigsten Länder der
Erde, immer jung, stolz, unerschöpflich in seinen Hülfsquellen, besonders immer heroisch, wie dieser lange Widerstand
von Paris beweist, der eines der Denkmäler menschlicher Beharrlichkeit und Energie bleiben wird."

Wohl, wir sind unglücklich, aber doch „groß, erhaben, un-
übertrefflich": — wessen bedurfte es mehr für den Redner,
um die Versammlung mit dem Gedanken zu versöhnen, daß
dermalen nichts übrig bleibe, als schleunige Annahme des
Friedens, wie der Gegner ihn dictiren würde — falls dieser
nicht etwa an die Franzosen eine Forderung stelle, die ihre
„Ehre" antaste! —

Nachdem Thiers unter dem Beifalle der Versammlung
seine Rede beendet, erklärte er, daß er sich ungesäumt nach
Versailles zu begeben beabsichtige, um mit dem Grafen Bismarck wegen der Friedensbedingungen in Verhandlung zu
treten. Eine Commission von 15 Mitgliedern begleitete ihn.

Das Ergebniß der Friedensverhandlungen kündeten folgende beide Depeschen an:

**Versailles, 26. Februar. Der Kaiserin-Kö-
nigin in Berlin. Mit tiefbewegtem Herzen, mit
Dankbarkeit gegen Gottes Gnade zeige ich Dir
an, daß die Friedenspräliminarien so eben
unterzeichnet sind. Nun ist noch die Einwilligung
der National-Versammlung in Bordeaux abzuwarten.   Wilhelm.**

**Versailles, 26. Februar. Die Friedens-
präliminarien enthalten: Die Abtretung von
Elsaß außer Belfort, von Deutsch-Lothringen
einschließlich Metz; eine Contribution von fünf
Milliarden Francs wird in 3 Jahren bezahlt,
und so lange bleiben Theile Frankreichs außerhalb der neuen Grenze besetzt.**

Nach der „Prov.-Corr." war der Verlauf der Verhandlungen folgender gewesen: „Da die erste Unterredung Aussicht
auf Verständigung ergab, ward deutscherseits eingewilligt, den
Waffenstillstand, welcher am 24. Februar zu Ende gehen sollte,
zunächst bis zum 26. zu verlängern. Thiers, der am 21.

nach Paris gereist war, kam am 22. nach Versailles zurück und hatte nicht nur eine längere Conferenz mit dem Grafen Bismarck, sondern wurde auf seinen Wunsch auch von Seiner Majestät dem Deutschen Kaiser empfangen. Auch dem Kronprinzen hatte er seine Aufwartung gemacht und in einer Unterredung, welche fast eine Stunde währte, sich über die Verhältnisse Frankreichs sehr eingehend ausgesprochen. Die Grundlagen der deutschen Friedensbedingungen, insbesondere die Forderung einer Gebietsabtretung, scheinen bei den gegenwärtigen Verhandlungen von vorn herein jenem grundsätzlichen Widerspruche, an welchem die früheren Verhandlungen gescheitert waren, nicht mehr begegnet zu sein. Freilich war das Streben des Herrn Thiers darauf gerichtet, die Gebietsabtretungen auf das geringste Maß zu beschränken, und es scheint, daß in dieser Beziehung die berechtigten deutschen Ansprüche nur Schritt für Schritt durchgesetzt werden konnten. Während aber die Abtretung des wesentlich deutschen Elsaß mit Straßburg, wenn auch mit Widerstreben, zugestanden werden mußte, scheint dagegen die Abtretung eines größeren Theils von Lothringen und namentlich der Festung Metz auf den heftigsten und hartnäckigsten Widerstand gestoßen zu sein. Die französischen Unterhändler scheinen sich herbei, abgesehen von ihren eigenen Auffassungen, zugleich auf gewisse Kundgebungen der öffentlichen Meinung in England gestützt zu haben, ohne zu erwägen, wie wenig praktische Bedeutung derartigen Aeußerungen beizumessen ist. Auch die Forderung, daß deutsche Truppen noch in Paris einmarschiren, begegnete dem lebhaftesten Widerstreben der französischen Unterhändler, welche darin eine neue, tiefe Demüthigung für die Hauptstadt erkennen wollten und zugleich vermöge der Erregung der Bevölkerung die größten Gefahren für die einrückenden Deutschen verkünden zu müssen glaubten. Einen Augenblick schien es, als sollten die unter den besten Anzeichen begonnenen Verhandlungen schließlich scheitern, indem Herr Thiers namentlich die Ver-

antwortung für die Abtretung von Metz nicht übernehmen zu
können meinte. Er machte den Versuch, einen Verzicht Deutschlands auf Metz unter der Bedingung zu erreichen, daß Frankreich sich verpflichte, die Festungswerke zu schleifen; — er soll endlich ein Arrangement vorgeschlagen haben, durch welches Deutschland einen anderweitigen Ersatz für Metz erhalten hätte; —
Graf Bismarck aber bestand unbedingt auf der Erwerbung
von Metz, welches für Deutschland in militärischer Beziehung
noch bei Weitem wichtiger ist, als Straßburg und in diesem
Betracht durch kein anderes Zugeständniß aufgewogen werden
könnte. Um den Franzosen dagegen den Beweis zu liefern,
daß die deutsche Politik in der That nur auf dem bestehe, was
sie aus überwiegenden Gründen des nationalen Interesses festhalten muß, willigte Graf Bismarck schließlich darein, daß
Belfort an Frankreich zurückgegeben werde. Auch diese
Festung, welche jüngst mit blutigen Opfern von uns errungen wurde, ist zur Vertheidigung des südlichen Elsaß von
einiger Wichtigkeit, — doch nicht von so unmittelbarer und
durchgreifender, wie Straßburg und Metz. Wenn es gelang,
durch den Verzicht auf Belfort ohne Erneuerung des Krieges
einen Friedensschluß zu sichern, der uns diese Hauptbollwerke
in die Hand gab, so war der Erfolg gewiß eines solchen
Opfers werth, und die tapferen Krieger, welche um Belfort
gekämpft, haben sich auch bei solchem Ausgange ein großes
Verdienst um den glorreichen Erfolg des Krieges errungen.
Der Verzicht Deutschlands auf Belfort scheint in der That
die stockenden Verhandlungen wieder belebt und den Entschluß
der französischen Unterhändler, sich in die Abtretung von Metz
zu fügen, ermöglicht zu haben. Auch der Widerspruch gegen
den Einmarsch deutscher Truppen in Paris konnte nicht aufrecht erhalten werden, da es für unsere siegreichen Truppen
jedenfalls verletzend wäre, auf den Eintritt in die bezwungene
Hauptstadt verzichten zu müssen."

So der Inhalt des Abkommens, das französischerseits
von Thiers unterzeichnet worden war. Nunmehr kam es

darauf an, ob, worauf schon die Depesche des Kaisers verwiesen hatte, die vorbezeichneten Bedingungen von der National-Versammlung zu Bordeaux angenommen werden würden.

Am 28. Februar fand die erste Sitzung der National-Versammlung nach der Rückkehr des Herrn Thiers statt. Unter tiefstem Stillschweigen bestieg Thiers die Tribüne und machte folgende Mittheilung: „Wir haben eine schmerzliche Mission übernommen; wir haben alle möglichen Anstrengungen gemacht, und mit tiefem Bedauern befinden wir uns jetzt in der Lage, Ihrer Berathung einen Gesetzentwurf zu unterbreiten, für welchen wir die Dringlichkeit fordern. Der Gesetzentwurf lautet: Art. 1. Die National-Versammlung, der Nothwendigkeit weichend und die Verantwortlichkeit zurückweisend, nimmt die in Versailles am 26. Februar unterzeichneten Friedenspräliminarien an.“ — „Hier verlassen“, so berichteten französische Blätter, „Herrn Thiers die Kräfte, er ist genöthigt von der Tribüne herunterzusteigen und den Saal zu verlassen; Barthélemy St. Hilaire fährt mit der Verlesung der Präliminarien fort.“

Welche Art von Gedanken und Empfindungen es gewesen, die auf Thiers eingestürmt haben, läßt sich ahnen. Unter dem Gewicht des Unglücks, das über sein Vaterland gekommen, und dessen Verkündiger er im Angesichte der Nation sein mußte, brach er zusammen. Wunderbares Walten des Geschickes! Der Mann, der den gegenwärtigen Krieg nur um deswillen nicht gewollt hatte, weil Frankreich nicht genügsam gerüstet sei, der aber einer der Hauptschürer der kriegerischen Gelüste seines Volkes gewesen war, der mußte jetzt der Herold seiner Schmach sein! Wer weiß, ob nicht in diesem Augenblicke, obgleich er sagte: „Wir weisen die Verantwortlichkeit von uns!“ die Erkenntniß seiner schweren Mitschuld sich zermalmend auf seine Seele wälzte! —

Die Dringlichkeit ward von der Versammlung angenommen, und die Berathung des Gegenstandes für den nächsten Tag (1. März) beschlossen.

Für denselben Tag war im deutschen Hauptquartier festgesetzt worden, daß eine Abtheilung deutscher Truppen in einer
Stärke von 30,000 Mann in Paris einrücken und einen Theil
desselben so lange besetzt halten sollte, bis die Annahme der
Friedenspräliminarien in Bordeaux erfolgt sei. In Bezug auf
den zu nehmenden Weg und den zu besetzenden Theil der Stadt
war Folgendes verabredet worden: Der Einmarsch erfolgt quer
über das Bois de Boulogne am Quartier des Ternes vorbei,
die Avenue de la grande armée entlang bis an den Arc de
Triomphe auf der Place de l'Etoile, von welcher aus die
Avenue des Champs Elysées über den rond Point bis an die
Place de la Concorde und das Schloß der Tuilerien führt.
Der für die Besetzung durch die deutschen Heerestheile vor-
behaltene Raum ist südlich von der Seine begrenzt vom Point
du Jour an bis zur Brücke de la Concorde, westlich von der
Stadtenceinte am Thor nach Sèvres an bis zur Avenue des
Ternes, der nächsten Avenue, die gleichlaufend und nördlich der
großen Avenue zur inneren Stadt zieht. Im Norden und
Osten schließen die Vorstadt St. Honoré und die Rue Royale
den von den deutschen Truppen besetzten Abschnitt der französischen Hauptstadt. Wenn dieser letztere auch nur einen verhältnißmäßig geringen Theil von Paris umfaßt, so ist es doch
jedenfalls derjenige, welcher den Stolz der Hauptstadt bildet,
bis in das Herz derselben reicht und die größten historischen
Erinnerungen umschließt. Es ist die Siegesstraße vom Triumphbogen zum Kaiserschloß, dieselbe, welche Kaiser Napoleon I.
zu gleichem Zwecke anlegen ließ, eine der schönsten Straßen
von Paris. Tuilerien und Triumphbogen, Palais des Champs
Elysées und Industrie-Palast, die großartigen Gebäude am
Concordienplatze, der Obelisk von Luxor auf demselben, die
vornehme Rue Royale und die schöne Kirche de la Madeleine
sind die Zierden dieses Stadttheils, der vom Stern der Elyseischen Felder bis zum Tuileriengarten zieht. —

Gänzlich auf eine Besetzung von Paris zu verzichten,

empfahl sich um deswillen nicht, weil dies den Hochmuth der Pariser in gefährlicher Weise bestärkt haben würde. Es schien unerläßlich, dem Maulheldenthum den Vorwand zu der späteren Behauptung abzuschneiden, daß sein „Heroismus" es gewesen, welcher den Boden von Paris von dem verhaßten Feinde frei gehalten habe; es mußte offenkundig dargelegt werden, daß auch Paris sich in der Macht der Deutschen befunden habe, und daß, wenn die Deutschen es nur theilweise und kurze Zeit besetzten, dies auf ihrem freien Willen beruhte.

Als man in Paris vernommen hatte, daß deutscherseits der Einzug beschlossene Sache sei, erhob sich in der Presse ein wahres Wuthgeschrei, und wenn damit der Feind vor den Thoren zu überwinden gewesen wäre, so hätte sicher kein deutscher Krieger seinen Fuß auf den „heiligen Boden" von Paris gesetzt.

Niemand war besorgter als Thiers. Nicht nur that er das Mögliche, um mäßigend auf die Presse zu wirken, sondern er erließ auch unter Gegenzeichnung von Favre und Picard eine zur Ruhe mahnende Proklamation an die Pariser. „Fügen wir uns", sagte das „Pays" „ohne zu verzweifeln, den Leiden des Augenblicks; die Schande ist für Frankreich nur provisorisch." Da hatte die Menge wieder ein ihrer Stimmung wohlangepaßtes Stichwort. „Provisorisch! wohl! wir versparen uns die Rache für spätere Zeit!" —

Was sagten die deutschen Krieger vor den Thoren von Paris zu diesem Gebahren? Sie waren — und wahrlich sie hatten dazu die stärksten Anlässe! — von dem Gefühl der Verachtung gegen die Pariser erfüllt: Verachtung gegen das französische Lügen, Prahlen, Haschen nach Theatereffect, von dem Gefühl der Verachtung gegen die weibische Eitelkeit, die kindische Störrigkeit und die gänzliche Abwesenheit männlicher Thatkraft!

Unter dem 1. März erließ der Kaiser von Versailles aus folgende Depesche:

An die Kaiserin-Königin in Berlin. Soeben kehre ich von Longchamps zurück, wo ich die
Truppen des 6., 11. u. 1. bayerischen Corps,
30,000 Mann stark, inspicirte, die zuerst Paris
besetzen. Die Truppen sahen vortrefflich aus.
Die Avantgarde ist um 8 Uhr eingerückt, ohne
alle und jede Störung.

Wilhelm.

Die Zeitungen brachten einige Tage später ausführliche
Schilderungen des Einmarsches. Ein Berichterstatter der
Times schrieb: „Während ich mit diesem Briefe beschäftigt bin,
höre ich das Gestampf von Pferdehufen unter meinem Fenster,
und sehe einen jungen preußischen Husarenofficier kühn die
Avenue hinauf nach dem Triumphbogen galoppiren. Es ist
ein hübscher junger Mann auf einem prächtigen Rosse, und
das halbe Dutzend Leute, die ihm folgen, sind stämmige, von
der Sonne gebräunte Veteranen, die so ruhig und unverlegen
aussehen, als wären sie in Potsdam auf der Parade. Auf
beiden Seiten der Straße stehen zerstreute Gruppen Feinde, und
gerade vor dem Bogen befindet sich eine Zuschauermenge.
Unser junger Offizier reitet stracks auf sie zu und schwingt
seinen Säbel, um sie zu zerstreuen, was er höchst effektvoll
thut. Er kann nicht umhin, den Säbel über seinen Kopf zu
schwingen, als er seinem Pferde die Sporen giebt, um über
die Ketten und Trümmer zu setzen, welche die Passage unter
dem Bogen versperren, und nachdem er und seine Leute durch
den Bogen geritten, galoppiren sie kaltblütig die elyseischen
Felder hinunter. So wurde Paris am 1. März um 8 Uhr
Morgens von einem Jüngling und sechs Husaren genommen.
Demnächst erschien Rittmeister von Colomb, der diese Schwadron
des 14. Husarenregiments kommandirt, welcher die stolze Auszeichnung zu Theil geworden, zuerst in Paris einzuziehen, und
die erste Abtheilung ritt die ganze Länge der elyseischen Felder
hinunter, völlig gleichgültig gegen eine große Menschenmenge,

bie, wie ich mit meinem Fernglase sehen konnte, sich zu dieser Zeit auf dem Eintrachtsplatze angesammelt hatte."

Nun führte auch die „Prov.-Corr." die Gründe vor, die deutscherseits es nicht hatten als zweckmäßig erscheinen lassen, eine längere Besetzung von Paris in Aussicht zu nehmen. „Thatsächlich", äußerte sie, „konnte die Besetzung von Paris unserem Waffenruhm Nichts mehr hinzufügen; nachdem die Forts von unseren Truppen besetzt und dadurch die Stadt vollständig in unsere Gewalt gegeben war, konnte es uns in militärischer Beziehung völlig gleichgültig sein, ob wir die Stadt selbst besetzt hatten oder nicht. Bei den tief zerrütteten und völlig haltlosen inneren Zuständen aber konnte eine eigentliche und dauernde Besetzung der Stadt wenig Reiz für unsere Armee haben, welche leicht hätte in die Lage kommen können, an Stelle der ohnmächtigen französischen Regierungsgewalten den Pöbel der Hauptstadt zu zügeln. Unsere braven Truppen hatten Besseres verdient, als daß sie am Schlusse eines beispiellos ruhmreichen Feldzuges in die inneren Kämpfe der Hauptstadt verwickelt oder zum Polizeidienst gegenüber gewissen Schichten der Pariser Bevölkerung hätten gebraucht werden sollen. Im Interesse unseres Heeres selber war daher eine längere Besetzung von Paris keineswegs wünschenswerth. Wäre sie als wünschenswerth erkannt worden, so würde sie auch begehrt und gewiß eben so wenig verweigert worden sein, wie uns Straßburg und Metz verweigert werden konnten."

Sehen wir nun, welchen Verlauf an demselben Tage die schon oben berührte Verhandlung nahm, die von Thiers zu dem Zweck angesetzt worden war, die Annahme der Friedenspräliminarien Seitens der Landesvertretung zu erwirken.

Am Abend zuvor (28. Februar) hatte Thiers in einer vertraulichen Sitzung der erwählten Commission den Stand der Dinge in Frankreich und Europa dargelegt und daran den Beweis geknüpft, daß für Frankreich nur übrig bleibe, wolle es anders nicht gänzlich dem Verfalle entgegen gehen, Frieden

auf der von Deutſchland unerbittlich geforderten Grundlage zu
ſchließen.

Der Erfolg dieſer Darlegung war der, daß die Commiſſion einſtimmig beſchloß, am nächſten Tage der National-
Verſammlung die Annahme der Präliminarien bringend zu
empfehlen.

In der Sitzung am 1. März nun machte der zum Bericht-
erſtatter erwählte Victor Lefranc der Verſammlung die Mittheilung, daß die Commiſſion einſtimmig beſchloſſen habe, der
Landesvertretung die Annahme der Präliminarien anzurathen.
„Die Unterſchrift, die Sie geben ſollen“, äußerte er dabei, „iſt
ſchmerzlich. Aber erwägen Sie, ob Sie dieſelbe vermeiden
können, und um welchen Preis. Soll man in der jetzigen Lage
den Kampf wieder aufnehmen nach erfolgter Niederlage, und
um die Ehre derer zu decken, die uns ins Verderben geſtürzt?
Würde das nicht ein Spiel mit der Ehre Frankreichs ſein,
das durch eine ſolche That äußerſter Verzweiflung vollends
preisgegeben würde?“

Wie es von Victor Lefranc geſchehen war, wurde auch
von anderen Seiten mit Erbitterung auf Napoleon als den
einzig Schuldigen verwieſen. Conti, früherer Chef des kaiſerlichen Cabinets, proteſtirte mit Heftigkeit dagegen, behauptend,
der Kaiſer ſei nach wie vor anerkanntes Haupt von Frankreich. Darauf erhebt (mit allen gegen 4 Stimmen) die Verſammlung folgenden Antrag zum Beſchluß:

„Die Nationalverſammlung beſtätigt unter den ſchmerz-
lichen Verhältniſſen, in welchen ſich das Vaterland befindet,
die Abſetzung Napoleons III. und ſeiner Dynaſtie und erklärt ihn verantwortlich für den Ruin, die Invaſion und Zer-
ſtücklung Frankreichs.“

Darnach kehrte die Verſammlung zu der Berathung wegen
der Präliminarien zurück. Thiers ergriff das Wort. Zum
Schluß einer längeren Rede äußerte er: „In unſerer gegenwärtigen Lage möge Jemand kommen und mir ſagen, daß wir

einer regulären Armee von 500,000 Mann widerstehen können;
dann werde ich ihm antworten: Nein! Sie würden nur Frankreichs Untergang herbeiführen, Sie würden es in Armuth
stürzen, Sie würden seine letzten Hülfsquellen verbrauchen, und
Sie würden ihm die Mittel nehmen, zu der Zukunft zu gelangen, die Sie ihm wünschen, und die hoffen zu dürfen heute
mein einziger Trost ist."

Es kam zur Abstimmung. Der von Thiers vorge-
legte Vertrag wurde mit 546 gegen 107 Stimmen
angenommen.

Am 2. März erließ der Kaiser folgende Depesche aus
Versailles:

An die Kaiserin-Königin in Berlin.

Soeben habe ich den Friedensschluß ratifi-
cirt, nachdem er schon gestern in Bordeaux von
der Nationalversammlung angenommen worden
ist. So weit also ist das große Werk vollendet,
welches durch siebenmonatliche siegreiche Kämpfe
errungen wurde; Dank der Tapferkeit, Hingebung
und Ausdauer des unvergleichlichen Heeres in
allen seinen Theilen und der Opferfreudigkeit des
Vaterlandes.

Der Herr der Heerschaaren hat überall
unsere Unternehmungen sichtlich gesegnet und
daher diesen ehrenvollen Frieden in seiner Gnade
gelingen lassen. Ihm sei die Ehre! Der Armee
und dem Vaterlande mit tieferregtem Herzen
Meinen Dank!

Wilhelm.

Da die Besetzung von Paris nur bis zur Unterzeichnung
des Friedens stattfinden sollte, ward aus dem Hauptquartier
der Befehl zum Wiederabmarsch gegeben, der am 3. März erfolgte. Unter klingendem Spiel traten von früh fünf Uhr ab

die Truppen zur Concentrirung an. Um 9 Uhr begann der
Aufbruch. Der Befehlshaber, General von Kameke, hatte mit
seinem Stabe Aufstellung vor dem Triumphbogen der Champs
Elysées genommen, durch den der Abmarsch des ganzen deutschen Corps stattfand.

An demselben Tage herrschte vor dem Palais des Kaisers in Berlin eine besonders lebhafte Bewegung; der Verlauf
der Ereignisse, so viel er bekannt war, hatte zu der zuversicht-
lichen Hoffnung geführt, daß an diesem Tage noch die Kunde
von dem erfolgten Friedensschlusse in Berlin eingehen würde.
So geschah es. Um 12 Uhr traten mehrere Generale, unter
ihnen der greise Feldmarschall Graf von Wrangel, auf die
Rampe des Palais, vor der, dicht gedrängt, eine zahlreiche
Menge sich eingefunden hatte. General-Lieutenant von Hanen-
feldt verlas nun mit weit vernehmbarer Stimme das Friedens-
telegramm. Unendliche Jubelrufe der Menge auf den Kaiser,
das Heer, das Vaterland antworteten der Verlesung, bis das
am Fuße des Denkmals König Friedrich's II., dessen Haupt
ein frischer Lorbeerkranz schmückte, aufgestellte Garde-Musik-
corps die ersten Accorde von „Nun danket Alle Gott" intonirte.
In diese Klänge und in den sich ihnen anschließenden Gesang
der Menge tönte das Geläute aller Glocken und das Salut-
schießen der im Lustgarten aufgefahrenen Batterie, deren Donner den entlegenen Theilen der Stadt von dem großen Ereigniß, dessen Wortlaut vor dem Schlosse bekannt geworden war,
verständliche Kunde zutrugen.

Und wie war die Haltung der Pariser an dem Abende
dieses Tages? Im „Daily Telegraph" gab ein Engländer
darüber Nachricht. „Es war", erzählte er, „ein prächtiger
Abend. Heller Mondschein und dazu auch die Gasbeleuchtung,
die zum ersten Male seit Monaten den Parisern wieder strahlte,
hatte eine große Menschenmenge hervorgelockt. Die Trottoirs
waren von einer dichten Masse belebt, und Zeitungen fanden
reichlichen Absatz, hauptsächlich um der Notirung der Rente

willen und wegen der Anzeigen über die am nächsten Tage
angekündigten Theatervorstellungen.   Jedermann plauderte,
lachte und befand sich anscheinend in der angenehmsten Stimmung, aber weder war ein Wort von Krieg und Frieden und den
schweren Bedingungen für den letzteren zu hören, noch waren
die gefährlichen Straßenpolitiker, die sonst an allen Ecken kleine
Parlamente um sich versammeln, zu sehen. Sänger krächzten,
Bettler machten Angriffe auf die Menge und an den Ecken
stand die Reserve von Krüppeln bereit. Liniensoldaten stolzir-
ten in voller Uniform mit ihrem besten Medaillenschmuck, aber
ohne Waffen, in der Mitte der Straße umher, Nationalgardisten
machten sich in angelegentlicher Unterhaltung auf dem Trottoir
mit ihren Säbeln breit.   In den Cafés war kein Eindringen
möglich und Reihen von Stühlen streckten sich vor denselben
bis an das fünfte oder sechste Haus rechts und links entlang
aus.   Alle Läden, welche Luxusgegenstände feilschten, standen
offen, und wir gingen zu Le Filleul auf dem Boulevard des
Italiens, um für einen Freund einen Blumenstrauß zu erstehen.
Madame Filleul hat keine schlechte Saison gehabt, sie hat für
eine todte Saison ein recht erträgliches Geschäft in Todten-
kränzen und dergleichen gemacht, und ich muß sagen, sie sah
durchaus nicht niedergeschlagen wegen des Verlustes von Elsaß
und Lothringen aus. Man speiste, trank, man rauchte, man
spielte Domino und Karten; Kinder sangen wie sonst anstößige
Lieder, und Damen von jener Klasse, die in letzter Zeit unsicht-
bar geworden war, gingen kühn in voller Gesellschaftstoilette,
um in Nr. 16 des Café Anglais ihr Souper zu nehmen.
Dabei drängten sich betrunkene Mobile und Börsenspekulanten
in Menge umher. — Kurz kein Jahrmarkt könnte lärmender,
kein zu Scherz und Lustbarkeit versammelter Volkshaufe sorgloser sein. Und mitten in diesem Gewühle traf ich einen
Freund aus dem Elsaß, einen Mann, der nicht gerade weiner-
licher Natur ist, aber die hellen Thränen liefen ihm die Wangen hinab, als er sprach: „Geschlagen sind sie worden, beraubt

und mißhandelt; sie haben Frankreich zu Grunde gerichtet, seine besten Provinzen eingebüßt und mich der Verbannung überliefert, und jetzt freut sich diese Canaille der eigenen Erniedrigung." So war es in der That. So trug das große pariser Volk, über dessen „bewunderungswerthe Haltung" so viel Aufhebens gemacht wird, seine bittere Demüthigung. Ich habe selten eine lustigere Nacht auf den Boulevards gesehen."

Rückkehr des Kaisers.

„Wenn man Scharnhorst den Waffenschmied der deutschen Freiheit genannt hat, so kann man den Kaiser Wilhelm den Waffenschmied der deutschen Einheit nennen. Wilhelm I. ist ein kriegerischer König, aber die unparteiische Geschichte wird ihn freisprechen von dem Vorwurfe, den man Kriegern zu machen pflegt, er sei kriegslustig und eroberungssüchtig gewesen. Kaiser Wilhelm hat die guten Eigenschaften eines Kriegsmannes, Männlichkeit, Entschlossenheit, Thätigkeit, Ordnung, ohne die schlimmen Seiten, die oft genug damit verbunden gewesen sind. Und ein solcher Charakter that uns noth und thut uns noch heute noth." (Kölnische Zeitung.)

„Gott wolle uns unsern Kaiser und unser Heer glücklich in die Heimath geleiten!" — In diesem Wunsche begegneten sich in den ersten Tagen des März alle Patrioten. Man war jetzt erst recht besorgt vor Ausbrüchen wälscher Tücke. Daß der Kaiser um die Mitte März in Berlin einzutreffen beabsichtigte, war bekannt, über den Tag seines Aufbruchs dagegen verlautete nichts. Endlich traf die Nachricht ein, daß der Kaiser am 7. März Versailles verlassen habe, und die Zeitungen brachten darüber folgende Einzelheiten. Die Stunde der Abreise war den französischen Behörden gegenüber geheim gehalten worden, und nur ein paar Hundert Einwohner von Versailles hatten sich vor der Nouvelle Préfecture versammelt, um den Monarchen scheiden zu sehen, der seit fünf Monaten unter ihnen gelebt hat. Eine Menge deutscher Offiziere jedoch hatte sich eingefunden, und als der Kaiser in seinem Wagen unter dem Bogengang hervorkam, wurde er mit begeisterten Rufen empfangen. Die Offiziere, in voller Galauniform, schwenk-

ten ihre Helme und Federbüsche in der Luft, und riefen: „Es
lebe unser Kaiser, hoch!" Von der Präfectur bis zum Stadt-
thor waren die Straßen von Truppen, die mit ihren Seiten-
gewehren bewaffnet, eingefaßt. Der Kaiser, in einfacher Feld-
mütze und Pelzrock, stieg Punkt 8¾ Uhr in den offenen, von
vier Pferden gezogenen Wagen, und sobald er die Stadt verlassen, wurde die deutsche Flagge auf dem Präfekturgebäude
eingezogen; bald darauf wurde die französische Flagge an ihrer
Statt aufgehißt. Eine Abtheilung deutscher Soldaten ging
indessen sofort, um die Tricolore einzuziehen, und diese verschwand denn auch bald, nachdem sie etwa eine halbe Stunde
über dem Gebäude geweht hatte. Auch der Kronprinz von
Preußen trat seine Rückreise an; er begab sich zunächst nach
Amiens. „Die Bewohner von Versailles", ward dem „Daily
Telegr." geschrieben, „zeigen nur wenig Jubel ob der Abreise
des Kaisers und des Kronprinzen, welche beide von allen
Klassen der Bevölkerung in hohem Ansehen gehalten wurden."
Mochte diese Behauptung auch wohlbegründet sein, so war die
Befürchtung dennoch natürlich, daß es Fanatikern gelüsten
könne, ihrem Haß in letzter Stunde Luft zu machen. Von
Ferrières aus, wohin sich der Kaiser zunächst begeben hatte,
wurde die Reise am 13. nach Nancy fortgesetzt. Tags darauf
traf daselbst auch der Kronprinz ein, und der Kaiser setzte am
15. in Begleitung desselben seine Reise fort, deren nächstes
Ziel Metz war. Unter den Gesüchtzsaluten aus sämmtlichen
Metz umgebenden Forts und von dem jubelnden Hurrahrufe
der auf und vor dem Bahnhofe in dichten Colonnen aufge-
stellten Truppen begrüßt, fuhr der kaiserliche Zug in die
Bahnhofshalle an. Nach einstündigem Aufenthalte ward die
Fahrt nach Forbach fortgesetzt, wo die ehemalige preußische
Grenze überschritten wurde, und die folgende Inschrift am
Bahnhofe den kaiserlichen Zug empfing:

> „Der Kaiser beut, als erste Gabe,
> Ruhmreichen Frieden Dir, Germania!"

Unter dem 15. hatte der Kaiser folgenden Armeebefehl erlassen:

„Soldaten der deutschen Armee!

Ich verlasse an dem heutigen Tage den Boden Frankreichs, auf welchem dem deutschen Namen so viel neue kriegerische Ehre erwachsen, auf dem aber auch so viel theures Blut geflossen ist. Ein ehrenvoller Friede ist jetzt gesichert, und der Rückmarsch der Truppen in die Heimath hat zum Theil begonnen. Ich sage euch Lebewohl, und ich danke euch nochmals mit warmem und gehobenem Herzen für Alles, was ihr in diesem Kriege durch Tapferkeit und Ausdauer geleistet habt. Ihr kehrt mit dem stolzen Bewußtsein in die Heimath zurück, daß ihr einen der größten Kriege geschlagen habt, den die Weltgeschichte je gesehen, — daß das theure Vaterland vor jedem Betreten durch den Feind geschützt worden ist, und daß dem deutschen Reiche jetzt Länder wiedererobert worden sind, die es vor langer Zeit verloren hat. Möge die Armee des nunmehr geeinten Deutschlands dessen stets eingedenk sein, daß sie sich nur bei stetem Streben nach Vervollkommnung auf ihrer hohen Stufe erhalten kann, dann können wir der Zukunft getrost entgegensehen."

Am 15. März 11 Uhr Vormittags traf der Kaiser in Begleitung des Kronprinzen in Saarbrücken ein, woselbst ihm ein feierlicher Empfang bereitet wurde. Es hatten sich dreitausend Gemeinden der Rheinprovinz vereinigt, um einen goldenen Lorberkranz herstellen zu lassen, der dem kaiserlichen Sieger bei seiner Rückkehr überreicht werden sollte. Der kostbare Kranz, auf dessen Blättern die Namen der gewonnenen Ruhmestage prangten, enthielt als Widmung die Worte: Ihrem Kaiser und Heldenkönige — die dankbare Rheinprovinz." Er wurde dem Kaiser in feierlicher Weise überreicht. „Eurer Majestät Heimkehr aus dem Lande des Feindes wird ein Siegeszug sein von einer Grenze des Vaterlandes bis zur andern", hatte der Sprecher gesagt. So war es auch. Die

Bewohner der Orte, welche der Kaiser berührte, wetteiferten, ihrer Liebe zu ihm würdigen Ausdruck zu geben.

Als der König in Potsdam die Begrüßung des Bürgermeisters entgegengenommen hatte, äußerte er: Ja, Großes sei errungen, so Großes, daß es Vermessenheit gewesen wäre, wenn man solche Erfolge bei dem Beginn des Krieges auch nur annähernd hätte ins Auge fassen wollen; es sei errungen durch die über alles Lob erhabenen, fast übermenschlichen Leistungen der deutschen Heere und durch die Opferwilligkeit des gesammten Volkes. Die Hauptsache aber sei das Gottvertrauen; ohne dasselbe seien alle Mühen und Anstrengungen vergeblich!" In Berlin traf der König am 17. März bald nach ein Uhr Mittags ein. Die kaiserlichen Familienglieder und andere fürstliche Personen, wie auch Deputationen hatten sich auf dem Bahnhofe zum Empfange des Kaisers versammelt. Da brauste die bekränzte Lokomotive heran, hinter sich den unter Blumen- und Blätterschmuck fast verschwindenden Salonwagen. In offenen Wagen, in dem ersten der Kaiser mit seiner Gemahlin, in dem zweiten das kronprinzliche Paar, fuhren die Herrschaften nach dem Palais, auf dem ganzen Wege begleitet von dem Jubelruf der Einwohnerschaft. Am Abende ward die Stadt prachtvoll erleuchtet. Würdig war die Begrüßung, die die berliner Presse dem Kaiser an diesem Tage hatte zu Theil werden lassen. „Nach einer Abwesenheit von länger als sieben Monaten", sagte die „Nat.-Ztg.", „kehrt der König heim nach Berlin. Es wird berichtet, daß sein Vorfahre Friedrich bei der Rückkehr aus dem zweiten schlesischen Kriege zum ersten Male allgemein und feierlich mit dem Namen begrüßt wurde, den ihm die Geschichte gelassen hat, dem verdienten Namen des Großen. Es wird besonders hervorgehoben, daß die Berliner, die mit dem ersten schlesischen Kriege nicht ganz zufrieden gewesen waren, jetzt der Ueberzeugung huldigten und sie auch äußerlich an den Tag zu legen strebten: eine größere Zeit sei in der preußischen Geschichte doch noch nicht erlebt worden.

Der König hatte den Frieden, den man ihm nicht gönnen
wollte, erzwungen; es war geschehen mit der größten Umsicht,
den feinsten Berechnungen und mit glänzender Tapferkeit: hierdurch waren Land und Hauptstadt aus Gefahren gerettet worden, die jeder gefühlt hatte, und was noch mehr war, der
Staat war jetzt in seiner neuen Stellung als europäische Macht
befestigt, und wenigstens schien es so, als wenn er nunmehr
in Europa allgemeinere Anerkennung und selbst Theilnahme
für seinen Bestand erlangt hätte. König Wilhelm bringt heute
den hehren Namen eines deutschen Kaisers vom Schlachtfelde
in die Heimath mit, und wir, die seine Ankunft sehen, feiern
in seinem erworbenen Range mit nicht geringerer Wärme als
jene Vorfahren den glücklichen Ausgang eines schweren und
nothwendigen Krieges." Und die „Voss. Ztg." sagte: „Als
König von Preußen zog Wilhelm I. vor sieben und einem
halben Monat voll Besorgniß aus.   Ausgesprochenermaßen
hing das Geschick der Nation für ferne Zeiten an dem königlichen Lorbeer, und der Gegner trat mit dem Anspruche auf,
aus angeborener und durch Jahrhunderte behaupteter Ueber-
legenheit über das Schicksal Deutschlands zu entscheiden. Es
ist entschieden. Ein großes Reich ist zerstört, aber das unsere
ist gegründet, und als sein Haupt an seiner Spitze zieht
Wilhelm I. als deutscher Kaiser in die Residenz wieder ein,
die ihn in Hoffnung, aber auch in Sorgen, im guten Glauben
an die Gerechtigkeit der Sache, aber auch im Zweifel über
den Ausgang scheiden sah.   Die Sorgen wurden in eine
immer wachsende Zuversicht verwandelt, und der Ausgang hat
das kühnste Hoffen hinter sich gelassen.   In einem solchen
Augenblick feiert die Nation sich selbst in ihrem Repräsentanten,
sie faßt Alles in einer Person zusammen, in der Monarchie
ist es das erbliche Oberhaupt des Staates. Wir aber huldigen
heute nicht bloß der Würde, die Persönlichkeit des Kaisers und
Königs hat daran ihren hohen menschlichen Antheil. Mit
einem Blick überfliegen wir eine Geschichte von sechzig Jahren,

die wir im ersten deutschen Kaiser verkörpert sehen. Unter
Millionen von Menschen ist es wenigen vergönnt, bei ihrem
Eintritt ins Leben sich ganz den höchsten Zielen des Vater-
landes zu widmen und sie nach sechs Jahrzehnten in rüstiger
Kraft selbst thätig zu erreichen. Hier ist ein Fürst durch solche
Gunst ausgezeichnet, der nicht gezaudert hat, als er aufgerufen
wurde, das Schwert da wieder in die Hand zu nehmen, wo
er es zuerst gezogen hat, und der im hohen Alter auf die
Siegesbahnen führte, denen er in früher Jugend gefolgt ist.
Das deutsche Reich, welches dem besten Theile der Nation
bei der Erhebung von 1813 vorschwebte und in feierlichen
Urkunden verheißen war, sendet uns nun nach mehr als halb-
hundertjährigen Geburtswehen den König von Preußen als
seinen Kaiser zurück, und von heute ab werden die Geschicke
Deutschlands nicht mehr blos thatsächlich unbestritten, sondern
anerkannt und verfassungsmäßig von Berlin, der kaiserlichen
Residenz aus, geleitet. Das ist ein geschichtlicher Festtag von
hoher und unermeßlicher Bedeutung für eine Stadt und ihn
begehen wir mit dem Empfange des Kaisers."

Am 20. empfing der Kaiser die Mitglieder der städtischen
Behörden Berlins und ertheilte gleichzeitig den zur Beglück-
wünschung erschienenen Deputationen der Städte Breslau und
Charlottenburg Audienz. In der vom Oberbürgermeister von
Berlin verlesenen Adresse heißt es: „Es sind nun mehr als
vier und ein halbes Jahrhundert verflossen, seit Gottes gnädige
Fürsorge das ruhmreiche Geschlecht der Hohenzollern zur Rettung sandte unserer armen, tief zerrütteten Mark. In dieser
langen Zeit haben die Fürsten dieses Hauses, ohne je zu ermüden, mit väterlichem Ernste für uns gearbeitet und gesorgt;
sie haben die strenge Pflichterfüllung, die feste Säule unseres
Staates, durch eigenes Beispiel ihrem Volke gelehrt; sie haben
sich die ersten Diener des Staates genannt, und sie sind es
gewesen. So ist es erreicht durch lange harte Arbeit, nicht
durch des Glückes Gunst, daß Preußen jetzt herrlich dasteht

unter den Völkern der Erde. Und was Preußen gewonnen hatte, gewonnen war es für Deutschland. Als die Feinde anstürmten von West und von Nord, war der große Kurfürst Deutschlands Schild und Schwert; als deutsche Sitte und deutsches Wesen in Verachtung lag, richtete das deutsche Volk sich empor an des großen Königs ewig denkwürdigen Thaten; als der übermüthige Korse die Welt in Banden hielt, da war es vor allem Friedrich Wilhelm mit dem preußischen Heerbann, der die Schmach tilgte und die Fesseln zerschlug. Deutschlands Wiedergeburt durch Preußens Größe, das ist das große Ziel, dem alle jene trefflichen Fürsten dienten, auch wenn das Ziel, welches sie selbst sich gesteckt, weit davon ablag.

„Dieses hohe Ziel in voller Klarheit erkannt, den Weg, der dazu führt, mit festem Schritt verfolgt, die Hemmnisse, die sich entgegenstellten, mit mächtigem Arm zertrümmert zu haben, ist Eurer kaiserlichen und königlichen Majestät hellstrahlendes, unsterbliches Verdienst.

„Allergnädigster Kaiser und König! Es ist jetzt vollendet, das große Werk: der Hohenstaufen ruhmreiches Scepter ruht sicher in der Hohenzollern starken Hand. Möge es Eurer kaiserlichen und königlichen Majestät vergönnt sein, der Früchte Ihrer Anstrengungen noch lange Zeit sich zu freuen inmitten der Liebe und Verehrung des gesammten deutschen Volkes, in mitten der Bewunderung der Welt. Möge es dem deutschen Volke beschieden sein, daß die Weisheit, Festigkeit und Heldenkraft, welche das Reich gegründet, noch viele Jahre über ihm walte, daß der Kaiser, der Deutschlands Grenzen ruhmvoll erweitert und Deutschlands Banner mit unverwelklichem Lorber geschmückt hat, auch ein Mehrer des deutschen Reiches werde an den Gütern und Gaben des Friedens auf dem Gebiete nationaler Wohlfahrt, Freiheit und Gesittung. Das walte Gott!"

Nachdem der Kaiser auch die Adressen der Städte Breslau und Charlottenburg entgegengenommen hatte, erwiederte er auf die ihm dargebrachten Glückwünsche Folgendes: „Sie können sich vorstellen, meine Herren, mit welchen Empfindungen ich Ihnen heute gegenüberstehe, besonders Ihnen, den Vertretern meiner Haupt- und Residenzstadt, an derselben Stelle, wo ich vor fast acht Monaten von Ihnen tief bewegten Herzens Abschied nahm. Wer damals die Ereignisse, wie sie nun eingetreten sind, hätte vorhersagen wollen, der wäre wohl der Vermessenheit gescholten worden. Es war der Wille der Vorsehung, daß diese großen Thaten durch uns sollten vollbracht werden. Wir waren nur die Werkzeuge in des Allmächtigen Hand.

„Was die Armee geleistet hat, das steht so groß da, daß es der Anerkennung mit Worten nicht bedarf. Aber ich fühle mich gedrungen, hier meine dankbare Anerkennung für Alles das auszusprechen, was das Volk daheim für das Heer gethan hat. Der Krieger fühlte sich gehoben und gestärkt, da er wußte, wie in der Heimath für die Seinigen gesorgt sei, da er vertrauen durfte, daß den zurückkehrenden Kampfunfähigen die liebende Fürsorge nicht fehlen werde.

„Was die Gestaltung Deutschlands und meine persönliche Stellung zu derselben betrifft, so habe ich für mich nichts gesucht und kaum erwartet, daß wir gegenwärtig schon diesen Abschluß erreichen würden. In der kurzen Spanne Zeit, die mir noch gegeben ist, wird es mir nur vergönnt sein, die Grundlagen zu legen, meine Nachfolger werden den jungen Baum weiter wachsen und grünen sehen. Lange lag dieser Ausgang in den Herzen. Jetzt ist es an das Licht gebracht; sorgen wir, daß es Tag bleibt."

Am 21. März fand die feierliche Eröffnung des Reichstags statt. Die Thronrede des Kaisers war eine klare Abspiegelung der errungenen großen Erfolge wie der hochherzigen Gesinnung des Heldenfürsten; sie enthielt aber auch zugleich das Programm der Politik des neu geschaffenen deutschen Reiches. Die wichtigsten Stellen der Thronrede lauteten:

„Wir haben erreicht, was seit der Zeit unserer Väter

für Deutschland erstrebt wurde: die Einheit und deren orga-
nische Gestaltung, die Sicherung unserer Grenzen, die Unabhängigkeit unserer nationalen Rechtsentwickelung.

„Das Bewußtsein seiner Einheit war in dem deutschen
Volke, wenn auch verhüllt, doch stets lebendig; es hat seine
Hülle gesprengt in der Begeisterung, mit welcher die gesammte
Nation sich zur Vertheidigung des bedrohten Vaterlandes er-
hob und in unvertilgbarer Schrift auf den Schlachtfeldern
Frankreichs ihren Willen verzeichnete, ein einiges Volk zu sein
und zu bleiben.

„Der Geist, welcher in dem deutschen Volke lebt und
seine Bildung und Gesittung durchdringt, nicht minder die Verfassung des Reiches und seine Heeres-Einrichtungen, bewahren
Deutschland in Mitten seiner Erfolge vor jeder Versuchung
zum Mißbrauche seiner durch seine Einigung gewonnenen Kraft.
Die Achtung, welche Deutschland für seine eigene Selbstständigkeit in Anspruch nimmt, zollt es bereitwillig der Unabhängigkeit aller anderen Staaten und Völker, der schwachen, wie
der starken. Das neue Deutschland, wie es aus der Feuer-
probe des gegenwärtigen Krieges hervorgegangen ist, wird ein
zuverlässiger Bürge des europäischen Friedens sein, weil es
stark und selbstbewußt genug ist, um sich die Ordnung seiner
eigenen Angelegenheiten als sein ausschließliches, aber auch
ausreichendes und zufriedenstellendes Erbtheil zu bewahren.

„Geehrte Herren, möge die Wiederherstellung des deutschen Reiches für die deutsche Nation auch nach Innen das
Wahrzeichen neuer Größe sein; möge dem deutschen Reichskriege, den wir so ruhmreich geführt, ein nicht minder glorreicher Reichsfriede folgen, und möge die Aufgabe des deutschen Volkes fortan darin beschlossen sein, sich in dem Wett-
kampfe um die Güter des Friedens als Sieger zu erweisen.
Das walte Gott!"

Die Thronrede erregte die ungetheilteste Befriedigung.
Mit schlichten Worten gedenkt der Kaiser der großen Errun-

genschaften; nicht in sich, sondern in der ganzen Nation findet er die Ursachen von Deutschlands Größe. „Und die Macht," sagte die „Voss. Z.", „die in ihm in neu geschaffener Größe repräsentirt ist, tritt nicht ehern und auf ihre Erfolge pochend auf; sie kündigt sich als eine friedliche an und wünscht nach dem ruhmreichen deutschen **Reichskriege** einen glorreichen deutschen **Reichsfrieden.** — Der erste Napoleon sprach inmitten seiner Rüstungen und nach jedem Siege freilich stets von Frieden; aber sein Reich war expansiv über fremde Nationen, und Deutschland kann nur durch feste Begründung in sich selbst stark sein; Napoleon war durch Neigung und Schicksal ein **Eroberer,** der erste deutsche Kaiser wird bei hohen Jahren **Begründer** und die Worte des königlichen Greises haben einen anderen Glauben, als die des abenteuernden Corsen."

Die wiener „Presse" sagte über die Thronrede: „Im Vergleiche zu der gewaltigen Zeit und dem außerordentlichen Aufschwunge des Volkes klingt die Thronrede, mit welcher Kaiser Wilhelm den ersten deutschen Reichstag eröffnete, allerdings ruhig, fast kühl. Aber sie hat zwei entschiedene Vorzüge: sie ist durchweg deutsch gedacht ohne eine Spur spezifischen Preußenthums, und sie ist merkwürdig bescheiden. Wie würde ein französischer Monarch in solchem Falle reden! Das Ausland könnte wahrscheinlich die Aeußerungen des nationalen Hochmuthes kaum ertragen. Der deutsche Kaiser geht kurz und einfach über den Riesenkampf weg, indem er Gott, seinen braven Truppen und dem Volke dankt. Er beruhigt die Welt, die mißtrauisch auf das neue Reich blickt und ihm Eroberungsgedanken zuschreibt, mit dem Hinweise auf den deutschen Geist, der die Unabhängigkeit fremder Völker achte und Deutschland vor jedem Mißbrauche seiner durch die Einigung gewonnenen Kraft bewahre. Hält man zu dieser Versicherung, die im deutschen Volkscharacter ihre tiefe Begründung hat, noch die darauf folgende Stelle über die Conferenz, worin der Kaiser seiner Befriedigung Ausdruck giebt, daß Deutschland mitten im Kriege seine Stimme im vermittelnden und versöhnenden Sinne geltend machen konnte, so kommt man zu dem Ergebniß, daß man an der Spitze eines großen Reiches, dessen Kraftentfaltung soeben Freund und Feind mit Staunen erfüllte, nicht wohl anspruchsloser reden kann."

Der Kaiser von Oesterreich hatte auf Anlaß des Friedensschlusses und der glücklichen Rückkehr des Kaisers Wilhelm ein Beglückwünschungsschreiben an denselben gesandt. Characteristisch ist folgende Bemerkung, welche die N. fr. Pr. an den Hinweis auf diesen Vorgang knüpft: „In der That, dieser eine Bote aus Wien (Graf Bellegarde, der Ueberbringer des Beglückwünschungsschreibens) vervollständigt das Bild des ungeahnten geschichtlichen Umschwungs, der sich in Mittel-Europa vollzogen hat, in der denkwürdigsten Weise. Wenn der vierundsiebzigjährige Greis, der heute auf dem hohenzollernschen Throne sitzt und jetzt ein deutscher Kaiser heißt, bei Eröffnung des deutschen Reichstages mit nicht alltäglichem Selbstgefühl die Versammlung von Abgeordneten aus allen Theilen Deutschlands begrüßt hat, so mag die Erscheinung des einen kaiserlichen General-Adjutanten aus Wien heute im Berliner Schlosse seinen Stolz noch in besonderer Art angeregt haben. Der Kaiser des aus Deutschland ausgeschlossenen Oesterreich sendet dem ersten deutschen Kaiser aus hohenzollernschem Geschlecht seinen Glückwunsch! Der Enkel des letzten deutschen Kaisers, der im Fürstentage vergeblich um die Theilnahme des Preußenkönigs warb, dem Enkel des brandenburgischen Kurfürsten, der in Wien einst um die preußische Königskrone warb. Wahrlich, es ist ein märchenhafter Sieg, den sie heute in der neuen Kaiserstadt an der Spree feiern, und es bedarf des ganzen Aufgebots jener Achtung, welche unerbittliche weltgeschichtliche Ereignisse einem gebildeten Politiker immerdar abnöthigen, damit wir in Oesterreich diesen preußischen Triumph uns nicht zum Stachel einer verderblichen Leidenschaft werden lassen. Wenn aber Jemand in unserem Reiche noch in ganz beson-

derer Weise einer Selbstüberwindung bedurfte, um zum heutigen Tage seinen Glückwunsch von Wien nach Berlin zu
senden, so war es der Kaiser, und in wessen Gemüth das
Verständniß für die herben Seelenkämpfe der Großen und
Mächtigen in schweren Prüfungsstunden Raum findet, der wird
heute empfinden, daß das, was sonst als ein gleichgiltiger Act
höflicher Courtoisie kaum bemerkt vorübergegangen, eine Gra-
tulation vom Wiener an den Berliner Hof, in diesem Momente die Bedeutung eines nicht leicht zu überschätzenden politischen Ereignisses hat oder doch erlangen kann. Oder wer
möchte in der Sendung des Grafen Bellegarde unter den obwaltenden Umständen nur die Erfüllung eines dynastischen
Ceremoniels erblicken wollen und sollte nicht vielmehr erkennen,
daß es viel natürlicher gewesen wäre, aus politischen Gründen
lieber einen Verstoß gegen die Etikette zu begehen, wenn nicht
umgekehrt die Politik den Ausschlag gegeben hätte, jeder indi-
viduellen Regung Schweigen zu gebieten!"

Auch die englische Presse zollte den neuesten Vorgängen
in der neuen deutschen Kaiserstadt ihre Anerkennung. Die
Times fand „den Schlüssel zu der Rede, mit welcher Wilhelm I.
das erste deutsche Parlament eröffnete," in „der Art und Weise
des Empfanges, welcher dem deutschen Kaiser bei seiner
Ankunft in Berlin zu Theil wurde." — „Herrscher und Volk
waren darüber im Klaren, daß ihre Gefühle nicht mit ihnen
durchgehen sollten. Der neue Kaiser wurde von seinem Volke
begrüßt mit der einfachen Herzlichkeit, mit welcher wohlhabende
Pächter einen beliebten Gutsherrn bei seiner Heimkehr von
langer Reise empfangen. Sie machten keine Scenen, und er
tischte ihnen keine Phrasen auf. Es ist interessant zu beobachten,
durch welche Kette von Ereignissen die deutsche Einheit jetzt
endlich zu Stande gebracht worden ist. In Deutschland war
die nationale Bewegung ebenso langsam wie die politische und
die soziale. Zwischen dem Deutschen und seinem Herrscher
ruhte der Pact stets auf wechselseitiger Treue und Ergebenheit,

und die Elemente der Unordnung waren zu keiner Zeit sehr thätig. Die Interessen der Partikularisten waren sowohl die Interessen der Unterthanen als die der Fürsten, und im Gegensatz zu den Italienern verlangten die Deutschen Deutschland nicht nur für sich, sondern auch für ihre Fürsten."

Und die „Daily News" sagte: „Das triumphirende Deutschland feiert die Rückkehr des Friedens mit einer Würde und Selbstbeherrschung, die weder seiner nationalen Vergangenheit, noch seiner Zukunft als Großmacht unwürdig ist. Seine Erhebung ist ruhig, ernst und stolz viel mehr als lärmend, laut und eitel. Das Bewußtsein der Kraft dämpft deren Kundgebungen. Das Gefühl, eine große Pflicht erfüllt, eine große Gefahr abgewendet und ein großes Ziel endlich erreicht zu haben, erfüllt mit einer Dankbarkeit, die zu tief für leidenschaftliche und erregte Ausbrüche ist. Die Jubelrufe der Menge verstummen unter solchen Empfindungen, und die Herzen von Fürsten, Staatsmännern und Kriegern erzittern in seltsamen Regungen der Zärtlichkeit und Demuth."

Zwar ohne einen Fürsten von dem Gottesmuthe, der Treue und Opferwilligkeit eines Wilhelm I. wären Erfolge für Deutschland, wie dasselbe sich deren jetzt zu erfreuen hatte, nicht zu erringen gewesen; aber auch nicht ohne einen Staatsmann von dem Scharfblicke und der eisernen Willenskraft eines Grafen Bismarck. Letzteres ward von Keinem williger und freudiger anerkannt, als von dem Kaiser selbst, und er gab dieser seiner Anerkennung am Tage der Eröffnung des Reichsrathes dadurch Ausdruck, daß er den Bundeskanzler in den Fürstenstand erhob. „In der denkwürdigen Stunde," sagte die „Prov. Corr." über diesen Vorgang, „in der die Vertreter des neuen deutschen Reiches zum ersten Male sich um den Thron des neuen deutschen Kaisers versammelten, ist der Bundeskanzler Graf von Bismarck zum Fürsten erhoben worden. Kaum hätte zur Verleihung dieser neuen Würde ein bezeichnenderer Tag erwählt werden können; denn mit der Wiedererstehung des deutschen

Reiches wird der Name Bismarck für alle Zeiten verknüpft
ſein, und in dem großen weltgeſchichtlichen Acte, welcher am
21. März 1871 im Schloſſe unſerer Könige vollzogen wurde,
durfte der neue Fürſt-Reichskanzler mit tiefer Genugthuung
die Frucht ſeines langjährigen politiſchen Denkens und Schaffens
erblicken. Die künftige Geſchichtsſchreibung wird mit Bewunderung die ſtetig aufſteigende Entwickelung der Bismarck'ſchen
Politik in ihrem inneren Zuſammenhange überſchauen und
würdigen: von dem unſcheinbaren Anfange, der raſchen und
gebieteriſchen Löſung der langjährigen kurheſſiſchen Wirren,
von der feſten Haltung Europa gegenüber in der Frage des
polniſchen Aufſtandes, von der Abweiſung des frankfurter
Fürſtentages bis zu dem glorreichen Frieden von Verſailles.
— Der Bundeskanzler hat die hohe Genugthuung, daß die
deutſche Entwicklung in den Bahnen, in welche er ſie geleitet
hat, raſcher als irgend Jemand es ahnen konnte, zum glorreichen Abſchluß gelangt iſt, daß aus den Keimen der Einigung
zwiſchen Nord und Süd, die er gepflanzt und ſorglich gepflegt
hat, in der Stunde der Entſcheidung die reife Frucht der vollen
Einheit und Kraft hervorging. — „Setzen wir Deutſchland
in den Sattel, reiten wird es ſchon können," — rief Fürſt
Bismarck bei Gründung ſeines nationalen Werkes allen Zweiflern
zu, — und ſeine Zuverſicht hat ſich in wunderbarer Weiſe erfüllt.
Durch den Ritt des geeinigten Deutſchlands in Frankreich
hinein iſt nicht blos die Kraft des deutſchen Volkes herrlich
erprobt und bewährt, ſondern ein neues Zeitalter der Politik
iſt eingeleitet worden. Das Angeſicht Europas hat ſich ver-
ändert." —

In der unſcheinbaren Form einer Correſpondenz aus
Riga trat in der „Baltiſchen Monatsſchrift" ein Bewunderer
Preußens und beſonders des Fürſten Bismarck mit einer Dar-
ſtellung der Bedeutung dieſes Staatsmannes für die Her-
ſtellung der Einheit Deutſchlands auf. „Das Verhältniß von
Wille und Einheit", ſagte er, „von Kopf, Herz und Hand

bei uns Deutschen ist wirklich ein anderes, als bei anderen
Völkern; der Leitungsdraht, welcher sie verbindet, welcher sonst
blitzschnell vom Gehirn zur Hand telegraphirt und diese in
Bewegung setzt, hat bei uns, wie es scheint, eine nur relative,
nicht wie sonst absolute Leitungskraft . . . . . Haben die
Deutschen nun nicht schon seit 60 und mehr Jahren von
deutscher Einheit gesprochen, geträumt, getrunken und gesungen?
Haben sie nicht sprechen können erhaben wie die Götter vom
Olymp? — und die Hand blieb ruhig, als ob sie nicht zu
demselben Körper gehörte: als ob das große Räthsel von dem
psychisch-physischen Zusammenhang zwischen Wollen und Handeln,
der große Grenzstreit zwischen Geist und Materie für uns gar
nicht existirte. — Wer nun aber diesen Zusammenhang zwischen
Wollen und Können im deutschen Volke zu ergänzen versteht,
wer die Schwingungen des Volksgehirnes bis zu den Gliedern
zu leiten vermag — der ist der größte Mann unserer Zeit,
vor ihm soll sich beugen, was deutsch ist. Die Psyche und
die Physik des Volkes in genaue Verbindung mit einander zu
setzen, dort in Kopf und Herzen die Gedanken zum Willen
zu sammeln, sich gestalten zu lassen, und dann die Leitung zu
vermitteln zur physischen Handlung, das, nur das ist seine Bedeutung. Aber dieses ist größer, als daß ein Mensch es ganz
und allein ausführen könnte, und wer es auch nur theilweise
und für die bedeutendsten Gehirnschwingungen vollführt —
er ist ein Moses! Ja, ein Moses an Kraft und Größe, der
sein Volk hinausführen soll aus der Knechtschaft in das Land
der Verheißung, vor dem das Meer zurücktritt zu beiden Seiten,
und dann hinten zusammenbrechend Pharao und sein Volk
verschlingt, der im Volke den Glauben an sich selbst, das Vertrauen in seine Aufgabe und seine Kraft wieder weckt, so daß
es nicht zurückbebt vor dem Gange, auf welchem die Natur
selbst sich ihm entgegen zu stellen scheint, — der unverwandt auf
das Ziel des mühseligen Weges hinblickt und unverwandt der
großen Idee, die ihn leitet, der „Feuersäule bei Nacht" folgt,

II.   32

seinem Arm vertrauend, wenn die Feinde den Siegeszug aufzuhalten drohen; ein Moses endlich, der unter Donner und
Blitz mit den Tafeln des Gesetzes in der Hand vom Sinai
herabsteigt, den großen Bund zu gründen auf Jahrhunderte."
— „Man wird gestehen," sagt das „Mag. für Lit. des Ausl.",
„daß eine größere Verherrlichung unseres Bundeskanzlers wohl
nicht ausgesprochen werden kann, und wir müssen noch hinzufügen, daß, wenn die hier laut gewordene Stimme aus den
Ostseeprovinzen an Beredsamkeit dort vielleicht wenige ihres
Gleichen finden würde, doch die Gesinnung in Bezug auf
Preußen in dem verlassenen deutschen Tochterlande überall die
gleich warme und zustimmende ist, daß man in jedem Schloß,
in jedem Bürger- und Bauernhause die Bilder des Kaisers
Wilhelm und seines ersten Ministers findet."

Bei Beginn des Krieges waren aus dem erregten deutschen Gemüthe viele poetische Klänge aufgestiegen, von denen
unsere Krieger begleitet wurden auf die Schlachtfelder. Darnach erschien es, als erstarre der Liederquell vor dem Schlachten-
donner. Aber gerade in dieser Zeit entstand eine der trefflichsten
Dichtungen. Oscar von Redwitz feierte die Großthaten des
deutschen Heeres und seiner Führer in würdigster Weise.
Ueber den Kaiser Wilhelm sagt der Dichter:

> „Von jenem Tag, da er auf's Schlachtroß stieg,
> Als königliches Vorbild des Soldaten,
> Bis heut, wo er nach all' des Ruhmes Saaten
> Das deutsche Heer geführt von Sieg zu Sieg;
> Was hat er nicht gethan, das er gesollt?
> Was sollt' er anders thun, als er's gethan?"

Und über den Kronprinzen fügt er, freudig erregt, hinzu:

> Und pflichttreu wie der Vater ist der Sohn,
> Dies schöne Menschenbild voll Kraft und Güte,
> Dies Ideal von deutscher Mannesblüthe —
> So würd'ge Zier einst für den Königsthron."

Dann wendet der Dichter sich zu dem Bundeskanzler.
Nachdem er seinem Zorn gegen

> „— .— jene Diplomaten-Sippe,
> Die naserümpfend nur das Volk beschaut,"

Luft gemacht und in Bezug auf den Fürsten Bismarck das
Geständniß abgelegt hat:

> „Doch ihn auch hatt' ich minder nicht gehaßt,
> Auf trotz'gem Nacken trägt er Riesenlast;
> Nie hängt er sich der Feigheit Mantel um, —
> Doch für der deutschen Freiheit Heiligthum
> Hatt' er zum Hüter niemals mir gepaßt," —

gesteht er, daß nunmehr erst ihm dessen Wollen und Wirken
durchsichtig geworden, und anerkennend ruft er aus:

> „Und also kann ich das Geschick nur preisen,
> Daß er in diesem Völkersturm am Ruder —
> Ein ganzer Mann, der nie der Halbheit Bruder,
> Der Wille selbst, der Mann von starrem Eisen."

Dann der Verdienste des Grafen Moltke gedenkend, ruft er
bewundernd:

> „Laß, Moltke, tief mein Haupt sich vor dir senken!
> Welch Prachtwerk war's doch höchster Meisterstücke,
> Da mitten auf dem Marsch zur Seinebrücke
> Dein kühner Geist das Heer hieß seitwärts schwenken!
> Bei Gott, stets bis zum Unmuth will mich's kränken,
> Hör' ich oft schwatzen nur von unserm Glücke:
> Als ob ein Adler, der schon längstens flügge,
> Dem Glück nur dankte seines Fluges Lenken!
> Wer so, die Karte und die Uhr zur Hand,
> Ausgrübeln kann des Feinds verborg'nen Stand,
> Und so des eignen Heeres Kraft bemißt;
> Wer auf Minuten den Zusammenstoß
> Voraus berechnet — ist das Zufall blos?
> Mich dünkt, daß das der Geist des Moltke ist."

Folgendes Schreiben, welches Graf Moltke auf Anlaß
der ihm von Oscar von Redwitz zugesandten Dichtung an

32*

denselben richtete, darf — ganz abgesehen von der Gesinnung,
die sich in demselben ausspricht — als ein kleines epistolari-
sches Meisterstück betrachtet werden:

„Dem Dichter ist es erlaubt, verschwenderisch zu sein.
Er giebt mit vollen Händen die Diamanten und Perlen, die
Sterne des Himmels und die Blumen der Erde, und ebenso
freigebig darf er mit Lobpreisungen sein. In diesem Sinne
lege ich Ihr Gedicht aus, das mich in eine Reihe mit den
größten Männern der Vergangenheit stellt. Diese aber waren
auch groß im Unglücke und in diesem vorzugsweise groß.
Wir haben nur Erfolge gehabt. Man nenne es nun Zufall,
Glück, Fügung Gottes, die Menschen allein vermögen nicht,
die Dinge zu bestimmen; und so gigantische Resultate, wie
wir sie errungen, werden wesentlich von Umständen begünstigt,
die wir weder schaffen noch beherrschen können. Der sehr gute,
aber unglückliche Papst Hadrian IV. ließ auf seinen Grabstein
folgende Worte setzen: „Welchen Unterschied machen die verschiedenen Zeiten in den Handlungen auch der besten Menschen!" — Gegen die unbesiegliche Macht der Umstände hat
auch der Tapferste oft Schiffbruch gelitten, während mancher
weniger Tapfere durch dieselbe Macht sicher in den Hafen getragen wurde. Wenn ich aus· solchem Grunde, nicht aus
falscher oder eitler Bescheidenheit, einen guten Theil des mir
gespendeten Lobes zurückweisen muß, so bin ich doch durchaus
nicht unempfindlich gegen dasselbe, da eine Dichtung wie die
Ihrige Monumente von Stein und Erz überbauern muß."

Ebenso bezeichnend in Bezug auf den Geist, welcher die
Führer auf deutscher Seite in dem großen Völkerdrama, das
an dem Auge der Mitwelt vorüberging, erfüllte, sind die an
den Dichter gerichteten Dankschreiben von dem Kaiser, dem
Kronprinzen und dem Fürsten Bismark. Der Schluß des
kaiserlichen Schreibens lautete: „In gegenseitigem Vertrauen,
in treuer Hingabe an die gemeinsamen Zwecke, in freier Thätigkeit zum Heil und Segen des gesammten Vaterlandes wer-

ben sich hinfort die deutschen Fürsten und Völker verbunden
fühlen, und so dürfen wir hoffen, daß in Erfüllung gehe, was
Sie in Ihrer Dichtung ersehnen: das neue deutsche Reich mächtig nach außen hin und einig im Innern, es möge der Friede,
es möge das Reich der dauernden Versöhnung sein. Das
walte Gott!"

Die „Commune."

In Paris hatte inzwischen die giftige Hyder des gegenwärtigen Zeitalters, die Social-Demokratie, auf deren Regungen schon in dem Abschnitte „Paris" hingewiesen worden ist,
ihr Haupt erhoben, indem sie an das Werk ging, entgegen
den Grundsätzen aller der Staatsmänner von der ältesten bis
zur neuesten Zeit, die in Wahrheit das Wohl ihrer Mitmen-
schen gefördert hatten, den Staat in seinen Fundamenten um-
zugestalten.

Den Völkern Europas stand bevor, wiederum neue
Einblicke in das innerste Wesen der französischen Nation
zu gewinnen. Es gab der Personen immer noch viele in
und außerhalb Frankreichs, die den Grund der Niederlage, die
letzteres auf den Schlachtfeldern erlitten, einzig und allein in
der „Unfertigkeit bezüglich der Kriegsrüstungen" sahen; drehete
und dreht sich doch die ganze staatsmännische Weisheit selbst
eines Herrn Thiers einzig und allein um diesen Punkt! Andre
sagten: Das, was ihr als Grund angebt, ist Folge tieferer
Schädigungen, oder diese hängen doch mit jenem zusammen,
und als die tieferen Schäden bezeichneten sie die Verkommenheit auf den Gebieten der Denkart und des Sittenlebens.
Prophetisch war vielfach vorher verkündet worden: dem moralischen Ruin werde der materielle Ruin folgen; aber weder die
Lenker Frankreichs, noch die Freiheitsapostel, deren jeder ein

fertiges Staatsrecht in der Tasche hatte, achteten auf solche
Stimmen. Nun war für die neuen Propheten die Gelegenheit gekommen, ihre Theorien in Wirklichkeit umzusetzen. Ein-
dringlicher noch, als es vorher schon geschehen war, sollte
Favre an seinen Ausspruch „In Paris giebt es keinen Pöbel,
sondern nur eine intelligente Bevölkerung" erinnert und ihm
die Erinnerung daran zugleich um deswillen zu bitterem Leide
werden, daß auf sein Verlangen, für das er drei Tage lang
gekämpft hatte, der Nationalgarde in Paris die Waffen belassen worden waren. Socialistische Führer und bewaffnete
socialistische Bataillone waren da — es mußten Zustände,
wie sie von Scharfblickenden vorausgesehen waren, eintreten.
Als am 1. März die deutschen Truppen in Paris einrückten,
wurden von Abtheilungen der Nationalgarde, die für die
Bewegung im Geheimen gewonnen waren, viele Geschütze auf
dem Montmartre und in Belleville zusammengebracht, um
— so ward gesagt — diese Stadttheile vor einem Ueberfall
der Deutschen zu schützen. Als nun die Deutschen Paris
wieder verlassen hatten, verweigerte man dem Commandanten
von Paris, General Vinoy, die Herausgabe der Geschütze.
Statt dem Aufstande im Entstehen das Haupt zu zertreten,
ließ Vinoy Tag für Tag verstreichen, den Aufständischen dadurch Zeit lassend, den Montmartre in eine förmliche Befestigung zu verwandeln; und als er endlich auf Befehl der
National-Versammlung, die von Bordeaux nach Versailles
übergesiedelt war, den Versuch machte, sich mit Gewalt der
Geschütze zu bemächtigen, gingen die meisten seiner Truppen
zu den Aufständischen über, er wurde mit dem Rest der
Truppen nach dem linken Seineufer gedrängt und mußte sich
darauf von dort nach Versailles zurückziehen.

Was in den Tagen vorher in Versailles noch verlacht
worden war, war jetzt Wirklichkeit geworden: in Paris hatte
sich eine neue Regierung aufgethan, die das Recht der Nationalversammlung, im Namen Frankreichs Beschlüsse zu fassen,

verwarf und Hand anlegte, den Staat in ſeinen Grundfeſten umzugeſtalten.

Es handelte ſich um Lehren, die ihre Wurzeln im vorigen Jahrhundert haben. Damals trat der Feldmeſſer Baboeuf mit einem ſocialiſtiſchen Glaubensbekenntniß auf, in welchem es hieß: „Jeder, welcher dem Ueberfluß zu Gunſten des Bedürftigen zu entſagen ſich weigert, iſt als Feind des Volkes zu behandeln. Staat, Regierung, Kirche ſind abzuſchaffen, Wiſſenſchaft und höhere Bildung ſind Luxus. Die großen Städte müſſen zerſtört werden." Baboeuf bereitete mit ſeinen Anhängern eine Revolution vor. Er und die übrigen Häupter der Geſellſchaft wurden feſtgenommen und hingerichtet. Später machte der Graf St. Simon für eine ähnliche Lehre Propaganda, die von ihm geſtiftete Geſellſchaft verwirklichte ihre Grundſätze im Kleinen, belud ſich aber mit dem Fluche der Lächerlichkeit. Doch aus dem Grundſtock der Lehre Baboeuf's trieben andre Wurzeln weiter. Es entſtand in den dreißiger Jahren dieſes Jahrhunderts in Paris die geheime Geſellſchaft der „Egalitaires". Sie predigten Umſturz der Throne und Errichtung von Nationalwerkſtätten, und in ihrem communiſtiſchen Glaubensbekenntniß hieß es: „Der Materialismus iſt das unveränderliche und unverbrüchliche Geſetz der Natur. Die einzelne Familie iſt aufzuheben, weil ſie die Neigung zerſplittert und die Harmonie der brüderlichen Liebe ſtört, desgleichen iſt der Ehe ein Ende zu machen, da ſie das freigeſchaffene Fleiſch als perſönliches Eigenthum hinſtellt, und dadurch das Glück der Gütergemeinſchaft, welches keinerlei Art des Eigenthums anerkennt, unmöglich macht. Die ſchönen Künſte ſind nur als Erholung von der Arbeit zuläſſig. Der Luxus und die Städte, letztere als Mittelpunkt der Beherrſchung und Beſtechung, ſind zu vernichten." Auf der betretenen Bahn weitergehend, trat Cabet auf, entwickelte ſein Syſtem in ſeinem Werke „Voyage en Icarie", und ſeine Anhänger, deren er viele gewonnen, nannten ſich „icariſche Communiſten". Sie machten Propaganda in abendlichen Zusammenkünften. Cabet wanderte mit einigen Hunderten seiner Anhänger nach Amerika aus, wo sie sich in dem Staate Illinois in einer von den Mormonen verlassenen Stadt niederließen. Auch seiner Lehre war, als sie nun die Probe bestehen sollte, das wirkliche Leben zu gestalten, das kläglichste Fiasco beschieden. Die Anhänger der communistischen Systeme in Frankreich ließen sich jedoch durch die Thatsache nicht zurückschrecken, daß, wo die Lehren nach Verwirklichung gestrebt hatten, lächerliche oder gänzlich unhaltbare Zustände zu Tage getreten waren: der Glanz, den das Zauberwort „Gütergemeinschaft" um sich breitete, hielt sie gefangen, und so verzweigte sich der Communismus weiter über Frankreich, darnach auch nach der Schweiz, nach Belgien und England und auch nach Spanien. Die fruchtbarsten Herde für denselben wurden die Fabrikstädte.

Im Mai 1848 suchte der Communismus zum ersten Male mit den Waffen in der Hand in Paris Gewalt zu gewinnen. Cavaignac schlug ihn im blutigen Kampfe nieder. Aber die Drachensaat der falschen und verderblichen Lehre erzeugte neue Häupter. Bald neigte sich eine Zahl von Journalen den socialistischen Lehren zu. Im Einzelnen ward vorläufig geübt, was als staatlich anerkanntes Recht für alle eines Tages proclamirt werden sollte. Fördert den Materialismus, sagten die Führer, und ihr helft den Tag des Sieges unseres Systems näher rücken! — Schrecklicher Zustand! Auf der andern Seite eine Geistlichkeit, die abgestorbenes Kirchenthum für Christenthum ausgab und dadurch die erlösende Lehre des Heilandes selbst in Mißcredit brachte! — Nun folgte die Zeit Louis Napoleon's, trefflich geeignet, den Glauben an jene unseligen communistischen Lehren zu stärken. In Bezug auf Sitte und Religion fand bereits wieder und zwar auf Veranlassung der Regierung selbst das Wort Anwendung: „Nichts Heiliges gilt mehr!" — Es ist ja ein echt macchiavellistischer Grundsatz, eine Gesellschaft in Sittenlosigkeiten sich ergehen zu lassen, damit der Despotismus unangetastet bleibe. Die Männer, die es verstanden, den Despotismus zu stützen, die wurden unter Napoleon's Herrschaft zu Ehren und Aemtern erhoben, mochten sie im Uebrigen auch sich zu dem krassesten Materialismus bekennen. Immer mehr ward die Gesellschaft in ihrem innersten Kerne verwüstet. Da klagte der französische Deputirte Carbon im Abgeordnetenhause: „Alle Ideen über ein künftiges Leben und Gerechtigkeit jenseits des Grabes sind vollständig erstickt durch das Ueberwuchern ausschließlich materialistischer Tendenzen." — Das war ein vereinzelter Weheruf eines Predigers in der Wüste! — Nun ward im Jahre 1862 während der Weltausstellung in London gar noch ein Bund geschlossen, der die zerstreuten Lehren des Communismus in einem Brennpunkt sammelte und ihnen in den Augen der Besitzlosen einen noch gefährlicheren Reiz verlieh. Der Bund, dessen Plan von dem Rheinpreußen Karl Marr ausgearbeitet wurde, nannte sich „Internationale Vereinigung" oder kurzweg „Die Internationale". In London befindet sich das Präsidium der Gesellschaft, dessen Haupt auch zur Zeit noch Karl Marr ist. Der Bund erklärt sich für atheistisch, er bezweckt Abschaffung des Gottesdienstes, Ersetzung des Glaubens durch Wissenschaft, der göttlichen Gerechtigkeit durch menschliche, Beseitigung der Ehe. Er verlangt vor Allem die Aufhebung des Erbrechts, „damit in Zukunft der Genuß eines Jeden der Produktion eines Jeden entspreche." — „Was wir wollen," erklärte einer der Hauptführer, „das ist eine Nacht des 4. August 1789. Die Radicalen der politischen Parteien, selbst die vorgeschrittensten, wollen einfach das gesellschaftliche Gebäude neu austapezieren, ohne an seine gegenwärtigen Grundlagen die Hand zu legen. Wir aber wollen reinen Tisch machen und Alles neu aufbauen." Das Journal „Egalité," das den Bund vertrat, erklärte u. A. im Jahre 1869: „Hätte das Erbrecht nur den Fehler, die Aristokratieen zu verewigen, deren Ausgangspunkt es ist, indem es einer müßiggängerischen, schma-

rotzenden Minderheit die Früchte der Collektivarbeit überliefert,
so wäre das schon reichlich genügend, um es aus unserer künftigen Organisation zu streichen. Allein das ist nicht Alles:
Das Erbrecht ist die Sklavenkette der Völker." Auf dem
Congreß des Bundes zu Brüssel im Jahre 1868 ward die
Erklärung abgegeben: „Wir wollen keine Regierung mehr,
denn die Regierungen erdrücken uns mit Steuern; wir wollen
keine Armeen mehr, denn die Armeen metzeln uns nieder; wir
wollen keine Religion mehr, denn die Religionen ersticken die
Intelligenz." — Die Organisation der Internationale, die
nach Angabe der Times in den europäischen Staaten bereits
gegen drittehalb Millionen Mitglieder zählt, ist in der Beziehung ähnlich der des Jesuitenordens, daß die Mitglieder
des Bundes die Verpflichtung haben, den Willen der Obern
unbedingt auszuführen. Was der Jesuitengeneral für seinen
Orden, das ist das Central-Comité für die Mitglieder des
Bundes, die nur so weit eine Meinung haben, als sie ihnen
von oben her übermittelt wird. Der Glaube, daß das Central-
Comité ihnen über kurz oder lang das erträumte Reich der
Glückseligkeit erschließen wird, hält die Mitglieder zusammen
und bewirkt, daß die Gesellschaft in Bezug auf die Zahl der
Mitglieder in raschem Wachsthum begriffen ist.

Die pariser Mitglieder der Internationale nun waren
es, die den Anstoß zu jener Bewegung in Paris gegeben
hatten. Aber auch von auswärts wurde die Bewegung unterstützt. Paris bot ja dermalen ein herrliches Versuchsfeld für
die von dem Gesammtbunde gepflegten Lehren dar. Es wurden Kämpfer gesandt; es fehlte auch nicht an aufmunternden
Zusprüchen.

Nun erst sah man in Versailles mit Schrecken, mit welchem Feinde man es in der Hauptstadt des Landes zu thun
habe. Die Lage für die Regierung des Herrn Thiers war
kritisch. Nach den Friedenspräliminarien, denen ja noch der
Abschluß des wirklichen Friedens auf den gegebenen Grund-

lagen zu folgen hatte, durfte die versailler Regierung nur eine
Macht bis zu 40,000 Mann zu ihrem Schutze aufstellen. Diese
Macht war aber den Aufständischen nicht gewachsen, die bereits
Herren des größten Theiles der Stadt waren. Jetzt bemächtigten sich dieselben auch noch einiger der von den Deutschen
nach Unterzeichnung der Präliminarien abgegebenen Forts, und
sie gaben zu erkennen, daß sie gewillt seien, den Herrn Thiers
mit seinem „Bauernparlament", wie sie die Vertretung des
ganzen Landes nannten, zu überfallen und gewaltsam aufzuheben. Von deutscher Seite kam man der Versailler Regierung dadurch entgegen, daß man ihr gestattete, ihre in und
um Versailles stehenden militärischen Streitkräfte durch Heran-
ziehung von Soldaten, die aus der Kriegsgefangenschaft zurückkehrten, zu verdoppeln. Inzwischen häuften sich in Paris
Gräuel auf Gräuel. Die Männer, die an der Spitze der
Commune standen, hatten als ihr politisches Dogma den Satz
früher aufgestellt: Der Wille Aller ist Gesetz! — Jetzt
aber, nachdem sie zur Gewalt gelangt waren, erwiesen sie sich
durchaus nicht geneigt, den „Willen Aller", der durch die von
dem ganzen Lande erwählte National-Versammlung repräsentirt
ward, so ohne Weiteres gelten zu lassen; sie behielten sich vielmehr — ganz entsprechend der früher von Napoleon und neuerdings von Gambetta geübten Praxis — vor, zu entscheiden, was
die „wirkliche und urtheilsfähige Mehrheit wolle, und was ihr
gut sei," und auch sie erkannten natürlich als der „wirklichen,
urtheilsfähigen Mehrheit" zugehörend nur diejenigen Franzosen
an, die ihnen unbedingt zustimmten. Das ist ja die alte
Geschichte in Frankreich, die ewig neu bleibt, und die auch
diesmal einen fanatischen Kampf im Gefolge hatte. Die Aufständischen bemächtigten sich einer Zahl angesehener Männer,
steckten sie als Geiseln ein und erschossen sie hinterher, unter
ihnen den Erzbischof von Paris. Die Armee von Versailles
bombardirte die Stadt, und siehe, nun verstummten plötzlich
sowohl auf Seiten der Angreifer wie auch auf Seiten der

auswärtigen Freunde Frankreichs die Phrasen, die besagt
hatten: „Paris, die Metropole der Civilisation, der Lichtherd
für die Welt, dürfe überhaupt nie und unter keinen Umständen
beschossen werden!" — Wie geringfügig erschien nun dasjenige,
was die Deutschen der Nothwendigkeit zum Opfer gebracht
hatten, den Widerstand der Pariser zu beugen und dadurch
zum Frieden zu gelangen, im Vergleich mit den von der versailler Regierung gegen die Hauptstadt in Scene gesetzten
Feindseligkeiten! — Und wie wüthete nun der Pöbel, dessen
Phantasie durch die in unerhörtester Weise den Deutschenhaß
predigende Presse gewissermaßen blutrünstig geworden war, in
der Stadt! Aber wunderbar, die Freiheits- und Friedensapostel
in Deutschland, in Belgien, in England und der Schweiz, die
zu Anfange des Krieges in so tugendhafter Entrüstung gegen
den „Barbarismus der Menschenschlächterei" gepredigt, namentlich die Mitglieder der Friedens- und Freiheitsliga, die so oft
von Genf aus Proteste gegen den „Krieg" erhoben hatten, sie
verhielten sich jetzt gänzlich still, jetzt, wo der Anlaß, zum Frieden
zu mahnen, viel größer war, als bei früheren Gelegenheiten — im
Angesichte eines Bürgerkrieges! — Auch ein Victor Hugo, der
ganze Garbenbündel von glänzenden Friedensphrasen hatte aufsteigen lassen, war jetzt vollständig stumm. Aber freilich, wenn ein
pariser Communist zu den Waffen greift, um die gesellschaftliche
Ordnung umzustoßen, oder wenn ein pariser Weib als Brand-
stifterin von Haus zu Haus eilt, so ist das etwas Berechtigtes,
Heroisches, Erhabenes; wenn aber ein deutscher Mann, aufge-
stört von seiner friedlichen Arbeitsstätte, sich das Schwert um-
gürtet, um im Vertheidigungskampfe sein Volk bewahren zu
helfen vor dem zum räuberischen Einbruch sich anschickenden
Nachbar, so nennst du, Victor Hugo, letzteres die Handlungsweise eines Barbaren, eines „Sohnes der Hunnen!" — Nun
siehest du deine „Elenden", für die du Interesse geheuchelt hast,
in den Straßen deines „heiligen" Paris umherrasen und der Ge-
dankenwelt Wirklichkeit geben, die nicht blos von den Baboeuf's,

St. Simon's, Cabet's und den Gründern der Internationale, die auch durch die Federn eines Eugen Sue und andrer Romanſchriftſteller (dich ſelbſt in erſter Linie mit eingerechnet) und durch die Mehrzahl der franzöſiſchen Publiciſten vor der Nation aufgebaut wurde. O, über euer Mitleid, das ihr mit dem armen Volke, mit den „Elenden“ ſtets hattet! Ja, das arme Volk war elend, aber in anderer Weiſe, als ihr es jemals verſtanden habt, ja, als ihr es überhaupt verſtehen wolltet! Ohne Zweifel, es war ſtets ein Gegenſtand eures Intereſſes, jedoch nur als — Stoff, geeignet zum Gebrauch für eure literariſchen Erzeugniſſe! O, ihr Armen und Elenden in Paris, wie ſeid ihr zu beklagen! Die Eugen Sue's, die Victor Hugo's und die Rochefort's haben, indem ſie ſich zu euren literariſchen Advokaten aufwarfen, viele Hunderttauſende eingeſäckelt, ſo daß ſie immer in der Lage waren, als „Ariſtokraten“ zu leben, ſie beſteuerten euch in eurer Armuth noch, indem ſie euch lockten, ihre Schriften zu kaufen, und ihre Gegengabe beſtand darin, daß ſie die Reſte zufriedenen Sinnes und frommen Glaubens, die etwa noch in euren Seelen vorhanden waren, euch raubten und euch auf dieſe Art gänzlich um euer Glück betrogen! —

In der zweiten Hälfte des Mai war in jeder Nacht der Himmel über Paris roth von den Bränden. In jenen Tagen that Favre zu dem General Fabrice die Aeußerung: „Mein ganzes Leben war dem Kampfe für die Principien der Demokratie und für die republikaniſche Sache geweiht, und nun ich in dieſem Kampfe ergraut bin, muß ich mit gebrochenem Herzen eingeſtehen, daß diejenigen Recht haben, welche behaupten, daß das franzöſiſche Volk noch lange nicht reif iſt für die Freiheit.“

Aber was ſagte Herr Thiers zu den Mordbrennereien? Fühlte er nichts von einer Mitſchuld? Hatte er nicht viel ärgere Thaten Napoleon's I. verherrlicht? Hatte er ſein Amt als Geſchichtsſchreiber, als ein prieſterliches, das iſt als ein Amt betrachtet, das ihm die heilige Pflicht auferlege, der Wahrheit zu dienen? O, er wußte es, daß ein Geſchichtsſchreiber,

der bei dem Verfassen eines Geschichtswerkes, welches einen
Stoff aus der französischen Geschichte behandelt, mit ganzer
Hingebung der Wahrheit zu dienen sich befleißigt, kaum einen
Verleger, sicher aber kein kaufendes Publikum finden würde. .
So fertigte er denn literarische Waare an für den Geschmack
des kaufenden Publikums, und er wurde ein reicher, ein sehr
reicher Mann.   Aber als Staatsmann hatte er wohl der
Pflicht, treu und wahr zu sein, stets gedient? Schon in einem
früheren Abschnitt wurde an eine seiner Reden aus dem
Jahre 1841 erinnert, durch die es ihm gelang, die Abgeordneten zur Annahme seines Befestigungsplanes zu bewegen.
Aus dieser Rede ist noch einer characteristischen Stelle Erwähnung zu thun.   Er äußerte: „Im Jahre 1814 und 1815
besaßen wir die schönsten Kunstschätze von der Welt.   Ich
beklage mich nicht, daß man sie uns genommen; wir hatten
sie durch das Kriegsrecht gewonnen, durch das Kriegsrecht hat
man sie uns genommen. Aber ich frage, haben sie viel dadurch gewonnen, daß man sie nicht vertheidigt hat, und haben
sie deshalb weniger Frankreich verlassen? — — Ja, im Namen der Humanität . . . . . Man lasse mich nicht etwas sagen,
was eine Blasphemie sein würde; gewiß versteht Jedermann
meinen Gedanken.   Ich weiß wohl, daß es ein Glück für die
ganze Welt ist, daß diese Kunstwerke nicht verbrannt sind,
Gott bewahre mich davor, einen ruchlosen Wunsch auszusprechen! — —" Das war so gesprochen, daß in der That
„Jedermann ihn verstand." — Das hieß so viel, als: Ehe
wir dem Feinde Kunstschätze überlassen, vernichten wir sie
lieber! — Wie sich das bei den Franzosen festgesetzt hatte, war
schon zu erkennen, als sie — ohne jeglichen anderen Anlaß —
St. Cloud, so weit dies ihnen möglich war, zerstörten. Nun
aber war Herr Thiers mit seinem „Bauernparlament" der
Feind für die Pariser. Hing es auch mit den sie beherr-
schenden Lehren der Internationale zusammen, Paläste und
Kunstschätze zu zerstören, so hatte jener von Herrn Thiers,

wenn nicht ursprünglich angeregte, so doch wenigstens gekräf-
tigte Gedanke, das dem Feinde Begehrenswerthe zu vernichten,
gewiß seinen Antheil an der Ausführung. Am 27. Mai schrieb
einer der deutschen Krieger: „Plailly, wo wir im Quartier
liegen, ist nur wenige Meilen von Paris entfernt, und wenn
man den nahen Berg — die Franzosen heißen ihn Ruinen-
berg — besteigt, so kann man die von Victor Hugo „heilig"
gesprochene Stadt sehen, besonders deutlich den Montmartre und
Mont-Valérien. Schon einige Tage lang hatten wir den
Blitz der Geschütze dort gesehen, den nachrollenden dumpfen
Donner gehört; aber der vorletzte Abend rollte ein so schauer-
liches Bild vor uns auf, daß ich es in meinem ganzen Leben
nicht vergessen werde. Dagegen verschwinden doch alle schrecklichen Erinnerungen, die ich — neben den frohen unserer
Siege, besonders von Sedan her — nach Berlin heimbringe.
Ganz Plailly schien, außer uns jetzt friedfertigen Kriegern,
auf dem Ruinenberge zu stehen, der höchsten Spitze des Ge-
birges, in dessen Thalgrunde auch Plailly liegt. Vor uns
sahen wir Paris in einer ungeheuren Feuersbrunst: riesenhoch
loderten die Flammen zum Abendhimmel auf, und kaum, daß
der Brand an der einen Stätte etwas nachzulassen schien, so
brach er auch schon wieder an anderen Stellen los. Dazu
das Aufleuchten der Geschütze, das Krachen der Kanonen —
der ganze Horizont wie ein Feuermeer, dann und wann
eingehüllt in schwarze Rauchwolken. Und neben uns, als
jammernde Augenzeugen des brennenden Paris, Männer,
Frauen und Kinder! Meine französischen Wirthsleute, eine
anständige Familie aus Paris, die nur im Frühjahre und
Sommer ihren hiesigen Landsitz bewohnt, waren außer sich.
Der Mann, ein Rentier, hat mehrere Häuser in der am meisten
bedrohten Vorstadt Belleville, und die Frau sagte händerin-
gend: wenn unser Eigenthum dort mit in Asche liegt, sind wir
Bettelleute! — Es war furchtbar. Dies Wort sagt Alles;
und meine lustigsten Kameraden, die selbst dort bei St. Privat

unter Berliner Witzen in's Feuer gingen, standen hier, wie wir Anderen alle, mit ernsten Gesichtern und verstummt. Damals, als wir noch im Friedrich-Wilhelm's-Gymnasium Virgil's Schilderung von dem brennenden Troja lasen, hätte ich es nicht für möglich gehalten, daß es mir beschieden sein würde, Aehnliches einmal mit eigenen Augen zu sehen."

„Paris wird an Paris sterben!" hatte einst Blücher gesagt, und ein Wort des Bundeskanzlers hatte gelautet: „Paris mag sich in seinem eigenen Safte kochen! —" Man konnte nicht anders, als dieser Worte nun zu gedenken. —

Am 22. Mai ward endlich die Versailler Armee des Aufstandes Herr. Die Unmenschlichkeiten, die von den Soldaten gegen die Gefangenen ausgeübt wurden, überboten fast noch diejenigen, die sich die Pariser hatten zu Schulden kommen lassen. Und was war nun das Erste, was die Sieger zu thun sich für berechtigt hielten? Sie prahlten: „Wir haben Europa gerettet, indem wir die Commune besiegten!" — Ja, ihr habt der Hyder eine Zahl von Köpfen abgeschlagen, aber sie selbst habt ihr nicht vernichtet, und über Nacht werden an Stelle der abgeschlagenen neue Köpfe in größerer Zahl wachsen, und die Hyder wird sich dann zu neuen und nur noch gefährlicheren Anstrengungen erheben. Denn wahrlich, euch fehlt dasjenige, was sich mit der brennenden Fackel vergleichen ließe, vermittelst derer der Göttersohn Herakles es bewirkte, daß auf dem Rumpfe der von ihm bewältigten Hyder neue Köpfe nicht mehr hervorzuwachsen vermochten, — die politische und sittliche Atmosphäre, in der ihr athmet, ist gerade eine solche, die dem Aufwuchern von Hyderköpfen ersprießlich ist. „Es genügt", berichtete John Lemoine wenige Tage nach dem Siege über die Commune in dem „Journ. de Deb.", „in unsern eingeäscherten Straßen umherzugehen, um darin zu lesen: Es ist von Neuem anzufangen! — Wie viele von denen, die thätig waren bei Anlegung von Bränden, durchwandeln ihr Werk, ihre Kinder an der Hand führend, ihnen leise Racheworte zu-

flüsternd, sie an den Geruch von Schwefel und Blut gewöh-
nend, der ihnen überall folgen wird, und dessen sie sich eines
Tages erinnern werden! Schaut sie an! Sie haben nur ein
Gefühl, den Herostratismus!" — Und ein anderer französischer
Publicist, Guérault, legte das Bekenntniß ab: „Ohne Zweifel
hat das kaiserliche Regiment einen Antheil an dem Verderben.
Sehen wir nicht aber im Auslande, in freien Ländern, die Anhänger der Internationale auch in größerer Zahl auftreten?
Die Frage ist eine höhere. Die politischen, ökonomischen und
religiösen Ideen sind einer Untersuchung bedürftig. Eine
Gesellschaft, welche in ihrem Schoße derartige Elemente der
Zerstörung keimen ließ, ist eine kranke Gesellschaft." Guérault
bemüht sich, wie man sieht, die Aufmerksamkeit in Bezug auf
die vorliegende Frage von der französischen Welt ab und auf
die europäische Welt zu lenken. Alle diejenigen jedoch, die Beruf und Neigung haben, jene Frage zu studiren, möchten es sich
wohl kaum nehmen lassen, dies zumeist im Hinblick auf die
französische Gesellschaft zu thun. Denn sie ist der Boden, auf
dem die „Internationale" — ihren Grundlehren nach — empor-
wucherte. Daß der Vorstand seinen Sitz in London wählte,
geschah, weil die englischen Gesetze der Gesellschaft größeren
Spielraum boten.

Seit jener Zeit nun, in der Guérault sich in oben
bezeichneter Weise äußerte, hat es an vielfachen Unter-
suchungen der Ursachen jener in den Tagen der Commune zu
Tage getretenen schrecklichen Erscheinungen nicht gefehlt. Die
italienische Zeitschrift „Das Recht" findet den Hauptgrund in
dem „Mangel an Glauben an die großen sittlichen, socialen,
politischen und volkswirthschaftlichen Principien der Menschheit." „So lange sich Frankreich", heißt es in dem Blatte
weiter, „in dieser moralischen und geistigen Unordnung befindet,
wird es stets auch schwach und zerrüttet bleiben."

Eingehender behandelt H. v. Sybel diese Frage. Er lenkt
die Aufmerksamkeit auf das kirchliche Leben Frankreichs. „In

II. 33

jedem Gemeinwesen", sagt er, „in der Kirche wie im Staate, ist
es für menschliches Gedeihen erforderlich, daß das richtige
Gleichgewicht von Ordnung und Freiheit erzielt wird. Dem
Menschen taugt weder völlige Vereinzelung und Ungebunden-
heit, noch umgekehrt gänzliche Unterdrückung. Er muß in
einer Gemeinschaft mit bestimmter Rechtsordnung leben, diese
aber muß durch ihre Gesetze nicht auf die Knechtung, sondern
auf die Befreiung des persönlichen Geistes hinstreben. Noch
vor etwa 200 Jahren entsprach der kirchliche Zustand in Frankreich diesen Forderungen. Die anerkannte Staatskirche war
die römisch-katholische, welcher der König und die große Mehrheit des Volkes eifrig angehörte. Immer aber war das Verhältniß derselben zum Staate und zu den Einzelnen durch feste
gesetzliche Bestimmungen geregelt. Der reformirten Minderheit
war ihre Glaubensfreiheit gewährleistet. Die französische
Landeskirche forderte in wichtigen Punkten selbstständige Rechte
gegenüber dem Papste. Den kirchlichen Gewalten war jeder
Eingriff in das Gebiet des Staates und der Politik bestimmt
untersagt. Leider wurden seit 1685 diese Ordnungen vielfach
durchbrochen. Zuerst ließ sich König Ludwig XIV. bestimmen,
die reformirte Kirche in Frankreich mit allen Mitteln der ro-
hesten und grausamsten Gewalt zu unterdrücken. Der große
Grundsatz der Glaubensfreiheit war damit für ein volles Jahrhundert in Frankreich abgeschafft; mit den schwersten Strafen
wäre die Bildung einer nicht katholischen oder nicht rechtgläu-
bigen Gemeinde verfolgt worden. So war die äußere Einheit
des katholischen Bekenntnisses für das ganze Land wieder hergestellt, das äußere Ansehen der katholischen Geistlichkeit mächtig gewachsen. Aber so glänzend der Schein, so übel war die
Sache. Die Menschen sind einmal verschieden in ihren religiösen Bedürfnissen; so ist es immer gewesen, so wird es immer
bleiben; eben deshalb genügt eine einzige Kirche dieser Mannigfaltigkeit niemals, und ist die Befugniß immer neuer Kirchen-
bildung eine unvertilgbare Forderung der menschlichen Natur.

Wo sie durch äußeren Zwang verhindert wird, bleiben in den
Geistern die abweichenden Meinungen dennoch bestehen, und
die Folge ist nur die, daß die Menschen sich überhaupt von
der Religion abwenden, die ihnen als zwingende und drückende
Gewalt entgegentritt. So ging es im vorigen Jahrhundert in
Frankreich. Die Geistlichkeit hatte die Befugniß, jeden Ketzer
einsperren zu lassen; dafür war jeder liberale und gebildete
Mann ein erbitterter Feind von Kirche und Religion überhaupt,
und als 1789 die große Revolution eintrat, verkündete sie
nicht blos allgemeine Religionsfreiheit, sondern verhing eine
lange und grausame Verfolgung über die bisher herrschende
Geistlichkeit. In Preußen dagegen, wo Friedrich der Große
den Grundsatz erklärte „In meinen Staaten kann Jeder nach
seiner Façon selig werden", entwickelte sich gerade durch die
Freiheit ein warmes religiöses Leben in den mannigfaltigsten
Formen und zugleich ein friedliches Nebeneinanderleben der verschiedenen Bekenntnisse. Frankreich aber ist aus jenen unheil-
vollen Wegen bis auf den heutigen Tag nicht herausgekommen.
Als 1815 nach dem Sturze Napoleon's I. die katholische Geistlichkeit wieder großen Einfluß gewann, trachtete sie auf der
Stelle auch danach, die alte Alleinherrschaft zurückzugewinnen.
Freilich hatte sie nicht mehr das Recht, die Ketzer mit peinlichen Strafen heimzusuchen: dafür aber bemächtigte sie sich des
gesammten Volksunterrichts und suchte mit allen Mitteln politische Macht über die Staatsregierung zu gewinnen. Um für
diesen Zweck einen starken auswärtigen Rückhalt zu haben,
schloß sie sich auf's Engste an den päpstlichen Stuhl in Rom
an und warf freiwillig die alten Rechte der französischen Nationalkirche hinweg. Wie vor 200 Jahren die persönliche Religionsfreiheit, so suchte sie jetzt die nationale Selbstständigkeit
zu brechen. Die Folge war wieder, daß alle liberal und na-
tional Gesinnten der Kirche und der von dieser Kirche verkündeten Religion nicht blos mit Gleichgültigkeit, sondern mit
bitterem Hasse den Rücken kehrten. Wie weit dieser Haß

herangewachsen, haben wir in der Gegenwart mit Entsetzen
gesehen, wo die Pariser Commune die Kirchen entweihte und
plünderte, den Erzbischof und eine Zahl von Priestern und
Mönchen erschießen ließ. Es war die gräuelvolle Antwort auf
den neuerlich wieder von Rom aus verkündigten Satz, daß die
Kirche befugt sei, mit äußerem Zwange gegen Ketzerei und Unglauben einzuschreiten. Aber man muß noch mehr sagen. Auch
wo es nicht zu Revolutionen und blutigem Bürgerkriege kommt,
ist es für den ruhigen Zustand eines Landes das größte Unheil, wenn sein religiöses Leben erfüllt wird von priesterlicher
Herrschsucht auf der einen Seite und von religionsfeindlichem
Unglauben auf der andern. Bisher ist es noch keinem Volke
gelungen, seine sittliche Gesundheit ohne warme und lebendige
Religiosität zu bewahren; es ist also eine Frage von höchster
Wichtigkeit, daß die Kirche ihren Einfluß nicht mißbraucht und
überspannt und dadurch alle freiheitsliebenden und lebenskräf-
tigen Elemente des Volkes der Religion entfremdet. Wenn in
Deutschland, wie wir annehmen dürfen, der Stand der Sittlichkeit im Ganzen und Großen reiner und fester als in Frankreich ist, so verdanken wir dies hauptsächlich der Vielheit der
bei uns bestehenden Kirchen und der größeren Selbstständigkeit
der persönlichen Religiosität, wo dann so furchtbare Gegensätze
wie in Frankreich gar nicht erscheinen konnten. Man nennt
ultramontan diejenige Partei in der katholischen Kirche, welche,
mit Glaubenslehre und Seelsorge nicht zufrieden, nach förmlicher Beherrschung des Staates und der Wissenschaft durch
die kirchlichen Behörden strebt; in diesem Sinne ist seit 1815
die französische Kirche beinahe vollständig ultramontan geworden; und gerade dadurch hat Religionshaß und in dessen Folge
ungebundene Sitte in weiten Kreisen um sich gegriffen. Wenn
Deutschland Sehnsucht hätte, pariser Zustände auf seinem
Boden erwachsen zu sehen, so braucht es nur sein kirchliches
Leben nach den Grundsätzen der französischen Kirche einzurichten:
unbedingte Unterwerfung der Laien unter die Priester, der Prie-

ster unter die Bischöfe, der Bischöfe unter den Papst. Dann
würden wir auch in Deutschland die Commune erleben. Denn
wer Unterdrückung säet, wird Revolution ernten. Wer die
gesetzliche Ordnung will, muß in dieser Ordnung der Freiheit
der Einzelnen und der besonderen Art der Völker Raum lassen."

Die Commune war besiegt; aber hatten sich die Aussichten für Frankreich dadurch gebessert? „Während der Stern
der Freiheit im Sinken ist," sagte die „N. fr. Pr.", „tritt aus
den Nebeln der „Bauern-Versammlung" in Versailles die
Gestalt einer künftigen monarchischen Reaction immer deutlicher
hervor. Frankreich geht einer Entwicklung entgegen, ähnlich
wie in Spanien. Was in Spanien geschah, wird auch in
Frankreich geschehen, weil sich die Hauptstadt dort zum Schrecken
des Landes macht." Aber auch andere Gründe predigen dieselbe trostlose Lehre für Frankreich. Das einzige Mittel für
eine heruntergekommene Nation, sich wieder zu erheben, ist eine
verbesserte Erziehung des jungen Geschlechts. Ueber diesen
Gegenstand sagt der Oberst Stoffel:

„Wie viel unverständiges Zeug wird nicht über die Frage
der Disziplin in der Armee geschrieben. Die Disziplin ist
glücklicherweise wieder hergestellt, sagen die Einen mit Genugthuung; Andere, welche weniger davon überzeugt sind, meinen,
es sei von der höchsten Wichtigkeit, die Disziplin wieder herzustellen. Fragt man diese letzteren, welche Mittel sie vor-
schlagen, so antworten sie: Man muß die Vergehen gegen die
Disziplin strenger als bisher bestrafen, die Offiziere zwingen,
mit einem guten Beispiel voranzugehen, die Truppen in großen
Instructionslagern zusammenziehen u. s. w. Arme Geister, die
nicht sehen, daß die Disziplin in der Armee nur die Folge
der Disziplin in der Familie und in der Gesellschaft ist!
Weshalb ist die Disziplin so stark und so sicher in der preußischen Armee? Nur deßhalb, weil die jungen Leute disziplinirt,
d. h. seit ihrer Kindheit zum Gehorsam im Allgemeinen, zur
Achtung gegen die Autorität, zur Treue gegen ihre Pflichten

angehalten, in den Militärdienst treten. Es folgt hieraus,
daß die Vorgesetzten fast gar nichts zu thun haben, um die
Disziplin aufrecht zu erhalten, und so erklärt es sich, daß es
nur eine sehr kleine Anzahl von Bestrafungen in der preußischen
Armee giebt. Die Ableitungen aus diesen Sätzen ergeben sich
von selbst: Keine wirkliche Disziplin in der Armee
ohne eine vollständige Reformation in der Erziehung
und dem Unterrichte der französischen Jugend."

Wie verhielten sich die Franzosen den Rathschlägen ihrer
Landsleute gegenüber? Kein Mensch bekümmerte sich schon nach
wenigen Tagen um sie. Doch plötzlich nahm Gambetta die Frage
in Betreff der allgemeinen Schulpflicht auf. Als lockendes Ziel
stellte er Folgendes auf: Gründliche Reform des öffentlichen
Unterrichtswesens eröffne der Nation die Aussicht, in zehn,
zwanzig Jahren — Rache nehmen zu können! — Das hieß von
vorn herein den einzig würdigen Zweck der Erziehung ver-
leugnen! Nach Gambetta's Plan sollte die Jugend dressirt
werden im Hauche der Lüge. Was sagte aber die Geistlichkeit
zu dem Plane, den Schulzwang einzuführen? Sie protestirte
dagegen im Namen der — Freiheit! Wie dürfe man einen
Familienvater „zwingen", sein Kind in eine Schule zu senden!
Wo es dem Klerus paßt, beruft auch er sich auf die
„Freiheit". Er ist gegen jenen Plan, weil, wenn er zur
Ausführung gelangte, der — Staat die Schule in die Hand
bekäme. Er aber begehrt alleiniger Herr der Schule zu
bleiben. Hören wir, mit welchen Gründen das Organ der
Ultramontanen, das „Univers", gegen die allgemeine Schulpflicht in's Feld rückt! „Es ist nicht der vernünftige Eifer für
den Unterricht", sagt das Blatt, „den wir tadeln, es ist der
Exceß der Ausgaben, es ist besonders die Täuschung, an die
moralische Hebung, wie man sich ausdrückt, zu glauben."
Das „Univers" stellt den Franzosen das Schandzeugniß aus,
daß, wenn sie wirklich alle lesen und schreiben lernten, sie nichts
als Schmutzschriften lesen würden; um dem zu begegnen,

müßte man erst die bestehenden Gesetze abändern, die jetzt den
Flugschriften, Zeitungen und wohlfeilen Romanen Verbreitung
gestatteten. Noch mehr: jetzt würden die Dorfbewohner vor
den schlimmen Einflüssen der Städte geschützt; könnten sie lesen,
so würden die Zeitungen und Romane bis in die entlegensten
Dörfer bringen. Schließlich wird behauptet: Die Uebel, an
denen Frankreich krankt, würden mit dem allgemeinen Gebrauch
des Lesens zunehmen! — Das heißt doch so viel als: Der
Lehrstoff, den Frankreich bietet, ist zumeist vergiftet! —
Abgesehen von den besonderen Zwecken, den das „Univers"
in der Sache verfolgt, muß zugestanden werden, daß die letzte
Behauptung des klerikalen Blattes zutreffend ist. Kaum kann
einem Volke Schlimmeres nachgesagt werden! Wenn behauptet
werden kann, es sei die Literatur eines Volkes vergiftet, so
heißt das: seine Seele ist vergiftet. Denn diese giebt sich ja in
der Literatur kund. — Um die Schule streiten sich nun zur
Zeit in Frankreich zwei Gewalten: der Staat, der sich ein
Racheheer erziehen, und die Kirche, die das Volk in der Unwissenheit und im Aberglauben erhalten will, um ihre Macht
zu befestigen.

Wahrlich, krank ist die französische Gesellschaft, krank bis
zum Tode. Ihr größtes Unglück aber besteht darin, daß sie
das nicht weiß, daß sie es nicht glaubt. Bekenntnisse wie die
obigen von Guérault und Stoffel gehen bei den Franzosen
wie Schatten leichter Wolken vorüber und finden keine nachhaltige Beachtung. Die Geschichte des heutigen Frankreich's
mahnt an die des nach und nach versinkenden alten Römerreiches. Weder der Voltairismus wird es sittlich aufzurichten
vermögen, noch dem Ultramontanismus wird dies gelingen:
der Prozeß der Verwesung wird seinen Fortgang nehmen.

Des deutschen Heeres Ehrentag in Berlin.

Es wird dereinst in späten Zeiten
Ein Sänger, herrlich wie Homer,
Ein Lied entlocken goldnen Saiten:
„Die Ilias vom deutschen Heer."
Ein Heer, das stets auf Ruhmesbahnen
Den Hochmuth Frankreichs niederschlug,
Und, Siege knüpfend an die Fahnen,
Der Freiheit leuchtend Banner trug.

Heinrich Zeise.

Berlin hatte am 16. Juni 1871 ein herrliches Festkleid angethan, um 42,000 der tapferen Männer, die für des Vaterlandes Ehren so rühmlich gestritten hatten, würdig zu empfangen. Die Aufstellung erfolgte am Morgen dieses Tages auf dem tempelhofer Felde, einer weiten Ebene vor dem halleschen Thore. Sämmtliche unter dem Oberbefehl des kommandirenden Generals des Gardecorps Prinzen August von Würtemberg aufgestellte Truppen formirten drei Treffen.

Das erste Treffen, von General-Lieutenant von Pape befehligt, bildete die 1. Garde-Division mit den ihr zugetheilten Stäben. Den rechten Flügel nahmen Offiziere des Kriegsministeriums und des Generalstabs ein, welche dem großen Hauptquartier Seiner Majestät des Kaisers angehörten, sowie die anwesenden Generalstabs-Offiziere und Adjutanten der höheren Commandostäbe, denen die consultirenden Chirurgen, Armee-General-Aerzte, der Militär-Inspector der freiwilligen Krankenpflege und die Armee-Delegirten des Johanniter- und Malthefer-Ordens hinzutraten, in drei Gliedern geordnet und vor der Front derselben die General-Lieutenants von Blumenthal, von Podbielski, von Stosche und General-Major von Stiehle. Hieran schloß sich links die Feldgensd'armerie mit den Gensd'armerie-Detachements der Etappen-Inspection des Corps unter Führung des Rittmeisters Kunath und die Cavalerie- und Infanterie-Stabswache unter Premier-Lieutenant von Watzdorff, Commandeur der Stabswache des General-Commandos. Dann folgten die Stäbe des General-Commandos, der 1. Garde-Division und der 1. Garde-Infanterie-Brigade, die Musik des 1. Garde-Regiments zu Fuß und dieser zur Linken die zu Berlin befindlichen 81 erbeuteten französischen Adler, Fahnen und Standarten. Diese waren zuvor durch eine Compagnie Ersatztruppen aus dem Zeughause abgeholt, dem 1. Garde-Regiment übergeben und von diesem an die zum Tragen derselben bestimmten decorirten Unteroffiziere vertheilt worden; von den letzteren gehörten je 7 Unteroffiziere den 9 Garde-Infanterie-Regimentern an, 2 Ober-Jäger dem Garde-Jäger-Bataillon, 2 Unteroffiziere dem Garde-Schützen-Bataillon, 2 dem Garde-Pionier-Bataillon, 2 dem Königs-Grenadier-Regiment, die übrigen dem aus der Armee combinirten Bataillon und darunter je einer den bayerischen, sächsischen, würtembergischen, badischen und hessischen Deputationen. Ein Hauptmann der 1. und ein Lieutenant der 2. Garde-Division geleiteten diese Ehren-Escorte. — Den übrigen Theil des ersten Treffens bildete das 1. und 3. Garde-Regiment zu Fuß, das Garde-Jäger-Bataillon, das combinirte Bataillon der Armee, der Stab der 2. Infanterie-Brigade, das 2. Garde-Regiment zu Fuß, das Garde-Füsilier-Regiment, das 4. Garde-Regiment zu Fuß, die 1. und 3. Garde-Pionier-Compagnie, das Sanitäts-Detachement No. 1, das der Division zugetheilt gewesene Garde-Husaren-Regiment, die combinirte Escadron der Armee und die 1. Fuß-Abtheilung des Garde-Feld-Artillerie-Regiments.

Das zweite Treffen, befehligt vom General-Lieutenant von Budritzki, bildeten vom rechten Flügel an die Stäbe der 2. Garde-Infanterie-Division und 3. Garde-Infanterie-Brigade, das Kaiser Alexander-Garde-Grenadier-Regiment No. 1, das 3. Garde-Grenadier-Regiment Königin Elisabeth, das Garde-Schützen-Bataillon, der Stab der 4. Garde-Infanterie-Brigade, das Kaiser Franz-Garde-Grenadier-Regiment, das combinirte Bataillon des Königs-Grenadier-Regiments, die

2. Garde-Pionier-Compagnie, das Sanitäts-Detachement No. 2,
das 2. Garde-Ulanen-Regiment, die 3. Fuß-Abtheilung des
Garde-Feld-Artillerie-Regiments, die combinirte Batterie der
deutschen Armee.

Im dritten Treffen, das General-Lieutenant Graf von
der Goltz commandirte, stand die Garde-Cavalerie-Division,
auf dem rechten Flügel waren die Stäbe derselben und der
1. Garde-Cavalerie-Brigade, das Regiment der Gardes du
Corps, das Garde-Kürassier-Regiment, der Stab der 2. Ca-
valerie-Brigade, das 1. und 3. Ulanen-Regiment, der Stab
der 3. Garde-Cavalerie-Brigade, das 1. und 3. Garde-Dra-
goner-Regiment. Darauf folgte zur Linken der Stab der
Corps-Artillerie, die 2. Fuß- und die reitende Abtheilung
des Garde-Feld-Artillerie-Regiments, die Deputationen der
Munitions- und Ponton-Colonnen, das Sanitäts-Detachement
No. 3, der Train, Deputationen der Feldpost, der Feldbäckerei
und Proviant-Colonnen, der Intendantur, Lazarethe, und
Pferdedepots des Gardecorps, sowie endlich Deputationen der
Feld-Telegraphen- und Eisenbahn-Abtheilungen, der Sanitäts-
Detachements und des Trains der Armee. Die Infanterie,
Jäger und Schützen waren in Bataillonzug-Colonnen, die
Cavalerie in Regiments-Colonnen in Escadrons, die Artillerie
in Linie formirt, bei letzterer die Munitionswagen hinter den
Geschützen.

Gegen 11 Uhr erschien der Kaiser in Begleitung der
Prinzen und vieler fürstlichen Gäste zu Pferde vor der Front
der Aufstellung. „Ich möchte Jedem wünschen", erzählte später
einer der Mitkämpfer (der den Lesern des „Daheim" durch
seine musterhaften Zeichnungen wohlbekannte H. Lüders), „den
Kaiser, den der Jubel des umstehenden Volkes begrüßte, in
jenen Augenblicken gesehen zu haben. So durch die Mitte
seines jubelnden Volkes reiten kann nur Kaiser Wilhelm, so
voller Majestät und doch so menschlich mild. Er wehrte den
Jubel etwas ab, als wollte er sagen: „meine Krieger, die den

Einzug halten werden, sind es, die den Jubel verdienen!" —
In kurzem Abstande folgten ihm die Kaiserin, die Kronprin-
zessin und viele andre deutsche Fürstinnen in glänzenden
Equipagen. Von den Truppen wurde der Kaiser unter klingendem Spiel mit dreimaligen Hurrah begrüßt.

Wer hätte anders als mit freudiger Erhebung auf ihn
zu schauen vermocht! Wie war er fast ein Jahr früher gott-
vertrauend hinausgezogen in den verhängnißvollen Kampf!
Und welch eine Zeit hatte er bis zum gegenwärtigen Tage
durchlebt! Ungleich mehr als von den Gefahren des Schlacht-
feldes war er täglich und stündlich bedroht gewesen von der
Heimtücke einer durch Lügen und durch verletzten Stolz leiden-
schaftlich entflammten Bevölkerung, innerhalb deren der Meuchelmord als Tugend gepriesen ward. Und zu welchen Betrachtungen regte es an, wenn man seine Regierungszeit über-
schauete! Er beginnt seine Herrschaft als Prinz-Regent, dann
wird er König, dann tritt er an die Spitze des norddeutschen
Bundes, jetzt ist er Kaiser von Deutschland! — Vier Stufen
der Macht nach aufwärts steigend — erinnernd an das Aufsteigen seiner Vorfahren, die nacheinander Grafen, Burggrafen,
Kurfürsten und Könige hießen!

Begraben ist der alte Stauf — hörst du die Raben fliehn? —
Im Zoller stand dein Kaiser auf — dank's Gott! dank's Gott, Berlin!

So Beides — Thor und Herzen auf, durch beide einzuziehen,
Grüß König Wilhelm's Siegeslauf im Kaiser heut, Berlin!

Begleiten wir denn (zumeist hierbei Berichten der „Nat. Z."
folgend) den kaiserlichen Feldherrn und seine Heldenschaar auf
dem Zuge in die Stadt hinein. Von dem ersten in der Nähe
des tempelhofer Feldes errichteten Siegesbogen leuchteten den
Einziehenden die Inschriften entgegen:

Ihr habt den Feind bezwungen, den Frieden uns errungen,
Ihr Männer fest und stark.
Der Hochmuth ist gezüchtigt, die Marken sind berichtigt —
Willkommen in der Mark!

Unmittelbar vor dem Kaiser ritten der Reichskanzler Graf Bismarck, der Feldmarschall Graf Moltke und der Kriegsmiñster Graf von Roon, das Dreigestirn, das in der diplomatischen und strategischen Führung wie in der Schaffung des Armeematerials die Garantie für die große Wendung der Geschicke Preußens und Deutschlands geboten. Zunächst hinter dem Kaiser führten der Kronprinz und Prinz Friedrich Karl die wuchtigen Massen der Garden, die im Geschwindschritt den eine Strecke lang abschüssigen Weg hinabeilten, vor sich die herrlichen Trophäen, die 81 Fahnen und Adler, deren Gold weithin in der Sonne leuchtete. Schon erhebt sich der vieltausendstimmige Ruf der Bevölkerung, der nicht verhallt, bis der Zug vollendet ist. Wohin sollen die Einziehenden zuerst sehen, denn wahrlich, eine Siegesstraße ist ihnen bereitet, wie keiner derselben sich wohl je eine solche erträumt hatte!

Eilen wir ihnen im Geist voran, um zunächst den vom Halleschen Thore bis zum Brandenburger Thore reichenden Theil der im Ganzen eine volle Stunde langen via triumphalis im Fluge zu überschauen, freudigen Gemüths dabei den Eindruck uns vorstellend, den all der prächtige und sinnvolle Schmuck muthmaßlich in den Siegern hervorbringen wird. Zwanglos gliedert sich die Straße in fünf große, durch die weiten Plätze geschaffene Abtheilungen, gleichsam Ruheplätze für den Zug. Am Halleschen Thore ragt eine 30 Fuß hohe Gestalt, als Berolina symbolisirt, empor, ein Werk des Bildhauers Erdmann Encke. Auf dem Haupte trägt die Göttin eine goldene Mauerkrone, auf dem Postament erheben sich vier Bären. Von hier aus bis zum Potsdamer Thore ist auf dem breiten Mitteldamm der Königgrätzerstraße durch aufgerichtete, oben mit je einer vergoldeten Kugel verzierte, in der Mitte ihrer Höhe durch grüne Kränze mit einander verbundene Masten, welche zu beiden Seiten den Weg einfassen, die eigentliche Triumphstraße hergestellt worden. Die Häuser sind mit Fahnen und Kränzen und mit bunten Teppichen vor den Fenstern ge-

schmückt, Tribüne reiht sich an Tribüne, dicht gedrängt mit
Festtheilnehmern besetzt, in den Fenstern sieht man Kopf an
Kopf. Weiße Wimpel, den schwarzen Adler in der Mitte,
flattern lustig von der Spitze der Masten; in der Mitte tragen
sie, von den Fahnen der Bundesländer buntfarbig umgeben,
die glänzenden vielgestaltigen Wappenschilder der deutschen
Staaten und Städte. So setzt sich die Straße bis zum zweiten Ruhepunkte, dem Askanischen Platze fort. Er ist den
siegreichen Anfängen des Krieges, den Schlachten von Weißenburg und Wörth gewidmet. Auf Trophäen-Gruppen lesen wir
die Inschriften:

Weißenburg.

Den Feind überflügelt
Und deutsche Waffenbrüderschaft
Gar fest besiegelt.

Wörth.

Das waren herrliche Grüße!
Hundert und ein Victoriaschüsse
Hallten durch deutsche Lande weit
Kündete glorreiche Zeit.

Spicheren.

Des Feindes Macht
Am Waldberg-Rand
Mit starker Hand
Zu Fall gebracht.

Auch hier Tribüne an Tribüne. Eine derselben ist besetzt
mit 3500 Schülern, die freudig des Anzuges der Helden
harren. Vor der Tribüne sind auf Podien Musikcorps aufgestellt. An dem schönen Garten des Prinzen Albrecht vorüber,
dessen schattige und hohe Bäume einen wirksamen und tief-
grünen Hintergrund für die weißen Säulen, die bunten Fahnen und schwarzweißen Wimpel abgeben, folgt die via triumphalis nun der etwas schmaler werdenden, gradlinigen Königgrätzerstraße nach dem Potsdamer Thore. In dessen Nähe
wieder Tribünen überall und reichgeschmückte Häuser. Eine
herrliche, von Lucae, Moritz Schulze und Reinhold Begas ausgeführte, den Sieg von Sedan und die Einnahme von Metz
und Straßburg symbolisirende Gruppe erhebt sich in dem

Dreieck vor der Leipzigerstraße. Auf einem Rundbau, dem sogenannten Kanonenberg, dessen beiden Absätze neun in Straßburg eroberte Riesengeschütze — le Ravissant, Molino-belrey,
la Galathée, le Bioménil, Hyposeus, Folgora, Ganymède, Ge-
melius und Méléagre — tragen, steigt ein mit Wappenschil-
bern geschmücktes Piedestal empor: frei und schön steht auf
ihm eine geflügelte Victoria, einen Lorberzweig und einen
Kranz in den erhobenen Händen, als wolle sie dieselben den
Siegern darreichen. Das Antlitz der Göttin ist von heiterer,
hoheitsvoller Schönheit; nicht weniger gelungen ist die Bewegung der Gestalt: sie scheint von ihrem Sockel herabschweben
zu wollen, den Helden entgegen. An dem Sockel prangt über
dem preußischen Adlerschilde der glorreiche Name „Sedan,“
darunter stehen des Königs Worte: „Welch eine Wendung
durch Gottes Führung.“ Die ganze Höhe der Gruppe beträgt
70 Fuß. Zu beiden Seiten des Kanonenberges sitzen ernst
und streng zwei gigantische Frauenbilder, die einen Zug von
Michel Angelo's gewaltigen Schöpfungen an sich tragen:
Straßburg mit der gesenkten Fackel und Metz, die Hand in
die Seite gestemmt, darstellend. Aus einiger Entfernung angesehen, haben die colossalen Gestalten etwas Ergreifendes; das
Gewaltige der eroberten Festungen, die Entschlossenheit des
Widerstandes, wenn man will ein gewisser noch nicht überwäl-
tigter Trotz und Starrsinn der wiedergewonnenen Lande von
Elsaß und Lothringen prägen sich in ihnen für Jeden verständ-
nißvoll aus. Dagegen ist die schwebende Victoria in ihrer
heiteren Schöne das echte Sinnbild des Sieges. In ihr athmet
etwas von jenem freudigen Rausch, jener unbeschreiblichen Sie-
geszuversicht, der Zuversicht, daß eine allwaltende und allgerechte
Nemesis die Weltgeschichte leitet, dieser Zuversicht, die unser
ganzes Volk, ja die ganze Welt bei der Kunde der Schlacht
von Sedan ergriffen hatte. Goldene Adler umgeben den Sockel,
auf dem die Figuren ruhen; auf schlanken Säulen ragen in
Lorbeerkränzen eiserne Kreuze auf. Von hier zum Branden-

burger Thore breitet sich der schönste Theil der Siegesstraße
aus. Die prächtigen Gärten der Paläste der Wilhelmstraße,
die sich hinter zierlichen Gittern aufthun, mit den dunkeln
Bäumen, die über die niedrigen Parkmauern hinwegsehen;
gegenüber die zierlichen Häuser mit ihren Balkonen und kleinen
Vorgärten, dann der Thiergarten, unter dessen Bäumen von
der Ecke der Linnéstraße bis zum Thore eine einzige lange
Tribüne sich hinzieht, endlich als großartigen, architectonisch
vollendeten Abschluß das Brandenburger Thor. Welch ein erhabenes Werk der Baukunst ist dies Thor, eine Nachbildung
der Propyläen zu Athen, schon an und für sich! Es hat eine
Breite von 195, eine Höhe von 64 Fuß. Zwölf 44 Fuß
hohe dorische Säulen tragen die mächtige Attika, auf der stolz
die gekrönte Siegesgöttin mit ihrem Viergespann sich erhebt.
Langhans baute dieses Säulenthor, die Siegesgöttin ist ein
Meisterwerk Schadow's. Und welchen Schmuck hat dieses erhabene Bauwerk, durch das schon drei Mal (1814, 1864 und
1866) die Sieger einzogen, zum heutigen Ehrentage angelegt!
Vor demselben erheben sich 6 durch Laubgewinde verbundene,
60 Fuß hohe, an der Spitze mit dem preußischen Adler im
goldenen Lorbeerkranze geschmückte Säulen. Die hohen Po-
stamente der Säulen sind mit bezüglichen Trophäen und mit
dem plastischen Schmuck von Adlern und den schildhaltenden
Bären der Stadt versehen. Von diesen sechs Säulen beziehen
sich zwei auf die Besiegung von Paris, die dritte ist den
Kämpfen um Orleans, die vierte denen um Le Mans, die
fünfte den Schlachten vor Amiens und St. Quentin, die letzte
den Gefechten um Belfort und Héricourt gewidmet. Innerhalb
des Thores ist der Pariser Platz, auf dem besonders das
Arnim'sche Haus im fröhlichsten Festschmucke prangt, von zwei
amphitheatralisch aufsteigenden, mit rothem Zeug ausgeschlagenen
Tribünen bis zu den Linden eingerahmt. Die Banner aller
deutschen Staaten zieren sie. Hier soll der Empfang des Kaisers durch fünfundsiebenzig Jungfrauen und die Ueberreichung

eines Lorbeerkranzes an ihn stattfinden. Vor dem Eingang
der Linden ruht auf vier 45 Fuß hohen Säulen, deren jede
eine acht Fuß hohe Victoria trägt, ein rothsammtener, mit
langen Goldfranzen verzierter Baldachin. In einer Breite von
80 und einer Tiefe von 40 Fuß überdeckt er zwei geräumige
Tribünen für den Magistrat, die Stadtverordneten und die
Bezirksvorsteher. Hier soll die feierliche Begrüßung des Kaisers durch die Stadt erfolgen.

Wir sind damit in unserer Vorschau bis zu dem Anfange
des letzten Abschnittes der via triumphalis gelangt, der von
dem Brandenburger Thore bis zum Schlosse reicht. Hier jedoch machen wir zunächst Halt, die Betrachtung dieses letzteren
Theils uns aufsparend, denn von jenseit des Thores verkündet
uns der ertönende Jubel, daß der Zug nahet. Die Glocken
läuten: durch das prächtige Thor erfolgt der Einmarsch der
Sieger. „Wie nun", erzählt ein Augenzeuge (Hans Blum im
„Daheim") „die drei verdientesten der Verdienstvollen, Feldmarschall Moltke mit dem Marschallstabe in der Rechten, Fürst
Bismarck und Graf Roon vor dem Könige und Kaiser einher-
ritten: das muß man erlebt haben, zu schildern ist es nicht.
Moltke zügelte sein muthiges Pferd, welches das fortwährende
Schwenken der Zunftembleme übel genommen zu haben schien,
mit der Kraft eines Jünglings, während Bismarck seinem
massiven Braunen freundlich den Hals klopfte und dann wieder
den jubelnden Zuruf des Volkes mit freudestrahlendem Antlitz
erwiederte; selbst Roon's sonst fast schwermüthiges Gesicht hatte
sich aufgehellt — der Gedanke, daß dieser Tag auf das Streben
seiner harten, unerschütterlichen Arbeit zur Reorganisation des
Heeres die höchste Weihe drücke, überwog den bittern Schmerz
des Vaters in ihm; der Krieg hat ihm ja das Leben eines
überaus hoffnungsvollen Sohnes gefordert. Dann folgte der
Kaiser. Der Eindruck, den diese königliche Heldengestalt, diese
Würde, Kraft und Milde hervorbrachte, war unbeschreiblich
tief. Hier sprach sich deutsche Liebe und Hingebung an ihren

Fürsten in ihrer Eigenart aus — so ganz anders als romanischer Knechtsinn — man grüßte den Vater des Vaterlandes, und Kaiser Wilhelm nahm so den dankenden Jubel seines Volkes entgegen. Er wie seine treuen Räthe, die vor ihm ritten, trugen am Schwertgriff schon eine ganze Anzahl Kränze, welche die Liebe des Volkes ihnen dargebracht hatte." Die Ehrenjungfrauen, von denen die erste Begrüßung stattfinden sollte, standen zur Rechten vor einer mit Roth ausgeschlagenen bedeckten Tribüne. Eine der Ehrenjungfrauen, Fräulein Christine Bläser, gefolgt von sieben ihrer Gefährtinnen, nahte sich dem Kaiser und begrüßte ihn mit den Versen C. Tr. Scherenberg's:

> „Heil Kaiser Wilhelm Dir im Siegeskranze!
> Wie keiner noch geschmückt ein Heldenhaupt.
> Heim führst Du Deutschlands Heer im Waffentanze,
> So glorreich, wie's der Kühnste nicht geglaubt.
> Du bringst zurück in der Trophäen Glanze
> Die Lande, einst dem Deutschen Reich geraubt.
> Durch Dich geführt, errangen Deutschlands Söhne
> Germania uns in ihrer alten Schöne.
>
> „Nun grüßt der Jubel Dich von Millionen,
> Aus allen Himmeln, Ost, West, Süd und Nord,
> Schlägt's deutsche Herz doch unter allen Zonen
> Treu seine warmen Heimathspulse fort!
> Und mit den unwelkbaren Lorbeerkronen
> Bringst Du die Palme uns, als Friedenshort.
> O, daß ihr Schatten Dich noch lange labe,
> Dein Sä'manns Mühen reiche Ernte habe!"

Freundlich lächelnd nahm der Kaiser den Lorbeerkranz aus den Händen der Sprecherin entgegen, richtete einige huldvolle Worte an sie und ihre Begleiterinnen, ritt dann zu den verwundeten Offizieren, sprach mit einigen von ihnen und wandte sich darauf dem Eingange der Linden zu. Hier trat ihm die Deputation der Stadt entgegen, und der Bürgermeister Hedemann begrüßte den Kaiser mit folgender Anrede:

II.   34

„Allerdurchlauchtigster großmächtigster Kaiser!

Ew. kaiserliche Majestät bringen an der Spitze des siegreichen Heeres dem deutschen Vaterlande die Palme des Friedens entgegen. Wir preisen Gott den Herrn, der Ew. kaiserliche Majestät auf schwerem Wege behütete, und all die Heldenherzen, die auf ihn vertrauten, und die er im Kampf zur Abwehr wider einen übermüthigen Feind stählte zum Siege. Die Fürsten und Völker Deutschlands haben Ew. kaiserliche Majestät den Tribut des Dankes im freien Entgegenkommen gezollt. Vorüber ist die kaiserlose Zeit, das mächtige Fürstenhaus der Hohenzollern beginnt die neue Aera deutscher Kaiser. Wir, die Bürgerschaft Ew. kaiserlichen Majestät Haupt- und Residenzstadt, tragen die heilige Pflicht, in der Eintracht, Liebe und Hingebung an Ew. kaiserliche Majestät und dero angestammten Thron die Quelle vielhundertjähriger Wohlfahrt und großer Errungenschaften zu sehen. Den Fürsten Deutschlands und den übrigen großen Führern der Helden, unsern Brüdern im heiligen Kampf für Deutschlands Ehre und Recht, bringen wir im Festschmuck unserer Stadt Anerkennung, Ehre, Ruhm und Dank entgegen. Den Manen der verstorbenen Helden bleibt in der Geschichte Deutschlands unauslöschlicher Nachruhm gesichert. Die Thränen, welche die Opfer des Krieges in vollen Strömen den Augen ihrer Angehörigen entpreßten, sie werden von Neuem das Vaterlandsgefühl befruchten, sie werden sich wandeln in Thränen der Wehmuth und tröstlichen Theilnahme aller deutschen Herzen auf dem weiten Erdenrunde, sich wandeln, so hoffen wir, in Thränen der Freude über das für Deutschland errungene Glück, fortan unter den Segnungen des Friedens und der Wohlfahrt aller Menschen zu dienen. Wachsame Hüter unserer von Gott geschaffenen, einem raubsüchtigen Feinde wieder abgerungenen Grenzen, werden wir allen Nachbarvölkern gute Nachbarn sein und mit ihnen den der Menschheit würdigen Kampf kämpfen um Ebenbürtigkeit in Wissenschaft, Kunst und Industrie, zur Wohlfahrt Aller.“

Hierauf erwiederte Se. Majestät:

„Ich spreche Ihnen zunächst meinen Dank aus für das, was Sie hier gesagt haben, im Allgemeinen und speciell für mich und für die Armee, die durch ihre Repräsentanten einzieht. Wir haben so Großes erlebt, daß wir wissen, wem wir es verdanken. Wir danken dem Himmel, daß er uns Allen die Kraft und die Ausdauer gegeben hat, die Ausbeute des Erlebten zu benutzen. Alles das, was mein Volk erlebt hat, die Güter und die Schätze, die wir jetzt erst kennen lernen, verdanken wir der Treue außen und daheim; dies wollen wir bewahren als theuerstes Gut für unsere Zukunft. Ich muß der Stadt Berlin jetzt schon meinen Dank für den unbegreiflich schönen und festlichen Empfang sagen, natürlich nicht für mich, sondern für mein Heer."

Nach der feierlichen Begrüßung setzte der Zug sich wieder in Bewegung, und es wurden die Linden, an deren Eingang ein großes eisernes Kreuz, gehalten von einer Guirlande, herabhing, betreten.

Die Ausschmückung dieses vom Eingang der Linden bis zum Friedrichsdenkmal gehenden Theils der via triumphalis übertrifft fast noch den der Abschnitte bis zum Pariser Platz. Was ist es, was das Brausen des Jubels auf diesem Platze plötzlich so mächtig steigert? Die Träger der 81 eroberten französischen Adler, Fahnen und Standarten haben soeben das Säulenthor durchschritten und den Pariser Platz erreicht. Herzerhebend und erschütternd wirkt der Anblick dieser Trophäen; ein Sturmruf geht durch die Menge, wie er auf diesem Platz nie vernommen ward. Die „Glorie" des eitelsten Volkes der Welt wird dahergetragen, die Gerechtigkeit des Sieges schlägt wie ein feuriger Funken in Aller Herzen. Zu beiden Seiten der mittleren Lindenreihe bilden die zwischen den Bäumen aufgestellten, mit Eichenlaub bekränzten eroberten Kanonen und Mitrailleusen, fast unabsehbar, den schönsten Schmuck der Straße. Am Eingange liegen rechts und links zwei gewal-

34*

tige Geschütze aus der Festung La Fère; le hautin heißt das
eine, l'aubepine das andere, oben auf dem Rohr, unweit der
Mündung, sind die Namen eingravirt. Aehnliche Riesengeschütze
stehen am Eingange der Friedrichsstraße und am Friedrichsdenkmal. Bis zur Schadowstraße sind die bei Metz und
Paris genommenen Kanonen in der Ueberzahl; von dort bis
zur Dorotheenstädtischen Kirchstraße stehen 80 bei Sedan
erbeutete Mitrailleusen, 40 auf jeder Seite. Die Gesammtzahl der aufgestellten Geschütze beträgt 678. Zwischen den
Geschützen stehen Kandelaber, die Feuerbecken tragen. An
fünf Uebergängen der Linden sind je zwei 40 Fuß hohe, mit
Victorien gekrönte Säulen errichtet; zwischen je zwei Säulen
hängt ein 15 Fuß hohes und 20 Fuß breites, mit vergoldeten
Quasten eingefaßtes Bild herab. Die Bilder, Werke der akademischen Künstler A. v. Heyden, Ewald, v. Werner, Knille
und Schaller, geben, anknüpfend an Aussprüche des Kaisers,
Darstellungen, die sich auf die Erfolge des Krieges beziehen.
In Goldschrift erscheint der Gegenstand des Bildes, in Versen
kurz und bedeutsam ausgedrückt, auf der Rückseite des Bildes.
Das erste Bild, die Germania in goldener Rüstung und mit
gezücktem Schwerte darstellend, trägt als Ueberschrift das Wort
des Kaisers:

> Mein Volk wird auch in diesem Kampfe zu mir
> stehen, wie es zu meinem in Gott ruhenden Vater
> gestanden hat.   20. Juli 1870.

Unter dem Bilde steht:

> Unfrieden meid' ich,
> Unglimpf nicht leid' ich;
> Mein Schwert ist scharf und schneidig.

Die Verbrüderung von Nord- und Süddeutschland allegorisch
darzustellen, hat sich der Maler des zweiten Bildes zur Aufgabe gestellt. Von Genien wird eine Brücke über den Main
gebaut, auf welcher der Preuße und der Bayer einander die
Hände zur Bundesbrüderschaft reichen.

Das Bild trägt die Ueberschrift:

Ganz Deutschland steht einig wie nie zuvor.

20. Juli 1870.

Unten: Süd und Nord
Eins in Schwert und Wort.

Rückseite: Jubelnd sei's der Welt verkündet:
Nicht mehr scheidet uns der Main.

Das dritte Bild zeigt die siegend einherstürmende Germania. Sie ist umgeben von kämpfenden Jünglingen. Bewältigte Feinde liegen am Boden, andre fliehen.

Oben steht:

Seid stets eingedenk, daß der Sinn für Ehre, treue Kameradschaft, Tapferkeit und Gehorsam eine Armee groß und siegreich macht. 18. Januar 1871.

Auf der Rückseite des Bildes leuchtet dem Beschauer das prophetische Wort Rückert's entgegen:

Und also ist es denn geschehen,
Daß, wie in einem Wetterschlag,
Eh man die Hand hat zücken sehen,
Der, den sie traf, am Boden lag;
Und wir bekennen laut und offen:
Es ist der Herr, der ihn getroffen.

Das vierte Bild zeigt die ruhmgekrönte Germania.

Ueberschrift:

Allzeit Mehrer des Reichs, nicht an kriegerischen Eroberungen, sondern an den Gütern und Gaben des Friedens auf dem Gebiete nationaler Wohlfahrt, Freiheit und Gesittung.

Rückseite: Kommen bist du, Tag der Freude.
Den mein ahnend Herz gezeigt,
Da des jungen Reichs Gebäude
Himmelan vollendet steigt,
Da ein Geist der Eintracht drinnen
Wie am Pfingstfest niederzückt,
Und des Kaisers Hand die Zinnen
Mit dem Kranz der Freiheit schmückt.

Geibel.

Symbolisch ist „der Frieden" im letzten Bilde dargestellt. Ueberschrift:

> Möge dem deutschen Reichskriege, den wir so
> ruhmvoll geführt, ein nicht minder glorreicher
> Reichsfrieden folgen.   21. März 1871.

Rückseite:

> Der Vorsehung unseren Dank, welche gewollt,
> daß wir das Werkzeug sein durften für so große welt-
> historische Ereignisse.   5. März 1871.

> Uns ist gegeben worden über Bitten und Ver-
> stehen.   ·   31. Mai 1871.

> Die deutschen Fürsten und Völker sind in gemein-
> samer Arbeit zu einem Reiche geeint.
>   31. Mai 1871.

Wo die Linden abschließen, erhebt sich, schräg dem königlichen Palais gegenüber, das Gebäude der Akademie. Dieses mit
seiner langen Hauptfront den Linden zugekehrte Gebäude erscheint wie durch ein Wunder verwandelt. Das Dach hat den
Schmuck einer zierlichen, mit weißrothen und goldgesäumten
Vorhängen verkleideten Balustrade empfangen. Ueber der
Thür befindet sich ein rundbogig geschlossener mächtiger
Baldachin, über dem sich eine Fahnentrophäe, von dem
altpreußischen Adler zusammengefaßt, erhebt. In dem Baldachin prangt die Kolossalbüste des Kaisers Wilhelm (nach
Drake) und vor derselben erscheinen, sich die Hand reichend,
die beiden Kolossalgestalten Borussia und Germania. Die
Fenster sind mit einem Arabeskenkranz umgeben, die Wände
zwischen ihnen mit den Bildern der Heerführer geschmückt.
Sie sind auf Goldgrund, in rothschimmernden Rahmen, gemalt.
Unter dem Bilde des (von Oscar Begas gemalten) Kronprinzen stehen die Worte:

> Erbe des Purpurs, geschmückt mit erblicher Tugend der
>   Ahnen,
> Dir folgt, treu bis zum Tod, freudig zum Siege die
>   Schaar.

Das (von Gustav Richter gemalte) Bild des Prinzen Friedrich Karl trägt die Unterschrift:

> Feldherr, markig an Kraft, von vorwärtsstürmender Kühnheit,
> Dir folgt, treu bis zum Tod, freudig zum Siege die Schaar.

Eben so characteristisch sind die Unterschriften der Bildnisse des Großherzogs Friedrich Franz von Mecklenburg und des Kronprinzen von Sachsen (gemalt von Friedrich Kaulbach und C. Becker). Die Unterschrift des ersteren Bildes lautet:

> Herrschend durch eigenes Recht, gehorchend aus eigenem Willen,
> Fürst und Feldherr zugleich, zogst du, Tapfrer, das Schwert.

Und unter dem Bilde des Kronprinzen von Sachsen stand:

> Männer aus jeglichem Gau Germaniens kämpften verbrüdert,
> Helden, dem Throne zunächst, führten die Starken zum Sieg.

Wie die oben aufgeführten Feldherrn sind in ganzer und überlebensgroßer Figur (gemalt von Adolf Menzel) Fürst Bismarck und Graf Moltke, Jener die Hände auf einem mit Briefschaften und Karten bedeckten Tische stützend, Letzterer im schneebedeckten Felde stehend, das Doppelglas in der Rechten haltend und scharfen Blickes in die Ferne schauend. Unter Bismarck's Bild steht:

> Eisengeschmückt erwuchs, mit Blut gekittet, die Einheit,
> Trotzend den Stürmen der Zeit! Meister, du hieltest dein Wort!

Die Unterschrift unter Moltke's Bild lautet:

> Dir vertraute das Volk der Deutschen, geeinigt in Waffen,
> Lenker des schneidigen Schwerts, Denker der siegenden Schlacht.

Wohin sollen bei aller dieser Pracht die Blicke der auf
der via triumphalis einherziehenden Krieger sich zuerst richten?
Aber die berliner Bevölkerung, die für ihre gastliche Aufnahme
schon Vorbereitung getroffen hat, wird Sorge dafür tragen,
daß sie in den nächsten Tagen mit Behaglichkeit alles Einzelne
genau werden in Augenschein nehmen können.   Doch ehe wir
uns ihnen im Geiste wieder anschließen, haben wir noch den
letzten Abschnitt des für ihren Triumph-Einmarsch bestimmten
Weges in Augenschein zu nehmen, die Strecke vom Friedrichsdenkmal über die Schloßbrücke bis zum Schloß.   Der Platz
vom Friedrichsdenkmal bis zur Schloßbrücke ist von Masten
und Säulen freigeblieben, nur Tribünen fassen ihn zu beiden
Seiten ein.   Durch festliche Verzierungen mit Fahnen, Kränzen
und Siegesschildern, welche die Inschrift Seban und Wörth tragen, tritt das kronprinzliche Palais stattlich hervor.   Auf dem
großen freien Raum werden wir den Vorbeimarsch der Truppen
vor dem Kaiser in langen Reihen, in kriegerischer Pracht und
Größe stattfinden sehen.   Einen herrlichen Anblick gewährt die
Schloßbrücke mit ihren Marmorfiguren und den ihr zur Seite
liegenden, mit Kränzen, Blättergewinden und Fahnen geschmückten Kähnen.   Durch das Schloß, die Bauakademie, das Museum,
das Zeughaus und den Dom wird hier ein unvergleichlicher
Hintergrund gebildet, der gleichsam das Wesen und die Geschichte Preußens in steinernen Riesenlettern ausspricht.   Vor
dem mittleren Portal des Schlosses, zwischen den Rossebändigern
giebt das Standbild der Germania der Siegesstraße den schönsten und sinnigsten Abschluß.   Auf einem runden Postament
von 63 Fuß Umfang thront sitzend und dennoch die Höhe von
19 Fuß erreichend das Riesenbild der Germania, die beiden
lange entfremdeten, nun wieder gewonnenen Kinder Elsaß
und Lothringen neben sich — eine in erhabener Schönheit von
Albert Wolf ausgeführte Gruppe.   Der untere Theil des
Sockels ist ein die deutschen Flußgottheiten darstellender Fries.
Ueber ihm befindet sich ein größerer, 6 Fuß hoher Fries, (ein

Werk Siemering's) der Auge und Sinn des Beschauers sogleich gefangen nimmt.   Der Inhalt der Darstellung gehört
den großen Ereignissen der Zeit, die heut gefeiert werden, so
gänzlich an, daß wir gern einem begeisterten Erklärer des
Frieses (Hans Blum) unser Ohr leihen, der sich folgendermaßen über ihn ausläßt:

„Die Bilder sind im eigentlichsten Sinn über Nacht entstanden.   Aber auch aus e i n e m Gusse, e i n e r Stimmung,
e i n e m Schaffensdrange sind sie hervorgegangen; und nur aus
der Erinnerung, die in den Tagen unseres Aufmarsches nach
der bedrohten Westgrenze das ganze deutsche Volk beseelte,
konnten diese Gestalten geschaffen werden.   In der Mitte bläst
ein deutscher Herold die Kriegsdrommete, von beiden Seiten
stürmen die Krieger der verschiedensten deutschen Stämme jubelnd herbei zum Schutze des Vaterlandes, edle, kraftvolle,
eigenthümlich charakteristische Gestalten nach Stamm und Waffe.
Aber die Stimmungen zu schildern beim Verlassen der Heimath, ist des Künstlers Hauptaufgabe.   Die erste Gruppe:
Der Abschied des Familienvaters.   Im Antlitz des Mannes,
als er sein Jüngstes auf dem Arm der schluchzenden Gattin
an sich preßt, und ein älteres Kind ihn am Knie festhält,
prägt sich bei aller Schwere der Trennung doch der zornige
Kampfesmuth aus, der Weib und Kind am besten behütet hält,
wenn der Mann für sie das Leben wagt.   Vom Commers
gekommen, die Cerevismütze noch auf dem Haupte, gürtet sich
daneben der sorgenfreie Studio, während in der nächsten Gruppe
der sächsische Gardereiter am Ambos, den Helm auf's Haupt
gestülpt, dem Meister fröhlich lachend weissagt, wie die wuch-
tige Faust auf die Schädel der Feinde niederfahren wird mit
der treuen Klinge.   Der Abschied des Nachbarn ist mit Thränen verbunden.   Denn der rheinische Ulan preßt sein Mädchen
in dem schnürreichen Mieder zum letzten Male an's Herz —
welche Gestalt!   Mit am tiefsten empfunden ist aber wohl die
nächste Gruppe, wo der halberwachsene Schüler in's Feld

zieht, während die ausgestreckte Hand des greisen Seelenhirten
— eine Gestalt von apostolischer Reinheit — segnend auf
seinem Haupte ruht. Und der Bauer vom Lande sagt daneben
seiner Alten: „Sei stark, Weib, auch unsere Buben haben sie
einberufen." Und die Frau ist stark; die Mutterliebe kämpft
noch in den Zügen um Auge und Mund, aber die deutsche
Patriotin faßt ihre Schürze krampfhaft, und wenn sie das
thut, weiß man, daß sie was durchsetzt. Wirklich wird
dem Sohn daneben am Pfluge des Königs Ordre überreicht.
Vor des Königs „An mein Volk" sitzen begeistert zwei Invaliden von 1813; sie erleben die Wiedergeburt und Vollendung der Tage, da sie jung waren. Da reißt sich auch der
preußische Wehrmann los von seinem Mädchen, während ein
Knabe froh die Mütze in die Luft wirft. Das ist in wenigen
Worten der Inhalt von Siemering's Fries." Diesem Meister-
werke der plastischen Kunst gegenüber erhebt sich noch dicht
verhüllt das Standbild Friedrich Wilhelm's III., dessen Enthüllung den Schluß der Einzugsfeier bilden soll.

Zurück nun zu den unter stetig sich fortpflanzendem
Hurrah die Linden einherschreitenden Siegern! Als die Spitze
des Zuges die Linden verläßt, reitet der Kaiser mit seiner
Suite an das Blücherdenkmal. Darauf erfolgt der Vorbeimarsch der Truppen, der fast drei Stunden währt. Jedes einzelne Regiment wird jubelnd begrüßt, die Fahnen werden sa-
lutirt. Als der Kaiser beim Vorbeimarsch des Königs-Grenadier-
Regiments Nr. 7 sich an die Spitze desselben stellt (ein Gleiches
geschieht beim Defilieren des Regiments Königin Augusta,
welches der Kaiser seiner hohen Gemahlin vorführt, und des
Regiments Garde du Corps) bricht von allen Seiten ein
Sturm der Begeisterung aus, welcher die geschichtliche Bedeutung dieser Ehrenbezeugung kennzeichnet. Der greise kaiserliche
Held hält auch hier in der glühenden Sommerhitze, Allen ein
Vorbild, Stand, in der glänzenden fürstlichen Umgebung der
Erste von Allen, an Alter, Kraft und männlicher Größe.

Das Publikum wetteifert in der jubelnden Begrüßung seiner Lieblinge; waren es jetzt Gardeschützen, so beglückwünscht man gleich darauf die Grenadiere von Franz und Alexander, die Artillerie wird nicht minder enthusiastisch empfangen, als die vom Feinde mit märchenhaftem Nimbus umgebenen Ulanen, die stattlichen Gardedragoner und die in der Junisonne glänzenden Kürassiere.

Gegen ¼4 Uhr war der Vorbeimarsch beendet, die meisten Truppen hatten sofort abgeschwenkt, um in ihre Quartiere zu gehen, nur einige Truppentheile, Cavalerie und Infanterie, marschirten in den Lustgarten nnd stellten sich dort in weitem Carré um das verhüllte Denkmal auf. Als diese Aufstellung geschehen war, erschien Sr. Majestät der Kaiser an der Spitze seiner Suite zu Pferde auf dem Platze, begrüßte die Truppen und nahm zur Rechten des in der Nähe der Fontaine aufgestellten eisernen Pavillons seinen Platz. Bald darauf erschien die Kaiserin, die Prinzessinnen und die fremden fürstlichen Damen im Pavillon, und Seine Majestät gab das Zeichen zum Beginnen. Die Tambours schlugen zum Gebet, alle Anwesenden entblößten das Haupt. Auf den Stufen zum Denkmal waren die eroberten französischen Adler, Fahnen und Standarten niedergelegt, Deputationen der Ministerien, der Geistlichkeit, der Stadtbehörden hatten sich davor aufgestellt, hinter dem Denkmal der Domchor, der bei dem Herannahen der Kaisers einen Choral sang. Der Feldprobst der Armee, Thielen, hielt hierauf folgende Ansprache: „Gott segne Deutschland, das nunmehr wieder hergestellt und unter den Staaten Europas den ihm gebührenden Rang eingenommen hat. Deß zum Zeugniß soll dies Standbild enthüllt werden, das der Kaiser zum Zeichen der Liebe und Verehrung König Friedrich Wilhelms III. errichten ließ, des Königs, der die Resultate, vor denen wir heute stehen, angebahnt und die Wege zu ihnen geebnet hat." An diese Worte schloß sich ein Gebet, worauf Seine Majestät den Befehl zur Enthüllung der

aus der Meisterhand des Professor Albert Wolff hervorgegangenen Reiterbildsäule gab. Die Hülle fiel, und das Bild
zeigte sich den gerührten Blicken des Kaisers, seiner Familie
und seines Volkes. Die Truppen präsentirten und riefen
Hurrah, die Musik fiel ein, vom Dom ertönten die Glocken,
und am Kupfergraben wurden Kanonen gelöst. An die Deputationen hielt der Kaiser darauf folgende Anrede:

„Was wir im tiefsten Frieden ersonnen und vollendet,
was wir hofften im tiefsten Frieden enthüllen zu können,
dieses Standbild, ist nun auch zum Denkmal des Schlusses
eines der glorreichsten, wenn auch blutigsten Kriege der Neuzeit geworden. Wenn der König uns sehen kann, so wird
er mit seinem Volk und seinem Heere zufrieden sein. Möge
der Friede, den wir mit so vielen Opfern erfochten, auch ein
dauernder werden! An uns Allen ist es, die Hand anzulegen,
daß es also geschehe. Das walte Gott!"

Um halb fünf Uhr war die Feierlichkeit beendet, der
Empfang der Truppen im Einzelnen verbreitete sich über die
ganze, weit ausgedehnte Stadt, überall Scenen hervorrufend,
welche der Ausdruck des herzlichen Entgegenkommens Seitens
der Bürgerschaft waren. — Es war ein schöner, harter und
heißer Tag! Die Soldaten haben es gesagt, als sie am späten Nachmittage in ihre Quartiere rückten, nachdem sie die
Mühseligkeiten des ihnen bereiteten Festes von den frühesten
Morgenstunden an in überreichem Maße genossen hatten. In
der Aufregung, der gehobenen Stimmung und dem stolzen
Bewußtsein, den nach furchtbarem Ringen erkämpften Lorbeer
in dieser Stunde, umjubelt von den Brüdern im Vaterlande,
zu pflücken, gehorchte der Körper dem Geiste, und wer von
den fremden Offizieren, von den Russen, Amerikanern und
Engländern, die auf dem Opernplatz und auf den glühend
heißen Tribünen desselben, den correcten Parademarsch unserer
Truppen mit angesehen hat, der wird in ihnen die Sieger
von Wörth und Sedan, von Orléans, Paris und den Vogesen-

päſſen erkannt haben. Daß die feſtliche Bewirthung der Einziehenden nicht an demſelben Tage ſtattfand, war ein Glück, die
Abſpannung der Leute (es ging heiß zu, wie in einem Gefecht
auf franzöſiſchem Boden, hörte man ſprechen) wäre den An-
ſtrengungen ſofort eingetretener Feſtlichkeiten doch nicht gewach-
ſen geweſen. Ein Trunk Waſſer oder Bier war der höchſte
Genuß, der ihnen geboten werden konnte, und dann — Ruhe,
wenigſtens auf einige Stunden Ruhe, denn das Feuermeer,
das am ſpäten Abend über Berlin ausgegoſſen war, lockte
doch wiederum auch den Müdeſten aus ſeinem Quartier auf
die Straße.

Und nicht die Soldaten allein, die nicht zu zählenden
und kaum zu ſchätzenden Fremden, die aus allen Weltgegenden
herbeigeeilt waren, hätten die Straßen ſchon gefüllt. Der
Verkehr war am Abend ein ganz ungemeſſener, und die Groß-
artigkeit der Maſſenanhäufungen machte für ſich ſelbſt ſchon
das Schauſpiel der Illumination zu dem intereſſanteſten. Die
Illumination am Abende (auch hier folgen wir den Berichten
der „Nat.-Ztg.“) fing wegen der ſommerlichen Helle natürlich
ziemlich ſpät an, ſie war aber wohl, ohne die geringſte Uebertreibung geſprochen, durch keine vorangehende jemals übertroffen. Von Seiten der Stadt war für die Beleuchtung der
Siegesſtraße, der öffentlichen Denkmäler und des Brandenburger
Thores Sorge getragen. Zwiſchen den franzöſiſchen Kanonen
Unter den Linden leuchteten die Kandelaber in hellen Flammen
über dem Frühlingsgrün der Bäume und die bunten Lampions
unter Guirlanden hervor, die Velarien, dieſe prächtigen Farben-
ſchöpfungen unſerer Maler, erſtrahlten von Zeit zu Zeit im
bengaliſchen Lichte, die Kaiſerlaternen umgaben das Friedrichsdenkmal in geſchmackvoller Faſſung mit fernhinleuchtendem
Glanze, alle fürſtlichen Palais an dem Opernplatze, das Opern-
haus, das Zeughaus, die Univerſität, das Akademiegebäude,
die Hedwigskirche, das Muſeum machten die laue Sommernacht
zum hellſten Tage. Die Fresken hinter den Säulen am Mu-

seum waren durch electrisches Licht beleuchtet, welches die Bilder weit über den Lustgarten hin erblicken ließ. Wohl das
Prächtigste, wie ein phantastisches Märchen aus tausend und
einer Nacht war das Brandenburger Thor mit der Victoria.
Den Tausenden, die Kopf an Kopf gedrängt auf dem Pariser
Platz standen, erschien das gewaltige Baudenkmal im rosen-
rothen Glanze, während fortwährend bunte Leuchtkugeln, Rake-
ten, Girandolen in den Nachthimmel emporstiegen; dann leuchtete
vom Thiergarten aus electrisches Licht wie anbrechender Morgen,
bis mit Jubel begrüßt blendend und strahlend eine Sonne sich
über der Gestalt der Siegesgöttin erhob. Der Eindruck war
jedesmal ein überwältigender. Die Standbilder der Helden
der Freiheitskriege am Opernplatz und der großen Generale
Friedrich's II. auf dem Wilhelmsplatz, der große Kurfürst, die
„Berolina", diese Colossalstatue, das Werk weniger Tage und
leider nur für wenige Tage berechnet, die Marmorstatuen vor
der neuen Wache und auf der Schloßbrücke, alle diese herrlichen
Figuren waren von bengalischem Feuer umglüht und bildeten
die Mittelpunkte der dicht sie umdrängenden Volksmassen. Der
klare, wolkenlose Himmel spiegelte das Flammenmeer der Hauptstadt wieder und wird weithin in's Land die Freudenzeichen
des Siegesjubels getragen haben. Als Finale mögen auch die
Schloßkuppel und der Thurm des Rathhauses, die Kuppel der
Sternwarte, mehrere Kirchen, wie die Spittelkirche am Ende
der Leipzigerstraße, gegolten haben, die in rothem und grünem
electrischen Lichte oder aus flammenden Feuerbecken hoch über
den Dächern der Stadt Freudenfeuer in die Ferne entsendeten.

Ja, dieser 16. Juni das war ein Tag hoher Festesfreude,
wie eine solche — nach ihrer äußern Erscheinung — in gleicher
Pracht wohl auch in anderen Ländern, sicher aber nirgendswo
in gleicher Junigkeit zum Ausdruck gekommen ist! Welche
Siegesarbeit war vollbracht! Immer und immer wieder ward
die Seele von Staunen ergriffen, betrachtet sie die Größe der
dem Vaterlande in der Kriegsfrage gestellten Aufgabe, die jetzt

erst in ihrem vollen Umfange sich übersehen ließ, und die Mächtigkeit der errungenen Erfolge. Eine genaue Berechnung ergab, daß der Kriegszustand im Ganzen 210 Tage gewährt hatte. Werden daran die Tage der Mobilmachung und die Tage der Verhandlungen während des Waffenstillstandes abgezogen, so bleiben 180 eigentliche Kriegstage übrig.

In diesen 180 Tagen nun haben die deutschen Heere 156 mehr oder minder bedeutende Gefechte bestanden, 17 größere Schlachten geschlagen, 26 feste Plätze genommen, 11,650 Offiziere, 363,000 Mann Gefangene gemacht und über 6,700 Geschütze und 120 Adler und Fahnen erbeutet.

Eine eingehende Berechnung ergiebt demnach, daß die deutschen Heere in jedem der sechs Monate wirklicher Kriegsführung durchschnittlich 26 Gefechte und 3 Schlachten durchkämpft, 4 Festungen genommen, 1940 Offiziere und 60,500 Mann gefangen und 1,110 Geschütze und 20 Adler und Fahnen erbeutet haben.

Es kommen somit auf jeden Tag des Krieges beinahe ein Gefecht, auf jeden neunten Tag eine Schlacht, auf jeden sechsten Tag eine eingenommene Festung; ferner auf jeden Tag an Kriegsgefangenen 65 Offiziere und 2070 Mann, an Fahnen oder Adler einen oder je zwei auf je zwei oder drei Tage.

Und bei dieser Berechnung sind weder die für gefangen erklärten 170,000 Mann zählenden pariser Truppen, noch die 83,000 Mann, die nach der Schweiz und die 6000 Mann, die nach Belgien übergetreten waren, in Betracht gezogen worden. —

Es vertheilen sich die Gefechte und Schlachten auf die einzelnen Monate wie folgt: es kommen auf die Zeit bis zur Capitulation von Sedan 13 Gefechte, 8 Schlachten — bei Weißenburg, Wörth, Spicheren, Courcelles, Vionville, Gravelotte, Noisseville und Beaumont-Sedan, — und die Einnahme

von vier festen Plätzen, Lützelstein, Lichtenberg, Marsal und
Vitry. In den Monat September fallen 13 Gefechte und die
Einnahme der Festungen Sedan, Laon, Toul und Straßburg,
in den Monat Oktober 37 Gefechte und der Fall der Festungen
Soissons, Schlettstadt und Metz, in den Monat November 15
Gefechte, zwei Schlachttage, — die von Amiens und Beaune
la Rolande — und die Einnahme der Festungen Verdun,
Montbeliard, Neu-Breisach, Ham, Diedenhofen, la Fère und
der Citadelle von Amiens, in den Monat Dezember 30 Gefechte, die Schlachten vor und bei Orléans und an der Hallue,
sowie der Fall von Pfalzburg und Montmédy, in den Monat
Januar endlich 48 Gefechte, die Schlachten bei Le Mans, Montbeliard und St. Quentin und der Fall der Festungen Mézières,
Rocroy, Peronne, Longwy und Paris. Im Monat Februar
wurde endlich Belfort den deutschen Truppen vorläufig übergeben. —

Der Zeitabschnitt der Cernirung von Paris währte vom
19. September bis zum 28. Januar, also 130 Tage, innerhalb
deren 22 größere Ausfallsgefechte stattfanden, welche bei vor-
stehender Berechnung durchweg der Zahl der Gefechte hinzu-
gezählt worden sind, obgleich ein Theil derselben ihrer Ausdehnung wie Bedeutung nach wohl den Schlachten des Krieges
anzureihen sein dürfte. Die Ziffer von 22 Ausfallsgefechten
auf 130 Tage ergiebt für den Monat fünf bis sechs, und
zwar fallen auf den September deren drei, auf den Oktober
acht, auf den November zwei, auf den Dezember vier und fünf
auf den Januar.

Nach allen Seiten hin betrachtet — welche Anstrengungen!
Die Belagerung Straßburgs allein hat 2 Millionen Thaler
gekostet. Nicht weniger als 193,000 Geschosse aller Art, 50-
pfündige, 25-pfündige Bomben, Shrapnels, Langgeschosse, sind
dort zur Verwendung gekommen.

Solche Anstrengungen, solche Erfolge, — und doch bei
den einziehenden Siegern — eine Armee selbst, die aber in

ihrer Zusammensetzung die gesammte Wehrkraft Deutschlands
repräsentirte, — auch nicht einen Hauch und Schimmer alten
oder modernen Prätorianerthums! Da wurde es dem Be-
schauenden, der es bis dahin noch nicht gewußt, klar, was es
heiße: ein Volk in Waffen war's, das da stritt — nicht aus
Gier nach eitlem Ruhm oder nach Beute, sondern um das
Heiligthum des Hauses und Landes zu schützen! — Wie recht
hatte Julius Lippert, der den Ausspruch that: „Tapfer ist der
Deutsche von Haus aus, und wenn er sich auf den Krieg verlegen muß, kann er der beste Soldat sein; aber seine Tapferkeit hat nichts von dem romantischen Schimmer der französischen.
Er kann siegen und sterben mit gleicher Würde, aber er kann
nicht ein Wesen machen, wie der Held auf der Bühne." Die
frohbewegte Seele des Volkes, dessen Denken und Empfinden
tausendfältig in all den geschilderten symbolischen Festeszeichen
sich kund gegeben hatte, fand auch in der Presse würdigen
Ausdruck. Die Zeitungen wetteiferten miteinander, den Siegern den Zoll der verdienten Anerkennung darzubringen. Die
Ansprachen würden Bände füllen, vereinte man sie zu einem
Ganzen. Aus der Fülle heben wir einen Bewillkommnungs-
gruß von Karl Frenzel hervor:

„Heut feiert das deutsche Heer den schönsten und größten
Sieg, der je erstritten ward. Nicht nur hat es allein, ohne
Bundesgenossen, im Gegentheil, überall von feindlichen oder
neidischen Blicken verfolgt, je stolzer und weiter seine Fahnen
flogen, den übermüthigen Gegner zu Boden geschlagen, sondern
sich selbst hat es zuerst überwunden.

> „Von der Gewalt, die alle Wesen bindet,
> Befreit der Mensch sich, der sich überwindet."

„Nicht Weißenburg war unser erster Sieg; daß jede
Zwietracht verstummte, jeder Parteiunterschied ausgeglichen war;
daß Alle, ob die Vögel von rechts oder links flogen, eins im
Herzen trugen: das Vaterland; daß Fürsten und Stämme ein-
trächtig sich erhoben; daß im Sturm der allgemeinen Begeiste-

II.   **35**

rung jene wenigen ruchlosen und ehrvergessenen Menschen, die
nachher mit dem Erbfeind zu liebäugeln anfingen, verstummen
mußten: das war unser erster Sieg, die Bürgschaft aller
übrigen, das Fundament einer glorreichen Zukunft. Das deutsche
Heer eroberte nicht allein Straßburg, Metz und Paris, es eroberte auch die Einheit; es gab uns nicht nur Elsaß und
Deutsch-Lothringen wieder, es gab uns Allen ein gemein-
sames Vaterland. Und wie das deutsche Volk in Waffen, am
Anfang des schrecklichen Kampfes, seinen schlimmsten Feind
in der eigenen Brust, den Partikularismus, die Eigensucht, bezwungen, so bezwang es, am Ende, als ein unermeßlicher Erfolg seine Anstrengungen gekrönt hatte, den andern bösen Dämon, den Stolz.

„Heut triumphiren wir nicht über Frankreich, heut
triumphiren wir vor Allem, daß wir ein einiges Volk geworden sind, und freuen uns, daß unsere Haltung nach dem Siege
den Schrecken, den unsere Waffen eingeflößt hatten, in die Bewunderung der Welt verwandelt hat. Ja, einig sind wir, an
einem Stamm vereinigt flattern wieder alle deutschen Fahnen.
Jedes Siegeszeichen ruft den Heimkehrenden zu: vereint habt
ihr gestritten, vereint gesiegt. Nicht zu unterscheiden in dem
dichten Lorbeerkranze, den die Victoria dem deutschen Heere
darbringt, ist das Blatt, das die Brandenburger gewonnen,
von dem Blatte, das den Bayern gebührt; nicht zu unterscheiden in dem Kanonengewühl der Siegesstraße ist das Geschütz,
das die Sachsen erobert, von dem, welches die Schwaben erbeutet; unter den goldenen kaiserlichen Adlern, die den Siegern
vorangetragen werden, wer will sagen, ob die Badenser dieses,
die Thüringer jenes, die Hessen ein drittes der stolzen Feldzeichen Napoleon's auf dem Schlachtfelde an sich gerissen?
Gemeinsam wie der Kampf ist ihnen der Triumph. Aus einem
Kriege, der für immer, durch den Verlust der Rheinlande, unsere Schwäche und innere Getheiltheit als das Gesetz unsers
staatlichen Daseins festsetzen sollte, sind wir einiger als jemals
heimgekehrt.

„Nicht Soldaten, Bürger kommen uns heim, Bürger, die im höchsten Sinne des Worts ihre Bürgerpflicht geübt. So kehrten die Griechen von Marathon und Salamis zurück, so sind die Tapferen, welche mit Washington die Unabhängigkeit der Union erkämpften, nach den herrlichsten kriegerischen Thaten friedlich zu friedlichen Geschäften heimgekehrt. Wir feiern ihren Heldenmuth, wir danken ihnen einen Triumph, dessen ganzen Werth und weltumgestaltende Bedeutung erst ein nachfolgendes Geschlecht erkennen wird; aber alle diese Empfindungen überwiegt die Freude, daß jetzt das Volk in Waffen seine Rüstung ablegt und wieder zum Volk im Bürgerrock wird."

Auch von der ausländischen Presse wurde das berliner Siegesfest und seine Bedeutung vielfach in Betracht gezogen. „Europa", sagte die „Times", „sah am 16. Juni in Berlin einen großen Triumph in einer großen und gerechten Sache. Kein Ereigniß alter und moderner Zeit wird, wenn man Vergleichungen anstellt, so viele Gründe zur Befriedigung vereinigen und gleichzeitig so wenig Ursache zur Klage bieten, welche die Stunde der Freude trüben oder die Zukunft bedrohen.

„Was Europa sich zum Bewußtsein bringen muß, mehr noch als es die Helden dieses Triumphes thun, ist der Umstand, daß der bisher auf Deutschland lastende Vorwurf nun von ihm genommen ist. Man hat ihm tausend Mal gesagt, daß es ihm bei allen sonstigen sittlichen und geistigen Gaben an derjenigen gebreche, welche aus Männern eine Nation machen. Es könne Alles vollbringen und ausführen, nur das Eine nicht: sich selbst einigen und regieren, und so bleibe es ein gegen sich selbst getheiltes Haus. Alles das ist nun abgethan, wir hoffen für alle Zeiten."

In demselben Sinn und Geiste, wenn auch nicht mit gleichen Mitteln, wie es in Berlin geschehen war, ward in Tausenden von Orten Deutschlands an verschiedenen Tagen die Rückkehr der Krieger gefeiert.

An den Festen in den deutschen Städten nahmen die
Deutschen im Auslande durch Einsendung von telegraphischen
Grüßen und Glückwünschen den innigsten Antheil. Aber auch
besondere Feste zu Ehren des Mutterlandes wurden von Deutschen vieler Städte Amerikas, wie auch in Städten anderer Erd-
theile gefeiert, und die Zeitungen brachten durch lange Zeit hindurch erquickende Kunde von den erhebenden und kräftigenden
Nachwirkungen der deutschen Siegesthaten. Ein Zuruf der zu
einem Fest vereinten Deutschen in New-York lautete:

> „Vereint hast du, mein Volk, erreicht,
> Was dir versagt, als du geschieden;
> Du hast dich kühn im Kampf gezeigt,
> Nun sei auch groß und stark im Frieden!"

Schlußbetrachtung.

> Doch hütet euch vor Sicherheit!
> Sie ist der Menschen erblich Leid.
>   **Shakespeare.**
>
> Nur der verdient die Freiheit und das Leben,
> Der täglich sie erobern muß.
>   **Schiller.**

Die Thaten des siebenjährigen Krieges — also hatte
Göthe seiner Zeit geäußert — gaben der deutschen Literatur
Anstoß und Inhalt. Was ist Anderes damit gemeint, als daß
der denkende Theil der Nation, indem er zum Bewußtsein der
Bedeutung jenes Krieges kam, mit neuer Kraft an dem Weiter-
bau der deutschen Nationalität zu arbeiten begann? Den großen
Thaten folgte die Betrachtung; Gang und Ziel der deutschen
Geschichte ward wieder deutlicher erkannt.

Wenden wir dies auf den großen Krieg von 1870/71
an, so dürfen wir hoffen, daß, so gewaltig seine augenblicklichen Ergebnisse auch waren, er dennoch größer, fruchtbarer in
seinen Folgen für das deutsche Volk, aber auch für andere

Völker sich erweisen werde. Das Geschehene steht vor uns wie ein Schauspiel, dessen Anblick in seinen wechselnden Scenen uns mit Staunen erfüllte, und das, auch nachdem der Vorhang gefallen, auf dem das Wort „Friede" uns entgegen leuchtete, in der Erinnerung eine wahrhaft überwältigende Macht auf uns ausübt.

Allgemach erst beginnt die fruchtbare Betrachtung. Welche Ausbeute verheißt sie! Wie hat sie jetzt schon die geschichtliche Erkenntniß bereichert! Einzelnes, was mitten im heißen Kampf in blitzähnlicher Schnelle sichtbar ward und dann wieder hinschwand, breitet sich jetzt vor unsern Blicken in mehr und mehr deutlicher werdenden Umrissen aus.

Als Sedan gefallen war, vernahm man den Ruf: Auch du, unfehlbares Rom, wurdest bei Sedan tödtlich auf's Haupt getroffen! —

Gering mochte damals die Zahl derer sein, die es durchschaueten, daß und wie weit Rom in dem Kampfe verflochten war. Wie anders heut! Der Blitz der deutschen Schwerter hat enthüllt, was in Dunkel geborgen war.

Der doppelhäuptige Feind sank ohnmächtig zusammen. Aber er ist nicht todt, er erwacht aus seiner Betäubung, er beginnt, wirre Reden der Wuth und der Rache auf den Lippen, sich wieder zu regen. Daher gilt für uns die Mahnung des Weisen:

„Doch hüte dich vor Sicherheit!
Sie ist der Menschen erblich Leid!"

Ja, die „Sicherheit" ist namentlich das „erbliche Leid" der germanischen Völkerschaften gegenüber den Romanen von grauer Vorzeit her gewesen. Schlage das Buch der Geschichte auf, und du wirst dies erkennen! Gegen Ende des zweiten Jahrhunderts vor Christi Geburt treten zum ersten Male germanische Völker aus dem Dunkel der Geschichte hervor, die Cimbern und Teutonen. Ein Jeder weiß es, daß diese beiden tapferen Stämme ein römisches Heer nach dem andern zermalmten, und daß Rom, vom „cimbrischen Schrecken" geschüttelt, sich bereits für verloren gab. Was ward dieser tapfern Völker Verderben? „Sicherheit!" Beide Völker trennten sich, jedes sich stark genug fühlend, dem Feinde, wo er ihm begegne, die Stirn zu bieten. Da gelang es den Römern, erst das eine, bei Air, dann das andere, bei Vercelli, zu besiegen.

Für Rom ergab sich daraus eine Lehre, die es nie wieder vergaß, und die als ein Erbtheil an die aus ihm entsprossenen Völkerschaften (die Italiener, Franzosen, Spanier und Portugiesen, die mit dem gemeinsamen Namen lateinische oder romanische Völkerschaften bezeichnet werden) überging. Es ist damit nicht etwa der politische Grundsatz gemeint: „Theile und herrsche!" Dieser Grundsatz war bei ihnen längst in Geltung und hatte sich hundertfältig bewährt. Es war vielmehr die Lehre, diesen Grundsatz mit verdoppeltem Eifer gegen die Germanen in Anwendung zu bringen.

Von da ab erfolgten die Heimsuchungen der Germanen durch die Römer, wie es gegen kein anderes Volk geschehen ist. Die Formen wechselten, die Sache blieb — bis in die neueste Zeit hinein — immer und immer dieselbe.

Als ein, wirkliche Sicherheit für die Zukunft verbürgendes Heil für Deutschland wäre es anzusehen, wenn ein jeder Deutsche, Mann und Jüngling, Frau und Jungfrau, es sich allen Ernstes angelegen sein ließen, ihres Volkes größten Widersacher auf das Genaueste kennen zu lernen, diesen argen Feind, den Luther in seinem erhabenen Kampfesgesange mit den Worten characterisirt:

> „Groß' Macht und viel List sein grausam Rüstung ist;
> Auf Erden ist nicht sein's Gleichen!"

Es wolle dem Leser gefallen, das Nächstfolgende als eine Anregung zu einer derartigen Betrachtung anzusehen!

„Theile und herrsche!" das heißt im Sinne Roms: Theile, um zu herrschen! Erzeuge durch List und Trug Zwiespalt in den Reihen derer, auf deren Bewältigung du es

abgesehen haft, heuchle Freundschaft gegen einen Theil und
zieh' ihn in dein Interesse, während du den andern bekämpfst,
ja benutze den einen zur Mitbekämpfung des andern, oder hetze
die Theile zum Kampfe gegen einander — Alles dies zu dem
Zweck, schließlich sie insgesammt unter dein Joch zu beugen!

Rom verdankte es zunächst der Anwendung dieses Grundsatzes, daß es zu einem Staate von 120 Millionen Menschen
herangewachsen war, daß es die Schätze der Welt in seine
Hauptstadt gezogen hatte, und daß diese Hauptstadt, Rom, alle
Städte der Welt an Pracht und an Stärke der Befestigungen
überragte. Die absolute Selbstsucht feierte in der römischen Politik ihre höchsten Triumphe. Aber doch suchte Rom sich und
Andere zu täuschen, indem es seinen wirklichen Zweck, Herrschaft zu üben und die Früchte der Mühen anderer Völker
sich zum Wohlleben dienen zu lassen, durch die Behauptung
verdeckte, es führe seine Kriege, um die Früchte der Civilisation über die Länder der Barbaren auszubreiten! —

Eitles Vorgeben! Geschah Letzteres von dem Eroberer
zu einem Theile, so galt ihm dies eben nur als täuschendes
Mittel, abgesehen davon, daß nicht wenige Völker von Rom
neben wirklich guten Früchten der Civilisation auch — in Bezug
auf das Sittenleben — Civilisationsgifte empfingen, die ihnen
tödtlich wurden.

Die germanischen Völker machten offenbar den Römern
ganz besondere Sorge, namentlich nachdem Arminius ihnen im
teutoburger Walde eine so schwere Niederlage bereitet hatte.
Dieser Schlag, den Rom empfangen, war überdies fast ausschließlich das Werk eines einzigen Stammes, des Stammes der
Cherusker, gewesen. Wie, wenn die Gesammtheit der Stämme
Germaniens, oder auch nur der größere Theil derselben sich
vereinte zum Entscheidungskampfe gegen Rom? — Betrachtungen
solcher Art drängten sich den Römern auf, und es hatte dies
zur Folge, daß sie nur um so eifriger bedacht darauf waren,
ihre politischen Mittel in erhöhtem Maße gegen Germanien

in Anwendung zu bringen.   In welcher Stärke unter den
Römern diese Anschauungsweise herrschend war, ist recht deutlich aus dem Umstande zu ersehen, daß selbst ein Tacitus,
offenbar ein Mann edlen Characters, der Einwirkung derselben
sich nicht zu entziehen vermochte. Wie ein Angstruf aus gepreßtem
Herzen erklingt seine Mahnung an seine Landsleute, es sich
doch ja auf das Aeußerste angelegen sein zu lassen, die Uneinigkeit der deutschen Stämme aufrecht zu erhalten, da davon
Roms Bestehen abhänge! —

Rom stand um diese Zeit in äußerer Beziehung auf der
Höhe seiner Erfolge, während bereits ein Feind im Innern,
den seine Politik ihm geschaffen, sein Zerstörungswerk begonnen
hatte.   Die aus allen Erdtheilen zusammengeraubten unermeß-
lichen Schätze, in der Kriegssprache Beute genannt, hatten ein
unerhörtes Wohlleben erzeugt, und dieses Wohlleben zehrte
nicht nur wie Gift an der Kraft der Nation, sondern ver-
schlechterte auch den Boden der Denk- und Empfindungsweise
der Bevölkerung in einer solchen Weise, daß zuletzt aus ihm
abwechselnd nur noch Tyrannei und Demagogie emporwucherten,
welche Giftgewächse stets als die sicheren Zeichen der moralischen Verkommenheit eines Staates anzusehen sind.

Um dieselbe Zeit leuchtete die Sonne des Christenthums
mit ihren Strahlen in das Römerreich hinein, und viele Mühseligen und Beladenen fanden in ihrem Lichte eine Erquickung,
wie die Welt sie nicht bot.   Sie fanden in der neuen Lehre
auch die Kraft, das Leidenskreuz zu tragen, das bald genug
die römischen Staatsmänner den Bekennern des Christenthums
auferlegten, da Letztere erkannten, daß das Christenthum Grundsätze enthalte, die, zu allgemeiner Geltung gelangt, der Politik
der Selbstsucht das Fundament entziehen würden.   Trotzdem
verbreitete sich die neue Lehre, denn sie entsprang dem im tiefsten Gemüth ruhenden Menschheits-Ideale, das in dem Leben
des Heilandes in vollkommenster Weise zur Verkörperung gelangt war, und wenn auch damals schon sowohl das Bild des

Menschensohnes wie auch seine Lehre von manchem Nebensäch-
lichen begleitet war, so stand dies nicht im Gegensaße zu der
neuen Lehre, sondern es glich dem Gold- und Purpurgewölk,
mit dem die Erde sich schmückt, die aufgehende Sonne zu empfangen. Sie selbst ist es, die das Licht zu diesem Schmuck
giebt, der je nachdem in Farben glüht, je nachdem das Gewölk
geartet ist, das von den Strahlen getroffen wird.

Anders begann sich die Sache des Christenthums im
Römerreiche von der Zeit an zu gestalten, in der die römische
Staatskunst beschloß, sich des Christenthums zu bemächtigen,
um es politisch zu verwerthen. Wir vermögen es nicht, die
neue Lehre auszurotten, sagte sich Rom; wohlan denn, so
wollen wir die in ihr ruhende Macht in den Dienst des
Staates, in den Dienst unserer politischen Zwecke ziehen! Das
war für die im Römerreiche lebenden Christen eine so schwere
Heimsuchung, daß dagegen die Heimsuchungen durch die vorhergehenden zehn blutigen Verfolgungen gering erscheinen.
Leßtere hatten die Vernichtung der Leiber, diese hatte die
Schädigung der Seelen und damit die Verdunkelung und Entstellung der heiligen Lehre zum Zweck. Der Heide Constantin
ließ Christen für sich kämpfen, ihnen gelobend, daß, wenn sie
ihm die Kaiserkrone erstritten, er die Taufe annehmen werde.
Es kann nicht verwundern, daß eine solche Zusage die Christen
seines Heeres zu beispielloser Anstrengung entflammte. Aber
obgleich sie den Sieg gewannen, und obgleich hinterher die
Trugerzählung von dem die Unterschrift „Unter diesem Zeichen
wirst du siegen!" tragenden Kreuz, welches dem nunmehr in
den unbestrittenen Besiß der kaiserlichen Macht gelangten Constantin vor der Schlacht am Himmel erschienen sei, auf seine
Veranlassung verbreitet ward, ließ er sich dennoch nicht sofort
taufen; er versparte sich vielmehr diese „Ceremonie", in der er
— echt heidnisch! — eine Art von Zaubermittel sah, der Strafe
für alle begangenen Sünden zu entgehen, für die Zeit, in der
er den Tod nahe fühlen würde. Hatte er doch noch vor, ver-

schiedene Morde auszuführen, sogar einige, die sich auf Glieder seiner Familie (seiner Gemahlin Fausta und seines trefflichen Sohnes Chrispus) bezogen! — Dennoch ließ dieser heidnische Tyrann, (derselbe, der zu Nicäa — entgegen seiner kurz vorher kundgegebenen Ansicht, zu der sich auch die versammelten Kirchenmänner in ihrer großen Mehrheit bekannt hatten — die Annahme des athanasischen Glaubensbekenntnisses durch Gewaltmittel erzwang) sich von da ab als „christlichen" Kaiser feiern, und es fehlte nicht an unwürdigen Priestern, die sich zur Ausführung auch dieses Truges hergaben. Man täuschte sich gegenseitig. Constantin suchte seine Stütze in den christlichen Priestern, nicht um sich und seinem Volke die christliche Lehre zu Nutz und Frommen dienen zu lassen, sondern um an den Priestern Werkzeuge zu gewinnen, die ihm unter christlicher Hülle politische Dienste erwiesen; sie wiederum feierten ihn nicht, weil sie der Ueberzeugung lebten, daß christliche Gesinnung ihn erfülle, sondern weil er ihnen mit vollen Händen Kirchengut gab, und er sie mit weltlichen Ehren überhäufte.

Trauriges Schauspiel! Der äußere Sieg des Christenthums, der darin bestand, daß es im römischen Staat als Staatsreligion erklärt wurde, war der Anfang der Verdunkelung und Entstellung der göttlichen Lehre! Die weltliche Ehre und der Reichthum verlockten von da ab „Kinder dieser Welt", sich in die Reihen der oberen Priesterschaft einzudrängen und christliche Staatsämter anzunehmen, und unter dem Einfluß solcher Personen war bald die Methode gefunden, unter christlichen Formen in altheidnischer Weise über das Volk Herrschaft zu üben, zumal aus dem Vorrath heidnischen Aberglaubens reichlich geschöpft und in die christliche Kirche eine Zahl von Gebräuchen übernommen wurde, die sich im heidnischen Tempeldienste als treffliche Mittel bewährt hatten, das Volk, indem man es täuschte, niederzuhalten.

So begann der christliche Klerus den von ihm Brot des Lebens begehrenden christlichen Gemeinden Steine unfruchtbarer Lehren und tödtenden Aberglaubens darzureichen.

Nicht die Gesinnung einzelner in den Reihen der Priesterschaft haben wir hier (und auch weiterhin) in Betracht zu ziehen.
Auch in den schweren Zeiten der Kirche, die jetzt folgten, hat
es nicht an einzelnen wahrhaft frommen und erleuchteten
Priestern gefehlt. Diese aber waren unvermögend, das heidnische Wesen, das sich in den Klerus eingedrängt hatte,
wieder zu entfernen, und so ward trotz alles Mühens und
Ringens dieser einzelnen frommen Männer der römische Klerus
immer mehr ein Gefäß altheidnischen Geistes — der Gesinnung
nach ein Grab der Verwesung, das äußerlich übertüncht war
mit christlichen Zeichen und Farben.

Unter gleichen Umständen wäre auch auf anderen Orten
das Herrschaftsgelüst im Klerus aufgewuchert. Wie viel mehr
mußte dies in Rom geschehen, dem Orte, der tausend Jahre der
Mittelpunkt der Welt gewesen war! Der Gedanke, von dort
aus die Welt zu beherrschen, lag, — die ganze Umgebung mit
ihren stummen, aber doch beredten Zeugen, die ganze Geschichte
der Vergangenheit erzeugte ihn — gleichsam in der Luft —
allgemach erfüllte sich der römische Klerus mit ihm.

Die Hauptmacht der Priesterschaft concentrirte sich in
dem Bischof, und nun sehen wir im Jahre 162 nach Christi
zum ersten Male in Rom den Versuch in Scene treten, Rom
zum Vorort der ganzen Christenheit, die römische bischöfliche
Gewalt als die herrschende über die Gewalt aller übrigen
Bischöfe und damit der ganzen gesammten christlichen Welt anerkannt zu sehen. Der Bischof Victor war es, von dem dieser
Versuch ausging, das geistliche Cäsarenthum Roms zu begründen. Mit Heftigkeit hatte er bei Gelegenheit einer unter auswärtigen Bischöfen ausgebrochenen Streitigkeit begehrt, sich
seiner Entscheidung zu unterwerfen, ja, es waren die „wider-
spenstigen" Bischöfe von ihm mit Ausstoßung bedroht worden. Er
wurde jedoch von der auswärtigen Geistlichkeit kräftig zurückgewiesen; Bischöfe erinnerten ihn an die klare Weisung des
Heilandes: „Die weltlichen Fürsten herrschen, und die Ober-

herrn haben die Gewalt. So soll es unter euch nicht
sein, sondern so Jemand will unter euch gewaltig
sein, der sei nur Diener. Und wer will der Vornehmste sein, der sei nur Knecht." Victor mußte sich
beugen.

Im Verlaufe der nächsten Jahrhunderte jedoch wurden
neue Versuche gemacht, und ob ihnen auch neue Rückweisungen
zu Theil wurden (von 63 der berühmtesten älteren Kirchenväter haben sich 47 gegen das Herrschaftsgelüst Roms
ausgesprochen): der Gedanke, Rom als geistlichen Vorort und
den Bischof Roms als geistlichen Oberherrn der Christenheit
anerkannt zu sehen, blieb im römischen Klerus nicht nur bestehen,
er gewann vielmehr — langsam zwar, jedoch unaufhaltsam —
an Stärke.

Der Widerstand regte zu eifriger Umschau nach Mitteln
an. Die christlichen Priester gingen in die Schule bei ihren
heidnischen Voreltern, und siehe, im Klerus fanden auch die
wichtigen Grundsätze des alten Römerreiches Aufnahme: Nie
ein in's Auge gefaßtes Ziel aufgeben! Zeitweise
ruhen, um neue Kräfte zu sammeln, doch nicht geschlossenen Auges, vielmehr spähend nach Zeit und
Gelegenheit, Vortheile zu gewinnen! Nach Herrschaft zu streben und die erlangte Herrschaft beständig auszudehnen!

Das waren die Grundsätze, die den alten heidnischen
Staat groß gemacht hatten, und der Welt sollte nun das
Schauspiel werden, jene Grundsätze — unter geistlicher Hülle — neu aufleben und große, erstaunens-
werthe, aber auch überaus verderbliche Wirkungen
hervorbringen zu sehen.

Was half es, daß außerhalb Roms lebende fromme
Kirchenväter den römischen Priestern warnend zugerufen hatten:
ihr vergesset die Forderungen des Heilandes an die, die sein
Reich begründen sollen; ihr steuert — im Gegensatze zu den

Lehren des Meisters und Herrn — darauf hin, ein „Reich von dieser Welt" zu gründen! — Alle Mahnungen waren vergebens! Der römische Klerus war schon zu sehr verstrickt in den Banden des Heidenthums, es war in ihm die „Theologie der Hölle" bereits zur Herrschaft gelangt, jene sophistische Aus-.. legekunst, die einzelne Aussprüche der heiligen Schrift in der Weise zu benutzen weiß, wie uns dies als von dem Teufel geschehen in der Versuchungsgeschichte Jesu dargestellt wird. Durch ein sophistisches Trugspiel ward Simon Petrus als den übrigen Jüngern voranstehend, der Bischof von Rom aber als Nachfolger Petri hingestellt.

Aber war denn Petrus überhaupt in Rom gewesen? Die einzige Quelle, aus der über diese Frage eine Antwort zu schöpfen ist — die heilige Schrift — läßt es als möglich erscheinen, daß Petrus auf seinen Reisen Rom vorübergehend berührt habe. Was nun thun, um späteren Einsprüchen zu begegnen? Man griff kühn und keck zur Geschichtsfälschung! Der Bischof Isidor ließ Documente anfertigen, durch die „nachgewiesen" ward, Petrus habe das Amt als erster Bischof Roms fünf-undzwanzig Jahre bekleidet, und durch diesen von dem Heilande selbst eingesetzten Statthalter sei Geist und Macht auf den Nachfolger übergegangen, wonach sich von da ab — durch Handauflegen — in gleicher Strömung dasselbe Gnadenwunder fortgesetzt vollzogen habe!

Wären heidnische Sophisten aus ihren Gräbern aufge-standen, sie würden den römischen Geistlichen, die in jener Weise die theologische Wissenschaft schändeten, bekannt haben: Ihr seid nicht nur Fleisch von unserm Fleisch und Bein von unserm Bein — ihr seid auch nach Geist und Gesinnung gänzlich die Unsern, und wenn ein Unterschied zwischen uns und euch vorhanden ist, so ist es der: ihr übertrefft uns noch in der Kunst der Sophistik!

Beharrlichkeit führt zum Ziele: durch Ränke und Künste aller Art ward es dahin gebracht, daß auf dem Concil zu

Chalcedon (451) die angeblich vom heiligen Geiste inspirirten Väter dem Bischofe von Rom den Titel Papa universalis zuerkannten, worauf dann auch bald für ihn der Titel „Papst" und die Anrede „Heiliger Vater" in Gebrauch gelangte.

Nun war die Papstmacht da, und sie blieb bestehen, obgleich einer der folgenden zur höchsten geistlichen Würde erhobenen Priester — Gregor der Große — den Versuch machte, den Titel „Papst" und die mit ihm zusammenhängenden Ansprüche wieder zu beseitigen. Es könne ja, sagte er, für jeden, der sehen wolle, nicht zweifelhaft sein, daß, sobald ein Bischof sich den allgemeinen nennen dürfe, und derselbe das Unglück habe, in einen Irrthum zu verfallen, die ganze christliche Kirche Gefahr laufe, zusammenzustürzen, und daß folglich die Einwilligung in dieses Wort eine wahre Gotteslästerung und eine wirkliche Verleugnung des Glaubens in sich schließe!

Aber selbst eine solche aus dem Mittelpunkte der oberen Priesterschaft hervorgegangene Stimme war nicht mehr mächtig genug, den Ungeist der Kirche zu bannen, der polypenartig sich über die Gesammtheit der oberen Priesterschaft Roms verbreitet hatte. Ueberdies stützte und förderte derselbe Gregor diesen Ungeist in anderer Weise, indem er das kirchliche Wesen äußerlich in verstärktem Maße mit Pomp umkleidete und aus der Priesterschaft eine wohlgegliederte geistliche Armee schuf, die später sich trefflich dazu eignete, das geistliche Cäsarenthum Roms zu befestigen.

Es kam die Zeit Winfrid's, dem Rom den Namen Bonifacius (Wohlthäter) und Apostel der Deutschen gab, weil er das Christenthum in Deutschland verbreitete, namentlich aber, weil er das christliche Deutschland an Rom kettete, weshalb der Papst ihn auch mit der erzbischöflichen Würde bekleidete. Bonifacius, ein wahrhaft frommer Priester, dachte hoch und hehr vom Primat Petri, etwa so, wie später Luther zu der Zeit, in der er seine Reise nach Rom antrat, oder wie heut noch viele fromme und deshalb auch von den Protestanten hochgeachtete Katholiken vom Papstthum denken. Auch Bonifacius sollte sich des Unterschiedes zwischen dem wirklichen Rom und dem Rom, wie es dem frommen, von jeder Untersuchung scheu zurückbebenden Glauben erscheint, bewußt werden. Rom begann seinen Sündenhandel mit Pipin, dem allgewaltigen Minister des Frankenkönigs. Es handelte sich um Heiligsprechung des Kronenraubes, den Pipin auszuführen beschlossen hatte. Bonifacius erstarrte vor Schreck, als er vernahm, der Papst habe bei seiner Antwort auf die an ihn gerichtete verfängliche Frage nicht die klaren Gebote Gottes, sondern seinen weltlichen Vortheil in Betracht gezogen. Er lehnte es ab, die Krönung an Pipin zu vollziehen, und als der Papst in eigener Person in dem Frankenreiche erschien, um selbst das verruchte Werk, zu dem er die Hand geboten, zur Vollendung zu bringen, begab sich Bonifacius, der mit zu Hofe geladen war, mit seinen Büchern und mit seinem Todtenhemd in das Land der Friesen, wo er im Dienste seines Heilandes, dem er sich mit wahrer Seele ergeben, seinen Tod fand.

Was mag der fromme Greis gelitten haben, als es sich ihm klar vor die Seele gestellt hatte, daß der Edelstein der Lehre Jesu in Rom eingesargt lag, daß daselbst heidnisches Augurenwesen, umhüllt von christlichem Schein und christlichen Formen, zur Herrschaft gelangt, daß der Papst mit nichten der Stellvertreter Gottes auf Erden, daß er vielmehr ein heidnischer Pontifex maximus sei, der sich das christliche Priestergewand angelegt hatte!

Damit war äußerlich sichtbar geworden, was — dem Gelüst und dem Grundsatze nach — längst im römischen Klerus gelebt hatte. Die wachsende Gier nach Herrschaft, nach weltlichem Besitz war durch das Mittel der Lüge, durch den Verrath an dem Worte Gottes auf der Bahn der Selbstsucht, „die das Ihre sucht", zu einem Hauptziele gelangt. Das

alte Rom war — als Staat — neu erstanden, die
Priester gaben es aus für das sichtbar gewordene Reich Gottes,
es war aber in Wahrheit nur ein ekles Zerrbild des Gottes-
reiches.

Vor der Welt glänzte dieses Reich, für dessen Herrscher
von nun ab der Name Papst unangefochten galt. Auch der
Fußkuß (ebenfalls ein heidnischer Gebrauch) war bereits zur
Aufnahme gelangt. Da die Grundlehren des Christenthums verleugnet worden waren und vor dem Volke schon um
deßwillen verdeckt gehalten werden mußten, damit dasselbe an
ihnen nicht einen Maßstab gewinne, das Leben und Treiben
des Klerus zu prüfen, blieb nur übrig, der Menschheit durch
äußerliches Wesen Ersatz zu bieten. „Da kamen auf,“ sagt
Eyth, „Weihrauch für die Nase, Musik und Glocken für das
Ohr, Gewänder, Bilder, Fahnen, Crucifixe, Processionen für
das Auge.“ Der bischöfliche Hirtenstab, früher von schlichtem
Holz und somit an und für sich werthlos, aber von hoher
symbolischer Bedeutung, geltend als Zeichen treuer Fürsorge
und christlicher Demuth, wandelte sich in Gold und strahlte
von Edelsteinen; der Papst im goldgestickten Purpurkleide
thronte herrlich wie ein Cäsar alter Zeit auf seinem Stuhle.
Es war gelungen, eine neue Knechtung der Welt (eine ungleich
gefährlichere, wie die alte es gewesen, die sich nur auf brutale
Gewalt gestützt hatte, während die neue Knechtung auf die
Verdunklung, ja Ertödtung des Gewissens der Menschheit ausging) von Rom aus in Scene zu setzen, und wieder ward
„die Welt gehöhnt mit falschem Schein!“ —

War denn die im Jahre 800 erfolgende Krönung Karl's
des Großen im Grunde genommen nicht ebenfalls ein Werk falschen Scheines? Der Papst — also ward dem Volke erzählt —
habe den vor dem Altar in Andacht versunkenen Karl mit
seiner Gabe — der Kaiserkrone — „überrascht.“ Was gab
er ihm denn? Einen Titel, einen leeren Titel! Römischer
Kaiser! Kaiser des alten Weltreiches Rom! Aber nicht eine

Stadt, nicht einen Zoll Erde, nicht einen Grashalm gewann Karl von dem ehemaligen Römerreiche, das in Verfall gerathen war, und aus dem sich selbstständige Staaten gebildet hatten. Wie es in dem Handel mit Pipin geschehen war, machte Rom auch in dem neuen Handel ein gutes Geschäft; denn es erhielt — diesmal für ein Nichts — wiederum Landgebiet und zwar solches in weit ansehnlicherem Umfange, als Pipin's Schenkung betragen hatte, und es konnte sich nun der angebliche Statthalter Gottes auf Erden mit mehr Recht, als es vorher schon geschehen war, Papstkönig nennen!

Nach Theilung des großen Frankenreiches ging die Kaiserkrone auf Deutschland über, d. h. die Päpste behielten sich vor, das Schauspiel der Krönung an den deutschen Königen in St. Peter zu Rom zu wiederholen, damit der Welt kund thuend, es ihr immer wieder auf's Neue einprägend und sie an die Vorstellung gewöhnend, daß wie für himmlische Dinge, so auch für irdische Rom, die von der Gottheit eingesetzte erhabene Gnadenspenderin sei!

Den Frankenfürsten blieb als Entschädigung der Titel „Allerchristlichster König", der zuerst dem Blutmenschen Chlodwig verliehen worden war, zu dessen Krönung eine weiße Taube ein Fläschchen mit Salbungsoel — dies Wunderfläschchen mit dem sich fortgesetzt neu erzeugenden Oele wird heut noch vorgezeigt! — vom Himmel herabgebracht hatte; und Rom versagte auch weiterhin solchen Fürsten, die weit eher verdient hätten, die allerteuflischsten Könige zu heißen, diesen Titel nicht, sofern sie sich nur dazu hergaben, dem heiligen Stuhle Dienste zu thun.

Der Herrschaftsgedanke Roms war so weit zur Entfaltung gelangt und hatte durch die errungenen Erfolge eine solche Stärke gewonnen, daß im Cardinals-Collegium die Parole galt: Wir ruhen nicht, bis uns — und zwar in größerem Maßstabe noch, als unseren heidnischen Vorvätern — die Welt zu Füßen liegt! —

IL   36

Kein besonnener Beobachter der Entstehung der Papstmacht und ihrer Fortentwicklung bis zu dem Punkte, den wir
erreicht haben, kann nunmehr noch zweifelhaft über Zweck und
Ziel aller weiterhin erfolgenden Entschließungen und Kundgebungen derselben sein.

Aber ging denn nur absolut Böses von Rom aus?
Behüte! Rom gab sich nicht nur den Schein, christliche Lebens-
regungen zu fördern, es förderte solche — im Einzelnen —
auch wirklich. Der heilige Stuhl hatte stets ein Auge auch
auf Männer, die in Werken christlicher Tugendübungen als
hohe Vorbilder betrachtet zu werden verdienen: diese betraute
er mit besonderen Missionen. Aber welchen Zweck hatte Rom
im Auge, indem es sie aussandte zur Uebung schwerer Dienste,
als da wären Heidenbekehrungen, Stiftung und Erhaltung
wohlthätiger Anstalten, Krankenpflege und Aehnliches? Geschah es in erster Linie um der Verrichtungen willen, zu deren
Ausübung gerade sie besonders befähigt erschienen? Wahrlich nicht! Sich selbst hatte Rom dabei in erster Linie im
Auge; auch die Tugendübung Einzelner ward von Rom in
den Dienst der Selbstsucht genommen. Es ward in Berechnung gezogen, daß die Völker ja ohne allen Zweifel im Hinblick auf die ihnen gesandten frommen Männer sich sagen würden: Leuchten diese schon als Sterne, so muß ja Rom eine
Sonne, ein Vorhof des Himmels sein, in welchem der heilige
Vater in unmittelbarem Verkehr mit den Heiligen der Kirche
steht! Daher war denn auch Rom nicht sparsam in Ehrenbezeugungen gegen diese Sendlinge; es erhob einzelne von
ihnen sogar — zur Aufmunterung für die andern — in die
Rangstufe der Heiligen und verlieh ihrem Leben einen legen-
denartigen Schmuck. Den h. Dionys, der sein abgeschlagenes
Haupt 6000 Schritt trug, haben wir oben kennen gelernt.
Aber wehe denen von ihnen, die ihr christliches Sinnen und
Trachten etwa dahin brachte, Vergleiche anzustellen zwischen
dem Leben des Heilandes und seiner Jünger und dem des

Papstes inmitten seines Cardinal-Collegiums, und die ihr Wahrheitssinn trieb, ihre Stimme zu erheben gegen die durch das Treiben Roms an den Tag gelegte Verleugnung der Lehre des Heilandes! Sie wurden erbarmungslos hingewürgt von der Kirche, die nicht Anstand genommen haben würde, dem Heilande und seinen Jüngern durch Feuer oder durch Einmauerung ein Gleiches zu thun, wären dieselben um diese Zeit noch einmal erschienen, und hätten sie an den Klerus die Forderung gestellt, aus der Verweltlichung in ein wirklich geistliches Leben überzugehen!

Zweihundert Jahre nach der Zeit Karl's des Großen trat das neue Rom mit seinem Programm vor der Welt auf — freilich nicht ohne daß ihm von seinem Verfasser, dem Papst Gregor VII., der Weihrauch fromm klingender Phrasen beigegeben wurde. „Die Welt" — also hieß es in dem von Gregor ausgegebenen Programm — „wird gelenkt durch zwei Lichter, durch die Sonne, das größere, und durch den Mond, das kleinere. So ist die apostolische Gewalt wie die Sonne, die königliche Gewalt wie der Mond. Wie dieser nur leuchtet durch jene, so sind Kaiser, Könige und Fürsten nur durch den Papst, weil dieser durch Gott ist. Also ist die Macht des Stuhles weit größer, als die Macht der Throne, und der König ist dem Papste unterthan und ihm Gehorsam schuldig."

Dies Programm war zugleich eine Kriegserklärung gegen den deutschen König Heinrich IV. Wie das alte Rom war auch das neue Rom nicht ohne schwere Besorgniß in den Kampf mit Deutschland eingetreten. Die geistlichen Kriegsmittel Roms hatten sich gegen die romanischen Völker im Ganzen gut bewährt; aber wie das alte Rom den deutschen Heldenarm, so fürchteten die neuen Römer die tiefangelegte Geistigkeit, das dem Ewigen ernst zugewandte Gemüthsleben der Deutschen. Gregor meinte, nachdem er seine Kriegsmittel überschaut hatte, mehr wagen zu dürfen, als seine Vorgänger. Er gebot über ein starkes geistliches Heer im Lande des Königs, den er zu beugen beabsichtigte; die geistlichen Festen, die Klöster, waren fast so zahlreich wie die Kriegsfesten es gewesen waren, die das alte Rom früher am Rhein und an der Donau errichtet hatte. Nun noch — sagte sich Gregor — die Anwendung des politischen Grundsatzes „Theile und herrsche!" und ich biete der Welt ein Schauspiel, wie sie ein gleiches nimmer sah! — So geschah es. Gregor benutzte klug die in Deutschland herrschenden Zerwürfnisse, und er entzweite Stämme und Fürsten dermaßen, daß bei seinem Vorgehen gegen Heinrich die Mehrheit der Deutschen auf seine Seite trat, was schließlich dahin führte, daß der deutsche König eines Tages wie ein armer Sünder vor dem Thore von Canossa erscheinen und, nachdem er aus Gnade in den Schloßhof eingelassen worden war, sich der schimpflichsten Buße vor dem italienischen Priester unterziehen mußte.

Das an Gehorsam gewöhnte geistliche Heer hatte sich durch kräftige Handhabung der kirchlichen Gebräuche, die insgesammt viel weniger auf Läuterung der Seelen als auf Gewöhnung an die Oberherrlichkeit Roms hinzielten, namentlich aber durch den Beichtstuhl den Zwecken Roms bereits außerordentlich förderlich erwiesen. Dem Imperator Gregor genügten die errungenen Erfolge noch nicht, und er fand ein Mittel zur Stärkung der Disciplin unter seinen geistlichen Soldaten darin, daß er ihnen das Gesetz der Ehelosigkeit auferlegte und sie somit von der Bevölkerung schied und an Rom um so fester kettete. Die Priester wurden nun gänzlich römische Soldaten im geistlichen Gewande, Menschen ohne Familie, ohne Vaterland, Werkzeuge in der Hand Roms!

Nun, Deutschland, hüte dich! Kämpfe, schwere, länger währende Kämpfe als die, die du einst gegen das alte Rom zu bestehen hattest, stehen dir bevor, willst du anders nicht ohne Weiteres dich unter Rom beugen! — Der Hohenstaufenstamm, der edelste der deutschen Fürstenstämme, gelangte zur Herrschaft.

Barbarossa war nahe daran, die deutsche Christenheit von Rom gänzlich loszulösen und eine Nationalkirche zu gründen. Das kluge Nachgeben Roms in entscheidender Stunde verhinderte es. Mächtiger entbrannte der Kampf unter dem Hohenstaufen Friedrich II. Scharf und glänzend wie sein Schwert war auch des hochgesinnten Kaisers Feder, der, heller als alle seine Zeitgenossen den Trug Roms durchschauend, in seinen Briefen an den Papst Wahrheiten aussprach, die wie Fackeln in der schon auf der Christenheit ruhenden Nacht aufleuchteten.

Die Hohenstaufen waren der Kraft und der Gesinnung nach echte Repräsentanten der deutschen Nation. Darum eben kam in Rom der Beschluß zu Stande: dieses Otterngeschlecht müsse heruntergebracht werden, koste es auch, was es wolle! O, es kostete die Uebertretung göttlicher Gebote! — Das neue Sündenwerk Roms gelang. Das heilige Rom scheuete sich nicht, auch Gift und Dolch in Verwendung zu bringen, und es ruhete nicht, bis auch der letzte Sproß des edlen Fürstengeschlechts, der jugendliche Konradin, hingewürgt war. Ausführer des Mordes war der französische Prinz von Anjou, doch der Papst war an der Sündenthat betheiligt, wie einst David an der des Urias betheiligt gewesen war, denn er hatte, nachdem bereits von ihm wider alles göttliche und menschliche Recht das Erbe Konradin's, Neapel, au England verkauft und das Kaufgeld auch genommen worden war, das Verkaufte, um anderen Vortheil zu gewinnen, dem finsteren Karl von Anjou zugesprochen.

Welch ein deutscher Mann könnte es je vergessen, daß ein deutscher König — Heinrich IV. — einst baarhaupt und im Büßergewand unter dem Fenster eines römischen Priesters stehen mußte, und daß Rom das herrlichste deutsche Kaisergeschlecht, die Hohenstaufen, ausrottete!

Aber auch was in der Folge geschah, ist nur zu geeignet, den unaussprechlichsten Abscheu vor Rom in jeder Brust wachzuerhalten, vor dem geistlichen Rom, diesem gefräßigen Wolf im glatten Schafskleide. Denn nun schien es, als sei die Widerstandskraft Deutschlands gegen Rom gänzlich erschöpft. Nacht begann sich über Deutschland zu lagern, Knechtungen in leiblicher und geistiger Beziehung gingen Hand in Hand. Das alte Gaukelspiel, das mit Pipin und Karl dem Großen angefangen, ward fortgesetzt: für ein Nichts oder sogar — wenn man Schädigung geistigen Lebens so bezeichnen darf — für weniger als Nichts zog Rom materielle Güter ein. Das Geschäft des Ablaßhandels wurde immer schwunghafter betrieben. Wie weit mußte das Gewissen der Menschheit schon getrübt sein, daß solch ein schmachvolles Trugspiel nicht durchschaut ward! Rom log frech: es verfüge über einen Schatz „überschüssiger Verdienste", ihm von Heiligen zum Gnadengebrauch für die arme sündige Menschheit hinterlassen! Als ob auch nur ein einziger Mensch den Kreis seiner Pflichten vollkommen auszufüllen, geschweige denn ein Mehr über seine Pflichten hinaus zu thun vermöchte — ganz abgesehen von dem Widersinn, daß solch angebliches „Mehr" in geistlicher Truhe aufbewahrt werden könne! Millionen über Millionen wanderten in die ewig begehrliche Schatzkammer des Stuhles Petri — das war die Kriegsbeute des geistlichen Roms! —

Man denke sich die Gegensätze: die Hütte zu Nazareth und die Prachtwohnung des Papstes, den Vatican, der nach seiner Vollendung nicht weniger als elfhundert Gemächer enthielt!

War der Papst ein „Herr von dieser Welt" geworden, so strebten auch die Bischöfe und Aebte nach Gütern dieser Welt, und das gemeinsame Streben gelang den geistlichen Obern in dem Maße, daß endlich der dritte Theil des Grundes und Bodens der christlichen Länder Eigenthum der höheren Geistlichkeit war. Also auch in Bezug auf Ländererwerb sehen wir, daß die Politik des alten heidnischen Römerreiches im neuen Rom noch in voller Geltung war.

Aber unschuldig erscheint das alte Rom gegen das neue,

christlich sich nennende Rom, wenn man in Betracht zieht, daß ersteres sich begnügte, irdische Güter zu nehmen, die Beraubten im Uebrigen aber ihres Glaubens leben ließ, während letzteres die Beraubten auch noch um ihrer Seelen Seligkeit dadurch betrog, daß es in ihnen den Gedanken erstickte, Fehl fordere Sinnesreinigung, daß es vielmehr an dessen Stelle in den Gemüthern den Wahn zu erregen wußte, Schuld sei durch Geld zu sühnen, Buße thun heiße Geld zahlen! — So mußte das Sittenleben des Einzelnen, so das der Gesammtheit sinken, und dem deutschen Volke, welches in der Zeit, in der es dem Heidenthum angehört hatte, um seiner Tugenden willen gepriesen worden war, schien das Geschick bevorzustehen, als christliches Volk in sittlicher Beziehung zu Grunde zu gehen! Welche unerhörte Gefahr für ein Volk, das nach seiner ursprünglichen Beanlagung den edelsten Völkern der Welt, der Blüthe der Menschheit darf zugerechnet werden!

An vereinzelten Regungen, die auf Erlösung vom römischen Joch hinzielten, fehlte es nicht; doch die geistlichen Heere Roms, mittelst derer Deutschland so zu sagen in Belagerungszustand erklärt worden war, wußten der von ihnen als „ketzerisch" gebrandmarkten Bewegungen überall Herr zu werden.

Aber je schlimmer die Noth, je näher die Hülfe. Auch Deutschland sollte sein Nazareth haben, in welchem in dürftiger Hütte ein Retter ihm erwuchs.

Sehen wir uns, ehe wir dieses Retters näher gedenken, in Kürze die sieben Päpste an, die vor dem Auftreten Jenes „den Thron der Christenheit zierten."*) Es waren: Paul II. Sirtus IV., Innocenz VIII., Alexander VI., Pius III., Julius II. und Leo X. Alle, außer dem greisen Pius III., der kurze Zeit nach seiner Erwählung starb, verfolgten selbstsüchtige Zwecke, und die meisten von ihnen führten ein höchst

---

*) Siehe Näheres darüber in des Verfassers „Preußens Geschichte in Wort und Bild" S. 286—288.

sittenloses Leben.   Kaum war Paul II. gewählt, so brach er
die den Cardinälen geschworenen Eide.   Sirtus IV. war ein
Hauptbeförderer der Blutgerichte in Spanien und trieb den
schamlosesten Wucher mit geistlichen Stellen.   Innocenz IV. ist
der erste Anreger der Herenprozesse; unter ihm, dem Vater
von sechzehn Kindern, konnte jegliches Verbrechen mit Geld
gesühnt werden.   Auf Alexander III. (einem Spanier aus dem
Hause Borgia), der sich der niedrigsten Sinnenlust in scham-
losester Weise hingab, konnte man das Wort anwenden: „Teufel
schämen sich, eines Mönches Thaten auch nur zu denken." —
Er nahm, um sich in den Besitz von Geldmitteln zu setzen, zu
jeder Art von Erpressung seine Zuflucht.   Reiche Leute, die
dem Tode nahe waren, wurden gezwungen, ihn zu ihrem Erben
einzusetzen, oder es wurden nach ihrem Tode ihre Güter ohne
Weiteres eingezogen.   Sündenbeladen, wie je ein Sterblicher,
schied er aus diesem Leben.   In der Absicht, einige Cardinäle
zu ermorden, waren sie von ihm zur Mahlzeit eingeladen worden.   Da trank er aus Versehen von dem für jene bestimmten
vergifteten Wein und mußte qualvoll sterben.   Seinen Sohn
traf dasselbe Schicksal.   Julius II. war ein Kriegsmann durch
und durch.   Statt des Kreuzes trug er beständig das Schwert
und befand sich fast immer im Felde.   Kaiser Maximilian I.
nannte ihn einst einen „trunkenen Pfaffen."   Der letzte dieser
Reihenfolge der Päpste, Leo X., war ein feiner, kunstliebender
Weltmann, der in Prachtbauten ungeheure Summen ver-
schwendete.

Es war so, wie ein Kirchenlehrer der neueren Zeit sagt:
„Judas Ischarioth hatte den Platz des Heilandes eingenommen."

Wahrlich, die Welt lag im Argen, Rettung schien aus
diesem Uebel kaum möglich.   Aber Gott weiß die rechte Stunde
für das Heil der Einzelnen und der Völker, und wohl denen,
die dann die Gabe erkennen, die er ihnen darreicht!

> „Und wie die Menschheit also lag in Ketten,
> Da trat ein Mönch aus Wittenberg hervor,
> Mit seinem Donnerwort die Welt zu retten!"

Der von Hause aus friedfertigste, demüthigste Mann, Luther, ward, vom Geiste Gottes, vom Geiste der Wahrheit getrieben, der Leiter einer Bewegung, die im Kerne darauf hinzielte, die Menschheit von dem Judas Ischarioth, der den Beutel führte, und der sein Verhalten abmaß nach dem Vortheile des Beutels, zu dem Heilande selbst, in den Kreis seiner Jünger zu führen, um, im Geiste dem Heilande zu Füßen sitzend, nicht mehr gefälschte Worte, sondern Worte des Lebens zu vernehmen und daran wieder zu genesen.

O wie irren die, die in dem religiösen Wesen eines Volkes nicht den bestimmenden Mittelpunkt, den Nerv aller Bestrebungen sehen! Eine falsche oder eine richtige Stellung zu dem Göttlichen überträgt sich, findet Ausdruck in allen übrigen Lebensbeziehungen des Einzelnen wie der Gesammtheit. Trefflich äußert sich M. Lazarus über die Bedeutung des religiösen Wesens. „Das Herz," sagt er, „ist ein ganz besonderer Muskel; verschieden von den meisten anderen Organen unseres Leibes, welche in Thätigkeit und Ruhe abwechseln, muß das Herz immer thätig sein. Von der ersten Secunde des Lebens bis zur letzten muß es schlagen; hört es zu schlagen auf, so ist auch das Leben geschieden. Die Religion ist das Herz im Organismus des Volksgeistes. Hört dieses Herz zu schlagen auf, so tritt auch hier Fäulniß, Verderbniß, Verwesung ein."

Letzteres — ein Verkommen des inneren Lebens und ein dem entsprechender Zustand des Sittenlebens — war im Großen und Ganzen in der christlichen Welt zur Herrschaft gelangt, als Luther, ein zweiter Arminius, sich zum Kampf gegen die römischen geistlichen Legionen erhob.

Es tritt einem Jeden, der die ungeheure Macht, die damals die Kirche erlangt hatte — die materielle Macht und die Macht über die Geister — in Betracht zieht, wie ein Wunder vor seine Augen, daß es dem Bergmannssohne gelang, dem Römerthum eine Niederlage zu bereiten, die von weit bedeutenderen Folgen war, als diejenige, die Rom einst im teutoburger Walde erlitt.

Als der Mund verstummt war, aus dem so tief ergreifende Worte der Liebe, aber auch Donnerworte erschütterndster Art gekommen waren, und das Herz mit dem felsenfesten Gottvertrauen aufgehört hatte zu schlagen, machte die Reformation ihren Gang durch Europa. Das Gewissen der europäischen Menschheit war erregt, wie es selten der Fall gewesen war.

Bei allen Völkern klopfte die Reformation an, gleichsam wie Carlyle sagt, fragend: „Giebt es in dir, o Nation, genug der heldenmüthigen Menschen, um sich hervorzuwagen und zu streiten für Gottes Wahrheit gegen des Teufels Lüge auf Lebens- und größere Gefahr hin?" Welchen Erfolg sehen wir im Großen? In den germanischen Staaten gewann die Reformation nach schweren Kämpfen Bestand, in den romanischen Staaten gelang es, sie niederzukämpfen. Daburch ergiebt sich die Antwort auf obige Frage. —

Zu Ende dieses Zeitraumes des religiösen Aufschwungs gehörten bereits sieben Achttheile der Deutschen der evangelischen Kirche an. Die Zuversicht war allgemein, daß das letzte Achttheil sich nunmehr auch von Rom lösen werde, und man berieth bereits hüben und drüben, auf welche friebliche Art dies zur Ausführung zu bringen sei. Was ein Barbarossa schon erstrebt, wofür ein Kaiser Friedrich II. gekämpft — es schien bereits so gut wie erreicht zu sein. Wie schrecklich jedoch sollte es sich rächen, daß die Deutschen wiederum zu frühzeitig in ihrer Sache sich für gesichert hielten!

Denn schon war inmitten des Romanenthums ein neuer Feind erstanden. — der Orden der Jesuiten, eine geistliche Prätorianerschaar, die ihre Dienste dem Stuhle Petri anbot, der eine Zeit lang gewankt hatte.

Die Deutschen hatten der Welt die Reformation, den Weg zur Verjüngung, zur Erneuerung, demnach zur wahrhaften Erlösung geboten — der Jesuitismus, die Methode, durch den im Einzelnen bereits geübten, nun aber in ein System gebrachten Lug die geistliche Herrschaft Roms auf's Neue zu befestigen — das war das Gegengeschenk der Romanen! -

Noch ein geistiges Ungethüm war auf romanischem
Boden aufgetaucht — der Macchiavellismus, eine in ein
System gebrachte politische Lehre, in ihrem Kern dahin lautend:
wer mit Sicherheit zur Herrschaft über ein Volk gelangen wolle,
der dürfe nicht zögern, ausschließlich die schlechten Regungen
der Menschennatur in den Dienst des Staates zu nehmen. —
Später ist das von Macchiavelli aufgestellte System von Friedrich dem Großen gebrandmarkt und noch später sind Versuche
gemacht worden, Macchiavelli zu rechtfertigen. Er habe, ist
gesagt worden, den „patriotischen" Zweck im Auge gehabt, das
zerrissene Italien zu einigen! — Solche Rechtfertigung verur-
theilt sich selbst! Welche anderen, als schließlich grauenvolle Folgen
müßte es haben, ein Volk auf der Bahn der systematischen Nicht-
beachtung, ja — so weit die Kraft dazu reicht — Unterdrückung
aller guten Regungen — äußerlich gewaltsam zu einigen? Welch
einen Bestand vermöchte solche Geeintheit zu sichern? Friedrich
der Große wies darauf hin, wie verderblich die Schrift Macchiavelli's auf junge, von Hause aus despotisch gesinnte Fürsten
und Staatsmänner wirken müsse! Wahrlich, ein von einem
gewandten Sammler aller Handgriffe, deren geübte Diebe sich
bedienen, verfaßtes und alle Arten von leicht auszuführenden
Mordthaten aufführendes Buch würde eine ungleich weniger
schädliche Gabe für die Menschheit sein, als die Schrift von
Macchiavelli es für sie war und ist!

Diese beiden Ungeheuer, der Jesuitismus und der Macchiavellismus, sie wurden — vergessen wir dies nicht! — geboren in der romanischen Welt, und sie ersahen sich beide als
Hauptgebiet ihrer Wirksamkeit das — deutsche Volk! — Klug
wie die Schlangen sind diese Ungeheuer, aber sie sind auch
falsch wie die Schlangen! Beider Ziel ist: Knechtung der
Völker; die Bahnen beider, die sich einander unterstützten, sind
mit Blut und gebrochenen Eiden gezeichnet. Das Uebelste
aber ist, daß schon durch den Gifthauch, der von ihrer Lehre
ausging, das Gewissen der Christenheit (und nicht etwa nur

das der katholischen!) getrübt und vergiftet wurde, ein Unheil, von dem die christliche Welt wohl lange noch nicht gänzlich genesen wird! —

Während die Deutschen im Gefühle vollkommener Sicherheit lebten, wurden — in aller Stille — Söhne vornehmer Deutschen, unter ihnen zwei Fürstensöhne, — wir sehen sie später als Kaiser Ferdinand II. und Kurfürst Maximilian I. von Bayern auftreten — von Jesuiten abgerichtet zu Feinden der evangelischen Lehre und zugleich in die Schule Macchiavelli's eingeführt. Es war aus dem Gebiet des Papst- und Jesuitenthums, dieser Theologie und Politik der Hölle, nun auch noch eine Pädagogik der Hölle aufgewuchert. Gründen wir, hatten die Jesuiten sich gesagt, Lehr- und Erziehungs-Anstalten für die Jugend, für Söhne Hochstehender: bemeistern wir uns frühzeitig der Seelen — wer die Jugend hat, namentlich den Theil derselben, der nach kurzer Zeit in die einflußreichen Stellungen ihrer Väter einrückt, dem gehört die Zukunft! — Als Lehrer wurden aus den Reihen der Jesuiten solche Personen ausgewählt, die sich durch Umgangsformen von feinstem Schliff auszeichneten, die sich den Schein seltenster Anmuth und Liebenswürdigkeit zu geben wußten. Mit welchem Bedacht und daraus sich ergebendem Erfolg das neue Höllenwerk betrieben wurde, geht daraus hervor, daß Ferdinand in seinem angehenden Jünglingsalter aus Ingolstadt, woselbst er Zögling der dort von den Jesuiten errichteten Erziehungsanstalt war, u. A. schrieb, ihm sei inmitten der Priester, als wandle er schon unter himmlischen Palmen, ja er verehre die „Väter Jesu" dermaßen, daß, wenn es geschähe, daß ihm ein Jesuit und ein Engel zugleich begegneten, er den Jesuiten zuerst grüßen würde; am liebsten nannte er sich in Briefen: „Sohn der Gesellschaft Jesu."

Wahrlich, unschuldig erscheint das alte heidnische Rom in seiner Deutschland gegenüber eingeschlagenen Haltung gegen das neue heidnische Rom, das sein weltliches Streben in den

Glorienschein christlichen Wesens zu hüllen wußte. Das alte Rom bestach hervorragende Deutsche durch Gold; das neue heidnische Rom vergiftete junge Seelen aus fürstlichen Häusern bis in das Mark hinein. Das alte Rom hatte mit dem Schwert in der Faust für seine Eroberungszwecke gekämpft, das neue Rom verfolgte, die Miene der Taubeneinfalt dabei zur Schau tragend, das Ziel, die Deutschen dahin zu bringen, daß sie einander selbst erwürgten. Wie Brandstifter zu dem Zwecke, zu rauben, heimlich Feuer anlegen, so betrieb Rom sein Werk, Deutschland durch Entzweiung zu zerrütten. Es hatte dabei seinen Vortheil im Auge. Was daneben zu Grunde ging an Gut und Menschenleben, dafür fehlte ihm jegliches menschliche Erbarmen. Was Anderes als eine grauenvolle Ernte konnte aus solcher Teufelssaat aufsprießen! —

Aber wie war es möglich, hat schon mancher deutsche Patriot sich bei dem Rückblick auf die Geschichte seines Volkes gefragt, daß die Deutschen nichts Entsprechendes thaten, um der drohenden Gefahr rechtzeitig zu begegnen? Die Ursache liegt zumeist in guten Seiten des deutschen Characters. Der Deutsche ist im Gefühle seiner Kraft vertrauend; weil der Boden seines Gemüthes nicht danach geartet ist, Pläne der Tücke und Hinterlist zu erzeugen, setzt er das Vorhandensein solcher auch bei Anderen nicht voraus. Erst wenn Unthaten gegen ihn zur Durchführung gelangt sind, gesteht er sich, daß er zu gut vom Feinde gedacht habe. Dann hat der Feind bereits den Vortheil in der Hand, und indem er sich dessen erfreut, meint er obendrein noch, er stehe an Geistigkeit dem Uebervortheilten voran!

Aber noch ein besonderer Grund war vorhanden, der es veranlaßte, daß Deutschland in eine so grauenhafte Lage gerieth, wie die war, die um jene Zeit von den Jesuiten mit allem Bedacht vorbereitet ward. Die Kaiserkrone war an ein Fürstengeschlecht gekommen, welches — in den meisten seiner Mitglieder — Unfähigkeit und Unwürdigkeit an den Tag legte,

an die Habsburger! — Die Habsburger verriethen den nationalen Geist, indem sie schmachvoller Weise in eine Art von
Vasallenschaft Roms eintraten. Die alten, großen Kaiser-
geschlechter hatten mit Recht den Titel „Mehrer des Reiches"
geführt; die Habsburger hätten es verdient, „Minderer des
Reiches" genannt zu werden. Unter den Habsburgern erblich
der Glanz der Kaiserkrone mehr und mehr; es lösten sich
während ihrer Herrschaft im Laufe dreier Jahrhunderte vom
deutschen Reiche: Burgund mit Savoyen, die gesammten Nieder-
lande (Holland und Belgien, mit Flandern und der Freigraf-
schaft), die russischen Ostseeprovinzen (Esthland, Livland und
Kurland), die Schweiz, das Elsaß und Lothringen — im Ganzen nicht weniger als gegen 5000 Quadratmeilen!

Ein solches Unheil brachte Habsburg über Deutschland,
dieses Fürstenhaus, das inzwischen seine Erblande um Ungarn,
Siebenbürgen und Dalmatien, Kroatien und Galizien, Venetien
und die Lombardei vergrößerte!

Diesem Geschlecht entsproß Ferdinand, und daß er der
Jesuitenschule zu Ingolstadt zur Erziehung übergeben worden
war, kann nicht verwundern, wenn man die Stellung seines
Geschlechts zu Rom in Betracht zieht.

Als nun Ferdinand zur Kaiserkrone und Maximilian
zum kurfürstlichen Hut gelangt war, brach das geplante Unheil
über Deutschland herein — der schreckliche Religionskrieg! —
Dreißig Jahre lang wütheten Schwert, Kugel, Feuer, Hunger
und Seuchen in Deutschland. Ruinen von Denkmälern in den
älteren Städten zeigen es, zu welcher Blüthe des Kulturlebens
Deutschland es gebracht hatte, als jener unheilvolle Krieg begann. Deutschland kam durch diesen Krieg in Bezug auf
Gewerbe- und Kunstfleiß, wie auch in Bezug auf Handel und
auf Bodenkultur auf mindestens ein halbes Jahrhundert gegen die
Nachbarstaaten zurück. Wie entsetzlich die Dämonen des Krieges
in des Reiches Marken gewüthet hatten, ergiebt sich daraus,
daß bei dem Friedensschlusse in dem großen Deutschland etwa

nur noch vier Millionen Menschen — demnach weniger Bewohner als heute Bayern zählt, — lebten! Es schien, als sei
nunmehr das deutsche Volk aus der Reihe der europäischen
Völker insofern gestrichen, als es im europäischen Völkerrathe
seine Geltung verloren hatte.

Wem hatte Deutschland jenes Unheil zu danken?

Wem anders, als dem neuen Rom, das hinter christlichem Scheine die aus dem alten Rom stammende Methode der
Völkerunterjochung in steigendem Maße vervollkommnet hatte!

Schwere Schuld an dem Unheil trug ferner das in das Va-
sallenthum Roms übergegangene habsburgische Fürstengeschlecht.

Zum Dritten aber hatte sich Frankreich mehr als je als
ein gefährlicher Feind Deutschlands erwiesen.

Das Volk der Franzosen, das stärkste der aus dem
alten Römerreiche entsprossenen Völker, Miterbe der Natur
jenes Stammes, hatte bis auf einen Rest die Flamme der
Reformation in sich durch Blut erstickt, und es war darnach
von ihm dem Jesuitismus und dem Macchiavellismus Thür
und Thor geöffnet worden.

Von da ab hatte das religiöse Wesen in Frankreich nicht
mehr die Bedeutung, die es für die Seelen der Menschen
haben soll: sie im Lichte der Wahrheit, der Bruderliebe, des
Glaubens an den Sieg des Guten zu läutern; die Religion
wurde vielmehr (nach dem Vorgange Roms) in politische Verwerthung genommen, und die Staatsgewalt erklärte sich für
diejenige Form derselben, in der sie den Zwecken der Tyrannei
sich wirksam erwies.

Aber Gott läßt sich nicht spotten! Frankreich ging damit
Zeiten entgegen, in denen die Verwilderung der Seelen in
schrecklichen Ausbrüchen offenbar werden sollte.

Auch in seiner Haltung nach außen zeigte Frankreich,
daß von ihm das religiöse Wesen anderer Länder nur von dem
Standpunkte der Politik in Betracht gezogen ward. Das
katholische Frankreich, das in seinem Innern den Protestan-

tismus zertreten hatte, unterstützte (wie ein Gleiches zu gleichem Zweck auch schon in der Zeit der Reformation geschehen war) die — Protestanten Deutschlands! Welch ein Brandmal drückte sich die französische Politik dadurch auf! Es handelte sich in dem Kampfe um das höchste Gut des Menschen, um die Religion, und Frankreich betheiligte sich an dem Kampfe zu dem Zweck, dem deutschen Reiche Grenzgebiete zu entreißen! Mehr noch! Frankreich zieht den Friedensschluß hin und verlängert somit das gräßliche Elend des auf deutschem Boden geführten Krieges, um beim Friedensschluß eine Bestimmung zur Annahme zu bringen, die dem Grundsatze nach eine Auflösung des Reiches ausspricht! Es wurde — das ermattete Deutschland mußte endlich der Forderung nachgeben — die Souveränität der einzelnen deutschen Länder proclamirt, diesen demnach das Recht zugesprochen, mit dem Auslande beliebig Bündnisse abschließen zu dürfen. Die französischen Staatsmänner, die Deutschland bei dem Abschluß des Westfälischen Friedens eine solche Bestimmung aufnöthigten, hatten bei dem Ausdruck „Ausland" natürlich nur Frankreich im Sinne, das sich bei dieser Gelegenheit die Möglichkeit schuf, je nach Zeit und Gelegenheit mit einzelnen deutschen Stämmen gegen andere deutsche Stämme Bündnisse abschließen zu können.

Da sehen wir die gegen Deutschland geübte Politik des alten Rom auch in Paris in vollster Blüthe! Theile und — oder besser gesagt: Theile, um zu herrschen! — Noch zu Zeiten Ludwigs XIV., dieses Despoten, der sich förmlich in den Orden der Jesuiten hatte aufnehmen lassen, kam ein Bündniß Frankreichs mit den katholischen Kirchenfürsten der Rheinlande zum Abschluß — der erste Rheinbund —, und es ging dem Reiche, gegen welches, um es genügend zu beschäftigen, der „allerchristlichste" Ludwig die Türken hetzte, Elsaß mit Straßburg verloren.

Feindschaft gegen Deutschland ward nunmehr von den beiden romanischen Hauptfesten Rom und Paris aus mit gleichem Eifer geübt, während der auswärtige Feind innerhalb

Deutschlands neben vielen kleineren in Wien und München zwei bedeutende Festen für die Zwecke des Romanismus gewonnen hatte, und es außerdem dem Jesuitismus gelungen war, in Deutschland so viele gewaltsame „Bekehrungen" zu veranstalten, daß fast die Hälfte der Bevölkerung wieder dem päpstlichen Stuhle unterworfen war.

Zu einem verhältnißmäßig gleichem Erfolge hatte es das alte Rom in seinen Kämpfen gegen Germanien nie gebracht. Deutschland war vor Beginn des Religionskrieges nahe daran gewesen, gänzlich von Rom gelöst zu sein, — jetzt triumphirten die beiden als Gegensätze zum Protestantismus aus dem Schooße des Romanismus aufgestiegenen geistigen Ungethüme, der Jesuitismus und der Macchiavellismus, über dasselbe.

Wir fühlten uns — solche Stimmen vernahm man nun — zu sicher: das ward unser Verderben! Nach diesem Falle, nach dieser proclamirten staatlichen Zerbröckelung — dem Grundsatze nach im Westfälischen Friedensschluß zu dem Zwecke zur Annahme gebracht, es dem gierigen Feind draußen zu ermöglichen, ein Gebiet nach dem andern von Deutschland abzulösen, — giebt es ein Auferstehen für die Deutschen als Nation nicht mehr! — Mit Klagen solcher Art sank um jene Zeit mancher Patriot in die Grube.

O du Kaiserhaus, das sich zur Ausführung des Haupttheils der Henkerarbeit an dem eigenen Volke hergegeben hatte, welchem du auf dem Erlösungswege, auf seiner geistigen Wanderung aus dem Reiche des verlogenen Rom in das heilige Land der Wahrheit und des Lebens treuer Hort hättest sein sollen, du arges Kaiserhaus, es hat der Tag des Gerichts für dich bereits begonnen, ein langdauernder Tag, dessen Endspruch erst zwei Jahrhunderte später, im Jahre 1866, gefällt werden sollte! Freilich, für das deutsche Volk schloß das Ergebniß des Religionskrieges eine unerhört schwere Schädigung in sich; aber auch dir, du Kaiserhaus, wurde in dem Augenblicke des Triumphes über die Evangelischen eine Schädigung zu Theil,

die du nicht wieder verwinden solltest! Denn welche Bedeutung hatte von da ab noch die Reichsgewalt, die du repräsen-
tirtest? Jener Friedensschluß durchschnitt ja die Sehnen deiner
Macht dadurch, daß von da ab jeder große und kleine Fürst,
ja selbst jede freie Reichsstadt als „souverän" galt!

Neues Unheil! Der erlangten Souveränität begehrten
die meisten der kleinen deutschen Fürsten nun auch — natürlich, wie in Frankreich, auf Kosten des Volkes — Ausdruck
zu geben, und dies dadurch, daß sie den Hofstaat Ludwig's,
das glänzende Versailles, für ihren Hof sich zum Muster, die
Sonne dieses Hofstaates, Ludwig XIV., für ihre Person
sich zum Vorbilde nahmen. So kam — als ob das Reich
nicht schon durch den Religionskrieg genug des Elends
erlitten hatte — nun auch noch die Seuche des Franzosenthums in politischen Formen und in Formen des Hofwesens
über Deutschland, was eine gesteigerte Uebertragung verkommenen Sittenlebens mit sich führte. Ein tödtlicher Gifthauch
in die noch blutenden Wunden, die der Krieg dem Vaterlande
geschlagen hatte!

Und dennoch ging das deutsche Volk nicht zu Grunde?
Auch das ist fast als ein Wunder zu betrachten. Geschah doch
auch bald darnach dem deutschen Volke das Unheil, daß der
sächsische Fürstenstamm, der von Luther's Zeiten an der treue
Hort des Protestantismus gewesen war, die heilige Sache des
evangelischen Glaubens für den Judaslohn der polnischen
Königskrone verrieth! Der körperlich starke, aber in der Luft
seines französischen Hoflebens an Gesinnung zur Elendiglichkeit
herabgesunkene August II. warb, nachdem er, gemäß den Forderungen der Polen, den evangelischen Glauben abgeschworen
hatte, von letzteren zum König erwählt.

Das waren Zeiten hoher Triumphe für Rom und für
Frankreich. Der Jesuitismus und der Macchiavellismus, diese
— es kann nicht eindringlich genug betont werden! — auf
romanischem Boden erzeugten geistigen Ungethüme, hielten mit

unzählbaren Polypenarmen, deren Ausgangspunkte namentlich Fürstenhöfe, Beichtstühle und Jesuitenschulen waren, ihr blutendes Opfer, Deutschland, umstrickt, und aus ihren funkelnden Blicken leuchtete der Hohn des erbarmungslosen Siegers. Dabei gewann Circe, die Schutzgöttin der französischen Frivolität, die sittenloses und lasterhaftes Wesen in Formen der Anmuth zu hüllen weiß, bis die Verwandlung der ihrem unheiligen Priesterdienst Huldigenden von der Würde des Menschen zur Niedrigkeit des Thieres vollendet ist, fortgesetzt größere Gewalt in Deutschland, zunächst an Fürstenhöfen, den kleinen Versailles, dann an Edelhöfen und weiterhin auch in bürgerlichen Kreisen.

Nie war eine Nation in Bezug auf ihren Bestand als ein einheitliches Ganzes, in Bezug auf Erhaltung und Entwicklung ihrer Eigenart in größerer Gefahr als Deutschland in der unmittelbar auf den dreißigjährigen Krieg folgenden Zeit.

Wie Viele giebt es, die weder jene Gefahr, in der ihre Nation sich befand, kennen, noch es wissen, welchen Personen und Umständen eine nochmalige Rettung zu verdanken ist! Vor den Augen Derer aber, die jene Zeit des allgemeinen Umschwungs mit Ernst in Betracht ziehen, erhebt sich alsbald hoch und hehr eine fürstliche Gestalt, die Friedrich Wilhelm's von Brandenburg, des großen Kurfürsten, und je mehr sie diesen Fürsten und zwar bei gleichzeitigem Hinblick auf die sich ihm entgegenstellenden, fast unüberwindlich scheinenden Hindernisse betrachten, um so mehr wird ihr Gemüth von Bewunderung für ihn erfüllt. Ein echt deutscher Mann und dabei ein wahrhaft frommer evangelischer Christ. Und gerade auf der Stelle begann er sein staatliches Reformationswerk, die am meisten gelitten hatte in dem schreckensvollen Kriege, der Mark Brandenburg, mit Hohn genannt „des heiligen römischen Reiches Streusandbüchse!" — Als dieser Fürst nach einem fast funfzig Jahre währenden, nicht genug zu preisenden Wirken sein Haupt zur ewigen Ruhe niederlegte, stand in Brandenburg-Preußen der fest organisirte, auf granitner Grundlage ruhende Bildungskern des neuen deutschen Reiches vor aller Welt Augen da — ein offenkundiger Beweis ·für Alle, die Augen haben, welche zu sehen vermögen, daß Deutschthum und evangelisches Wesen doch mächtiger ist, als alle teuflischen Künste des Jesuitismus und des Macchiavellismus. Der brandenburgische Adler war das Symbol des im Lichte des evangelischen Glaubens sich verjüngenden Deutschlands geworden.

Wahrlich, das wunderbare Schauspiel der Erhebung des Kurfürstenthums Brandenburg zu einem Königthume und zu einer europäischen Großmacht war nur möglich, weil die Hohenzollern opferfreudig für den Kampf um die gefährdeten Güter des deutschen Volkes eingetreten waren. Mit ihnen ward zugleich die gute deutsche Sache gekrönt. Ein Anhauch französischen Wesens war unter König Friedrich I. auch an den preußischen Thron gekommen. Dieses Wesen zertrat der kräftige, deutschgesinnte König Friedrich Wilhelm I., wie man ein giftiges Gewürm zertritt. Wie lange war blöden Augen der eigentliche Sinn und der Werth des Wirkens dieses Fürsten für Preußen und für Deutschland verborgen! Und handelte es sich nicht auch in dem Riesenkampfe, den Friedrich der Große zu führen hatte, im tiefsten Grunde ebenfalls um etwas ganz Anderes, als das ist, was sich dem Blick äußerlich zunächst darbietet? Die schlesischen Fürstenthümer, unrechtmäßiger Weise seit langer Zeit dem Hause Hohenzollern vorenthalten, gaben doch nur die äußere Veranlassung zu dem Wiederausbruch des großen Kampfes zur Befreiung Deutschlands aus der Knechtschaft der römisch-habsburgischen Politik! Das Haus Habsburg wähnte im 18. Jahrhundert nachholen zu können, was ihm im 17. Jahrhundert nicht gelungen war, und rief zum Kampfe gegen Friedrich den Einzigen das Ausland, Frankreich, Rußland und Schweden, herbei, um deutsches Blut zu vergießen und Theil zu nehmen an der Vernichtung des größten deutschen Fürsten, indem es zugleich für die Theilnahme an der

beabsichtigten Unthat den fremden Mächten deutsche Landes-
gebiete als Beute verhieß. Dennoch ging der unvergleichliche
Held, der über ein Ländchen von 5 Millionen Einwohnern
gebot, und dessen Gegner Völkerschaften regierten, die 95
Millionen Seelen zählten, aus dem Kampfe siegreich hervor!
— Wir leben der Zeit jener Ereignisse noch zu nahe, unser
Blick wird durch die Vielheit und das Gewirr von Einzel-
heiten, die nebenher gingen, noch zu sehr getrübt, als daß der
Kern der Sache, um die es sich im Grunde handelte, die echte
Würdigung finden könnte.

Aber dennoch heben sich die Gestalten des großen Kurfürsten und Friedrich's des Einzigen gegen den Hintergrund
ihrer Zeiten jetzt schon als Lichtgestalten ab, sich anreihend den
größten Helden nicht blos des deutschen Volkes, sondern aller
Völker und aller Zeiten*)

Eines hatte sich als unerläßlich erwiesen: Sollte Raum
für die eigenartige Entwicklung der deutschen Nation wieder
gewonnen werden, so mußte von dem Theile aus, in welchem
die Verjüngung der Nation auf protestantischer Grundlage
einen neuen kräftigen Anfang genommen hatte, von Preußen
aus, der Kampf zunächst gegen den Feind innerhalb Deutschlands, gegen den Vasallen Roms, das habsburgische Kaiserhaus, anheben.

Es war im Grunde genommen ein Erlösungskampf, den
Friedrich mit Schwert und Feder führte. Wie auch die Römlinge außerhalb und innerhalb Deutschlands dagegen arbeiteten:
es begann im deutschen Volke wieder der Glaube lebendig zu
werden, daß Deutschlands Mission noch nicht vollendet, daß
sie vielmehr in einem neuen, vielverheißenden Aufschwunge
begriffen sei. Friedrich hatte gezeigt, daß der Theil Deutschlands, in welchem sich eine Verjüngung des staatlichen Lebens
im Lichte des Protestantismus vollzogen hatte, die Macht besitze,

---

*) Siehe „Geschichte Preußens in Wort und Bild." Von Ferdi-
nand Schmidt. Berlin. Fr. Lobeck'scher Verlag.

sich dem Kaiserhause gegenüber, ja „gegen eine Welt in
Waffen" aufrecht zu erhalten.

Gab der „alte böse Feind", dessen Art der Kriegsführung,
dessen Generalstab und dessen Haupt- und vorgeschobene Festen
wir kennen gelernt haben, seinen Kampf schon auf? Durchaus
nicht; er fuhr fort je nach Zeit und Gelegenheit alte und neue
Kriegsmittel zur Bewältigung des sich emporringenden deutschen
Geistes in Bewegung zu setzen. In der Kaiserburg zu Wien
hatte längst schon die wälsche Politik als einzige Quelle staats-
männischer Weisheit gegolten. Jetzt griff man zu einem Mittel,
welches von Frankreich bei den Vorberathungen zum Westfälischen Friedensschluß mit Erfolg angewandt worden war.
Frankreich hatte damals gegen die kleinen deutschen Fürsten
die Miene des wohlwollenden Protectors angenommen; es
hatte in ihnen das Gelüst nach „Souveränität" erregt, und es
war ihnen dann auch behülflich gewesen, daß das gefährliche
Danaergeschenk ihnen zu Theil geworden war. Jetzt — o der
Armseligkeit der wiener Diplomaten, die immer noch in die
versailler politische Schule gingen! — warf sich das Kaiserhaus
zum Protector der kleinen deutschen Fürsten auf, und von
Oesterreich aus, welches sich gegen Aufgabe deutschen Gebietes
zu mehr als drei Viertheilen in einen außerdeutschen Staat um-
gewandelt hatte, ward Mißtrauen gegen Preußen gepredigt,
dessen ganze Politik dahin gehe, die übrigen Theile Deutschlands
sich „in's Haus zu schlachten!"

Daß dazu von Rom und von Paris aus durch Jesuiten
in den Beichtstühlen und durch französische Agenten in den
Cabineten eindringlich secundirt wurde, kann nicht verwundern.

Aber die großen Erinnerungen blieben im Preußenvolke
wach, und der erweckte Geist ließ sich durch jesuitische und
macchiavellistische Künste nicht wieder bannen. Auch in dem
deutschen Volke außerhalb der Grenzen Preußens begann sich
die Erkenntniß Bahn zu brechen, daß es sich bei allen Kämpfen
um ein gänzlich anderes Ziel handle, als das von den Ausländern

angegebene es war, daß jeder Sieg Preußens als ein Sieg
zu Gunsten Deutschlands anzusehen sei, und daß das völlige
Aufkommen Preußens die Wiedererhebung Deutschlands zu
alter, theils durch Trug und Gewalt des Auslandes ihm ent-
wundener, theils durch den Miethlingsdienst der Habsburger
schmachvoll aufgegebener Macht bedeute. Man sah, daß in
Berlin nicht allein spartanischer, sondern auch atheniensischer
Sinn seine Stätte aufgeschlagen hatte, daß unter den Fittigen
des nach dem Lichte schauenden und zugleich den Blitz in den
Fängen mit sich führenden preußischen Adlers mit gleich ernster
Hingabe die Künste des Krieges wie die des Friedens gepflegt
wurden. Die neue deutsche Literatur ward allgemach die Verbündete Preußens, während die Cabinets-Politik der kleinen
Höfe für Oesterreich und durch dasselbe für die Zwecke und Ziele
der auswärtigen jesuitischen und macchiavellistischen Politik
thätig war.

Ein neues großes Ereigniß sollte es erweisen, in welchem
Theile Deutschlands der nationale Sinn gepflegt, in welchem
andern er zu Grunde gegangen war. — Der Attila des
Westens, Napoleon I., brach, die Mittel der altfranzösischen
Politik mit besonderem Geschick verwerthend, in Deutschland
ein. Der Corse Napoleon war gleichsam eine Verkörperung des
Macchiavellismus. Zumeist Böses in seinen Dienst nehmend und
es mit Schlangenklugheit zu seinen Zwecken verwendend, benutzte er auch das an sich Gute, um durch dasselbe Täuschungen
herbeizuführen, die seiner Selbstsucht dienten. Er ließ seinen
Raubschaaren den fanatischen Glauben, Apostel der Völkerfreiheit
zu sein, während er darauf ausging, die Völker in Fesseln zu
schlagen; er löste hanfene Stricke, um den „Befreiten" Eisen-
ketten anzulegen.

Nun, du deutscher Kaiser, der du dich und deinen Stamm
als Hort Deutschlands den Hohenzollern gegenüber hattest
feiern und preisen lassen, nun zieh' dein Schwert, schlag' an
dein Schild und wahre das gefährdete Reich! —

Welch ein klägliches Schauspiel sehen wir nun sich vollziehen! Der letzte der Habsburger, dieser „Mehrer" vaterländischen Unheils, entsagt in der Stunde der Noth seiner Würde! — Und die kleinen Reichsfürsten, die Feinde Preußens, die Säulen des habsburgischen Kaiserhauses? Sie treten — es kommt zu einer neuen Auflage des Rheinbundes — in den Dienst Frankreichs gegen Preußen, gegen den Theil, der zum Schwerte greift.

Friedrich der Einzige ruhete im Grabe, Friedrich Wilhelm, ein die Güter des Friedens mit Hingabe und Verständniß fördernder Fürst, hatte den Thron Preußens inne. Der Ansturm der fränkischen Schaaren war zu mächtig, Preußen erlag — jedoch dies nur äußerlich auf eine Zeit.

Eine Nacht des Unglücks kam über das Land; aber in dieser langen und bangen Nacht hielten des Preußenvolkes Edelste Zwiesprache mit den Lichtgestalten vergangener Zeiten. Da stand verklärt auf, was die Vergangenheit in die Seele des Volkes gelegt hatte; da erhoben Denker und Dichter ihre Stimmen, ein Fichte und ein Schleiermacher, ein Arndt, ein Stein, ein Schenkendorf und Andre; da öffneten sich die Herzen dem Hymnus der Freiheit, den der edelste der deutschen Dichter in dem Drama „Wilhelm Tell" dem deutschen Volke in demselben Jahr geboten hatte, in welchem Napoleon durch Gewalt und List auf den Thron gelangt war, und als der Morgen tagte, stellte Preußen ein Heer auf, wie — betrachtet man den dasselbe erfüllenden Geist — die Welt bisher ein trefflicheres nicht gesehen hatte. Preußen setzte Alles an Alles, durch unerhörte Anstrengungen gelang es ihm, sich und zugleich Deutschland zu befreien.

Deutschland war von Oesterreich in der Stunde der Noth verlassen worden, Preußen hatte es gerettet: gebührte nun nicht Preußen von Gottes und Rechts wegen die Führerschaft Deutschlands?

Dies zu verhindern, ward im feindlichen Lager sofort

eine Verständigung erzielt, und das Ergebniß derselben war eine für Deutschland zu Stande gebrachte Bundesverfassung (Bundesacte oder auch der deutsche Bund genannt), darauf berechnet, Preußen nun erst recht zu verhindern, daß der in ihm gepflegte Geist zu voller Geltung gelange.

Für Preußen wurde die ihm aufgezwungene Bundesverfassung ein brennendes Neſſusgewand, unter dem es, wie die Feinde hofften, hinsiechen sollte. Das war wiederum das Werk jenes alten bösen Feindes, den wir kennen gelernt haben. Alle europäischen Mächte standen in dieser Frage auf Seiten Oesterreichs; Preußen sah sich in eine Lage gebracht, in der es — Oesterreich und die kleinen Staaten hatten es in der Hand, Alles am Bunde durchzusetzen — seines Daseins nicht froh zu werden vermochte.

Aber für das Haus Habsburg, welches so lange Zeit zum Schaden Deutschlands der Vasall Roms gewesen war, rückte nun endlich die Zeit heran, in der es für seine alten und seine neuen Sünden seine Strafe mit einem Schlage empfangen sollte.

Der Donner von Königgrätz war der vernichtende Spruch für die Politik der Habsburger: Oesterreich ward aus Deutschland ausgeschlossen.

Der Schlag, der den Vasallen Roms getroffen hatte, traf auch Rom und beunruhigte zugleich Frankreich, dessen politisches Dogma gegen Deutschland von der Zeit des dreißigjährigen Krieges an dahin gegangen war, dasselbe in der Zerklüftung zu erhalten, und welches nun mit Schrecken sah, daß Deutschland durch Bildung des Nordbundes und durch den Abschluß der Schutz- und Trutzbündnisse zwischen Nord- und Süddeutschland auf der Bahn der Einigung einen mächtigen Schritt vorwärts gethan hatte.

Dies nun führte in Frankreich zu dem verwegenen Plane, die Einigkeit Deutschlands, soweit sie sich vollzogen hatte, wieder zu vernichten.

Wie der Versuch ausfiel, und zu welch ganz andern als den gehofften Ergebnissen er führte, das hat uns in dieser Schrift beschäftigt, und wir sind in der Schilderung der Ereignisse bis zu der Heimkehr der Truppen vorgerückt.

Wie oben dargelegt, wurden unsere Krieger mit Ehrenbezeugungen ohne Gleichen empfangen, und wer bedenkt, was sie Großes vollbracht, der wird dennoch nicht sagen, es sei ihnen zu viel der Anerkennung zu Theil geworden.

Wahrlich nicht!

Wie der Dichter im Hinblick auf einen hochgesinnten und tapfern Mann, einen Retter aus der Noth, der darnach bescheidenen Sinnes allen Dank ablehnte, bewundernd rief, nimmer werde er ermüden, den braven Mann zu preisen, so wird sicherlich auch ein Gleiches von unserem Volke im Hinblick auf unsere Krieger gesagt werden können. Was sie gethan zu Ehren und zum Heil des Vaterlandes, das wird als ein köstliches Ehrengeschmeide immer und immer wieder, namentlich an den nationalen Weihetagen, unserer Jugend vorgeführt und diese dazu angeregt werden, aus frohbewegtem Herzen den Helden Lob in Liedern zuzurufen. An den Beispielen der Erwachsenen wird die Jugend es lernen, die Männer ehren, die das Zeichen an der Brust tragen, welches zu erkennen giebt, daß sie Theil nahmen an dem großen Befreiungskampfe, in welchem eines der höchsten Güter, das Leben, in die Schanze geschlagen werden mußte, um der Nation köstliche Ehren zu retten, um für das geliebte Vaterland den Zustand zu erstreiten, in welchem sich nunmehr erst die Eigenart des deutschen Wesens in voller Freiheit und — mit Gottes Hülfe — zum Segen des eigenen Volkes und auch zum Segen anderer Völker wird zu entwickeln vermögen.

Wer ein Auge dafür hatte, dem entging es nicht, daß über unsere heimkehrenden Krieger eine Weihe ausgegossen war, und wer über die Ursache dieser Erscheinung ernst nachsinnt, wird sie darin finden, daß der Deutsche, so tapfer er ist,

und so kühn und machtvoll er dem ihn herausfordernden Feinde
zu begegnen weiß, er doch den Frieden ungleich mehr liebt, als
den Krieg, und daß im Besondern unsere einziehenden Krieger
von dem sie beseligenden Gedanken ergriffen waren: sie habe
Gott gewürdigt, dem theuren Vaterlande das Gut der Einigkeit zu erstreiten, das von wälscher Tücke vor Jahrhunderten
zerstört worden sei, und zu dem wieder zu gelangen, wälsche
Tücke in geistlichem und weltlichem Gewande bisher zu verhindern gewußt habe.

Das Ringen und Kämpfen durch Jahrhunderte war nunmehr zu einem Abschluß gekommen, die Sehnsucht der Besten
hatte ihre Erfüllung gefunden, die Rabenschaar war durch den
Waffenblitz und das Wort wahrhaftigen Gottvertrauens aus
dem Munde des königlichen Führers verscheucht, das Kaiserthum in verklärter Gestalt erstanden.

Daher der Hauch der Weihe in dem Bilde des Ehren-
einzuges unserer Krieger. Nicht wir allein, wir Väter, Brüder
und Verwandte, wurden davon ergriffen, und nicht in uns
allein wurden durch diese Erscheinung erhebende Hoffnungen
für eine gedeihliche Zukunft unsers Volkslebens rege! Beobachter aus fremden Ländern empfingen die gleichen Eindrücke.
Viel des Raumes bedürfte es, auch nur die Berichte vorzuführ-
ren, die in den Hauptzeitungen anderer Länder erschienen. Nur
einer Stimme sei gedacht. Ein Amerikaner schrieb aus Berlin
der „New-Yorker Nation": „Von nun an belebt ein einziger
gemeinsamer Athem den ganzen Volksorganismus Deutschlands.
Alle Lebensquellen des deutschen Volkes sind wunderbar auf-
gefrischt durch das wiedergefundene Bewußtsein, daß von nun
Alle vereint für ein edles, vielversprechendes Gemeinwohl und
nicht bloß für die Befriedigung von Einzel-Interessen und persönlichen Bedürfnissen arbeiten. Anstatt sich mit dem Studium
fremder Länder zu befassen und nach Beispielen im Auslande
umzusehen, werden die Deutschen nun ihr eigenes Haus aufbauen und dazu solide Grundlagen mit den unerschöpflichen

Hilfsquellen ihrer eigenen Nationalität legen. Dasselbe strenge
Pflichtgefühl, dieselbe unermüdliche Disciplin in Geist und
Körper, welche in diesem Kriege den Sieg errangen, werden
sie befähigen, im Frieden ihre erhöhte Stellung zu behaupten
und alle ihre Energie auf die Arbeiten des inneren Fortschritts
und der Freiheit zu verwenden."

Wer sollte ein solches Hoffen nicht freudig begrüßen!

Nur vor Einem möge ein gnädiges Geschick uns bewahren: davor, daß wir nicht wieder dem Gefühle der Sicherheit verfallen!

Der alte böse Feind ist noch da; was ihm augenblicklich
an Kraft gebricht, sucht er zu ersetzen durch verdoppelten Haß
und gesteigertes Nachsinnen, wie er uns schaden könne; er wird
sich von den betäubenden Schlägen, die er empfing, wieder
erholen und sein Werk mit neuen Kampfesmitteln aufzunehmen
trachten.

Wie, heißt das Haß gegen die katholischen Mitbürger
predigen? Das wäre ein besonders unwürdiges Thun im
Lande Preußen, in welchem in der Fürstenkrone Glaubensfreiheit
stets einer der glänzendsten Edelsteine war. Um seines Glaubens, das will sagen um seiner Stellung zum Göttlichen willen
wird kein Mitbruder, möge er einer Confession angehören,
welche es auch sei, von einem echten Protestanten sich irgend
welcher Feindschaft zu versehen haben. War der Luther zu der
Zeit, als er sich auf dem Wege nach Rom befand, nicht ein
verehrungswerther frommer Christ, den zu verachten Thorheit,
ja Sünde gewesen wäre? Als er im Angesichte der ewigen
Stadt auf seine Kniee sank, betete er ein von seinem frommen
Glauben verklärtes Rom an. Wie Luther zu jener Zeit glaubte,
so glauben heute noch viele katholische Mitbürger, und es
wäre ebenfalls eine Sünde, sie deshalb zu verachten. Die
Stellung des Protestanten zum Katholiken ändert sich erst in
dem Maße, in welchem Letzterer an ein verweltlichtes Rom
glaubt und für dasselbe wirkt, und Ersterer davon Kenntniß

gewinnt. Wer den Papst auch als seinen weltlichen obersten Herrn verehrt und an den Werken der Jesuiten, den geistlichen Prätorianern der Papstmacht, Theil nimmt, die daran arbeiten, die Grundsätze eines Gregor VII., eines Paul IV. oder die des Syllabus zur Geltung, demnach die Länder der Christenheit auch in politischer Beziehung unter die Oberherrschaft des Papstes zu bringen, der erweist sich dadurch als ein Ausländer im eigenen Vaterlande. Welcher Gefahr und Noth solche Art von Ausländerei Thür und Thor geöffnet hat, haben die Protestanten im dreißigjährigen Kriege kennen gelernt, und wer weiß, welche neuen traurigen Lehren ihnen zu Theil geworden wären, hätten im letzten Kriege, der ja im tiefsten Grunde auch von den Anhängern der weltlichen Obermacht des Papstes aus- ging, die französischen Waffen gesiegt! Diejenigen Katholiken, die in dieser Weise aus dem Reiche eines frommen Glaubens in das Gebiet weltlicher Macht treten und sich auf die Seite der Freunde des Vaterlandes stellen, diese mittel- oder unmittel- bar unterstützend, können unmöglich erwarten, daß ihnen der Protestant mit Vertrauen begegne. Der traurigen Beispiele so schwerer Verirrung liegen ja so viele vor, und schmerzlich ist namentlich der Umstand für die Protestanten, in den Reihen der Gegner im eigenen Vaterlande Leute zu sehen, deren Vor- eltern Protestanten waren, die von Römlingen mit Gewalt in die römische Kirche zurückgebracht worden sind.

Das Verfahren des echten Protestantismus unterscheidet sich von dem des verweltlichten Katholicismus grundsätzlich dadurch, daß Ersterer die Anhänger der katholischen Kirche um ihres Glaubens willen in keiner Weise gefährdet, so lange dieser Glaube nicht dazu führt, die Gesetze des Staates zum Vortheil einer ausländischen Macht zu verändern, während der zu vollem Siege gekommene verweltlichte Katholicismus die Protestanten um ihres Glaubens willen mit Feuer, Schwert und Bann verfolgt und ihnen den Gebrauch der Kampfesmittel versagt, die sie ihm anzuwenden gestatteten, und durch die er

sich, während er vorgab, nur nach Gleichberechtigung zu streben,
zur Herrschaft aufschwang. Nach freier Presse ruft der verweltlichte Katholicismus da, wo er sich emporzuarbeiten die
Absicht hat, und er gebraucht die Freiheit dann auch in aus-
schweifendster Weise; Censur führt er jedoch für den Gegner
ein, sobald er zur Herrschaft gelangt ist — ein Verfahren, bei
dem der Jesuitismus und der Macchiavellismus zugleich betheiligt ist!

Sehen wir nicht den verweltlichten Katholicismus, auch
Ultramontanismus genannt, jetzt schon wieder sein unterirdisches
Werk betreiben?

Zart und leise — o die Führer sind für alle Rollen
trefflich eingeschult! — traten die Ultramontanen am Reichstage mit der Darlegung auf: sie verlangten „nicht gerade" die
Ausführung eines Kreuzzuges zu Gunsten des Papstes in
Bezug auf seinen weltlichen Besitz in Italien, doch wünschten
sie, es möchte nicht beschlossen werden, daß von Seiten Deutschlands unter allen Umständen davon Abstand genommen werden
solle! — Es ward dies Letztere jedoch ausdrücklich beschlossen,
und der Beschluß in die Adresse an den Kaiser aufgenommen,
welcher seine volle Zustimmung zu derselben „in allen ihren
Theilen" aussprach. — Und wie schnell sind die Ultramontanen
mit einer neuen Zeitung in der Hauptstadt des neuen deutschen
Reiches, in Berlin, aufgetreten! „Für das verweltlichte Rom"
müßte der Titel heißen, wollten und dürften die Unternehmer
wahr sein. Aber wie in allen Stücken wird auch schon durch
den Namen der Zeitung das Mittel der Täuschung angewandt.
Die Jesuiten besudeln einen ehrwürdigen Namen und nennen
die für das verweltlichte Rom wirkende Zeitung: „Germania"
— Dieses Wort, jetzt in Aller Munde, benutzen sie, um die
Massen für sich einzufangen, für die sie, wenn es gilt, despotisch gesinnte Fürsten zu gewinnen, nicht Worte der Verachtung genug haben! Frech ist die Sprache dieser Zeitung,
frech in der äußersten Bedeutung des Wortes. Der wüthendste

Radicalismus ist in der Ausdrucksweise von diesem Jesuiten-
blatte überboten.

Aber es ist gut — und auch dies haben wir unseren
tapferen Kriegern zu verdanken — daß in der Verwirrung,
die über die Römlinge gekommen ist, hier und dort der Mund
überschäumt von dem, was gleisnerisch lange Zeit zum Schaden
unseres Vaterlandes verborgen gehalten ward; denn wahrlich,
in den letzten 25 Jahren war den Römlingen in Deutschland
zu viel Bewegungsfreiheit gelassen worden. „Man erkennt
es", rief voll Ingrimm die ultramontane „Monde", „daß der
Cäsar von Berlin der Fortsetzer Luther's ist und nicht der
Erbe Karl's des Großen. Die Krone des großen Kaisers ist
in Aachen und sein Leichnam dort beigesetzt. Aber seine Politik
ist todt, und ein Enkel Friedrich's II. wird sie nicht auferwecken."
Darüber sind die Römlinge klar, daß Kaiser Wilhelm weder
wirklich noch figürlich nach Rom pilgern wird, um sich, wie es
von den Habsburgern zum Unheil des Vaterlandes und schließlich auch zu ihrem eigenen Unheil geschah, in den Vasallendienst
des heiligen Vaters oder vielmehr der ihn regierenden Jesuiten
zu begeben. Ein anderes ultramontanes Blatt, der „Univers", äußerte drohend: „In dem Feldzuge gegen die Katholiken wird Preußen auf Festungen stoßen, die sich anders
halten werden, als Metz und Paris; Herr v. Bismarck wird
schließlich unterliegen."

Wäre es solchen Zeichen der Zeit gegenüber wohl angethan, sich in Sicherheit einzuwiegen? Die Jesuiten, die
Leute ohne Vaterland, und die Internationalen, die ebenfalls,
wie Bebel und andere ihrer Sprecher erklären, ein Vaterland
nicht kennen, schließen — das kennzeichnet beide Parteien! —
ein Bündniß miteinander. Das sich frecher Weise „Germania"
nennende berliner Jesuitenblatt hatte gedroht, die Ultramontanen würden sich mit einer der deutschen Einheit gefährlichen
Macht verbünden, wenn es Preußen mit ihnen verderben
sollte. Allgemein war angenommen worden, es sei mit dieser

Macht Frankreich gemeint. Darauf erklärte das Jesuitenblatt, nicht Frankreich sondern die „rothe Revolution" sei gemeint gewesen. Infamie und Lüge im Verein! Wer zweifelt daran, daß die Jesuiten sich sowohl mit Frankreich als auch mit der „rothen Revolution" verbünden würden, sobald die Gelegenheit sich dazu darböte und ein sicherer Vortheil für sie in Aussicht stände?

Bluntschli wies in der heidelberger Protestantenversammlung auf dieselben Feinde hin. Die Lage sei ernst, äußerte er; das neuerstandene deutsche Reich sei von zwei Feinden bedroht, nicht augenblicklich durch äußerliche Feindesgewalt, aber von Innen durch den Erbfeind, Rom, dem gegenüber die Synode eine protestantische Aufgabe im friedlichen Verbande mit dem Staate zu lösen habe: die andere Gefahr drohe von der Macht, welche in Frankreich verwüstend ausbrach, den socialen communistischen Erscheinungen. Die Arbeiterbevölkerung habe vielfach den Glauben an Gott, eine sittliche Weltordnung, das Vaterland verloren: hier habe die protestantische Kirche eine große Aufgabe zu erfüllen, zu bauen und zu den Quellen wahren religiös-sittlichen Lebens zurückzukehren.

Das führt uns auf einen Feind, den wir Protestanten im eigenen Lager haben: das starre Lutherthum. Hochmuth und Herrschsucht, diese gefährlichen Krankheiten der Seelen, haben ihn erzeugt, und er hat den Altar des Buchstabengötzendienstes mitten unter uns aufgebaut und den belebenden, erquickenden und zu sittlichen Thaten treibenden Quell zu einem Theile verschüttet, aus dem neben vielen andern Erlösungsworten auch das Wort emporkam: Du sollst Gott im Geist und in der Wahrheit anbeten! — Mit nichten, ruft das starre Lutherthum, sollst du Gott aus der Empfindung heraus anbeten, die das göttliche Wort auf dein Inneres erzeugt, sondern du sollst ihn — und alles Andere ist Werk des Satanas, der dich zu verführen trachtet — anbeten in den For-

men, Weisen, Worten und Geberden, die unsere vom heiligen
Geist — etwa wie der Papst — inspirirte Zunft aufgestellt
hat! Wo nicht, und gäbest du alle deine Habe, ja dein Leben
selbst aus Liebe hin für die Brüder, bist du dem Gericht verfallen und wirst in Ketten der Verdammniß gelegt werden!

Für unhold und widerwärtig, aber doch andrerseits auch
für unschädlich hat schon mancher Wohldenkende dieses verknö-
cherte Lutherthum angesehen. Bei näherer Erwägung kann
dem Letzteren nicht beigestimmt werden. Es sei abgesehen
davon, daß diese Glaubensrichtung die Seelen in einen me-
chanischen „Dienst Gottes" zwingt und sie zu der Seligkeit
des Schauens des Göttlichen, wie ein solches in mehr oder
minderem Grade denen zu Theil wird, die andachtsvoll mit
den Lehren aus des Heilandes Munde sich beschäftigen,
nicht gelangen läßt — hier sei vielmehr nur die Wirksamkeit dieser Glaubensrichtung in Beziehung auf die Völker-
geschichte in Betracht gezogen. Schlagen wir das Buch der
Geschichte auf, um zu sehen, welche Rolle von dem Lutherthum
in der schwersten Zeit, die Deutschland durchzumachen hatte, in
der Zeit des Religionskrieges, durchgeführt ward. Der Haß
der Lutheraner gegen ihre Confessionsverwandten, die Reformirten, war so groß, daß sie nicht ihnen, sondern den Katholiken den Sieg wünschten, daß sie die Katholiken mittelbar und
unmittelbar unterstützten, daß sie jubelten, als der reformirte
Ketzer Friedrich von der Pfalz, den sich die Böhmen zum
König erwählt hatten, von dem katholischen Maximilian von
Bayern aus dem Lande vertrieben ward. Während durch
ihre Beihülfe Böhmen dem Protestantismus hätte erhalten
werden können, fiel es nun den Blutgerichten Ferdinand's
anheim, der Protestantismus ward fast gänzlich ausgerottet,
und die Nachkommen der gewaltsam Bekehrten sind heut die
Verbündeten Roms gegen uns! — Hätten die Lutheraner
einmüthig zusammen gestanden mit den Reformirten, so würde
sich der Krieg nicht so lange hingezogen haben, ja er wäre

II.   38

vielleicht gar nicht ausgebrochen. Aber der Haß der Lutheraner
gegen die Reformirten war den Jesuiten nur zu wohl bekannt,
und Letztere mußten bei ihrem Kriegsplan diesen Umstand weis-
lich in Verwerthung zu bringen.

Betrachten wir eine andere verderbliche Frucht des Lutherthums. Sein Hauptheerd war der sächsische Hof. Die Hof-
prediger wetteiferten mit dem Papst in den Ansprüchen auf
alleiniges Verstehen des religiösen Wesens. In dem Buch-
staben- und Formelgötzendienst aber ging gerade das religiöse
Wesen bei Hofe zu Grunde. Die Blüthezeit des unheiligen
Sinnes, der bei Hofe Raum gewann, fällt in die Zeit August
des Starken, der zuletzt (wie oben bereits bemerkt) seinen
Glauben um den Judaslohn der polnischen Königskrone hingab und katholisch wurde. —

Dies sind äußere Zeichen für die innere Verwandtschaft
des Lutherthums mit dem Ultramontanismus. In diesem Sinne
faßten auch die Jesuiten jener Zeit das Lutherthum auf, denn
sie zeigten sich bei den Verhandlungen, die dem Westfälischen
Frieden vorangingen, bereit, der lutherischen Kirche Kultus-
freiheit zuzugestehen. Sie rechneten darauf, daß die lutherische
Kirche gänzlich verknöchern und schließlich von selbst in den
Schooß der katholischen Kirche zurückfallen würde, während sie
klar erkannten, daß in der reformirten Kirche das Leben, die
bewegende Kraft des Protestantismus ruhe. Letzteres erkannte
aber auch der große Kurfürst, der es — mit der Hand am
Degengriff — durchsetzte, daß auch den Reformirten Glaubensfreiheit zugestanden ward, und von dem der evangelischen
Kirche damit ein unermeßlich wichtiger Dienst geleistet ward,
ein Dienst, der lange noch nicht genügend gewürdigt worden
ist! — Die Lutheraner in der Provinz Preußen waren voll
Haß gegen den herrlichen Fürsten, und wenn es nach ihnen
gegangen wäre, und Friedrich Wilhelm nicht mit mächtiger
Hand eingegriffen hätte, so wäre das deutsche Land Preußen
an Polen gekommen. „Die lutherischen Pastoren in Königs-

berg", sagt Droysen in seiner „Geschichte der preußischen
Politik", „sprachen 1662 auf den Kanzeln so, als wenn dem
Antichrist nun der letzte Rest gegeben werden müsse." — „Die
Sorge um die Religion ward von den Ständen in Preußen
als Hauptgrund ihres Widerstandes aufgeführt. Die Predigten waren voll politischer Demagogie." — Und wie sauer
machten auch die Lutheraner Brandenburgs dem großen Kurfürsten das Leben! Haß und hochmüthiges Wesen waren die
wirkenden Kräfte ihrer Predigten. Manches Kanzelbrett ward
unter Vermaledeiung der „calvinischen Ketzer" mit der Faust
zerschlagen, und so mancher Zuhörer verließ mit geballten
Fäusten und Fluch auf den Lippen gegen die Reformirten das
Gotteshaus. Solche Zustände bereiteten den Jesuiten Wonne,
dem Kurfürsten bittern Gram. Vergebens mühete er sich, zu
versöhnen. Mahnungen, dahin gehend, das Hauptgewicht
nicht auf das „Bekenntniß" und nicht auf die kirchlichen Formen zu legen, welche insgesammt doch nur Werke und Anordnungen irrender Menschen seien, vielmehr aus dem Born
der Lehre Jesu zu schöpfen und die Hörer, statt sie mit
unheiligem Haß gegen die Reformirten zu erfüllen, zur
Demuth und Bruderliebe anzuregen, beantworteten die lutherischen Eiferer damit, daß sie sich — o des Hochmuths in
dem Gewande der Demuth! — für Gefäße des göttlichen
Geistes erklärten, der in ihnen walte; daß sie behaupteten:
er, der göttliche Geist, rede aus ihrem Munde, nicht
ihr Geist! — Da hatte man das widerliche Gewächs der
Unfehlbarkeit, dessen Hauptwurzeln Hochmuth und Herrschsucht
sind, auch auf lutherischem Boden! —

Aber in unserem Zeitalter vermag dieser Bodensatz des
Protestantismus, dieses in seinem Innersten Zweck der Selbstsucht dienende Buchstabengötzenthum doch nichts das Staats-
leben Gefährdendes auszurichten! So hat Mancher sich schon
getröstet. Wollte Gott, der Trost wäre berechtigt! Leider ist
dem nicht so. Die Schlange Selbstsucht umschlingt den Baum

38*

des Lebens in alten wie in neuen Tagen, und wo die Wahrheit eine neue Stätte sich erkämpft und auf derselben sich einen neuen Tempel erbaut hat, da schleicht auch in neuer Maske die Selbstsucht herbei und baut sich ihre Kapelle daneben — in der Absicht, die Mauern des Tempels unvermerkt zu untergraben, ihn schließlich zum Sturz zu bringen und mit seinen Trümmern die eigene Kapelle zu erweitern. Wer das heutige Lutherthum für ungefährlich hält, der möge doch einmal den Bewegungen desselben in Hannover und Mecklenburg eine ernste Beachtung schenken, und er wird bald genug wahrnehmen, daß es heute lutherische Eiferer giebt, die in ihrem Haß gegen die freiere protestantische Richtung weder den sächsischen Hofpredigern im 17. Jahrhundert, noch den Hochkirchenmännern unter den Stuart's etwas nachgeben, und die in ihrer Feindschaft gegen das neu entstandene deutsche Reich wetteifern mit den Franzosen und den Römlingen!

In einer 1870 erschienenen Schrift eines lutherischen Pastors in Mecklenburg, die von dem Haupte der mecklenburgischen Lutheraner, dem bekannten lutherischen Papst Kliefoth, kanonisirt wurde, wird die deutsche Einheit und der norddeutsche Bund als ein „Teufelswerk" bezeichnet. „Das jetzige Reichsregiment," heißt es in der Schrift, „hat hervorgerufen nicht eine Mißstimmung, sondern einen Zorn, einen Haß, einen Haß, der alle Tage vor dem Herrn sein Zeugniß ablegt;" „die Einheit von 1866 ist ein Uebel, über dem wir beten: erlöse uns von dem Uebel!" Der fromme Eiferer räth — ganz nach dem Vorgange der fanatischen Streitschriften, die kurz vor Beginn des dreißigjährigen Krieges erschienen —, es nicht an dem Beten genug sein zu lassen, sondern sich zu verbinden mit Allen, „mit denen man in dem Gedanken der Wiederherstellung Deutschlands eins sei." „Man schelte das immerhin eine Koalition" sagt der fromme Pastor; „nur durch eine Koalition, nur durch ein einmüthiges Zusammenwirken alles Lebendigen, welchen Namen es auch habe, (merket auf, ihr

„rothen Pfaffen," was ein „schwarzer Pfaffe," der so wenig
wie ihr ein Vaterland kennt, euch zuruft!) ist die Errettung
denkbar." Und derselbe Internationale im Talar sagt mit dem
Bischofe Senestrey von Regensburg: „Die Kirche allein,
das muß so laut wie möglich gesagt werden, giebt endgültige
politische Urtheile ab;" — „die Kirche schützt Land und
Leute, erhält Throne und Völker, oder stürzt sie, so
sie nicht hören wollen!" —

Ist das nicht die Sprache Gregor's VII. und des Syllabus? Reichen sich nicht hiermit Papismus und Lutherthum die
Hand? Hat der fromm-orthodoxe, aber nicht hierarchisch gesinnte
Professor der Theologie Baumgarten nicht recht, wenn er sagt:
„Unter allen Landplagen, mit denen Mecklenburg behaftet ist,
ist dieses deutsch-feindliche Pfaffenthum die unerträg-
lichste; denn sie verdüstert, verbittert und vergiftet den Geist."
— „Dieses Lutherthum hat kein Herz und kein Gefühl für
das grenzenlose Elend, welches einst der Haber der Theologen
über unser deutsches Vaterland gebracht hat; es ist in seinem
fanatischen Formelwesen so verhärtet, daß es an seinem Theile
Alles versucht, um das wilde Feuer des 17. Jahrhunderts wieder anzufachen."

Was begehren denn nun diese Papisten und hierarchischen
Lutheraner?

Für Deutschland: Auflösung des Kaiserreichs, Zurück-
führung des Königs von Hannover und des Kurfürsten von
Hessen, Wiederaufrichtung des alten Bundestages und Ein-
setzung der habsburgischen Vormacht an demselben. In Frankreich soll Heinrich V., in Spanien Don Carlos auf den Thron
gelangen, der „nothleidende" Papst in seinem von den Steuern
der ganzen Christenheit erbauten, elfhundert Zimmer enthaltenden
Vatican soll sein weltliches Königreich wieder erhalten.

Weshalb dies Alles?

Damit eine vom englischen Hochkirchenthum ausgebrütete
kirchlich-politische Lehre, das „Legitimitätsprinzip," wieder zur

Geltung komme, diese verbrecherische Lehre, nach welcher einem
Volke obliegt, auch einem Nero gegenüber im „leidenden Gehorsam" zu verharren, nach welcher der Landesfürst seinem
Volke gegenüber gar keine Pflichten, sondern lediglich nur
Rechte, u. A. das Recht hat, jede seinem Volke gelegentlich
eingeräumte Freiheit, weil eine solche nur als ein zeitweiliger
Ausfluß seiner Gnade zu betrachten sei, zu jeder Zeit, auch
wenn er eidlich gelobt hat, es nicht thun zu wollen, zurücknehmen zu dürfen. — „Alte geheiligte Rechte" sollen wieder zur
Geltung kommen! O wie klingt das so fromm! Aber eure
kirchlich - politische Lehre, ihr Herren, ist mit jener Darlegung
noch nicht erschöpft. Eure Stellung spielt in jenem wahn-
sinnigen System eine Rolle, die es verräth, weshalb ihr dasselbe zur Geltung zu bringen trachtet. Die Geschichte der
Stuart's lehrt es, welche Rolle ihr spielt, wo dies System aufrecht erhalten wird. Ein Fürst nach eurem Sinne vermag sich
ohne euren Beistand nicht zu halten, und wahrlich, wo ihr
zur Macht gelangt, seid ihr nicht billig im Preise! —

Um die Erreichung solcher Zwecke willen setzten diese
Menschen ihr Vaterland, ja Europa in die Gefahr eines schreck-
lichen Krieges! Nehmen wir einmal an, Heinrich V. und Don
Carlos kämen auf den Thron Frankreichs und Spaniens.
Heinrich V. hat bereits zu erkennen gegeben, daß er bereit sei,
einen Kreuzzug zu Gunsten des Papstes auszuführen. Don
Carlos ließ sich kürzlich also vernehmen: „Wir, die legitimen
Herrscher, werden die Sieger sein. Frankreich, welches groß
war unter der Oriflamme, wird seinen Rang und seine
Grenzen wieder erobern. Die lateinische Race muß
wieder Herrin der Welt werden!" — Die beiden Prä-
tendenten appelliren zugleich an den politischen Fanatismus,
und wahrlich, es würde derselbe, kämen sie zur Macht, sich
ihnen dienstwillig zur Verfügung stellen. Dann würde der
Kreuzzug auf das Herz der anti - römischen Bewegung, auf
Deutschland, gerichtet sein. Unterläge es, so würden die

Schrecken des dreißigjährigen Krieges weit überboten werden; zum Siege aber würde Deutschland nur durch Ströme von Blut zu gelangen vermögen.

Was fragen nach solchen Möglichkeiten rothe und schwarze Internationale? — Sie wühlen nach ihrer Art und ermuntern die Feinde! —

Genug des Ueberblicks! Es ist ein zwei Jahrtausende umfassender Zeitraum in's Auge gefaßt und der Versuch gemacht worden, sowohl unsern auswärtigen Erbfeind — den „alten bösen Feind," der nach Willen und Zweck immer derselbe bleibt und nur seine Maske wechselt — als auch unsere inneren Feinde zu characterisiren und zwar Eines wie das Andere zu dem Zweck, die möglichste Empfänglichkeit für die Mahnung, uns nicht in Sicherheit zu wiegen, zu erregen.

Aber was thun dem lauernden Feinde gegenüber?

Deutsches und evangelisches Wesen mit Hingabe fördern, wälsches Wesen, wie es auch immer geartet sei, aus Kirche, Haus und Staat hinausweisen!

Wir wenden uns zunächst an unsere tapferen Krieger und beschwören sie, eben so rühmlich, wie sie gegen den Feind auf dem Schlachtfelde stritten, alles wälsche Wesen, wo sie demselben auf den Gebieten der Denkart und der Sitte begegnen, niederkämpfen zu helfen!

Ihr Tapfern, ihr werdet den Schmerzensruf des edlen Max von Schenkendorf zu würdigen verstehen, den er nach den Freiheitskriegen erhob, als er sehen mußte, daß französisches leichtfertiges Wesen doch wieder im Vaterlande eine Stätte fand:

> „Zerbrochen ist das arge Joch,
> Des Fremdlings schnöde Ketten,
> Doch ach, wir tragen andre noch:
> Wer mag uns davon retten?"

Dadurch, daß ihr dem Tode kühn ins Auge sahet, wie auch durch die Liebe, die euer Volk euch entgegentrug, als ihr

ruhmvoll heimkehrtet aus hartem Streit, seid ihr geweiht zu
Streitern in dem geistigen Kampfe, in welchem wir jetzt
stehen.

> „Aber einmal müßt ihr ringen
> Noch in ernster Geisterschlacht
> Und den letzten Feind bezwingen,
> Der im Innern drohend wacht.“

Ihr habt es zur Erfüllung gebracht, was E. M. Arndt,
der getreue Eckart des deutschen Volkes, prophetisch verkündete:
„Ihre (der Franzosen) Gelüste und ihre Listen würden uns
am wenigsten gefährlich sein, wenn wir, alle Deutschen, in
unserer Waffenrüstung einmal als Ein Mann ihnen gegenüber zu stehen kämen!“ — Es geschah, und der Erfolg
war auf unserer Seite. Aber Arndt hatte auch hinzugefügt:
„Dagegen mit den pestilenzialischen Einflüssen und Einwirkun-
gen, welche der gallische Wind zu uns hinüberwehen will, da
ist es freilich ein gar anderes Ding.“ — O daß er die Tage
eurer Siege erlebt hätte! Sie würden seine Befürchtungen
hinweggescheucht haben, wie ein Sonnenblitz das nächtliche
Dunkel hinwegscheucht. Wie würden seine Augen geleuchtet
haben, hätte er gelesen, was einzugestehen eure Tüchtigkeit dem
anfangs scheel blickenden Auslande abzwang! Es sind der
Urtheile so viele vorgeführt worden, — hier sei nur noch eines
Urtheils des Berner „Bund,“ des bedeutendsten der schweizer
Journale, gedacht, aus dem hervorgeht, welche Rückschlüsse man
von der Haltung des die Blüthe und Kraft der Nation in sich
schließenden Heeres auf die Nation selbst gemacht hat, und auf
Grund dessen wir berechtigt sind zu der Hoffnung, daß der
Weiterkampf auf geistigem Gebiete, in welchem unsere Krieger
bei wachsendem Bewußtsein der Bedeutsamkeit und Unerläßlichkeit desselben den Reigen zu führen berufen sind, zum Segen
des Vaterlandes ausschlagen werde.

„Wir fassen das Bisherige dahin zusammen, daß im
letzten Kriege die französisch-romanische Nationalität sich als alt

und krank, die deutsch-germanische dagegen als erfüllt von der besten blühendsten Lebenskraft gezeigt hat. Daraus folgt für die Kulturgeschichte mit einer gewissen Nothwendigkeit, daß von nun an deutsches Denken und Leben für unsern Erdtheil im Vordergrunde stehen werden. Und ist das ein Unglück, ein Rückschritt? Gewiß nicht. Die hohle Kultur der Phrase wird ersetzt durch die reelle thätiger Arbeit und gründlichen Strebens. Der Krieg hat gezeigt, welch' gewaltiges Uebergewicht Gründlichkeit und Tiefe über Aeußerlichkeit und Schein erlangen können. **Die nächste Periode wird unter Deutschlands Führung für alle Staaten eine Zeit der angestrengten Thätigkeit zur Ausbildung der physischen und moralischen Ausbildung der Völker sein. Auf diesem Wege aber und nur auf diesem kann neue Lebenskraft in die Adern der gegenwärtigen Gesellschaft geführt werden."**

Und nicht minder hochbedeutsam ist folgende Stelle aus demselben Blatte:

„Der Sieg der deutschen Waffen im letzten Krieg hat noch in einer anderen, als der angedeuteten allgemeinen Richtung eine hohe kulturgeschichtliche Bedeutung — als Sieg des modernen Prinzips der Glaubensfreiheit, welches der protestantische Germanismus seit der Reformation zu wahren gewußt hat, über die Theorie der Glaubenseinheit des katholischen Romanismus. Die Niederlage der einzigen protestantischen Großmacht des Continents wäre das Signal gewesen zu einer allgemeinen katholischen Reaktion. Damit wäre eine Periode des Rückschritts in der Kultur über Europa hereingebrochen. Unsere Kultur, welche wesentlich in der Achtung der Individualitäten ruht, verträgt sich nicht mit Priesterstaat und Glaubenszwang."

Es gilt demnach, das Errungene aufrecht zu erhalten,

II.   39

Ansprüchen gegenüber, die sich jetzt schon stark hervordrängen. Der Papismus hatte ebenfalls sein Sedan — nunmehr gilt es, ihm auch noch sein „Paris" zu bereiten! Der Krieg mit den Eisenwaffen war das Vorspiel des Krieges, in welchem jetzt die Nation steht: wird letzterer Krieg mit der Macht und der Umsicht des ersten geführt, dann wird der böse Feind schließlich capituliren, seine Helfershelfer im Inlande werden verstummen müssen.

Obiges Urtheil, dessen Schluß auf die in Folge des Kampfes ausgebrochene religiöse Bewegung hinweist, wurde Anfang Juli 1871 ausgesprochen. Welche bedeutenden Fortschritte hat seitdem die reformatorische Bewegung gemacht, die inmitten der deutschen Katholiken ausgebrochen ist! Wir vernehmen denselben Ruf, der sich einst in den Tagen Luther's erhob: Hinweg von dem angeblichen Statthalter Gottes und hin zu dem Heilande und seinem ungefälschten Erlösungsworte!

Gott segne unsere deutschen Brüder, die ihre Lösung von dem verweltlichten Rom vollziehen, und helfe uns, daß des frommen Schenkendorf's Wunsch bald seine Erfüllung finde:

> „Nicht mehr dann trennt uns Süd und Norden:
> Ein Lied, ein Herz, ein Gott, ein Orden,
> Ein Deutschland hoch und schön!

Welch ein unermeßlicher Segen wäre für unsere Kinder und Kindeskinder gewonnen, wenn die erwachte reformatorische Bewegung zu dem Ziele führte, daß der altheidnische römische Grundsatz „Theile und herrsche!" für Deutschland seine Kraft gänzlich verloren hätte!

Auch auf dem Gebiete des Erziehungswesens hat der Waffenblitz ein neues Leben entzündet. Man beginnt in immer weiteren Kreisen zu erkennen, daß das junge Geschlecht einer Nation wichtigster Staatsschatz ist, daß alle Haus-, Schul-, Stadt- und Staatspädagogik darauf gerichtet sein müsse, diesen Staatsschatz nicht verkommen zu lassen, daß die erwachsene Welt die heilige Verpflichtung habe, ihr Leben und Treiben

— in dem Hause wie außer dem Hause — nach der Frage zu regeln: „Was frommt oder was schadet der Jugend?" — Es wird erkannt, was das „Wehe" zu bedeuten habe, das über diejenigen gerufen wurde, die durch Wort oder That irgend etwas zur Entweihung junger Gemüther beitragen. „Wehe, wer ein Kind ärgert!" Ein Wort von weitgehender, tiefer Bedeutung, ein Mahn- und Erweckungswort, geeignet das Leben eines Jeden, sich und Andern zum Heil, zu verklären! — Das Verhalten der Pariser, die darüber hinaus sind, sich in ihrem Treiben von der Frage beeinflussen zu lassen, in wie weit etwa durch Eines oder das Andere das junge Geschlecht sittliche Gefährdung erleide, ist den Deutschen mehr als je vor die Augen getreten und hat sie, da sie in die Lage gekommen sind, Ursache und Wirkung klar zu überschauen, mit Schrecken und Abscheu erfüllt. „In diesem Verhalten der Franzosen," sagte kürzlich der gelehrte Corsi, „liegt ein gesellschaftlicher Krebsschaden, ein Geschwür, welches, von weitem betrachtet, das Ansehen eines Brillanten hat, aber immer tiefer frißt und immer brandiger wird!" — Für eine unter den herrschenden pariser · Einflüssen heranwachsende Generation seien, fährt er fort, Vaterland und Tugend wesenlose Begriffe geworden. Leben bedeute dem also erzogenen Geschlechte, sich gütlich thun an materiellen Genüssen. Corsi fügt eine Darlegung dessen hinzu, was er unter „Leben" verstehe. „Leben", sagt er, „sollte, im moralischen Sinne genommen, gleich bedeutend sein mit der ehrenvollen Ausübung eines anständigen Berufes, der nützlichen Anwendung seiner Zeit für sich und für Andere, dem Streben nach Tugend und dem Vermeiden des Lasters, der Hochachtung und Unterstützung seiner Eltern, einem liebevollen Verhalten gegen die erwählte Gattin oder (von deren Seite) gegen den Gatten, einer guten Kindererziehung, kurz der Erfüllung seiner bürgerlichen Pflichten."

Möge in diesem Sinne in dem neuen deutschen Reiche das Leben sich mehr und mehr verklären, vor allen Dingen in

der neuen deutschen Hauptstadt Berlin; möge in dem entbrann-
ten Kampfe zwischen der „nur stofflich bewegten Welt der
fünf Sinne und der gotterfüllten Welt des Geistes und der
schönen Sittlichkeit" Berlin immer entschiedner und thatkräftiger
auf der Seite des belebenden Lichtes stehen, für welches bestritten treffliche Insassen alter und neuer Zeit, unter ihnen
Fürsten und Heerführer mit und ohne Scepter und Feldherrn-
stab, aber geschmückt insgesammt mit dem strahlenden Diadem
dankbarer Anerkennung, welches das Volk in geschichtlicher
Weihetagen, in denen es erleuchteten Auges vor- und rückwärts
zu schauen vermag, freudig ihnen darreicht; möge Berlin glei-
cherweise gegen den „Materialismus geisttödtenden geistlicher
Formelwesens wie gegen geistleugnende Sinnlichkeit" kämpfen
damit den ausdrücklich ihm hinterlassenen letzten Willen
Schiller's, des Lieblingsdichters unseres Volkes, zur Geltung
bringend:

„Daß es mit der Religion nicht länger so bleiben kann,
läßt sich Jedem begreiflich machen. Berlin gebe zum Licht
die Wärme und veredle den Protestantismus, dessen Metropole zu sein es ja doch einmal bestimmt ist!"

www.ingramcontent.com/pod-product-compliance
Lightning Source LLC
Chambersburg PA
CBHW021933110726
47901CB00003B/819